KB230906

독일문예학개론

독일문예학개론

• 노태한

한국학술정보㈜

괴테는 1819년 친구이자 작가인 요한 프리드리히 로흘리츠에게 보낸 한 편지에서 당시의 독자를 세 그룹으로 나누었다. "세 부류의 독자가 있습니다. 첫째 부류는 평가 없이 즐기며, 셋째 부류는 즐기지 않고 평가합니다. 중간 부류는 즐기면서 평가하고 평가하면서 즐깁니다. 이 부류는 사실 예술작품을 재창조합니다. 이 부류에 속하는 사람은 그리 많지 않습니다. 때문에 우리에겐 이 부류의 사람들이 소중하고 귀하게 여겨집니다." 독자를 이렇게 세 그룹으로 나누는 데 기준이 되고 있는 것은 비판적인 구분 능력으로서의 '평가'와 감각적인 체험으로서의 '즐김'이다. 괴테에 의하면 진정한 '독서'는 이 두 가지를 모두 필요로 한다. 그에 의하면 책을 단순히 즐기는 것, 즉 마구잡이로 읽기만 하는 것은 책을 순전히 분석적·비판적으로만 읽는 것과 마찬가지로 제대로 된 책 읽기가 아니다. 진정한 독서란 즐기거나 평가하는 것 이상이다. 감정이입적으로 추체험하는 방식이든, 작품의 핵심을 짚고 정곡을 찌르며 공감을 하는 방식이든 또는 자기 나름으로 작품을 재구성하는 방식이든, 독자는 문학작품 그 자체를 새롭게 창조해내는 형태로 읽어야 하는 것이다.

이상적인 독자에 대한 괴테의 이 같은 생각이 오늘날에도 여전히 타당한 것인지에 대해서는 이런저런 논란이 가능할 것이다. 그러나 문학텍스트를 그 복잡성과 예술적 성격을 충분히 고려하면서 다룰 줄 아는 능력을 갖는 것은 괴테 시대에 있어서나 오늘날에 있어서 마찬가지로 바람직하고 중요한 일이다. 최근의 문학이론가들의 주장에 의하면 문학은 특별한 형태의 문화 기억이며, 문학에 대한 집중적인 연구는 일종의 사회적 기억 작업이다. 문학은 집단 기억의 모든 다른 형식들보다 우월한 지위를 갖는다. 문학은 다른 어떤 예술 장르보다도 더 높은 수준에서 역사적 체험을 사회와 연관짓는 것과 동시에 극히 개인적으로 언어화 할 수 있을 뿐 아니라 미적인 형식을 통해 표현할 수 있기 때문이다. 문학텍스트에서 말을 하고 있는 이는 작가들, 즉 개인들이다. 그러나 그들이 말을 하는 방식은 결코 개인적인 차원에만 머무르지 않는다. 그것은 그들이 사용하는 언어와 다양한 양식 및 문학적 전통을 통해 사회 및 역사와 결합되어 있기도 한 것이다.

　이런 사정에서 문예학의 위상도 결정된다. 문예학은 문학텍스트들을 제대로 이해하는데, 따라서 문화적 기억을 연장하는 데 필요한 수단과 방법들을 연구하는 학문이다. 현재까지 발표된 문학텍스트들을 읽는 것, 그것을 이해하거나 이해하는 법을 배우는 것, 이 텍스트들을 그것이 생겨난 시대의 맥락에서나 현재의 맥락에서 해석하는 것, 이 모든 일들이 있을 때 비로소 진정한 의미의 문화 전수가 가능해지는 것이다.

　문학에 대한 학문적인 연구는 괴테가 말한 두 가지 인식 범주를 전제로 한다. 즐김 또는 관심으로서의 감각적 능력과, 이론적 분석 도구로서의 비판적인 식별 능력 내지 판단 능력을 필요로 하는 것이다. 문학텍스트에 대한 애정과 관심은 학습으로 얻어질 수 있는 성질의 것이 아니다. 때문에 문예학을 공부하고자 하는 사람은 공부를 시작하기 전에 먼저 자신이 텍스트 읽기를 진정으로 좋아하는지부터 냉정히 검토해 보아야 한다. 기본적으로 관심이 없다면 인식은 애초부터 불가능하거나 가능하다 하더라도 철저한 것이 되지 못할 위험이 있기 때문이다. 문학텍스트에 대한 인식, 즉 문예학 공부는 말할 것도 없이 단순한 독서의 차원을 넘어선다. 문예학은, 문학텍스트를 설득력 있게 해석하고 그것에 대해 근거 있는 판단을 내리는 것을 가능하게 해주는 여러 가지 학문적 설명 방법과 분석 방법을 문제 삼는다.

이런 문예학적 수단과 방법들을 체계적으로 소개하고자 하는 이 책은 독일문예학의 여러 가지 대상 영역과, 문학 이론 및 문학 연구 방법론, 그리고 문예학상의 각종 용어들을 특정 방법론이나 이론에 치우침이 없이 비교적 중립적으로 설명하고자 한다. 서론적 성격의 제1장에서는 '작가', '작품', '텍스트', '독자', '해석' 등 문예학의 기초적 개념들과 '문학' 개념의 변천 및 텍스트 비평과 간행의 문제가 다루어지며 제2장에서는 시대 구분·용어와 개념의 문제 등과 같은 문학사 서술과 관련되는 일반적인 문제들을 간략하게 설명한 후 독일문학의 역사를 사조별로 개관한다. 제3장에서는 장르의 본질과 종류, 장르론의 역사에 대한 개략적인 고찰에 이어 서정문학·서사문학·극문학 등 3대 장르를 그 본질적인 구조와 특징을 중심으로 설명한다. 제4장에서는 수사론과 시론·문체론의 중요 개념들을 다루며, 제5장에서는 문학과, 미술·음악·영화 등 다른 예술 장르 간의 상호관계, 즉 비교예술론과 상호매체성이 주요 문제로 다루어진다. 제6장에서는 간추린 독일문예학 역사와 함께 다양한 스펙트럼의 독일문학 이론 및 연구방법론이 체계적으로 서술된다. 마지막의 제7장에서는 문예학 논문 작성과 관련되는 문제를 간략하게 다룬다.

이 개론서의 목적은 어디까지나 독자에게 독일문예학의 기본적인 지식들을 포괄적으로 전하는 데 있는 것이나 이러한 목적은 무엇보다도 독자들이 보다 높은 수준에서 문학을 "즐기면서 비판할 수 있고 비판하면서 즐길 수 있게" 될 때, 또 자신의 독서 경험을 구두로나 문서의 형태로 설득력 있게 전달할 수 있을 때 바로 달성될 수 있을 것이다. 다시 괴테의 말을 빌려 표현하면, "문자예술작품을 새롭게 창조"할 수 있는 수단과 방법을 익히고 그런 능력을 기르는 것이 문예학 공부의 중요한 목적이라 할 수 있을 것이다.

책을 씀에 있어 독일과 국내에서 출간된 문예학 관련 책들이 많은 도움이 되었다. 일일이 언급하지는 않지만 이들 책의 저자들에 대해 이 자리를 빌려 고마운 뜻을 전하고자 한다. 여러모로 어려운 사정에도 불구하고 책의 출판을 맡아 준 '한국학술정보(주)'의 관계자분들께도 깊은 감사의 뜻을 전하고 싶다.

2007. 8. 20.

노 태 한

차 례

5.6. 문학과 라디오 · 302

6. 문학이론 및 연구방법론

7. 문예학 논문 작성법

1

문학과 문예학

1.1. 용어와 개념

우리말에서 '문학'은 대체로 두 가지 의미로 쓰이고 있다. 대개의 경우 문학은 '언어, 특히 문자를 수단으로 만들어지는 예술작품'을 통틀어 지칭하는 데 쓰이고 있지만, 경우에 따라서 이 말은 언어예술작품 혹은 문자예술작품을 연구 대상으로 하는 '학문'을 가리킬 때도 사용된다. "문학 읽기를 좋아하다" 또는 "문학소녀" 등의 표현에서 문학은 전자의 의미를, "국문학과" 또는 "독문학자" 등의 말에서 문학은 후자의 의미를 갖는다. 이처럼 동일한 단어가 특정 영역이나 대상을 지칭하기도 하고 그 대상을 연구하는 학문을 가리키기도 함으로써 개념의 명석 판명한 사용에 혼란이 야기되고 있다. 사회가 있어 사회학이 있고 역사가 있어 역사학이 있으며 문화가 있어 문화학이 있는 것이라면, 문학이라는 현상이 있으니 문학을 연구하는 학문 또한 당연히 있을 수 있고 또 있어야 할 것이다. 그러나 문학을 연구하는 학문을 다시 문학이라고 부를 수는 없을 것이다. 학문의 대상을 나타내는 말과 학문 그 자체를 가리키는 명칭이 같을 수는 없을 것이기 때문이다. 다른 학문의 명칭이 부여되는 방식을 따르면 문학을 연구 대상으로 하는 학문은 '문학학'이라 해야 할 것인데 이는 어딘가 어색하고 부자연스러운 느낌을 준다. 이런 사정에서 흔히 사용되고 있는 용어가 '문학 연구', '문학 비평' 또는 '문예학'이다. 그러나 일반적으로 학문의 명칭에 '-학'이 쓰이고 있다는 점을 고려하면 '문학 연구'는 언어의 통일적 사용이라는 점에서 다소 문제가 있어 보이고, '문학 비평' 역시 그것이 주로 문학과 관련되는 한 특별한 예술 활동을 가리킨다는 점에서 학문 명칭으로서는 아무래도 적절하지 못한 것처럼 보인다. 이런 이유에서 '문예학'이 학문 명칭으로서 가장 적합한 것으로 여겨진다. 문학을 그 일반적인 의미에 따라 '문자로 만들어진 예술작품', 줄여서 '문예'로 부를 수 있다면, 그것을 대상으로 하는 학문은 문예학으로 불릴 수 있는 것이다. 이 책에서 문학은 거의 대부분의 경우 개별적인 또는 집합적인 의미에서 문자예술작품, 즉 문예를 의미한다.

우리말에서의 이 같은 다소 복잡한 개념 사용과는 달리 독일어에서는 개별 작품 또는 집합적 연구 대상으로서의 문학과, 이 대상을 여러 가지 이론적 배경과 관점에서 체계적·분석적으로 연구하는 학문의 명칭이 각각 서로 분명하게 구분되는 형태로 존재한다. 독일어에서 문학, 즉 문자예술작품을 가리키는 용어로는 'Literatur'(가장 넓은 의미에서의 문자예술작품), 'Dichtung'(비교적 좁은 의미에서의 순수문학작품 또는 본격작품), 'Dichtwerk'(문자 창작품), 'Dichtkunst'(문자창작예술), 'Werk'(작품), 'Text'(텍스트), 'literarischer Text'(문자 텍스트), 'sprachliches Kunstwerk'(언어예술작품), 'literarisches Kunstwerk'(문자예술작품) 등이 있다. 표기상 다소 복잡해 보이지만 섬세한 의미 차이를 보이며 다양한 맥락에서 쓰이고 있는 이들 개념들은 그러나 모두 연구 대상 내지 분석 대상으로서의 문학 혹은 문예를 가리킨다. 이들 개념에 대해서는 뒤에 가서 보다 자세하게 살펴보기로 한다.

한편 이들 문학작품 또는 문자예술작품을 분석과 연구의 대상으로 삼는 학문은 독일어에서 'Deutsche Philologie' 또는 'Germanistische Philologie'(독일문헌학), 'Germanistik'(독어독문학), 'Deutsche Literaturwissenschaft' 또는 'Germanistische Literaturwissenschaft'(독일문예학) 등 여러 가지 이름으로 불리고 있다. '독일문헌학'은 대부분의 다른 나라 문헌학과 함께 근세 초 이후, 특히 계몽주의와 낭만주의 시대에 고대 그리스와 로마의 각종 문헌들을 포괄적으로 연구하는 고전문헌학(klassische Philologie)으로부터 갈라져 나온 일종의 민족문헌학인데, 이것은 일반적으로 독일어학과 독일문학 연구를 함께 의미하지만 드물게는 독일어학만을 지칭하기도 한다. 또 위대한 한 작가와 그의 작품을 학문적으로 특별하게 연구하는 경우에도 문헌학이란 용어를 사용하는데 호머 문헌학, 단테 문헌학, 괴테 문헌학 등이 그 예라 할 수 있다. '독어독문학'은 19세기 초에 고전학을 모범으로 하여 강단 학문으로서 개설되었는데, 이것은 처음에는 전체 게르만어와 그것과 연관되는 문화를 연구하였지만 얼마 가지 않아서 독일어와 독일문학 연구에 집중하였다. 15세기 인문주의 이래 모범적인 고대적 인간상과 고대의 미학, 도덕관념과 철학, 법규범 등의 재구성을 목표로 하고 있었던 고전문헌학이 19세기에 와서야 비로소 역사주의적인 학문으로 전환되었던 것과는 달리, 헤르더로 대표되는 18세기의 보편 역사적 시각과 낭만주의 및 역사주의 법학을 이어받은 독어독문학은 처음부터 역사주의적인 학문으로서의 성격을 강하게 가지고 있었다. 한편, 1840년대에 만들어진 이후 오늘날 보편적으로 사용되고 있는 개념인 '독일문예학'은 문학의 장르와 작품, 문학의 역사, 문학의 구조와 기능과 작용방식,

그리고 사회의 문화적·정신적 생활에서 문학적 인식이 하는 역할 등의 문제를 연구하는 학문을 가리킨다. 그 자신의 대상과 인식목표, 방법론, 평가체계, 기능과 학문사적인 위상을 규정하는 것도 문예학적 인식과정의 한 중요한 구성부분인데, 바로 이런 방식으로 이 구성부분은 그 자체가 문예학의 대상이 된다.

독일어로 쓰인 문자 예술 작품을 체계적으로 연구하는 학문으로서의 독일문예학의 모태이면서 이것과 거의 같은 의미로 사용되고 있는 개념인 'Germanistik'(독어독문학)는 크게 두 가지 의미로 사용된다. 보다 넓은 의미에서 그것은 게르만족들의 언어와 법률·종교·예술·민속·정치·경제 등 삶의 거의 모든 분야를 포괄적으로 연구하는 학문을 가리키며, 보다 좁은 의미로는 게르만족들의 언어와 문학 및 그 연장선상에 있는 독일어와 독일어 문학을 집중적으로 연구하는 학문을 가리킨다. 그러면 게르만족은 누구이며, 독일어는 어떻게 발달해 왔는가? 한 나라의 문학이 그 민족의 정체성 및 언어와 불가분의 관계를 맺는다는 점을 고려할 때, 독일문예학에서 독일 민족의 조상으로서의 게르만족과 독일어의 발달 과정을 간략히 살피는 일은 그 자체로 충분한 의미를 가질 수 있을 뿐 아니라 앞으로의 논의를 위해서도 필요한 일이라 할 수 있다.

로마 시대 말기의 역사학자 타키투스(60-120)가 그의 저서『게르마니아』(98)에서 기술하고 있는 바에 의하면 여러 종족, 부족으로 이루어진 게르만족들은 기원전 2, 3세기경부터 유럽의 북부와 동부의 광범위한 지역에 걸쳐 살면서 농경과 유목에 종사했으며 매우 전투적인 민족이었다. 그들은 신의, 용감성, 순결, 복수의 덕목들에 따라 행동하고 질서와 청결을 중시하였다. 게르만족들은 기원 4세기 중반 동쪽 훈족의 침입을 받음으로써 생활의 기반을 잃을 위기에 처하게 되어 새로운 삶의 터전을 찾아 남쪽으로 실로 오랜 세월에 걸쳐 이동을 하였다. 유럽사에서 중세사의 서막으로 게르만족의 대이동이라 불리는 이 이동을 통해 게르만족은 유럽 대륙의 중남부 지역을 광범위하게 차지하고 있었던 로마제국과 접촉하게 되었으며 결국엔 로마제국을 멸망시키고 역사의 주인공으로 등장하였다. 로마와의 접촉은 곧 그 종교적 기반이었던 크리스트교와 그 문화의 영향을 크게 받는 것을 의미하는 것이었는데, 용맹과 복수 등의 이단적이고 야만적인 덕목을 중시하는 전투적인 게르만족에게 로마 문화와 크리스트교의 수용은 한편으로 외래 민족으로서 피할 수 없는 운명이기도 했지만 다른 한편으로 엄청난 정신적 충격이기도 했다.

이질적인 로마 크리스트교 문화의 수용으로 게르만족은 정신적으로 큰 혼란을 경험하게 되었으며 문화적 충격을 해소하려 노력하는 가운데서 내면화의 경향을 강하게 가지게 되었다. 그들은 인간의 내면세계에 깊은 관심을 가졌으며 추상화 내지 신비주의의 경향을 강하게 보였다. 이로써 게르만 문화와 문학은, 따라서 독일문학은 그 처음부터 내면화의 경향을 강하게 보이게 되었으며 이는 이후 독일문학의 한 두드러진 특징이 되었다.

현대 독일어의 모태인 게르만어는 인도게르만어에서 비롯한다. 기원전 3000년 내지 2000년경에 성립된 것으로 추정되는 인도게르만어는 음운의 발음 차이를 기원전 1000년경에 인도어와 게르만어로 나누어진다. 게르만어는 그 사용 지역에 따라 다시 북게르만어, 동게르만어 그리고 서게르만어로 나누어지며, 서고트어라고도 불리는 서게르만어는 기원 후 1세기에서 5세기에 걸쳐 사용된다. 서게르만어는 그 내부에서 다시 음운의 발음 차이를 보이면서 다시 여러 갈래로 분화되는데, 그중 하나가 古독일어이다. 前독일어라고도 불리는 이 고독일어가 바로 현대 독일어의 직접적인 조상이 되는데 이것은 5세기경부터 8세기경까지의 독일어를 이르는 말이며, 8세기 중엽부터는 그냥 독일어로 불린다. 고독일어 또는 전독일어 또는 서게르만어에서 분화되어 나올 때 음운 발음의 차이를 얼마나 강하게 겪었느냐에 따라 다시 북부 및 북서부 독일어와 고지독일어로 나누어지는데, 이런 명칭은 중부 이북 저지대에서 독일어가 상대적으로 적은 음운 변화를 겪은 데 반해 중남부의 고지대에서 많은 변화를 경험한 데서 비롯한다. 8세기 중엽 이후 독일어는 결국 크게 두 갈래로 발달하는데 북부 및 북서부 독일어는 덴마크어, 네덜란드어 등 북유럽 언어로 발달해 가고 고지독일어는 다시 시기로 몇 단계를 거치며 오늘날의 표준 현대독일어로 발달해 간다. 독일어발달사에서는 대체로 8세기 중엽부터 11세기 중엽까지를 고대고지독일어, 11세기 중엽부터 16세기 초까지를 중세고지독일어 그리고 16세기 이후 현재까지를 근대고지독일어 혹은 현대고지독일어로 부르고 있으며, 이에 따라 문학 사가들은 독일문학도 고대고지독일어 문학, 중세고지독일어 문학, 현대고지독일어 문학으로 나누어 기술하기도 한다.

1.2. 기초적 문제제기와 기본개념들

문예학은 사회적 의사소통의 한 특수한 형태로서의 문학을 연구의 대상으로 한다. 누군가가 무엇을 쓰고 그것을 다른 사람이 인쇄해서 배포하며 결국 제3의 개인이나 다수의 사람들이 그것을 읽는다. 이때 쓰는 사람은 대체 누구인가? 쓸 때 그는 무엇을 생각하는가? 도대체 그는 무엇을 생각하기는 하는 것인가? 그가 쓴 것은 무엇이 그렇게 특별해서 '문학'으로 불릴 수 있는 것인가? 전달의 절차는 어떠하며 그때 동원되는 기술은 무엇인가? 어떤 매체들이 이용되는가? 그리고 쓰인 것은 누구에게 전달되는가? 누가 읽는가? 어떻게, 어떤 상황에서 읽는가? 도대체 읽고 이해하고 해석한다는 것은 무엇을 의미하는가?

이러한 물음들에 대답하는 것은 일견 쉬워 보이지만 그 쉬워 보이는 대답들을 '문제'로 삼아 체계적·분석적으로 연구하는 학문이 바로 문예학이다. 문예학의 기초적인 개념이라 할 수 있는 '작가', '텍스트' 그리고 '독자' 등의 개념은 결코 불변의 절대적인 의미를 갖는 것이 아니다. 이들 개념들은 역사적인 조건하에서 형성된 것으로 또한 변화할 수 있는 것이다.

(1) 작　가

어떤 텍스트를 쓰고 그 내용에 대해 자기 이름을 걸고 책임을 지는 사람, 즉 작가가 존재한다고 하는 생각은 일상적인 상식의 자명한 사실들 가운데 하나다. '작가'(Autor)라는 말은 '늘이다', '증가시키다'의 의미를 갖는 라틴어 동사 'augere'의 명사형인 'auctor'라는 말에서 유래하는데, 이 라틴어 단어는 '촉진자', '전수자', '장본인', '저작자', '믿을 만한 보증인', '모범적인 인물' 그리고 '저술가' 등의 의미를 갖는다. 현대적 의미의 작가 개념이 확립된 것은 18세기말 이후에 와서의 일이다. 물론 중세 시대에도 이미 시인들이나 가인들이 있었으며, 강한 자부심을 가지고 활동했던 그들은 궁정에 대해 중요한 역할과 보수를 요구할 수 있었다.

그러나 근대적 개인이 뚜렷한 자의식을 개발하고, 텍스트를 쓰게 될 경우 자신을 천재로 여기게 되었던 시대, 즉 18세기말부터 비로소 작가들은 또한 자신들이 창조한 이념이나 텍스트에 대해 배타적인 정신적 소유권을 주장하게 되었다. 이때부터 작가는 더 이상 인쇄술의 발달과 인문주의 운동으로 형성되었던 지식인 또는 학자가 아니었다. 이제 작가는 자기 자신으로부터, 또는 자신의 천부적인 재능과 감각에 바탕 해서 창조하는 존재였다. 작가는 이제 자신이 창안해 다루는 이념을 자신의 재산으로 생각했다. 이처럼 작가가 자신에 대해 강한 자부심을 가지게 되고, 자서전적인 텍스트에서처럼 자신의 삶을 자기 문학의 대상과 내용으로 다루게 되었을 때, 또 작가가 18세기에 일상화되어 있었던 불법복제인쇄로부터 자신의 작품을 보호하고 예술 활동을 통해 돈을 벌며 작가로서의 사회적·제도적 지위를 확고하게 하려고 했을 때, 그에게는 법적으로 자신의 권익을 확보하는 일도 중요한 문제가 되지 않을 수 없었다.

1794년에 제정된 '프로이센州 일반법'은, 우선은 단지 출판업자와 관련해서였지만 작가의 이 같은 법률관계를 명문화했으며, 그럼으로써 정신적 활동 보호 입법의 기초를 놓았다. 오늘날의 독일 저작권법과 1955년에 체결된 세계 저작권협약은 이 프로이센 법으로부터 많은 영향을 받고 있다. 이처럼 작가를, 자신의 작품에 대해 전권을 행사하며 소위 사회제도적 존재로서 자신의 세계관을 구현하는 법적주체로 이해하는 입장에서 생겨난 개념이 바로 '위대한 작가'의 개념이다. 독일 문학에서 흔히 괴테에서 시작해 폰타네를 거쳐 토마스 만에 이르는 일군의 작가들이 '위대한 작가' 또는 '대 작가'로 불리는데, 이들은 자신의 삶 자제를 예술로 승화시킬 수 있는 존재들이다.

작가를 창조적인 '천재' 혹은 '위대한 작가'로 보는 이 같은 관점과 정반대되는 관점은 1900년 이후 현대에 나타난 관점인데, 이 새로운 관점에서는 작가는 작품에 아무런 영향도 미치지 못하며 따라서 작품에 대해 어떠한 권리도 주장할 수가 없다. 이러한 관점에서 보면 그야말로 "작가는 작품으로부터 사라져버리는 것"이며, 텍스트는 기계적으로 스스로 쓰이는 것이거나 단어들 상호간의 관계와 결합의 산물일 뿐이다. 다시 말해 텍스트는 스스로 물건을 생산하는 기계처럼 서로 얽히고설키어 존재하는 수많은 기존의 텍스트들을 재료로 삼아 스스로를 만들어내는 언어예술인 것이다. 따라서 작가는 익명의 상태로 도망칠 수도 있고, 특정의 이념이나 경향에 전혀 기울어짐이 없이 현실 그 자체를 예술의 재료로 삼아 이 원 소재를 자기 나름의 단어결합이나 이미지 결합을 위해 조립할 수도 있다. 바로 이와 같은 맥락에서 롤랑 바르트는 '작가의 죽음'을 이야기했으며, 미셸 푸코는 작품에서 말을 하고 있는 자, 즉 작가에 대해 도대체 누가 신경을 쓰느냐며 도발적인 물음을 제기했다. 푸코에 의하면 작가는 하나의 역사적 발명품에 지나지 않으며 작가의 이런저런 권리 주장은 텍스트에서의 단어들의 결합이나 담론의 힘에 비하면 별다른 의미를 가질 수 없는 것이다.

작가를 바라보는 또 하나의 관점은 이미 낭만주의 예술가들 서클 사이에서 형성되었다. 그들은 작가를 개별적 존재가 아닌 집단창작자로 이해했다. 동인들로서 작가들은 공동으로 텍스트를 저술했으며, 이런 텍스트들은 또 독자들에 의해 계속 쓰일 수 있었다. 이 같은 집단창작자 개념은 오늘날 문학창작 '워크숍'이나 '공장'에서, 또 인터넷상의 상호간 글쓰기, 즉 댓글 문화에서도 찾아볼 수 있다. 특히 인터넷상에서의 상호간 글쓰기는 종래의 작가와 독자 사이의 위계를 송두리째 흔들어놓고 있으며, 다수 작가들의 '동시 작업'에 길을 비켜 주거나 완전한 익명의 과정이 되고 있다. 이런 사정에서 현재 복잡한 저작권 문제가 활발하게 논의되고 있다. 인터넷상에서 복사했거나 조립된 작품을 자신의 작품으로 내세우는 것은 여전히 불법으로 간주되고 있다. 근래에는 텍스트들의 원저자를 확인할 수 있는 인터넷 검색 프로그램까지 등장하고 있다.

(2) '텍스트'와 '문학'

'텍스트 Text'라는 말은 라틴어 'textus'에서 유래하며, 이 라틴어 단어는 일반적으로는 가로, 세로 실로 짜인 직물을, 보다 특별한 경우에서는 낱말들이 구조적으로 결합된 것을 의미한다. 이 결합된 낱말들로서의 텍스트가 문자로 기록되면, 라틴어로 문자 혹은 철자를 'littera'라고 하는 것에 맞추어 그것을 '문학 Literatur'이라 할 수 있을 것이다. 따라서 가장 넓은 의미에서 문학은 문자로 기록된 텍스트다. 물론 구비로 전승되는 텍스트도 있고 또 낭송 되는 텍스트도 있다. 그러나 기록된 텍스트, 즉 문학은 단순히 구두 텍스트를 문자화한 것이 아니다. 여기에서는 단순히 표현수단의 교체만 일어나는 것이 아닌 것이다. 기록 텍스트가 지속적으로 영향을 미치는 것은, 일단 종이 위에 기록되어 출판되는 텍스트가 작가의 직접적인 의도에서 벗어나 새로운 역사적·공간적 환경 속에서 새로운 의미를 가지게 될 수도 있다는 소박한 사실에 바탕을 두고 있기 때문이다.

그때그때의 상황에 직접적으로 구속을 받는 말과는 달리 글은 그것이 생겨나게 된 전후사정과는 무관하게 독립적으로 계속 존재한다. 대부분의 경우 문학이 함축적이고 세련된 언어적 표현을 가지려 하면서 구어 내지 일상어로부터 구분되려고 하는 것도 어쩌면 문학 텍스트가 갖는 그 같은 지속성 때문인지도 모른다. 말을 듣고 이해하는 데는 함축적이고 비유적인 표현이 아니라 어디까지나 단순하고 반복적인 표현이 우선적으로 요구되는 것이다. 그런데 텍스트가 가로, 세로 실로 짜여진 '직물'이라는 말에서 유래한다는 사실은 텍스트가 여러 층위 또는 여러 요소들로 이루어진다는 것을 아울러 의미하기도 한다. 가령 서사 텍스트의 어떤 부분들을 다른 것으로 교체하거나 '서사의 실'을 분리해내면 직물에서 어떤 실을 빼내는 경우와 마찬가지로 텍스트 전체가 상당히 다른 모습을 가지게 된다. 정선되고 구조화된 형식이 바로 문학 텍스트의 두드러진 특징이다.

이런 의미에서 문학은 텍스트 세계에서 한 특수한 경우이다. 구조화된 글로서 텍스트는 그것이 성립되는 구체적인 상황을 넘어서는 허구적인 세계들을 그려 보여야 하는 운명을 진작부터 가지고 있다. 그러는 가운데 문학은 다음과 같은 네 가지 근본적인 기능을 수행할 수 있다.

문학은 우선 지시적인 기능을 갖는다. 문학 텍스트는 어떤 현실과 연관된다. 문학 텍스트는 물론 허구적 세계를 묘사하지만 이 허구적 세계는 그러나 일반적으로 체험될 수 있는 현실세계와 혼동되어서는 안 된다. 토마스 만의 소설 『베니스에서의 죽음』에서 허구의 베니스는 지리적인 베니스와 동일한 것이 아니다. 이 작품 속에서 실제적인 외적 현상들이나 건물 같은 것들을 찾아볼 수 있다 하더라도 사건과 인물들은 허구적인 것으로 남는다. 이에 따라 그 도시도 허구적인 세계의 부분이 된다. 바로 이런 점에서 문학 텍스트는 이른바 설명 텍스트 또는 실용 텍스트와 확연히 구분되는 것인데, 실용텍스트는 정치적-저널리즘적 에세이 형태로 문학적인 속성들을 가질 수 있지만 그것은 어디까지나 직접적으로 일상세계와 관계하며, 이 일상세계를 실용주의적 관점에서 묘사하려 하거나, 예를 들어 사용설명서에서처럼 행동의 지침들을 제시해주려고 한다.

두 번째로 문학은 표현적인 기능을 한다. 작가는 자신의 기분이나 정서, 감정 또는 상상을 언어로 표현하려고 하는 것이다. 문학의 이 같은 표현적 기능은 예를 들어 감상주의와 슈투름 운트 드랑 시기의 분위기 시, 낭만주의와 표현주의의 시 또는 현대의 주관적인 서정시에서 특히 두드러지게 나타나고 있다.

셋째로 텍스트는 호소의 기능을 갖는다. 작가는 텍스트를 통해 정치적인 문제나 도덕적인 문제에 대해 자신의 입장을 밝히며, 아주 암시적인 방법으로 독자에게 자신의 논리를 설득시킴으로써 가능한 한 크게 독자에게 영향을 미치려고 시도한다.

네 번째로 문학은 심미적 기능을 갖는다. 심미적 기능이란 문학이 언어 그 자체를 실험적인 도구로 사용할 수 있는 것을 의미한다. 작가는 언어를 무엇을 지시하거나 표현하는 데만 사용하는 것이 아니라 그것을 마음 내키는 대로 가지고 놀 수도 있는 것이다. 이렇게 되면 언어는 그 자체가 목적인 것이 된다. 문학은 긴 전통 속에서 그 고유의 표현형식들을 만들어내었으며, 바로 이런 표현형식들을 인해 문학은 일상어와 구분된다. 예를 들어 시에서는 언어의 음향적 자질들이 중요한 역할을 하며, 소설이 구성하는 비유나 구조는 텍스트 내부에서도 반영될 수 있다. 다시 말해 언어가 자기 자체와 관련을 맺는 것인데, 이런 자기관련성으로 인해 문학의 언어는 보고적인 언어와 구분된다. 보고적인 언어에서는 언어 그 자체에 대한 성찰이 이루어지지 않는 것이다.

이상과 같은 네 가지 기능에 비판적 기능, 교훈적 기능, 오락적 기능과 같은 몇 가지 하위 기능들을 더 추가할 수 있겠지만 이와 같은 문학의 네 가지 기본적인 기능이 그러나 하나의 텍스트에서 모두 다 실현되는 경우는 매우 드물다. 대개의 경우 두세 가지 기능이 결합되어 나타난다. 예를 들어 표현주의 시는 환상적인 세계를 그야말로 '표현'하려 하면서도 문학의 심미적 기능에도 관심을 가져 여러 가지 비유의 구성에 큰 비중을 둔다.

'상호텍스트'의 개념은 이 같은 텍스트 개념의 확대이다. 상호텍스트는 하나의 개별 텍스트를 의미하기보다는 여러 가지 텍스트들이 상호 간에 관계를 맺고 서로를 인용하고 변화시키고 계통을 형성하거나 모티브와 구조를 서로 간에 변형시킬 수 있는 사태를 의미한다. 역사적으로 이 같은 사태는, 인쇄술이 발명된 이후 서적시장에 다량의 책이 쏟아져 나오게 됨으로써 작가들이 다른 작가들의 작품에 대해 잘 알 수 있게 되었을 뿐 아니라 그 책들의 내용을 쉽게 변형시키거나 표절할 수 있었던 데서, 예를 들어 다른 작가 작품의 소재나 모티브를 쉽게 차용할 수 있었던 데서 찾아볼 수 있다. 그러나 하나의 개별 텍스트에서도 그것이 어떤 선행 텍스트들로부터 영향을 받았는지 또는 그것이 어떤 후행 텍스트들에 영향을 미쳤는지 분석해 볼 수 있다.

좁은 의미에서 '상호텍스트성'은 한 텍스트의 다른 텍스트에 대한 다소 의식적인 관계, 직접적인 인용, 모티브의 변형 또는 형식의 차용 등을 의미한다. 그러나 보다 넓은 의미에서 상호텍스트성은 세상의 모든 텍스트들이 그물처럼 서로 연결되어 있는 상태를 가리키기도 한다. 이런 경우 세계는 거대한 도서관으로 간주될 수 있으며, 이 도서관 안에서 세계의 모든 책들은 작가들의 특별한 개입이나 작용 없이 서로 소통한다. 상호텍스트성 이론의 대표적인 학자들 가운데 한 사람인 줄리아 크리스테바에 의하면 작가는 오히려 보편적 교양물이 축적되어 있는 창고로서의 텍스트에 대한 기억에 바탕을 두고 글을 쓰며, 작가는 원칙적으로 이미 존재하는 텍스트들을 새로운 방법으로 서로 결합시키는 형태로 글을 쓴다. 이 같은 상호텍스트성 개념을 보다 넓게 이해하여 그것을 그림이나 영화 또는 음악에까지 확대 적용하면 '다매체적 상호텍스트'라는 더욱 포괄적인 개념이 도입될 수 있다. 다매체적 상호텍스트에서는 하나의 테마가 여러 가지 상이한 예술장르나 매체에서 다루어지는 방식이 분석된다.

포괄적인 상호텍스트 개념보다 더욱 확대된 새로운 개념은 '하이퍼텍스트'의 개념이다. 디지털 시대 컴퓨터 기술의 발달로 생겨난 이 새로운 유형의 텍스트 개념에서는 지금까지 거의 상상도 할 수 없었던 다양한 형태의 텍스트 연결, 변형, 결합과 융합이 가능하다. 낭만주의 시대 이후 문학이 꿈꾸어 왔던 것, 즉 이 세상 모든 텍스트들이 예술의 문제를 지속적으로 논의하면서 공동으로 작용하는 것이 인터넷상의 텍스트들을 통해 가시권에 들어오게 된 것이다. 하이퍼텍스트의 관점에서 보면 텍스트는 이제 더 이상 완성된 생산품이 아니라, 변화 가능하고 유동적이며 완결될 수 없는 것으로 간주된다. 문예학자의 입장에서 보면 디지털 매체의 발달로 방대한 규모의 유동적인 상호텍스트가 생겨난 것이지만, 이 상호텍스트는 그러나 하이퍼텍스트의 차원에 이르러서도 분명히 쌍방향적 성격을 지니게 된다. 다시 말해 인터넷상의 수많은 텍스트들은 글을 쓰는 독자들에 의해 그때그때의 목적이나 의도에 따라 서로 결합되어야 하는 것이다. 그렇지 않을 경우 그 텍스트들은 아무런 의미도 가지지 못한다.

(3) 작 품

오늘날에는 자명한 개념으로 쓰이고 있지만 '텍스트' 개념이 문예학에서 폭넓게 받아들여지게 된 것은 사실 1970년대에 들어와서의 일이다. 그 이전에 '문학텍스트'의 의미로 더 보편적으로 사용되었던 말은 '작품 Werk'이라는 말이었다. 해석학적 문학 이해에서 비롯하는 이 용어는 작가와 개별 텍스트 사이의 내적·유기적 결합의 의미를 내포하고 있었다. 개별텍스트를 '작품'으로서 연구할 때 학자들은 텍스트를 작가의 생애나 의도와 연관 지어 해석했다. 텍스트에서 작가의 의도나 작법을 분석으로써 작가의 발전과정 자체를 밝히려고 한 것이었다. 그래서 한 작가를 연구할 때 '초기 작품', '중기 작품', '후기 작품' 등의 용어가 사용되었으며, 같은 관점에서 그 밖에 다른 창작 단계 구분도 시도되었다. 이 경우 개별 작품도 작가의 그때그때의 발전단계를 나타내주는 것으로 이해되었다.

그러나 이처럼 작가와 텍스트를 동일시하는 것, 아니 심지어 작가의 이런저런 진술을 직접 그의 텍스트에 적용하는 것은 문제가 있음이 곧 드러났다. 작가를 자기 작품과 그 작품의 의미에 대해 전권을 갖는 존재로 인정하는 것은 문제가 있는 것이었으며, 문학 텍스트의 고유한 법칙성을 고려하지 않는 것도 분명 문제가 있는 것이었다. 나아가 '작품' 개념은 또한 한 작가의 개별 문학 작품이나 전체 작품이 통일적 완결성을 지니고 있다는 의미도 내포하고 있었다. 다시 말해 '작품' 개념의 바탕에는 고전주의적 '총체성' 개념이 깔려 있는 것이었는데, 이런 총체성은 그러나 낭만주의나 1900년 이후 현대의 미완성적인 텍스트들에 비추어 볼 때 타당성을 가질 수가 없는 것이었다.

작가의 생애와 의도와 지나치게 결부되는 '작품' 개념이 노정하는 이 같은 문제점들을 인식한 것은 작품내재적 문예학이었다. 따라서 내재적 문예학은 문학 텍스트를 작가의 의도로부터 분리하고 문학을 독자적인 형식적·소재적 구조물로서 분석하기 시작했다. 그러나 늦어도 1970년대부터 사람들은 '작품'이라는 용어 대신에 '텍스트'라는 용어를 더 자주 사용하였다. 그때 학자들은 텍스트에 고유의 독자적인 속성을 인정하면서 텍스트를 작가의 의도로부터 엄격하게 분리하였다. 하지만 이러한 입장이 작가의 특징적인 문체나 개인적인 취향이 텍스트를 통해 반영될 수 있다는 사실을 부정하는 것으로 이해되어서는 안 될 것이다.

작가와 텍스트를 지나치게 밀착시켜 연구하는 것은 그러나 여하튼

피해야 할 일이다. 개별 텍스트는 언제나 작가가 그것으로 애초에 말하려고 했던 것보다 더 많은 것을 말할 수 있는 것이다. 텍스트는 어디까지나 허구의 세계로 남는 것이며, 따라서 이 허구의 세계로부터 작가의 의도를 직접적으로 연역해내는 것은 불가능한 일이다. 예를 들어 토마스 만의 소설 『마의 산』에서 주인공 한스 카스토르프가 무언가를 말할 때, 그의 말은 결코 작가 토마스 만의 말로 해석될 수 없는 것이다. 따라서 문예학적 텍스트 분석에서는 텍스트와 작가의 지평을 분리하는 것이 방법론상으로 피할 수 없는 일이다. 그럴 경우에만 텍스트의 고유하고 독자적인 속성들이 제대로 구명될 수 있기 때문이다.

(4) 카논(필독 도서 목록)

이와 관련하여 최근 몇 년 동안에 집중적인 논의가 이루어진 것이 바로 '카논'의 개념이다. '기준' 또는 '측량대' 등을 의미하는 그리스어 낱말에서 유래하는 말인 '카논'은 사회적 합의에 따라 선정된, 문화적 교양을 위해 필수불가결한 것으로 평가되는 일련의 걸작들을 가리킨다. 계몽주의 시대 이후 글을 읽고 문학을 즐길 줄 아는 사람들이 더욱 많아지게 되고 각종 서적들이 다량으로 쏟아져 나오게 됨에 따라 1800년을 전후한 시기에 벌써 사람들은 믿을 만하고 확실한 소통의 기반을 찾으려고 했으며, 무슨 책들이 더 읽을 만한 가치가 있고 또 어떤 책들이 덜 중요한 것인지 구분하려고 하였다. 책들의 이 같은 중요성 또는 선호도의 문제는 모든 독자 자신이 잠재적인 작가가 되고, 그런 잠재적 작가가 다시 책을 출판하며 실제 작가로 활동할 수 있는 상황(이 같은 상황은 오늘날 인터넷에서 넘쳐나는 수많은 텍스트에서 분명하게 형성되고 있다)이 될 때 더욱 두드러진다.

다소간 구속력 있는, 꼭 읽어야 할 책들이나 작가들의 목록들로서 카논은 독서 자체에 대한 이런저런 지침들을 내용으로 가질 수 있는데, 이러한 목록들에 대해서는 특히 중·고등학교와 대학에서 교육정책도 시행되고 있다. 그러나 어떤 축적된 지식들이 어떤 방법으로 전달되어야 할 것인가 하는 문제, 다시 말해 카논을 결정하는 문제는 비단 중·고등학교 학생들이나 대학생들에게만 중요한 문제가 아니라 폭넓은 일반 독자들에게도 마찬가지로 중요한 관심사이다. 이 독자들은 보편적 교양을 갖추려 하거나 뚜렷한 목표의식을 가지고 무엇을 배우려고 하고, 다른 사람들과의 대화에서 늘 최신의 지적 수준을 유지하고 보편적인 문화적 역량을 기르고 싶어 하는 것인데, 여기에서 필연적으로 대두하게 되는 문제가 바로 카논이다. 중립적인 관점에서 볼 때 카논은 방대한 양으로 제공되는 책들을 경제적으로 취급하는 여러 가지 포괄적인 전략들을 의미한다. 이 경우 물론 상대적으로 덜 알려진 책들은 제대로 평가받지 못할 위험성이 있다.

뿐만 아니라 카논을 정하는 데 있어서는 아직 널리 알려지지 않은 책들이 제외될 위험성도 배제할 수 없다. 어쨌든 카논을 정함에 있어 그 선택이 자의적이고 선택의 기준이 투명하게 설명되지 않을 때 더욱 그렇다. 이와 같은 위험을 피하기 위해서 모든 카논은 그 근거가 분명해야 한다. 예를 들어 어떤 텍스트가 특정 사조나 장르 또는 역사적인 문제를 대변할 수 있는지, 또 그렇다고 할 경우 그 텍스트가 현재에도 통할 수 있는 역사적인 설득력을 가지고 있는지, 또는 텍스트가 흥미 있는 것인지, 다시 말해 새로운 관점들을 제공하고 있는지 하는 등의 문제가 분명하게 밝혀져야 하는 것이다. 카논은 특히 원칙적인 면에서 개방적이라야 한다. 그래야만 주변에서 머무르고 있는 텍스트들이나 최근에 나온 텍스트들도 새롭게 고려될 수 있는 것이다. 이와 같은 타당성과 개방성의 조건이 충족될 경우 카논의 설정은 몇 가지 장점을 갖는다. 문예학에 있어 그 연구대상의 범위가 명확해지며, 문학적 의사소통을 위한 기초를 마련하는 일도 쉬워진다. 푸어만이 말하는 '공동의 문화적 언어게임'에 참여하고 그 과정에서 여러 가지 분석 전략들을 배우는 데도 카논이 도움을 준다.

(5) 평 가

각급 학교의 교과과정표에서뿐 아니라 신문이나 잡지의 문예란에서도 거듭 발표되고 있는 필독 도서 목록의 문제와 연관되어 있는 또 하나의 문제는 문학 평가의 문제다. 문학 작품의 평가는 저널리스트나 교사 또는 교육정책 입안가의 일상적인 업무 가운데 하나다. 그런데 계몽주의 시대의 대표적인 문학 비평가인 레싱부터 현재의 신문·잡지 문예란에서 활동하고 있는 비평가들에 이르기까지 문학 평가는 언제나 '관점' 혹은 시각과 연관되어 있다. 한 문학 텍스트가 왜, 그리고 어떤 관점에서 '훌륭한' 것 또는 '시원찮은' 것으로 평가되는지가 언제나 투명하게 밝혀져야 하는 것이다.

문학 텍스트를 평가함에 있어 일반적으로 적용되고 있는 중요한 기준들은 대략 다음과 같다. 형식적인 측면에서 완결성 또는 개방성, 통일성 또는 산만성, 단순성 또는 복잡성이, 내용적인 측면에서 진리와 인식, 도덕, 인문주의, 정의, 여러 가지 비판적인 관점들이, 관계적 측면에서 전통 계승 또는 규범 파괴와 혁신, 현실참여 또는 현실도피의 경향이 그리고 작용 내지 영향의 관점에서 독자에게 미치는 개인적 영향, 긴장감 또는 지루함, 고통 또는 흥미가 텍스트 평가의 중요한 기준이 된다.

(6) 독서와 독자

'카논'과 '평가'의 개념에 이어 '독자'의 개념도 문예학에서 매우 중요한 역할을 한다. '작가'의 역할이 그랬던 것과 마찬가지로 독자의 역할도 역사적으로 변천을 해왔다. 어원적으로 볼 때 독일어 단어 '읽다 lesen'는 라틴어 단어 'legere'에서 유래하는데 이 단어는 원래 다음과 같은 두 가지 기본적인 의미를 가지며, 이 두 가지 의미는 오늘날에도 그대로 사용되고 있다. 'legere'는 첫째로 이삭이나 과일, 포도 등과 같은 사물을 '주워 모으는 것'을 나타낸다. 다시 말해 온갖 다양한 사물들로부터 특별한 대상들을 선택적으로 분리해내어 그것에 일정한 질서를 부여하는 것을 가리키는 것이다. 두 번째로 그 말은 여러 개의 철자들을 한데 모아 단어를 만드는 것과 텍스트가 갖는 여러 가지 의미들을 가려내는 것을 의미하는데, 'legere', 즉 'lesen'은 오늘날 주로 이 두 번째 의미로 쓰이고 있다.

'읽기'라는 단어의 의미뿐 아니라 독서 행위 그 자체도 많은 변화의 과정을 거쳤다. 근세 초에 이르기까지 승려나 학자 등 소수의 독자들만 접할 수 있었던, 양피지나 닥종이로 만든 소수의 책들은 1500년 무렵 많은 사람들에 의해 반복적으로 읽히게 되었다. 15세기 중반 요하네스 구텐베르크에 의한 금속활자를 이용하는 서적 인쇄술의 발명은 기억과 구비전승의 굴레로부터 독자를 해방시켜 주었다. 서적시장이 팽창함으로써 폭넓고 다양한 독자층의 광범위한 독서가 가능해지게 되었으며, 이 같은 대중화된 독서는 또한 여러 가지 오락적인 기능들도 수행할 수 있었다. 한편 1800년경 계몽주의적인 경향의 교육자들은 이런 오락적인 성격의 독서를 철저한 기분풀이 또는 무분별한 독서 버릇으로 치부하며 비판하기도 하였다.

　계몽주의자들은 교육적인 목적을 위해서도 독서 훈련을 시키려 하고, 나아가 효과적인 독서를 위한 규칙을 만들어내려고 시도를 했지만, 낭만주의 이론가들과 작가들은 '능동적 독서'의 개념을 개발하였다. 낭만주의 시대에 독자는 작가의 쓰기 작업을 계속하는 사람으로 이해되었다. 독자는 작가의 의사소통 상대자이자 그 스스로가 곧 작가인 것이었다. 바로 이 같은 낭만주의적 독자관으로부터 영향을 받아 1960년대 수용미학은 텍스트를 연구함에 있어 독자의 적극적인 역할을 강조하였다. 오늘날까지 자주 논의되고 있는 독서개념은 대략 텍스트에서 이런저런 정보들을 얻어내려고 하는 정보적 독서, 텍스트의 의도나 의미, 주제 등을 밝히려고 하는 해석학적 독서, 그리고 심미적 · 창작적 수준에 도달하려는 창조적 독서, 세 가지로 요약될 수 있을 것이다.

　롤랑 바르트에 의하면 기호 해석과 의미부여 행위로서 '읽기'는 그림이나 영화, 음악, 연극 또는 보다 일반적인 의미에서 유행과 같은 일상적인 현상들을 '읽는' 데에도 적용될 수 있다. 그림이나 영화, 일상적인 현상 등을 이해하는 것은 텍스트를 읽는 것과 비교될 수 있기 때문이다. 결국 텍스트 개념과 독서 개념이 확대되는 것인데, 이 같은 개념 확대는 한편으로 문제가 있기도 하지만, 다른 한편으로는 다양한 예술장르들에서 사용되고 있는 해석 방법들을 서로 비교하는 것뿐 아니라 그것을 넘어 디지털 매체에서 생겨나고 있는 여러 가지 독서방법들을 새로운 관점에서 관찰하는 것을 가능하게 해준다. 텍스트 개념과 독서 개념의 확대로 이전의 집중적 독서는 외연적 · 포괄적 독서로 변화하게 되었다. 오늘날 독자들은 파도 타는 사람처럼 인터넷의 바다에서 넘실대며 즐거운 마음으로 이런저런 정보들을 접하거나 텍스트들을 기분 내키는 대로 결합시키고 있다. 롤랑 바르트의 말대로 독자들은 그야말로 다양한 방법으로 '텍스트를 즐기고' 있는 것이다.

(7) 해 석

이처럼 복잡한 양상을 띠기 시작하는 '읽기'의 문제와 더불어 마지막으로 문예학자의 중심적 활동분야라 할 해석의 문제가 시험대에 오르게 된다. 라틴어 어원에서 '설명'이나 '분석', '번역'의 의미를 갖는 '해석 Interpretation'은 일단 긴 역사와 전통을 갖고 있는 해석학에서 개발된 설명 방법 혹은 절차로 정의될 수 있는데, 해석학은 무엇보다도 역사적 이해 및 텍스트 설명의 문제와 함께 이러한 이해 내지 설명의 방식을 성경이나 법률 텍스트 같은 것에 실제적으로 적용하는 문제를 다룬다. 그러나 텍스트의 이해는 완결될 수 없는 과정으로서 역사적 환경이 변화하는 데 따라, 또 개개 독자들이 주관적인 견해를 가지고 개입하게 됨에 따라 항상 새로운 의미들을 만들어낼 수 있기 때문에, 해석은 또한 독자에게 언제나 창조적으로 이해할 것을 요구한다.

이런 주관적인 해석과정에는 텍스트에 대한 보다 객관적인 '사실분석'이 병행될 수 있다. 하지만 자연과학적인 연구와 마찬가지로 소위 객관적인 분석이라고 하는 것이 언제나 주관적인 연구관점을 전제로 한다는 사실은 기본적으로 그것으로 인해 조금도 달라지지 않는다. 가다머가 주장한 것처럼 특정의 인식관심이 특정의 인식결과를 가져오는 것이다. 이를 문예학에 적용해 말하면, 해석이란 한 텍스트 속에 영구불변하는 형식으로 고정되어 있어 일정한 규칙에 따라 재발견될 수 있는 정보들을 풀이하는 과정이 결코 아닌 것이다.

해석은 그러나 자의적인 주관성의 발휘에서 끝나서는 안 된다. 해석다운 해석은 텍스트 속에서 찾아낸 단서들이나 증거자료들을 통해 설득력을 얻고 있어야 하며, 다른 해석들과의 논쟁에서 자기주장을 분명하게 펼칠 수 있어야 한다. 상호간에 이런 협력이 이루어질 때 해석들은 텍스트에 대해 여러 가지 물음들을 제기하고, 그 약점들을 찾아내고, 동일한 텍스트에 바탕 하여 새로운 사유가능성을 열고, 그리고 텍스트를 다양한 관점에서 바라볼 수 있는 것이다.

1.3. 문학적 의사소통

작가·작품(텍스트) 그리고 독자는 서로 밀접하게 결합되어 있으며 상호 의존한다. 작가란 하나 또는 다수의 텍스트를 썼거나 현재 쓰고 있는 사람을 말한다. 작가가 없다면 텍스트는 존재하지 않을 것이다. 작가가 '단지 자신의 책상서랍을 위해서만' 텍스트를 쓰거나, 또는 텍스트가 그 밖의 다른 이유에서 어느 누구에게도 도달하지 못하는 예외적인 경우를 제외하고 말한다면 텍스트는 읽혀짐으로써 비로소 진정한 의미에서 자신의 존재를 '실현'하게 되는 것이다. 작가, 텍스트, 독자 사이에는 소위 대화적인 관계가 존재한다. 이들은 의사소통체계의 구성인자들이다. 그러므로 모든 개별적인 연구에서 이 세 요소를 함께 고려하는 것은 매우 의미 있는 일이다.

규범 시학의 이해에 따르면 17세기에 이르기까지 작가는 예술에 부합되게 작시할 수 있는 능력을 입증함으로써 '권위'도 지녔던 것이다. 그를 인정하는 수준은 그의 학식과 노련함의 정도에 비례했다. 작가의 창작이 '시대적 취향'을 대변할 경우, 이런 작업은 일반규칙의 성공적인 준수를 나타내는 증거로 통했다. 1865년경에 이르러 비로소 작가는 문학시장의 확장을 기반으로 해서 자신의 '정신적 소유물'에 대해 법적으로 명문화된 저작권의 소유자가 된다. 하지만 현실적으로는 정신적 소유물의 대부분이 아직도 출판인에게 양도되어야 하는 상황이었다. 이런 쪽으로의 법적 발전은 무엇보다도 저작권자에 대한 새로운 이해가 관철됨으로써 요구되고 가능해졌으며, 또 이런 견해는 작가의 개성을 바탕으로 구축되었다. 아울러 작가는 의미의 창조자로서 특별한 재능을 갖추어야만 했다. 이상적인 경우 그는 자기 스스로 법칙을 창조해 내는 천재이자 자율성의 기초자였다. 작가의 작품은 일종의 '소규모 창조물'이자 소우주였고, 인격체로서의 작가에게 귀속됨은 말할 필요도 없을 뿐더러 특정한 의미로 채워지거나 의리를 창출하는 형성물로도 통했다. 그 의미를 읽어 내고 그 뜻을 풀이하며 추체험, 간접 체험하는 일은 독자의 과제였다. 의미는 물론 텍스트 안에 어떤 형태로든 내재되어 있긴 하지만, 독자들이 그것을 재구성함으로써 비로소 나름의 본래적인 '생명'을 획득하게 된다. 이러한 모델에서는 독서가 두 가지 관점에서 '교양'과 결부되어 있다. 독서과정 자체는 최소한 텍스트가 지닌 의미의 대략적인 획득, 즉 의미의 형성과정으로 이해된다. 또 이렇게 획득된 텍스트의 의미는 동시에 독자의 교양을 확대시켜 주는 것으로 이해될 수 있다. 20세기 초 정신사적 문예학에 의해 철저히 명문화된 해석의 해석학적 처리방식도 동일한 원리에 기초하고 있다. 그리고 근본적으로는 그 이후에 나온 대부분의 문학이론적 구상들 역시 얼마쯤은 결정적으로 그러한 원리를 고수했다. 위르겐 슈테는 문학해석의 가장 중요한 측면들을 분화시켜 아주 포괄적으로 서술한 바 있다. 독자대중에 관한 한 여기서는 역시 사회·경제적 측면도 주목해야만 한다. 18세기에서 19세기의 전환점에 이르기까지는 비교적 소수의 엘리트층만이 글을 읽을 수 있었고, 또 책을 접할 수 있다는 것이 일종의 특권처럼 되어 있었다고 한다면, 그 후 폭발적으로 늘어난 문자보급의 흐름 속에서 비로소 문학은 대량으로 확산된 상품으로서, 즉 경제적 인자로서의 비중을 끊임없이 증대시킬 수 있었던 것이다.

최근에 이르러 다양한 탈구조주의적 이론들이 '작가-텍스트-독자'

간의 관계에서 근본적인 수정작업을 시도했다. 이에 관해서는 여기서 단지 개략적으로만 언급하고자 한다. 이 이론들에서 자주 거론되는 것이 소위 '작가의 죽음'이다. 이런 상황의 변화에 각별한 영향을 미친 철학자는 미셸 푸코)이다. '작가란 무엇인가?' 라는 유명한 연설에서 푸코는 먼저 정신사, 이념사, 문학사 그리고 또한 철학사와 학문사에서의 개인화에 대한 거점으로서 작가를 이해하는 전통적인 관념을 거부하는 일에서 출발한다. 그럼으로써 실제적으로 주어진 한 작가의 특정 경향에 대한 인식이 초월적으로 중단되는 것이다. 그 결과 프랑스의 시인 말라르메 이후 줄곧 유효한 실체로서의 작가의 존재는 실종되고 만다. 자신의 '담론이론'에서 푸코는 작가의 실종을 통해 텅 비게 된 자리를 발견해 내고, 흩어져 있는 틈과 균열의 존재를 추적하면서 그 실종을 가시화시켜 주는 자유공간과 기능을 탐색해내는 일을 과제로 삼는다. 이대 푸코는 담론과 관련하여 작가의 이름에는 단지 분류 기능만을 인정해 주고 있다. 즉 사람들은 그런 작가의 이름으로써 일정한 수의 텍스트들을 한데 묶고, 경계를 정하고, 몇몇 텍스트들은 제외시키거나 다른 것과 대치시킬 수 있다는 것이다.

결국 작가의 이름은 담론의 특정한 존재방식을 표시하는 기능을 가지게 된다. 정확히 말하면 푸코에게 있어서 작가는 사라진 것이 아니라, 단지 더 이상 작품 이전에 존재하는 창조적 원천으로 여겨지지 않는 것이다. 그 대신 작가는 그가 다른 담론과 구분하는, 이미 존재하고 있는 담론 내에서 질서를 부여하는 대리인의 기능만을 갖게 되는 것이다. 문제가 되는 것은 소위 '담론 결핍'의 부정적 유희이다. 푸코는 주체를 기초화의 기점으로 파악하려는 모든 개인화의 형태에 반대한다. 텍스트 개념 또한 그의 경우에는 비슷한 추이를 보인다. 그는 작품을 더 이상 자체 완결적인 의미 수어체로 보지 않았다. 작품은 가장 우선적으로 텍스트요 직물이며, 만들어진 것이자 짜인 것이다. 작품은 콘텍스트의 인공적인 종결이며, 결국 임의로 끼워 맞춰진 통일체이다. 또한 깨지기 쉽고 동질적이지 못하며 상징이 될 수도 없다. 작품은 부분으로써 전체를 나타내는 '대유' 관계를 지칭하지도 않는다. 텍스트는 단지 다양한 종류의 표현들이 한데 모인 장소일 뿐이며, 단지 그런 표현들이 왜 다른 그 하나의 텍스트에서 결합되었는가 하는 문제만이 흥미롭게 보일 뿐이다.

이런 맥락에서 자크 데리다의 '해체이론'은 의미와 질서를 창출하는 초월적 주체의 존재와 그에 상응하여 의미로 충만된 로고스 질서를 가정하는 유럽적 형이상학에 대한 근원적인 비판과 거부의 자세에서 출발한다. 페르디낭 드 소쉬르의 구조주의 언어학이 구분하는 '기표'와 '기의'에 근거하여 데리다는 글로 고착된 텍스트에서도 역시 단일한 보편적 기이의 존재를 부정한다. 그러한 기의의 부재는 텍스트를 위해 오히려 구성적이다. 텍스트는 기호로서 이루어지는데, 데리다는 한 편으로 그것의 우연성을 강조하며, 다른 한편으로는 그 의미를 단지 텍스트가 다른 기호들과 구분된다는 점에서만 인정한다. 기호들의 현존은 동시에 다른 기호들의 부재를 의미한다. 따라서 의미는 단지 구별을 통해서만 생겨난다. 항상 완결되지 않은 채로 남아 있고, 그래서 모든 새로운 독자나 해석자가 새로운 방식으로 참여하는 의미들의 게임이 중요한 것이다. 예일 학파의 폴 드 만도 이와 유사한 단초를 대변한다. 그는 언어의 형성력을 강조한다. 그는 문학을 무엇보다도 구도 내지 형상화로서 이해한다. 그에 상응하여 문예학이 관심을 쏟아야 할 것은 이 형상화이지 외적 지시물과의 성급한 관계가 아니다. 독서는 텍스트에 아무것도 덧붙이지 않으며, 처음에는 그 모순성 안에서, 그리고 그 다음에는 그 모순성으로부터 텍스트를 구성한다. 이러한 탈

구조주의적, 해체주의적 텍스트 관에 대해 니콜라우스 베크만은 다음과 같이 간략하게 정의를 내리고 있다. "텍스트는 더 이상 일종의 '통과역'으로 이해될 수 없으며, 아마도 언어이전적 의도의 투명한 매체로도 이해될 수 없을 것이다. 텍스트는 스스로 의미생산을 위한 장소가 된다. 하지만 의미는 결정적으로 고착된 텍스트 의미로서가 아니라 의미의 가능성으로서 이해된다. 텍스트는 완결되지 않고, 완결될 수도 없는 의미에 대한 잠재력을 생산한다. 이러한 기제의 동력 요소는 언어인데, 물론 그 언어는 우선적으로 의사소통의 수단으로서는 결코 상정되지 않는다. 언어에 있어서 근본적인 것은 글자에서 나타난다. 그 까닭은 차이가 있는 철자들의 조합 속에서 의미가 거리, 즉 다른 철자와의 구별을 통해서 생겨나는 것처럼, 사상뿐 아니라 한 언어가 지닌 소리의 분량도 상이한 발음을 필요로 하기 때문이다. 텍스트라는 기계의 생산과정에 대한 명칭으로서의 저술은 의미의 창조자로서 자신을 주장하고자 하는 주체에 의해 좌우되지 않고 독립적으로 기능을 행사한다"

이처럼 이론적으로는 수긍이 가는 해체주의적 주장들은 한동안 기존의 문학계와 문예학계의 풍토에 회오리바람을 몰고 오는 듯했으나, 전통적인 의미론을 전면적으로 부정하고 텍스트의 개방적 측면만을 절대적으로 강조한다는 문제성 때문에 오히려 '역전패'하고 있는 감마저 든다. 아무튼 문학의 항구적인 문제성에 관한 서술과 묘사에서 우리는 일시적인 유행에 편승함 없이 기존의 통용성과 전통성을 주목하면서 조심스럽게 문제의 핵심에 접근하는 태도를 저버리는 우를 범하지는 말하여 할 것이다.

1.4. '문학' 개념의 변천

문예학의 대상으로서 '문학 Literatur'의 개념은 그 정의를 내리기가 쉽지 않다. 이 개념은 역사가 오래 되고 그간 많은 의미 변화를 겪어 왔지만 오늘날까지도 통일된 정의가 내려지지 못하고 있다. 이런 가운데 오늘날 문학은 대체로 하나의 사회적 체계 또는 복합적인 현상으로 간주되고 있다. '문학'은 우선 구술적 표현에 대해 대체로 문자적 표현으로서 구별하는 것이 일반적이다. 물론 오늘날에도 문자성과 구술성의 두 측면을 다 고려하는 견해도 전무한 것은 아니다. 하지만 고대에는 'litteratura'라는 말이 글로 쓰인 모든 것을 의미하는 것으로 받아들여졌고, 전체 학문분야에서 사용되었다. 지금도 Literatur는 일차적으로 그런 의미로 이해되고 있다.

그렇지만 지난날 중세에는 Literatur가 종교적 저술을 나타내는 'scriptura'의 반대개념으로서 특별히 세속적인 텍스트들을 일컬었고, 르네상스시기에 이르러서는 문학, 즉 Literatur는 학식 또는 박식을 강조하는 의미를 얻었는가 하면, 인도주의자들은 여전히 보편적인 문학 개념을 견지했다. 그러다가 17세기 프랑스에서는 'belles-lettres'('아름다운 학문')라는 개념이 등장했다. 그 속에는 학자들의 작업으로 여겨졌던 '포에지 Poesie'(시문학)가 항상 철학(인식론, 논리학, 물리학, 즉 당대의 모든 자연과학적 지식)과 함께 포함되었다. 그러나 이미 당시에도 이러한 포괄적 개념의 해체 현상은 나타나고 있었다. 곧 18세기에는 문학이라는 개념 아래 그 하위 개념인 '순수문학 Dichtung'이 특수화되었다. 같은 맥락에서 칸트는 결국 무목적적인 순수예술이라는 의미에서 문학의 자율성을 주장하기에 이르렀다.

이와 관련해서 독일의 초기 낭만주의는 새로운 '시문학'의 개념을 발달시켰는데, 그것은 자율적 '문학' 개념과 동등한 것이었고, 다른 예술들뿐만 아니라 전체 삶에도 관계된 것이었다. 그 후 약 20년이 흐르면서 '시문학' 개념은 축소되는 현상을 드러내 보이다가 마침내 대체로 서정시와 동일한 것으로 이해되었다. 이와 병행해서 청년독일파와 3월 혁명이전 시대에 이르러서는 '문학'의 개념이 '예술로서의 문학' 내지 문학예술을 나타내는 것으로 인식되었으며, 그러한 상황은 유럽의 다른 이웃 나라에서도 마찬가지였다. 동시에 문학 생산의 엄청난 증가는 오락문학과 정의상 구분을 두는 결과를 초래했다. 오늘날에는 이에 통속문학과 대중문학이라는 용어를 도입해 사용하고 있다.

19세기의 전반에는 '고급문학' 내지 '수준 높은 문학'을 '저급문학'과 분리시킴으로써 'Dichtung'이라는 개념은 보다 큰 규모로 그 세력을 확장하게 되었다. 특히 시인은 신의 은총을 받은 가인이라는 횔덜린의 견해로부터 20세기 초 독일의 정신사가 들은 마침내 '순수문학 Dichtung' 과 '문학 Literatur'의 대립을 특별히 강조하기에 이르렀다. '독일적 내면성'으로의 후퇴와도 관계가 있는 'Dichter'와 'Dichtung'이라는 단어의 신화적 · 비합리적인 부수 의미는 민족적 보수주의적 태도와 자주 결합되었다. 그래서 토마스 만은 1차 세계대전 중세 자신이 저술한 「어떤 비정치인의 고찰」에서 그의 형인 하인리히 만을 비하하여 '문명 문사' 라고 불렀다. 순수 문학, 즉 Dichtung이라는 개념이 지나치게 과대평가 됨으로써 독일의 문예학계에서는 그 후 오랫동안 씻어내기 어려운 편견과 통념이 지배하는 결과를 초래했다.

1969년에도 게로 폰 빌페르트는 'Dichtung'을 자신의 문학 용어 사전에서 다음과 같이 정의하고 있다. "순수문학은 꼭 글에만 한정되지 않는, 문학의 부분영역으로서 언어예술의 최고형식이다. 이 속에서는 언어 안에 주어진 의미의 표상들이 낱말과 소리들의 정서적 요소 및 풍부한 다층적 의미와 혼연일체가 되어 해체될 수 없는 궁극적인 형식을 이룸으로써 심오한 존재의 기반을 본질적으로 밝히고 형상적으로 응축하는 데 기여한다. 순수문학은 최고의 고귀하고 순수하며, 고유의 법칙과 일치하는 자기완결적인 고유세계를 만들어 낸다. 그러므로 이에 적합한 관찰방법은 그것을 독립적인 예술품으로 다루는 것이며, 그 속에서는 작가와 시대정신이나 민족정신의 반영 혹은 어떤 세계관을 찾으려 하지 않은 것이다. 순수문학은 어떤 다른 것의 표현으로서 연구될 수는 없고 그 자체로서 신성하게 연구되어야 한다. 그리고 그 영향은 순수문학의 고유한 환경 속에서 수용자와의 일치를 통해 이루어지며 내적 공명 속에서만 체험된다."

칼 오토 콘라디는 1974년에 「순수문학과 순수작가의 신비화에 대한 반론」이라는 논문에서 맹목적인 선입견을 가지고 이 개념들을 사용하는 데 반대하였다. 왜냐하면 그렇게 함으로써 사람들은 중요성을 주장하기 위해 공허한 형식을 강구하기 때문이라는 것이다. 또한 그는 어떤 경우에도 그 개념들은 철저히 가치중립적으로 사용할 것을 충고했다. 여기서 좀 더 정확한 설명을 위해 지난날을 잠시 되돌아볼 필요가 있다. 라이너 로젠베르크는 '문학 Literatur', '시문학 Poesie', '순수문학 Dichtung'이라는 개념의 발달이 18세기 후반 이래 '작품개념 Werkbegriff'의 생성과 밀접한 관계가 있다는 데 주의를 환기시켰다. '작품 Werk'은 살아 있는 유기체의 모델로서 간주되었고 그 자체로서 완결된 전체, 고유한 소우주로 여겨졌다. 그에 따르면 '순수작가 Dichter'는 일종의 소우주의 창조자였다. 이러한 견해는 물론 앞서 말한 신비화의 경향에 아주 잘 부흥했다. 그러한 유기체적 작품모델은 1960년대 이후로 점점 서 세력을 확대해 간 구조주의로부터 비판을 받았고 창조적인 요소의 함의를 상실하고 순수하게 기술적인 텍스트 개념으로 대체되었다. 이때 텍스트 개념은 문학성과 같은 특별 범주들을 상실할 필요도 없이 원칙적으로 모든 분석적 방법을 동원하여 다뤄질 수 있는 모든 종류의 텍스트들을 다 포괄한다. 앞으로 다른 대목에서 기호학적이고 체계이론적인 단초를 통해 이 개념을 세분화시며 상술할 것이다. 여기서는 일단 '문학'이라는 개념이 문예학에서뿐 아니라, 예를 들어 20세기의 아방가르드적 조류의 작가나 작가집단에게서도 자주 다양하게 변화되었다는 점을 지적해 두기로 한다.

문학이라는 개념의 근본적인 변화는 지난 수십 년 동안에 특히 다양한 시청각매체가 보여 준 가능성을 통해 유발되었다. 영화, 방송극 또는 TV극과 같은 새로운 장르들이 그러한 가능성을 보여 주었고, 오늘날의 멀티미디어 시대에 임해서는 점점 더 커다란 의미와 파급효과를 가지게 되었다. 점점 더 많은 '소비자'들이 문학작품들을 단지 영화나 TV극을 통해서만 알게 된다는 사실뿐만이 아니라, 다중매체를 통해 수용되기 위해 만들어진 텍스트들은 작가들에게 이전과는 전혀 다른 요구들을 내세우고 있다는 사실도 주목할 필요가 있다. 그래서 최근에 이르러 근대적 산문에서도 '영화적 구조들'이 발견된다는 연구가 자주 나오고 있다. 또 하나의 중요한 측면은 이 새로운 매체장르들이 일반적으로는 더 이상 한 사람의 개별 작가에 의해 생겨나는 것이 아니라 다수의 '생산자들'이 만드는 협동 '작품'이라는 점이다. 이로써 작가는 복수화·집단화되는 것이다. 이런 사실은 필연적으로 관습적인 작품개념과 작가개념의 수정을 낳게 되고, 현재 이에 대한 집중적인 토론이 이루어지고 있다. 뿐만 아니라 바야흐로 21세기를 맞이한 지금, 정보사회의 세계화 물결은 여지없이 현실로 다가섰고 너나 나나 할 것 없이 컴퓨터의 위세 앞에 문학창작이나 보급 및 수용이 그 전과는 다른 차원에서 논의되지 않을 수 없기 때문에 문예학은 다시금 새로운 도전을 맞고 있다.

결론적으로 말하자면 이 모든 것으로부터 귀결되는 요구 중 하나로서 오늘날에는 문예학의 대상영역을 가능한 한 넓게 잡아야 할 것이다. 그러한 대상영역은 미학적으로 '가치가 높은' 것들과 '가치가 낮은' 것들, 허구적인 것과 비 허구적인 것들, 개인적인 것과 집단작업으로 이루어진 텍스트들을 모두 다 포괄해야 하며, 또한 유행가, 만화, 라디오특집, 비디오물이나 영화에서와 같이 다른 표현양식과 언어가 관련을 맺게 되는 장르들도 포함해야 할 필요가 있다. 물론 어린이문학, 여행문학, 방언문학, 기록문학과 실용문학(르포, 전단, 정치적 연설, 설교, 저널리즘적 텍스트, 에세이, 전기, 자서전)들이 이에 속한다. 모든 분석의 처리방식들은 그것이 대상에의 적절한 접근을 가능하게 해준다면 시험되어야 하고 또 허용되어야 한다. 문예학이 새로운 인식과 발전을 위해 대상과 방법을 항상 개방해야 하고, 자기비판적인 시각으로 스스로를 지속적으로 반성해야 함은 두말할 필요도 없다 물론 이 모든 것들을 외국 문학도들에게도 무차별적으로 요구할 수 없음은 분명하고, 이 요구도 주어진 여건에 따라 그 한계를 정할 수밖에 없을 것이다.

문예학에 제시된 세 가지 주요 과제영역인 문학의 이론, 문학의 해석, 문학의 역사 이외에도 종종 간과되고 있는 또 하나의 주요 영역이 존대하고 있으니 '텍스트 간행'이 곧 그것이다. 이 과제는 외국 문학도로서 실로 감당해 내기가 벅찬 것이 사실이지만, 자국의 국어 국문학도로서는 필수적으로 소화해야 할 중요한 연구 분야에 속함이 틀림없다 하겠다.

1.5. 텍스트 비평과 간행

문예학에서 어떤 형태로든 분석과 해석의 중심대상이 되는 것은 언제나 작품 혹은 텍스트이다. 이때 텍스트의 신비성은 포기할 수 없는 중요한 전제이다. 현대의 텍스트들에서는 이런 점에서 별다른 어려움이 없다. 특히 육필원고가 아닌 컴퓨터로 작성되어 사전에 수정작업을 거친 텍스트의 자동편집의 경우는 사정이 예전과는 판연히 다르기 때문이다. 유명 출판사들은 대체로 텍스트의 신빙성에 각별히 비중을 두고 있다. 그러나 이전 시대의 텍스트들에서는 상황에 따라 그런 문제들이 훨씬 더 복잡하다. 원작자가 스스로 수정하는 경우든, 출판사나 다른 사람들에 의해 인쇄 전에 독자적으로 변경된 경우든, 아니면 우연히 오식이 들어간 경우든 종종 서로 어긋나는 판본들이 생겨나기 때문이다. 의미왜곡이나 의미굴절이 발생하지 않게 하려면 문자나 구두점 및 문단 나누기 등 모든 것이 하나같이 다 중요하다. 예컨대 원작의 출판인이 직접 담당하지 않은 이중 인쇄와 재인쇄, 또는 부당한 방법으로 확보한 원고를 불법적으로 인쇄할 때에도 이런 문제들이 발생한다. 따라서 모든 문예학적 작업에는 정확하고 틀림없는 확실한 텍스트의 출판을 가능하게 하는 세심한 텍스트 검사가 선행되어야 한다. 이 경우 신빙성이 최고의 기준이 된다. 이런 검사가 없을 경우 나중에 오해나 중대한 오류를 쉽게 범하게 된다. 일반적으로 문예학 전공 학생들에게 요구되는 것은 믿을 만한 텍스트를 만들어내는 것이라기보다는 그러한 작업의 중요성에 대한 인식, 그 작업의 철저한 처리방식 및 용어들에 관한 지식이다.

텍스트 비평은 문헌학적으로 볼 때 매우 중요한 위치를 차지한다. 현대 문예학은 19세기 전반기에 고전적 고대의 학문, 즉 신학과 고전

문헌학으로부터 텍스트 비평의 방법을 수용하고 더욱 발전시켰다. 이 분야의 선구자적 작업은 칼 라흐만이 1838부터 1840년까지 발간한 '레싱 간행본'에 의해 이루어졌다. 문학텍스트의 구성과 주석에 관한 학설을 비롯해 현대 간행문헌학에서 중요한 원칙은 작가의 육필사본·받아쓰기·위임받았거나 그렇지 않은 인쇄본 같은, 전달자의 역할을 하는 모든 가능한 '증거물'을 찾아내는 것이다. 해당 판본에는 원본과 이본들이 기재되고 그 특징이 제시된다. 이것들은 과거에 필요에 따라 분화된 특정 '약호들'을 통해 표기되었는데, 현대적 편집에서도 그러한 약호들은 유효하게 사용되고 있다. 'H¹, H², H³'는 작가의 육필 원고를 연대순으로 나타내며, 'h¹, h², h³'는 제3자에 의한 기록들, 'D¹, D², D³'는 합법적인 인쇄, 'D, D, D'는 불법적인 인쇄, 'D, D, Dʳ'는 이중 인쇄 그리고 'J(혹은 Z)¹, J², J³'는 잡지나 달력 등에서의 인쇄를 표시하는 데 사용된다. 작가 자신이 직접 행한 텍스트 교정이나 새 판본들을 보여 줌으로써 해석을 위해 중요한 텍스트의 발생사에 대한 설득력 있는 통찰을 가능하게 해주고 동시에 일정한 명확성을 부여해주는 '변형들 Varianten'과, 작가와는 무관하게 동일한 작품의 이본에 대립해서 언어발전이나 필사자의 습관으로부터 생겨난 한 텍스트의 독해 방법들이라 할 수 있는 '독법들Lesarten'을 서로 구분하는 것도 또한 중요하다.

판본과 관련되는 이러한 범주들이 모두 다 고려될 때 비로소 하나의 '역사-비판본'이 만들어질 수 있다. '역사-비판본'은 "텍스트나 텍스트 증거물의 생성 사는 물론 그 전승사도 가능한 한 정확히 기술하고 있는 한, 즉 텍스트의 발생은 말할 것도 없고 그 계통학에 관해 명확성을 확보해 준다는 점에서 '역사'적이다. 또 전해 내려온 모든 종류의 텍스트 증거물의 조사, 그것의 비판적 검토 및 때로는 비판을 통해 인식된 명백한 오류들의 교정 등을 기반으로 해서 만들어진다는 점에서 그것은 '비판'적이다. 한 작품의 역사와 그것의 전승에 대한 서술과 텍스트 비평이 불가분의 관계를 맺으며 서로를 해명해 준다고 하는 것은 명백한 사실이다." '역사-비판'이라는 표현 속에 짧은 횡선이 그어져 있는 것은 바로 이런 이유에서이다. '역사-비판본'은 텍스트 외에도 종종 매우 광범위한 '고증자료란'을 지닌다. 헤르베르트 크라프트에 의하면 고증자료란은 우선 작품 본문 부분과 주석 부분으로 이루어지며, 주석 부분에서는 판본의 종류와, 간행 절차, 필사본의 전승과 인쇄, 텍스트의 출처, 생성사, 이본들 등이 자세하게 설명된다.

생존 작가의 마지막 판본으로서 소위 '최종본'이 존재한다면 간행자는 어떤 특별한 문제에 봉착하게 된다. 왜냐하면 그것이 곧바로 아무 문제없이 유일하게 타당한 간행본의 기초로 선택될 수 있는 것이 아니기 때문이다. 모든 점에서 최종본은 당대의 작가 의지에 부합하는 것이지만, 다른 한 편으로 작품의 초간 내지 첫 판본도 저자의 문학적 발전을 보여 주는 다양한 자료들의 기록을 위해 필수 불가결한 것이다. 따라서 역사-비판본은 물론 이초간 본도 중요하게 고려돼야만 한다.

작가와 관련해서 이와 같은 요구들을 전부 다 만족시키는 간행본이 항상 있는 것은 아니다. 그럼에도 불구하고 특정 작가의 작품을 연구하는 학자들이나 문예학 전공의 학생들로서는 그런 판본을 어디서, 어떻게 찾아야 하는지 아는 것이 매우 중요하다. 바로 그런 작업을 위해 필요한 상세한 서지학적 관련 보조 자료가 존재한다. 역사-비판본은 대개 매우 비싸고 부피가 크기 때문에 실제로는 '학술염가판'이 권장된다. '학술염가판'은 충분히 가치 있는 주석을 갖추고 있고 텍스트 비평적인 검토도 거친 판본이지만 역사-비판 본처럼 광범위한 자료를 지니고 있지는 않다. 요한 볼프강 폰 괴테의 전집을 예로 들어 설명하면, 흔히 "바이마르 판본"이라 불리고 있는 'Johann Wolfgang von Goethe: Werke, Hrsg. im Auftrag der Großherzogin Sophie von Sachsen. 143 Bde. in 4 Abt., Weimar 1887-1919'은 역사-비판본이며, 보다 손쉽게 적은 비용으로 구입할 수 있는 "함부르크 판본", 즉 'Goethe, Johann Wolfgang von: Werke. von Erich Trunz, 14 Bde. Hamburg: Wegner 1948-60'은 학술염가판이다.

오늘날에는 다행히도 많은 경우 믿을 만한 텍스트를 기초로 한 '포켓판'이 존재한다. 이것은 세미나 리포트를 쓸 때 별다른 문제없이 사용될 수 있으며, 대학의 많은 강의자들도 강의 시에 이 포켓판을 자주 사용한다. 그러나 국가고사 논문을 비롯해 석사학위 논문 및 박사학위 논문을 작성할 때는 가능한 한 역사-비판본을 사용해야 한다.

믿을 만한 판본을 구하는 문제와 관련되어 있는 것으로 문예학 전공 학생들에게 또 한 가지 중요한 것은 도서관 이용 문제다. 모든 종류의 학문적 연구 작업을 위해서는 도서관을 효과적으로 이용하는 것이 무엇보다도 중요하기 때문이다. 따라서 가능한 한 전공 공부를 시작하는 초기에 도서관의 제도적 구성과 기능들을 확실히 알 수 있도록 학과 자료실과 대학 도서관의 안내행사에 적극 참여하는 것이 권장 된다. 나아가 참고자료가 필요할 때 어디서, 어떻게 찾을 수 있는지, 예를 들어 논문 작성에 필요한 문예학 편람이나 소책자 · 참고서 · 관계도서 등을 어디서, 어떻게 빌릴 수 있는지 정확히 알아 두어야 한다.

2

독일문학사

2.1. 용어의 문제: '시대'의 개념

문예학자가 그의 학문적 연구대상인 문학텍스트들을 분류하고 정돈하는 데 사용하는 여러 가지 중요한 범주화 체계들 가운데 하나는 문학을 여러 가지 시대 개념들을 통해 역사적으로 고찰하는 것, 문학의 시대구분이다. 오늘날 주로 '시기' 또는 '시대'의 의미로 쓰이고 있는 독일어 단어 'Epoche'는 '거점', '억제', '단절', '정지' 또는 '중지'의 뜻을 갖는 그리스어 단어 'epoche'에서 유래한다. 실제로 'Epoche'는 18세기 말까지 대체로 이 그리스어 어원의 의미로 주로 사용되었다. 다시 말해 사람들은 특정 사건을 'Epoche'라 불렀는데, 이때 Epoche는 한 시기의 종결 내지 새로운 시기의 시작을 의미하는 것이었다. 'Epoche'가 오늘날의 의미로 쓰이게 된 것은 19세기에 들어와서의 일이다. 다시 말해 'Epoche'는 19세기가 진행되는 중에 비로소 '두 개의 계기 또는 시점 사이의 기간'을 가리키게 된 것이다. 도대체가 하나의 기간을 'Epoche', 즉 '시대'로 부를 수 있기 위해서는 두 개의 시점이 필요하다. 따라서 시대명칭들은 추후에만 고안되고 부여될 수 있는 것이며, 현재의 시기는 시대로서 규정될 수가 없다.

이 같은 두 개의 경계 시점을 넘어 문학사의 각종 시대명칭들은 특정 기간, 특정 텍스트들의 공통점들을 전제로 한다. 이런 공통적인 특징들이 있어야 비로소 한 기간의 텍스트들을 그 기간 전후 기간들의 텍스트들과 구분할 수 있기 때문이다. 물론 이 때 그러한 공통점들은 일부만 그 시대에 특징적인 것이며, 나머지 공통점들은 문체론이나 장르론 그리고 그 밖의 다른 점에서 전후 시기와 연속성을 갖는다.

문학사 기술에서 시대들을 서로 구분하고 특정의 문학사적 시기에 특정의 시대명칭을 부여하는 데 사용될 수 있는 기준들은 매우 다양한 성격 내지 근거를 가지고 있는데, 그러한 기준들 가운데 중요한 것을 정리해보면 대략 다음과 같다.

첫째로 정치사적·사회사적 기준들이 문학사에 응용될 수 있다. 예를 들어 '괴테시대'라는 개념은 일반 역사기술에서 자주 사용되는 군주제의 기준에 맞추어 생긴 것이다. 독일문학사에서 1830년과 1848년 사이의 문학은 '3월 전기'로 명명되는데, 문학사의 이러한 시대명칭은 1848년의 3월 혁명에서 유래한다. 또 1871년부터 1918년까지의 문학은 흔히 '제국 문학'이라 일컬어지고 있으며, 1945년 이후의 문학은 '서독 문학', '동독 문학' 등으로 불리고 있다.

둘째로 철학사·이념사 또는 종교사에서 쓰이는 개념들도 문학사의 시대명칭으로 사용될 수 있다. '인문주의' 문학, '르네상스' 문학, '계몽주의' 문학 등이 그 예다. '종교개혁 시대'는 종교사에서, '계몽주의'는 철학사에서 그리고 '르네상스'와 '바로크'는 미술사에서 빌려 온 시대명칭들이다.

이런 두 가지 문학외적인 시대 구분 기준 외에 문학내적인 기준들도 시대구분에 사용될 수 있다. 시론사적·미학적-강령적 또는 문체론적 개념들이 문학사 시대 구분의 기준이 될 수 있는 것이다. 예를 들어 '바로크 Barock'는 양식 내지 문체 개념인데, 이것은 원래 미술사에서 쓰였으나 17세기의 문학에도 응용되고 있다. 1770년과 1785년 사이에 아주 특징적인 미적 프로그램을 실천해 보였던 일련의 텍스트와 일군의 젊은 작가들은 '슈투름 운트 드랑 Sturm und Drang'이라는 시대개념으로 요약될 수 있으며, '유미주의 Ästhetismus'와 '비술주의 Hermetik'는 각각 1900년을 전후한 시기와 2차 대전 후에 널리 통용되었던 문체론적 개념들이다.

넷째로 시대개념들은 후세 사람들의 평가에 근거해서 만들어질 수도 있다. 이런 의미에서 문학사 기술은 언제나 문학의 수용사와 카논 형성 사를 보여주는 것이기도 하다. 예를 들어 독일문학사에서 중요하게 언급되는 개념인 '바이마르 고전주의'는 19세기 후반에 들어서 만들어진 개념인데, 이것은 1788년과 1805년 사이에 괴테와 실러가 발표한 작품들 자체에서 직접 유도된 개념이기보다는 무엇보다도 후대의 사람들이 이 두 작가들의 작품을 카논화하고 높이 평가한 데서 비롯하는 개념이다.

사실 '고전주의'라는 시대 개념 자체가 이미 매우 다의적이다. 이 용어는 고대 로마에서 세금을 가장 많이 내는 계급을 이르는 말인 라틴어 'classicus'에서 파생된 것이다. 오늘날의 언어사용에서 '고전 작품'은 논쟁의 여지없이 수준 높고 지속적인 영속성을 지닌 작가 내지 작품을 말하며, 때로는 심지어 유행가, 영화 혹은 인기 있는 오락소설을 의미하기도 한다. 이 단어의 밑바탕에는 작품의 질에 대한 판단이 깔려 있지만, 그것이 역사적으로 확정할 수 있는 특정 시대와 연관성이 있는 것은 아니다. 미술과 문학에서도 고전주의 개념은 우선 시간적으

로나 공간적으로 고정되어 있지는 않다. 또 상이한 민족들의 역사에서
는 그때그때마다 예술적으로 가장 결실이 많은 시기로 통한다. 국가의
경계를 초월해서 살펴보면 또 다른 문제가 생겨나는데, 예건대 프랑스
문학과 독일문학의 고전주의 사이에는 100년 이상의 격차가 있고 따
라서 그들은 완전히 다르게 스스로를 이해하고 있다. '고전주의적'이라
는 단어는 종종 '완전한' 내지 '표본적인 가치가 있는'이라는 의미로도
사용된다.

이런 이유에서 독일문학사 기술에서는 '바이마르 고전주의'라는 시
대개념이 더 적합할는지 모른다. 왜냐하면 1800년경의 이 도시는 가장
중요한 문학적 중심지였기 때문이다. 당시 그 곳에는 괴테와 실러 외
에도 잠시지만 빌란트와 헤르더로 체류했었다. 아무튼 독일의 고전주
의자들은 '고전'이라는 단어를 당시에는 아직 자신의 시대와 자신의
업적과 관련지어 사용하지는 않았다. 바이마르 고전주의를 시간적으로
구획하는 일은 다시금 연대기적인 원리에 따른다. 이 시대는 괴테의
이탈리아 여행(1786)과 더불어 시작되고 실러의 죽음(1805)과 함께
종결된다. 고전주의의 예에서 시대가 지니는 또 다른 문제성이 표본적
으로 설명될 수 있다. 동시대의 독자층에 의해 무엇이 어느 정도로 수
용되었는지의 문제를 전적으로 도외시하고 오직 '고급수준의' 작품들
만을 기초로 삼을 경우, 상당한 양에 해당하는 여타의 문학작품들이
무시되고 마는 것이다.

다섯째로 경우에 따라서는 하나의 개별 작품이 시대 명을 부여하기
도 한다. 예컨대 '슈투름 운트 드랑'이란 명칭은 극작가 막시밀리안 클
링어의 희곡작품 제목에서 유래하며, '비더마이어'라는 시대 명칭은 루
드비히 아이히로트의 풍자시집 『슈바벤 출신 교사 고트리프 비더마이
어와 그의 친구 호라티우스 트로이헤르츠의 시들』(1850)에서 비롯한

다. '비더마이어'가 시대 개념으로 사용된 것은 20세기 초에 와서의 일이다. 처음에는 단지 1830년대의 공예미술과 가구의 미술사적 양식을 나타내던 것이 나중에 일반적인 문화사적 시대개념으로, 문학사도 명칭으로 쓰이게 된 것이다.

여섯째로 시대 명칭은 특정 유파가 추구한 문학 프로그램에 따라 부여되기도 하는데, '낭만주의', '초현실주의', '미래파', '다다이즘' 등이 그 예다. '자코뱅파'는 프랑스 혁명가들을 좇아서 그들의 정치적 목표 설정에 부합되게 이름을 붙였다. '독일의 청년'처럼 매우 응집력이 있었던 것은 아니지만 '청년독일 파'라는 일군의 작가들도 자신들이 추구한 정치적 강령에 따라 스스로를 그렇게 불렀다. 이 명칭은 처음에 이탈리아 작가 귀세페 만치니를 중심으로 하여 스위스에서 등장했다. 그는 독일 이주민들을 자신이 계획한 혁명 비밀 결사 '젊은 유럽'의 한 분파인 '청년독일'로 집단화하려 했다. 마침내 킬 출신의 문학교수 루돌프 빈바르크 는 자신의 저서 『미학 원정』(1834)을 '늙은 독일'에 반대하는 의미에서 '청년독일'에 헌정했다.

광범위한 스펙트럼의 문학 현상들을 하나의 개념 아래 포섭하는 것은 단순화와 일반화를 강요하는 일이며, 때로는 억지로 보조구성물로 만드는 일이 된다. 횔덜린, 장 파울, 클라이스트 같은 작가들은 고전주의나 낭만주의 그 어느 쪽에도 명백히 소속시킬 수 없다. 그렇기 때문에 많은 문학사에서 그들은 별도의 장에서 다루어진다. 때로는 개별적인 시대 안에서 다시 시대를 나누기도 하는데, '초기계몽주의', '후기계몽주의' 또는 '초기 낭만주의', '후기 낭만주의'로 나누는 것이 그런 경우다. 문학 활동의 중심지와 관련해 시기를 세분하기도 하는데, 낭만주의 시대를 '예나 낭만주의', '하이델베르크 낭만주의', '베를린 낭만주의' 등으로 나누는 것이 그 예라 할 수 있다. 한편 '사실주의' 시대의 경우 '시적 사실주의', '강령적 사실주의', '시민적 사실주의' 등으로 나누어 설명이 되기도 한다.

따라서 문학사에서 쓰이고 있는 여러 가지 시대개념들은 인위적이고 조작적이며 상대적이고 유동적인 학문적 개념이라 할 수 있다. 여러 가지 문학내적 또는 문학외적 기준들과 관련되는 가운데 문학사는 여러 개의 단계 또는 시대로 나누어질 수 있는 것이다. 문학사 기술에 적용되는 기준 체계는 여러 가지가 있고 또 그 체계들 고유의 시대구분방법은 서로 간에 많은 차이를 보이고 있기 때문에, 문학사에서 사용되는 시대명칭들은 종종 서로 중첩되거나, 경우에 따라서는 서로 병행적으로 나타나기도 한다. 계몽주의·경건주의·감상주의·슈투름 운트 드랑·고전주의 그리고 낭만주의 등과 같은, 18세기 문학에 대해 쓰이는 시대개념들만 해도 벌써 그것들이 나타내는 실제 기간을 엄격하게 구분하는 것이 결코 쉬운 일이 아니다. 이 같은 사실은 문학 생산이 비약적으로 증가하게 된 19세기와 20세기에 대해 더욱 두드러지게 적용된다. 때문에 19세기와 20세기 문학에서는 여러 가지 작은 문학 그룹 들과 군소 조류들이 관찰될 수 있을 뿐인데, 이들 그룹이나 조류들도 물론 그러나 역사적인 시간 축에 편입될 수 있을 것이다.

시대개념들이 갖는 상대적이고 유동적인 성격에도 불구하고 문예학은 문학사의 여러 가지 시대개념들을 필요로 한다. 시대개념들은 역사적 과정 속에서 형성되는 문학에 대해 학문적으로 소통하는 것을 용이하게 해줄 뿐 아니라, 그 시대와 사회사, 이념사 그리고 양식사에 바탕해서 문학을 이해하는 것을 다양한 방식으로 가능하게 해주기 때문이다. 다음 장들에서는 바로 이와 같은 관점에서 독일문학사에서 전통적으로 사용되고 있는 시대명칭들을 살펴보기로 한다. 그러나 그간 문제가 좀 있는 것으로 나타난 시대개념에 대해서는 개별적으로 보다 자세하게 분석을 할 것인데, 그럼으로써 문학을 역사적으로 정돈하고 이해하는 것이 얼마나 어려운 일인가 하는 점을 분명하게 보여줄 수 있을 것이다.

2.2. 고대 문학

고대 그리스에서는 감각으로 인식한 모든 사물에 대해 회의하는 것과 관련되는 여러 가지 서구적 사유방식들 및 체계적인 여러 학문들의 기초가 놓이게 되었을 뿐 아니라, 서사시·서정시·드라마·역사기술·대화편 등 여러 문학 장르들도 개발되었다. 특히 그리스 시대의 서정시와 비극은 주체적 개인의 자아 발견을 잘 반영하고 있었다. 또한 아리스토텔레스의 『시학』은 이후의 서구 문학이론에 큰 영향을 주었다. 그리스 시대 이후의 모든 시대에 활동한 작가들은 그리스적인 소재들을 인간이 처할 수 있는 근본적인 상황들의 모델로서 거듭 취급하고 있다.

로마 시대의 문학은 그리스의 영향을 받아서 형성되었다. 특히 그리스 문화의 말기인 헬레니즘 시대에 유행한 '전형 희극'은 로마 시대의 희극작가들인 플라우투스나 테렌츠에게 많은 영향을 주었으며, 그리스 비극은 로마의 비극작가 세네카로 계승되었다. 로마 시대의 서사시 작가 베르길은 호머의 『일리아스』와 『오디세이아』에 견줄 만한 서사시 『에네이스』를 씀으로써 그리스 서사시의 전통을 계승하였다. 그리고 호라티우스의 서정시는 그리스 시대 서정시의 영향을 많이 받고 있었으며, 그의 『시학』은 특히 문학의 기능과 관련해 이후의 문학 이론에 많은 영향을 주었다.

2.3. 중세 문학

게르만어 문학(기독교 수용 이전의 독일문학): 기독교 수용 이전의
게르만 어 문학은 선사 시대의 암흑 속에 놓여 있다. 그것은 여러 게
르만 부족들의 종교의식적·사회적·전투적 관습에 바탕을 두고 있다.
기도, 마법, 주술 등이 이 문학의 주요내용들이다. 흉노족이 고트족의
나라로 쳐들어오고, 그에 따라서 게르만 제 부족이 머나먼 이동을 한
후 로마 제국 내에서 독자적인 지배체제를 구축하게 될 때 비로소 수
많은 영웅찬가들이 만들어지는데, 거기에서는 민족 이동 시기의 격렬
했던 체험들이 잘 반영되고 있다. 왕들이 거처하는 궁정에서 노래에
재주가 있는 귀족 신분의 가인들이 왕들의 치적을 기리고 전사한 사
람들의 운명을 노래한다. 기독교가 전파됨으로써 이 원시적인 문학은
대부분 북 게르만 어 지역으로 밀려난다. 그것은 아이슬란드에서 최고
도로 발전을 하게 되며, 또 그곳에서 찬신가, 영웅찬가 그리고 격언
시는 1250년에 『에다』라는 이름으로 기록된다.

카롤링거 왕조 시대의 독일어 문학: 게르만 제 부족들이 프랑크 왕국
을 통해 통일되는 것과 때를 같이해 이 부족들은 기독교 문화를 수용한
다. 기독교에 기반을 두는 서구라고 하는 정신적·종교적 공동체가 탄
생한다. 교회는 선교의 임무를 완수할 뿐만 아니라. 후기 고대의 정신적
인 재산을 전수하는 유일한 주체이기도 하다. 이런 외형적인 개종에는
수백 년에 걸친 기독교와의 내적 투쟁이 뒤따른다. 게르만 전통, 기독교
그리고 고대 그리스·로마 문화가 서로 영향을 주고받으며 이 시기의
문화를 결정한다. 문학은 주로 기독교적인 교화에 기여한다.

오토 시대의 라틴어 문학: 카롤링거 왕조의 정통성을 이어받은 동
프랑크 왕국이 망하고, 서구 제국이 오토 왕들의 통치에 의해 새롭게

개혁되는 것과 더불어 독일은 고대 문화유산의 영향을 점점 더 많이 받는다. 이후 약 150년간 문학에서는 라틴어가 주로 사용된다. 독일적인 소재들조차도 라틴어로 표현된다. 그러나 이와 동시에 그리스적·오리엔트적 비잔틴 문화와의 활발한 접촉을 통해 문학의 정신적 공간은 확대되며, 그 주제는 다채로워진다. 라틴어 문학과 함께 라틴어와 독일어 혼용체로 쓰인 작품도 나타난다. 문자로 기록되어 현재까지 전해 내려오는 작품은 없지만 이 시기에도 독일어 문학은 서민들 가운데서 활기를 띤다. 이 독일어 문학은 이곳저곳 떠돌아다니는 음유시인들에 의해 행해지는데, 그들은 옛날부터 전해 내려온 이야기들을 구전으로 전파했다.

궁정 문학으로의 이행: 잘리어 왕조 시대와 슈타우펜 왕조 초기 시대는 격심한 변화로 특징지어진다. 10세기에 프랑스 부르군트 지방의 클뤼니 수도원에서 시작한 종교적·도덕적 개혁운동이 독일로까지 전파된다. 이 개혁운동은 처음엔 승려계급에게, 나중엔 전 기독교도에게 무상한 현실 세계로부터 과감히 등을 돌릴 것을 요구한다. 이 개혁운동은 인간의 죄와 모든 현세적인 것의 무상함을 강조하면서 염세와 금욕과 속죄를 가르친다. 이 시기의 문학은 온통 이 개혁운동의 영향을 받는다. 죄에 대한 탄식, 속죄의 부르짖음, 성모마리아 찬양 그리고 성자들의 이야기가 문학의 주요 주제들이다. 12세기 중엽에 세속적인 반대운동이 일어난다. 십자군원정을 통해 종교적인 권위를 부여받은 기사계급이 문학에서도 점차 전면으로 나선다. 한편 방랑 지식인 시인들의 감각적인 라틴어 서정시도 활기를 띤다.

궁정서사시: 프리드리히 바바로사와 더불어 슈타우펜 왕조의 권력이 강화됨으로써 문학에서 성직자들이 지배하던 시대는 종말을 맞이한다. 기사 계급의 문화가 생겨나는데, 이 계급은 문학에 있어서도 독

자적인 형식을 통한 자기표현을 추구한다. 왕이나 제후가 거처하는 궁정이 문학 활동의 중심지가 된다. 왕들은 종종 문학 활동을 하는 기사들을 후원하거나 그들에게 작품을 주문한다. 이래서 이 시기의 문학은 "궁정문학"이라고 불린다. 십자군원정이 기사계급에게 사명의식을 부여해 주고, 낯선 세계에 대한 시야를 열어준 것이었다. 확고하게 짜인 가치체계와 경건하면서도 현세를 지향하는 생활태도를 갖는 범유럽적 기독교 문화의식이 싹트게 된다. 궁정서사시에서는 바로 이 기사들의 세계와 그들의 인간상이 문학적으로 승화되어 나타난다. 이 슈타우펜 고전주의 시기는 독일문학 최초의 전성기가 된다. 하인리히 폰 펠데케가 궁정 서사시의 개척자이며, 하르트만 폰 아우에, 볼프람 폰 에셴바흐 그리고 고트프리트 폰 슈트라스부르크는 그 완성자들이다.

볼프람 폰 에셴바흐와 고트프리트 폰 슈트라스부르크와 더불어 중세의 서사시 문학은 절정에 이른다. 프랑켄 지방의 기사 볼프람은 그의『파르치팔』에서 원탁기사들의 궁정적이고 모험적인 세계를 성배기사들의 종교적으로 완성된 세계를 통해 고양시킨다. 그의 주인공의 행로는 "멍청한 바보"로부터 시작해 원탁의 기사로 이어지며, 실수와 고통과 절망의 과정을 거치지만 성배를 지키는 성의 왕으로, 다시 말해 세속적인 활동과 기독교적인 신앙심이 조화를 이루는 경지로 나아간다. 궁정 문학 최고의 걸작이라 할 이 작품은 또한 기독교적인 기사의 생활방식을 서술한 것이기도 하다. 엘사스의 시민 슈트라스부르크는 미완성 서사시『트리스탄 운트 이졸데』에서 관습이나 신분질서보다도 더 강한 사랑을 찬양하고 있다.

영웅서사시: 슈타우펜 왕조 시대에는 대부분 프랑스의 작품에 바탕을 두고 있는 하르트만, 에셴바흐, 슈트라스부르크의 서사시들 외에 다른 종류의 서사시들도 쓰이게 되는데, 이 서사시들의 내용상 기초를

이루는 것은 민족이동시기의 영웅찬가들이다. 이 영웅찬가들은 수세기에 걸쳐 민간들 사이에서 구전되었으며, 음유시인들에 의해 널리 전파되는 가운데 다양하게 변형되었다. 1200년경에 이름이 알려지지 않고 있는 한 시인이 용사 지크프리트에 관한 노래들과 부르군트 족의 멸망에 대한 노래들을 결합해 니벨룽겐 서사시를 만든다. 이 서사시는 중세전성기 세계의 찬란한 문화와 행동방식을 반영하면서도 영웅적이고 비극적이며 이단적인 삶의 방식을 생생하게 보여주는데, 그 삶의 방식에서는 충의나 정절, 복수 같은 덕목들이 중요한 역할을 한다. 이렇게 해서 기사의 올바른 행동에 대한 물음과 민네, 신의 은총 등의 문제를 주로 취급하는 궁정 서사시와 나란히 어둡고 비극적인 『니벨룽겐의 노래』가 나타나게 되는데, 여기에서는 주인공들이 신과는 거리가 먼 세계에서 더할 나위 없이 철저하게 멸망의 길을 걷는다. 그러나 이 노래보다 조금 뒤에 만들어진 『쿠드룬의 노래』는 궁정 기사 문학의 영향을 더 받아서 조화로운 결말을 보여준다.

민네장과 방랑지식인 시: 민네장은 궁정서사시와 마찬가지로 귀족 문학이다. 그것은 - 이슬람이 지배하는 스페인의 영향을 받아 - 12세기에 프랑스의 프로방스 지방에서 생겨난다. 남부 프랑스의 음유시인들이 봉건제도의 여러 행동방식들을 사회적으로 더 높은 지위에 있는 영주 부인에 대한 관계에 적용을 하여, 정교하게 만든 민네장을 통해 그 부인을 찬양한다. 시인들의 구애는 사랑의 완성을 목표로 하지 않는다. 사랑을 물리치는 영주 부인의 무정한 태도에 대한 고통스러우면서도 동경에 찬 탄식은 부인의 명성을 드높여준다. 프로방스 지방에서 발생한 이 민네장이 독일로 유입되어 도나우 강 지역에서 발생한 감각적이고 사실적인 연애 시와 결합한다. 민네장보다 앞서거나 같은 시기에 라틴어 또는 라틴어와 독일어 혼용어로 많은 시가 쓰이게 되는

데, 그런 시를 써서 널리 유포한 사람들은 방랑지식인 시인들이다. 이 들은 현세의 여러 가지 기쁨을 노래하고, 사회와 교회의 부조리들을 비판한다.

궁정서정시의 전성기: 바바로사 황제 시대에 활동한 작가 세대는 1190년경에 종말을 맞이한다. 프리드리히 폰 하우젠은 모시던 황제보 다 조금 앞서 소아시아 지방에서 사망한다. 하인리히 폰 펠데케도 사 망한다. 하르트만 폰 아우에, 하인리히 폰 모룽엔, 라인마르 폰 하게나 우 그리고 발터 폰 데어 포겔바이데가 궁정서정시를 완성시킨 사람들 이다. 민네장은 프로방스 방식을 엄격하게 고수하던 데서 벗어나 개인 적인 요소들을 지니게 된다. 고급 민네가 계속 시대의 지배적인 주제 로 남기는 하지만, 그것은 각각의 시인에 의해 개인적인 문제로 형상 화된다. 라인마르 폰 하게나우가 죽은 뒤 가장 중요한 시인은 발터 폰 데어 포겔바이데이다. 그의 시에서는 슈타우펜 기사의 용기와 긍지가 따뜻한 인간적인 감정과, 궁정적인 위엄이 사랑과 분노와 증오를 시적 으로 표현하는 능력과 결합된다. 정치적인 격언시에서 그는 슈타우펜 제국사상의 의미에서 세계가 올바른 질서를 가질 것을 요구한다.

기사계급에서 시민계급으로: 중세전성기 대표적인 문학의 주제였던 궁정기사들의 이상적인 세계는 반세기도 채 지나지 않아 벌써 구속력 을 잃어버린다. 기사 자신이, 즉 나이트하르트 폰 로이엔탈이 처음으 로 그 세계를 비판하고 파괴한다. 슈타우펜 왕조가 쇠퇴하는 것과 함 께 기사계급의 정치적·사회적·경제적·문화적 몰락이 시작되는 반 면에, 부상하는 시민계급의 문학 담당자로서의 중요성은 커진다. 민네 장과 방랑지식인 시는 서민적인 노래로 변질되고, 거창한 기사서사시 는 민중본의 내용적 기초가 된다. 중세 말의 서정시와 서사시가 궁정 문학을 계승하는 데 반해, 드라마에서는 종교적인 토대에서 서민문학이 발생한다.

　설교·기도서·논쟁서: 영국의 앤셀름 폰 켄터베리, 프랑스의 페터 아벨라르 그리고 독일의 알베르투스 마그누스를 대표적인 학자로 하는 스콜라 철학은 신앙상의 진리를 이성적인 인식으로 파악하려 한다. 토마스 폰 아퀴나스는 중세의 철학과 신학을 집대성한 그의 위대한 『신학대전』에서 지식과 신앙을 통합한다. 그러나 이런 신학적인 성찰은 종교적·사회적 불안과 역병으로 흔들리는 시대에 있어서는 충분한 것이 되지 못한다. 여러 분리주의가 교회를 거듭 분열시키고, 고위 성직자들은 세속화된다. 영혼의 구제를 위해 노력하는 사람들은 프란츠 폰 아시지와 베른하르트 폰 클레르보를 모범으로 삼는다. 새로운 신앙태도인 신비주의는 자신의 영혼 속으로 침잠함으로써 신을 파악하려고 한다. 대학자 에크하르트와 그의 제자들은 독일어의 발달에 크게 기여한 인물들이기도 하다.

2.4. 르네상스·인문주의·종교개혁 시대

　세 가지 큰 조류가 한편으로는 유럽 중세의 종말을 유도하면서 다른 한편으로는 근세의 문을 여는 데 결정적으로 기여했으니 르네상스, 인문주의 그리고 종교개혁이 그것이었다. 이런 큰 변화는 학문이나 예술, 종교, 정치 등의 면에서뿐 아니라 무엇보다도 개인의 사유와 행동에서 뚜렷하게 나타났다. 그러나 새 시대로의 이러한 변화는 어느 날 갑자기 일어난 것이 아니었다. 그것은 2, 3 세기에 달하는 장기간에 걸쳐 일어났다.

　르네상스: 새 시대의 기운은 먼저 이탈리아에서 일어났다. 앞에서도 언급한 것처럼 13세기 말에 이탈리아에서의 독일 황제의 지배권은 그

종말을 맞이하게 되었고, 거기 따라 이탈리아에서는 이제 독자적인 발전이 이루어지게 되었다. 이탈리아는 일찍부터 중부유럽과 동방세계 사이에서 중개무역을 함으로써 경제적으로 번창을 경험하고 있었다. 1300년경부터 전 유럽으로 확산되었던 화폐경제도 이탈리아에서 본격적으로 발달하기 시작한 것이었다. 이처럼 이탈리아에서는 독자적인 발전을 할 수 있는 여러 가지 전제 조건들이 무르익어 있었다. 이제 정치적으로도 독일로부터 벗어나게 된 이탈리아에서는 많은 도시들과 제후 국가들이 발달하게 되었고, 이들 도시나 제후국들은 경쟁적으로 예술과 학문을 장려하고 육성하였다.

이제 알프스 이남의 이탈리아에서는 많은 사람들이 다시 중세 이전 옛날의 그 위대했던 문화에 관심을 기울이게 되었다. 이제 사람들은 고대 건축물과 예술작품들의 유산들을 새로운 시각으로 관찰하게 되었다. 그들은 단순히 폐허 속에서 그 유산들을 구출해내었을 뿐 아니라 그 작품들을 적극적으로 모방하려고 노력했다. 이와 같은 고대문화 부흥 운동을 일러 르네상스라고 했는데, 이때 강조점은 특히 고대 건축과 조각예술의 재발견과 모방에 있었다.

인문주의: 인문주의 운동은 이 르네상스와 밀접하게 관련되어 있었다. 인문주의(이 말의 어원인 라틴어 "humanitas"는 원래 '인간성'을 의미하며, '교양' 혹은 '교육'의 뜻도 지닌다)는 고대 문화와 예술에 대한 학문적인 연구뿐만 아니라, 고대 정신에 부합하는 인격을 형성하려는 노력도 의미했다. 키케로, 리비우스, 오비디우스, 카툴, 호라츠, 베르길 등의 로마 작가들의 작품뿐 아니라 많은 위대한 그리스 작가들의 작품도 새롭게 관심을 끌고 활발하게 연구되었다. 이때 학자들은 당시의 언어로 편찬된 형태로서가 아니라 원전의 형태로 과거 문헌들을 연구하고자 했으며, 그런 문헌들로부터 고대인들의 정신적인 태도

나 생활감정, 문화적·인간적 이상들을 재구성해보려 했다. 학자들은 그러한 문헌들이나 예술작품들로부터 현세를 긍정하는 태도, 인생에 대한 적극적인 관심, 현실적인 재화를 얻으려는 정당한 노력, 인간중심주의 등을 고대인들의 가치관으로서 밝혀낼 수 있다고 생각했다. 사람들은 고대인들이 개개인의 가치를 높이 평가하고 인간이 가지고 있는 능력이나 자질을 빠짐없이 자유롭게 개발하는 것이 인간의 품위에 부합하는 것이라고 생각했던 것을 특히 중요하게 생각했다. 이런 고대적 인간관과 가치관은 인생과 법, 개인의 운명 등에 대한 당시의 지배적인 생각들과 배치되는 것이었다. 일찍이 교회는 중세의 중추적인 세력으로서 인간을 강하게 속박하고, 인간의 자유로운 사고를 상당한 정도로 제한하며, 인간들에게 피안의 세계를 이상적인 목표로 제시했던 것이었다. 이제 이 모든 것에 대한 가차 없는 비판이 이루어지게 되었는데, 이러한 비판은 중세가 새로운 시대에 자리를 내어주지 않을 수 없는 결과를 가져왔다.

인문주의 사상을 독일로 전파시키는 데 크게 기여한 인물은 황제 칼 4세였다. 그에 의해 1348년 프라하에 세워진 독일어권 최초의 대학은 인문주의 운동을 장려하고 확산시키는 데 크게 기여하였다. 니콜라우스 폰 쿠에스, 에라스무스 폰 로테르담 같은 당대의 저명한 독일 학자들이 이 새로운 운동에 적극 참여하였다. 한편으로는 이탈리아의 학자들이 새로운 이념과 사상들을 알프스를 넘어 북쪽으로 전파하였으며, 다른 한편으로는 학구열에 불타는 독일 지식인들이 이탈리아의 대학으로 가서 그곳으로부터 새 사상을 가져오기도 하였다.

이런 인문주의 운동은 1450년경 요하네스 구텐베르크에 의해 서적인쇄술이 발명됨으로써 더욱 널리 확산되었으며, 1453년 터키족에 의해 콘스탄티노플이 점령됨으로써 동로마제국이 멸망하게 된 사건도

시대조류의 대변화에 크게 영향을 주었다. 동로마제국의 수많은 학자들이 고대 그리스의 정신과 문헌들을 가지고 대거 이탈리아로 피난을 옴으로써 이미 활발하게 전개되고 있었던 인문주의 운동을 강화시키고 확대시켜 준 것이었다. 한편 1500년을 전후한 시기에 이루어진 지리상의 대발견과 자연과학의 발달은 외형적인 면에서 중세와의 단절을 확실하게 해주었다. 경제적으로 부유해지고 정신적으로 교양을 갖추게 된 독일 제국도시들의 시민계급도 독일에서의 인문주의 운동의 확산에 크게 기여하였다.

종교개혁: 중세로부터 근세로의 대전환기에 있은 세 번째의 운동이 종교개혁이었다. 이 운동은 내적인 면에서 인문주의와 직접적으로 관련이 없었으나, 이미 인문주의 운동에서 대두되었던 여러 가지 문제들을 다시 제기했다. 한 가지 점에서 많은 인문주의자들은 종교개혁가 루터(1483-1536)에 대해 동류의식을 느끼고 있었으니, 그들은 루터를 정신의 자유를 위해 싸우는 사람으로 생각했으며 그들 역시 이 자유를 추구했다.

루터는 자영 광부의 아들로 태어났으며, 원래는 부친의 뜻에 따라 법률가가 되려고 하였다. 그러나 내면적인 영혼의 구제를 위해 아우구스투스 은둔 교단에서 수도 생활을 시작하였다. 수도 생활과 대학에서의 신학 연구 과정을 거치며 루터는 기도와 명상, 성서 읽기를 통해 인간은 오직 신의 은총에 의해서만 구원받을 수 있다는 것을 확신하게 되었다. 따라서 그는 교회에 의한 선행의 요구, 보시, 속죄를 위한 면죄부 판매 등 전통적인 교회 관행을 시정하여 교회의 정화에 이바지하려고 하였다. 오직 '신앙만으로'라는 루터의 신앙 기준은 외면적 행위를 대신하는 신앙의 내면화에 의해서 결정되었다. 그에 의하면 개인은 오직 신과의 직접적인 관계에서만 무한한 자유가 보장되는 것이었고, 비로소 종교적 개인주의가 성립될 수 있는 것이었다. 1517년 무명의 신학자 루터는 교회의 면죄부 판매를 고발하는 95개조의 비판문을 비텐베르크 성곽 교회 문에 게시하였다. 이 비판문은 즉각 신학적 논쟁의 회오리를 불러일으켰고, 이것이 곧 종교개혁의 도화선이 되었다. 루터는 이 비판문을 처음에 라틴어로 써서 한정된 범위에서 신학적 논의에 기여하려고 했으나, 그것은 재빨리 독일어로 번역되어 광범위하게 각지에 유포되었다.

교회의 정화를 목표로 한 루터의 희망과는 달리 그의 행위는 로마 교황청에 대한 전면적인 도전으로 받아들여져 그는 로마로 소환되었다. 그러나 당시의 저명한 신학자 에크와의 공개 논쟁을 거치면서 루터는 자신의 입장을 더욱 확고히 하여 가톨릭교회와의 결별을 결의하고 종교 개혁자로서의 자세를 가다듬기 시작했다. 그는 종교 개혁적인 내용의 글들을 발표하여 전통적 교회가 그 교리와 성직자만을 중시하여 교회를 감금한 데 대해 비판하고, 교회나 성직자의 중개가 아니라 오직 참다운 신앙만이 인간에게 구원을 가져다 줄 수 있음을 역설했다. 이 같은 사태는 곧 교회와의 정면충돌로 발전되어 교황에 의한 루터의 파문은 불가피하게 되었고, 루터는 대중 앞에서 파문장을 태워버렸다. 1521년 보름스에서 열린 제국 회의에 소환된 루터는 교리에 대한 해명을 요청받았으나, 이 자리에서도 자신의 입장을 철회하지 않고 성서와 신앙에 입각한 구원론을 견지하였다.

추방령을 받은 루터는 반황제파였던 작센 선제후의 도움을 받아 바르트부르크 성에 은둔하면서 1521년 성서의 독일어 번역에 착수하여 13년의 작업 끝에 이를 완성하였다. 이 독일어판 성서는 한편으로 성서의 내용을 일반 민중에게 알리는 역할을 하였고, 다른 한편으로는 독일어의 표준화에 크게 기여하였다.

마르틴 루터(1483-1546)와 독일문학: 독일의 경우 인문주의 사상이 문학작품에 표현되는 것은 아주 드문 일이었다. 인문주의자들은 대부분이 그리스어나 라틴어 같은 고전어에 능통한 학자들이었기 때문에 주로 라틴어를 사용하였으며, 독일어를 사용하는 것을 종종 무시하기까지 했다. 이로 인해 독일어와 독일어 문학은 상당한 정도로 위축되었다. 독일어와 독일문학이 다시 경쟁력을 가질 수 있도록 해준 것은 마르틴 루터의 공적 가운데 하나였다.

루터는 자신이 일반인들이 쉽게 읽고 이해할 수 있는 독일어를 사용할 때만 종교개혁을 성공적으로 이끌 수 있을 것이라고 생각했다. 그러나 독일어는 지난 두 세기를 거치며 수많은 방언들로 인해 매우 혼란스러운 모습을 보이고 있었기 때문에 보편적이고 통일적인 독일어의 개발이 절실하게 요구되었다.

장소를 옮겨가며 거의 정기적으로 개최되었던 제국의회는 제국 내의 모든 궁정에서 통할 수 있는 통일적인 언어를 필요로 했다. 프라하에 있었던 황제의 궁정 관리들은 슈바벤 지방의 방언을 토대로 그러한 언어를 만들려고 노력했다. 그러나 비텐베르크의 작센 선제후 관청은 이미 그보다 앞서 상부 작센 지방 방언을 토대로 통일적인 관청어를 만들어 관내 관청에서 공통적으로 사용하고 있었다. 중부독일의 다른 선제후들, 예를 들어 마인츠나 트리어, 쾰른의 선제후들은 이 비텐베르크 관청어를 받아들여 사용했다.

이 두 관청어, 즉 프라하 관청어와 작센 지방 관청어는 서로 영향을 주고받았다. 그러나 그 교류의 정도가 그렇게 광범위한 것은 아니라서 바로 제국 전체에서 두루 통용될 수 있는 통일된 언어가 생겨날 수는 없었다. 그런 통일적인 언어를 만들어내는 것은 무엇보다도 루터의 업적이었다. 그는 문법적인 면에서는 두 관청어를 다 고려하면서도 주로

작센 지방 관청 어를 따랐으나, 어휘의 면에서는 작센 지방 서민어로
부터 많은 영향을 받았다.

마르틴 루터의 문학사상의 의의는 우선 그의 성서번역에 있었다. 물
론 그 이전에도 성서의 번역은 완전한 형태로든 부분적인 형태로든
여러 차례 있었다. 그러나 그러한 번역들은 헤브라이어로 된 구약과
그리스어로 된 신약 원전으로부터 독일어로 번역된 것이 아니었다. 뿐
만 아니라 그 번역들은 번역상의 오류들을 많이 포함하고 있었으며,
문체나 문법에 있어서도 아직 많은 문제를 안고 있었다. 이에 반해 루
터는 헤브라이어와 그리스어 원전을 텍스트로 삼았으며, 그것을 작센
지방 관청어로 번역하였다. 그러나 이 관청어는 문체적으로 딱딱하고
민중들의 일상어와 거리가 멀 뿐 아니라 어휘의 면에서도 많이 모자
랐기 때문에 루터는 많은 어휘들을 발견해내고, 또 새로운 개념들을
위해서는 새 어휘들을 창조해내지 않으면 안 되었다. 그의 이 같은 번
역작업과 관련해 루터는 「번역에 관하여」라는 글에서 이렇게 말했다.
"우리는 집안일을 하는 어머니나 거리에서 뛰노는 이이들이나 저자거
리의 평범한 사내들한테 그것에 대해 물어보아야 하고, 그들이 어떻게
말하는지 그들의 입을 잘 살펴야 하며, 그것에 따라 번역을 해야 한
다. 그래야 그들은 그것을 이해하고, 자기들과 똑같은 독일어를 쓰고
있다는 것을 알아차리게 될 것이다." 다시 말해 루터는 작센 지방 관
청어라고 하는 공용어를 사용함으로써 민중의 언어를 성서번역의 언
어로 삼았던 것이었고, 그럼으로써 신고독일어 문어의 진정한 창시자
가 된 것이었다. 그는 무미건조하고 부자연스러운 관청 어에다 비로소
활기를 불어넣었으며, 그것이 사용하기에 편리하도록 했을 뿐 아니라,
그 어휘를 매우 풍부하게 함으로써 그것이 신고독일어로 발전해 갈
수 있도록 도와주었다. 이것은 또한 정치적인 행위이기도 했는데, 신

고독일어는 국민 통합적인 기능을 함으로써 당시 독일에서 벌어지고 있던 지방분권적인 노력들을 제지하는 역할을 해주었다.

루터는 산문작가로서도 강력한 언어적 표현력을 보여주었는데, 「기독교 신분의 개선에 관해 독일 민족의 기독교 귀족들에게」, 「교회의 바빌론 유수에 대하여」, 「기독교도의 자유에 대하여」 등과 같은 그의 글들은 종교개혁에 크게 기여하였다. 그의 언어창조와 관련해서는 앞서 언급한 「번역에 대하여」가 중요한 글이었으며, 「독일 모든 도시의 시장들에게」라는 글에서는 시장들에게 기독교적 학교를 세울 것을 요구했다.

루터의 다방면에 걸친 문학적 재능은 종교 서정시와 우화 분야에서도 발휘되었다. 특히 그가 일부는 직접 창작하는 형태로, 또 일부는 라틴어 시에서 번역하는 형태로 만든 41편의 신교 찬송가는 16세기 독일 서정시의 가장 뛰어난 작품들 가운데 하나였다.

한스 작스(1494-1576)：전반적으로 부진하고 위축되었던 16세기 르네상스와 종교개혁 시대의 독일문학에서 누구보다도 왕성한 창작활동을 한 사람은 한스 작스였다. 뉘른베르크에서 재단사의 아들로 태어난 그는 제화공이 되었으며, 5년여에 걸쳐 바이에른·오스트리아·북부 및 서부 독일을 두루 여행함으로써 폭넓은 경험과 교양을 갖추었다. 1519년에 결혼을 한 그는 1520년에 장인이 되었으며, 뉘른베르크 창가 학교의 명성을 드높이는 데 크게 기여했다.

그는 부지런한 수공업자였을 뿐 아니라 왕성하게 창작활동을 하는 작가이기도 했다. 그는 4000여 편의 장인가, 수백 편의 격언시와 골계시, 125편의 희곡을 썼을 뿐 아니라 85편의 사육제극과 우화, 논쟁서 등도 썼다. 그는 폭 넓은 독서에서 얻을 수 있었던 다양한 주제와 내용들, 예컨대 고대 그리스-로마의 신화, 당대의 정치·사회·종교적 사건들, 성자들 이야기, 민중본의 이야기, 성서 이야기 등을 시나 드라마 형식으로 다양하게 형상화했다. 그러나 오늘날에 와서까지도 독자들의 마음을 사로잡는 것은 그가 직접 쓴 34권의 책 가운데 우스개 이야기와 사육제극이 주종을 이루는 그 책들뿐이다. 독일 고유의 시행인 크니텔로 되어 있는 그의 시들은 정교하게 다듬어져 있었으며, 서민들의 일상생활을 진솔하면서도 소박하게 반영하고 있었다. 각운을 맞춘 그의 우스개 이야기들 가운데 훌륭한 작품들은 일상생활에 밀착된 그 풍부한 유머로 인해 오늘날에 와서도 많은 감동을 준다. 그는 늙은이들과 연약한 사람들이 그 안으로 들어가 "아름다워지고, 좋은 얼굴색을 하게 되고, 힘에 넘치고, 젊어지고, 건강해지게" 되어 다시 나오는 "회춘의 샘"을 꿈꾸었다.

한스 작스는 특히 사육제극이 보다 큰 극적 효과를 낼 수 있도록 그것을 발전시켰다. 그의 사육제극의 주요 등장인물들은 사악한 아내, 멍청한 농부, 여색을 밝히는 승려, 교활한 학자 등이었다. 『낙원의 방랑 학생』, 『바보 수술』, 『이브의 닮지 않은 아이들』 등이 그의 대표적인 사육제극이었다. 그의 작품에 나타나는 조소와 해학은 실제적이고 서민적인 감각과 인간의 여러 가지 약점에 대한 이해를 바탕으로 하고 있었다. 리하르트 바그너의 오페라 「뉘른베르크의 장인가수」에서의 그에 대한 미화와 「한스 작스의 문학적 사명을 보여 주는 한 옛날 목판화의 설명」이라는 시에서 괴테가 한 그에 대한 찬양은 이 작가의 모습을 생생하게 보존해 주었다.

예르크 비크람(1520-1642): 비크람은 콜마르 출신으로 1554년부터 엘자스 주 부르크하임에서 시 서기로 일했다. 그가 쓴 우스개 이야기 모음집 『짐마차 책』은 유명해져서 널리 애독되었는데, 거기에는 사육제극에서와 같은 문체로 익살스러운 내용을 거칠고 조야하게 이야기하는 것에 대한 기쁨이 배어 있었다. 이러한 모음집들은 짐마차를 타고 육로로 긴 여행을 하거나 배로 여행을 할 때 여행용 독서물로써나 소위 "길 줄이기 책"으로 이용되었다.

예르크 비크람은 프랑스 기사소설을 번역하거나 개작하는 형태로 독일 시민계급에게 궁정 예술에 대한 지식을 전달해 주었으며, 나중에는 점점 더 많이 서민생활에서 소재를 취하여 직접 소설을 쓰기도 함으로써 독일 산문소설의 한 선구자가 되었다. 그의 발전소설 『어린 소년의 거울』(1554)에서는 농부의 아들이 귀족과 대비되는 가운데 묘사되었으며, 자연 속에 묻힌 소박한 생활이 긍정적으로 그려졌다. 이 작품에서는 모든 것이 실제적이고 소박했으며, 결코 궁정적이거나 모험적이지 않았다. 그의 작품으로서 가장 널리 알려진 것은 후일 브렌타노에 의해 새로이 출간된 소설 『황금 실』(1557)이었는데, 이 작품은 "열심히 일하고 공부하고 기사로서의 업적을 쌓아 백작의 딸을 얻게 되는 어느 가난한 양치기 아들에 관한 아름답고 사랑스럽고 재미있는 이야기"라는 긴 부제를 달고 있었다. 이 작품에서 주인공은 궁정의 명예를 얻게 되나 그의 관심은 전적으로 시민사회의 환경과 풍습을 향하고 있었다. 이 점은 시민생활의 이상적인 모습을 그린 그의 가족소설 『선한 이웃과 악한 이웃에 대하여』(1556)에서도 마찬가지였다.

요한 피샤르트(1550-1589): 피샤르트는 슈트라스부르크 출신으로 이탈리아, 프랑스, 영국, 네덜란드 등지를 여행하였다. 그는 슈파이어에 있는 제국대법원에서 변호사로 일했으며, 1585년에는 자르브뤼켄 근처의 포르바흐에서 관리가 되었는데, 거기에서 그는 또한 죽었다. 프랑스의 신교도들이었던 위그노와 프랑스의 정신생활로부터 많은 영향을 받음으로써 그는 구교와 예수회에 대해 더욱 적대적이 되었다.

그의 대표작은 『영웅 가르깡또아와 빵따그루엘의 생애와 수완과 업적에 대한 모험적이고 놀라운 엉터리 이야기』(1575)였는데, 이는 프랑스의 작가 라블레가 쓴 코믹 영웅소설『가르깡또아와 빵따그루엘』을 확대시키는 형식으로 자유롭게 개작한 것이었다. 국가와 교회와 사회의 온갖 부조리와 도덕의 타락 및 방종을 그로테스크한 기법으로 풍자한 이 작품에서는 모든 것이 환상적이고 거대한 것으로 일그러져 있었다. 주인공은 굉장한 대식가이자 술고래여서 6명의 남자가 그의 입에 삽으로 겨자를 퍼 넣어 샐러드의 간을 맞추어야 할 정도였다. 광범위한 독서가 피샤르트가 여러 가지 기발한 생각을 떠올리는 데 도움이 되어 주었다. 그는 스스로 자신의 문체를 평하여 "너무도 혼란스럽고 기형적인 오늘날의 세계를 반영해주는 혼란스럽고 기형적인 본보기"라 불렀다. 그는 정교한 언어, 재치가 넘치는 언어, 언어의 유희로 사람들의 마음을 사로잡았으며, 라블레가 프랑스어로 보여주었던 혼란스러운 언어를 훨씬 능가하는 현란한 언어구사를 보여주었다. 작품 전체가 일종의 언어적 광기를 보여주는 것이었는데, 그것이 전혀 통제가 되지 않은 까닭에 거의 언어의 혼돈으로까지 이르는 것이었으나 독일 산문의 발전을 놓고 볼 때 그것은 분명히 큰 의미를 갖는 것이었다.

한편 피샤르트는 프랑스어 원전에 의거해서 쓴 그로테스크한 풍자소설『뿔 네 개 달린 작은 모자의 전설과 설명』(1572)에서 대단히 격렬하고도 공격적으로 반종교개혁 운동을 비판했으며,『운문 틸 오일렌슈피겔』에서는 민중본『틸 오일렌슈피겔』의 이야기를 확대하면서 운문으로 각색하였다. 그리고 그의 멋진 서사시『취리히의 행복한 배』는 단 하루 만에 기장 죽을 식지 않은 상태로 취리히에서 슈트라스부르크까지 운반하고, 그럼으로써 자신들이 유사시에 신속하게 도움을 줄 수 있다는 것을 증명해 보이는 취리히 시민들의 쾌속항해대회를 묘사한 작품이었다.

민중본: 이 시기에는 또한 앞서 중세 말의 문학에서 이미 그랬던 것과 마찬가지로 일반 서민들에게 오락을 제공하는 것을 주 목적으로 하는 산문체의 민중본이 유행했다. 당시에 발달한 인쇄술의 도움을 받아 비교적 값싸게 널리 보급된 '민중본'들은 대부분 문학적인 가치가 떨어지는 것이었으나 일부는 제법 수준 있는 작품이 되기도 하였다. 『게노베바』, 『마겔로네』, 『그리젤디스』, 『물의 요정 멜루지네』 등이 대표적인 작품들이었다.

이 시대의 민중본으로서 특히 중요한 것은 『요한 파우스트 박사의 이야기』였다. 1587년 출판업자 요한 슈피스가 편찬한 이 민중본은 후일 괴테에 의해 세계적인 작품으로 발전하게 되었다. 이 민중본은 여러 학문에 두루 통달했을 뿐 아니라 마술사, 점성술사이기도 한 파우스트가 현세적인 욕망을 충족시키기 위해 악마와 계약을 맺어 호화스럽고 방탕한 생활을 하나 악마와의 계약기간이 만료되었을 때 비참한 최후를 맞이하고, 그의 영혼은 지옥으로 떨어지고 마는 이야기고 되어 있었다. 이 밖에 『틸 오일렌슈피겔』과 『영원한 유대인』 등의 민중본이 있었는데, 후자는 십자가를 지고 가던 예수를 구박한 죄로 영원한 방랑과 방황의 벌을 받은 예루살렘의 구둣방 직공 아하스베루스를 다룬 것이었다.

르네상스와 종교개혁 시대의 극: 르네상스와 인문주의 운동의 결과로 테렌츠나 플라우투스, 세네카 등 고대 그리스·로마의 모범적인 극작가들로부터 영향을 받는 한편, 종교개혁으로 야기된 여러 가지 신앙상의 긴장과 대립으로부터 자극을 받아 새로운 형식의 드라마가 생겨나게 되었으니, 그 세부적인 유형은 진지한 내용의 종교극에서부터 주로 우스꽝스러운 내용을 다루는 소극이나 사육제극에 이르기까지 다양했다.

　신교도들이었던 스위스 출신의 작가 니클라우스 마누엘과 작센 출신의 목사 작가 파울 레브훈 두 사람은 풍자극이나 서민적인 성서 극을 씀으로써 루터파의 개혁 작업에 기여했다. 우울한 기질의 헤센 인으로 한때 프린치스코파 승려이기도 했던 부르크하르트 발디스가 저지 독어로 써서 리가에서 공연한 『잃어버린 아들에 대하여』라는 우의 극은 그 언어나 극작 기법에 있어 종교개혁 시기를 대표하는 중요한 작품이었다. 진지한 종교극에서 즐겨 다루어진 내용은 소위 '각자 jedermann'의 테마였는데, 그것은 죽음에 직면한 부자를 다룬 극이었다.

　이 시기에는 구약성서와 신약성서에서 비롯하는 수많은 소재들이 드라마로 각색되었을 뿐 아니라 조국애를 고취시키는 정치극도 많이 만들어졌는데, 이런 정치 극은 특히 독일의 남부 지역에서 유행했다. 인문주의자들은 테렌츠나 플라우투스, 아리스토파네스 등의 고대 작가들이 일찍이 다루었던 소재들을 새롭게 취급하기도 하고, 인문주의적-라틴적 전통과 서민적-독일적 전통을 결합시키기도 했다. 한편 사육제극이 도시 시민계급의 오락 욕구를 충족시키는 데 크게 기여했는데, 그것은 뉘른베르크에서 "구두장이이면서 시인"인 한스 작스를 통해 절정에 이르렀다.

　또한 이 시기에는 사육제극과 같은 서민적인 극 외에 인문주의 운동의 일환으로 행해진 학교극들이 있었으나 그 대부분은 수사학 연습이나 종교적인 학습을 목적으로 하는 무미건조한 낭독연극이었다. 이런 상황에서 16세기 말 청교도 혁명으로 국내에서 공연이 금지된 영국 희극배우 단이 대륙을 순회하게 되면서 독일에도 들어와 영향을 주게 되었다. 기록에 의하면 영국 유랑극단은 1590년경 덴마크와 네덜란드를 거쳐 독일로 들어왔다. 그들의 공연은 여러 도시와 궁정에서 인기를 끌기도 했으나, 초기에는 주로 영어로 공연을 했기 때문에 영어를 모르는 독일 관객을 이해시키기 위해 그들은 과장된 몸짓과 무리한 연기를 하지 않을 수 없었으며, 그럼으로써 자연 저질적인 면도 보이지 않을 수 없었다. 그들은 셰익스피어를 위시한 영국 유명 작가들의 작품을 적당히 손질하여 공연하였으며, 막간에 춤이나 곡예, 합주, 노래 등을 삽입하기도 하였다. 이들 영국극단들로부터 자극을 받아 독일에서도 직업적인 배우들이 생겨나게 되었는데, 독일 배우들은 그들로부터 배워 대사에 산문을 사용하고, 극에 어릿광대를 도입하고, 신체적 표현을 중시하는 연기를 하였다. 당시 브라운슈바이크의 영주 하인리히 율리우스는 영국 극단으로 하여금 자신의 영지 극장에서 공연하게 하였는데, 이것은 독일에서 직업적인 배우에 의한 최초의 공연이었다. 율리우스 공작은 자신이 직접 쓴 교훈극을 영국 작품들과 함께 공연하게 하였다.

2.5. 바로크 문학

(1) 정치적·문화적 배경

바로크 시대는 절정에 이른 반종교개혁 운동, 30년 전쟁 그리고 절대 왕정으로 특징지어지는 시대로 전체적으로 보아 아직 종교적 성향이 강한 시대였으나 이 종교적인 요소는 이미 세속화의 과정을 점점 더 강하게 경험하고 있었다. 이러한 점은 특히 시에서 두드러지게 나타났는데, 바로크 시대의 시는 피안의 세계에 대한 동경과 함께 현세에 대한 긍정적인 태도를 동시에 보여주었다.

독일 내의 종교전쟁에서 출발하여 유럽의 주도권을 잡기 위한 국제적인 전쟁으로 확대된 30년 전쟁은 주로 독일을 무대로 전개되었으며, 독일문학에도 지속적으로 영향을 끼쳤다. 이 전쟁을 통해 전체 독일 제국은 승전국에 들지 못하게 되었으나 지방의 제후들은 제국에 대항하여 영방국가로서의 이익을 관철시킬 수 있었다. 전후 체결된 베스트팔렌 조약으로 독일 황제는 엄청난 영토적 손실을 감수하지 않을 수 없었으니, 네덜란드 합중국과 스위스가 제국으로부터 독립하고 엘자스와 포어폼메른, 슈테틴이 다른 나라에 할양되었다.

반면에 프랑스는 이 전쟁에서 승리함으로써 더욱 강해졌는데, 되돌아볼 때 이 시기에 프랑스가 문학이나 조형예술에서 전성기를 맞이한 것은 너무도 당연한 일이었다. 프랑스의 문화 발달과 유럽에서의 정치적 주도권의 획득은 궤를 같이 하여 이루어졌으며, 부르봉 왕조의 중앙집권적이고 절대주의적인 통치는 권력신장과 사치와 부를 과시하려는 정책을 통해 더욱 강화되었다. 어용 이론가 장 보댕은 법을 초월해 있는 군주를 이상적인 군주라 정의했으며, "태양 왕"이라 불린 루이 14세는 "짐이 곧 국가이다"라고 말했다.

30년 전쟁이 끝나고 난 뒤 독일에서는 수많은 군소 국가들이 할거하게 되었으며, 그 가운데에는 몇몇 개의 마을로 이루어진 나라들도 더러 있었다. 이런 최악의 정치적 조건하에서는 고도의 수준 높은 문화가 발달할 수 없는 것이었으니, 실제로 1648년 이후 독일은 문화적인 면에서 거의 파산 상태나 마찬가지였다. 그러나 그 작디작은 궁정들에서도 점차 자신들의 귀족적인 지위에 대한 자각이 다시 일어나게 되어, 르네상스 시대의 도시 문화가 사라지고 난 지금 제후들은 다시 건축과 회화, 음악 그리고 문학을 장려하고 후원했다.

17세기의 음악과 미술은 전적으로 세속제후나 종교제후의 영향력을 과시하는 데 있었다. 왕들이나 종교제후들은 예술을 계획적으로 이용함으로써 자신들의 막강한 힘과 하느님의 전지전능한 힘을 사람들의 눈앞에 드러내 보이고, 또 그들에게 강한 인상을 심어주고자 했다. 때문에 감각적인 인상에 대단히 큰 의미를 부여하게 되었는데, 이것은 후일 계몽주의의 합리주의적인 운동에 의해 비판을 받았다. 예를 들어 루이 14세는 바로 파리 외곽의 늪지대에다 베르사유 궁전을 세움으로써 자신이 심지어 자연까지도 마음대로 다스릴 수 있음을 보여주고자 했는데, 삼각형이나 사각형이나 공 모양으로 자라 오른 숲이나 울타리, 나무들이 있는 베르사유 궁전의 정원은 오늘날에 와서도 그 점을 잘 보여주고 있다. 이런 프랑스식 정원은 17세기의 유행적인 현상이었다.

건축도 군주들의 권력 과시에 이용되기는 마찬가지여서 베르사유 궁전의 거대한 외관이나, 반원형으로 문이 열리며 사치스러우면서도 우아하고 보는 이의 마음을 사로잡는 그 으리으리한 교회도 모두 이를 잘 보여주는 것이었다. 제단 위에 궁형의 지붕을 설치하는 등 의도적으로 채광효과를 살리고, 장식 칠 세공을 하고, 그림을 가미하는 것도 건축물의 그러한 기능과 효과를 배가시키기 위한 것이었다.

절대 왕정의 궁정 사교생활에 있어서는 음악도 빠질 수가 없었다. 특히 중요한 역할을 한 것은 궁정극장에서 공연되는 오페라였다. 여기에서는 음악연주와 무용, 노래, 분장이 한데 어우러져 종합예술을 이루었으며, 심지어 관객들도 나름대로 의상을 챙겨 입고 향수를 뿌리고 마치 배우처럼 행세를 함으로써 함께 참여하였다. 오페라 관람은 예술 체험으로서보다는 궁정 사교행사로서의 성격이 더 강한 것이어서 궁정에서 생활하는 사람으로서 그 일을 소홀히 하면 체면이나 위신이 깎이지 않을 수 없었다.

이런 점에서 바로크 예술은 궁정예술이었으며, 그것은 궁정에서 궁정을 위해 행해졌다. 그럼에도 불구하고 이 궁정사회는 시민계급, 특히 학자들을 필요로 했다. 다시 말해 이 궁정적인 바로크 시대에도 시민계급들은 궁정에서의 직무를 통해 신분상승을 기하고 명망을 높일 수 있는 기회를 충분히 가질 수 있는 것이었다. 그러나 개별 학자들이나 예술가들이 이러한 기회를 가질 때 그들은 주관적인 입장이나 개인적인 취향을 포기하지 않으면 안 되었으니, 그것은 예술적인 작업을 부탁하는 군주들이 베르사유 세계와 같은 절대주의 프랑스의 고도로 발달한 문화를 모방할 것을 요구하였기 때문이었다.

프랑스 왕들의 궁정이 거의 모든 면에서 독일의 강력해진 제후들에게 모범이 되었던 것과 마찬가지로, 프랑스어도 독일어 속으로 많이 침투해 들어왔다. 당시에 많은 독일 사람들은 소위 "유행에 따라" 살려고 노력했는데, 그것은 바로 프랑스를 모범으로 삼아 행동하고 옷을 입고, 특히 프랑스어를 가능한 한 많이 사용하는 것을 의미하는 것이었다. 황제의 관청조차도 제후들과 교류할 때 프랑스어를 사용할 정도였다. 여기에다 특히 독일에서 오래 지속된 인문주의 운동의 영향으로 그동안 주로 지식인들이 사용했던 라틴어가 16, 17세기가 경과하는 사이 일반 서민들의 언어 속으로 파고듦으로써 언어생활은 더욱 복잡해지게 되었는데, 이 같은 언어 혼란은 30년 전쟁을 거치며 극에 이르게 되었다. 이런 혼란스럽고 절망적인 언어 상태에서 독일이 위대한 문학 작품을 내놓기란 어려운 일이었다. 뜻이 있는 제후들과 학자들 및 작가들이 모여 언어를 정화하고 문학예술을 장려·육성하려고 노력하기도 하였으나 그처럼 황폐화된 언어로부터는 훌륭한 작품이 나올 수 없는 것이었다.

한편 루터파의 권위주의적인 정통신앙에 만족하지 못한 사람들은 교회조직에서 떨어져 나와 신을 개인주의적인 신앙을 통해 직접적으로 체험하려 했는데, 이런 신비주의적인 경향은 바로크 시대에도 나타났으니 그 대표자는 야콥 뵈메였다. 야콥 뵈메는 보헤미아 국경의 작은 도시 괴를리츠에서 가난한 농부의 아들로 태어나서 어린 시절에는 양치기 일도 하였다고 하나 나중에는 구두장이가 되었다. 그는 독학으로 공부하고 파라켈수스의 저술과 다른 신비주의적인 저술들을 읽었으며, 괴를리츠에서 루터파 교회와 논쟁을 벌이기도 하였다. 그는 1624년 괴를리츠에서 생을 마감했다. 그의 사상과 작품은 후일의 독일 철학자들과 전 세계의 신비주의 사상가들에게 크게 영향을 주었을 뿐 아니라 17세기의 독일 바로크 문학에도 많은 영향을 끼쳤다. 그는 1600년경에 스스로의 내면에서 신을 직접 체험하는 소위 '신비적 합일'의 경지에 도달하였으며, 그때의 생각과 환상을 정리하여 1612년에 『오로라 또는 아침노을』이라는 책을 내놓았다. 이 책은 인쇄되지 않고 필사본으로 발표되었는데, 그 내용에 불만을 품은 괴를리츠의 목사로부터 심한 공격을 받았다. 한동안 글을 쓸 수 없었던 뵈메는 1619년에 다시 『신적 본질의 3 원리에 대한 설명』을 발표했는데, 이는 신성한 신의 삼위일체와 인간의 본질을 설명한 것이었다. 1624년 그가 죽을 때까지 정통교회 측으로부터의 그에 대한 공격은 그치지 않았으나, 후일 그의 제자 프랑켄베르크가 그의 유고를 출판한 뒤부터는 점차 주목을 받게 되었다. 뵈메의 사상의 특징은 그 비합리성에 있었다. 그는 이성을 배격하고 영감과 계시를 중시하였다. "나는 신의 신비에 대해 아무것도 알려고 하지 않는다. 더구나 그것을 어떻게 찾고 발견할 것인지에 대해서는 더욱 모른다. 평범한 인간의 단순한 생각밖에는 아무것도 없는 것이다. 나는 다만 예수 그리스도의 마음을 희구하고 신의 무서운 노여움이나 악마의 공격에서 벗어나 그 속에 몸을 숨기고 신에게 그 성스러운 영감과 은혜를 엄숙히 청할 뿐이다. 이와 같은 나의 지극히 엄숙한 희구와 갈망에 나에게는 문이 열리고, 나는 매우 수준 높은 학교에 여러 해 다닌 것보다 더 많은 것을 단 15분 동안에 경험한다." 이 같은 심령을 통한 신의 체험은 일상적인 언어로는 도저히 표현될 수 없는 것이어서 뵈메의 언어는 특별한 형태를 갖지 않을 수 없었다. 영혼이 체험한 바는 독특한 비유적 언어로밖에는 표현될 수 없는 것이었다.

(2) '바로크'의 개념

바로크 문학은 대체로 르네상스 시대에 이어지는 시기, 즉 17세기의 문학으로서 18세기 초 계몽주의 문학에 그 자리를 넘겨주었다. "barock"라는 말은 포르투갈어 "barocco"에서 파생된 말인데, 이것은 원래 '못생긴 진주, 불규칙적으로 생긴 진주'를 의미하는 말이었다. 다시 말해 그것은 '규범적인 것으로부터 벗어난 것'을 의미하는 것이었다. 이 말이 처음 사용된 것은 1756년 빙켈만이 건축에서의 장식과 무늬, 자개 세공 등에 관해 자신의 견해를 밝힌 글에서였는데, 이 글에서 그는 과장적인 것이나 부자연스러운 것을 지적하는 방식으로 이 말을 부정적인 의미로 사용하였다. 야콥 부르크하르트 이후 "바로크"는 조형예술의 양식개념으로 사용되었다. 그러다가 이 개념은 조형예술로부터 17세기 예술 전체의 양식으로 확대 적용되었는데, 실제로 이 시대의 형상의지는 바로크 미술이 제시한 그 특징적인 요소들을 잘 보여주고 있었다. 다시 말해서 르네상스 양식이 하나의 완결된 형상 속에 모든 힘들을 집중시키는 데 반해 바로크 양식은 서로 대립적인 에너지의 충돌과 역동적인 불안정성을 보여주는 것이었다.

세속과 신, 현실 세계와 피안의 세계, 삶에 대한 욕구와 죽음에 대한 불안, 무상과 영원 사이의 긴장이 이 시대 인간들을 속박했다. 케플러와 갈릴레이, 뉴턴 등에 의한 천문학적·수학적·물리학적 제 발견으로 인한 시야의 확장이 인간들에게 강한 자부심을 심어주고 실험에 의한 인과법칙의 통찰이 그들로 하여금 새로운 경험을 얻게 해줌으로써 한편으로 인간은 자신을 현실세계의 지배자로 느끼게 되었다. 그러나 다른 한편으로는 고통과 죽음으로 인해 의문스러운 것으로 되어 버리는 자신감과 자부심에 대한 회의가 인간들을 괴롭혔다. 전염병과 전쟁, 재난 등은 인간들에게 모든 현세적인 것의 무상을 보여주었다.

바로크 문학은 20세기에 들어 표현주의 문학 운동이 전개되면서 처음으로 새롭게 관심을 끌게 되었다. 그때 학문적인 연구는 우선 정신사적으로 바로크의 통일적인 모습을 파악해 보려고 노력하였으나, 이내 17세기에 다양한 형태로 혼재한 여러 가지 문학 양식들을 확인하게 되었다. 현재의 연구는 르네상스와 계몽주의 사이의 문학을 특징짓는 일련의 변화와 변형의 과정을 파악하는 데 주력하고 있다.

르네상스와 종교개혁 시대의 문학이 그랬던 것과 마찬가지로 바로크 시대의 문학도 일차적으로 궁정 귀족들과 지식인 계급을 대상으로 하였다. 작가들은 인문주의적인 교양을 갖추고 있었으며, 문학과 예술을 장려하고 보호하는 귀족들이나 제후들에게 봉사하는 형태로 창작 활동을 하였다. 시민계급은 그 의미를 상실하고 도시의 힘은 약화되었으며 궁정 귀족이 사회의 주도권을 장악하게 되었다. 이 사회는 여러 가지 내부적 긴장들을 다채로운 형태의 의식을 통해 해소하려 했으며, 신의 은총을 받고 있는 군주가 세속적인 권력의지와 신의 영광을 한 몸에 통합하고 있는 존재라고 생각하였다.

바로크 시는 주로 사교적인 성격이 강한 것으로서 이미 정립되어 있는 형식을 변형시키는 수준을 넘지 않았으며, 사적이고 개인적인 체험을 전제로 하지 않았다. 바로크 극은 지배자의 부와 권력을 과시하는 데 주로 이바지하였는데, 여기에서는 이 시대의 긴장이 격정적이고 과장적인 연기 방식을 통해 해소되었다. 뿐만 아니라 무대예술은 교회와 국가를 찬양하고 미화하는 데 기여하였으며, 모범적인 사교 행동의 여러 가지 기준들을 확실하게 보여주었다. 스페인의 극작가 칼데론은 그의 드라마 작품들에서 거대한 극과도 같은 인간 생활을 형상화하였다. 프랑스는 루이 14세의 치하에서 문학의 전성기를 맞이하였다. 코르네유, 라신 그리고 몰리에르의 드라마 작품들에 등장하는 인물들은 인식을 격정보다 우위에 두면서 이성의 힘으로 어지럽고 혼란스러운 세계를 비판하고 정돈하며 밝게 하려고 했다.

바로크 문화의 형성에 있어서는 프랑스와 스페인, 이탈리아 등 라틴어계 국가들이 앞장을 섰다. 독일에서는 종교상의 갈등에서 야기된 여러 차례의 정신적인 논쟁과 무력 충돌로 인해 문화적인 역량이 발휘되는 데 많은 지장이 초래되었다. 그러나 30년 전쟁을 통해 수많은 도시와 마을이 피폐해지고 파괴되었음에도 불구하고 삶의 의지는 꺾이지 않았다. 그 큰 전쟁으로 수많은 공포와 궁핍과 황폐화를 경험한 지 반세기가 되지 않아 독일에서는 건축과 음악이 새롭게 발달하였는데, 슐뤼터, 피셔 폰 에를라흐, 루카스 폰 힐데브란트, 발타자르 노이만, 요한 딘첸호퍼 그리고 야콥 프란타우어 등은 권력 과시와 신앙 고백, 화려함과 내적 움직임을 탁월하게 결합시키는 건축예술을 창조했으며, 요한 제바스티안 바흐는 경건한 동경과 깊은 영혼을 음악으로 표현했다.

하지만 바로크 시대의 독일문학은 그와 같은 완성된 모습이나 지속적으로 작용하는 강한 영향력을 가질 수가 없었다. 독일 바로크 문학은 우선 서유럽 국가의 앞선 문학을 모방하는 형태로 따라잡으려 하고, 시대에 맞는 문체를 배우고, 지난 몇 세기 문학이 보여준 시민성으로부터 벗어나려고 하였다. 1640년대에 들어서야 비로소 독일문학은 안드레아스 그리피우스, 파울 플레밍, 안겔루스 질레지우스, 파울 게르하르트 등을 통해 내적 깊이를 갖추게 되었다. 17세기 말경에 이르러 독일문학은 과도한 긴장이나 지나친 표현으로 인해 한층 더 과장적이 되었다.

바로크 문학은 널리 대중들에게 광범위한 영향을 미치지 못했다. 일반 서민들의 문학에 대한 욕구는 이 시대에 주도적이었던 양식에 의해 밀려나 있었던 여러 가지 문학 장르들, 예컨대 과거의 우스개 문학이나 운문소설, 종교적인 내용의 교설문학, 그리멜스하우젠으로 대표되는 사실주의적이고 서민적인 문학 등을 통해 충족되었다.

2.6. 계몽주의 문학

(1) 역사적·문화적 배경

18세기로 접어들며 독일은 30년 전쟁의 결과로부터 서서히 벗어나게 되었으며, 프랑스는 스페인 왕위계승전쟁에서 패함으로써 그 정치적 지위가 흔들리게 되었으나 문화적인 면에서의 주도권은 계속 유지하였다. 영국이 강국으로 부상하여 대양의 지배자가 되어 가는 사이 프로이센은 유럽의 정책에 영향을 미치는 강국의 대열에 합류하게 되었다. 대왕 프리드리히 2세는 7년 전쟁(1756-1763)에 참여해 승리를 거둠으로써 프로이센이 마리아 테레지아가 다스리는 오스트리아에 버금가는 지위를 확보하게 하였으며, 그 고매한 인품을 통해 전 독일에서 민족적 자부심이 싹트게 하는 데 크게 기여했다. 오스트리아에서는 마리아 테레지아의 아들 요제프 2세가 계몽주의의 기본 원리들을 실천에 옮기려고 노력했으며, 러시아는 유럽 화 되었다. 한편 대서양 저편에서는 영국을 상대로 하는 독립전쟁(1775-1783)에서 승리를 거둠

으로써 아메리카 합중국이라는 역사상 최초의 현대적 민주 연방국가
가 생겨나게 되었다.

17세기 말에 프랑스와 영국에서 처음으로 정신적인 운동으로서 계
몽주의 운동이 일어났는데, 이 운동은 국가와 교회와 학문과 사회에
있어서의 모든 활동을 자연스러운 이성과 건전한 인간오성의 도움을
받아 전면적으로 새롭게 정초하려고 하였다. 프랑스의 경우 계몽주의
는 데카르트에 의해 철학적으로 도입되었고, 몽테스키외의 입헌국가에
대한 요구를 통해 정치적으로 중요한 의미를 가지게 되었으며, 달랑베
르나 디드로 등의 백과전서파가 편찬한 대백과 사전을 통해 포괄적인
세계상으로서 제시되었고, 볼테르의 저술 활동을 통해 효과적으로 확
산되었다. 한편 영국에서는 베이컨, 홉스, 로크, 흄 등에 의해 경험주
의적인 계몽철학이 전개되었는데, 그것은 감각적 인식과 경험을 모든
인식의 근원으로 보았으며 자연과학의 발달을 촉진시켰다. 독일의 정
신생활은 이 두 철학사조로부터 결정적인 영향을 받았다.

이에 반해 고트프리트 빌헬름 라이프니츠의 위대한 철학체계는 오
래도록 계속 이해되지 못한 채로 남아 있었으며, 철학자 크리스티안
볼프에 의해 마침내 대중화되었다. 볼프는 단순한 유용성과 도덕적인
개선을 목표로 하는 이성 중심의 문화라고 하는 그때 이후의 보편적
인 계몽주의 개념을 만들어내었다.

계몽주의 사상은 당시 활기를 띠기 시작한 잡지들과 신문을 통해
널리 확산되었으며, 절대주의적인 전횡에 점점 강하게 저항하는 가운
데 표출되기 시작한 시민계급의 자유롭고도 자신감에 찬 태도를 북돋
워주었다. 학교제도에 있어서도 새롭고 합리적인 교육원칙들이 채택되
었다. 계몽주의는 당시 유럽 사회에 널리 퍼져 있었던 로코코 문화의
세계관적 기초가 되기도 했는데, 바로크적 궁정문화의 말기 현상이라

할 이 로코코 문화는 조형예술과 음악 분야에서 많은 성과를 낳기도 했지만, 향락적인 생활방식에 젖어 현실문제와 책임의식을 소홀히 한 점에서는 우려되는 면도 없지 않았다. 한편 18세기 중엽에 이성을 일방적으로 강조하는 계몽주의와 지나치게 유희적이고 작위적인 로코코 문화에 반대하는 운동이 전 유럽에서 일어났는데, 감상주의로 불리는 이 반대운동은 그동안 소홀히 취급되었던 감정의 권리를 다시 찾으려고 노력하였다. 감상주의는 영국에서 시작된 운동이었으며, 독일에서는 신비주의를 계승한 경건주의가 같은 목표를 지향하고 있었다. 이런 반계몽주의적인 경향에 결정적인 자극을 준 사람은 프랑스의 철학자 루소였는데, 그는 감정을 중시하는 근원적인 문화를 주장하면서 '자연으로 돌아갈 것'을 요구하였다.

(2) 계몽주의 문학

18세기에 그 고유한 특색을 부여해주었던 세 운동, 즉 합리주의·경건주의 그리고 로코코는 대략 1700년경부터 독일의 정신생활에 영향을 주었다. 이 세 운동은 서로를 대체하는 형태로가 아니라 나란히 함께 전개된 운동이었으며, 때로 서로 겹치기도 하였다. 이들 세 운동 가운데서 단연 압도적이었던 것은 합리주의였다.

일찍이 바로크는 현세와 내세 사이의 긴장 관계를 조화롭게 해소할 수가 없었다. 그것은 인간을 삶에 대한 강한 욕구와 세속생활의 포기 사이의 갈등 속에 그대로 내버려 둔 것이었다. 그런데 이제 사람들은 신이나 다른 사람들이나 국가에 대한 인간의 관계에 관련이 있는 여러 가지 문제들에 대한 답을 이성의 도움을 받아 찾아보려고 하였다. 다시 말해 사람들에게 "깨우침", 즉 계몽을 주려고 한 것이었다. 이와 관련해 철학자 칸트는 "네 자신의 이성을 사용하는 용기를 가져라"라고 설파하기도 했다. 합리주의자들은 이성이 올바르게 인식한 것과 '건강한 인간오성'의 검토를 통과한 것만을 진리로 인정하였다. 때문에 사람들은 이제 예를 들어 신앙상의 진리들이 이성과 조화를 이룰 수 있고 합리적인 방법으로 증명이 될 수 있는 것인지 검토를 했다. 사람들은 기적을 인정하지 않거나 자연적인 사건으로 환원시켰다. 주위 사람들이나 사회나 국가에 대한 인간의 관계도 역시 이성적인 방법으로 조화시킬 수 있는 것이라고 사람들은 생각했다. 경험과 사유를 통해 획득되어진 새로운 자연과학적·수학적 인식은 다른 모든 분야에서도 비판적인 이성의 도움을 받아 보편타당한 인식과 법칙을 얻을 수 있으리라는 희망과 자신감을 강화시켜 주었다.

이런 합리주의에 반대한 것이 경건주의였는데, 그것은 프로테스탄티즘의 범위 안에서 전개된 신비주의와 유사한 종교상의 운동이었다. 경건주의자들은 신앙의 깊이와 내면화를 추구하였으며, 그 지지자들은 따뜻한 마음과 실천적인 행동을 중시하는 크리스트교를 요구하였다. 그들은 루터파와 캘빈 파를 위시한 종파들 사이의 반목에 염증을 느끼고 있었으며, 교리를 해석함에 있어서 자구 하나하나에 지나치게 얽매이는 것과 경직된 합리주의적 신앙을 배격하였다.

세 번째의 운동인 로코코의 명칭은 같은 이름의 건축양식에서 비롯한 것이었는데, 그것은 '조개껍질 장식'을 의미하는 프랑스어 'rocaille'에서 파생된 말이었다. 독일의 위대한 건축가들이었던 요한 딘첸호퍼, 다니엘 쾨펠만, 발타자르 노이만, 크노벨스도르프 등은 1725년과 1750년 사이에 바로크 건축 고유의 무거움을 버리고, 그 육중한 형식들을 가볍고 경쾌한 형식으로 변형시켰다. 당시의 소규모 회화들은 사랑스럽고 아기자기한 표현형식으로 우아한 모습들을 보여주었다. 로코코 예술에서는 감정과 상상력이 아무런 제한도 받지 않고 마음껏 발휘되었다.

이상의 세 조류는 문학에서도 그대로 반영되었다. 요한 크리스토프 고트쉐트는 합리주의적인 문학의 초기 대표자였으며, 고트홀트 에프라임 레싱은 합리주의 문학의 완성자이면서 동시에 그 극복자이기도 했다. 경건주의적인 입장에서 창작활동을 한 사람은 프리드리히 고트리프 클롭슈토크와 젊은 시절의 빌란트였으며, 로코코 문학을 대변한 사람은 소위 아나크레온파의 작가들과 만년의 빌란트였다. 계몽주의 시대에는 또한 주로 인간의 감정과 정서적인 면에 호소할 것을 요구한 경건주의적인 입장이 한동안 강한 기세로 문학 창작에 영향을 끼치기도 했는데, 문학사에서 감상주의로 불린 이런 경향의 대표자는 수많은 송시를 남긴 클롭슈토크였으며, 감상주의적인 경향은 다음 시기, 즉 슈투름 운트 드랑의 작가들과 젊은 괴테에게도 이어졌다.

2.7. 슈투름 운트 드랑

(1) 개 관

아직 계몽주의가 여전히 문화 전반의 주도적인 흐름이 되고 있었던 1770년대 초반 일군의 작가들이 그야말로 휘몰아치는 바람처럼, 성난 파도처럼 바로 그 계몽주의에 반발하는 운동을 전개하였는데 이를 일러 문학사에서는 '슈투름 운트 드랑 Sturm und Drang'이라 한다. 문예사조의 명칭으로는 비교적 긴 이 개념은 프리드리히 막시밀리안 클링어의 드라마 『슈투름 운트 드랑』에서 비롯하는 것인데, 이 작품의 원래 제목은 『뒤죽박죽 Wirrwarr』(1776)이었으나 작가의 친구이면서 당시 "천재의 전도사"로 유명했던 스위스의 작가 크리스토프 카우프만의 제안에 따라 클링어가 그 제목을 바꾸게 되었던 것이고, 그것이한 시기를 지칭하는 용어로 승격되었던 것이었다. 슈투름 운트 드랑 운동은 앞서의 바로크나 계몽주의와는 달리 독일에 국한되는 운동이 었으며, 소수의 작가들에 의해 주도되었다. 뿐만 아니라 슈투름 운트 드랑은 1750년을 전후에 태어난 젊은 세대들에 의해 행해진 청년운동 으로서 그들의 나이가 들어가고 그에 따라 또한 그들의 관심의 방향 이 달라져가게 됨에 따라 대체로 10여 년 뒤에는 해체되어 버린 비교 적 단명한 문예사조였다. 독일문학사상 "최초의 혁명적인 청년운동"으 로 불리기도 하는 슈투름 운트 드랑 운동은 대체로 보아 헤르더의 논 문「최근 독일문학에 대한 단장」이 발표된 1767년경에 시작되었으며, 실러의 비극『간계와 사랑』이 나온 1785년경에 끝이 났다.

(2) 정치적 · 문화적 배경

이처럼 상대적으로 훨씬 짧은 기간에 전개된 운동이기는 하나 슈투 름 운트 드랑은 계몽주의와 거의 나란히 전개된 운동이었기 때문에 슈투름 운트 드랑 운동 기간의 독일의 정치적 상황은 후기 계몽주의 시대의 그것과 별로 다르지 않았다. 슈투름 운트 드랑 기간의 독일의 정치 체제는 여전히 이른바 계몽된 절대주의였다. 자신을 국가 제1의 공복으로 느낀다는 프로이센의 프리드리히 2세의 말은 궁정적 절대주 의 지배형식이 계몽된 절대주의 지배형식으로 변해가고 있음을 보여 주는 것이었다. 그러나 프리드리히를 위시한 많은 절대 군주들이 이렇 게 상대적으로 진보적이고 개혁적인 태도를 보여주기는 했지만 젊은 슈투름 운트 드랑 작가들은 당시의 여러 사회 상황에 대해 불만을 느 끼고 있었다.

전체적으로 볼 때 슈투름 운트 드랑 작가들은 계몽주의에 정신적 기반을 두고 있었다. 슈투름 운트 드랑 운동의 주역들이었던 헤르더,

괴테, 뷔르거, 렌츠 등은 계몽주의의 오성중시와 이성적 낙관주의로부터 많은 영향을 받고 있었다. 슈투름 운트 드랑 작가들의 개인적·사회적 자율성에 대한 추구는 계몽주의 사상을 전제하지 않고는 상상할 수 없는 것이었다. 하지만 슈트룸 운트 드랑의 젊은 세대들은 계몽주의의 그러한 이성중시가 지나치게 일방적이라고 생각하였으며, 그들이 생각하기에 인간을 오로지 이성적인 존재로만 여기고 있는 기성세대가 인류의 역사는 이성의 힘에 의해 무한히 진보해 갈 것이라고 믿고 있는 것에 대해 회의를 품게 되었다. 이와 관련해 슈투름 운트 드랑 운동의 한 핵심 인물이었던 실러는 그의 드라마 작품『군도』에서 "잉크 얼룩진 세기"라는 말까지 하면서 경직되고 활기를 잃어버린 후기 계몽주의를 비판하기도 하였다.

계몽주의의 지나친 이성숭배에 비판적이었던 슈투름 운트 드랑 작가들은 문화비관주의적인 내용의 글로 유명했던 프랑스의 자연주의 철학자 루소(1712-1778)로부터 많은 영향을 받았다. 특히, 사랑과 결혼생활을 감상적이고도 정감에 넘치는 장면들을 통해 묘사하고 있는 루소의 소설『줄리에 또는 신 엘로이즈』(1761)는 그의 교육소설『에밀 또는 교육』(1762)이나 그의 사회비판적인 논문『사회계약론』(1762)과 마찬가지로 당시의 문학에 많은 영향을 미쳤다. 인간은 오로지 이성적인 것만을 인정하고 받아들여야 한다는 주장에 더 이상 동조하려 하지 않았던 당시 유럽의 젊은 지성들은 루소의 "자연으로 돌아가라!"를 오래 전부터 기다리고 있었던 것이었다.

슈투름 운트 드랑 작가들은 고트쉐트나 레싱 그리고 역시 계몽주의자였던 프리드리히 니콜라이(1733-1811)와는 다른 인간상의 기초를 닦았다. 그들은 루소의 사상을 통해 자신들의 생각이 옳은 것으로 증명되는 것이라고 생각하면서 모든 인간은 여러 가지 감정을 소유하고 있다는 사실을 강조하였으며, 또한 그런 감정들을 요구하기도 하였다. 이로 인해 문학에는 새롭고 주관적인 세계의 지평이 열리게 되었으며, 그것은 기존의 예술보다 동시대 사람들에게 정서적으로 훨씬 더 강한 호소력을 가지게 되었다. 그야말로 '감정'으로 철철 넘치는 작품들인 괴테의 『괴츠 폰 베를리힝엔』이나 『젊은 베르테르의 슬픔』, 실러의 『군도』가 큰 성공을 거두었다는 사실은 이를 잘 증명해주는 것이었다.

슈투름 운트 드랑 작가들은 루소로부터뿐만 아니라 영국 작가 에드워드 영(1681-1765)으로부터도 영향을 받았는데, 영은 그의 논문 「독창적인 창작에 대하여」(1759)에서 작가의 자발적 의지와 직관의 중요성을 지적하고 계몽주의적인 전통적 예술법칙을 거부함으로써 뒤에 천재 중시 사상이 전개되는 데 크게 영향을 주었다.

(3) 하만과 헤르더

슈투름 운트 드랑 문학에서 젊은 세대의 전투적인 태도와 감정중시의 태도에 가장 잘 부합할 수 있는 장르는 드라마와 시였다. 그들의 강한 자신감은 극문학에서, 그리고 모든 구속으로부터 자유로워진 감정은 한층 내면화된 시에서 표출되었다. 감정에 넘치는 클롭슈토크의 시가 슈투름 운트 드랑 운동의 젊은 작가들에게 문학 창작의 선구자적인 모범으로 여겨지기도 하였으나, 이 운동에 자극을 줌과 동시에 깊이와 활기를 부여해준 사람은 누구보다도 요한 고트프리트 헤르더(1744-1803)였으며, 그가 새로운 세계관을 형성함에 있어서 가장 많은 영향을 받은 사람은 다시 그의 동향인으로서 친구이자 스승이었던 요한 게오르크 하만 (1730-1788)이었다.

하만은 동프로이센의 쾨니히스베르크에서 태어나 신학과 철학·문학을 공부했으며, 가정교사나 여행안내자로서 오랜 방랑생활을 했다.

1758년 그는 런던으로 갔으며, 거기서 일종의 개종체험을 통해 성경에 입각한 신앙으로 방향을 바꾸게 되었다. 하만에게 있어 자연과 현실세계는 바로 신의 말이었다. 그는 1758년 가정교사가 되어 리가로 갔으며, 1759년부터 1764년까지 쾨니히스베르크 대학에서 공부를 하였다. 1764년부터 그는 고향도시에서 「쾨니히스베르크 학자신문」의 편집 일을 보았으며, 이어 창고관리인이 되었다. 하만은 1788년 저명한 작가들이나 학자들을 자기 주위에 모아 지원했던 뮌스터의 영주 부인 갈리친을 방문하던 중에 그곳에서 사망했으며, 그녀의 정원에 묻혔다.

하만은 계몽주의에 철저히 반대한 사람으로서 감정과 예감, 상상이 이성에 우선하는 것임을 강조하였다. 그에 의하면 "이성이 사유를 하기 전에 가슴이 먼저 뛰는 것"이었다. 계몽주의자에 대비되는 존재로 그는 '천재'를 내세웠는데, 그에 의하면 천재는 오성이나 이성에 의거해서가 아니라 감정이나 자연스러운 소질에 따라서 창작을 하는 것이었다. 하만이 높이 평가한 작가는 호머와 셰익스피어였다. 그에 의하면 호머와 셰익스피어는 규칙이나 법칙에 얽매이지 않는 것이었으며, 그들에게 있어 창작은 타고난 재능인 것이었다. 슈투름 운트 드랑 작가들에게 복음과도 같이 들렸을 이런 하만의 사상을 받아들여 그들에게 전해준 사람이 바로 헤르더였다.

헤르더의 생애는 그의 정신적 편력이 그랬던 것과 마찬가지로 매우 다채로웠다. 동프로이센의 모룽엔에서 합창 지휘자를 겸하는 어느 가난한 교사의 아들로 태어난 헤르더는 우선 그곳 목사의 서기로 일하는 가운데 그의 서가에 꽂힌 책들을 읽음으로써 지식욕을 충족시키려고 노력하였다. 1762년 모룽엔을 겨울 주둔지로 정한 러시아 부대 소속의 한 군의관이 젊은 헤르더의 개방적인 정신과 박식으로부터 깊은 인상을 받게 되어, 그가 쾨니히스베르크 대학에서 의학을 공부할 수 있도록 주선을 해주었다. 그러나 뒤에 헤르더는 의학을 포기하고 신학과 철학으로 전공을 바꾸었다. 그는 당시 쾨니히스베르크 대학의 유명한 철학자였던 칸트의 제자가 되고 하만과도 활발하게 교류했는데, 그는 하만을 통해 셰익스피어와 오시안 그리고 서민문학의 세계를 접하게 되었다. 뿐만 아니라 루소의 저술로부터도 그는 많은 영향을 받았다. 헤르더는 1764년부터 1769년까지 리가에서 목사로 일했으며, 그곳에서 레싱의 저술들로부터 자극을 받아 그의 최초의 비판적인 글들을 썼는데, 그 가운데서 가장 중요한 글은 「최근 독일문학에 대한 단장」이었다. 1769년 헤르더는 리가에서의 목사 일을 그만두고 파리로 가서 프랑스의 계몽주의자들과 교류하였다. 1770년 헤르더는 슈트라스부르크로 갔으며, 거기서 젊은 괴테를 만나 그로 하여금 루소와 하만, 서민문학 등에 관심을 가지게 함으로써 그가 기교문학과 서민문학 내지 자연문학 사이의 차이를 명확하게 깨달을 수 있도록 해주었다. 슈트라스부르크에서의 헤르더와 괴테의 이 만남은 독일에서 슈트룸 운트 드랑 운동이 일어나는 데 결정적인 의미를 갖는 만남이었다. 이어 뷔케부르크에서 5년 간 궁정목사로 일한 뒤 헤르더는 괴테의 주선으로 바이마르로 자리를 옮겼다. 애초부터 우려되었던 그의 예민한 감각은 이곳에서 투쟁적인 기질로 악화되었으며, 이로 인해 괴테와의 관계도 나빠지게 되었다.

슈투름 운트 드랑 운동에 끼친 직접적인 영향과 관련해 특히 중요한 의미를 갖는 헤르더의 논문은 「오시안과 옛 민족들의 노래」와 「셰익스피어」였다. 1760년 스코틀랜드의 작가 제임스 맥퍼슨이 『고대 시 단편 모음. 고지대 산지에서 수집함』이라는 책을 편찬해 내었다. 편찬자 맥퍼슨의 주장에 의하면 이 옛 노래들을 창작한 사람은 3세기경에 활동한 것으로 보이는 켈트족의 전설적인 서민가수이자 예언자, 음유

시인인 오시안이었다. 이 책은 대단한 반향을 불러일으켰으며, 누구도 처음에는 이 노래들의 작자가 오시안이라는 것에 대해 의심을 품지 않았다. 헤르더는 그의 논문 「오시안과 옛 민족들의 노래」에서 오시안의 이 노래들을 자연스럽고 서민적인 문학의 탁월한 본보기로서 격찬을 했다. 그러나 오시안의 노래로 알려진 이 노래들을 실제로 창작한 사람은 다름 아닌 편찬자 맥퍼슨 자신이었으니. 사람들은 여러 해 동안 속은 것이었다. 그렇다고 헤르더의 논문이 갖는 기본적인 중요성이 덜해지는 것은 아니었다. 논문에서 그는 힘과 활기에 넘치는 옛날 서민들의 노래들, 근원성과 깊은 서정성을 지니는 서민문학을 높이 평가하였으며, 자연스럽게 만들어지는 문학 즉 독창적인 천재의 작품도 모두 그러한 힘과 활기, 근원 성, 깊은 서정을 지닌다고 주장하였다. 서민들의 노래 즉 "민요"라는 말이 처음 사용되었던 것도 사실 헤르더의 이 논문에서였는데, 이 말이 쓰이기 전에 사람들은 일반 백성들의 소박하고 단순한 시구들을 "시골노래" 또는 "길거리노래"라고 하여 다소 부정적으로 평가하였다. 헤르더에 의하면 진정한 문학이란 민요의 생성이 그런 것처럼 직접적으로 체험한 것이 꾸밈없이, 자연스럽게 표현될 때 비로소 생겨나는 것이었는데, 그의 이 같은 주장은 당시 젊은 시인들에게 진정한 서정시 창작의 기준이 되었다. 헤르더는 논문 「셰익스피어」에서도 이와 비슷한 생각을 개진하였다. 독창적인 셰익스피어는 어떠한 규칙에도 얽매이지 않고 오로지 자연스러운 힘에 의거해서 창작을 하는 것이라고 헤르더는 주장했다.

(4) '천재시대'와 셰익스피어

헤르더의 영향을 받아 슈투름 운트 드랑 시기 독일에서는 서민과 모든 종류의 서민 문학에 대한 관심이 커지게 되었다. 당시의 사람들은 서민의 언어와 예술 속에 민족 고유의 본질이 아직 생생하게 살아 있는 것이라고 생각하였다. 하만은 일찍이 문학을 "인류의 모국어"라고 하면서 그 근원 성을 강조한 바 있었으며, 헤르더는 그의 논문 「언어의 기원에 대하여」(1772)에서 인류의 교육과 발전은 언어의 발달과 직접적으로 관련이 있는 것이라고 주장하였다. 헤르더가 편찬한 『노래로 본 민족의 목소리』(1778-9)도 같은 맥락에서 이루어진 작업이었으며, 그는 바로 민요에서 왜곡되지 않은 민족의 본질을 발견하고자 하였다. 헤르더의 이 선집의 영향은 독일에만 국한되지 않았다. 민요에 대한 이 같은 열기는 특히 슬라브 민족들에게도 영향을 미쳐서 그들로 하여금 자기 고유의 문학의 근원에 대해 탐색하도록 하였다.

근원적인 것에 대한 이 같은 추구와 직접적으로 연관되어 슈투름 운트 드랑 시대에는 '천재'가 매우 강조되었으며, 거기 따라 슈투름 운트 드랑이라는 용어 대신에 소위 "천재 시대"라는 말이 쓰이기도 하였다. '천재성'이라는 것은 이성적으로나 언어적으로 파악될 수 없는 인간의 능력에 뿌리를 두고 있는 것인데, 이 중요한 개념은 여러 가지 신분상의 차별이나 온갖 종류의 인습적인 제한을 타파하는 새로운 생활감정을 나타내는 데 사용되었다. 모든 것을 포괄하는 인격체로서 천재는 자신 속에 일종의 "생산적인 혼돈"의 형태로 개성과 감각, 감정, 이성, 상상 등을 통일시키고 있는 존재였다. 여기에 따라 "자연", "천재", "힘", "정열" 그리고 "감정"이 슈투름 운트 드랑 작가들을 특징 짓는 구호가 되었다.

천재에 대한 숭배와, 그것과 밀접하게 연관되어 있었던 셰익스피어에 대한 높은 평가는 슈투름 운트 드랑 작가들이 스스로 자신들을 어떠한 존재로 이해하고 있는지 잘 보여주는 것이었는데, 그들에게 있어 셰익스피어는 천재 그 자체였다. 이처럼 셰익스피어를 높이 평가하며

모범으로 삼게 됨으로써 코르네유나 라신 같은 프랑스 작가들을 모범
으로 삼던 이전의 상태는 이제 완전히 극복되었다. 사람들은 그의 전
작품을 번역하거나, 수많은 행사와 강연회·저술을 통해 이 천재적인
영국의 극작가 셰익스피어를 찬양하였다. 역사적인 인물들을 독창적으
로 재창조하고 개성적으로 형상화한 셰익스피어는 슈투름 운트 드랑
작가들에게 거의 신과 같은 존재가 되었다. 셰익스피어와 같은 천재는
창조하는 자연의 한 부분이었다. 영국의 철학자 셰이프츠베리에 의하
면 천재는 스스로를 신에 버금가는 제2의 창조자로 이해하는 것이었
다. 천재는 자연을 모방하는 것이 아니라 자연처럼 창조하는 것이었
다. 때문에 천재적인 작가에게 있어 특히 그리스 문학과 같은 외국 문
학은 고유하고 독창적인 민족문학을 창조하는 데 자극제로 기능하는
것일 뿐이었다.

2.8. 고전주의

(1) 개 관

과격하고 혁명적이며 사회비판적인 성격이 강한 슈투름 운트 드랑
문학의 발전적 극복으로서 18세기의 후반에 등장하게 되는 독일 고전
주의 문학의 시기는 대체로 두 가지 의미를 지닌다. 우선 좁은 의미에
서 독일 고전주의는 괴테와 실러가 슈투름 운트 드랑적인 분위기를
극복하고서 고전적 고대, 즉 그리스·로마 문화에서 비롯하는 여러 가
지 요구들을 적극적으로 충족시키려 노력했던 수십 년의 시기를 말한
다. 이 시기에서는 생의 모범적인 내용들이 시대를 초월하여 통용될
수 있는 형식을 통해 표현된다. 전형적이고 상징성이 풍부한 문학작품

들을 통해 소재와 이념의 일치, 내용과 형식의 부합이 실현된다. 괴테와 실러 두 사람이 활발하게 창작활동을 펼친, 대체로 보아 1786년경부터 1805년경까지의 시기가 이런 의미에서의 고전주의 시기가 된다.

보다 넓은 의미에서의 독일 고전주의 시기는 괴테와 실러를 포함하는 다수의 위대한 작가들이 왕성하게 창작활동을 전개함으로써 독일문학이 1200년을 전후하여 처음으로 나타났던 중세 전성기의 기사문학에 이어 두 번째로 황금기를 맞이하게 되었던 시기, 즉 1770년경부터 1830년경까지의 비교적 긴 시기를 이른다. 이런 의미에서의 고전주의 시기는 앞서의 슈투름 운트 드랑과 뒤에 언급할 낭만주의를 아우르는 포괄적인 개념이 되며, 여기에는 괴테와 실러뿐만 아니라 횔덜린, 클라이스트, 장 파울, 헤벨 등의 작가도 포함된다.

이 시기에 활동한 다양한 작가들 사이에서 여러 형태의 긴장과 대립이 나타났던 것은 충분히 이해할 수 있는 일이다. 전 시기에 걸쳐 다방면에서 가장 두드러지는 활약을 보인 존재가 괴테여서 그 이름을 따 "괴테시대"라고도 불리는 이 시기의 문학적 풍요로움과 다채로움에 대해 명확하게 그 공통점을 짚어내기란 그리 용이한 일이 아니다. 그러나 이 시기가 레싱으로 대변되는 계몽주의의 여러 가지 이념과, 빌란트와 클롭슈토크로 대표되는 경건주의와 감상주의의 내면성과, 헤르더로 대표되는 슈투름 운트 드랑에서의 비합리적인 요소들의 강조 등을 통해 준비되었다고 하는 사실은 분명히 인식될 수 있다.

(2) 정치적 · 문화적 배경

독일을 위시한 유럽에서 1800년을 전후한 시기는 정치적 · 사회적으로 매우 불안정하고 여러 가지로 큰 변화가 일어난 시대였다. 프랑스에서 구제도의 타파로부터 비롯하게 된 혁명은 이웃나라인 독일제국에까지 그 어두운 그림자를 드리우게 되었다. 라인 강 동쪽의 독일 사람들은 프랑스 혁명에 대해 소문으로만 들었을 뿐 아니라 혁명의 여파를 직접 피부로 느끼기도 하였다. 마인츠에서 과격파들이 득세하게 되었던 것은 이에 대한 좋은 보기였다.

그러나 프랑스 혁명의 와중에서 루이 16세가 처형되고 난 뒤에는 특히 독일 지식인 사회에서 혁명에 대한 평가는 아주 다양한 형태로 나타났다. 9월의 학살이 있고 난 뒤 괴테나 실러, 칸트 등은 프랑스에서 전개되는 여러 가지 과격한 사건들에 실망하고 분노를 느낀 나머지 혁명에 대해 일정한 거리를 유지하기 시작하였으나, 헤르더 같은 작가는 이후에도 계속 혁명의 이념들을 고수하였다. 헤르더와 괴테의 사이가 점차 벌어지게 된 이유의 일단도 프랑스 혁명을 평가하는 데 있어 드러나게 된 그들의 상이한 입장에 있는 것이었다.

이들과는 달리 게오르크 포르스터, 요제프 괴레스, 요한 하인리히 캄페, 빌헬름 폰 훔볼트 등은 직접 파리로 건너갔다. 그들에게는 프랑스에서 전개되는 일련의 사건들이 너무나도 사람의 마음을 끌고 중요한 것이었기 때문에 사상적인 면에서나 공간적인 면에서 멀리 떨어져 있을 수가 없었던 것이었다. 특히 포르스터는 1793년 마인츠 공화주의자들의 사절로서 합병협상을 하기 위해 파리에 머무르기도 하였다.

한편 독일 고전주의 문학이 성립되기 위해서는 문화적·사상적인 면에서 여러 가지 조건들이 필요했다. 감상주의의 감정중시문화뿐 아니라 슈투름 운트 드랑의 과격한 주관주의, 그리고 계몽주의의 이성중시주의 및 그것에서 비롯하는 인간 정신생활의 세속화가 고전주의의 성립에 크게 영향을 미쳤으며, 예술사가 빙켈만의 예술이론적 내지 예술사적 연구도 독일 고전주의 작가들이 고대 그리스의 예술에 관심을 가지는 데 결정적인 역할을 하였다. 나아가 칸트에서 비롯하여 피히테, 셸링을 거쳐 헤겔에 이르는 독일관념론 철학자들의 저술도 고전주의 작가들의 세계관이나 예술관 형성에 크게 영향을 끼쳤다.

이미 르네상스와 인문주의 시대부터 독일에서는 많은 사람들이 고대적 교양을 갖추려 노력해왔으며, 이때 그들은 기본적으로 고대 로마의 문화에서 출발하였다. 그러나 18세기의 후반에 들어 이제 고대정신과의 만남이라는 면에서 하나의 새로운 장이 요한 요하임 빙켈만(1717-1768)에 의해 열리게 되었다. 빙켈만은『회화와 조각예술에서의 그리스 작품 모방에 대하여』(1764/67)라는 두 저술을 통하여 멀리 19세기에까지 표준적인 것으로 영향을 미치게 된 새로운 그리스 상을 창조해내었다. 빙켈만에게 있어 고대예술과 그리스 문화는 고루한 학문적 연구의 대상이 아니라, 현재의 삶과 예술창작에서 새롭게 살려내어야 할 모범이었다. 그에 의하면 "그리스 걸작들의 일반적인 특징은 고상한 단순성과 조용한 위대성인데, 이는 근본적인 입장과 표현 양면 모두에서 그러하다. 그 표면이 아무리 거칠게 움직이더라도 바다 속 깊은 곳이 언제나 변함없이 조용한 것과 꼭 마찬가지로, 그리스 작가들의 조각 작품에서의 표현은 온갖 격정에도 불구하고 위대하면서도 조화로운 영혼을 보여준다." 이 말 속에는 예술 그 자체에 대한 새로운 체험이 표현되고 있는 것인데, 이러한 체험은 바로 독일 고전주의 운동을 결과하게 되었다.

세계관이나 예술관에 있어서 계몽주의적 합리주의뿐 아니라 슈투름 운트 드랑의 감정중시주의를 극복하면서도 이들 두 조류로부터 본질적인 요소들을 받아들인 고전주의 시대의 작가들은 또한 쾨니히스베르크 출신의 철학자 이마누엘 칸트(1724-1804)의 저술들로부터도 많은 영향을 받았다. 칸트는 우선 그의『순수이성 비판』(1781)에서 이성적 인식의 근원과 가능성을 규명하면서 인간 사유의 한계를 지적하였다. 그에 의하면 종교적 신념이나 확신은 학문적으로 증명될 수도 없고 또 반박될 수도 없다. 왜냐하면 "초감각적인 대상들은 우리의 이론적 인식의 대상이 아니기" 때문이다. 그러나 다른 한편으로 칸트는 철학적 연구를 통해 이성에 바탕을 두는 학문이 현실적 체험의 영역 내에서 행해지는 한 믿을 수 있는 것임을 분명히 하였다. 그는 『실천이성 비판』(1788)을 통해 감정세계의 한계도 규정하였다. 그의 주장에 따르면 도덕적인 행위는 감정이나 기분에 바탕을 두어서는 안 되고 행위 그 자체를 위해 행해져야 하며, 인간의 양심 속에 "지상명령"으로서 존재하고 있는 규범에 기반을 두어야 한다. 칸트에 의하면 인간은 개인적인 애착이나 불쾌감에 구애받지 않고, 또 그 결과에 대해서도 고려하지 않고 이 지상명령을 따를 때 품위를 가질 수 있는 것이다. 바로 이럴 수 있는 능력이 인간에게 진정한 자유에 대한 확신을 심어주는 것이며, 이것이 바로 인간의 인간다움의 핵심이다.

2.9. 고전주의와 낭만주의의 사이

앞장에서 살펴본 고전주의 시대와 이에 뒤이어 나타나게 될 낭만주의 시대에 걸쳐 살며 문학 활동을 하였으면서도 이들 양대 사조의 이상이나 예술관에 동조하지 않고 독자적인 영역을 확보한 매우 개성적인 몇몇 작가가 있었으니 하인리히 폰 클라이스트, 프리드리히 횔덜린, 장 파울이 바로 그들이었다. 독일문학사에서 흔히 "특정 사조에 편입되지 않는 작가들" 또는 "고전주의와 낭만주의의 중간에 위치하는 작가들"로 불리는 이들 작가들은 대체로 1794년경부터 1811년경까지 주로 활동하였다.

인간의 사유와 행동에 있어서 감정의 권리와 역할을 중시한 클라이스트는 인간이 감정으로 인해 잘못을 저지를 수 있는 현실을 긍정적으로 바라보면서 거기에서 비롯하는 인간의 고독한 삶을 자주 자신의 드라마나 노벨레 작품의 주제로 삼았으며, 훗날 철학자 하이데거에 의해 "시인 중의 시인"으로 극찬을 받으며 18세기 말, 19세기 초의 위대한 독일시인들 가운데 한 사람으로 새롭게 평가를 받게 되는 횔덜린은 이상적인 것과 절대적인 것을 수용할 수 없는 현실세계에서는 시인이 활동할 여지가 없다고 생각하여 자기 시대의 현실 밖에서, 특히 고대 그리스의 세계에서 인류의 이상적인 삶의 모습을 찾으려고 하였다. 시대를 앞지르는 이런 개성적인 세계관이나 작풍으로 인해 클라이스트와 횔덜린은 당대에 별로 평가를 받지 못했으며, 그들이 작가로서 온당한 인정을 받게 된 것은 20세기 초에 들어와서의 일이었다. 이들 두 작가와는 달리 장 파울은 해박한 지식과 풍부한 상상력을 결합시키고 풍자 문학과 목가 문학 그리고 유머 문학의 영역에서 뛰어난 역량을 발휘함으로써 당대의 언어와 생활감정을 충분히 살려낼 수 있었기 때문에 생전에 이미 많은 명성과 인기를 누렸으나 오늘날에 와서는 그 난삽한 작품구조와 어휘 등으로 인해 거의 잊힌 작가가 되었다.

2.10. 낭만주의

(1) 개 관

낭만주의는 18세기의 말에서 19세기의 초기에 걸쳐 프랑스 혁명 직후의 흥분과 나폴레옹 침공에 대항한 해방전쟁의 열기 속에서 계몽주의와 고전주의에 반기를 들고 감성과 상상력, 동경과 신비, 무한한 것, 민속적인 것 등을 추구한 예술 사조였다. 그것은 슈투름 운트 드랑과 더불어 시작되고 19세기 중엽 사실주의에 의해 점차 대체되어 간 커다란 정신 운동의 마지막 단계로서 거기에는 헤르더의 민중문학 중시 사상과 슈투름 운트 드랑 시대의 자연숭배와 자유주의 정신 그리고 칸트로부터 비롯하는 독일 이상주의 철학이 큰 영향을 미치고 있었다.

어느 면 고전주의의 연장선상에 있으면서도 그 나름대로 고전주의를 극복하려고 한 이 낭만주의 운동은 여러 가지 점에서 고전주의와 대비되었다. 고전주의가 중용·법칙·질서·도덕으로 특징지어지는 인간상을 지향하면서 내용과 형식의 조화를 추구한 반면에 낭만주의는 자유로운 감정의 표출과 무한한 세계에 대한 동경으로 모든 속박을 타파해 버리려고 하였다. 고전주의가 고대 세계를 이상으로 삼으면서 객관적인 내용을 정적이고 통일적이며 완성된 형식으로 표현하려 한 반면 낭만주의는 독일의 중세를 동경하면서 주관적인 내용을 유동적이고 단편적이며 미완성의 형식으로 표현하였다. 고전주의적 인간은 자신의 현실 세계를 중시하며 그 속에서 도덕적으로 완성된 인격이 되는 것을 지향하였으나 낭만주의적 인간은 자신의 현실 세계에서 고통을 느끼면서 그것으로부터 벗어나려고 하였다. 낭만주의적 인간은 인간생활의 온갖 속박으로부터 벗어나기를 동경했으며 여러 가지 방식으로 무한한 세계를 추구하였다.

낭만주의 작가들은 인간 이성의 불완전성에 고통을 느껴 감정과 본능의 세계를 찬양하였고, 발달한 문명이 번잡한 일상을 통해 인간성을 고갈시키기 때문에 자연을 동경하였으며, 프랑스 혁명과 같은 무서운 사건들이 끊이지 않았던 당대의 현실이 견딜 수 없었기에 옛날의 이른바 "황금시대"를, 즉 기독교의 이념 아래 제 신분들이 조화로운 생활을 영위했던 독일의 중세 시대를 그리워하였다. 그들은 제한적이고 협소한 현실의 삶의 공간이 싫어 무한하고 먼 세계를 동경하고 모든 것이 훤하게 드러나고 마는 낮보다는 신비에 찬 밤을 찬양하며 현실 세계보다는 경이와 민담의 세계를 더 높게 평가하였다. 뿐만 아니라 그들은 수고와 고통에 찬 삶에 잠과 꿈의 세계를 대비시키고 죽음을 일종의 구원으로서 찬양하기도 하였는데, 이런 모든 입장과 태도의 이면에는 신에의 귀의나 신을 통한 구원에 대한 그들의 종교적 열망이 숨겨져 있는 것이었다.

오늘날 좁은 의미의 문학운동으로서뿐 아니라 철학, 종교, 신화, 음악, 회화, 역사, 정치, 자연과학 등 인간의 거의 모든 정신활동 분야에 공통적으로 사용될 수 있는 종합적 문화운동 명칭으로서, 유럽 여러 나라들의 문학과 문화의 어느 특정시기를 지칭하는 역사적 시대명칭으로서 그리고 어느 시대의 작품에서나 찾아볼 수 있는 특징적인 세계관이나 묘사방식을 이르는 유형학적 명칭으로서 등 매우 다양한 의미로 사용되고 있는 개념인 "낭만주의Romantik"는 독일어 형용사 "낭만적 romantisch"에서 파생된 말이며, 이 용어가 독일문학에서 문예사조 명칭으로서 본격적으로 사용되기 시작한 것은 18세기 말엽부터의 일이었다. 독일어에서의 "Romantik"와 "romantisch"는 고대 프랑스어 "로만츠 romanz"에서 유래하는데, 이 프랑스 말은 12세기 중엽의 프랑스에서 라틴어가 아닌 프랑스의 통속어, 즉 로만어로 쓰인 모든 문학을 총칭하는 용어로 처음 사용되다가 이후에는 소설이나 설화문학을 지칭하는 데에 주로 사용되었다. 그런데 그런 옛날이야기 속에는 비현실적인 것이나 신기한 것, 마술적이고 공상적인 것이 많이 포함되어 있었기 때문에 "romanz"라는 말은 본래의 의미를 넘어 '비현실적' 또는 '공상적'의 의미를 부차적으로 가지게 되었다. 한편 영국에서는 17세기 중엽에 "romantic"이라는 형용사가 생겨 현실과 동떨어지고 공상적인 내용을 갖는 문학을 주로 부정적으로 평가하는 데 사용되었으며, 1700년경에는 프랑스에서도 "romanz"를 이런 의미로 사용하였다. 18세기에 들어 독일어에서 처음으로 사용되기 시작한 형용사 "낭만적 romantisch"은 형용사 "로만어로 쓰인 romanisch"과 거의 같은 의미를 갖는 말로서 "로만어로 쓰인 소설과 같은"의 의미를 가지게 되었다. 이 형용사 "낭만적 romantisch"의 명사형이 바로 "낭만주의 Romantik"인데, 이 말은 결국 저 멀리 있는 것, 모험적인 것, 기사소설의 내용 같은 것, 허구적인 것, 불합리한 것, 비현실적인 것 등을 뜻하는 말이 되었다. 독일 낭만주의 문학이 그 내용만으로 모두 설명될 수 있는 것은 아니지만 그 속에 이러한 요소들이 다분히 포함되어 있는 것은 부인할 수 없는 사실이다. 일찍이 헤르더가 중세 독일 문학을 긍정적으로 평가하며 그것을 "낭만적"이라 부른 바 있었으나, 낭만주의 작가들은 고전주의 시대에 서민적인 내용을 갖는 아르투스 왕의 전설이나 파우스트 극에 대해 부정적으로 사용되었던 이 개념에 더욱 적극적이고 긍정적인 의미를 부여하였을 뿐 아니라 결국에 가서는 낭만적인 것을 문학적인 것 일반과 동일시하였다. 또한 낭만주의 작가들은 "낭만적"을 "계몽적" 또는 "고전주의적"과 대비되는 개념으로 사용하기도 하였다.

독일문학사에서 낭만주의의 시기는 대체로 고전주의 시대에서와는 본질적으로 다른 세계관이나 예술관을 지향하는 일군의 문학이론가나 작가들이 그들의 기관지인 「아테네움 Athenäum」을 발간하기로 계획을 세운 1797년경부터 시작되며 프랑스의 7월 혁명으로부터 영향을 받아 독일에서 자유주의 운동이 일어났던 1830년경에 마감된다. 그러나 「아테네움」의 창간호가 나온 1798년을 낭만주의의 시작으로, 독일 연방 의회가 젊은 자유주의 작가들의 문필활동을 금지하는 법안을 결의한 1835년을 그 끝으로 보는 견해도 있으며, 특히 앵글로색슨 계통의 문학 사가들은 독일 낭만주의에 슈투름 운트 드랑과 고전주의까지도 포함시켜 고찰함으로써 낭만주의를 1770년경에 시작하여 1830년경에 끝이 나는 광범위한 독일적 문화운동으로 간주하기도 한다.

고전주의 시대 문학 활동의 중심지가 소도시 바이마르의 궁정이었던데 반해 낭만주의 시대에는 예나, 베를린, 하이델베르크, 드레스덴, 뮌헨 등 대도시가, 특히 그곳의 많은 살롱들이 새로운 문학 활동의 주 무대가 되었다. 낭만주의 작가들은 거의 대부분이 부유한 가정 출신으로서 대학에서 공부를 하였으며, 고전주의 작가들이 고전 고대를 모범으로 삼았던 것과는 달리 자신들의 옛 시대, 즉 독일 중세 시대에 많은 관심을 기울였다. 그들 대부분은 대학교수나 관리로서 생활비를 벌거나 가지고 있는 재산으로 충분히 살아갈 수 있었기 때문에 별다른 걱정 없이 자유롭게 문필활동에 전념할 수 있었다. 낭만주의 작가들은 독일 중·북부의 강력한 정치세력이었던 프로이센과 그 영향권에 있는 지역 출신이 많았으며, 그들 가운데 일부는 나폴레옹의 침공에 대항하여 독일인이 펼쳤던 소위 '해방전쟁'에 장교로 참전하기도 하였다.

(2) 낭만주의 문학의 기본원리

"진보적 보편문학"

"낭만적"이라는 말의 의미에 대해서뿐 아니라 낭만주의 문학의 개념이나 본질에 대해서 많은 논의들이 있어 왔으나 그 모두는 각각 낭만주의 문학의 단면을 설명한 것에 지나지 않는다. 그러나 이런 가운데서도 독일 낭만주의 운동의 대표적인 이론가들 중의 한 사람인 프리드리히 슐레겔이 낭만주의 문학에 대해 내린 정의는 오늘날까지도 낭만주의 예술의 본질을 꿰뚫은 탁월한 이론으로서 많은 사람들에 의해 높게 평가되고 있다. 그에 의하면 "낭만주의 문학은 진보적 보편문학이다. 그 사명은 단순히 모든 분리된 문학의 장르를 다시 통합하고 문학을 철학이나 수사학과 결합시키는 것만이 아니다. 그것이 또한 의도하고 당연히 해야 할 일은 시와 산문, 천재성과 비판, 창작문학과 자연문학을 때로는 결합시키고 때로는 혼합시키는 것이며, 문학을 생기 있고 발랄하게, 인생과 사회를 시적으로 만드는 것이며, 재치를 시적으로 만드는 것이고, 예술의 여러 형식들에 온갖 종류의 건실한 교양내용을 풍부하게 채워 넣는 것이며, 진동하는 유머를 통해 예술의 여러 형식에 영혼을 부여하는 것이다. 낭만주의 문학만이 서사시와 마찬가지로 주위세계 전체의 거울이, 시대의 사진이 될 수 있다. 그렇지만 낭만주의 문학은 또한 모든 현실적 또는 관념적 이해로부터 자유롭게 시적 성찰의 날개를 타고 묘사되는 것과 묘사하는 것 한가운데서 마음대로 넘실거릴 수 있고, 이 시적 성찰을 거듭 강화시킬 수 있으며, 마치 무한히 늘어서 있는 거울 속에서와 같이 이 시적 성찰을 확대시킬 수도 있다. 낭만주의 문학은 아직 진행 중에 있는 문학이다. 영원히 진행될 수 있을 뿐 결코 완성될 수 없다는 것이 바로 낭만주의 문학의 본질이다. 낭만주의 문학만이 무한하다. 또한 낭만주의 문학만이 자유로우며, 낭만주의 문학은 시인의 자의가 스스로에 대해 어떠한 법칙도 용납하지 않는다는 것을 자신의 제 일의 원리로 삼는다. 낭만주의 문학은 유일한 문학으로서 특정 종류의 문학 이상의 것이며 문학예술 그 자체나 마찬가지이다. 왜냐하면 어느 면에서 모든 문학은 낭만적이기 또는 낭만적이라야 하기 때문이다."

낭만주의자들은 한 민족의 문학이나 예술·종교·철학·생활방식 등이 그 형태는 비록 서로 다르더라도 하나의 공통된 정신에서 비롯한다고 보았다. 그들은 지식과 신앙, 예술과 종교, 학문과 예술은 서로 밀접하게 연관되어 있는 것이라 상호간에 경계선이 없다고 생각하였으며, 예술형식의 융합을 주장하면서 여러 장르들을 서로 혼합하였다. 그들에게 있어 시는 마음의 귀에 들리는 음악이고, 마음의 눈에 보이는 그림이었다. 낭만주의 작가들은 산문 속에 시를 삽입하고 신화와 동화, 드라마와 서사시를 혼합하고 시문학과 조형예술, 서정시와 음악, 역사와 자연과학, 민속학과 심리학, 철학과 의학, 정치와 종교 등 인생의 모든 영역을 서로 결합시키고 시화하였다. 슐레겔이 주장한 보편문학이라는 중심개념은 바로 이러한 탈 한계성을 본질로 하는 것이었으며, 문학의 여러 장르를 결합하는 단계를 넘어 생의 모든 영역을 문학속에 포섭하는 것을 뜻하는 것이었다. 또한 보편문학으로서 낭만주의문학은 작가의 무한한 자기초월성을 전제로 하고, 완성은 곧 정체를의미한다는 관점에서 형식을 통한 고정화를 지향하지 않으며 언제나자신이 생성 중에 있음을 스스로 자각 하고 있기 때문에 진보적이고개방적이며 진행적이다.

상상력과 낭만화

낭만주의 문학 운동의 정신적 기초를 설명할 때 사람들은 흔히 그것을 계몽주의나 고전주의와 대비시키는 방법을 쓴다. 어느 한쪽과의대비를 지나치게 강조함으로써 때로 무리를 낳기도 하지만 논리를 비교적 단순화하고 각각의 사조의 특징을 뚜렷하게 부각시킬 수 있다는점에서 그것은 유용한 방법이 되기도 한다. 낭만주의는 무엇보다도 자연법칙과는 별로 상관이 없는 취미나 상상력, 감정과 영혼의 직접적이고 소박한 요구에서 생겨났다. 앞선 문예사조들의 세계관이나 인간관이 무언가 부족하고 인간의 본질을 완전히 구명하는 데 문제가 있음을 인식하고 그것을 보완하고자 하는 의도에서 낭만주의는 출발한 것이었다. 프리드리히 슐레겔에 의하면 그 부족하고 문제가 되는 것은 삶에 있어서의 "역설적인 것들"이었다. 역설적인 것 또는 모순되는 것은 일반적인 사고과정에서 벗어나는 것을 의미한다. 그것은 도덕적 규범의 제약을 받지 않는 완전히 기분적이고 자의적인 것이고, 이성으로 이해할 수 있는 영역 밖의 것이며, 아주 비범하고 진기하여 언뜻 보기에 모순되는 것이며, 비합리적이고 모호한 것이며, 무의식의 세계나 꿈의 세계와 같은 정신의 어두운 영역들이다. 슐레겔의 주장에 따르면 바로 이런 인생의 어두운 영역을 밝혀낼 수 있는 용기를 가진 자가 천재이며, 바로 그런 세계가 천재적 창작의 원천이 된다. 이런 세계는 계몽주의나 고전주의의 관심 밖에 있었으나 낭만주의는 이 역설적인 것들에 관심을 기울이면서 그 근원을 추구하였다. 그리고 이런 비이성적이고 비합리적이며 공상적인 요소는 과거 중세나 바로크 시대, 그리고 슈투름 운트 드랑 시대의 문학에서도 중요한 요소였기 때문에 낭만주의 작가들은 이들 지나간 시대에 대해 친근감을 느끼고 있었다.

이런 관점에서 보면 낭만주의는 계몽주의와 보다 더 대립적이었다. 계몽주의가 이성을 통한 감각세계의 인식이라는 합리주의적 세계관을 가졌던 데 반해 낭만주의는 감정과 환상을 중시하는 상상적 세계관을 추구하였다. 이성을 통한 감각세계의 해석은 단지 세계의 표면만을 파악할 수 있을 뿐이고 세계의 보다 심오한 내면은 오직 상상력에 의해서만 투시될 수 있다는 것이 낭만주의자들의 기본적인 입장이었다. 상상력의 가치를 최대한 인정하는 것이 낭만주의 문학의 가장 기초적인 형상화 원리였다. 예를 들어 슐레겔은 "냉정하게 사고하는 이성 및 그 법칙을 폐기하고 우리 자신을 다시 오묘한 상상의 혼란 속으로, 인간 본성의 근원인 혼돈 속으로 옮겨 놓는 것이 문학의 시초"라고 보았으며, 시인은 합리주의와 현실주의의 지배를 벗어남으로써만 심오한 세계를 이해할 능력을 지니게 되는데 그것은 계몽된 인간의 이성이 끝나는 데서 비로소 시작되는 것이라고 주장하였다. 또 낭만주의 초기의 작가들 가운데 한 사람인 노발리스는 무한한 상상력의 문학적 가능성을 암시하면서 소위 '세계의 낭만화'를 주장하기도 하였다. "세계는 낭만화되어야 한다. 그럼으로써 우리는 근원적인 의미를 되찾는다. 낭만화하는 것은 질적 강화 외에 아무것도 아니다. 이런 질적 강화 작업을 통해 저속한 자아는 보다 나은 자기와 동일화된다. 마찬가지로 우리 자신은 바로 이런 질적 강화의 연속이다. 이 강화작업은 아직 전혀 알려져 있지 않다. 내가 비천한 것에 고상한 의미를, 일상적인 것에 신비스러운 모습을, 알려진 것에 알려지지 않은 것의 품위를, 유한한 것에 무한한 외관을 부여할 때 나는 그것을 낭만화하는 것이다."

피히테가 세계 창조의 원리로 자아를 절대화한 것과 마찬가지로 노발리스는 자아의 상상력을 문학창작의 원리로 절대화하였다. 그에 의하면 인간은 무한한 상상력의 발휘에서 아무런 제약 없이 세계를 경험한다. 다시 말해 인간은 상상 속에서 새로운 세계를 창조하는 것이다. 인간의 상상력을 무한히 발휘하기에 가장 적합한 장르는 동화다. 동화 속에서는 모든 세계의 체험이 가능해지고 상상력이 무한대로 실현되며 모든 공상적·환상적·비현실적 요소들이 실제적인 것으로 변화된다. 이런 점에서 동화는 세계의 문학적 낭만화이다. 세계를 낭만화 한다는 것은 다른 말로 하면 상상력의 무한한 발휘를 통해 세계를 동화 화하는 것이다. 때문에 노발리스에게 있어 동화는 바로 "문학의 기준"이었다. 이에 따라 대부분의 낭만주의 소설도 동화적이었다.

낭만주의자들은 최고의 천재성과 상상력을 발휘함으로써 의식 상태에서나 무의식 상태에서 작용하고 있는 여러 가지 힘을 발견하였다. 그들은 무한한 것, 꿈, 동경, 예감, 마술적 현상, 심리 현상, 신비스러운 일들에 몰두하여 그것에 의미를 부여하였으며, 그 근원을 탐구함으로써 그것을 시화하였다. 또한 그들은 꿈속에서와 같이 먼 곳에 있는 신비하고도 환상적인 세계를 표현해보려고 노력함으로써 새로운 문체를 창조해내기도 하였다. 낭만주의, 특히 그 초기의 본질적 특징은 상상력의 발휘를 통한 무한한 내면세계의 추구였다.

동경의 모티브와 낭만적 반어

낭만주의 문학에서 또 하나의 중요한 개념은 동경이다. 인간으로 하여금 다른 존재, 보다 높은 존재에 관심을 가지게 하고 모든 종류의 한계초월을 추구하게 하는 이 동경은 낭만주의 문학에서 여러 가지 형태로 실현된다. 우선 인간 의식과 그 체험 영역의 확대로서 밤과 잠, 꿈, 무의식의 세계, 도취경, 환상 등이 중요한 역할을 하며, 시간적인 차원에서의 한계지양으로서는 개인의 유년시절과 역사의 과거 시대가 주요한 관심사가 된다. 그리고 공간적이고 지리적인 면에서는 먼 미지의 세계와 그리로 향하는 여행에 대한 욕구가 큰 역할을 한다.

독일 낭만주의 작가들의 동경은 대립적 존재를 인식하고 그것을 자기보완의 재료로 삼고자 하는 욕구에서 비롯한다. 이에 대한 가장 대표적인 예는 남국 이탈리아에 대한 독일인들의 선천적인 동경이다. 독일 사람들이 이탈리아인들을 그리 높게 평가하는 것은 아니지만 과거부터 현재에 이르기까지 수많은 사람들이 이탈리아 여행을 시도하고 있다. 그것은 이탈리아의 이국적인 자연풍경과 우수한 문화재의 아름다움 때문만이 아니라, 독일인의 생활과는 극단적으로 다른 이탈리아적 생활감정에 대한 동경 때문이다. 슐레겔이 "인생이란 명제와 반명제의 종합이지 그 둘 중 어느 하나만인 것이 아니다"라고 말한 것처럼 미지의 세계를 갈구하고 그것을 종합하여 고차원적인 상승을 시도하는 변증법적 원리가 바로 독일적 동경의 발단이 되는 것이다.

인생에서 대립적 존재와 미지의 세계는 무한하기 때문에 이런 것들에 대한 동경 또한 무한할 수밖에 없으며 동경은 또 다른 동경을 낳는다. 독일 낭만주의자들은 예를 들어 북방적인 것과 남방적인 것의 대립에 대한 의식에서 남방적인 것을 동경하며, 나아가서 서양적인 것과 동양적인 것의 대립에 대한 의식에서 동양적인 것을 동경한다. 이렇게 동경의 대상을 지속적으로 바꾸어 나가는 정신적 태도를 아이러니라 한다. 낭만주의 문학의 특징이 상상력에 의한 무한한 세계의 추구에 있는 것이라면, 그것은 곧 무한한 동경의 추구에 다름 아니며 그 문학의 형식개념이 보편문학이고 그 창작원리가 바로 '아이러니'인 것이다. "시인의 자의는 스스로에 대해 어떠한 법칙도 용납하지 않는다."는 것을 최고의 원리로 삼고 있는 낭만주의는 의식과 상상력의 무한한 활동을 허용하기 위하여 장르간의 경계를 없애고 형식에 의한 구속을 인정하지 않는다. 뿐만 아니라 낭만주의 작가는 여러 가지 대상이나 기분, 시간과 공간은 물론 자기 자신이나 스스로가 구축한 세계까지도 마음대로 처리할 수 있는 자유와 권리를 갖는다. 상상력의 무제한적인 발휘가 낭만주의 문학의 형성원리라면 소재에 대한 작가 주관의 절대적 우위, 즉 작가가 외부로부터 그 어떤 제약도 받지 않고 그야말로 자기 마음대로 소재를 창출하고 처리하는 것은 낭만주의의 중요한 창작원리라 할 수 있는데, 이것을 '낭만적 아이러니'라 한다.

아이러니의 개념은 여러 가지 의미로 해석되고 있으나 문학창작에 있어서 아이러니는 작가의 절대적 공상의 자유를 뜻한다. 앞에서도 언급한 것처럼 이러한 주관의 절대적 자유는 피히테의 철학에서 영향 받은 바가 큰데, 그에 의하면 "어떤 예술작품도 절대자아의 이념을 표현하지 못하기 때문에 작가는 스스로 창작하면서 파괴하는 예술적 주관의 절대적 자유를 가진다." 또 프리드리히 슐레겔의 주장에 따르면

"작가의 정신을 여지없이 표현할 수 있을 만큼 구성된 예술작품은 없다." 무한한 것을 유한한 예술작품 속에 표현할 수 없다는 인식, 예술가가 관념적으로 도달할 수 있는 이상과 작품에서 실제로 도달된 이상 사이의 괴리에 대한 의식, 내적 감정과 실제 현실 사이의 거리에 대한 의식 등에서 바로 낭만적 아이러니에 대한 근본적인 욕구가 생겨난다. 전달하고자 의도한 이상이 작품 속에 충분히 반영되지 못하고 있다는 불만과 함께 창작의 어려움을 느끼게 될 때 작가는 아이러니의 기법을 통해 이 어려움으로부터의 탈출을 시도한다. 작가는 자신의 창작에 의해 유발된 환상을 유머나 풍자를 통해 스스로 파괴해 버리고 제2, 제3의 대상으로 자유롭게 옮겨간다. 이런 점에서 낭만적 아이러니는 항상 새로운 대상을 추구하고 새로운 작품창작을 추구하는 관념적 유희의 태도라 할 수 있다.

낭만주의는 대립적인 것에 대한 동경에서 출발하여 아이러니의 태도로 스스로를 끊임없이 극복하면서 선과 악, 남성적인 것과 여성적인 것, 삶과 죽음, 자연과 정신, 정신과 육체, 유한한 것과 무한한 것 등 수많은 대립들을 거듭 종합하려 시도하며 무한한 것, 절대적인 진리, 인간의 본질과 우주의 근원에 이르려고 한다. 그러나 여러 가지로 유한한 존재로서 인간에게 이러한 목표는 결코 도달될 수 없는 것이기에 아이러니의 태도는 계속될 수밖에 없다. 이에 따라 낭만주의 문학은 그야말로 형식 파괴적이고 '진보적'이 되며, 미완성 작품과 단장이 많게 된다. 영원히 생성, 발전하여 결코 완성되지 않고 또 완성될 수 없다는 것이 낭만주의 문학의 본질이며, 바로 이런 무형식과 미완성의 성격이 낭만주의를 고전주의와 구분 짓는 중요한 요소이다. 고전주의가 세계와 인간을 객관적, 정적, 통일적, 완성적으로 표현하는 것을 지향하는 사조라면, 낭만주의는 그것을 주관적, 동적, 파편적, 미완성적으로 묘사하는 것을 목표로 삼은 사조이다.

2.11. 사실주의 문학

(1) 19세기 유럽의 사상과 문화

18세기 후반의 계몽주의와 고전주의의 법칙과 규범 중시와 이성 숭배에 대한 반발로 19세기로의 전환기를 전후하여 크게 영향력을 발휘하기 시작한 사조는 낭만주의였다. 멀리 루소의 사상과 철학에 뿌리를 두고 있는 낭만주의는 감정과 본능, 자유로운 상상을 중시하는 사고방식이었다. 철학분야에서도 이성 중심에서 감성중시의 철학적 사고로 이행하게 되었는데, 이러한 변화는 독일의 '낭만주의적 관념론 Romantischer Idealism'에서 잘 나타났다. 이 철학은 이성에서 유래하는 합리적 지식과 함께 직관적 지식의 타당성을 인정하여 적어도 부분적으로나마 세계를 영적인 의미에서 설명하려고 하였다. 또한 정치·사회 철학에 있어서 낭만주의적 관념론자들은 18세기의 개인주의나 휴머니즘과는 달리 개인을 사회의 유기적 부분으로 보고자 하였으며, 개인의 자유는 집단의 이익과 일치시켜 생각하고 법과 전통을 존중할 때 비로소 가능하다고 보았다.

그러나 18세기 후반에서 19세기 초에 걸치는 고전주의와 낭만주의 그리고 독일 이상주의 철학은 1815년을 전후하여 새로운 정신적 조류들에 자리를 내주지 않으면 안 되었다. 민족주의와 자유주의 그리고 사회주의가 19세기의 역사 전개에 결정적인 영향을 미쳤다. 삶의 모든 현상들에 대한 현실주의적·사실주의적·유물론적 입장이 초월적이고 형이상학적인 속박들을 제거해 버렸다. 여러 민족들의 커져 가는 자신

감과 자유주의가 낳은 여러 가지 위대한 경제적·정치적 업적 그리고
현대 자연과학은 19세기말 제국주의가 나타날 수 있는 기반을 마련하
게 되었으며 이 제국주의는 이전에는 볼 수 없었던 정도로 정치적·
경제적·군사적 힘을 결집하게 되었다. 한편 이 같은 사회 격변의 이
면에는 또한 정신적·물질적 위기가 숨겨져 있었다. 그것은 정신적으
로나 물질적으로 몹시 어려운 상황으로 몰려 사회주의의 개입을 부르
게 된 산업노동자들만의 위기가 아니었다. 그것은 유럽문화 전체의 위
기이기도 한 것으로 결국 1차 세계대전의 파국을 몰고 오게 되었다.
헤겔, 쇼펜하우어, 마르크스 그리고 니체는 이 격동의 세기의 여러 문
제들과 대결하였으며 그럼으로써 또한 이 세기의 발전에 지대한 영향
을 미쳤다.

　낭만주의적 관념론은 그 대표자 중의 하나인 헤겔이 1831년에, 그
문학적 실현자들 가운데 한 사람인 괴테가 1832년에 작고함으로써, 또
여러 부문에 걸쳐 시대가 격변함으로써 1830년을 전후하여 그 영향력
을 잃어가기 시작하였다. 앞에서 언급한 것처럼 빈 회의 이후의 19세
기 유럽사는 국제관계의 전개에 있어서나 물질문명의 발달에 있어서
커다란 변화가 다채롭게 일어난 시기였다. 그러나 이 시대는 사상과
학문, 문학과 예술 분야에서도 수많은 천재들을 배출함으로써 역사상
가장 다양하고 생산적인 문화를 이룩한 시대의 하나가 되기도 하였는
데, 이 시대의 사상과 지적체계의 가장 두드러진 특징은 연역적 합리
주의의 전통이 거의 사라지게 되었다는 것이었다. 합리주의의 이런 쇠
퇴는 상대적으로 철학의 중요성이 덜해지는 결과를 초래하였다. 달리
말하면 19세기의 철학은 자연과학의 모방 또는 그 지류의 처지로 전락
하게 되었는데, 그것은 자연과학이 우주의 문제에 관한 궁극적인 해답
을 내릴 수 있는 것은 아니라 하더라도 타당성이 있는 유일한 지식의

원천으로 확립되기에 이르렀기 때문이었다. 소수의 예외적인 경우가 있기는 하였으나 19세기에는 추상적 추리보다도 구체적 경험으로부터 진리를 끌어내고자 하는 경험론과 실증주의가 대체로 철학의 주류를 형성하였다. 19세기의 문화는 크게 두 시기로, 즉 1800년부터 1850년경까지와 1850년경부터 1900년까지로 나누어 질 수 있는데, 대체로 전자에서는 낭만주의가, 후자에서는 사실주의가 지배적인 조류였다.

(2) 사실주의 문학의 일반적 특징

1830년대부터 1900년경까지 서구세계의 지배적인 문예사조는 사실주의였다. 고전주의는 이제 완전히 후퇴하고 낭만주의는 19세기 초반에 이르러 벌써 그 기세가 크게 꺾였다. 1870년경에 이르기까지 작가들은 한편으로 자연과학의 발달과 철학적 합리주의 경향에 호응하면서 다른 한편으로는 짙은 감상주의로 타락한 낭만주의에 반발하였다.

따라서 사실주의의 첫 번째 특징은 낭만주의의 지나친 감상에 대해 반대한다는 것이었다. 낭만주의자들은 인간의 자연적 선과 자연의 신성함을 믿었다. 그들은 현실을 도피하여 과거 속에서, 이국적 배경 속에서, 스스로의 상상 속에서 아름다움과 위안과 흥분을 찾았다. 한마디로 그들은 정서적 이상에 비추어 현실을 묘사하였다. 이에 반해 사실주의 작가들은 실제로 보고들은 것을 충실하게 묘사하려 하였으며 사실을 미화함이 없이 인간의 경험을 정직하게 표현하려고 하였다.

둘째로 사실주의는 심리적 문제 또는 사회문제에 깊은 관심을 보였다. 작가들은 인간행위의 상충하는 경향들을 상세히 분석하였으며, 환경으로 인한 좌절을 극복하기 위한 개인들의 노력과 투쟁을 충실하게 묘사하였다. 문학작품은 이와 같은 깊은 사회의식을 지니게 됨으로써 일종의 고발문학의 성격을 띠게 되었다.

셋째로 사실주의 작가들은 대개 당시의 유행하는 과학이론이나 철학이론의 영향을 받고 있었다. 일부 작가들은 인간은 환경과 유전의 희생물이라는 환경론과 결정론으로부터 많은 영향을 받았으며, 다른 일부 작가들은 인간의 본성이 대체로 짐승과 같은, 선조로부터 물려받은 동물적 성질을 갖고 있다는 진화론에 동조하였다. 또 일부의 작가들은 사회개혁이론이나 사회주의 사상에 영향을 받아서 산업화로 초래된 여러 가지 사회문제들을 고발하고 비판하는 작품을 쓰기도 했다.

이와 같은 사실주의문학의 새 징조는 프랑스에서 가장 먼저 나타났다. 특히 발자크·플로베르·졸라·아나톨 프랑스·모파상 등이 이 새로운 문학사조를 대변하였는데, 그들의 문학은 유럽에서뿐 아니라 전 세계적으로 광범하게 영향을 미쳤다. 독일의 사실주의 문학도 프랑스를 위시한 외국의 사실주의 문학으로부터 많은 영향을 받았으나 그 독자적인 모습도 보여주었다.

(3) 독일 사실주의 문학

철학에서는 물론이고 문학을 위시한 여러 예술 분야에서 폭넓게 사용되고 있는 개념인 사실주의를 시대를 초월해 두루 적용될 수 있는 하나의 문체개념으로 보지 않고 특정의 시기를 지칭하는 정돈개념 내지 시대개념으로 파악할 때 독일 사실주의는 과연 언제 시작되고 또 언제 끝이 나는가 하는 문제는 사실주의를 어떤 관점에서 규정하느냐에 따라 크게 두 가지로 나누어질 수 있다.

우선 현실에 대한 작가의 문학적 대응방식이나 표현기법의 변천과정, 문학적인 여러 상황 등을 함께 고려한다면, 다시 말해 비교적 한정되고 좁은 관점에서 그 범위를 정한다면 사실주의는 대체로 1848년의 3월 혁명 이후, 즉 1850년경부터 빌헬름 시대가 시작되는 1880년대 후반까지의 시기를 가리킨다. 이 기간의 독일 사실주의는 작가의 주관성과 사물의 객관성의 조화라는 목표 아래 전개되는데, 이런 점에서 그것은 한편으로는 현실에 대한 작가의 주관성이 강하게 표출된 3월 혁명 이전의 소위 비더마이어 문학이나 청년독일 파 문학으로부터, 그리고 다른 한편으로는 객관적 현실만을 일방적으로 강조한 1880년대 이후의 자연주의 문학으로부터 확연히 구분된다. 이 경우의 사실주의는 현실세계에서 특정의 소재를 취사선택하고 그것에서 일반적인 원리를 이끌어내려 한다는 점에서, 즉 현실에서 취한 소재를 시화한다는 점에서 흔히 '시적 사실주의'라 불리기도 하고, 그 문학의 창작자와 수용자가 일반적으로 유산 시민계급이었다는 점에서 '시민적 사실주의'라 불리기도 한다.

시민계급에 의한 3월 혁명이 실패로 끝난 직후인 1850년 초에 율리안 슈미트를 비롯한 일련의 문학비평가와 프리드리히 테오도어 피셔 같은 미학자들이 사실주의를 강력하게 표방하고 나섰고, 이와 때를 같이 하여 테오도어 슈토름, 고트프리트 켈러, 테오도어 폰타네, 콘라트 페르디난트 마이어, 빌헬름 라베 같은 사실주의 작가들이 나타나 창작 활동을 개시하였다. 그들은 3월 혁명 직전의 문학이 관념주의적·이상주의적 문학전통에서 벗어나 일상적인 현실에 눈을 돌리려 한 점을 일단 긍정적으로 평가하면서도 비더마이어 문학이 낭만주의의 유산을 아직 완전히 청산하지 못했다는 점에서, 그리고 청년독일파 문학이 지나칠 정도로 정치적 경향을 드러냈다는 점에서 양자 모두에 비판적이었다. 이러한 비판과 함께 그들이 내세운 사실주의 강령은 작가는 현실을 있는 그대로 충실하게 묘사하되 어디까지나 문학본연의 창조 정신을 전제로 해야 한다는 것이었다. 작가의 주관성과 현실의 객관성을 동시에 충족시켜야 한다는 그들의 이런 주장은 복고주의 지배체제에

대한 시민계급의 적응노력과 체념적 타협주의에서 비롯하는 것이기도
하였다.

시적 사실주의는 작가 개개인 사이에 다소간의 차이는 있지만 대체
로 보아 위에서 설명한 기본 강령에 따라 전개되었으며, 이 점은 독일
의 통일과 독일 제국의 건설 이후에도 마찬가지였다. 하지만 1880년대
로 접어들면서 시적 사실주의는 현실에 대해 상대적으로 훨씬 더 과
격하고 철저한 태도를 취하려 한 자연주의의 대두와 함께 서서히 퇴
조하기 시작하였다. 시적 사실주의의 끝을 1880년대 말로 잡는 것은
그러나 이 무렵에 자연주의가 문학의 주도적인 흐름이 되었다는 사실
때문만은 아니다. 1880년대 말은 정치적인 면에서 볼 때 프로이센의
수상이자 독일제국의 수상이었던 비스마르크가 표방한 현실정치의 원
칙과 그에 의해 주도된 독일제국의 한 시대가 끝나고 소위 빌헬름 시
대가 시작된 시점이었으며, 경제적인 면에서는 산업화와 자본주의화에
따른 폭발적인 경제성장으로 빌헬름시대의 경제 제국주의가 새롭게
대두한 시점이기도 하였다.

좁은 뜻에서의 사실주의, 즉 시적 사실주의는 이처럼 1850년경부터
1880년대 말까지의 시기를 가리키지만, 보다 넓은 의미에서의 사실주
의는 이보다 더 큰 시기를 포괄한다. 다시 말해 사실주의를 철학적인
차원에서 18세기의 이상주의에 대비되는 개념으로 이해하면 그것은
1830년대 초반에서 1900년경까지 계속되는 광범위한 시기를 나타내게
된다. 왜냐하면 이상주의의 틀 속에서 전개된 고전주의와 낭만주의가
헤겔의 죽음(1831)과 괴테의 죽음(1832) 그리고 프리드리히 슐레겔의
죽음(1829)과 함께 종말을 고하게 되는 한편으로 비더마이어 문학과
청년독일파의 문학 그리고 소위 '3월 전기'의 문학이 지금까지의 이념
이나 이상, 꿈 대신 인간의 일상적인 삶과 구체적인 사회현실에 관심

을 집중시키면서 전면으로 나서기 시작한 것이 바로 1830년을 전후한
때였고, 이때부터 문학 이론과 창작에서 주류를 형성하기 시작한 현실
주의적 경향이 시적 사실주의, 자연주의의 단계를 거쳐 인상주의, 상
징주의 등 세기말의 반 자연주의 사조들에 의해 극복되어진 것이
1900년을 전후해서의 일이기 때문이다.

2.12. 자연주의

(1) 개념과 시기구분

현상을 인식하고 그것을 묘사하는 방법으로서, 즉 문체적 개념으로
서 자연주의는 모든 시대와 모든 예술의 장르에서 찾아볼 수 있는 것
으로 감각적으로 파악될 수 있는 현실로서의 '자연'을 정확히 관찰하
고 그것을 가능한 한 있는 그대로 재현하려고 한다. 현실의 자연을 언
어 및 문체적 수단을 통해 작품에서 그대로 재현하는 것이 자연주의
의 과제이기 때문에 자연주의 작품은 독자나 관객으로 하여금 객관적
자연을 체험한다는 환상을 가지게 한다. 자연주의에서 '자연'은 기본적
으로 물질적인 것을 의미하며, 거기에서는 인간도 물질적·육체적인
현상으로 이해되며 인간의 영혼이나 정신도 물질적인 것으로 파악된
다. 이런 점에서 자연주의는 사실주의의 연장선상에 놓인다고 할 수
있는데, 외부세계의 구체적 현실을 강조하는 사실주의의 경향을 극단
화한 것이 바로 자연주의다. 또한 자연주의는 초월적이고 형이상학적
인 것을 의도적으로 배제하기 때문에 추상적인 이념이나 가치를 지향
하고 미적 표현과 조화로운 형식미를 추구하는 이상주의적 예술 사조
와는 뚜렷이 대비된다.

　문학사 서술상의 정돈 개념 내지 시기 개념으로서 자연주의는 독일 문학의 경우 19세기 후반을 지배한 '시적 사실주의'를 계승하면서 그것의 사실주의적 경향을 극단화시킨 사조였다. 대체로 1880년대 중반에 '문학의 혁명'을 표방하며 폭발적인 힘으로 대두한 자연주의는 주제나 형식 양면 모두에서 파격적인 성격을 지니고 있었으며, 그것과 더불어 '현대'라는 새로운 문학시대가 열리게 되었다. 독일 자연주의는 1890년대 중반까지 대략 10여 년 동안 문학의 주류를 이루었고, 이후에도 독특한 문학형식으로서 영향력을 행사하였다. 독일 자연주의는 프랑스와 러시아 등 외국의 영향을 많이 받았으나 독일적인 고유한 성격도 아울러 지니고 있었으며, 자연주의에서 가장 중요한 장르는 희곡이었다.

　자연주의 예술이론을 처음으로 제창한 사람은 프랑스 작가 졸라(1840-1902)였다. 그러나 독일 자연주의에 끼친 그의 영향은 예술이론보다는 방대한 소설작품을 통해서였다. 졸라는 『실험소설론』(1880)에서 자연주의 미학을 체계적으로 전개했는데, 그는 콩트(1798-1857)의 실증주의, 테이느(1828-1893)의 환경설, 그리고 심리학자인 틀로우드 베르나르(1813-1878)의 실험적 방법 등에서 영향을 받아 예술, 특히 소설에 과학적 실험의 과제를 부여하였다. 졸라는 인간을 자연법칙적 인과율의 지배를 받는 존재로 이해했으며, 예술가는 현실을 정확히 관찰하고 그 조건들이 갖는 상호간의 관계를 제시함으로써 참된 형상을 창조할 수 있고 그런 점에서 예술은 과학적 실험과 유사성을 갖는다고 주장하였다. 그에 의하면 소설에는 과학적 분석에서 찾아볼 수 있는 인식이 내재되어 있어야 하며, 이를 위해 소설 속의 사건 및 그 진행은 사실에 근거해야 하는 것이었다. 졸라의 주장에 따르면 예술작품은 "기질을 통해서 본 한 조각의 자연"인 것이며, 작가는 그 속에서 인간을 포함하는 모든 자연현상들의 인과관계를 드러내야 하는 것이었다.

졸라는 인간의 개체적·사회적 삶의 기본조건을 환경과 유전으로 보았으며, 이 두 조건이 인간의 의지와 행동에 영향을 준다고 생각하였다. 그의 자연주의는 심리적인 사실까지도 물질적·생리적으로 설명하려 하였기 때문에, 그것은 종종 유물론적이고 기계론적인 기본태도를 보여주었다. 졸라는 자신의 문학에 영향을 준 작가로 디드로, 발자크, 콩쿠르 형제를 들면서 자연주의가 19세기 과학주의의 핵심이라고 강조하였다. 그는 이전의 주관적 권위 대신 실험적으로 증명된 사실의 권위만 인정하려 하였다. 졸라의 이런 과학주의적 예술이론은 그 편협성과 일방성에도 불구하고 광범한 호응을 얻을 수 있었는데, 그것은 그의 자연주의 예술이론이 형이상학적이고 이상주의적인 사유에 염증을 느껴 현실적인 것에 집착하려 한 당시의 시대정신과, 이전의 예술과는 달리 현실과 삶의 다양한 현상들을 있는 그대로 조명하고자 한 당시의 시대적 욕구에 부합하는 것이기 때문이었다. 졸라의 이런 자연주의 예술 프로그램은 1885년을 전후해 독일로 수입되어 문학을 위시한 여러 예술 분야에서 큰 영향을 끼쳤다.

(2) 사회·문화적 배경

비스마르크와 더불어 독일은 오랫동안 염원해 왔던 통일을 이룩하고 급속한 경제적 부흥을 성취하여 낡은 독일을 근대적 공업국가로 전환시켰으며, 이와 더불어 사회계층의 구조에서 일대 변화가 일어나게 되었다. 그러나 당시 아직도 유행하던 고전주의 및 낭만주의 풍의 아류 작가들은 이러한 사회변화에 부응할 수 없었으며, 사실주의 작가들의 독자층도 매우 한정되어 있었다. 1880년대의 독일 신진작가들은 낭만주의 풍의 문학이나 시대와 동떨어진 인습에 근거하는 문학을 배척하고서, 현실에 발판을 두고 새로운 시대의 정신을 적극적으로 반영하는 새로운 예술을 지향하였다. 그들은 당시 대두하고 있던 유물론과 보조를 맞춤으로써 독일 관념론에 종지부를 찍고 과거와의 결별을 단행했다. 자연주의는 인간의 진실을 더 이상 이념이나 형이상학적 가치에서 찾지 않고 물질적 삶의 적나라한 실제에서 찾았으며, 오래된 도덕적·미학적 규범들을 포기했다. 또한 자연주의는 공업화·기계화와 더불어 제기된 여러 가지 문제들과 각종의 사회문제들에 전념함으로써 '현대적'이 되고자 하였으며, 이러한 경향은 소재의 선택에서 이미 두드러지게 나타났다. 자연주의 문학에서는 사회비판적·지적 주제들과 과거에 터부시되었던 주제들이 "내면적으로 참되게, 사실적으로 그리고 민중적으로" 다루어졌다.

한편 자연주의의 이념적 기반은 유물론이었으며, 그것의 형성에는 앞서 언급한 콩트, 테이느 외에 다윈(1809-1882), 스펜서(1820-1903), 밀(1806-1873), 나아가 마르크스(1818-1883)와 엥겔스(1820-1895) 등이 큰 역할을 하였다. 다윈의 진화론은 생물계에서 유리한 특성이 살아남고 점차 지배적이 된다는 확신을 줌으로써 유리한 특성을 지닌 인간의 지배적 발전에 대한 희망을 주었으며, 동시에 19세기 말 업적 위주의 경쟁사회에서 자본과 권력쟁취를 위한 경쟁 욕을 불러 일으켰다. 스펜서는 도덕에 관한 생각들도 결국 유전된 유용성의 경험에 기반을 둔다고 설파했다. 그에 의하면 개체 및 그룹의 자기보존에 기여하는 것은 선한 것이고, 그것을 해치는 것은 악한 것이다. 밀에 의하면 행위의 가치는 그것이 사회를 위해 어떤 결과를 낳는가에 달려 있으며, 대다수의 최대 행복이 도덕적 가치판단의 척도이다. 밀이 자연과학과 사회학만을 가치 있는 학문으로 간주했던 것도 그러한 실리주의적 가치판단 때문이었다. 마르크스와 엥겔스는 유물론과 사회주의이론을 결합시켰다.

(3) 자연주의 문학

자연주의 작가들은 초기에 대부분 유물론자와 사회주의자들에 동조했다. 그들은 모두 독일-프랑스 전쟁(1870) 후 소위 '제국건설시대'의 시민사회에 대해 반기를 들었다. 자연주의 작가 알베르티는 "동지들이여! 북을 치고 나팔을 불어라! 가슴이 터지도록 불어라! 그대들은 적을 안다! 부르주아는 썩어빠졌다. 부르주아가 적이다 - 부르주아를 타도하자"라고 외치면서 부르주아 계급에 대한 투쟁의식을 고취시켰다. 당시 부르주아를 옹호한 사람들이 자연주의를 사회주의의 짝이라고 비난한 것은 바로 이런 이유에서였다. 그러나 자연주의자들의 사회주의적 경향은 정치적인 성격의 것이기보다는 감정적인 성격이 더 강했는데, 자연주의 문학의 이론가이자 작가였던 하르트(1859-1930)의 다음과 같은 말은 그 점을 분명히 보여준다. "정치적인 확신에서보다는 내면적으로 격분하여서, 그리고 사회주의자 탄압 법으로 당시 「브레멘 노동자 신문」의 주간을 괴롭힌 쓸데없는 만행과 가혹 행위에 대해 인간적 분노를 느껴서 나는 한동안 그를 대신하여 이 신문의 운명을 맡았다."

자연주의 작가들은 사회상황과 그것의 작품화에 주된 관심을 가졌다. 그들은 특히 대도시 노동자들이 직면하게 된 여러 가지 문제들과 그들의 비참한 생활상에 관심을 기울였으며, 인간 존재의 어두운 면을 있는 그대로 드러내고자 스스로 무산대중들이 사는 빈민촌에 들어가 그들과 함께 생활하기도 하였다. 그들은 사회적 부정을 경험하기 위해 쉽게 관찰할 수 있는 외형적 현상과 사건에 주로 눈을 돌렸다. 빈민촌의 어려운 가정생활이나 알코올 중독, 환락가의 접대부나 창녀들의 비참한 생활 등이 그들의 관찰대상이 되었다. 그러나 자연주의 작가들은 사회의

이런 어둡고 부정적인 측면들에 자신들의 생활을 일치시킬 수는 없었
다. 그들에게 있어 그런 부정적인 사회현상들은 동정의 대상이었지 절
박한 개혁의 대상이 되지 못하였다. 때문에 그들의 사회주의적 경향은
정치적이기보다는 감정적·낭만적 성격을 더 강하게 띠었다.

독일 자연주의는 시기적인 관점에서뿐만 아니라 인간존재의 구체적
인 현실을 지향했다는 면에서도 앞서의 시적 사실주의와 밀접하게 연
관되어 있었다. 시적 사실주의의 작가 루트비히와 슈토름에서 시작되
어 라베와 폰타네에게까지 계승된, 초감각적인 것에 대한 부정적인 입
장은 자연주의의 유물론적 인간상과 세계상을 통해 더욱 구체화되었
다. 이미 포이에르바흐와 슈트라우스가 종교와 관념론에 반대해 철학
적 유물론을 주장했는데, 그들은 감각으로 인식할 수 있는 것만을 진
실한 것으로 인정하고 삶을 물질의 작용과 기능으로 이해하였다. 자연
은 신의 창조행위가 개입할 수 없는 물질로 이해되었으며, 인간도 이
러한 자연의 부분으로서만 인정되었다. 인간에 대한 탐구는 오직 인간
의 물질적인 면, 사회 내에서의 위치, 환경에 대한 연구가 되었으며,
정신의 형이상학적인 면을 규명하고자 한 심리학은 실제적 삶의 상황
과 관계하는 생리학으로 대치되었다.

2.13. 세기전환기의 독일문학

(1) 개 관

독일문학의 역사에서 19세기말에서 20세기 초에 이르는 시기를 논
하기는 쉬운 일이 아니다. 독일 현대문학의 기점으로서의 1900년을 전
후한 시기의 문학 상황은 한마디로 설명하기 어려운 복잡한 양상을

보인다. 이 시기에는 19세기 전반의 낭만주의 시기나 후반의 사실주의 시기에서와는 달리 어려 가지 군소 사조들이 다양하게 존재했다. 그러나 이런 다양성에도 불구하고 이들 사조들은 하나의 공통점을 가지고 있었으니 그것은 이들 사조들이 모두 사실주의 내지 자연주의의 경향에 반대하면서 문학의 전위성과 실험성을 꾀한 것이었다.

세기전환기의 이 反자연주의적 사조들은 인상주의, 신낭만주의, 상징주의 등으로 대표되었는데, 세기말의 거의 모든 예술분야에서 나타난 이들 사조들은 개별적으로 차이가 있기도 했지만 자연주의에까지 이르는 19세기적 사실주의에 반대한다는 공통점을 가지고 있었다. 자연주의 시기와 부분적으로 겹치기도 하는 이 시기에는 대체로 상징주의가 주류를 이루었다. 상징주의는 세기전환기의 서구 문학 전체와 미국문학까지 포함하는 문학사조로 단순한 역사적 사실이나 운동의 범위를 넘어 일반적인 현대 문학이론 전반에 걸쳐 큰 영향을 미쳤다. 따라서 문예사조로서 상징주의는 전환기의 문학사 서술에서 매우 중요한 위치를 차지한다. 일반적인 유럽 상징주의가 1880년대 파리에서 시작되어 세기전환기를 거쳐 20세기의 초반부까지에 이르는 비교적 긴 기간을 포괄하는 데 반해, 독일 상징주의는 1890년경부터 1910년경까지의 비교적 짧은 시기에 걸쳐 전개된다.

(2) 사회·문화적 배경

정치적인 면에서 세기전환기는 1890년의 비스마르크 퇴진 이후 1910년까지의 빌헬름 2세가 통치한 시대, 즉 "빌헬름시대"였다. 이 시대는 정신사적으로 이전의 시기와 변증법적인 관계에 놓여 있었는데, 독일제국 창건 시점인 1871년에서 1890년까지의 시기가 유물론에 지배되었던 반면 1890년부터 1910년까지의 20여 년간은 인문주의적 이상주의의 영향을 많이 받았다. 사회·경제적인 면에서 세기전환기는 농업사회가 고도 산업사회로 변화하는 시기였으며 이런 문명의 현대화는 한편으로 시대를 반영하는 자연주의 문학을 낳았고, 다른 한편으로는 시대와 현실의 제 문제에 대해 일정한 거리를 두는 상징주의 예술을 가져왔다. 시대상에 대한 반발로서 상징주의는 귀족주의적 고립과 보헤미안적 생활이라는 두 가지 방향으로 전개되었으며, 기교주의 시학이론을 발전시켰다.

세기말의 反자연주의 문학 조류들의 형성에 철학적·세계관적 기초가 되었던 것은 비합리주의와 활력주의였으며, 이는 당시까지 지배적이던 과학적·실증주의적 방법론에 대립되는 것으로서 새로운 시대의 예술에 크게 영향을 주었다. 니체와 쇼펜하우어의 문화염세주의는 바그너의 음악작품을 통해 구체적으로 형상화되었는데, 특히 니체는 전환기 이후의 독일문학에 크게 영향을 미쳤다. 활력주의 사상을 제창한 니체는 독일 제국의 성립으로 인한 독일 정신의 패배를 경고하면서 고루한 시민성을 대신할 '초인'의 이념을 주창하였다. 니체의 이 같은 시대비판은 고루한 일상 속에 안주하고 있는 시민들을 겨냥한 것으로 당시의 정치·사회적 현실에 대한 저항의 의미를 담고 있었다. '초인', '디오니소스적인 것', '권력에의 의지' 등 그의 철학적 명제에서도 알 수 있는 것처럼 그는 존재와 세계의 정당성을 미적 특질에서 찾으려 하였으며, 그의 이런 예술지상주의는 '예술을 위한 예술'이라는 상징주의 문학관과 직접 연결되었다. 세기말적 상황에 대한 반작용으로서의 문화염세주의 및 개인적 소외현상으로서의 '퇴폐주의'가 유미주의와 결합하게 된 것이었다.

(3) 상징주의·신낭만주의·인상주의

위에서 언급한 것처럼 세기전환기 문학을 본질적으로 특징짓는 것은 상징주의였다. 일회적인 역사적 운동으로서뿐 아니라 초시대적인 인식태도와 양식으로서 상징주의는 오늘날에도 문학, 특히 시 분야에서 많은 영향을 미치고 있다. "상징주의"라는 용어는 1886년 9월 『피카로』라는 문학잡지에 모레아스의 「상징주의 선언」이라는 글이 실린 데서 비롯한다. 당시 이 개념은 자연주의 등에 대립되는 새로운 문학운동을 지칭하였는데, 이 새 운동의 중심인물들은 보들레르, 말라르메, 베를렌느, 랭보 등이었다. 모레아스는 그 글에서 상징주의의 강령을 여러모로 제시하긴 했으나 그 개념을 구체적으로 설명하지는 않았다. 그는 비일상적인 단어, 다양한 리듬, 다의적인 문장 등으로 특징지어지는 어떤 복합적인 양식을 상징주의라 명명하면서, 그러한 문학에서는 모든 자연이나 인간이 느낌의 기호이거나 신비로운 이념의 상징일 뿐이라고 하였다. 초기의 막연한 개념에도 불구하고 상징주의의 경향이 1890년 이후 유럽 및 미국에 파급되자 점차 "유럽 상징주의" 혹은 단순히 "상징주의"라는 용어가 광범위하게 쓰이게 되었다. 오늘날 상징주의는 미국 시인 포와 영국 작가 로세티 등에 의해 자극을 받아 프랑스에서 꽃이 피고 이후 전 유럽에 전파된 세기전환기 문예사조 전반을 지칭하는 것으로 이해되고 있다.

상징주의를 가장 잘 대표하는 것은 '순수시'의 개념이었다. 이 개념은 '예술을 위한 예술'처럼 문학의 모든 외적·이질적 요소들을 '비순수'로 규정하고 문학 자체의 본질을 끝까지 추구하려고 하였다. '순수시'는 문학을 기본적으로 자율적이고 자족적인 말의 예술로 파악한다는 점에서 낭만주의의 절대적 문학관을 다시 수용한 것이기도 했다.

사회적으로나 문학적으로 볼 때 이 예술이념은 시대적 상황에 대한 일종의 반발로서 현실을 미적으로 극복하려고 했다. 자연주의가 현실과 역사를 있는 그대로 반영하는 소위 미메시스(모방)의 문학이라면 상징주의는 이로부터 과감히 벗어나려는 反미메시스의 문학이었다. 상징주의는 집합적 현실에 대한 동조를 거부하고 본질적인 인간 존재의 실현을 위해 '순수'와 '절대'의 이념을 주창하였다. 현대사회의 기능성이나 상품성의 한계를 넘어 예술 자체 내에서 새로운 현실을 추구한다는 점에서 초시대적인 특성을 지니기도 하는 상징주의의 유토피아적 문학관은 시민성의 비판과 함께 형이상학적이고 신화적인 세계상을 지향하였다. 그러나 이런 미래지향적 경향은 단순한 현실도피가 아니었으며, 문화적 몰락의 시기에 예술 본래의 고유한 의미와 가치를 보호하려는 사명의식에서 비롯한 것이었다. 한편 상징주의가 표방한 '순수시'의 개념은 특히 예술의 형식면에서 추구되었다. 상징주의 작가들에게 일차적으로 중요한 것은 소재나 주제, 사상과 같은 내용적 요소가 아니라 언어적 표현 형식이었다. 상징주의 시에서는 특히 추상적 음악성이 강조되었으며, 함축적인 형식, 애매성, 연상기법, 간결성 등이 상징주의 문학의 일반적인 언어표현 형식들이었다.

반 자연주의 문예사조의 또 하나의 갈래인 신낭만주의는 1891년 자연주의의 극복이라는 기치 아래 빈의 작가이자 비평가인 바르에 의해 제창되었으며, 그것은 과거 낭만주의로의 복귀를 통해 자연주의나 유물론적 사실주의를 극복하려고 하였다. 자연주의가 현재의 사실과 문제에 관심을 가진 것과는 달리 신낭만주의는 과거의 역사에 눈을 돌렸는데, 그럴 때 '과거'는 고대·중세·르네상스 시대와 동양의 과거 시대 등 광범위한 세계를 포괄하였다. 신낭만주의 문학은 환상·민담·신화·종교 등을 새로운 관점에서 다루었으며, 시를 중심으로 전개된 상징주의가 초시대적인 형식에 많은 관심을 기울인 것과는 달리 소설 분야를 중심으로 과거 역사를 신비적으로 묘사하였다. 상징주의를 '낭만주의를 벗어난 낭만주의'로 부르는 데서도 암시되고 있는 것처럼 상징주의와 낭만주의의 관계는 이중적이다. 프랑스의 상징주의는 낭만주의와 직접적인 관련성이 있었으나, 독일의 상징주의는 낭만주의와의 관련성을 구체적으로 보여주지 않았다. 상징주의와 신낭만주의 모두 과거 낭만주의의 특징을 받아들이고 있었으나 신낭만주의 문학에는 상징주의와 별로 관계가 없는 작품들도 더러 포함되어 있었다.

인상주의와 상징주의의 관계는 더욱 복잡하다. 프랑스 미술에서 문학에 도입된 인상주의는 주로 섬세한 색채나 빛의 운동이 자아내는 인상과 정감을 주관적으로 재현하는 것을 목표로 하였다. 인상주의 미술과 마찬가지로 인상주의 문학은 외부세계의 인상을 재현하면서도 작가의 주관성을 강조한다는 점에서 시적 사실주의나 자연주의와 명백히 구분되었다. 인상주의는 사물을 있는 그대로 표현한다는 것이 불가능하다는 전제하에서 사물과 색채, 음조, 인간, 운동 등이 주는 인상들을 감각적으로 표현하려고 했는데, 인상주의의 이런 감수성과 기법은 특히 상징주의의 언어사용에 많은 영향을 주었다. 내부세계와 외부세계, 감각적 인상과 정신적 내용을 연결하는 언어는 바로 상징적일 수밖에 없다는 견해가 언어의 영역을 확대시키고 세분화하였으며, 이로써 상징에 의해 인상을 구체화하는 인상주의적 기법은 상징주의의 형식감각과 결합하게 되었다.

한편 심미적인 인상주의와는 달리 세기말의 감각적인 문학을 왜곡되고 타락한 예술로 규정한 소위 '향토예술'은 독일적인 토양 위에서 국가를 위한 민속예술을 추진하려 했으나 그 성과는 미미하였다. 향토예술은 초기에는 정감적이고 민속적인 지역문학의 성격을 띠었으나 점차 파시즘적 요소를 지니는 국수주의 문학으로 변질되었다. 1890년 경부터 제 1차 세계대전이 끝날 때까지 린하르트, 바르텔스 등에 의해 잡지 「향토」를 중심으로 전개된 이 문학운동은 종족적·지역적 이데 올로기를 바탕으로 민족의 개혁을 꾀하려 하였다.

2.14. 표현주의

(1) 시기와 개념

세기말을 전후하여 전개된 자연주의, 신낭만주의, 인상주의, 상징주 의 등 대체로 사실과 인상을 중시하는 일련의 사조들에 대한 일종의 반발 사조로서 생겨난 표현주의는 시기적으로 1910년경부터 1925년경 까지를 가리키며, 독일에서 그 특징적인 형태와 내용이 결정되어서 유 럽 각국으로 확산되어진 젊은 세대의 문학운동이다. 대체적으로 표현 주의는 인상주의의 수동적 입장과 상징주의의 "예술을 위한 예술"의 태도에 대해 비판적이다. 이런 표현주의 문학운동의 선구자로는 게오 르크 뷔히너와 프랑크 베데킨트 등을 들 수 있다. 표현주의는 문체적 인 면에서는 스웨덴의 극작가 아우구스트 스트린트베리(1849-1912)와 미국 작가 월트 휘트먼(1819-1892)으로부터, 주제적인 면에서는 레오 톨스토이(1828-1910)나 표도르 도스토예프스키(1823-1881) 같은 러시 아 작가들로부터 많은 영향을 받았다. 그리고 특히 표현주의 초기의 서정시는 프랑스의 시인들인 아르투 랭보(1854-1891)나 샤를르 보들 레르(1821-1867)로부터 결정적인 영향을 받기도 하였다.

이름 그대로 예술 내지 문학의 표현적 기능을 강조하는 "표현주의" 의 개념은 원래 조형예술, 즉 미술에서 사용되던 용어였다. 독일의 경우 뮌헨에서 마케, 마르크, 클레, 칸딘스키, 쿠빈 등을 중심으로 결성 되었던 미술가 그룹 "푸른 기사 Der blaue Ritter"와 드레스덴에서 헤 켈, 키르히너, 놀데, 슈미트-로틀루프 등을 중심으로 결성되었던 미술 가 그룹 "다리 Die Brücke"가 표현주의 미술에서 매우 중요한 역할을 하였으며, 이들 화가들이 공통적으로 중요하게 여겼던 것은 큰 면으로 이루어지는 구도, 색채의 독립, 윤곽의 파괴 등 '입체주의'로 나아갈 수 있는 요소들이었다. 원래 미술에서 사용되던 이 "표현주의"라는 용 어는 고트프리트 벤이나 게오르크 하임 같은 작가들도 포함되어 있었 던 베를린의 한 작가클럽에 의해 문학 분야에서도 쓰이게 되었는데, 이 클럽의 회원이었던 쿠르트 힐러는 1911년 처음으로 "심오한 내용, 강력한 의지, 진정한 본질"을 중시하는 독일 작가들이나 그들의 작품 에 대해 이 용어를 사용하였다. 이후 "표현주의"의 개념은 일차세계 대전 기간을 거치며 빠른 속도로 확산되었으며, 때로 "현대주의 Moderne"의 개념과 거의 동의어로 쓰여 다다이즘이나 초현실주의 등 20세기 초반의 전위적 예술운동 일반을 두루 지칭하기도 하였다.

표현주의 미술이나 문학은 화가나 작가의 내적 체험을 때로 격렬하 고 도전적인 방식으로 밖으로 표출하려고 한다는 점에서 사물이 주는 피상적인 기분이나 느낌, 즉 인상을 중시하는 소극적 인상주의와 대비 되고, 사물의 본질적인 면에 관심을 집중함으로써 인간과 세계를 행동 적·적극적으로 변화시키려고 한다는 점에서 외부의 현상세계를 있는 그대로 묘사하고 모방하는 수동적 자연주의와 구분되었다.

표현주의는 젊은 세대의 작가들이 주도한 문학운동이었으며, 그들은 19세기의 마지막 20년 동안에 태어난 작가들로서 대부분 시민적 지식인 계층 출신이었다. 이 젊은 지식인 작가들은 세기말 이후 정치적으로 비 교적 안정되었던 시기에 그 도덕이 의문스러운 것으로 되어 버리고, 또 그 안정된 생활이 때로 착취적 산업에 기인하는 그런 사회의 어두운 이면을 직시하게 되었다. 그들은 기술의 진보에 대해서뿐 아니라 실증주의적 학문에 대해서도 비판적이었으며, 점점 더 기승을 부리는 군국주의와 애국주의 및 그것의 사회적 영향을 우려 섞인 눈으로 지켜보았다. 점점 도를 더해 가는 정치적 위험 상황에 직면하여 그들 사이에서는 사회의식이 새롭게 싹틈과 더불어 일종의 위기감이 고조되었는데, 이러한 위기감은 이후 일차세계대전이 발발함으로써 끔찍한 현실이 되고 말았다.

(2) 정치적 · 문화적 배경

일반적으로 표현주의의 범주에 드는 하인리히 만이나 알프레드 되불린, 프란츠 카프카 등의 작품이 상당한 정도로 표현주의의 시기적 경계를 넘어서기도 하지만 대체로 표현주의는 시기적인 면에서 일차세계대전 기간과 일치한다. 이런 점에서 표현주의는 위기시대의 예술이었다. 일차세계대전의 발발은 오래 전부터 그 어두운 그림자를 던지고 있었다. 전쟁은 이미 19세기 말부터 예고되고 있었으며, 네덜란드 헤이그에서의 만국평화회의 등을 통해 전쟁을 막아보려는 다각도의 국제적인 노력도 여러 차례 있었다. 그럼에도 전쟁은 끝내 발발하게 되었으며, 전쟁 초기 각국에서의 전쟁에 대한 열기는 얼마 가지 않아 전쟁이 야기한 전대미문의 참상에 대한 경악에 그 자리를 내어주게 되었다. 전쟁의 결과 독일 제국이 패전국이 되었을 때, 동시대 독일 사람들의 의식은 또 한 차례의 심각하고도 완전한 변화와 방향전환을 경험하지 않을 수 없었다. 독일 황제는 자리에서 물러나고, 전제군주 체제는 공화국 체제로 대체되었으며, 전통적인 가치들은 시대에 뒤떨어진 것으로 판명되었다. 그러나 바이마르 공화국 시절의 초기도 문제가 많기도 마찬가지였다. 패전이 독일 군대가 "전장에서 패한" 때문이 아니라 타락한 정치가들과 일부 독일 국민들로부터 등에 칼을 맞은 때문이라는, 일차대전의 영웅 힌덴부르크에 의해 널리 유포된 이른바 '단검설 Dolchstoßlegende'이 전승국들의 과도한 전쟁배상요구와 함께 오랫동안 공화국의 진로에 부담으로 작용하였다. 잇따라 발생한 공산주의자들의 폭동, 히틀러의 폭동, 좌·우 진영에 의해 경쟁적으로 저질러진 정치적 암살 등으로 인해 바이마르 공화국 초기의 정세는 1923년에 이르기까지 극도로 불안정하였다. 공화국의 권위주의적이고 어용적인 교육과 불안정한 정세에 프랑스에 의한 루르 지방 점령으로 대표되는 경제적 불확실성까지 더해지게 되자 사람들은 공화국이라는 새 국가 체제를 모범적인 민주국가 체제로 정비해 나가는 일에 동참하는 데 어려움을 겪지 않을 수 없었다.

이런 어려운 정치적·사회적 상황에서 니체의 문화비관주의는 이제 젊은 세대의 작가들에게도 많은 영향을 미치게 되었으며, 이들은 자신들이 시민시대의 말기에 살고 있다고 생각하게 되었다. 20세기 실존주의 철학에 크게 영향을 주었던 키에르케고르의 저술들도 많은 주목을 받았으며, 지그문트 프로이트와 칼 마르크스, 프리드리히 엥겔스 등도 적극적으로 수용되었다.

(3) 일반적 특징과 단계

표현주의 문학은 유물론과 실증주의의 영향을 철저하게 받고 있었던 빌헬름시대 시민계급의 정신적 태만과 자만심으로 특징지어지는 일차세계대전 전의 서구문명에 대해 불만을 표시함으로써 당시 사회와 하나의 접점을 이루었으며, 문학적인 면에서는 세기말의 유미주의에 대해 반대하는 입장을 취하였다.

"인류의 황혼": 표현주의는 자연주의, 인상주의, 상징주의나 미래파,

다다이즘, 입체파 등 보다 작은 규모의 조류들이 그런 것과 꼭 마찬가지로 끊임없이 변화하고 있는 사회와 환경, 정치에 대한 반응의 여러 가지 방식들 가운데 하나이다. 1900년을 전후한 시기에 사람들은 자신들의 생활이 점점 더 크게 위기로 몰리고 있다고 느끼고 있었으며, 표현주의 작가들은 삶을 기만적이고 무의미한 것으로 인식하고 있었다. 그들은 예술을 통해, 이런 존재의 불안들을 극복하지는 못한다 하더라도 적어도 그 내용들을 적시하거나 묘사하려고 시도했다. 표현주의 작가들은 소위 '표현주의적 외침'과 같은 열정적이고 격렬한 어법과 문체를 사용함으로써 인간으로서의 품위에 걸맞은 생활방식과 인간들 사이의 새로운 유대관계에 대한 자신들의 관념을 표현하려고 했다.

그러나 이때 표현주의 작가들은 자신들을 인상주의 작가들이나 상징주의 작가들과는 반대되는 존재로 이해하였다. 그들이 이해하는 방식에 따르면 인상주의 작가들은 우울한 기분으로 위기의 내용들을 자잘하게 기록하는 자들이며, 상징주의 작가들은 정치적·사회적 현실세계 너머에서 안주하는 자들이었다. 표현주의 작가들은 현실세계를 묘사하는 데서 만족하지 않았다. 그들은 현실세계를 변화시키고자 했으며, 현실을 자신들의 이상에 맞추려고 노력하였다. 이런 맥락에서 쿠르트 힐러는 표현주의와 관련해 "행동주의"라는 말을 사용하기도 하는데, 문학을 바라보는 전통적인 관점들로써는 표현주의 문학의 이 같은 지향을 더 이상 온전하게 이해할 수 없다. 표현주의 문학에서는 형식적·미적 요소보다 풍자나 논쟁 같은 내용적 측면이 더 중요한 역할을 한다. 표현주의 문학이 지향한 행동주의의 목표는 기계문명과 현대 자본주의의 질곡으로부터 인간을 해방시키는 것이었으며, 이러한 목표를 달성할 수 있기 위해서는 새로운 사회적 기초조건들이 마련되고, 인간을 둘러싸고 있는 환경이 변화되어야 하는 것이었다. 따라서

"밀도", "동시성" 같은 말들이 이 시대의 유행어가 되었다. 표현주의 문학은 크게 두 단계로 진행되었다.

초기 단계(1910-1914) : 특히 표현주의의 초기 단계에서 작가들이 즐겨 주제로 다루었던 것은 전쟁의 문제와 함께 세대 간의 갈등 문제였다. '아버지와 아들 사이의 문제'로도 표현되는 이 세대 간 갈등 문제는 좁게는 아버지의 권위에, 넓게는 국가로 대표되는 기성세계 일반의 권위에 도전하는 것을 그 주요내용으로 하고 있었다. 이러한 테마는 문학적으로 적절하게 형상화되는 정도에 따라 또한 각기 다르게 영향을 주었다. 발터 하젠클레버(1890-1940)의 『아들』(1914)은 공식적으로 공연된 최초의 표현주의 드라마였다.

표현주의 문학의 이 초기 단계에서 대표적인 장르는 시였다. 수많은 시작품들을 통해 의미를 상실해버린 인간존재가 특히 분명하게 표현되었는데, 예를 들어 게오르크 하임(1887-1912)은 그의 시에서 대도시를 악마적인 것으로, 개인을 위기에 몰린 존재로 묘사하였다. 그는 전쟁의 공포를 묵시록적인 이미지로 표현하기도 했는데, 이런 환상적인 이미지들은 그가 사망한 해인 1912년에 발표된 시 선집 『움브라 비태』에서 특히 잘 나타나고 있었다.

쿠르트 핀투스가 1920년에 편찬한 표현주의 시 선집 『인류의 황혼』에는 표현주의 문학의 대표적인 시작품들이 망라되어 있는데, 야콥 반 호디스(1887-1942), 게오르크 트라클(1887-1914), 고트프리트 벤(1886-1956), 요하네스 R. 베혀(1891-1958), 에른스트 슈타들러(1883-1914), 엘제 라스커-실러(1869-1945) 등이 거기에 작품이 수록된 대표적인 시인들이었다.

후기 단계(1914-1925) : 일차세계대전이 발발한 해인 1914년에 시작되는 표현주의의 후기 단계에서 작가들은 더욱 적극적으로 다루었던 주제는 전쟁과 그 전쟁이 몰고 온 여러 가지 문제들이었다. 작가들은 작품을 통해 인간적 진실성을 호소했으며, 문학의 힘으로 세계를 개선하고자 하였다. 그들은 평화주의와 새로운 사해동포주의를 강력히 주장하였으며, 특히 유태인 작가들은 희생 사상을 강조하기도 하였는데, 엘제 라스커-실러의 『헤브라이 담시』(1913)나 이반 골(1891-1950)의 작품이 그 좋은 예였다. 적극적·구체적으로 사회비판을 한 작가들도 더러 있었는데, 연작 희극 『시민의 영웅적인 삶』을 쓴 칼 슈테른 하임(1878-1942)이 그런 경우였다. 이제 표현주의 작가들은 인간 소외에 책임이 있는 것으로 여겨지는 모든 조류들, 즉 군국주의, 자본주의, 기계화 그리고 산업화 등에 대해 명확하게 반대하는 입장을 취하였다.

표현주의의 후기 단계에서 문학창작의 중심이 되었던 장르는 드라마였다. 칼 슈테른 하임은 『바지』(1911)와 『시민 쉬펠』(1913)을, 에른스트 바를라흐(1870-1938)는 『죽은 날』(1912), 『불쌍한 사촌』(1918), 『푸른 볼』(1926)을, 에른스트 톨러(1893-1939)는 『변신』(1919)과 『덩어리 인간』(1920), 『기계 파괴자들』(1922)을 발표했다. 이 밖에 중요한 드라마 작가들로는 오하네스 R. 베혀, 프란츠 베르펠(1890-1945), 게오르크 카이저(1878-1945) 그리고 프랑크 베데킨트(1864-1918) 등이 있었다.

다다이즘과 초현실주의: 1918년 루마니아 작가 트리스탄 트츠라, 독일 작가 리하르트 휠젠베크와 라울 하우스만, 후고 발 그리고 프랑스계 독일 작가 쟝 아르프 등은 "다다이즘 선언"을 발표했는데, 이들은 한편으로 표현주의가 시대의 모든 문제를 드러내는 대안적 표현예술에 대한 일반의 기대를 저버리고 제멋대로 "배부른 목가적 상태"로 물러나 버렸다고 하면서 표현주의의 "생명 없는 추상주의"를 비판했으며, 다른 한편으로는 지나치게 관념적이고 이론적인 미래파에 대해서도 일정한 거리를 유지하였다. 앞의 "다다이즘 선언"에 의하면 다다이즘은 "생애 대해 더 이상 미적으로 접근하지 않는" 하나의 운동이고 클럽이었다. "이 선언에 반대하는 자가 바로 다다이스트다"라는 "선언"의 마지막 문장은 다다이즘의 무정부주의적·파괴적 근본특징을 극명하게 나타내주고 있었다.

자주 표현주의와 함께 논의되는 다다이즘 운동은 1915년 스위스 취리히에서 시작되었다. 독일을 위시한 여러 나라 출신의 젊은 작가들이 그들의 평화주의적 성향으로 인해 중립국 스위스로 와서 서클을 형성하여 군국주의와 국수주의에 반대하는 저항운동을 하게 된 것이었다. "다다"라는 무의미한 말 자체가 이 운동의 저항적·도전적 성격을 잘 말해주고 있었는데, 다다이스트들은 자신들이 각기 지향하는 예술적 이념을 나타내기 위해 그 말을 실로 다양한 의미로 사용하였다. 다다이스트들은 우연과 동시성, 즉흥성을 중시하여 음악과 시를 동시에 제시하기도 하였으며, 동시성의 시나 잡음 시, 무의미 시를 통해 낱말의 지시적 기능을 파괴해버림으로써 전통적인 문학의 해체를 증명해 보이고자 하였다. 트리스탄 트츠라에 의하면 "문학을 죽이는 것"이 다다이스트들의 목표였다. 다다이스트들에 의해 새롭게 개발된 예술형식들인 콜라주와 사진조립은 예술적 독창성에 대한 전통적인 관념을 의문스러운 것으로 만들어버렸다.

일차 세계대전이 끝난 뒤 몇 년 사이에 다다이즘 운동의 새로운 중심지가 되었던 곳은 베를린(라울 하우스만, 요하네스 바더 등), 쾰른(막스 에른스트), 파리(트리스탄 트츠라, 루이 아라공), 하노버 등지였다. 특히 하노버에서는 쿠르트 슈비터스(1887-1948)가 그의 소위 "혼합예술"을 텍스트, 그림, 조각뿐만 아니라 무대 위에서도 펼쳐 보여주었다. 슈비터스는 그의 신조어 "혼합"을 이렇게 설명했다. "'혼합'이라는 말은 내용적으로는 예술적인 목적을 위해 생각해낼 수 있는 모든 재료들을 결집시키는 것을, 기술적으로는 개개의 재료들을 원칙적으로 똑같이 평가하는 것을 의미한다." 그는 자신의 시와 산문에서 "신문이나 포스터, 카탈로그, 대화 등에서 변형시키거나 변형시키지 않은 채" 따온 낱말이나 문장을 콜라주 기법으로 혼합시킴으로써 그로테스크한 소외효과를 만들어내었다.

초현실주의는 일차세계대전 후 프랑스에서 혁명적인 문화운동으로 생겨났으며, 미래파나 다다이즘의 주장과 경향을 계승, 발전시켰다. 초현실주의자들은 전쟁으로 인해 전통적인 도덕적·종교적·정치적 가치가 붕괴되고 난 후 일종의 정신적 혁명을 꾀하고자 하였다. 그들의 주장에 의하면 문학의 과업은 낱말을 해방시킴으로써 다른, "보다 올바른" 현실로, 즉 "초현실"로, 다시 말해 꿈과 환상의 세계로 나아가는 데 있었다. 1924년에 발표된 제1차 초현실주의 선언에 의하면 "초현실주의는 지금까지 별로 주목받지 못했던 특정의 연상형식들로 이루어지는 보다 높은 현실에 대한 믿음과, 꿈의 전능한 힘에 대한 믿음, 그리고 이기적이지 않은 사상의 유희에 대한 믿음에 바탕을 두고 있는" 것이었다. 그리고 바로 그보다 높은 현실을 드러내는 기법이 소위 '자동기술법'이었는데, 무의식의 지시를 따르는 이 자동기술법은 이미 다다이스트들에 의해 시험된 바 있었다.

초현실주의 문학이 대두했을 때 독일 표현주의는 이미 쇠퇴의 길을 걷고 있었다. 독일의 초현실주의 문학은 사조의 형태로서보다는 개별 작품의 형태로서만 존재했다. 1919년부터 1939년까지 프랑스 파리에 살면서 독일어와 프랑스어로 작품 활동을 했던 이반 골(1891-1950)의 일부 작품이 초현실주의 작품으로 여겨지고 있으며, 카프카의 단편이나 장편도 종종 '초현실주의적'인 것으로 간주되고 있다.

2.15. 바이마르 공화국과 제3제국 시대의 문학

(1) 시기 구분과 정치적 상황

1919년부터 1945년까지: 바이마르 공화국 시대는 일차세계대전이 끝난 후 바이마르에서 개최된 국민의회에 의해 제정된 공화국 헌법이 공포된 1919년부터 1933년 히틀러가 집권하기까지의 15년간의 기간을 말하며, 제3제국 시대는 1933년 1월 30일 나치가 권력을 장악한 때로부터 2차세계대전이 종전된 1945년까지의 12년간을 가리킨다. 1919년부터 1945년까지의 독일문학은 다소 혼란스런 모습을 보여주었다. 바로 앞장에서 살펴본 것처럼 표현주의 문학의 시기만 하더라도 아직 비교적 통일적인 하나의 시기로 일정한 사조상의 특징들을 보여줄 수 있었지만, 그 이후의 독일문학, 즉 1920년대 초반부터 이차세계대전이 끝날 때까지의 독일문학은 시대적·정치적 사건을 배경으로 시기적으로 병행하는 여러 가지 상이한 조류들로 나누어져서 전개되었다. 때문에 1920년대와 1930년대의 독일문학은 정치적 전개과정과 관련지어서, 또 이 정치적 전개과정과 깊은 관련이 있는 개념들로써 설명하고 서술하는 것이 가장 적절한 것으로 보인다.

1차세계대전 후 독일역사상 처음으로 수립된 공화국인 바이마르 공화국은 안팎으로 수많은 문제들을 안고 출발하였다. 우선 전후에 독일이 평화조약을 수용한 것은 전승 연합국들의 강요에 의한 것이었지, 이전에 사람들이 일반적으로 생각한 것처럼 윌슨 대통령의 민족자결주의 14원칙의 토대 위에서 이루어진 것이 아니었다. 새 공화국의 민주주의적인 원칙을 지향하는 정치가들은 혁명을 도모하는 불순세력으로서 비난을 받고 있었다. 이미 당시의 역사학에서 그랬던 것과 마찬가지로 오늘날의 역사학에서도 전혀 논란의 대상이 되지 못하는 소위 "단검 전설"이 아무런 근거도 없이 횡행하고 있었다. 빌헬름 2세 황제의 퇴위는 결코 민족적 치욕이 아니라 시대의 요청이었는데도 이를 불만스럽게 생각하는 사람들이 많았다. 1921년까지 200억 마르크를 갚으라는 연합국의 전쟁 배상요구와 독일 군대를 10만 명으로 감축하라는 연합국 측의 요구 또한 바이마르 공화국의 정치적 상황을 안정시키는 데 아무런 도움도 되지 못했다. 그리고 연합국 측의 경제적 이해가 걸려 있어 패전국인 독일로서는 동의해주지 않을 수 없었던 독일 영토의 전승국들에 대한 할양은 민주주의적인 성향을 가지고 있는 독일인들에게마저도 민족적 자긍심에 심대한 손상을 입히게 되었는데, 특히 프랑스에 할양된 엘자스-로트링엔, 폴란드에 할양된 동·서 프로이센의 일부, 체코슬로바키아에 할양된 훌트쉬너 지방 등이 크게 받아들여졌다. 독일과 그 동맹국들이 전쟁의 모든 책임을 진다고 규정한, 베르사유 조약의 제231조도 바이마르 공화국에게는 결정적인 부담으로 작용하였다.

이처럼 출범 시의 조건이 여러 면에서 매우 불리하였음에도 불구하고 신생 바이마르 공화국은 루르 지방에서의 폭동, 인플레이션, 각종의 분파주의 운동, 히틀러 폭동 등으로 점철된 위기의 해 1923년을 넘어 19224년부터 1929년까지 문화적으로나 경제적으로 번창하는 나라로 발전해갈 수 있었다. 1924년부터 1929년까지의 이 비교적 안정되고 번창한 시기는 독일 역사에서 흔히 이른바 "황금의 20년대"로 불리고 있다.

그러나 1930년의 대 연정의 실패로 어수선해진 정국은 이미 바이마르 공화국의 어두운 종말을 예고하는 것이었으며, 세계경제공황과, 브뤼닝·파펜·슈라이혀 등을 행정부 수반으로 하는 대통령 내각을 통해 난국을 타개하려는 시도들은 결국 히틀러 같은 "강력한 인물"이 출현할 수 있는 길을 열어놓게 되었다. 국가사회주의자들의 권력 장악 기도는 이후 실제로 권력을 이양 받는 결과를 가져오게 되었으니, 1933년 1월 30일 제국대통령 힌덴부르크는 히틀러를 제국수상으로 임명하였다. 이때 신정부의 시민 각료들은 히틀러를 자신들의 목적을 달성하는 데 이용할 수 있으리라고 확신하고 있었으며, 부수상 파펜 같은 이는 "우리는 그를 우리를 위해 고용했다. 두 달 뒤에 우리는 그를 구석으로 몰아 없애 버리게 될 것이다"라고 말하기도 했다. 그러나 파펜과 그 밖의 많은 사람들이 하고 있었던 이러한 예상은 완전히 빗나가고 말았다. 히틀러는 기본법의 폐기(1933년 2월 28일), 소위 "제국지방장관"의 파견, 洲 제도의 폐지(1933/4년), 시민정당 활동의 금지(1933년 7월) 등의 조치를 차례로 취하며 자신의 권력을 지속적으로 강화해 나갔다. 힌덴부르크 대통령이 사망한 후 히틀러가 1934년 8월 2일 제국대통령의 지위까지 넘겨받게 되었을 때 그의 무소불위의 권력을 가지게 되었다.

나치당(국가사회주의독일노동당)의 이념을 따르지 않는 사람들은 무자비한 탄압을 받았다. 1935년에 제정된 뉘른베르크 법으로 유태인들을 조직적·체계적으로 박해할 수 있는 법적 근거가 마련되었으며, 유태인에 대한 이런 박해는 1942년 1월 20일에 있었던 "반제 호수 회의"에서 절정에 이르게 되었는데, 이 회의에서는 소위 "최종 해결책"이 의결되었다. 뉘른베르크 법과 최종해결책이 궁극적으로 목표로 한 것은 전 유럽에서 유태인을 완전히 없애 버리는 것이었다. 그러나 수많은 유태인들과, 또한 많은 공산당원들은 이미 여러 해 전에 국외로 망명길에 올랐으며, 그들은 이차 세계대전이 끝나고 난 뒤에도 독일로 돌아오기를 아주 주저하거나 영영 돌아오지 않았다.

(2) 문화적 배경

정신사적인 면에서나 문화사적인 면에서의 통일적인 조류는 이미 바이마르 공화국 시절부터 벌써 더 이상 찾아볼 수 없었다. 표현주의가 여전히 영향을 미치고 있었으며, 종족주의 내지 민족주의 이데올로기도 도처에서 고취되고 있었다. 또한 "신즉물주의"로 나아가는 경향도 나타나고 있었는데, 표현주의 시대의 작가이자 저널리스트인 파울 코른펠트는 그의 희극 『야자수 또는 모욕당한 사람』(1924)의 서두 부분에서 당시의 일반적인 시대정서를 이렇게 표현했다. "더 이상 전쟁과 혁명과 세계구원을 말하지 말자! 우리 이제 소박하게 보다 작은 다른 문제들에 관심을 갖도록 하자. 예컨대 한 사람, 한 바보를 살펴보도록 하자. 좀 놀고, 좀 둘러보자. 그리고 가능하면, 좀 웃거나 미소를 지어보자." 또 미술사가 G. F. 하르틀라우프는 1925년 만하임 미술관에서 현대회화 전시회를 열면서 이 전시회를 "신즉물주의. 표현주의 이후의 독일 미술"이라 명명했는데, 이로써 당시의 시대정신에 잘 부합하는 하나의 명칭이 만들어지게 된 것이었다.

세부적인 면에서 비슷한 경향을 보이는 19세기의 사실주의와 구분하기 위해 "즉물주의"라는 말을 쓰고 거기다가 '신'이란 수식어까지 붙여 사용하게 된 이 "신즉물주의"라는 말은 앞에서도 잠시 언급된 이른바 "황금의 20년대"에 걸쳐 대단히 유행했다. 이제 다시 예술은 환상이나 이념의 왕국이 아니라 현실 세계에 뿌리를 내리고 있어야 하는 것이었다. 예술은 바로 이 현실을 일정한 거리를 두고 냉정하게, 객관적으로, 그야말로 '즉물적으로' 묘사해야 하는 것이었다. 신즉물주의라는 말이 많이 유행하게 되면서 이 말은 또 실로 다양한 의미로 쓰이게 되기는 했지만, 신즉물주의적인 미술이나 건축, 표현에 있어

내용적인 면에서뿐 아니라 문체적인 면에서 몇몇 가지 공통점을 찾아내는 일은 그렇게 어려운 일이 아니다. 그러나 문학의 경우 신즉물주의적인 문체를 명확하게 규정하기란 그리 쉬운 일이 아니다. 문학의 경우 신즉물주의는 대체로 주제 선택이나 장르 선택의 면에서, 그리고 주위세계에 대한 작가의 기본적인 입장의 면에서 보다 강하게 나타났다. "신즉물주의"라는 개념을 문학사적 시기의 명칭으로 사용할 수 있을 것인가 하는 문제는 문학사 연구자들 사이에서 오늘날까지도 논란거리가 되고 있다.

표현주의의 장에서 이미 언급한 바 있는 비평가이자 저널리스트 쿠르트 핀투스가 1929년에 발표한 논문 「남성적인 문학」에서 그 성격을 규정하고 있는 바에 의하면 신즉물주의 문학은 "서정적 사치 없이, 우울한 상념 없이, 근실하게, 집요하게, 절도 있게, 권투선수의 몸과 비슷하게" 자신의 모습을 드러내야 하는 것이었다. 신즉물주의적 입장은 현대 기계문명과 합리성·실용성을, 그리고 이러한 요소들을 상징적으로 대변하는 미국사회를 긍정적으로 평가하였으며, 현실성과 사실성·공평성을 중시하는 신즉물주의 문학에 있어서는 보고문학이나 기록 소설, 기록 극과 같은 비 허구적 장르들이 매우 중요한 역할을 하였다.

한편 철학적인 면에서는 키에르케고르(1813-1855), 칼 야스퍼스(1883-1969), 마르틴 하이데거(1889-1976) 등의 실존철학이 영향을 미치고 있었으며, 건축 분야에서는 데사우에 세워진 바우하우스가 여러모로 새로운 자극을 주고 있었고, 미술과 조각 분야에서는 파블로 피카소(1881-1973), 한스 아르프(1886-1966), 게오르게 그로스츠(1893-1959), 케테 콜비츠(1867-1945) 그리고 에른스트 바를라흐(1870-1938) 등이 새로운 유파를 형성하고 있었다.

2.16. 1945년부터 통독까지의 독일문학

(1) 개 관

1945년 이후의 독일문학의 여러 조류들이나 전개 양상들을 어떤 하나의 통일적인 흐름으로 정리하기가 결코 쉬운 일이 아니다. 이 시기에는 다양한 정신사적인 흐름들이나 세계관들이 뒤섞여 존재하면서 서로 경쟁을 벌이고 있기 때문이다. 또 이 시기 문학을 객관적으로 고찰하는 데 필요한 시간적 거리가 현재로서는 아직 충분히 확보되지 못하고 있기 때문에, 장기적으로 설득력을 가질 수 있는 어떤 주도적인 요소들을 밝혀내기란 역시 쉬운 일이 아니다. 1945년 이후의 독일문학을 살피는 데에는 또 여기에서 더 나아가 공간적·지역적인 면에서의 구분도 아주 중요한 문제가 되는데, 그것은 이차 세계대전 종전 이후의 독일문학은 독일연방공화국(서독)에서의 문학뿐만 아니라, 독일민주공화국(동독)과 오스트리아·스위스·심지어 루마니아 등지에서의 문학도 아울러 포함하기 때문이다.

여러 면에서의 이 같은 불확실한 사정 때문에 문학사가 들은 1945년 이후의 시기에 대해 종종 연대기적인 서술 방법을 포기하고, 문학의 전개 양상을 '노동의 세계', '나치즘과 전쟁', '기술의 세계' 등과 같은 중심 주제들을 기준으로 나누어 고찰하거나, 아니면 그때그때의 문학을 '해석학적 역사주의'나 '회의적 사실주의' 같은 보다 상위의 정신사적 조류들과 연관 지어 기술하는 방법을 취한다. 하지만 다음에서는 1945년 이후의 독일문학을 어쩔 수 없는 생략이나 단순화를 감수하는 가운데 그 역사적인 맥락에 따라서, 다시 말해 이 시대의 정치적인 사건들과 관련지어서 서술해보기로 한다.

(2) 정치적 · 문화적 배경

　1945년 5월 8일 독일은 연합국의 압도적인 힘에 굴복하였으며, 그럼으로써 피점령국가가 되었다. 2차세계대전이 끝나고 몇 년이 경과하는 사이에 세계는 소련이 지배하는 동방 권과 미국이 지배하는 서방권으로 크게 나누어지게 되었으며, 이에 따라 독일은 처음에는 2국 통치 지역 내지 3국 통치 지역과 소련 점령 지역으로, 나중에는 독일연방공화국과 독일민주공화국으로 나누어지게 되었다. 분단된 두 독일 국가는 각각 서방권 및 동방권과 군사적 동맹관계를 맺게 되었고, 이런 동맹관계의 산물로 1948.9년의 "베를린 봉쇄"에서 처음으로 첨예화되었던 소위 "냉전"은 50년대의 독일 및 국제 정치에 큰 영향을 미쳤다. 서독 측의 시각에서 볼 때 독일 정치의 목표는 분단된 독일의 재통일이었으나, 그 실현 방법에 있어 서독 측은 동독 측과의 이견을 좁힐 수가 없었다. 1952년의 그 유명한 "스탈린 메모"에서 동독 측은 통일의 가능성을 제시하였으나, 서독의 수상 아데나워(1949-1963)는 이를 거부하였다. 동독에서의 자유선거 실시에 대한 그의 요구가 당시의 정치적 상황으로 미루어 볼 때 실현 가능성이 희박하였기 때문이었다. 그 후 에르하르트 수상과 키징거 수상 시절을 거치면서 동독에 대한 서독의 강경한 태도는 다소 완화되는 기미를 보였다. 그러나 서독과 동독 사이의 냉각된 관계가 누그러지고 양자 사이에 다소 활발한 교류가 이루어지게 된 것은 사민당 출신의 빌리 브란트(1969-1974) 수상과 그에 이은 헬무트 슈미트(1974-1982) 수상이 이끈 사민당과 자민당 연합정권이 들어서면서부터의 일이었다. 1972년에 "기본조약"이 체결됨으로써 동 · 서독 관계의 새로운 시대가 열리게 되었으며, 이는 1989년 11월 9일 베를린 장벽이 무너지게 될 때까지 계속되었다.

한편 서독의 경우 1966년부터 1969년까지의 시기는 국내 정치의 면에서 위기의 시대였다. 이 시기 기민당 및 기사당과 사민당은 진정한 의미에서 1945년 이후 최초로 맞이하게 되었던 경제위기를 극복하기 위해 대연정을 구성하였다. 연방의회에서 야당은 자민당뿐이었는데, 자민당은 이른바 "비상사태 법"에 대해 반대하는 여론을 조성하였다. 이런 어수선한 상황에서 정치에 관심이 있는 대학생들이 등장하여 의회 밖에서 야당 운동을 전개하였으나, 대 연정의 압도적인 우세로 인해 의회 내에서 별다른 반향을 불러일으키지 못하였다. 사정이 이렇게 되자 학생들의 소요와 데모가 뒤따르게 되고, 정신적인 면에서나 사회적인 면에서 새로운 출발을 모색하려는 분위기가 고조되었으며, 이는 당시의 문학에도 결정적인 영향을 주게 되었다.

1945년 이후 독일 사람들의 정신생활에 크게 영향을 미친 요소들은 나치 정부의 강압적인 통치의 실상과, 이제야 비로소 그 죄상이 낱낱이 널리 알려지게 된 상상도 할 수 없는 정도의 유태인 탄압, 그리고 2차세계대전에서의 독일의 패배 등이었다. 이러한 상황에 대해 철학자들과 작가들은 허무주의나 무신론과 대결하는 방식으로 대응하거나, 의미를 줄 수 있는 새로운 요소들을 찾아 나서서 종교나 새로운 형태의 신비주의에 관심을 기울였다. 1945년 이후 독일문학뿐 아니라 전 유럽의 문학에 크게 영향을 주었던 것은 『존재와 무』(1943)를 쓴 장 폴 사르트르와 『시지포스의 신화』(1942)를 쓴 알베르 까뮈의 실존주의철학이었다.

(3) 문학 활동

전후 서독과 오스트리아, 스위스 등지에서의 문학 활동은 아주 다양한 주체들에 의해 이루어졌다. 문학 활동은 이제 더 이상 작가들이나 문학에 관심이 있는 사람들에 의해서만 이루어지지 않았다. 그렇다기보다는 오히려 경제적 이익을 추구하는 출판사들이 문학 활동에서 점점 더 큰 비중을 차지하고 중요한 의미를 가지게 되었다. 이때 출판사들은 몇몇 드문 경우를 제외하고는, 작가들과 개인적으로 친분관계를 맺는 고전적 스타일의 출판인들에 의해 운영되지 않았다. 출판사들에 이어 각종의 서적협회들도 문고 시장과 함께 각양각색의 책들을 보다 많은 사람들에게 공급하는 데 중요한 역할을 하게 되었다.

한편 광범위한 독서대중의 여론 형성에는 문학비평가 들이 무시 못할 중요한 역할을 하였다. 독일의 유명한 시사주간지 「슈피겔」의 문예란 베스트셀러 리스트에 오르는 작품은 많은 판매 부수를 예상할 수 있었으며, 서독의 대표적인 문학비평가들 가운데 한 사람인 마르셀 라이히-라니츠키에 의해 호평을 받는 작가의 작품은 높은 판매고를 기대할 수 있었다. 심지어 라이히-라니츠키에 의해 혹평을 받는 작품도 경우에 따라서는 굉장히 많은 판매 부수를 예상할 수 있었다.

2.17. 통독 이후의 독일문학

2차세계대전 이후 독일문학이 서독 문학과 동독 문학의 '두 개의 문학'으로 나누어져 있던 상태는 1989년의 베를린 장벽 붕괴와 그에 뒤이은 1990년의 독일 재통일과 더불어 끝이 나게 되었다. 그 윤곽이 아직 뚜렷하게 나타나고 있지는 않지만 1990년 이후의 시기가 독일문학사에 있어서도 하나의 새로운 시기인 것만은 분명해 보인다. 전체적으로 볼 때 1990년 이후의 문학에서도 '신주관주의'나 '신내면주의' 같은 문학적 전통과 함께 역사적인 소재에 대한 관심 등이 많은 영향을 끼치고 있는데, 크리스타 볼프의 『카산드라』(1983)와 크리스토프 한스마

이어의『전도된 세계』(1988) 등의 작품이 이에 대한 좋은 예다.

구소련과 동구의 개혁과 개방 및 자유주의의 물결과 때를 같이 하여 1989년 가을 동독에서 있었던 일련의 사태는 같은 해 11월 9일 동·서독을 가로막고 있던 베를린 장벽을 무너뜨리는 계기가 되었을 뿐 아니라 결국 통일조약이 체결됨으로써 1990년 10월 3일 독일이 다시 통일이 되는 결과를 가져오게 되었으며, 이러한 일련의 사태는 문학에서도 그대로 반영되었다. 분단 독일의 문제를 문학적으로 천착하는 것에 이어 이제 통일 이전의 구동독 사회에 대한 비판적 검토가 90년대 초반 독일문학의 한 중요한 주제가 되었으며, 여기에는 크리스토프 하인의 노벨레『용의 피』(1983)와 같은 구동독의 비판적인 문학이나 마르틴 발저의『도얼레와 늑대』(1987)와 같은 서독의 비판적 문학이 토대가 되어 주었다. 특히 발저는『어린 시절의 옹호』(1991)라는 장편소설을 발표함으로써 이 주제를 더욱 심도 있게 다루었다. 구동독의 역사를 재검토하는 작품들과 함께 작가들의 자기검토나 자전적인 보고, 동독 국가안전부에 의한 감시와 미행 등을 내용으로 하는 작품들도 많이 발표되었으며, "민족"이나 "조국" 같은 개념들에 대해서도 다시 활발한 논의와 성찰이 이루어졌다.

1989년 이후에는 통일의 방법론에 대한 논의와 함께 정치와 권력에 대한 작가들의 관계에 대한 물음이 수많은 토론의 주제가 되었는데, 이러한 물음들은 문학비평계에 의해서도 점점 더 많이 제기되었다. 이런 와중에 1990년 크리스타 볼프의 소설『남은 것 Was bleibt』이 발표되어 격렬한 논쟁을 불러일으켰다. 구동독의 안팎에서 높은 평가를 받았고 많은 문학상도 수상한 바 있는 여류작가 크리스타 볼프가 통일이 되고 난 뒤 얼마 되지 않은 시점에 1979년에 썼다가 1989년 11월에 고쳐 쓴, 자신이 비밀경찰 요원들에 의해 감시를 받고 있음을 느

끼는 한 동독 여류작가에 관한 작품을 발표한 것이었는데, 이 작품은
요원들에 의한 감시가 그녀의 생활과 사고와 감정에 어떻게 영향을
미치고 위협을 가하는지, 그리고 일상적인 것과 예외적인 것 사이의
경계가 어떻게 서서히 사라지고 마는지를 보여주고 있다. 그 발표 시
점이 제작된 때로부터 10여 년이나 늦추어진 이 작품은 바로 그 때문
에 격렬한 문학논쟁을 불러일으켰다. 사람들은 크리스타 볼프가 동독
정부와의 갈등을 피하기 위해 동조적인 행동을 했다고 비판하면서 작
가의 도덕성을 들어 작품의 문학적 수준을 문제시하였다.

구동독에서 작가들이 친정부적인 태도를 가지도록 하기 위한 압력
과 "불온한" 작가들에 대한 감시가 실제로 어떤 정도였던가 하는 것
은 통일 후에 밝혀진 동독의 국가안전부 문서들이 여실히 보여주었다.
라이너 쿤체는 1990년 『별명 서정시』라는 제목으로 자신과 관련되는
국가안전부 기록들을 모아 내놓았는데, 안전부 문서들에서 발췌한 내
용으로 구성되어 있는 이 기록은 그러한 문서들을 한 자리에 모아놓
은 사실만으로도 냉소적이리만큼 치밀했던 작가들에 대한 안전부의
감시를 증언해주고 있으며, 작가 쿤체와 그의 가족들로 하여금 동독을
떠나도록 했던 일련의 조치들을 조목조목 보여주고 있다. 에리히 뢰스
트(1926)도 1991년에 안전부의 감시와 관련된 자신의 체험을 정리하
여 『국가안전부는 나의 감시인 또는 도청장치와 함께 한 내 인생』이
라는 제목으로 발표하였다.

90년대 초의 독일문학은 독일의 재통일이라는 시대적 대 사건으로
부터 많은 영향을 받았다. 특히 동독 출신의 작가들은 자신들의 이야
기나 허구적인 이야기들을 통해 정치적 대변화의 전제조건들과 영향
들을 분석하는 한편, 달라진 상황에 대한 적응과 저항, 갈등을 묘사하
였다. 모니카 마론(1941-)은 그녀의 장편소설 『침묵의 제6행』(1991)에

서 80년대의 동독에서 한 늙은 공산당 간부의 회상을 대필했던 어느 젊은 여인에 관해 이야기했으며, 쿠르트 드라베르트(1956-)는 "독일인의 독백"이라는 부제가 붙은 『거울의 나라』(1992)라는 작품에서 자기 자신에 대해, 그리고 아버지와 국가의 언어적 폭력 때문에 아주 더디게 진행되었던 자신만의 언어발견의 역사에 대해 묘사하였다.

1993년 볼프강 힐비히(1941-)는 동독의 국가안전부를 주제로 하는 장편소설 『나』를 내놓았다. 이 작품은 기본적으로 국가안전부의 비공식 직원인 캄베르트가 자신의 과거를 회상하는 형식으로 되어 있는데, 그의 임무는 리더라는 이름의 작가를 감시하는 일이다. 그러나 정부기관의 첩자인 캄베르트는 리더의 작품에서 문제가 될 만한 것을 아무 것도 발견하지 못한다. 상부에 보고할 거리를 찾지 못하게 된 그는 이제 국가안전부 청사의 축축한 지하실에서 스스로 작가가 되어 자기 자신에 대해 기록을 하기 시작한다. 외부의 명령을 받아 수행하는 첩자와 자기 자신의 관심 때문에 주위를 관찰하는 작가를 이처럼 동일시하는 것은 그로테스크한 결과를 가져오게 되는데, "자료"의 부족을 느낀 캄베르트는 동베를린에서 열리는 독회에 참석하고 있는 한 서독 여대생을 주시하기 시작하며, 어둠의 손길을 알아차린 이 여대생은 꼬리를 감추어버린다. 그런데 리더 역시 이 여대생을 주시하고 있었던 것이기 때문에, 캄페르트는 자신의 출신지인 지방으로 좌천된다. 이처럼 모두가 모두에 의해 감시를 당하는 기분을 느끼지 않을 수 없는 것이다. 다시 말해 실제의 삶이 이 삶에 대한 텍스트로 바뀌고 마는 것이다.

아돌프 엔들러(1930-)는 "잡기장 1981-1983"이란 부제가 붙은 일기 『프렌츨라우 베르크의 타잔』(1994)에서 동베를린의 변두리 지역인 프렌츨라우 베르크의 분위기를 묘사했다. 동독의 소위 '틈새사회'를 대변

하는 한 인물이었던 엔들러는 소제목을 붙여가며 기록한 이 일기에서
사람들이 사소한 수단을 가지고서도 벌써 파괴적일 수가 있었던 한
역설의 시대를 그려 보여주었다. 통일로 가는 여러 사건들에 적극적으
로 참여했던 귄터 데 브륀은 1992년 자전소설 『중간평가. 베를린에서
의 젊은 시절』을 발표했으며, 브리기테 부르마이스터(1940-)는 1994년
에 발표한 소설 『노르마란 이름으로』에서 더 이상 나누어지지 않은,
그러면서도 아직 하나로 결합되지도 않은 도시 베를린을 주제로 다루
었다. 서독 출신의 작가 페터 슈나이더도 같은 주제를 다루었는데, 그
의 소설 『병행』(1992)은 68년 세대가 분단과 "병행"을 어떻게 다루고
있는지 묘사하면서 최근 베를린의 역사를 주인공들의 지속적인 사랑
에 대한 열망과 대비시키고 있다.

한편 서독 출신의 작가들은 동독의 붕괴와 독일의 통일을 동독 출
신들과는 다른 시각에서 다루었으며, 이를 보여주는 두 희곡작품이
1991년에 상연되었다. 보토 슈트라우스는 그의 3막 희곡 『마지막 합창
대』에서 한 합창대를 등장시키고 있는데 이 합창대로부터는 어떤 한
개인도 떨어져 나오지 않으며, 이 합창대는 작은 희곡들이나 관련성이
많은 만남들에 대해 계속 무대장치로서 기능한다. 베를린 장벽이 무너
지는 날 밤을 배경으로 하는 마지막 막에서 이 합창대는 무대에서 사
라지며, 주위를 빙빙 날던 독수리 한 마리는 남아 있던 한 인물에 의
해 갈가리 찢긴다. 롤프 호흐후트는 그의 희곡 『바이마르의 서독인』에
서 통일 후 세인의 관심을 집중시켰던, 구동독에서의 토지와 부동산에
대한 소유의 문제를 다루었는데, 이로써 이 희곡은 국가소유 공장들의
사유화 작업을 수행하기 위해 설치되었던 기구로 당시 많은 논란을
불러일으켰던 신탁회사의 작업을 비판의 타깃으로 삼았다.

앞에서도 잠시 언급된 바 있는 마르틴 발저의 방대한 시대소설 『어

린 시절의 옹호』(1991)는 모자 관계를 다룬 이야기이면서 동시에 개인적인 주제를 민족적인 주제와 결합시키고 있는 작품이다. 주인공 알프레드 도른은 50년대에 불법적으로 드레스덴에서 서베를린으로 넘어가 법학을 공부한다. 이곳에서 국외자나 인생의 낙오자와 거의 다름이 없는 존재로 남게 된 그는 무엇보다도 "실제로 살았던 사람들을 서술하는 문제"에 대한 문학적 작업에 몰두한다.

독일의 재통일을 "도덕적 타락"의 산물로 평가하며 비판적인 시각에서 바라보았던 귄터 그라스는 이미 1958년에 전쟁 중과 전후의 시기를 다룬 위대한 소설 『양철북』을 발표한 바 있었는데, 1995년에 그는 동독에서 살고 있는 테오도어 부트케를 주인공으로 하는 방대한 소설 『먼 들판』을 발표하였다. 폰티라는 별명으로 불리는 이 주인공은 스스로를 19세기 독일의 위대한 소설가들 가운데 한 사람인 테오도어 폰타네의 생애 및 작품과 완전히 동일시한다. 『먼 들판』은 구동독과 서독 지역에서 격렬하면서도 극도로 상반되는 반응을 불러일으켰다. 구동독 지역의 독자들이 통일 이전의 자신들의 삶이 정확하게 묘사되어진 것으로 본 반면에, 서독 지역의 독자들은 특히 구동독 국가안전기획부의 감시와 미행의 방법들이 대수롭지 않은 것으로 다루어진 것에 대해 비판적이었다.

안드레아스 노이마이스터(1959)는 『독일 밖의 사람들에게』(1994)라는 장편소설을 발표하였는데, 이 소설 역시 베를린을 다루고 있다. 이 작품에서 주인공은 여러 가지 인상들을 모으기는 하지만 특별한 의도를 가지고 있지 않으며, 이런저런 설명도 하지 않는다. 이 작품에서는 메모나 관찰내용, 언어적 연상이 나열되고 있을 뿐, 작가는 더 이상 정리를 하거나 의미부여를 하려고 하지 않는다.

드레스덴에서 태어난 젊은 시인 두어스 그륀바인(1962)은 통일 이후 몇 년 동안 독일에서 대단한 주목을 받았으며, 1995년에는 독일의 권위 있는 문학상들 가운데 하나인 게오르크 뷔히너 상을 수상하였다. 그의 시는 동·서의 대립과 갈등을 직접적으로 다루지 않으면서, 여러 경우의 파국과 죽음에 대한 경험을 포괄적으로 묘사하고 있다. 그의 시집 『주름과 몰락』(1994)에는 비가 풍의 시들이 수록되어 있는데, 이 시들은 삶과 죽음의 문제를 다루고 있을 뿐 아니라 다가오는 새 밀레니엄에 대한 의식도 벌써 보여주고 있다.

독일 재통일 이후의 시기에는 그러나 독일의 분단과 통일이라는 주제를 다루지 않는 작품들도 발표되었다. 형식과 내용 면에서 포스트모던 한 소설들이 다각도로 시도되었는데, 예를 들어 헬무트 크라우서(1964-) 같은 작가는 그의 소설 『멜로디 또는 수은 같은 시대에 붙이는 부록』(1993)에서 르네상스 시대의 기괴한 모습을 우리 시대의 반영으로서 그려 보여주었다. 소설에서는 또한 회상의 기법도 계속 유지되어, 빈프리트 게오르크 제발트(1944-)는 그의 소설 『이주민들』(1992)에서 단편들로 남은 유태인들의 삶의 기록들을 결합시킴으로써 회상의 기법을 생생하게 보여주었다.

구 체코슬로바키아나 루마니아, 구 소련연방국가들 그리고 구 유고슬라비아 출신의 독일어 사용 작가들도 독일에서 작품을 발표함으로써 모든 민족적 차이나 갈등을 넘어 상상력의 자유로운 공간을 지켜가는 문학적 연속성의 발전에 동참하였다.

장르론

3.1. 용어의 문제: 여러 가지 장르개념

학문적 연구의 대상이 되는 수많은 문학작품들을 대강 연대기 순으로 정돈하기 위해 여러 가지 시대개념들을 사용하는 것과 마찬가지로 독일문예학은 그 방대한 양의 문학작품들을 형식적인 기준들에 따라 여러 가지 텍스트 그룹으로 분류하기 위해 여러 가지 장르 개념들을 이용한다. 문예학에서 '장르 Gattung' 개념은 대체로 네 가지 의미를 갖는다.

넓은 의미에서 장르는 일찍이 괴테가 문학의 세 "자연형식 Naturformen" 이라 부르기도 했던 세 부류의 텍스트, 즉 서정문학(시문학 Lyrik), 희곡문학(극문학 Dramatik) 그리고 서사문학(소설문학 Epik)을 가리킨다. 이 중 서사문학은 현대 문예학에서 자주 '서사산문 erzählende Prosa' 으로 불리고 있는데. 이것은 서사적 성격을 갖는 모든 산문 텍스트를 가리키는 집합개념으로 사용되고 있다.

좁은 의미에서 장르는 위에서 설명한 세 주요 장르, 즉 시문학, 극문학, 서사 산문 각각의 내부에서 형식적인 기준에 따라 다시 나누어 질 수 있는 보다 낮은 단계의 문학형식들을 가리킨다. 서사산문에 속하는 하위 문학 형식으로서 장편소설 Roman, 노벨레 Novelle, 단편소설 Kurzgeschichte, 극문학의 하위 형식으로서 비극 Tragödie과 희극 Komödie 그리고 시문학의 하위 형식으로서 송시 Ode나 찬시 Hymne 등이 좁은 의미에서의 장르들이다. 이같이 좁은 의미로 쓰이게 될 경우 독일어 'Gattung'은 프랑스어 'Genre'로 대체되기도 한다.

더욱 좁은 의미에서 장르는 바로 앞에서 설명한 각각의 하위 형식들, 즉 'Genre'들 내부에서 형식적, 역사적 특징들을 기준으로 다시 한 번 더 나누어질 수 있는 형식들을 가리킨다. 예를 들어 송시는 다시 핀다르 식 송시 또는 아나크레온 식 송시로, 장편소설은 다시 서간체 소설 또는 교양소설 등으로, 그리고 비극은 다시 바로크 비극 또는 시민비극 등으로 구분될 수 있는 것이다.

마지막으로 규범적인 의미에서 장르 개념은 예를 들어 한 작가가 소네트나 비극 작품을 을 쓸 때 따라야 하는 형식상·내용상의 제반 규정을 가리킨다. 이 때 '부드러운' 규정과 '강력한' 규정이 구분될 수 있다. 장편소설이나 찬시 같은 장르들이 형식적인 면에서나 내용적인 면에서 비교적 개방적인 데 반해 송시나 소네트 또는 우화와 같은 장르들은 형식, 내용 모든 면에서 매우 엄격한 구조를 갖는다.

이 같은 장르 개념들은 시대개념들보다 학문상의 인위적·작의적 개념으로서의 성격을 더욱 강하게 가진다. 모든 장르 개념은 언제나 하나의 추상 개념이며, 어떤 그룹의 텍스트들에 공통적으로 나타나는 형식적인 기준들과 내용적인 기준들을 결합시켜 구성한 이상적인 유형의 개념이다. 이런 점에서 장르 개념들은 개별적인 텍스트의 관점에서 볼 때 언제나 근사치적 개념들일 뿐이지만, 그래도 이러한 개념들은 문학텍스트들을 체계적으로 정돈하고 이해하는 데 도움을 준다. 그러나 개별 텍스트들에서 출발해 그 공통적인 특징들을 파악하고 실제로 서술하게 되면, 추상적으로 만들어진 이상적 유형으로서의 장르 개념이 아닌 하나의 기술적 장르 개념이 얻어질 수 있을 것이다.

그러나 실제로 장르들은 규범적인 의미에서 실재성을 갖고 있기도 하다. 장르들은 규범적인 기준으로서 시론들이나, 작가의 머릿속에 들어 있는 집필 구상 속에 존재하고 있는 것이다. 사실 작가들은 하나의 소네트나 비극 또는 노벨레 작품을 쓰기로 작정을 하는 순간에 벌써 어떤 하나의 문학적 전통 속으로 들어가는 것이며, 그럼으로 해서 또한 자신이 의식하지 못하는 가운데 작용하고 있는지도 모르는 개별 장르들의 창작 규칙들을 따르거나 변형시키는 것이다. 장르들은 작품을 쓰는 작가들한테서뿐만 아니라 독자들의 머릿속에서도 마찬가지로 강력한 힘을 발휘한다. 작품 제목 아래나 공연 안내 포스터 위에 표시되어 있는 장르명칭들은 독자나 관객으로 하여금 어떤 특별한 기대지평을 형성하도록 하며, 그럼으로써 텍스트나 공연물의 수용에 결정적인 영향을 미치는 것이다. 장르 개념들이 그 인위적·구성적 성격으로 인해 문제가 있기도 하지만 다음에서는 대소 장르를 분류해 설명하는 방식에 있어서나 개별적인 용어 사용의 면에서 전통적인 장르 개념을 따르고자 한다.

3.2. 장르론의 역사

볼프강 카이저에 의하면 장르 문제는 "문예학의 가장 오래된 과제"다. '장르'는 문예학이 생겨나기 전부터 이미 존재했으며, 장르의 본질과 특성에 관해서도 오래 전부터 고찰이 있었다. 무수한 개체들의 상위 개념으로서 장르는 자연과학에서와 마찬가지로 다양한 모습으로 나타나는 개체나 자료들을 체계적으로 분류하는 데 도움을 준다. 장르 개념을 순수한 기술적 질서 원칙 혹은 분류 원칙으로 이해하는 것은 근세에 들어와서의 일이다.

아리스토텔레스의 『시학』이후, 특히 르네상스 시대에 이르러 장르는 규범적 성격을 띠게 되었는데, 이는 장르가 내재적인 합법칙성을 가짐을 전제한 데서 비롯한 결과였다. 이 합법칙성은 모범적이고 구속력 있는 지위를 가지게 되었으며, 기준과 모델로 그리고 시간적 변화를 초월하는 상수로 간주되었다. 장르 구분에서는 특히 인간 행위의 모방을 의미하는 '미메시스'가 핵심적인 관점이었다. 장르 중에서 가장 높은 지위를 차지한 것은 '비극'인데, 이 장르는 인물들로 하여금 스스로 발언하게 함으로써 시적 담화와 인물 담화를 혼합한 형태인 '서사시'의 표본이 되었다. 순수한 시적 담화를 위한 '서정시' 개념은 아리스토텔레스에게는 아직 존재하지 않았다. 서정시를 비극이나 서사시와 동등한 지위의 장르로 인정하는 경향은 16세기 이탈리아에서 나타났으며, 독일의 경우에는 그보다도 더 뒤의 일이었다. 높은 신분의 인물들을 비극과, 비천한 신분의 인물들을 희극과 결부시키는 아리스토텔레스의 장르 구분은 호라티우스에 의해 신분계급적 구분으로 고착되었다. 호라티우스는 그의 『시학』에서 왕이나 장군과 같은 높은 신분의 사람들을 그에 상응하는 고귀한 장르인 비극과 서사시와, 그 밖의 신분에 속하는 인물들을 희극이나 풍자극 같은 저속한 장르와 결부시켰다. 이런 전통 때문에 인문주의자들의 '규범시학'에서는 봉건적·절대주의적 사회구조의 신분적 위계를 유지·강화하기 위한 경직된 기본 법칙이 형성되었다. 인문주의 시대 비극 이론에서 절대적인 것으로 요구되었던 소위 삼일치의 법칙은 아리스토텔레스에서는 아직 분명한 형태로 존재하지 않았는데, 그것은 당시 이 법칙이 규범적인 것이기보다는 경험적인 것으로 여겨졌기 때문이었다.

예를 들어 장인가나 사육제극 같은 민중문학은 17세기에 이르기까지 독일의 규범시학에서 거의 인정을 받지 못했다. 마르틴 오피츠는 그의 『독일문학에 관한 책』(1624)에서 문학 창작 규칙의 위계를 규정함으로써 당시 독일의 절대주의 지배체재를 충실히 반영했다. 문학을 학문으로 파악한 고트쉐트도 『독일인을 위한 비평 문학 시론』(1730)에서 모방 원칙과 함께 장르의 신분구속성을 견지하였다.

그러나 18세기에 들어와 자유로운 시민계급의 자의식이 강화됨으로써 문학 장르에 대한 사회적 인식이 달라졌다. 장르에 따르는 계층조건이 폐기되기에 이른 것이었다. 프랑스의 '최루 극'의 영향을 받아 독일에서는 소위 '눈물 짜는 희극'이라는 장르가 생겨나게 되었다. 겔레르트의 『다정한 누이들』은 일종의 '도덕적 희극'이었다. 영국의 극문학으로부터 많은 영향을 받은 레싱은 비극 『사라 샘프슨 양』(1775)과 극 이론을 통해 소위 '시민비극'을 위한 준비를 했으며, 희극 『민나 폰 바른헬름』(1767)에서는 귀족을 주인공으로 등장시키기도 했다. 레싱은 코르네유와 라신 같은 프랑스 고전주의자들의 엄격한 규칙성을 거부하는 한편으로 영국의 셰익스피어를 모범적인 극작가로 간주했다. 문학 창작 원칙의 교체 현상이 나타나게 된 것은 결국 계몽주의자인 요한 야콥 엥겔을 통해서였는데, 그는 『문학 장르론의 기초』(1783)라는 책에서 인류학적 인식에 기반 하여 일종의 '철학적' 장르론을 주장했다. 엥겔에 이어 헤르더도 장르의 혼합을 시도했는데, 그는 특히 모방 이론과 결별을 선언하면서, 문학의 원천은 강렬한 감정 속에 있는 것이라고 주장하였다. 그러나 다양한 시 형식들을 망라하는 집합적 장르 개념으로서 '서정 문학'이라는 용어가 만들어지고, 거기에 따라 이 장르가 서사시와 희곡과 더불어 문학의 제3 장르로서 위상을 확보하게 된 것은 18세기 후반에 들어와서의 일이었다.

이런 상황에서 고전주의자들은 다시금 장르의 혼합에 대해 회의적인 입장을 취하면서 전형적인 것을 추구하였다. 괴테가 『시동시집』의 좀 더 나은 이해를 위한 주석과 논문」에서 "시문학의 순수한 자연형식은 세 가지뿐이다. 분명하게 이야기하는 것, 열정적으로 흥분하는 것, 그리고 개인적으로 행동하는 것이다. 다시 말해 서사시. 서정시 그리고 희곡이 바로 그것이다"라고 했을 때, 그는 '시문학'으로 일반적인 의미에서의 문학을 의미한 것이었다. 헤겔도 세 가지의 묘사방식을 거론하였으며, 실러는 미학 논문에서 느낌을 비가적, 풍자적 그리고 목가적 유형으로 나누었다.

낭만주의 작가이자 이론가인 프리드리히 슐레겔에 의하면 서사시는 객관적인 문학이고 서정시는 주관적 문학이며 희곡은 객관적이면서 주관적인 문학이다. 비더마이어 시대는 이 세 가지 분류법을 제한적으로만 수용한다. 예를 들어 인문주의와 계몽주의의 전통을 따르는 18세기 말의 많은 이론가들, 특히 요한 게오르그 슐처는 '교술 문학'을 가장 높은 위상의 문학 장르로 평가하기까지 하면서 이것을 네 번째 주요 장르로 받아들일 것을 주장하였다. 그러나 19세기 중반의 '시적 사실주의' 문학 이후로 '서사문학·서정문학·극문학'의 3대 장르 이론은 대체로 현재까지 통설로 받아들여지고 있다.

1946년 에밀 슈타이거는 『시학의 기본개념』이란 책에서 이 3 대 장르론에 대해 확고한 신념을 표명했다. 그에 의하면 "장르 개념의 본질에 관한 물음은 바로 인간의 본질에 관한 물음으로 향하게 된다. 다라서 바로 기초 시학으로부터 철학적 인간학에 대한 문예학의 기여가 비롯한다." 슈타이거는 '서사시', '서정시', '드라마'라는 종래의 용어를 피하고 '서사적인 것', '서정적인 것', '극적인 것'이란 새로운 표현을 도입하면서 인간의 '표상'과 관계되는 서정적 문체, '기억'과 관계되는 서사적 문체 그리고 '긴장'과 연결되는 극적 문체는 언제나 세 주요 장르 모두에서 나타난다는 점을 강조한다. "순수하게 서정적인 문학, 순수하게 서사적이거나 혹은 극적인 문학을 어디에선가 만날 수 있다는 것이 처음부터 결정되어 있는 것은 아니다. 우리의 연구는 이와는 반대로 모든 진정한 문학은 상이한 정도와 방법으로 모든 장르의 이념들에 관계하고 있다는 결론에 이를 것이다." 이처럼 슈타이거는 서사적인 것, 서정적인 것, 극적인 것을 인간의 근본존재와 관련시킴으로써 장르 이해에서 역사적인 차원보다는 인간학적이고 실존주의적인 차원을 더 중시하였다.

이상과 같은 규범적·철학적·인간학적 장르론 외에 의사소통 이론적 장르론과 구조주의적·기능주의적 장르론이 있다. 장르와 관련해 현재의 지배적인 기본 가정은 문학 장르는 역사적으로 조건 지어지고 자리매김 될 수 있다는 것이다. 이미 1920년대에 러시아 형식주의자들은 '문학적 계열'이나 '문학적 진화' 같은 용어를 사용하였다. 그에 기반 해 1920년대 말 이래 체코 구조주의자들은 상수와 편차를 연구할 때 특정한 체계 형성적 우성 인자들을 연구의 중심에 둠으로써 문학적 유형을 찾아내려고 노력하였다. 그들의 이 같은 노력은 그러나 역사적이고 사회적인 측면들을 소홀히 다루는 단점을 지니고 있었다.

장르의 역사성을 자신의 문학사 기술에 특별히 수용사적으로 포함시킨 문예학자는 한스 로베르트 야우스였다. 그는 한편으로 구조주의자들이 주장한, 체계를 결정하는 지배요소들을 인정하면서도 다른 한편으로 끊임없이 변화하는 독자의 기대지평 역시 장르를 특징짓는 것으로 인식함으로써 장르 이론의 폭을 그 만큼 넓히게 되었다. 야우스의 견해에 따르면 장르의 발전과 독자의 기대지평 간에는 상호작용이 일어난다.

한편 포스캄프는 사회사적·기능사적 입장에서 장르를 이해함으로써 이전의 장르 이론들이 가지고 있는 문제점과 한계를 뛰어넘고 있다. 옌드리케의 평가에 의하면 포스캄프의 장르 이론은 "장르의 진화와 사회 변화의 연관관계에 대해 높은 수준의 차별성과 문제의식을 보임으로써 돋보이는" 점이 있다. 포스캄프에 의하면 텍스트의 생산과 수용이 문학적 의사소통의 핵심이다. 그것은 또한 일반적인 의사소통 체계의 중요한 구성 요소이기도 하다. 사회학자 니클라스 루만의 시스템 이론에서 출발하는 포스캄프는 "문학 장르의 선택구조"를 언급하고 있는데, 여기에서는 텍스트의 기대와 독자의 기대에서의 지배적 상수가 결정적인 역할을 한다. 문학 장르는 한편으로는 문학적 콘텍스트에 대해, 다른 한편으로는 사회적 콘텍스트에 대해 선택적으로 작용한다. 때문에 그때그때의 문학사적 구도뿐 아니라 현실 역사적 구도도 함께 파악될 수 있는 것이다. 장르를 기술할 때 포스캄프는 '제도'라는 개념을 사용한다. 그에 의하면 "문학 장르의 형성은 지배적인 구조들의 결정화·안정화·제도적 고착화의 결과"로서 기술될 수 있다. "제도적 성격에 주목할 경우 장르는 일반적으로 역사적인 욕구들의 종합명제로 지칭될 수 있으며, 이 속에는 특정한 역사적 문제제기 내지 문제해결 또는 사회적 모순들이 표현되어 보존되어 있는 것이다"라고 포스캄프는 주장한다.

포스캄프는 그의 사회사적 장르론을 '교양소설'에 대한 자신의 연구를 예로 들어 설명하고 있다. 그의 견해에 따르면 교양소설의 발생과 발전은 18세기 말 이래 경제적 위상은 높아졌으나 정치적으로는 아직 미약했던 독일 시민계급의 자기이해 및 당시 사회 상황과 밀접하게 연관되어 있다. 교양소설에서 자주 그려지고 있는, 자기실현과 자기완성을 향한 개인의 노력은 바로 이 시민계급의 정치적 무력감으로부터 비롯하는 것이다. 교양소설이 일반적으로 보이는 내면화 경향도 같은 맥락에서 설명될 수 있다. 교양소설은 또 개인이 현실과 대결하는 것을 묘사하는데, 이 경우 개인은 대개 인격형성의 과정에서 현실과 타협하며, 개인이 현실에 굴복하거나 현실로 인해 좌절하게 되는 경우는 드물다.

이런 관점에서 포스캄프는 교양소설을 "시민계급 독자들의 역사적 욕구와 경향들에 대한 응답"으로 정의한다. 그에 의하면 "교양소설은 독자에게 모범적으로 제시되는, 스스로 단계적인 절차를 밟아 성숙해 가는 개인의 정체성 형성에 대한 가능성을 제공 한다." 포스캄프는 그러나 여기서 중요한 것은 단순한 인과적 과정이 아니고, 또 교양소설이 단순히 시민계급의 특수한 상황을 대변하는 것이 아니라는 점을 또한 강조한다. 이런 장르의 수용 역시 역사적인 변화 속에서 시민계급의 자기이해에 역으로 작용했다는 점을 강조하고 있는 것이다.   그에게 있어 중요한 문제는 "문학적 허구와 역사적 현실 사이의 복잡한 상관관계"를 밝히는 일이다.

3.3. 서정문학

(1) 서정시의 본질

'시란 무엇인가'라는 물음에 대답하는 것은 결코 쉬운 일이 아니다. 지금까지 수많은 시인들이나 이론가들이 시에 대한 정의를 시도하였지만 시의 본질을 궁극적으로 규정하는 일은 지금까지도 문예학의 가

장 어려운 과제들 중의 하나가 되고 있다. 단순하고 좁은 의미에서의
외적 형태가 아니라 보다 깊고 넓은 의미에서의 내적·구조적 형식이
라는 관점에서 볼 때, 시는 우선 지극히 일반적인 의미에서 '시'의 형
식으로 쓰인 모든 문자예술작품을 일컫는다. 시는 일단 비교적 부피가
작은 문예작품으로서 행으로, 또 경우에 따라서는 연으로 이루어지며,
운을 맞추거나 맞추지 않기도 하고, 또 일정한 박자나 리듬을 지닌다.
또한 시는 일반적으로 어디까지나 그 길이가 짧다는 것을 두드러진
특색으로 가지며, 소설 작품이나 희곡 작품과는 아주 다른 언어 형식
과 언어사용 방식을 보여준다.

그리고 시인이 동시에 소설가이거나 극작가인 경우가 드물고 또 소
설가나 극작가가 또한 동시에 시인인 되는 경우가 매우 드문 데서도
알 수 있는 것처럼, 시는 다른 두 대표적인 장르인 소설이나 희곡과
마찬가지로 내용적·주제적인 면에서도 그 나름의 고유한 특색을 가
지고 있다. 서사문학이 주로 여러 가지 사건의 과정이나 인물들을 다
양하게 그리는 것을 주요 문제로 삼고, 극문학이 대조와 대립을 이루
는 사건이나 인물의 갈등 해결 과정을 주로 묘사하는 장르라면, 시는
흔히 "서정적 자아" 혹은 "시적 주체"라 불리는 체험하는 주체의 직
접적인 세계표현을 일차적으로 문제 삼는 장르이며, 시의 이런 직접적
세계표현에서는 시적 주체의 사상이나 감정뿐만 아니라 주위 세계에
대한 그의 주의 깊은 관찰이나 언어적 표현에 대한 관심 또는 그것에
서 가지게 되는 만족감도 동시에 크게 작용한다. 소설이나 희곡의 경
우 자연적 사건이나 인간의 행동, 인간들의 성격, 여러 가지 상황이나
문제 등이 가능한 한 객관적으로 서술되면서 그것들이 작가 자신에
대해 어느 정도 거리를 유지한 채 전개되는 데 반해, 시에 있어서는
대부분의 경우 표현하는 서정적 주체가 직접적으로 모습을 드러내며

참여한다. 이른바 "현대시"까지도 포함하여 무릇 시는 의심할 여지없이 괴테가 말한 문학의 "세 자연적 장르" 가운데 가장 주관적인 장르이다.

시는 이처럼 체험하고 표현하는 서정적 자아와 밀접하게 관련되어 있지만, 그것은 그러나 종종 주관적 체험이나 진실의 세계를 벗어나 보편타당성을 가지려 노력하며, 결코 사적이고 개인적인 영역에만 머무르려고 하지는 않는다. 대부분의 시에서 시인들이 진정으로 문제삼는 것은 시인 자신이 주관적·개인적으로 관조하거나 체험한 것 또는 생각한 것이나 느낀 것을 그야말로 문학적으로 형상화된 표현을 통해 어떤 가능한 보편적 원리나 인간적인 진리에 대한 호소로서 중요한 의미를 가지도록 하는 것이다. 시가 만약 철저하게 주관적이기만 하여 시인 자신과만 관계되는 것이라면, 시는 발표될 필요도 없고 또 독자는 그것을 읽을 필요도 없을 것이다. 시는 극히 주관적이면서도 보편적으로 이해될 수 있는 내용을 가지는 장르이다.

시에서는 그러나 심오한 사상이나 감정 또는 체험이나 고난과 같은 내용적 요소만 중요한 것이 아니라, 그와 같은 내용들에 부합하는 언어적 표현, 즉 설득력 있고 구속력 있는 형식이 또한 무엇보다도 중요하다. 말할 것도 없이 모든 예술에서는 내용과 형식 또는 주제와 형태가 서로 적절하게 조화를 이루어야 하며, 사실 이 요소는 서로 불가분의 관계를 갖는다. 헤겔의 말대로 그야말로 "내용이 곧 형식이고, 형식이 곧 내용"인 것이다. 그러나 다른 예술 분야는 일단 논외로 하고 문자예술의 분야에만 국한해서 볼 때 정신적 내용과 언어적 표현의 불일치, 즉 내용과 형식의 부조화는 특히 시에서 가장 좋지 않은 형태로 두드러지게 나타난다. 소설문학이나 희곡문학에서도 당연히 정신적 내용과 언어적 표현이 서로 잘 조화를 이루어야 하는 것이지만, 내용과 형식의 부조화가 가장 부자연스럽고 부정적인 효과를 나타내게 되는 것은 바로 시에서이다. 시에서는 그만큼 형식적 요소가 중요한 역할을 한다.

바로 이와 같은 시의 형식적 차원으로부터 시를 창작할 때나 시를 관찰하고 분석할 때 중요한 의미를 가질 수 있는 여러 가지 관점들이 비롯할 수 있는데, 어떤 시가 긴지 짧은지, 일정한 운율을 지니고 있는지 아니면 소위 "자유리듬시행"으로 되어 있는지, 시행들의 끝 부분이 운을 맞추고 있는지 아니면 맞추고 있지 않는지, 운을 맞추고 있다면 그 종류는 무엇인지, 또 시가 여러 연으로 이루어져 있는지 아니면 연의 구분이 없는 소위 "무연 시"의 형태를 취하고 있는지 등이 바로 그러한 관점들이다. 나아가 시가 일정한 법칙에 따라 시어나 행, 연을 반복하고 그 전체적 구조가 대칭과 균형을 이루고 있는지 아니면 모든 종류의 법칙을 의식적으로 피하면서 다양성과 변화를 추구하고 있는지 하는 문제 등도 시의 관찰과 분석에 있어 마찬가지로 중요하다.

시의 형식과 관련되는 문제가 이처럼 복잡하고 또 거기에는 많은 변화의 가능성이 주어지고 있기도 하지만 제대로 된 시의 경우 단 한 가지 법칙만은 변함없는 잣대와 평가기준으로서 언제나 나타나게 되는데, 그 법칙이란 어떤 시에서 일단 채택된 시어나 운, 이미지, 시상의 전개방식은 절대로 다른 것으로 대체될 수 없다는 것이다. 예술적이고 문학적인 면에서 아주 정교하게 잘 만들어진 시의 경우 일반적으로 하나의 시어나 시행을 다른 것으로 교체하게 되면 바로 시 전체의 근본적인 성격이 달라져 버리게 되며, 극단적인 경우 시 전체의 내용과 구조가 파괴되어 버린다. 이처럼 시에서는 형식적 요소가 매우 중요한 기능을 하고 있는 것이다. 물론 시 예술상의 법칙을 엄격하게 지키는 가운데 능수능란하게 형식을 구사하는 것만이 시적 재능의 본질이고 전부인 것은 아니다. 다시 말해 시에 있어서는 정신적 내용과 형식 둘 모두가, 즉 심오한 주제와 언어적 표현 양자 모두가 똑같이 중요한 것이다. 그러므로 시에서는 언제나 감동을 줄 수 있는 내용과 그것에 맞아떨어지는 형식이 동시에 요구되는 것이다.

때문에 시에서 내용적 차원을 도외시한 채 행이나 운, 연이나 리듬 같은 형식적 요소만을 지나치게 강조하다 보면 시의 본질에 대해 그릇된 견해를 가지게 된다. 형식적 요소에만 초점을 맞추어 시를 쓰게 되면 그것은 겉모양만을 갖춘 시가 될 뿐 결코 진정한 의미의 시가 되지는 않는다. 이와 관련해 독일의 시인 요한 볼프강 폰 괴테는 1827년 1월 29일 제자 요한 페터 에커만과의 대화를 통해 시와 산문을 쓰는 문제에 대해 이야기하는 자리에서 다음과 같이 말하기도 하였다. "문제는 아주 간단합니다. 산문을 쓰기 위해서는 무슨 말할 내용을 가져야 합니다. 하지만 말할 내용을 아무 것도 가지고 있지 않는 사람이라도 시행이나 운은 만들 수 있습니다. 거기에서는 어떤 한 낱말이 다른 낱말을 이끌어내게 됨으로써 결국 마지막에 가서 무엇인가가 생겨나게 되는 것입니다. 이 무엇은 사실 아무것도 아닌 것이지만 겉으론 마치 그럴 듯한 그 무엇인 것처럼 보이게 되는 것입니다."

지금까지 설명한 내용들 가운데 상당부분은 그러나 소위 "현대시"에 대해서는 그대로 적용되지 않는다. 독일 시의 경우 대체로 1910년대 후반의 표현주의 시대 이후 많은 논란을 불러일으키면서 오늘날 그야말로 시문학의 "시장을 지배"하고 있는 소위 현대시인들은 주지하는 바와 같이 전통시인들과는 전혀 다른 의도들을 가지고 있으며, 또 이러한 의도들은 전통시인들의 그것들보다 가치가 덜한 것도 아니다. 참여적인 성격이 강한 소위 경향시인들이 아닌 이상 대부분의 현대시인 들에게 있어서는 전통적인 시에서 큰 비중을 차지하였던 감정이나 체험, 주관적 고백 같은 것이 별로 중요시되지 않는다. 현대시인들은 시에서 사상의 유희, 단어의 결합, 은유의 조립 내지는 개념의 곡예, 그리고 동떨어진 것이나 부조리한 것을 결합시키는 새로운 형태의 세계표현 같은 것들을 통해 세계를 새롭게 인식하고 재구성하려고 하는데, 그들에게는 현재의 세계가 분열되고 의미를 상실해 버린 것처럼 보이기 때문이다. 따라서 현대시에서는 냉정하게 계산하는 이성과 경이로운 환상이 놀라운 방법으로 서로 결합된다. 대부분의 현대시인들은 독일 낭만주의 문학이론의 한 대표자였던 아우구스트 빌헬름 슐레겔(1767-1845)이 1800년에 빈에서 가진 그의 문학 강연에서 "시란 언어를 통해 마음의 움직임을 음악적으로 표현한 것"이라고 했던 말을 받아들이고 있지는 않지만, 그들은 그러나 현대시의 경우에 있어서도 정신과 형식 또는 내용과 형태의 조화가 달라진 세계관이나 문학관의 표현으로서 여전히 타당한 것이라는 점만은 인정하고 있다.

위에서 인용한 괴테의 말에서도 어느 정도 암시되고 있지만, 시행을 사용하는 기교적인 능력이 가질 수 있는 기만적인 성격은 시행이나 운만을 순수하게 다루고 구사하는 그 능력이 많은 시인들에게 아주 문제가 있는 것으로 받아들여지지 않고 오히려 그들에 의해 과대평가됨으로써 독일시의 역사에서 좋지 않은 결과를 초래하기도 하였는데, 그러한 예는 루트비히 티크(1773-1853)나 요제프 바인헤버(1892-1945)의 시에서 찾아볼 수 있다. 형식만이 아니라 내용도 아울러 고려하는 가운데 시를 창작하는 것이 얼마나 힘들고 어려운 일인가 하는 것과 관련하여 시인 라이너 마리아 릴케(1875-1926)는 그의 대표적 산문 가운데 하나인 『말테의 수기』에서 다음과 같이 우회적이면서도 매우 의미심장하게 말하기도 했다. "사람이 젊어서 시를 쓰게 되면 시구로써 이루어지는 것은 별로 없습니다." 여기서 중요한 의미를 갖는 말은

"젊어서"인데, 이 말은 '나이가 어려 보고들은 것이 별로 없고, 그에 따라 말할 내용도 별로 갖지 못한 가운데'라는 것을 의미한다. 의미 있는 내용이 수반되지 않은 채 형식적인 요소만을 충족시키려 할 때, 시는 그리 대단한 것이 될 수 없다는 것을 릴케는 암시적으로 지적하고 있는 것이다.

한 편의 시에서 핵심적인 주제로서 언어적으로 표현되는 심각하고도 의미 있는 내용은 사실 대부분의 경우 단 한 줄의 시행이나 아니면 소수의 시행에서 나타난다. 우리나라 문학에서의 시조나 일본 문학에서의 단가, 그리고 인구에 회자되는 수많은 명구들은 이를 잘 증명해준다. 그런데 이런 궁극적인 진술이나 압축적인 표현을 할 수 있기 위해서는 폭 넓은 체험이나 예리한 감각·깊이 있는 사고와, 운율이나 운·연과 같은 요소들을 잘 구사하는 능력뿐만이 아니라, 새롭게 언어를 창조해내는 힘과 다듬어진 형식에 대한 감각도 또한 필요하다. 여기서 말하는 언어창조력은 결코 좁은 의미에서의 신조어나 대담한 문장구조만을 의미하는 것은 아니다. 그것은 새로운 음조나 문체, 새로운 이미지나 리듬을 발견해내는 것도 아울러 의미하며, 이 경우 옛날의 언어형식을 되살려내는 것이나 새로운 복합어를 만들어내는 것, 그리고 옛날부터 전해 내려와 흔하게 쓰이고 있는 말들을 변형시키는 것까지도 중요한 의미를 가질 수 있다. 때문에 진정한 시인에게 있어서는 적어도 일상적인 말, 다시 말해 익숙해져 있는 말과 자명한 말을 가져다 쓸 수 있는 용기가 특별하거나 전혀 새로운 말을 사용하는 용기와 마찬가지로 훌륭하고 창조적인 작용을 할 수 있다. 그러나 문학적으로 뛰어난 시를 쓸 수 있기 위해 언제나 시인에게 필요한 것은 다채로운 이미지와, 은유를 적절히 구사할 수 있는 힘이다. 하지만 이미지나 은유만으로 충분한 것은 아닌데, 이 점은 현대시에서 자주 확인될 수 있다.

형식적인 면에서 시를 완성할 수 있기 위해서는 우선 시행의 종류와 운율에 대해 잘 알고 있어야 하며, 그 다음으로는 연의 구조와 종류에 대해 잘 알고 그를 적절하게 구사할 줄 알아야 한다. 연의 구조나 종류에 있어서는 행의 수와 배열, 운의 위치, "행 넘김(Enjambenent, Zeilensprung)" 기법의 사용 여부 등이 중요한데, 그것은 여러 종류의 연이 각기 나름대로의 형식법칙을 가지고 있기 때문이다. 연의 형식에 대해 아는 단계를 넘어 전체로서의 시 형태와 종류에 대해서도 잘 알고 있어야 하는데, 귄터 뮐러 같은 이론가는 시를 형식적인 관점에서 단시, 송시, 장시, 격언시, 찬시의 5가지 유형으로 구분하고 있다. 그러나 전원시, 담시, 비가 등도 시의 형태로서 아울러 고찰되어야 할 것이다. 전체로서의 시 유형과 관련해 볼프강 카이저는 유명한 그의 『小독일시론』에서 제스티네, 글로세, 소네트, 칸타테의 네 종류만을 언급하고 있다. 이와 같은 시의 여러 유형들 가운데 형식의 관점에서 가장 중요한 것은 소네트이다. 담시, 단시, 송시, 찬시, 비가 등이 형식적인 면에서뿐 아니라 특히 내용적인 면에서도 각기 고유한 특색을 갖는 데 반해, 소네트는 순수한 형식으로서 특정의 정신이나, 목적 또는 내용과 결부되지 않는다.

시 창작과 분석의 형식적 전제조건에는 운과 리듬도 포함된다. 시에서는 어떤 종류의 운이 사용되고 있는가가 매우 중요한 역할을 한다. 운의 위치나 배열방법도 시의 예술적 창작이나 평가에 있어 중요한 의미를 가진다. 나아가 그 실체를 파악하기가 매우 힘들고 또 시를 읽는 사람에 따라 얼마든지 다르게 나타날 수도 있는 리듬도 시의 분석과 감상에서 중요하게 고려되어야 한다. 왜냐하면 동일한 구조와 운율의 시에서 전혀 다른 리듬감을 느낄 수 있는 경우가 많이 있기 때문이다.

(2) 시의 형식 분석

위에서 설명한 것처럼 시에서 형식은 그저 단순히 외형적인 어떤 것이 아니라 대단히 중요한 매개물이자 수단인 것이며, 그 속에서 그리고 그것을 통해서 비로소 소위 내용은 그 의미를 실현할 수 있게 된다. 따라서 시의 이해와 감상에 있어서는 형식과 관계되는 개별적인 여러 요소들을 체계적으로 분석하는 일이 중요한 의미를 갖는다. 다음에서는 비로 이와 같은 관점에서 독일 바로크 문학의 대표적인 시인 안드레아스 그리피우스(1616-1664)가 쓴 시 「세상만사 허무로다 Es ist alles eitel」를 예로 하여 시를 구성하는 여러 가지 형식적 요소들을 가장 낮은 단계에서부터 차례로 살펴보기도 한다.

Es ist alles eitell

Dv sihst/ wohin du sihst nur eitelkeit auff erden.
  Was dieser heute bawt / reist jener morgen ein:
  Wo itzund städte stehn / wird eine wiesen sein
Auff der ein schäffers kind wird spilen mitt den heerden.
Was itzund prächtig blüht sol bald zutretten werden.
  Was itzt so pocht vndt trotzt ist morgen asch vnd bein.
  Nichts ist das ewig sey / kein ertz kein marmorstein.
Itz lacht das gluck vns an / bald donnern die beschwerden
  Der hohen thaten ruhm mus wie ein traum vergehn.
Soll den das spiell der zeitt / der leichte mensch bestehn.
  Ach! was ist alles dis was wir für köstlich achten /
  Als schlechte nichtikeitt / als schaten staub vnd windt.
Als eine wiesen blum / die man nicht wiederfindt.
Noch wil was ewig ist kein einig mensch betrachten.

세상만사 허무로다

어느 쪽을 보아도 땅위에서 보이는 건 허무뿐이로다.
　오늘 이 사람이 세우는 것 내일 저 사람이 허물며,
　지금 도시들이 있는 자리엔 풀밭이 들어서고
그 위에선 양치기 소년이 양떼들과 노닐게 되리라.
지금 화려하게 피어나는 것 곧 짓밟히게 되리라.
　지금 으스대고 뽐내는 것 내일이면 재와 뼈가 되리라.
　영원한 건 아무것도 없으니 철광석도 대리석도 마찬가지로다.
지금 행복이 우리에게 미소를 지으나 곧 고난이 천둥처럼 울리고,
　위대한 업적들이 가져다준 명성 꿈처럼 사라지게 되리라.
이 시간의 장난을 덧없는 인간이 이겨내야 하는가.
아, 우리가 소중하게 여기는 이 모든 것 무엇인가.
　사악한 허무고 그림자고 먼지이고 바람인가.
　다시는 볼 수 없는 들꽃인가.
영원한 걸 보려 하는 사람 아직 아무도 없구나.

　시 역시 소설이나 희곡과 마찬가지로 내용, 주제 혹은 메시지의 전달을 중요하게 여기는 장르이긴 하지만, 시는 특히 그것이 쓰인 개개 언어 그 자체가 고유하게 지니는 여러 가지 힘, 예컨대 개개 언어 특유의 어휘나 운율, 리듬 등에도 아주 많이 의존하는 장르이기에 원칙적으로 다른 언어로의 번역이 불가능하다. 하지만 이후의 논의를 보다 쉽게 하기 위해, 그리고 특히 형식의 내용과의 관계를 설명할 때 다소 도움이 되도록 하기 위해 원시를 일단 위와 같이 우리말로 옮겨보았다. 그러나 앞으로의 논의는 어디까지나 원시를 기준으로 한다.

　운각(Versfuß, Metrum): 시에서 가장 낮은 단계의 형식요소는 운각(Versfuß, Metrum)이며, 여러 개의 운각을 일정한 규칙에 따라 횡으로 배열하면 시행 혹은 간단히 행(行, Vers, Zeile, Verszeile)이라고

하는 것이 생겨난다. 시의 형식을 분석함에 있어서 가장 중요하게 여겨지는 것이 바로 이 시행이다. 독일어 발달사에서 대체로 1500년경 이후의 독일어를 新高독일어 혹은 현대독일어라 부르는데, 신고독일어로 쓰인 시의 경우 운각은 강세 있는 음절과 강세 없는 음절의 기계적인 반복으로 만들어진다. 여기서도 이미 암시되고 있는 것처럼 독일시의 운율에서는 음의 강약이 기초가 되는데, 이때의 음의 강약이란 일상생활의 자연스런 상황에서 발음을 할 때 단어나 음절이 가지는 그 강약이 기초가 된다. 독일시 운율론에서는 강세 있는 음절을 헤붕(Hebung), 강세 없는 음절을 젱쿵(Senkung)이라 부르는데, 기호로 나타낼 때에는 각각에 대해 "―"와 "∨"를 사용한다. 위에서 인용한 그리피우스의 시 「세상만사 허무로다」의 처음 몇 행들을 이 두 기호를 써서 나타내보면 다음과 같다.

Dv sihst/ wohin du sihst nur eitelkeit auff erden.
　∨ ―　　∨ ― ∨ ―　　∨ ―∨― ∨ ―∨

Was dieser heute bawt / reist jener morgen ein:
　∨ ―∨ ―∨ ―　　∨　 ―∨ ― ∨ ―

Wo itzund städte stehn / wird eine wiesen sein
　∨ ― ∨ ―∨ ―　　∨ ―∨ ―∨ ―

Auff der ein schäffers kind wird spilen mitt den heerden.
　∨ ― ∨　 ―∨ ―　∨ ―∨ ― ∨ ― ∨

그런데 "―"와 "∨"의 두 기호는 원래 음의 길고 짧음이 중요한 역할을 하는 고대 그리스와 로마의 시 운율론에서 사용되었던 기호이기 때문에, 즉 "―"는 긴 모음을, "∨"는 짧은 모음을 표시하는 데 쓰였던 기호이기 때문에, 음의 강약을 바탕으로 하는 독일 시에서는 이 두 기호와 함께 " X ′ "와 "X"의 기호를 사용하기도 한다. 다시 말해서 독일 시 형식 분석의 경우 "—"나 " X ′ "는 강세 있는 음절 즉 헤붕을, "∨"과 "X"는 강세 없는 음절 즉 젱쿵을 표시하는 데 사용되는 것이다. 이제 이 기호들을 사용하여 독일 시에서 가장 중요한, 다시 말해 가장 널리 쓰이는 운각들을 그 이름과 예와 함께 나타내보면 다음과 같다.

  □ ∨ — (얌부스 Jambus) : "Es schlug mein Herz, geschwind zu Pferde!
                (괴테: 「환영과 이별 Willkommen und Abschied」)
  □ — ∨ (트로헤우스 Trochäus) : "Sah ein Knab' ein Röslein stehn [...]"
                (괴테: 「들장미 Heidenröslein」)
  □ ∨ ∨ — (아나페스트 Anapäst) : "Wenn die Grasblüte sträubt von der
                winzigen Spindel"
        (엘리자베트 랑게서: 「공포의 시간 Panische Stunde」)
  □ — ∨ ∨ (닥틸루스 Daktzlus) : "Herz, nun so altund noch immer
                nicht klug"
        (프리드리히 리케르트: 「가을의 노래 2 Herbstlieder Ⅱ」)

　여기서 닥틸루스의 예가 되고 있는 시행, 즉 "Herz, nun so alt und noch immer nicht klug"을 "—"와 "∨" 이 두 기호를 써서 나타내보면 "—∨ ∨ — ∨ ∨ — ∨ ∨ —"으로 되는데, 마지막 운각의 경우 원래 뒤따라 나와야 두 개의 젱쿵이 생략되어 있다. 다시 말해 이 마지막 운각은 불완전한 형태를 취하고 있는 셈인데, 이 같은 불완전한 운각을 "카탈렉티쉬 katalektisch"하다고 말하며, 그 반대의 경우를 "아카탈렉티쉬 akatalektisch"하다고 말한다. 그런데 이런 불완전한 운각은 시행의 첫머리에서도 나타날 수 있기 때문에 어떤 종류의 운각이 시행에서 사용되고 있는지 명확하게 밝히기가 어려운 경우도 종종 있을 수 있다. 예를 들어 어떤 시행의 헤붕과 젱쿵의 배열이 "∨ —
∨ ∨ — ∨"로 되어 있을 때, 어떤 이는 이 시행이 첫머리 운각이 불
완전한 형태를 취한 아나페스트로 되어 있다고 할 것이고, 또 어떤 이
는 별 의미 없는 젱쿵이 하나 앞서는 형태로 닥틸루스가 사용되고 있
다고 할 것이다.

앞서 인용한 그리피우스의 시 「세상만사 허무로다」에서 행들은 모
두 얌부스를 쓰고 있고, 또 모두가 각각 6 개의 헤붕을 가지고 있기
때문에, 이런 시행을 "헤붕 수가 6개인 얌부스 시행"이라 부른다. 여
기서 한 가지 미리 언급해 두어야 할 것은 시행의 성격을 규정함에
있어 중요한 것은 헤붕의 개수라는 점이다. 그러나 시행의 끝 부분을
또 고려하면 시행의 성격을 보다 더 자세하게 규정할 수 있다. 어떤
시행이 헤붕으로 끝이 나면 남성 행미(männlicher Versausgang)를 가
진다 하고, 젱쿵으로 끝이 나면 여성 행미(weiblicher Versausgang)를
가진다고 말한다. 행미까지 고려하여 위 그리피우스의 시에서 사용되
고 있는 시행의 성격을 규정해 보면 "남성 행미 또는 여성 행미를 가
지는 헤붕 수 6개의 얌부스 시행"이 된다. 시행 2, 3, 6, 7, 9, 10, 12,
13에서는 남성 행미가, 그 나머지 시행들에서는 여성 행미가 나타나고
있다.

어떤 시에서 사용되고 있는 시행의 종류와 성격을 이런 방식으로
규정하는 것은 그러나 다분히 기계적이고 도식적인 것으로서 그 시의
극히 기본적인 구조, 즉 그 시의 '뼈대'만을 파악해 놓은 것에 지나지
않는다. 이런 점은 예를 들어 시를 낭송할 때 누구도 헤붕과 젱쿵의
기계적 배열이나 헤붕의 수, 행미 등만을 고려하지는 않는다는 데서도
충분히 짐작할 수 있다. 시를 의미 있게 낭송하려면 운각(Metrum)에
만 의존해서는 안 되고, 소위 리듬(Rhythmus)이라고 하는 것도 충분

히 고려해야 한다. 운각이 헤붕과 젱쿵의 기계적 반복에 의해 결정되는 것과는 달리 리듬에서는 시어의 의미도 중요한 역할을 한다. 리듬 역시 음의 강약에 의해 만들어지는 것이나 그 기준이 시어의 '의미'이고, 이 의미는 시를 이해하는 사람의 주관에 따라 달라질 수도 있는 것이므로, 리듬상의 강세 구분은 운각상의 그것보다 훨씬 어려운 일이 된다. 운각의 면에서 강세를 가지는 모든 음절이 리듬 상으로도 강세를 가지게 되는 것도 아니며, 리듬상의 헤붕과 젱쿵의 차이가 운각상의 헤붕과 젱쿵의 차이만큼 그렇게 뚜렷한 것도 아니다. 도대체가 리듬에서는 헤붕과 젱쿵의 규칙적인 반복이라는 것이 없는 것이다. 때문에 시의 리듬 구조를 밝히는 일은 운각의 구조를 밝히는 것에 비해 매우 어려운 작업이 된다. 이와 관련해 안드레아스 호이슬러는 그의 유명한 저서 『독일 시행의 역사』에서 시에서의 운각과 리듬의 관계를 음악에서의 박자와 리듬간의 관계와 비교해 설명하기도 하는데, 그에 의하면 음악에서 동일한 박자에서 여러 가지 리듬이 만들어질 수 있는 것과 마찬가지로 시에서 똑같은 운각의 시행이라도 그 리듬은 매우 다양해질 수 있는 것이다.

그러나 운각을 설명하고 헤붕의 개수를 찾아내고 행미의 종류를 밝히는 것만으로 시행에 대한 성격규정이 완전해지는 것은 아니다. 이것들에 이어 네 번째로 또 살펴보아야 할 형식요소가 있는 것이다. 앞에서 예로 든 그리피우스의 시의 경우 각 행에서 이 제 4의 요소가 나타나고 있다. 이 시를 큰 소리로 읽어보면, 우리는 이 시의 각 행이 크게 두 부분으로 나누어지고 있음을 알 수 있다. 다시 말해 낭송을 할 때 매 행의 세 번째 헤붕 뒤에서 잠시 쉬게 되어 있는 것인데, 이를 운율론에서는 휴지부(Zäsur)라 하며 기호로는 " ´ "로 나타낸다. 그리피우스의 시 첫 행을 휴지부를 써서 표시해 보면 다음과 같다.

Dv sihst/ wohin du sihst ´ nur eitelkeit auff erden.

　행 또는 시행 (詩行, Vers, Zeile, Verszeile) : 지금까지 설명한 내용을 모두 고려하여 결론적으로 말하면 그리피우스는 그의 시 「세상만사 허무로다」에서 '남성 행미 또는 여성 행미를 가지며, 세 번째 헤붕 뒤에 휴지부를 가지고, 또 6개의 헤붕을 가지는 얌부스 시행'을 사용하고 있는 것인데, 이런 조건을 갖춘 시행을 운율론에서는 알렉산더시행 (Alexanderiner)이라고 부른다. 이 시행은 12, 3세기 프랑스 문학에서 세속적 권력의 상징으로서의 알렉산더 대왕을 찬양하고 기렸던 서사시, 소위 알렉산더서사시에서 처음 사용되었고 그 이름도 거기에서 유래하는데, 바로크 시대 독일의 대표적인 문학이론가였던 마르틴 오피츠(1597-1639)에 의해 독일로 유입된 후 독일 시에서 많이 사용되고 있다. 프랑스 시에서 운율의 기본이 되는 것은 음절의 수이기 때문에 알렉산더시행 역시 음절의 수를 따지는 시행으로서 12 내지 13음절로 이루어지는 것이었으나 음의 강약을 따지는 독일 시에 들어와서는 남성 행미 또는 여성 행미를 가지는 헤붕 수 6개의 얌부스 시행으로 자주 사용된다. 이때 남성 행미를 가지면 12음절, 여성 행미를 가지면 13음절이 되므로 원래의 음절수가 그대로 유지되는 셈이 되기도 한다.

　그러나 이처럼 한 시에서 사용되고 있는 시행의 종류를 알아내는 것은, 다시 말해 한 시의 운각상의 구조를 밝히는 것은 그 시의 이해에 필요조건이 되기는 하지만 충분조건은 되지 못한다. 다시 말해 어떤 시에서 사용되고 있는 시행이 단순히 내용 전달을 위한 도구에 머무르고 있는 것인지, 아니면 시의 주제와 관련해 어떤 본질적인 기능을 하고 있는 것인지 따져보아야 할 필요가 있는 것이다. 바로 이와 같은 관점에서 위의 시를 살펴보면 대번에 드러나는 사실이지만 우선 알렉산더리너 시행이 갖는 휴지부에는 내용상·통사상의 휴지부가 상응하고 있는데, 이는 특히 시행 2, 3, 5, 6, 8에서 두드러지게 적용된다. 이들 시행에서는 운각상의 휴지부와 문장구조상의 휴지부가 일치하는데, 매 시행의 전반부에서는 부문장이, 후반부에서는 주문장이 나타나고 있다. 그러나 이보다 더 중요한 의미를 갖는 것은 매 행의 세 번째 헤붕 뒤에 나타나는 운각상 및 통사상의 휴지부가 의미상의 휴지부로 기능한다는 점이다. 매 시행의 전반부에서는 '현재'("오늘", "지금" 등)에 대해 이야기가 되고 있으며, 후반부에서는 '미래'("내일", "곧" 등)에 대해 설명이 이루어지고 있다. 그런데 이런 시간상의 대비는 단순히 언어 구사의 노련함을 보여주기 위한 것이 아니다. 그 것은 오히려 장차 다가올 일에 견주어 볼 때 오늘이 갖는 무상함을 나타내기 위한 것이며, 그럼으로써 '무상'이라고 하는 이 시의 주제와 밀접하게 연관되어 있는 것이다. 이 점은 매 시행의 두 부분에서 각각 다루어지고 있는 내용을 살펴보면 특히 두드러지게 나타나는데, 시행의 첫 부분에서는 현재의 행복이, 뒷부분에서는 장차 있을 재난이 이야기되고 있다. 세우는 일에는 허무는 일이 대응하고 있고, 도시는 풀밭으로 변하게 된다. 인간이 건설한 것은 다시 사라지고 마는 것이다. 인간과 사물의 당당한 모습으로서의 으스댐과 뽐냄에는 "재와 뼈"가, 즉 파멸이 기다리고 있으며, "행복"은 그 반대의 "고난"으로 바뀌게 된다. 이와 같은 대조적인 시상의 전개는 시행의 특정 자리에 특정의 어휘를 사용하는 데까지 이르고 있는데, 예를 들어 둘째 행의 경우 전반부의 "dieser 이 사람"와 "heute 오늘"과 "bawt 세우는"에 후반부의 "jener 저 사람"과 "morgen 내일"과 "허물다 reist …… ein"가 각각 서로 대응하는 자리에 나타나고 있으며, 여섯 번째 행의 경우 전반부의 "heute 오늘"과 "trotzt 으스대고"와 "pocht 뽐내는"에 후반부의

"morgen 내일"과 "asch 재"와 "bein 뼈"가 각각 서로 대응하는 자리
에서 나타나고 있다. 이 같은 분석에서도 알 수 있는 것처럼 시에서
형식은 그저 형식으로 머무는 것이 아니라 소위 "핵심적 메시지"를
표현하는, 아니 그것이 비로소 의미를 갖게 하는 본질적인 기능을 한
다. 위에서 예로 든 그리피우스의 시의 경우 시행의 운각상의 구조,
즉 사용되고 있는 운각 얌부스(∨ ─)까지도 결코 외형적인 것이 아
니라, 서로 대비되는 약한 음절 하나와 강한 음절 하나로 이루어져 있
다는 점에서 시 전체의 내용적 구조와 밀접하게 관련되어 있다.

시의 구조나 형식이, 특히 사용되고 있는 시행이 시의 내용에 대해
하는 역할에 관한 설명은 일단 이 정도로 하고 다시 시행의 여러 종
류에 대한 논의로 돌아가기로 한다. 우선 여러 가지 점에서 알렉산더
시행과 비슷한 시행으로서 "보통시행 vers commun"이라는 것이 있
다. 이 시행 역시 원래 프랑스 시에서 널리 쓰이던 시행으로서 독일로
수입된 것인데, 통사적인 면에서나 의미론적인 면에서 알렉산더시행과
많은 유사점을 보인다. 이 시행은 운각은 얌부스이고, 헤붕 수는 다섯
개이며, 두 번째 헤붕 뒤에 휴지부를 가지고, 남성 행미 또는 여성 행
미를 가지며, 각운을 맞춘다. 특히 이 시행은 알렉산더시행과 마찬가
지로 휴지부를 통해 두 부분으로 나누어지는 특징이 있으므로 대립적
인 내용을 표현하기에 아주 적합하다. 때문에 이 보통시행은 알렉산더
시행과 마찬가지로 대립적 세계관과 인간관 및 그것의 문학적 형상화
가 지배적이었던 독일 바로크 시대의 시에서 특히 많이 사용되었다.
보통시행이 쓰이고 있는 시의 예를 들어보면 다음과 같다.

Mein Gott, mein Gott! Du zentnerst stete Last!
Hör auf, hör auf, eh ich bin ganz verdrücket.

Gib endlich, gib um Jesus Kreuz mir Rast!

(쿨만 Qn. Kuhlmanndm:「극심한 고통 Aus tiefster Not」)

　알렉산더시행이나 보통시행에서 본 바와 같이 독일 시에서 사용되고 있는 대부분의 시행들은 다른 나라의 문학에서 빌려온 시행들로서 약간 변형되어 사용된다. 알렉산더시행이나 보통시행의 경우 원래 음절의 수를 따지던 시행이었으나 독일 시에 들어와서는 음의 강약을 중시하는 시행의 형태로 변형되어 쓰이고 있는 것이다. 그러나 독일 시에서 사용되고 있는 모든 시행들이 앞의 두 시행처럼 그렇게 엄격한 구조를 취하고 있는 것은 아니다. 본래 이탈리아 시에서 쓰이던 것으로서 휴지부를 갖지 않는 시행으로 엔데카실라보 Endecasillabo가 있는데, '11 음절로 된 시행'이란 뜻을 갖는 이 시행은 독일 시에서는 '남성 행미 혹은 여성 행미를 가지며 각운을 맞추고 다섯 개의 헤붕을 갖는 얌부스 시행'의 형태로 자주 사용된다. 엔데카실라보가 독일 시에서 여성 행미를 가지는 형태로 나타날 경우 음절의 수가 11개 됨으로 원래의 이름에 부합하는 셈이 되기도 한다. 에두아르트 뫼리케(1804-1875)의 유명한 시 「페레그리나Peregrina」는 엔데카실라보 시행으로 되어 있다.

Der Spiegel dieser treuen, braunen Augen

Ist wie von innerm Gold ein Widerschein;

Tief aus dem Busenscheint er's anzusaugen,

Dort mag solch Gold in heil'gem Gram gedeihn

　영국 문학에서 비롯하는 소위 무 각운시행(Blankvers, blank vers)은 엔데카실라보처럼 다섯 개의 헤붕을 갖는 얌부스 시행으로서 휴지부가 없고 남성 행미 또는 여성 행미를 가질 수 있으나, 그 이름대로 각운을 갖지 않는 것을 가장 두드러진 특징으로 한다. 이 시행은 그러나 언제나 그렇게 엄격하게 다루어지는 것은 아니다. 이 시행에서는 헤붕의 수가 넷으로 줄거나 여섯 개로 늘어나기도 하며, 심지어는 그 이름과 전혀 맞지 않게 각운을 맞춘 형태로 나타나기도 하는데, 이는 어디까지나 그 본래의 규칙을 확인시켜주는 예외에 지나지 않는다. 이 무 각운시행은 독일 계몽주의 시대의 대표적인 극작가이자 문학이론가였던 고트홀트 에프라임 레싱(1729-1781)이 "극시"라는 부제가 붙어 있는 그의 대표작『현자 나탄』(1799)에서 처음 사용한 이후 독일 희곡의 대표적인 시행이 되었다. 여기의 "독일 희곡의 대표적인 시행"이란 말이 혹자에게는 생소하게 들릴지 모르나 주지하는 바와 같이 많은 독일 희곡 작품들은 오랫동안 운문으로, 즉 시행으로 쓰였다.

> So seid Ihr es doch ganz und gar, mein Vater?
> Ich glaubt', Ihr hättet Eure Stimme nur
> Vorausgeschickt. Wo bleibt Ihr? Was für Berge,
> Für Wüsten, was für Ströme trennen uns
> Denn noch? Ihr atmet Wand an Wand mit ihr,
> Und eilt nicht Eure Recha zu umarmen?
>
> (레싱:『현자 나탄 Nathan der Weise』)

그런데 이 인용문의 둘째 행과 셋째 행, 넷째 행과 다섯째 행, 그리고 다섯째 행과 여섯째 행(이곳의 경우 다르게 볼 수도 있다)에서는 시(행)의 리듬에서 매우 중요한 역할을 하는 어떤 독특한 현상이 나타나고 있다. 소위 '행 넘김'(Enjambenent, Zeilensprung)이라고 하는 기법이 사용되고 있는 것인데, 이들 세 곳에서는 의미 내지 문장의 끝이 시행의 끝과 일치하지 않는다. 다시 말해 완결된 의미를 지니는 한 문장이 시행의 끝을 넘어 다음 행에 가서야 비로소 마무리되고 있는 것이다. 이런 행 넘김은 시의 리듬에 대해 대단히 중요한 의미를 갖는데, 그것은 시행의 흐름을 유연하게 해줌으로써 시어의 의미를 고려하며 낭송을 할 때 단조로운 느낌이 들지 않게 해준다. 의미나 문장의 끝이 곧 행의 끝이 되는 그런 시행들을 오로지 운각만 고려하며 낭송을 하게 될 때 단조로운 느낌은 피할 수가 없는 것인데, 그런 단조로움을 덜어줄 수 있는 것이 바로 행 넘김인 것이다.

독일 시에서 많이 쓰이고 있는 시행들 가운데에는 위에서 살펴본 바와 같이 프랑스, 이탈리아, 영국 등의 문학에서 빌려온 시행들 외에 고대 시가로부터, 그러니까 고대 그리스와 로마의 문학으로부터 비롯하는 시행들도 있는데, 그런 시행들 중에서 독일 시에 대해 특히 중요한 의미를 지니는 것은 헥사메터 Hexameter(그리스어로 "hexa"는 "6"을, meter는 운각을 의미한다)와 펜타메터 Pentameter(그리스어로 "penta"는 "5"를 의미한다)이다. 앞서 운각 및 그것을 나타내는 기호 (─, ∨)를 설명하는 자리에서도 잠시 언급한 것처럼 고대 시가의 운율에서 기준이 되는 것은 모음의 길고 짧음이었으며, 긴 모음을 발음하는 데는 짧은 모음을 발음할 때 소요되는 시간의 두 배가 필요한 것으로 간주되었다. 짧은 모음을 발음하는 데 걸리는 시간을 1모레 (More)라 하였으므로 긴 모음은 2모레인 셈이었다. 고대 시가에서 헥사메터는 긴 모음 하나와 짧은 모음 둘로 이루어지는 운각(이는 닥틸루스라 불렸으며, 기호로는 "─∨∨"로 표시되었다)을 6차례 반복함으로써 만들어지는 시행(기호로 표시하면 "─∨∨─∨∨─∨∨─∨∨─∨∨─∨∨")이었다. 그러나 음의 강약을 운율의 기준으로 삼는 독일 시에서 헥사메타는 각운을 맞추지 않는 시행으로서 강세 있는 음절 즉 헤붕으로 시작하며, 6개의 헤붕을 가지고, 젱쿵은 비교적 자유스럽게 채워진다. 여기서 "젱쿵이 비교적 자유스럽게 채워진다."고 하는 것은 헤붕 하나 당 젱쿵을 하나 또는 둘 가질 수 있다는 것을 의미하는데, 다섯 번째 헤붕 뒤에서만은 그러나 거의 예외 없이 두 개의 젱쿵이 나온다. 그리고 독일 시에서 헥사메터는 대개 여성 행미를 갖는다. 이 모두를 고려하여 독일 시에서의 헥사메터 시행을 기호로 표시해보면 "―(∨)∨―(∨)∨―(∨)∨―(∨)∨―∨∨―∨(∨)"로 되는데, 말할 것도 없이 여기에서 "―"는 강음을, "∨"는 약음을 나타낸다. 헥사메터로 쓰인 시를 하나 예로 들어보면 다음과 같다.

> Nun erhob sich Achilleus vom Sitz vor seinem Gezelte,
> wo er die Stunden durchwachte, die nächtlichen, schaute der Flammen
> Fernes schreckliches Spiel und des wechselnden Feuers Bewegung,
> Ohne die Augen zu wenden von Pergamos' rötlicher Feste.
>
> (괴테:「아킬레우스 Achilleis」)

고대 시가에서나 독일 시에서 펜타메터는 그 이름과 걸맞지 않게 헥사메터와 마찬가지로 6 개의 긴 모음 내지 헤붕을 가진다. 하지만 펜타메터의 경우 짧은 모음 내지 젱쿵을 채워 넣는 방법이 헥사메터에서보다는 덜 자유스러워 단 하나의 짧은 모음이나 젱쿵이 나타날 수 있는 곳은 첫 번째와 두 번째의 긴 모음 내지 헤붕 뒤뿐이다. 그러나 무엇보다도 중요한 펜타메터의 특징은 세 번째의 긴 모음 내지 헤붕과 네 번째의 긴 모음 내지 헤붕이 아무런 짧은 모음 내지 젱쿵도 없이 바로 연결됨으로써 시행의 가운데에 일종의 휴지부가 나타나게 되고, 그럼으로써 시행이 두 부분으로 나누어지게 된다는 점이다. 이상의 설명을 종합해 펜타메터를 기호로 나타내보면 기본적으로 "―

(∨)∨—(∨)∨— —∨∨—∨∨—∨∨"로 되어야 하는데, 실제에 있어
서는 자주 "—(∨)∨—(∨)∨— —∨∨—∨∨—"의 형태로 자주 나타
난다. 펜타메터가 긴 모음 내지 해붕을 똑같이 6 개를 갖는데도 그런
이름으로 불리는 이유도 바로 여기에서 설명이 될 수 있다. 즉, 헥사
메터와 펜타메터에서 공통적으로 쓰이고 있는 운각 "—∨∨"(4 모레)
을 1 단위로 간주하여 시행의 전체 모레 수를 계산해보면 헥사메터의
경우 총 24 모레로서 정확하게 6 단위가 되지만 펜타메터의 경우 전
체 모레 수가 20이 됨으로써 4 모레, 즉 다시 말해 1 단위가 모자라는
셈이 되는 것이다. 펜타메터 시행의 예를 하나 들어본다.

> Straßen, redet ein Wort! Genius, regst du dich nicht?
> —∨ —∨∨   —   —∨∨ —   ∨∨   —

그런데 펜타메터는 헥사메터가 호머의 『일리아스』나 『오뒤세우스』 이
후 서구 서사시에서 대단히 자주 사용되고 있는 것과는 달리 극히 예
외적인 경우를 제외하고는 홀로 쓰이는 때가 매우 드물다. 다시 말해
펜타메터는 거의 언제나 헥사메터와 짝을 이루어서만 사용되는데, 이
렇게 헥사메터와 펜타메터가 짝을 이루고 있는 두 줄짜리 연을 디스
티혼 Distichon이라 부른다. 이 디스티혼은 특히 격언 시나 비가에서
많이 사용되는데, 괴테의 비가 「로마 비가 Römische Elegien」가 이에
대한 좋은 예이다.

> Saget, Steine, mir an, o sprecht, ihr hohen Paläste!
> > Straßen, redet ein Wort! Genius, regst du dich nicht?
> Ja es ist allse beseelt in deinen heiligen Mauern,
> > Ewige Roma; nur mir schweigt noch alles so still.

고대 그리스와 로마의 시가에서 비롯하는 헥사메터와 펜타메터 시행이 독일 시에서 많이 사용되고 있는 것에 대해서는 두 가지 측면에서 설명이 될 수 있다. 우선 문학사적인 관점에서 볼 때 서구의 개별 민족문학들 일반이 그런 것과 마찬가지로 독일문학 역시 여러 가지 점에서 고대 문학에 의존을 하고 있는 것이다. 그러나 본질적으로 중요한 이유는 독일의 작가나 시인들이 이 두 종류의 시행이 문체상으로 독특한 자질을 가지고 있는 것으로 여긴다는 것이다. 예를 들어 토마스 만은 그의 「어린이 찬가」에서 헥사메터 시행을 사용하고 있는데, 그것은 그가 헥사메터가 고상한 분위기를 자아내는 시행이라 여기고, 그래서 또 그걸 사용할 때 목가시의 전통을 되살린다고 하는 자신의 목표를 장엄하고 엄숙한 효과를 별로 낼 수 없는 다른 종류의 시행이나 아예 산문을 사용했을 때보다 훨씬 더 잘 달성할 수 있으리라고 생각했기 때문이었다. 요컨대 독일 시인들의 눈으로 볼 때 헥사메터와 펜타메터는 숭고하고 엄숙하며 장엄한 분위기를 자아낼 수 있는 시행인 것이다.

War nicht Leben und Werk mir immer eines gewesen?
Nicht Erfindung war Kunst mir: Nur ein gewissenhaft' Leben;
Aber Leben auch Werk, - ich wußt' es niemals zu scheiden.
(토마스 만: 「어린이 찬가 Gesang des Kindes」)

지금까지 살펴본 시행들은 전부가 외국 문학 또는 고대 문학에서 빌려온 시행들이지만 크니텔 Knittel은 순수하게 독일문학에 고유한 시행이다. "크니텔 Knittel"이라는 이름은 '다듬지 않은 막대기' 또는 '울퉁불퉁한 옹이가 있는 나무토막'이라는 뜻을 갖는 말인 "Knüppel"과 같은 의미로 쓰이는 말 "Knüttel"에서 유래하는데, 이런 이름에서도 짐작할 수 있는 것처럼 크니텔은 위에서 설명한 여러 시행들과는 달리 어딘가 거칠고 서투르고 세련미가 없어 보이는 그런 시행이다. 크니텔 시행에는 정격 크니텔 Strenger Knittel과 자유 크니텔 Freier Knittel 두 종류가 있다. 정격 크니텔은 4개의 헤붕을 갖는 시행으로, 이 시행에서는 헤붕과 젱쿵이 한 차례씩 무조건, 그러니까 기계적으로 교체된다. (이처럼 헤붕과 젱쿵이 기계적으로 교체되는 시행을 운율론에서는 "기계적 교체 시행 alternierender Vers"이라 한다.) 정격 크니텔은 남성 행미 또는 여성 행미를 가질 수 있으며, 병행적으로 각운을 맞춘다. (이미 앞에서도 여러 차례 언급된 바 있는 '각운'의 문제는 다음 장에서 보다 자세하게 다루겠지만 우선 이 자리에서 아주 간단하게 잠정적으로 그 정의를 내려 본다. 각운은 "시행의 '마지막 강세 음절' 이후의 소리가 똑같이 나는 것"이다.) 정격 크니텔의 예를 하나 들어본다.

> Eins abents ich spaciret auß
> Auff ein schlafftrunck in ein wirtshauß,
> [...]
>   (한스 작스: 「탄식하는 7 인의 탁발수도사 Die 7 clagenden mender」)

이후의 설명을 보다 용이하게 하기 위해 이 두 시행의 운각을 먼저 기호로 나타내 보기로 한다. 이때 크니텔이 각운을 맞추는 시행이고 기계적 교체 시행이라는 점을 함께 고려하면 헤붕과 젱쿵의 배열은 다음과 같이 된다.

> Eins abents ich spaciret auß
> ∨ —∨   — ∨ —∨ —

Auff ein schlafftrunck in ein wirtshauß,
∨ — ∨ — ∨ — ∨ —

바로 앞에서 언급한 것처럼 정격 크니텔은 헤붕과 젱쿵이 무조건 한 차례씩 번갈아 나타나는 기계적 교체 시행이기 때문에, 이 시행에서는 '강세변경' 혹은 '억양 굴절 Tonbeugung'이라고 하는 아주 특이한 현상이 자주 나타난다. 억양 굴절이란 일상생활의 자연스런 상태에서 발음을 할 때 강세를 가지는 음절이 시행 속에서 강세를 가지지 않게 되거나, 그 반대로 자연스런 상태에서 발음을 할 때 강세를 가지지 않는 음절이 시행 속에서 강세를 가지게 되는 현상을 말한다. 바로 위 작스 시의 경우 두 번째 행에서 이 현상이 두드러지게 나타나고 있다. 자연스런 상태의 발음에서 강세를 가지지 않는 음절들인 "ein", "-trunck", "-hauß" 등이 운각상의 이유로 강세를 가지게 되는 반면, 자연스런 상태의 발음에서 강세를 가지는 음절들인 "schlaff-", "wirts-" 등이 운각상의 이유로 강세를 가지지 않게 되고 있는 것이다.

크니텔의 또 다른 형태인 소위 자유 크니텔은 그것이 기계적 교체 시행이 아니라는 점에서만 정격 크니텔과 구분된다. 다시 말해 자유 크니텔 역시 헤붕을 4 개 가지고 병행적으로 각운을 맞추는 시행이지만, 젱쿵을 채워 넣은 방법이 말 그대로 자유스러운 것이다. 자유 크니텔에서 각각의 헤붕은 아예 젱쿵을 가지지 않을 수도 있고, 4개 혹은 심지어 그 이상의 젱쿵도 가질 수가 있다. 자유 크니텔 시행이 쓰이고 있는 예를 하나 들어본다.

Auch lasst euch gar nicht diß betrüben
Wenn der schreckliche grimmende brüllende Löw wird einher schieben.
(안드레아스 그리피우스 Andreas Gryphius: 페터 스퀜츠 씨 Herr Peter Squentz)

겉으로만 보아도 음절의 수가 아주 많아 보이는 이 시의 두 번째 시행에서 강세 음절을 4개만 정해야 하는 것은 결코 쉬운 일이 아니다. 그러나 여러 가지를 고려함으로써, 특히 가능한 한에 있어 개개 시어가 갖는 의미를 고려함으로써 일단 다음과 같이 강세 음절을 정해볼 수 있을 것이다.

Auch lasst euch gar nicht diß betrüben
   ∨   — ∨   — ∨   — ∨ — ∨
Wenn der schreckliche grimmende brüllende Löw wird einher schieben.
  ∨   ∨   — ∨ ∨ (—) ∨ ∨ (—)∨∨ — ∨ ∨∨ — ∨

이 경우 별 어려움 없이 부여될 수 있는 강세는 "schieben"의 "-ieben"에 주어지는 강세다. 왜냐하면 크니텔은 병행적으로 각운을 맞추는 시행인데 첫 행의 각운이 "-üben"이므로 "-ieben"에 강세가 놓일 수밖에 없는 것이다. 다음으로 이 시행에서 가장 중요한 의미를 갖는 단어는 "Löw"이기 때문에 여기에 두 번째의 강세를 놓을 수 있다. 그러나 세 번째의 강세를 "schreckliche", "grimmende", "brüllende" 세 단어 중 어느 곳에 부여해야 할 것인가는 결코 의미의 차원에서 정해질 수가 없다. 왜냐하면 이 세 단어들은 동등한 자격으로 뒤의 명사 "Löw"를 수식하고 있기 때문이다. 그럼에도 불구하고 "schreckliche"에 강세를 놓는 것이 가장 적절한 것으로 여겨지는데, 그것은 그렇게 함으로써만이 최초의 강세 음절 앞에 지나치게 많은 수의 강세 없는 음절이 나오게 되는 것을 피할 수 있기 때문이다. (참고적으로 말하면 운율론에서는 "최초의 강세 음절 앞에 나타나는 강세 없는 음절 또는 음절들"을 상박(Auftakt)라 부른다.) 마지막 네 번째의 강세를 "grimmende"와 "brüllende" 중 어느 쪽에다 부여할 것인가는 시를 읽는 사람의 주관적인 생각이나 느낌에 따라 정해질 수 있을 것이다.

그야말로 독일의 순수하고도 토속적인 시행이라 할 수 있는 이 크니텔은 16세기의 독일문학, 특히 골계문학이나 사육제 극 같은 서민적인 색채가 짙은 문학에서 가장 중요한 시행이었다. 그리고 이러한 서민적인 형식으로서의 전통은 오랫동안 유지되었다. 18세기 이후 크니텔은 이른바 "국민 시행"으로서 다시 유행적으로 사용되었는데, 괴테의 『원 파우스트 Urfaust』, 실러의 비극 『발렌슈타인 Wallenstein』, 빌헬름 부쉬의 작품 등이 이에 대한 좋은 예였다. 오늘날에 와서도 크니텔은 파로디의 수단으로서 자주 사용되고 있다.

이어 시행의 종류로 두 가지만 더 소개하고자 한다. 마드리갈 시행과 자유리듬 시행이 그것인데, 이들 두 종류의 시행은 모두 독일 시에서 가장 중요한, 다시 말해 가장 널리 사용되는 시행들에 속하는 것들이다. 먼저 마드리갈 시행은 여러 면에서 아주 자유스러운 시행이다. 이것은 우선 헤붕을 3개, 4개 또는 5개 가질 수 있으며, 운각의 면에서는 얌부스 또는 트로헤우스일 수도 있고 닥틸루스일 수도 있다. 운각이 이처럼 다양할 수 있지만 아직은 어쨌든 운각이 확인될 수 있는 것이다. 나아가 마드리갈은 각운을 맞추는 시행이지만, 여기에서도 아주 느슨한 형태로서 그럴 뿐이다. 전체적으로 보아 마드리갈 시행은 변화의 가능성이 아주 많은 시행이다.

자유리듬 시행 Freier Rhythmus은 그 이름이 암시하는 것처럼 마드리갈보다도 더 자유로운 시행이다. 이 시행은 그 어떠한 운율상의 규칙도 허락하지 않는다. 다시 말해 여기에서는 헤붕의 수, 운각, 행미, 휴지부 등이 아무런 의미를 갖지 못하는 것이다. 자유리듬 시행에서는 각운도 전혀 문제가 되지 않는다. 이 자유리듬 시행은 그러나 그것이 그 어떠한 규칙에도 얽매이지 않는다는 바로 그 이유 때문에 아

주 특별한 기능을 발휘할 수 있다. 자유리듬 시행으로 되어 있는 시를
하나 예로 들어 이를 설명해보도록 한다.

Einer
wird den Ball
aus der Hand der furchtbar
Spielenden nehmen.

(넬리 작스 N. Sachs: 『어떤 자가 공을 Einer wird den Ball』)

이 시에서는 우선 '죽음'을 의인화한 말인 "어떤 자 Einer"가 혼자
한 행을 이룸으로써 그것이 특별히 강조되고 있다. 그리고 원래 서로
밀접하게 결합되어 있는 말들인 "겁나게 furchtbar"와 "노는 사람들
Spielenden"이 소위 행 넘김 Enjambement 기법을 통해 아주 의도적
으로 나누어져 각각 다른 행에 배치됨으로써 특히 행의 맨 앞에 놓이
게 된 "Spielenden"이 의미상으로 강한 강세를 가지게 된다. 이렇게
강조된 "Spielenden"은 첫 행의 "Einer"와 뚜렷하게 대조를 이루게 되
고, 이를 통해 시의 전체적 의미는 더욱 강하게 부각된다. 이처럼 행
을 자유자재로 배열하는 것이 가능하도록,, 그럼으로써 또 시상을 아
무런 제약 없이 마음껏 전개할 수 있도록 해 주는 시행이 바로 자유
리듬 시행이다.

연(Strophe): 마드리갈 시행이나 자유리듬 시행을 설명하는 가운데
자연스레 암시가 되기도 했지만, 이 두 가지 시행은 '한' 행의 차원을
이미 벗어난다. 이 두 종류의 시행이 모두 운율 상으로 여러 가지 면
에서 별다른 구속을 받지 않는다고 하는 사실은 일단 이 두 종류의
시행의 경우 여러 형태의 행들이 한데 어울려서 나타난다는 것을 의
미한다. 이를 일반화하면 시행들은 둘 이상이 합쳐서 하나의 덩어리를

이룰 수 있다는 말이 되는데, 이렇게 '둘 이상의 시행이 합쳐 하나의 덩어리를 이룬 것'을 운율론에서는 연이라 부른다. 원래 연은 헤붕 수나 운각, 행미 등이 똑같은 동일한 종류의 시행이 두 들 이상 합쳐져서 규칙적으로 반복되는 것만을 가리켰으나, 오늘날에 와서는 그 의미가 확대되어 시행이 그저 몇 줄 합쳐져 있기만 해도 그것을 연이라 부른다. 다시 말해 마드리갈 시행이나 자유리듬 시행으로 되어 있는 시의 경우처럼 행들이 일정한 법칙이 없이 몇 줄 결합되어 있어도 연이라 부르는 것인데, 이런 경우의 연에서는 행의 수나 행의 길이, 각운 같은 것이 꼭 같아야 할 필요가 없다. 이처럼 연 개념의 외연이 확대되기는 했지만 그러나 연에서는 동일한 운각, 동일한 시행, 동일한 행 수, 동일한 각운의 반복이라는 원칙이 일반적으로 적용된다.

앞에서 예로 든 그리피우스의 시 「세상만사 허무로다」의 경우 겉으로만 보면 연의 구분이 없는 것 같지만 자세히 분석해보면 4개의 연으로 이루어져 있음을 알 수 있다. 즉, 이 시는 4 행으로 이루어진 연 2개와 3행으로 이루어진 연 2개로 구성되어 있는데, 이 같은 연 구조와 밀접하게 연관되어 있는 것이 바로 각운이다. 연이 단순한 형식 단위의 차원을 넘어 의미의 단위이기도 하고, 시가 본질적으로 노래이고 낭송의 예술이라 '소리' 또는 '음"이 중요한 역할을 하는 장르라는 점을 고려하면, 형식과 의미의 단위로서의 연과 소리와 음의 단위로서의 각운이 서로 밀접한 관계를 갖는다는 것은 충분히 짐작할 수 있는 일이다. 그러나 시에서의 소리와 관련되는 현상으로 각운만 있는 것은 아니기 때문에 다음에서는 연 자체에 대한 논의는 잠시 미루고 시의 소리 내지 음의 문제와 관련하여 좀 더 자세하게 살펴보기로 한다.

대부분의 新高독일어 시에서는 둘 혹은 그 이상의 행들 사이에서 또는 한 행 내부에서 행들 서로간의 상응관계를 만들어내는 同音 현상이 아주 중요한 역할을 한다. 시에서 동음을 만들어내는 기법에는 세 종류가 있는데, 자모음운(子母音韻) Reim과 모음운(母音韻) Assonanz, 자음운(子音韻) Alliteration이 바로 그것이다.

자모음운Reim은 둘 혹은 그 이상의 단어들의 마지막 강세 모음 이후의 소리(철자와는 무관)가 모두, 다시 말해서 자음과 모음이 다 똑같게 나는 것을 말한다. "Herz-Schnerz", "Liebe-Triebe", "Gutes-tut es", "bald-Fichtenwald" 등이 그 예들인데, "Teetisch-ästhetisch"처럼 마지막 강세 모음 바로 앞의 자음까지도 소리가 같이 나면 이를 격정 자모음운 Rührender Reim이라고 부른다. 자모음운은 시행 내에서의 위치에 따라 末자모음운Endreim(우리말로 흔히 각운이라 불린다), 內자모음운 Binnenreim(우리말로 흔히 요운이라 불린다.), 頭자모음운 Anfangsreim(이는 우리말로 흔히 '두운'이라 불린다)으로 나뉜다. 자모음운은 대체로 중고 독일어 시대(1050-1500) 이후의 독일 시에서 중요한 역할을 하나, 18세기 이후의 독일 시에서는 점차 그 역할이 줄어들고 있다.

末자모음운Endreim(각운)은 그 이름대로 시행의 끝 부분에서 둘 또는 그 이상의 시행들의 상응관계를 나타내는 것을 말하며, 이를 기호로 나타낼 때에는 라틴어 알파벳 소문자를 사용한다. 처음으로 나타나는 末자모음운은 "a", 두 번째로 나타나는 것은 "b" 하는 식으로 나타내는 것이다. 각운을 맞추고 있는 연에서 어느 한 행이 각운을 가지고 있지 않을 때, 그런 행을 孤立 行 Waise이라 부르며 기호로는 "W"로 나타낸다. 그리고 여러 연들의 고립 행들이 서로 운이 맞추어져 있으면, 그 행들을 이삭 행 Körner이라 부르고 기호로는 "K"로 나타낸다. 독일 시에서 가장 흔하게 나타나는 각운 형식들을 기호로 나타내보면 다음과 같다.

□ aabb: 병행 운, 쌍 운 Paarreim

Denk ich an Deutschland in der *Nacht*,
Dann bin ich um den Schlaf gebr*acht*,
Ich kann nicht mehr die Augen schl*ießen*,
Und meine heißen Tränen fl*ießen*.
(하이네Heine: 「야상(夜想) Nachtgedanke」)

□ abab: 교차 운, 십자 운 Kreuzreim

Zehr und Partschek waren Kapit*äne*
Doch auf keinem Schiff und keinem M*eer*
Für Herrn Patschek schwammen Kohlenk*ähne*,
Aber Dünger fabrizierte *Zehr*.
(브레히트 Brecht: 「체어와 파트쉐크 Zehr und Patschek」)

□ abba: 포옹 운 unarmender(=umgreifender) Reim

Was heut müde gehet *unter*,
Hebt sich morgen neugeb*oren*.
Manches bleibt in Nacht verl*oren* -
Hüte Dich, bleib wach und m*unter*!
(아이헨도르프 Eichendorff:「황혼 Zwielicht」)

□ aabccb: 꼬리 운 Schweifreim

Die bange Nacht ist nun her*um*,
Wir reiten still, wir reiten st*umm*,
Und reiten in's Verd*erben*.

Wie weht so scharf der Morgen*wind*!
Frau Wirthin, noch ein Glas gesch*wind*
Vorm Sterben, vorm St*erben*.

(헤르베히 Herwegh: 「기사의 노래 Reiterlied」)

頭자모음운 Binnenreim(요운)은 같은 소리를 갖는 단어들이 전부 혹은 일부가 시행의 내부에 나타나는 것을 가리킨다. 이 요운은 한 시행 속에 들어 있는 단어들의 소리 상응관계 또는 여러 시행들에 나오는 단어들 사이의 소리 상응관계를 나타낼 수 있는데, 대부분의 운율론에서 이 개념은 단 한 행 내의 시어들의 소리 상응관계를 나타내는 것으로 이해되고 있다. 여러 시행들 내부에서, 그리고 동시에 한 행 내부에서 나타나고 있는 요운의 예를 들어보면 다음과 같다.

Herbst du sollst mich Haushalt l*ehren*,
Zu entb*ehren*, zu beg*ehren*,
Und du Winter lehr mich st*erben*,
Mich verd*erben*, Frühling *erben*.

(브렌타노 Brentano: 「사랑과 고통이 Lieb und Leid [...]」)

이 시에서는 우선 첫째 행과 둘째 행, 셋째 행과 넷째 행이 각각 서로 병행 운으로 결합되어 있으며, 둘째 행과 넷째 행에서는 각각 추가로 요운이 쓰이고 있다.

頭자모음운Anfangsreim(두운)은 시행의 첫머리에 나타나 둘 혹은 그 이상의 시행들 사이의 소리 일치관계를 만들어내는 운을 말하며, 다음 시에서 그 예를 찾아볼 수 있다.

Steigt das Büblein auf den Baum,

Ei, so hoch, man sieht es kaum.

Schlü*pft* von Ast zu Ästchen,

Hü*pft* zum Vogelnestchen.

Ui! da lacht es,

Hui! Da krscht es -

Plumps, da liegt es drunten.

(퀼 Güll: 「나무 기어오르는 아이 Kletterbüblein」)

모음운Assonanz은 둘 혹은 그 이상의 단어들의 마지막 강세 모음 이후의 소리에 있어 모음만이 똑같게 나는 것을 말하며, 이때 모음의 길이는 문제가 되지 않는다. 독일 시에서 이 모음운은 시행의 끝 부분에서 소리 일치 관계를 만들어내는 데에는 별로 사용되지 않지만, 시행의 앞부분이나 내부에서는 비교적 자주 사용된다. 모음운도 자모음운과 마찬가지로 위치에 따라 末모음운Endassonanz, 內모음운 Binnenassonanz, 頭모음운Anfangsassonanz의 세 종류로 나누어진다.

末모음운은 末자모음운과 구분하기 위해 그리스어 알파벳 α, β, γ 등으로 나타낸다.

Jetzt auch hält auf stummen Hügeln	α
Einsam-freudigseine Wache	β
Phosporos, der Held der Frühe,	α
Strahlend, ernsthaft, sinnend, harrend.	β

(브렌타노 Brentano: 「이야기 시와 장미화환 Romanzen und Rosenkranz」)

이처럼 末자모음운과 末모음운을 서로 상이한 기호로 표시하는 것은 이 두 가지 동음 형식이 동시에 나타나는 시에서 특히 효과적이다.

Ihm, den meine Seele liebet,   α
Suchte ich in meinem Bette,   a
Sucht ihn durch die Straßen ziehend,   α
Fand ihn doch an keiner Stätte!   a
          (브렌타노 Brentano: 「비온데태의 송가 Biondettes hohes Lied」)

內모음운은 그 이름대로 시행의 내부에 나타나는 모음운으로 무엇보다도 末자모음운 이나 末모음운을 음향적인 면에서 준비하는 기능을 하며, 그럼으로써 시행의 끝 부분에서 나타나는 동음 현상을 확대하는 역할을 한다.

Lida, Glück der nächsten Nähe
William, Stern der schönsten Höhe,
Euch verdank ich, was ich bin.
          (괴테 Goethe: 「두 세계 사이에서 Zwischen beiden Welten」)

頭모음운은 시행의 첫머리 부분에 나타난다.

Steigt das Büblein auf den Baum,
Ei, so hoch, man sieht es kaum.
          (퀼 Güll: 「나무 기어오르는 아이 Kletterbüblein」)

Breitest über mein Gefild
Lindernd meinen Blick
Wie der Liebsten Auge, mild
Über mein Geschick.
          (괴테 Goethe: 「달에 부쳐 An den Mond」)

자음운은 강세 있는 음절의 바로 앞소리(대개의 경우 자음)가 똑같
게 나는 것을 말하며, 예를 하나 들어보면 다음과 같다.

In *L*icht und *L*uft zerrinnen mir *L*ieb' und *L*aid! -
(횔덜린 Hölderlin: 「저녁 환상 Abendphantasie」)

「힐데브란트의 노래」 같은 고대 게르만 시가에서는 시행의 특정 자
리에서 일종의 자음운 이 사용되어 그것을 押韻Stabreim이라 부르는
데, 新高 독일어 시에서는 자음운이 이처럼 구조적으로 사용되는 경우
는 매우 드물다.

*W*interstürme *w*ichen
dem *W*onnen*m*ond, -
in *m*ildem *L*ichte
*l*euchtet der *L*enz; -
auf *l*inden *L*üften
*l*eicht und *l*ieblich,
*W*under *w*ebend
er sich *w*iegt.

(바그너 Wagner: 「발퀴레 Walküre」)

자모음운이나 모음운에서와 마찬가지로 자음운에서 문제가 되는 것
은 어디까지 소리이지 철자법 내지 정서법상의 문제가 아니다. 다른 철
자로 쓰여 있어도 소리만 같게 나면 되는 것이다. 예를 하나 들어보자

Mein *V*ater, mein *V*ater, jetzt *f*aßt mich an!
(괴테 Goethe: 「마왕 Erlkönig」)

그러나 단어들의 첫 소리가 같이 난다고 해서 그것들이 다 자음운인 것은 아니다. 반드시 강세 있는 음절 앞의 자음으로서 같은 소리가 나야 자음운이 되는 것이다. 다음 시를 예로 이를 좀 더 자세하게 설명해본다.

> *Dank dir*, mein *Geist*, *daß du* seit *deiner* Reife Beginn,
> Be*schl*ossest, <u>bey</u> dem <u>Be*schl*uß</u> ver*harren*:
> Nie durch *höfisches* Lob zu entweihn
> Die *heilige Dichtkunst*,
>
> (클롭슈토크 Klopstock:「국왕예찬 Fürstenlob」)

이 시에서 이탤릭체로 표시된 부분들은 강세 음절 앞에서 같은 소리가 남으로 자음운들이지만, 밑줄 친 부분의 경우에 있어서는 강세 없는 음절 앞의 같은 소리이므로 자음운이 아니다.

결론적으로 말해 시에서는 위에서 설명한 세 가지 동음 기법이 다양한 형태로 서로 결합됨으로써 시의 음향적 구조를 결정하게 되는 것이다.

Uber die aufmachende Anemone

Der Abend war ankommen.	a	α
Ich hatte meinen Weg bereit zu jhr genommen/	a	
Zu Jhr/ zu *meiner* Anemonen.	W	α
Ich klopfet an.	b	
Bald ward mir aufgethan.	b	
Die rechte Hand trug Ihr das *Licht*.	c	
Die *Lincke* deckt jhr Angesicht.	c	

So balde war das tiefst in meinem Hertzen   d

Ver*letzt* von jhren goldnen Kertzen.   d

Wo kam ich hin? Sah ich denn in die Ferne?   e   β

Das kan ich itzund nicht aussprechen.   W   β

Jedoch die mir das *Licht* getragen/f

Die war die Venus ohne Tagen   f

Selbsrselbst mit jhren Abend-Sterne.   e   β

다비드 쉬르머 David Schirmer(1623-1687, Barock, Opitzens Schüler)

다시 그리피우스의 시 「세상만사 허무로다」로 돌아가 연에 대한 논의를 계속하기로 한다. 앞에서도 이미 언급한 것처럼 이 시는 4행으로 이루어진 연(이를 운율론에서는 크봐르테트Quartett라 부른다) 2개와 3행으로 이루어진 연(이를 운율론에서는 테르체트Terzett라고 부른다.) 2개로 구성되어 있는데, 「세상만사 허무로다」의 이 같은 연 구조는 이 시의 각운 구조와 밀접하게 연관되어 있다. 앞에서 설명한 각운 표시 기호들을 이용하여 이 시의 각운 구조를 나타내보면 'abba abba ccd eed'의 형태가 된다. 두 개의 4행연에서는 똑같은 형식의 포옹 운이 반복적으로 사용되고 있는 반면, 두 3행연은 소위 꼬리 운으로 서로 연결되어 것이다. 시 이론에서는 바로 이런 형태의 매우 엄격한 연 구조를 취하고 있는 시를 소네트Sonett라고 부른다. 이탈리아 문학에서 유래하는 연 형식이자 시 형식인 소네트에서는 그 본래의 형식이 매우 엄격하게 지켜질 경우 4행연에서는 위의 시 「세상만사 허무로다」에서처럼 단 두 개의 운만이 쓰이며(abba abba), 좀 덜 엄격할 경우 4개의 운이 사용되기도 한다(abba cddc). 그러나 두 3행연에서는 각운 형식이 비교적 다양한 형태로 나타난다(cdc dcd, cdc cdc, ccd eed, cde cde 등). 소네트 형식은 여러 가지 형태로 변형이 이루어지기도 하는데, 그 가운데서 가장 대표적인 것은 소위 "영국식 소네트 englisches Sonett이다. 영국식 소네트는 3개의 4행연과 병행 운을 갖는 이 행연 하나로 이루어진다. 흔히 소박하게 '14 행 시' 정도로 알려져 있는 소네트는 이분적 구조를 그 가장 두드러진 특징으로 갖는다. 이탈리아식 소네트에서든 영국식 소네트에서든 각각 형식적인 면에서 상이한 두 종류의 연 형식이 사용됨으로써 시가 전체적으로 크게 두 부분으로 나누어지고 있는 것이다. 다음에서는 소네트의 이 같은 외적 이분 구조가 시의 내적 내용 구조와 어떤 관계에 놓이는지를 다시, 시 「세상만사 허무로다 Es ist alles eitell」를 예로 하여 간단히 살펴보도록 한다.

그리피우스의 소네트 시 「세상만사 허무로다」의 두 4행연에서는 현세의 무상함이 사람, 사물을 가리지 않고 아주 일반론적으로 이야기되고 있는 반면에, 뒤이은 두 3행연에서는 인간에, 인간의 현세피구속성이나 인간의 무상함에 초점이 맞추어지고 있다. 뿐만 아니라 연의 형식이 4행연에서 3행연으로 옮겨감에 따라 시인의 묘사 태도나 시어 사용법, 문장의 종류 등도 달라지고 있다. 두 4행연에서 시인은 설명적인 태도로 묘사적 문체의 서술문을 주로 구사하고 있으며, 두 3행연에서는 독자 쪽을 향하는 태도를 취하면서 의문 조나 감탄조의 문장을 많이 사용하고 있다. 각각의 연 형식 자체도, 특히 두 개의 4행연자체도 서로 차이를 보인다. 첫 번째 4행연은 대체로 도시, 풀밭, 어린아이 등 구체적인 사물이나 사람에 대해 묘사하고 있으며, 두 번째 4행연은 그와 같은 구체적 현상들을 통해 분명해진 허무의 테마를 일반화시켜 추상적으로 표현하고 있다. 때문에 두 번째 4행연에서는 "gluck", "Nichts", "ewig" 등 추상적인 시어들이 자주 사용되고 있다. 이처럼 소네트 형식의 독특한 구조가 시상의 전개를 위해 적절히 사용됨으로써 형식 그 자체가 바로 표현적 기능까지 하고 있는 것이다. 다시 말해 그리피우스는 자기 시의 주제가 갖는 이원성을 가장 효과 적으로 나타내기 위해 소네트가 갖는 이분적 구조를 최대한 활용하고 있는 것이다.

연의 형식 내지 시의 형식에 속하는 것으로서 소네트에 버금갈 정도 로 아주 정연한 구조를 보여주는 것에 또 슈탄체Stanze라는 연 형식이 있다. 소네트와 마찬가지로 이탈리아 시에서 유래하는 이 연은 앞의 詩行의 章에서 이미 설명한 엔데카실라보(남성 행미 또는 여성 행미를 가지는 헤붕 수 5개의 얌부스 시행) 8줄로 이루어지며, "ababbcc"(드 물게는 "aabccbdd") 형태의 각운을 갖는다. 이 같은 각운 형식에서도 짐작할 수 있는 일이지만 슈탄체는 앞의 6행 부분과 뒤의 2행 부분으 로 크게 둘로 나누어지는데, 바로 이런 특성 때문에 슈탄체는 이분적 인 구조를 갖는 내용을 표현하기에 아주 적합한 연 형식이 된다. 대부 분의 경우 슈탄체의 마지막 2행에서는 시상의 요약 내지 마무리가 나 타나는데, 다음의 시가 이에 대한 좋은 예다.

> Ihr naht euch wieder, schwankende Gestalten,
> Die früh sich einst dem trüben Blick gezeigt.
> Versuch' ich wohl, euch diesmal festzuhalten?
> Fühl' ich mein Herz noch jenem Wahngeneigt?
> Ihr drängt euch zu! nun gut, so mögt ihr walten,
> Wie ihr aus Dunst und Nebel um mich steigt;
> Mein Busen fühlt sich jugendlich erschüttert
> Vom Zauberhauch, der euren Zug verwttert.
>
> (괴테: 「파우스트 1 부, 헌시 Faust I, Zueignung」)

테르치네Terzine라고 하는 연은 그 구체적 내용에 있어 다소 차이가 있기는 하지만 슈탄체에 못지않게 분명한 구조를 갖는다. 테르치네역시 이탈리아 시(그 유명한 단테의 『신곡』이 바로 테르치네로 되어있다)에서 독일 시로 들어온 연 형식으로서 슈탄체와 마찬가지로 남성 행미 또는 여성 행미를 가지고 5개의 헤붕을 갖는 얌부스 시행이라는 독일식의 엔데카실라보를 사용한다. 그러나 테르치네 연들로 이루어진 시는 슈탄체 연들로 된 시와는 전혀 다른 구조를 보여준다. 테르치네로 된 시에서 각 연은 3행으로 이루어지며, 이 3행연들은 사슬운Kettenreim으로 서로 결합된다(aba bcb cdc ded ……xyx). 이 같은 각운 구조에서도 짐작할 수 있는 것처럼 테르치네로 된 시는 끝없이 이어질 수 있을 것 같은 느낌을 주는데, 이 무한한 흐름에 종지부를 찍는 방법에는 두 가지가 있다. 한 가지 방법은 마지막 연을 4행으로 짜는 것이고, 또 한 가지 방법은 마지막 연을 단 한 줄의 행으로하는 것인데, 어느 경우에 있었으나 마지막 행은 바로 앞에 있는 3줄짜리 연의 가운데 행과 각운을 맞춘다. 그럼으로 해서 테르치네로 된시에서는 단 한 줄의 고립 행 Waise도 나타나지 않게 된다. 테르치네로 된 시는 세 가지 점에서 시상의 전개에 중요한 기능을 발휘한다. 우선 각 연이 3 행으로 되어 있음으로 해서 시상의 3박자 전개가 용이하고, 두 번째로는 연들이 사슬 운으로 끝없이 연결돼 있음으로 해서 사상이나 이미지, 이념 등을 무한히 변주하며 이어가는 가는 것이 가능하며, 마지막으로는 1행 또는 4행으로 되어 있는 마무리 연을 통해 시상을 정점으로 몰고 가거나 종합적으로 정리하기가 쉽다. 테르치네로 되어 있는 시의 예를 하나 들어본다.

Die Stunden! wo wir auf das helle Blauen

Des Meeres starren und den Tod verstehn,

So leicht und feierlich und ohne Grauen,

Wie kleine Mädchen, die sehr blaß aussehn,

Mit großen Augen, und die immer frieren,

An einem Abend stumm vor sich hinsehn

Und wissen, daß das Leben aus ihren

Schlaftrunkenen Gliedern still hinüberfließt

In Bäum und Gras, und sich matt lächelnd zieren

Wie eine Heilige, die ihr Blut vergießt.

(호프만스탈 H. v. Hofmannsthal: 「3행연 시 2, Terzinen II」)

이 시에서 시인은 우선 전체적으로 하나의 문장을 통해 한 가지 주제(즉 죽음)를 일관되게 다루고 있으며, 그 죽음의 테마를 여러 관점에서 다각도로 다루기 위해 세 개의 3행연에서 각기 다른 방식의 비유를 쓰고 있고(첫째 연: 바닷가에서의 시간 - 둘째 연: 소녀들과의 비교 - 셋째 연: 유출의 감정), 한 행으로 이루어진 마지막 연에서는 피 흘리는 성녀와의 비교를 통해 주제를 정점으로 몰고 가고 있다.

끝으로 살펴볼 연 형식은 민요 연Volksliedstrophe인데, 이것은 앞서 살펴본 소네트, 슈탄체, 테르치네 등과는 달리 어떠한 뚜렷한 구조상의 특징도 보여주지 않는다. 이 연은 2행에서 8행까지 가질 수 있고, 각 행의 헤붕 수가 3개 혹은 4개일 수 있는 가운데 젱쿵의 수도 상당히 자유로우며, 행미도 상당히 자유스럽다. 각운 형식 또한 고정적이지 않는데, 병행 운, 십자 운, 이 두 가지 운의 결합형 또는 꼬리운 등이 주로 쓰인다. 그런데 이 민요 연과 관련해 특히 주의해야 할 것은 그 이름 때문에 착각을 해서는 안 된다는 점이다. 이름은 민요 연이지만 이 연은 전래 민요든 예술 민요든 민요와만 관계가 있는 것은 결코 아니다. 이 연은 민요를 포함해 독일 시 일반에 걸쳐 가장 폭넓게 쓰이고 있는 연 형식일 뿐이다. 때문에 그 이름에 현혹되어 이 연이 민요에서만 쓰이는 것으로 이해해서는 안 되는 것이다. 다음에 예로 든 시는 어느 면에서 보아도 민요는 아니지만 형식적인 면에서 민요 연으로 되어 있는 시이다.

O Seele, um und um verweste,
kaum liebst du noch und noch zuviel,
da doch kein Staub aus keinen Feldern,
da doch kein Laubaus keinen Wäldern
nicht schwer durch deinen Schatten fiel.

(고트프리트 벤 G. Benn: 「늦은 자아 3 Das späte Ich III」)

이상에서 살펴본 것처럼 정연한 형식을 갖추고 있는 시에서는 형식을 분석하는 것이 시의 이해에 많은 도움을 주겠지만 그렇지 못한 경우에는, 다시 말해 형식성이나 구조성이 그리 엄격하지 못해 형식을 따지는 것이 시 이해에 별 도움이 되지 못하는 그런 시에서는 말할 것도 없이 시의 다른 측면들에, 예를 들어 어휘나 표현방식, 문체 등에 관심을 기울여야 할 것이다.

3.4. 서사문학 또는 서술적 산문

(1) 서사문학의 기본개념

하인리히 폰 클라이스트의 소설 『O 후작부인』(1810)은 충격적인 사건을 주제로 다루고 있다. 훌륭한 로이문트 후작의 미망인인 O 후작부인은 전쟁 중에 자신의 의지와는 상관없이 임신하게 된다. 가문을 생각해서 그녀는 신문광고를 통해 임신시킨 행위자를 알아내려고 한다. 그래서 그녀는 아이를 위해 그 행위자와 결혼하려고 생각한다. 그러나 그녀는 자신의 다른 두 아이와 함께 살았던 부모로부터 죄인 취급을 당하고 박대 받는다. 실제로 그 행위의 책임자는 그녀의 아버지가 사령관으로 있는 벙커가 피격을 당했을 때, 밀어닥치는 적병으로부터 그녀를 구한 어느 러시아 장교라는 것이 곧바로 밝혀진다. 그렇게 되자 이젠 부모가 그녀한테 용서를 구해야 하는 상황으로 역전된다. 오랫동안의 망설임과 한 달 이상 계속된 F. 백작의 시험 끝에 마침내 후작부인은 그와 결혼한다.

클라이스트는 '무대가 북쪽에서 남쪽으로 옮겨지게 된 실제 사건에 의거함'이라는 부제를 자신의 소설에 달았는데, 사건의 장소로는 북부 이탈리아의 도시 M이 거명된다. 이러한 정보로 사건의 '내용', 즉 줄거리의 골격과 인물구도가 요약된다. 소설의 개요가 이처럼 가장 간결한 형태로 한정될 경우 우리는 '플롯'을 얻을 수 있다. 상기한 소설의 부제는 어떤 사실에 관한 암시를 하면서 이미 존재하는 수재를 문학적으로 형상화했다는 점을 단지 시사만 한다. '소재'는 문학작품 외부에서 이미 정해진 것이다. 그것은 실제적으로 있었던 하나의 역사적 사건일 수는 있으나 꼭 그럴 필요는 없다. 신화나 종교적 출전 혹은 다른 문학작품을 통해 작가가 알게 된 것도 소재가 될 수 있다. 소재보다는 규모가 작고 좀 더 유동적인 소재 단위를 '모티브'라 부른다. 모티브는 처음부터 확정되어 있는 것이 아니라서 다양하게 사용될 수 있고 그때그때의 소재의 문맥에서 비로소 구체화되고 서로 엮어진다. 『O 후작부인』에서는 예를 들어 세대 간의 갈등, 모성애, 부부애 그리고 화해가 중요한 모티브인데, 클라이스트는 이것들을 특수한 방법으로 형상화시키고 서로 연관지었다. 이러한 한 번 뿐인 조합은 클라이스트의 특정한 의도에 의해 배열되었다고 보는 것이 전통적인 관점이다. 여기에서 비로소 작가가 의도한 독특한 '주제'가 드러난다. 상기한 작품의 경우 작가가 남긴 유일한 언급 '부서지기 쉬운 세상의 제도 때문에 행하는 용서'로 주제가 요약될 수 있을 것이다. 하지만 이러한 형식화를 통해서는 주제가 단지 피상적으로만 특정지어질 수밖에 없다. 왜냐하면 클라이스트의 서술전략, 문체의 선택, 사회비판적인 문학적 풍자 등이 그의 진술의도와 불가분의 관계에 있기 때문이다. 따라서 주제는 오직 텍스트에 대한 포괄적인 연구를 통해서만 밝혀진다.

그러나 사건이 실제로 발생했는지의 여부는 그다지 중요하지 않다. 비록 그 사건이 클라이스트의 고향인 프로이센에서 발생할 수 있는 개연성은 매우 크다 할지라도, 그 사실여부는 여기서 중요하지 않은 것이다. 이름의 축약이 살아 있는 사람들과의 유사성을 아주 그럴듯하게 보이게 하는 것처럼, 또한 이탈리아로의 장소이동도 확실히 하나의 세련된 착상임엔 틀림없다. 나아가 클라이스트가 다양한 문학적 선례들에서 자극을 받았을 가능성이 있지만, 이것 역시 지엽적인 문제로 볼 수 있다. 자기도 모르게 임신을 하고 그 아이의 아버지를 공식적으로 수소문해서 앞으로 그와의 정식결혼을 약속하는 한 부인에 관한 일화를 그는 예컨대 몽테뉴의 『알코올 중독에 관한 에세이』(1588)에서 읽을 수 있었고, 딸의 금지된 애정관계로 이해 갈등을 겪는 아버지와 딸의 정감어린 화해장면 같은 것도 이미 루소의 서간체 소설 『엘루아즈 이야기』(1764)에서 발견할 수 있다. 중요한 것은 클라이스트가 소재와 모티브를 주제나 서술기법적으로 독특하게 형상화하여 새로운 통일성을 획득했다는 사실이다.

그는 결코 사건의 진행을 연대기적 순서에 따라 묘사함으로써 순차적으로 자신의 이야기를 제시하고 있지는 않다. 소설이 시작되면 여주인공의 결혼광고가 독자들을 긴장시키지만, 바로 그 뒤를 이어 일단 구성적인 '회상전법'의 형태로 플롯 이해에 필요한 전사(첫 결혼, 은둔해서 사는 미망인의 생활, 요새의 내성이 정복될 때 일어난 사건들, 임신의 첫 징후 등) 가 사후에 제시된다. 중간에 틈틈이 백작은 사령관이 오랫동안 자리를 비운 사이에 그에게 일어났던 일들을 일종의 삽입 식 회상전법의 방식으로 전달하고 있다. 이 부분은 전체 텍스트의 5분의 3을 점한다. 그런 다음에 비로소 화자는 스캔들이나 다름없는 그 광고를 다시금 화제에 올리게 되고, 이어서 두 번째의 긴장에 찬 원을 그리면서 후작부인의 명예회복, '진실한' 실장의 발견 및 행복한 결말을 묘사한다. 연대기적 순서에서 벗어나는 일탈 때문에 이 소설은 분석극 형식을 갖는다. 탐정소설 도식이 이 작품의 기초가 된다고 말할 수 있을 것이다. 클라이스트는 긴장과 분위기를 자아내는 '암시 혹은 예시'는 포기하고 있다. 기법적으로는 이 경우 두 종류가 구별된다. 그 하나는 미래에 대한 확실한 암시인데, 예를 들어 클라이스트의 노벨레 『미하엘 콜하스』가 다음과 같이 시작될 때 그런 예시가 나타난다고 할 수 있다. "이 비범한 남자는 아마 30세가 될 때가지만 해도 훌륭한 시민의 모범으로 통할 수 있었을 것이다. 그러나 정의감은 그로 하여금 강도와 살인자로 만들고 말았다." 반면에 미래에 대한 불명확한 암시는 예를 들어 다음과 같은 문장에서 볼 수 있다. "그러자 그녀에겐 숙명적인 것이 되고야 말 한 만남이 있게 되었다."

(2) 서사문학에서의 시간

따라서 소설의 '시간 골격'은 아주 중요한 역할을 한다. 이 골격을 세분화시켜 살펴보자. 서술되는 하나의 사건이 전개되는 시간대를 '피서술시간'이라 부른다. 『O 후작부인』에서의 피서술시간은 2년이 넘는 시간이다. 이에 반해 언어적 실현이나 독서에 소요되는 시간은 '서술시간'이라고 부른다. 하지만 좀 더 정확히 표현하면 소설을 '읽는 데 걸리는 시간'이라 말할 수 있을 것이다. 『O 후작부인』에서는 약 2시간이 된다. 서술시간과 피서술시간의 관계는 텍스트 안에서 얼마든지 바뀔 수 있는 '서술템포'를 특정 짓는다. 서술시간과 피서술시간이 같을 경우, 우리는 시간이 일치하는 서술이라 말할 수 있는데, 예를 들어 클라이스트가 사건의 여러 정점에서 '화자의 보고' 속에 삽인 시킨 대화에서 그런 서술을 목격할 수 있다. 그러나 모든 부분에서 서술시간과 피서술시간이 다 일치하지는 않기 때문에 '시간 축약'이 생겨날 수 있다. 이러한 영화적 기법은 다양한 방법으로 구축될 수 있다. 클라이스트가 탁월하게 사용하고 있는 것은 침묵과 생략이다. 전체 사건의 중심적인 전향점과 선회점, 예컨대 구조된 후에 기절한 후작부인을 백작이 겁탈한 일은 전혀 서술되지 않는다. 이 대목에서는 단지 하나의 말바꿈표만 표시되고 있을 뿐이다. 그 후의 서술은 "그 이후 곧……" 이라는 말과 함께 계속된다. "몇 주가 지나갔다" 혹은 "그 사이에 ……하게 되었다" 하는 식으로 사건의 신행에 따라 '단계적 축약'과 '비약적 축약'으로 다시 나뉜다. 다른 문예학 텍스트에서는 추가적으로 '순차적 축약'과 '반복적·지속적 축약'을 구별하기도 한다. 서술템포의 세 번째 유형은 서술시간이 피서술시간보다 긴 경우인데, 이는 특히 '의식의 흐름'에 관한 묘사에서나 혹은 세밀한 대상묘사에서 관찰될 수 있다.

서술적 기법의 선택은 물론 그 자체 때문에 흥미로운 것은 아니다. 우선적으로 중요한 것은 그런 기법으로써 내용적 측면이 어느 정도로 뒷받침 되고 있는 지 혹은 그것을 통해 어느 정도로 표현의 진실이 얻어질 수 있는 지의 문제다. 그러한 기능은 예컨대 '상징'이 간접적으로 수행할 수 있다. 상징은 어떤 추상적인 관계를 나타내는 구체적인 어떤 것, 예컨대 기독교를 상징하는 '십자가' 같은 것이다. 클라이스트의 『O 후작부인』에서는 극히 교훈적인 하나의 짤막한 이야기 속의 이야기를 발견할 수 있다. 후작부인을 얻으려고 애쓰는 백작은 전쟁부상후의 열병으로 인한 환상을 삽입 식 회상전법의 형식으로 다음과 같이 묘사하고 있다. "여기서 그는 후작 부인에 대한 자신의 열정 때문에 여러 가지 흥미로운 특징들을 이야기했다. 그가 앓아누운 동안 그녀가 지속적으로 그의 곁에 있어 주었다는 것, 그가 상처로 인해 열병을 앓고 있는 동안 그녀를 어렸을 때 삼촌의 저택에서 본 백조와 항상 혼동했었다는 것, 언젠가 그 백조에게 오물을 던졌는데, 그러자 백조가 조용히 물속으로 사라졌다가는 깨끗한 모습으로 다시 떠올랐던 기억이 특별히 자신에게는 감동적이었다는 것, 그녀는 항상 이글거리는 물결 위에서 이리 저리헤엄을 치고 있을 것이고, 자신은 그 백조의 이름인 팅카를 부르고 있을 것이라는 것, 그녀는 단지 노를 저으면서 뽐내는 일에만 즐거워하기 때문에 자신은 그녀를 자기 쪽으로 유혹할 수 없었다는 것 등의 이야기였다. 그리고 그는 갑자기 얼굴이 빨개지면서, 자신이 그녀를 매우 사랑하고 있음을 확인시켰다."

이 시점에서는 백작이 찾고 있는 장본인이라는 사실이 아직 알려지지 않은 상태이다. 그렇기 때문에 비록 독자들은 가능할지 모르지만 경청하고 있는 가족들은 백작의 이러한 암호화된, 상징적인 고백을 해독해 낼 수 없는 것이다. 간접증거는 충분히 있다. 우선 백조의 이름이 이미 상징적이다. "팅카 Thinka"는 '순수한 여인'의 의미를 갖는 러시아어 'Jekterina'의 애칭 형인 "카팅카 Kathinka"의 줄임말이다. 백작이 백조와 그녀를 혼동할 때(물론 그는 그녀의 순진무구함을 안다. 그 둘은 동일선상에 놓이게 되는 것이다. 언어적으로도 백조와 후작부인은 대명사의 변화를 통해 서로 연관되어 있다. 백작은 오물을 던졌지만, 언제나 다시 깨끗한 모습으로 물에서 부상하곤 했던 백조에 관한 이야기를 한다. 그리고 계속해서 백조(즉, 그녀)가 일렁이는 물결 위에서 헤엄을 쳤다고 한다. 백조라는 상징을 사용함으로써 화자는 말하지 않은 채 전체 이야기에 걸쳐서 긴장을 확산시키는 지시적 연관관계를 만들어내고 있는 것이다.

많은 서술텍스트에서는 특정한 텍스트 요소들이 상이한 장소에서 여러 번 반복적으로 등장하기도 한다. 그것은 하나의 상징일 수도 있고 인상 깊은 이미지 혹은 언어적 표현일 수도 있다. 이러한 기법의 모범적 예는 토마스 만의 소설 『베니스에서의 죽음』이다. 마지막에 주인공 아셴바흐를 기다리는 죽음이, 거기서 여러 번 가볍게 변형된 인간의 형상으로 나타난다. 소설의 시작부분에서 금방 아셴바흐는 뮌헨의 공동묘지 앞에서 해골 같은 인상을 한 한 남자를 본다. "그의 입술은 너무 짧아 보였는데, 그것은 치아에 의해 완전히 위아래로 밀려나 버렸기 때문에 잇몸이 드러날 때까지 치아가 입술 사이에서 희고 길게 앞으로 튀어나와 있었다.

베니스에서 카페리선이 출발하기 전에 아셴바흐는 멋쟁이같이 치장한 한 백발노인에게 성적 괴롭힘을 당하게 되는데, 그 노인은 젊은 척함으로써 자신이 죽음에 임박해 있음을 감추려고 애쓴다. 자신의 최후를 맞이하기 직전에 아셴바흐도 똑같이 행동하게 된다. 그 직후 너무 힘든 나머지 몇 번인가 흰 이를 드러내는 한 곤돌라 사공이 그를 도화시켜 준다. 나중에 그는 여러 번 강한 이빨을 드러내는 창백한 얼굴을 가진 한 거리의 가수를 만난다. 이처럼 죽음의 테마는 그 체화된 모습이 약간씩만 변형된 형태로 반복적으로 암시된다. 이것은 이소설이 보여 주고 있는 지극히 기교적인 복합성의 단지 한 측면에 불과할 뿐이다. 이런 기법의 규범은 텍스트 전체에 걸쳐서 깔려 있는 섬세한 긴장 망을 가시화할 수 있을 것이다. 이 관계망은 결국 소설의 주제를 명시적인 방식으로가 아니고, 그 관계망을 바탕으로 한 의미층위에서 소급적으로 지시해 주고 있는 것이다. 모티브로서 스스로 반복하고 계속 회귀하면서 구조화하고 의미를 산출하는 기능을 지닐 때 우리는 그것을 '라이트모티브'(시도동기, Leitmotiv)라 부른다. 이것은 음악에서 차용한 기법으로서 특히 리햐르트 바그너가 애용한 바 있다.

(3) 서술 상황과 서술 시점

지금까지의 설명에서 특별히 중요하게 언급하지는 않았지만 독일어 단어 'Erzähler'를 일상적인 언어 사용에 맞추어서 대체로 '화자' 또는 '작중 화자'의 의미로 사용했다. 그러나 이제 이 말은 보다 엄밀한 의미에서 새로운 정의를 필요로 한다. 당연히 사람들은 유명한 소설을 쓴 사람들을 남녀를 구분하지 않고 '대소설가'라고 부른다. 여기서 '소설가'(Erzähler)라는 말은 문법적으로 남성형이지만 남성 소설가뿐 아니라 여성 소설가도 포함하는 중립적 상위 개념임은 물론이다. 독일에서는 그런 의미에서 '여류소설가'라는 표현을 쓰기도 한다. 그러나 그들의 텍스트가 모두 동일한 방식으로 서술되는 것은 아니다. '소설가'

로서의 클라이스트는 극작가나 저널리스트로서의 클라이스트와 구별된다. 모든 개별 텍스트에서 '이야기하기'는 매번 아주 특수한 방식으로 이루어진다. 그렇기 때문에 최근의 연구에서는 정확성을 기하기 위해 "서술기능"이나 "서술상황" 같은 용어들이 사용되기도 한다. 물론 탈구조주의적인 방법론에 따른다면 용어와 개념의 이해에는 논쟁의 여지가 있을 것이다. 아무튼 슈탄첼은 전형적인 서술상황의 유형을 본질적으로 세 가지로 분류하는데, 전지적 서술상황, 인물시각적 내지 하부그룹으로서의 중립적 서술상황 그리고 일인칭 서술상황이 그것이다.

'전지적 서술상황'은 서술에 가장 큰 활동공간을 제공한다. 예를 들어 줄거리가 몇 세대에 걸쳐서 전개되거나 동시대적 사건들이 서로 멀리 떨어져 있는 활동무대에서 서술될 경우, 이것은 시간과 공간을 흔들림 없이 자주적으로 다룸으로써 고유한 성격을 지니게 된다. 다수의 인물들은 동일한 입장에서 투시되는 내면의 심리적 묘사를 통해 특정지어진다. 부설, 주석, 인물이나 태도에 대한 평가, 독자에 대한 호칭, 서술 자체에 대한 지시와 다른 서술몸짓들이 마찬가지로 여기에 속한다.

그러나 화자는 이 모든 자유로움을 전부 활용하지 않고 의도적으로 제한하면서 서술할 수도 있다. 예를 들어 사건의 진행에 관여하는 한 인물이 매개체로 선택되고 오직 그의 관점에서만, 그러나 여전히 삼인칭 대명사 '그'의 형태로 서술되는 것이다. 그렇기 때문에 그는 강제적으로 중심에 서 있을 필요가 없고, 변두리의 위치를 차지할 수도 있다. 이런 '인물 시각적 서술상황'에서는 그럴 경우 심리적인 내면투시가 단지 이 한 인물에게만 유효하며, 사건에 대한 그의 주관적 평가가 전면에 놓인다. 이 점은 독자에게 직접성의 인상을 강화시켜 주는 반면에, 그 밖의 인물들에 대해서는 그들이 구사하는 담화, 편지 혹은 몸짓과 표정의 묘사와 같은 가능성들만이 성격을 규정하는 수단으로 사용될 수 있다. 중립적 서술상황은 여기서 우세를 점하고 있는 주관적 입장을 의식적으로 포기하고 완전히 무관심한 구경꾼의 견지에서, 마치 카메라가 외부에서 중립적으로 사건을 기록하듯 서술한다. 상황에 따라서는 이 점이 독자들의 내적 참여를 특히 강하게 불러일으킬 수 있다. 플로베르의 『보바리 부인』(1857)이 이런 서술상황에 대한 좋은 예가 되는 작품이다.

'일인칭 서술상황'에서는 1인칭 단수로 서술된다. 그래서 실제로 한 사람의 허구적 '화자'가 등장하며 독자로 하여금 모든 것을 그 인물 자신이 몸소 경험한 것처럼 믿도록 한다. 그러나 이 '나'를 실제의 역사적 인물로 여기거나 완전히 '작가'와 동일시하는 것은 옳지 않다. 작가는 '나'라는 존재를 단지 고안해 내었을 따름이며, 따라서 '나'는 극히 임의적으로 다루어질 뿐이다. 토마스 만의 『펠릭스 크룰』 같은 '회고록' 형식의 소설이나 자서전적 텍스트에서도 그런 사정이 사실로 간주될 가능성이 있기 때문에 '주의'가 요구된다. 왜냐하면 '시와 진실', 즉 문학적 허구와 실제적 현실은 충분히 자주 서로 밀접하게 뒤엉켜 있기 때문이다. 어쨌든 그런 경우 진실성을 보장받기 위해서 관점은 명백히 좁혀져 있고 서술된 것과의 거리는 전반적으로 극복된 상태이다. 주관성과 직접성이 특히 강하게 효력을 나타내는 것이다. 테오도르 슈토름의 『임멘 호』 경우처럼 어떤 소설에서 가령 노경에 접어들어 경험 많고 지혜로운 인물이 된 서술적 자아가 일인칭 형태로 자기 자신의 어린 시절을 체험적 자아로서 회상하면서 서술한다고 할 때, 그리고 동시에 자신의 예전 행동 방식을 비판적으로, 반어적으로 혹은 애수에 잠겨 논평한다고 할 때 그런 서술방식은 아주 매력적일 것이다.

상기한 전형적인 서술상황은 물론 다른 서술적 실험들을 결코 배제하지는 않는다. 그래서 예컨대 프랑스의 누보로망의 한 대표자인 미셸 뷔토르는 그의 소설 『변모』(1957)를 전반적으로 2인칭 복수 형식으로 기술했다. 이런 서술기법은 그러나 흥미롭고 생산적이기는 하지만 그렇게 자주 사용되는 기법은 아니다. 또한 서술의 시작상황이 텍스트의 진행과정에서 무조건 수미일관 되게 관철될 필요도 없다. 때에 따라서는 교체하면서, 예를 들어 전지적 서술상황에서 인물 시각적 서술상황으로의 변화가 자주 나타남으로써 특정한 효과를 얻을 수도 있다. 이제 다시 클라이스트의 『O 후작부인』으로 돌아가 임의로 한 짧막한 단락을 관찰해 보기로 하자.

"그는 말을 타고 V 시로 달려갔다. 그가 문 앞에서 말에서 내려 앞마당으로 들어서려 하자 문지기가 그에게 후작부인은 누구도 만나지 않는다고 말했다." 여기서 사건은 과거시제로 서술되고 있다. 그러나 글을 읽을 때는 과거사에 관해 이야기하고 있다는 인상을 받지 않는다. 오히려 사람들은 사건을 직접적으로 함께 경험하는 것으로 생각하며, 동시에 스스로 목격자라고 믿는다. 대개 이러한 무의식적인 독서자세는 '묘하게' 역설적인 다음 문장에서 더욱 명백해지는데, 이 문장에는 아직 알려지지 않은 범인이 스스로 정체를 드러낼 날이 밝혀진다. "내일이 그 끔직스러웠던 세 번째 날이었다." 아주 정확하게 주시할 때만이 이러한 표현이 눈에 드러나게 될 것이다. 저명한 독일 여류 문예학자 케테 함부르거는 이러한 현상에 대한 표현으로서 '서사적 과거'라는 개념을 사용했다. "서사적 과거는 사실을 보고하는 역사적 과거와는 달리 실제적, 역사적 아닌 허구적 현재성, 즉 우리의 상상력 속에서 서술되는 사건의 현전으로 특정지어진다. 허구적 서술텍스트에서는 과거가 자신의 시간적 질을 '변화시키거나' 상실 한다." 따라서 신문기사에서는 "어제 …… 했다"와 같은 표현은 거의 찾아볼 수 없다. 이 같은 표현은 텍스트의 허구성을 말해주는 간접증거이다. 클라이스트가 자기 소설의 부제에서 "실제 사건"이라고 지적하고 있는 것 역시 허구 세계의 구성요소이지 사실에 대한 진술이 아니다. 왜냐하면 이와 유사한 사건이 실제로 일어난다 하더라도 현실적으로는 클라이스트가 서술한 것과 같이 세부적으로 그렇게는 진행되지 않았을 것이 분명하기 때문이다. '작가는 거짓말을 한다.'라는 플라톤의 유명한 말은 문학적 허구의 경우에는 하나의 '특수한 현실'이 문제가 된다는 방향으로 이해해야만 할 것이다. 어쩌면 그런 현실은 '잠재적 현실'이라고도 말할 수 있을 것이다. 이미 아리스토텔레스의 『시학』에서는 작가의 과제가 실제로 발생한 사건의 보고에 있는 것이 아니라 오히려 사건의 개연성을 알리는 데 있다는 점을 강조한 바 있다. 따라서 문학적 허구의 가능성은 바로 현실의 제한성으로부터 자유로워지는 데 있는 것이다.

이제 『O 후작부인』이 어떻게 서술되고 있는지의 문제로 되돌아가보자. 서술기능은 작가가 개별적인 줄거리 부분들의 비중을 배분하고, 일어난 사건들을 선택·정렬하거나 묵살하는 데에서 감지될 수 있다. 하지만 몇몇 대목에서는 서술기능에 대한 지시가 명백히 드러나기까지 한다. 첫 번째 본 단락에서 두 번째 본 단락으로 넘어가는 전환을 뚜렷이 알리고 있는 것은 결코 우연이 아니다. 여기에서 이 소설의 도입부에서 읽었던 신문광고와 다시금 연결된다. 그리고 몇 문장 지나서 다시 이렇게 이어진다. 산림 지기는 백작에게 "우리 독자들이 지금 막 알게 된 사실의 역사 이야기"를 전해 주었다. 이런 서술기법은 허구의 중단이 아니라 오히려 텍스트를 구조화시키는 기능을 하는 동시에 허구성의 기법으로서 현실감을 강화한다. 클라이스트는 축약을 통해 보다 큰 시간대의 단락들을 서로 연결시키고 몇몇 줄거리의 정점에서는 인물들의 대화를 직접화법으로 재현한다. 그러나 그는 가족들의 토론을 종종 간접화법으로 서술하기도 한다. 그렇게 함으로써 가장 중요한 것만 요약하고 나머지는 생략하면서 서술템포를 상승시킨다. 이런 기법은 전지적 서술상황에 특징적이다. 왜냐하면 그런 서술상황에서도 선택하는 자유가 허용되어 있기 때문이다. 이러한 담화보고 는 마찬가지로 축약적 기능을 갖는다. 하지만 자주 인용된 다음 대목을 일단 도외시한다면 클라이스트는 전지적 서술상황에서는 쉽게 실천할 수 있는 심리적 내면투시를 거의 사용하지 않는다. "이런 힘든 노력을 통해 자기 자신을 깊이 알게 되자 그녀는 돌연 운명으로 인해 자신이 빠져들게 되었던 그 깊은 심연으로부터 마치 스스로의 힘으로 그렇게 하듯 높이 솟아올랐다."

클라이스트가 내면투시를 포기한 것은 소설의 내적 긴장을 위해서는 바로 후작부인 자신이 누구 때문에 임신했는지를 스스로 알고 있는지가 미결상태로 남아 있어야 했기 때문이다. 클라이스트의 이 노벨레에서 또한 의식의 진행과정을 표현하고 서술템포를 지연시키는 소위 체험화법이 결여되어 있는 것도 같은 이유에서이다. 이런 체험화법에 대한 짤막한 예는 토마스 만의 『베니스의 죽음』에서 찾아볼 수 있다. "이 기다림 들과 비교해 볼 때 그에겐 자신이 그전에 한순간 꿈꾸었던 다정스러운 행복은 무엇이었을까? 혼돈의 이득에 비한다면 그에게 예술과 미덕이 무슨 의미가 있는 것일까?" 체험화법은 인칭의 면에서는 간접화법에서와 마찬가지로 삼인칭 대명사를 사용하지만, 어법이나 어순 면에서는 직접화법에서처럼 직설법과 정치법 어순을 사용한다. 특히 주인공의 박력과 그의 내면에서 일어나는 사건들은 이런 체험화법을 통해 잘 묘사될 수 있다.

현대적인 소설 산문에서는 의식의 진행과정을 표현하기 위해 또 다른 문체기법들이 개발되었다. 아르투어 슈니츨러의 소설 『구스틀 중위』(1901)에서 서술이 중간에 그 어떤 주석이나 설명도 없이 처음부터 끝까지 '내적독백'으로 일관 되고 있는 점이 바로 그러한 기법의 대표적인 예라 할 수 있을 것이다. 이 소설은 이렇게 시작한다. "도대체 이것은 또 얼마나 더 오래 지속될까? 시계를 봐야겠는데…… 이렇게 진지한 음악회엔 어쩐지 어울리지 않는 건데. 하지만 누가 안담? 설사 누가 안다 하더라도 그는 나처럼 별로 주의를 기울이지 않을 거야. 그러니 그런 자를 상관할 필요는 없지…… 이제 겨우 9시 15분인가?…… 벌써 세 시간은 이 음악회에 앉아 있는 것 같은데. 이런 일에는 익숙하지 않단 말이야…… 도대체 이게 무슨 음악이지? 프로그램을 살펴봐야겠어. 그래, 맞아. 성가곡인가? 난 미사곡이라고 여겼는데. 이런 것들은 교회에나 맞는 곡이지." 이 소설에서 1인칭 형식으로 서술하는 화자는 피상적이며 정신이 산만한 자신의 주인공과 겹쳐져 있다. 화자는 자기 생각을 직접적으로 표출하지 않고 인물로 하여금 독백처럼 말하게 하고 있다. 문법, 문장, 구두점상의 결함은 없다. 이런 점에서 독자는 화자의 질서정연한 서술기능을 인식할 수 있다. 왜냐하면 그와 같은 연상들의 연쇄는 사실상 엄격한 문법적 규칙의 고수를 느슨하게 하는 경우가 많기 때문이다.

내적 독백과 비슷한 것으로 인물의 잠재의식까지 서술의 대상으로 삼으려고 시도하는 더욱 극단적인 기법은 '의식의 흐름' 기법이다. 제임스 조이스의 문제 소설 『율리시즈』(1922)의 마지막 장의 이렇게 시작한다. "그래요. 그이가 잠자리에서 계란 두 개하고 아침을 먹겠다고 한 것은 시티 암즈 호텔 이래로 그 전엔 한 번도 없던 일이었지. 그당시 그이는 앓는 소리를 내면서 병이라도 난 듯 드러누워 있거나 고상하고 점잖은 체 뻐기면서 저 말라깽이 할망구 리오던 부인에게 아첨을 떨며 그녀가 꽤 자기 마음에 든 체했것다. 그런데 그녀는 자기 자신을 위한 미사에다 돈을 몽땅 기부해 버리고 우리한테는 한 푼도 남겨 주지 않았다니까 저런 구두쇠 할망구는 세상에 처음 봤어요. 정말이지 싸구려 술값 4펜스 내놓는 것도 아까워하고 내게는 노상 자기 병이야기만 털어놓다니 그녀는 태어날 때부터 잔소리가 너무 심해 정치니 지진이니 세상의 종말에 관해 수다를 떨지만 조금이라도 얘기해 보자 이 말씀이에요. 세상 여자가 다 저따위라면 정말이자 하느님 맙소사." 이러한 처리방식으로 구두점 없이 불연속적으로 끝없이 계속되는, 문장론적으로 불완전한 문장들은 연상들의 파편과 생각의 조각들, 기억들, 감정들 및 소망 상들의 진행과정을 그대로 재현하고 있다. 우리는 이러한 기법을 최소한 현실에 근접하는 것이라고 평가할 수 있다.

지금까지 서사적 산문에서 문제가 되는 중요한 기본개념과 그 기능을 장편소설, 중·단편소설 그리고 노벨레 작품에서 인용한 부분들을 예로 들어 비교적 자세하게 설명하였다. 그러나 이로써 개개 서사 장르 고유의 특징들이 상세하게 설명된 것은 아니다. 이러한 서사 장르들은 그 자체가 다시 고유한 특징을 갖는 하위 장르들로 세분될 수 있기 때문이다. 예를 들어 장편소설은 그 내용과 형식 등 여러 기준에 따라 다시 '악동소설', '모험소설', '교양소설', '서간체 소설' 등으로 나누어질 수 있는 것이다. 뿐만 아니라 위에서 언급한 서사 장르들 외에도 여러 가지 다른 하위 서사 장르들이 존재한다. '장편(掌篇)', '달력이야기', '일화', '우의', '우화', '산문 우스개이야기' 등과 같은 서사 장르들이 있는 것이다. 앙드레 욜레스는 『단순 형식들』이란 책에서 이와 같은 서사 장르들과 함께 '민담', '전설', '성자이야기', '수수께끼이야기', '재담' 등 서사문학의 소위 단순 형식들을 체계적으로 분석하고 있다. 위에서 설명한 서사문학의 기본개념들은 이 같은 장르의 텍스트를 분

석하는 데도 적용될 수 있을 것이다. 다음 장에서는 서사문학의 하위
장르들을 좀 더 자세하게 살펴보기로 한다.

(4) 서사문학의 하위 장르들

문학작품을 해석할 때 우리는 그 작품이 속하는 종류의 고유한 동
인들을 밝혀내거나 형태적 특성이 어떻게 구체화되어 있는가를 추적
한다. 예를 들어 '우의'에서는 교훈성과 그 의미의 분석이, 그리고 재
담에서는 '핵심'의 분석이 요구된다. 그리고 단편소설의 해석자는 응축
된 사건에 관심을 집중시키며 장편소설의 해석자는 줄거리의 얽힘, 문
제성, 제 형상 간의 관계에 주의를 기울인다. 물론 텍스트의 종류를
명확하게 구분 짓기는 불가능하다. 어떤 작품이 장편인지 중편인지 단
편인지 아니면 '달력이야기'인지 우화인지 물과 불처럼 하나의 범주로
분명히 한정지을 수는 없다. 문예학에는 각 종류의 본질적 특성에 관
하여 각양각색의 의견이 분분하다. 그러나 유사한 텍스트 종류를 포괄
하여 전체 문학작품을 세 개의 장르 즉 서사문학, 극문학, 서정문학으
로 분류하는 데에는 누구나 의견을 같이 한다. 최초로 문학적 장르와
종류를 언급한 아리스토텔레스의『시학』이후 장르 구분의 근거에 대
하여 수많은 논쟁이 있었다. 오늘날까지 그 문제에 대해 합의점에 이
르지 못하고 있지만 장르 구분이 내용보다는 형태적 특성에 의거하며,
또한 이 세 장르의 발생은 자아와 세계 관계를 문학적으로 상이하게
취급한 데서 기인한다는 기본적인 인식은 확인가능하다. 즉 문학적 텍
스트는 이상적 방식으로 (어떠한 제한도 없이)하나의 문학 장르나 종
류를 대변하는 것이 아니라 오히려 작가는 자아와 세계, 주체와 객체
사이의 관계를 형상화하는 여러 가능성을 종합하여 하나의 텍스트가
여러 장르의 특징을 대변하도록 한다. 그러나 일반적으로 한 장르의

특징이 지배적으로 나타나기 때문에 각 장르의 본질은 언제나 살아 있다. 시의 본질은 자아표현의 주관성에 있다. 반면 드라마는 사건을 관객에게 사실대로 제시하기 때문에 객관성을 추구한다. 그리고 서사의 본질적 특성은 사건이 수용자에게 직접 전달되는 것이 아니라 '화자'를 통해 중개되는 데 있다. 시가 자아의 주관성을, 드라마가 사건의 직접성과 객관성을 추구하는 데 비해 서사는 객관적 사건을 주관적 매개체를 통하여 독자에게 전달한다.

각 장르가 독립적으로 존재하는 것이 아니라 많은 것을 공유하고 있다는 사실은 특히 담시에서 확인할 수 있다. 일반적으로 담시는 '서사적인 요소와 극적인 요소를 지니고 있는 이야기 시'로 정의 된다. 이미 괴테도 문학적 장르에 대해 언급한 바 있는데 특히 그는 『담시, 고찰과 해석』이라는 소논문에서 "담시에는 각 장르의 요인들이 분리되지 않고 살아 있는 하나의 알 속에 결합되어 있기 때문에 제 민족의 담시에는 그 민족의 전체 시학이 담겨 있다"고 주장하였다. 문예학자 율리우스 페테르젠은 삼등분 된 원을 통해 문학 장르와 그 하위 형식들을 분류하였는데 이때 교차와 중복이 분명히 나타나게 하였다. 그리고 에밀 슈타이거는 『시학의 기본개념』이란 책에서 장르의 구분과 장르 요인의 혼합을 논하면서 '서사', '시', '희곡'이라는 명사적 표현 대신에 인간의 기본적 특성에 의거하여 '서사적', '시적', '극적'이라는 보다 융통성 있는 형용사적 개념을 문학의 세 기본범주로 설정하였다. 그러나 슈타이거 역시 기본적으로는 장르의 삼분법을 벗어나지는 않고 있다.

이미 앞 장에서 언급한 것처럼 서사문학에는 많은 장르들과 그 하위 형식들이 있다. 앙드레 욜레스는 『단순형식들』이라는 책에서 단순한 구조를 지니고 있고 前문학적 성격을 띠며 주로 구전되는 일련의 서사적 하위 장르들을 종합적으로 설명한 바 있다. 이러한 범주에 속하는 것으로 그는 '성자이야기', '전설', '신화', '수수께끼이야기', '교훈적 이야기', '민담', '재담', '사건이야기', '회고담' 등을 언급하였다. 그러나 '우의', '우화', '우스개이야기', '일화' 등의 형식도 그런 단순 형식에 포함될 수 있을 것이다. 이러한 형식 가운데 문학적으로 특히 중요한 것은 '성자이야기', '전설', '민담', '우화' 등이다. 욜레스가 "근원적 단순 형식"에 포함시키지는 않았지만 '달력이야기'도 역시 중요하다. 어떤 역사적 인물과 관련된 작은 사건들을 핵심적으로 표현하는 '일화'는 오늘날까지도 오락물의 형태로 신문에 자주 등장한다. 그러나 하인리히 폰 클라이스트가 「지난 프로이센 전쟁의 일화」에서 주장한 일화의 문학적 의미는 오늘날 더 이상 찾아볼 수 없다. 수준 낮고 우스꽝스러운 내용을 운문이나 산문 형태로 다루는 '우스개이야기'도 오늘날은 중요한 역할을 하지 못한다. '우스개이야기'와 마찬가지로 '우화'와 '우의'도 대개 교훈적인 성격을 지니고 있으나 '우스개이야기'가 교훈을 직접적으로 표현하는 데 비해 '우화'와 '우의'는 간접적으로 또는 암시적으로 표현한다. '우화'와 '우의'를 구분하는 것도 중요하다. 도덕적 명제나 명심할 만한 생활의 지혜를 짧은 산문 형식으로 표현하는 점에서는 비슷하나 '우화'가 주로 인간사회의 사건을 동물이나 식물의 세계에 전이시켜 이야기를 꾸며나가는 데 비해 '우의'는 인간의 영역을 벗어나지 않는다. 또한 '우화'에서는 교훈과 이야기가 세부적으로 상응하는 데 비해 '우의'에서는 인간의 생활과 이야기 사이에 일반적인 관계만이 형성된다. '달력이야기'는 우화적인 표현을 피하고 독자에게 교훈을 아주 분명하게 인식시켜 준다. 헤벨 같은 작가는 자신의 달력이야기가 표현하는 교훈을 글의 서두나 문미에 요점적으로 정리하여 붙이기도 했다.

우화, 우의 달력이야기에 분명하게 나타나는 교훈적 의도를 '성자이야기', '전설', '민담'에서는 거의 찾아볼 수 없다. 오직 '성자이야기'에서만 교훈적 특징이 눈에 띈다. 성자이야기는 대체로 종교적인 의미에서 한 모범적인 인간의 삶을 이야기하며 독자에게 흥미뿐만 아니라 감탄을 불러일으킨다. 독자의 감탄은 주로 주인공의 신통력이나 경이로운 결말에서 유발된다. 성자 이야기는 역사적 현실성에 바탕을 두지 않는다. 이것은 전설이나 민담에서도 마찬가지다. 물론 전설은 실제 장소나 시대상황과 결합되어 있으며 실제로 동기로 치장하고 있다. 대부분의 전설은 역사적 사건, 지명, 식물, 동물, 왕, 황제, 영웅 등에 뿌리를 박고 있다. 전설은 성자이야기의 세속적 형식이라 할 수 있다. 반면 낭만주의 이후 계속 발전되어 온 민담은 실제 사건과 아무런 연관 없이 초시간적, 초공간적으로 경이로운 사건을 보고한다. 민담에는 현실성, 신빙성에 대한 요구를 제기할 수 없다. 왜냐하면 실제세계와 환상세계가 아무런 구속 없이 마음대로 어울리고 거인, 난장이, 요정, 인간, 동물, 식물이 초자연적 능력을 발휘하며 동일한 차원에서 활동하기 때문이다. 성자이야기이나 전설과는 달리 민담은 현실적 역사와 아무런 관련을 맺지 않는다. 우리나라 민담에서 형상화되고 있는 서사모티브와 소재가 다른 민족의 민담에서도 발견된다는 사실은 흥미 있는 일이다. 비교 민담연구는 다양한 시대, 다양한 민족의 민담들이 동일한 기본관념에서 출발하고 있음을 밝혀 준다. 일반적으로 민담은 구전된 것이냐 창작된 것이냐에 따라 '전래민담'과 '창작민담'으로 구분된다.

단편소설(쿠르츠게쉬히테, Kursgeschichte)은 현대 문학에서 가장 중시되는 장르 중 하나이다. 독일에서는 1920년을 전후하여 현대 산업사회에서 시간에 쫓기는 독자를 위한 잡지가 번창하면서 단편이, 교양 있는 독자를 대상으로 하였던 '노벨레'나 '에어첼룽(Erzählung)'를 점점 대신하게 되었다. 'Kurzgeschichte'라는 명칭은 영어의 '쇼트 스토리'(short story)를 독일어로 옮긴 것인데, 이러한 용어의 유래는 이 장르가 어떤 문학적 전통에서 비롯하는 것인지 암시해준다. 오로지 외적인 분량(대략 2, 3천 단어)에 따라 정의되는 '쇼트 스토리'와는 달리 'Kurzgeschichte'는 그 나름의 고유한 구조원칙을 갖는다. 이것은 '쇼트 스토리'뿐만 아니라 체홉과 모파상의 '핵심 있는 이야기'(pointierte Geschichte)와 독일의 우스개이야기, 달력이야기, 일화 등의 전통을 이어받고 있는 것이다. 단편소설은 이들 장르 외에 노벨레, 우의, 에어첼룽(Erzählung) 등의 장르와도 일정 부분 유사한 데가 있다. 그러나 이웃 장르들과의 이런 유사성에도 불구하고 단편소설은 그 이웃 장르들과 엄격히 구분된다.

단편은 전·후 이야기는 생략한 채 개인의 갈등상황을 압축적으로 묘사하며 의식적으로 개방적 구성력을 보인다. 단편의 가장 전형적이 특성은 갈등의 해소와 파국이 갑작스레, 그리고 직접적으로 다가온다는 점이다. 모든 사건의 신적·형이상학적 의미에 대한 믿음이 결여되어 있기 때문에 20세기의 단편은 16-19세기의 달력이야기와 엄격히 구분된다. 단편에는 교술적 특징이 없으며 결말은 지극히 개방적이다. 개방적 결말이란, 이야기가 갑자기 끝나거나 전혀 결말이 없다는 것은 아니다. 단편 중에는 핵심적인 결론을 지닌 것도 있다. 그러나 일반적으로 단편에는 갈등이 줄거리의 종결 후에도 계속된다. 줄거리가 진행되는 과정에서 갈등이 해소되더라도 여운이 계속 남기 때문에 수용자는 계속해서 갈등을 체험한다. 정신적 변화과정이 문학의 형식으로부터 얼마나 강한 영향을 받는지 단편소설에서 잘 알 수 있다. 단편소설에서는 세계가 의미를 규정하는 총체로서 파악되지 않기 때문에 갈등에 싸인 개인이 이야기를 중심에 있으며 교훈적인 것이 독자에게 전달되지는 않는다. 전·후 이야기의 생략으로 인하여 갈등은 작품 속뿐 아니라 수용자의 심리에 언제나 살아 있다.

서사 장르의 하위 형식 가운데 '에어첼룽'(Erzählung)은 그 정의를 내리기가 가장 어렵다. 넓은 의미에서 '에어첼룽'은 모든 형태의 서사 문학을 포괄적으로 가리키고, 좁은 의미에서는 어중간한 규모의 서사 문학을 지칭하는 용어로 사용되고 있지만 어느 경우나 개념의 외연은 분명하지가 못하다. 우화, 성자이야기, 우스개이야기처럼 이야기도 원칙적으로 운문형식이 가능하지만 18세기 이래 운문적 이야기는 차츰 모습을 감추더니 지금은 거의 근절되었다. 양적인 분류기준(단편소설보다는 길고 장편소설보다는 짧은 길이) 외에도 에어첼룽을 위한 몇몇 규정적 특징들이 있다. 일반적으로 에어첼룽는 민담, 성자이야기, 전설과는 달리 비현실적 영역으로 나아가지 않는다.

느슨한 구조 속에 각각의 고유한 서술방식을 허용하면서 에어첼룽은 지난 2백 년의 문학사에 중요한 위치를 차지하는 두 개의 유형, 즉 '액자소설'과 '연대기 소설'을 발전시켰다. 전자는 동일 화자의 의해 보고되거나 여러 화자들에 의해 보고되는 순환적 액자소설뿐 아니라 하나의 '틀 이야기' 내에서 화자에 의해 보고되는 '속 이야기'를 모두 포함한다. 속 이야기를 갖는 액자소설에서 바깥의 틀 이야기는 속 이야기의 신뢰도를 높여 주며 독자로 하여금 서술된 사건과 내적 거리를 취하게 하는 역할을 한다. 연대기 소설은 실제로는 허구적 기록에 의거하면서 겉으로는 역사적이며 현실적인 치장을 한다. 화자가 연대기를 어떻게 발견했는가에 대해 보고하는 '틀 이야기'를 삽입하거나 고풍의 문체를 사용함으로써 연대기적 이야기는 진실성을 가장한다. 이러한 형식은 특히 19세기 문학에서 애용되었는데, 호프만의 『악마의 영약』, 슈티프터의 『증조부의 가방으로부터』 그리고 마이어의 다수 작품들이 이 형식의 소설에 속한다.

여러 작가나 학자들에 의해 '노벨레'(Novelle)의 개념이 비록 상이하게 규정되긴 하지만 노벨레는 다른 장르에 비해 비교적 확실한 개념 규정이 내려져 있다. 노벨레라는 명칭은 '새롭다'는 뜻의 이탈리아어 'novella'에서 연유하는데 르네상스 이후 문학적 개념으로 도입되었다. 이 개념은 '의외의 사건'이 노벨레의 중심에 있음을 시사해 준다. 노벨레는 긴장이 가득한 구조 속에 비본질적 구조요인이 차지할 공간을 제거하며, 사건이 가공적 현실세계에서 일직선으로 진행되다가 완전한 결말에 이르게 한다. 『노벨레』라는 제목의 노벨레를 씀으로써 이 장르의 모범적 형태를 제시한 괴테는 에커만과의 대화에서 '듣지도 보지도 못한 하나의 발생된 사건'의 묘사를 노벨레의 본질로 규정하면서 놀라운 것, 비일상적인 것을 노벨레 고유의 특별한 모티브로 제시하였다. 노벨레 장르에 대한 수많은 개념규정 시도들은 도움을 주기도 하며 비난을 받기도 한다. 개념규정 시 흔히 범하는 오류는 인접장르에도 적용되는 특징들을 노벨레에만 나타나는 현상으로 규정하는 것이다. 이러한 공유적 현상들은 그 자체 만으로서는 노벨레의 개념을 규정하는 근거가 될 수 없다. 괴테의 정의뿐만 아니라 티크와 파울 하이제의 정의도 유명한 노벨레 정의로 알려져 있다. 티크는 '전환점'을 노벨레의 본질적 특성으로 제시하며 새롭고 경이로운 사건의 도입을 이 장르의 구조적 특징으로 해석하였고, 하이제는 보카치오의 『데카메론』에 나오는 소위 '매-노벨레'에서 중요한 힌트를 얻어 노벨레를 새롭게 정의하려고 하였다. 하이제에 의하면 보카치오의 매-노벨레에서 매는 모든 개별적 구조요인을 종합하여 자체로서 완결된 전체를 구성하는 중심적 모티브이며, 또한 그것은 노벨레를 다른 이야기들과 구별 짓는 결정적인 판단기준이 되는 것이다. 이것이 바로 이른바 '매이론'이다. 그러나 노벨레의 구성적 완결성과 엄격한 형식은 오늘날 노벨레가 현대 문학에서 차지하는 비중을 약화시키는 요인으로 작용한다. 정신적 회의와 방향설정의 어려움 속에 시적 형식과 언어의 실험이 행해지는 현대에서 엄격한 심미적 형식미가 뒷전으로 물러나는 것은 그리 놀라운 일이 아니다. 서정시의 각운과 규칙적 운율, 드라마의 장·막 구분이 점차 사라지고 자유로운 활동공간이 선호되듯이 오늘날 서사문학에 있어서도 자유로운 형식의 장르가 점점 중요시되고 있는 것이다.

장편소설(Roman)이 현대 문학의 주도적인 예술형식으로 자리 잡게 된 것도 이러한 사실과 관계가 있다. 장편은 예나 지금이나 노벨레나 우화처럼 명확하게 정의되지 못한다. 왜냐하면 장편소설은 큰 분량의 산문이며 따라서 특정한 규칙에 의거하여 개별부분들을 조립하기가 어렵기 때문이다. 스페인 문학에서의 악동소설이나 독일의 민중본에서 주도적인 구성 원칙으로 간주되던 '에피소드의 단순한 나열'은 규모가 큰 이야기를 구조화하고 그들의 개별적 요소들을 합목적적으로 결합시키기에는 불충분하다. 이러한 어려움을 해소하기 위하여 장편 작가들은 서로 다른 길을 추구했기 때문에 오늘날 수많은 유형의 장편이 존재한다. 볼프강 카이저는 장편소설을 사건소설, 인물소설, 공간소설 등 세 가지 유형으로 구분한다. 이러한 구분 외에 장편소설은 일반적으로 작가의 의도나 기본입장에 따라 풍자소설·교훈소설 등으로, 외적 형식에 따라 일인칭소설·서간체소설 등으로, 소재에 따라 정치소설·향토소설·시대소설·사회소설 등으로, 주인공의 행위에 따라 교육소설·교양소설·발전소설 등으로 구분되기도 한다. 사실상 장편소설에는 소재, 형식, 주제, 문체상 모든 것이 다 가능하다. 이것은 또한 장편소설의 발생과도 관계가 있다.

원래 'Roman'이라는 말은 12세기 프랑스 학자들의 언어인 라틴어로 쓰이지 않고 민중 어인 '로만 어'(lingua Roman)로 쓰인 모든 문자적 표현을 지칭했는데 13세기에 들어서는 문학작품에만 적용되다가 결국은 산문으로 된 문학작품으로 한정되었다. 독일문학에 있어 장편소설은 두 갈래 문학 전통과 근원에서 출발한다. 15세기 이후 중세 서사시를 산문으로 개작하거나 프랑스 산문소설을 독일어로 번역한 것이 하나의 근원이며, 15, 16세기에 유행했던 오락적 해학 문학과 민중본의 전통이 또 다른 근원이다. 이러한 사실들은 장편이 근대의 산물임을 보여준다. 장편소설은 자체로서 완결된 세계상, 엄격한 체계를 지닌 사회질서, 확고한 형식미를 지닌 미학의 퇴조를 반영하고 있기 때문이다. 세계를 전체로서 묘사하며 기독교적 사고, 기독교적 존재질서를 대변하는 서사시 대신에 장편소설은 인간의 불완전성, 모든 관계의 부족한 신빙성, 세계질서의 회의감을 인식시켜 준다. 서사시가 주로 상징, 알레고리, 전형성의 수단에 의존하는 반면 장편소설은 인간을 사건의 중심에 두며 일회성과 주관성을 부각시킨다. 서사시가 기사, 귀족 즉 고매한 인물의 세계를 다루며 격조 높은 화술과 고매한 문체로써 교양 있는 독자들을 대상으로 하는 데 비해 장편소설은 대체로 일상적 세계, 즉 시민성, 생존투쟁, 삶의 모험의 세계를 다루며, 평범하고 소박한 문체, 오락적이고 솔직한 필치로써 시민계급 독자들을 대상으로 한다.

19세기의 정신적 동요와 사회적 격변에 직면하여 장편소설의 발전은 중요한 전환기를 맞이한다. 대중문학이 발달하면서 '장편소설'이 대표적인 오락적 매개체로서의 역할을 한다. 이때 천박한 문학적 동인들이 점점 전면에 나서며 모든 사람이 이해할 수 있는 쉬운 표현형식만이 사용된다. 즉 여기서는 소시민들이 관심을 갖는 삶의 현상들이 파악되고 그들의 일상생활을 미화하는 이야기가 서술된다. 대중문학의 발달에 발맞추어 통속소설과 아류소설이 주종을 이룬다. 순수하게 양적인 관점에서 볼 때 이들 작품들은 대부분 장편소설이라고 부를 수 없는 싸구려 소설들이다. 다른 한편 시민계급 내에서 사회적 대립관계와 타락현상이 심화되면서 '사회소설'이 대거 등장하는데, 이런 유형의 소설들은 테오도어 폰타네, 파울 라베, 하인리히 만, 토마스 만, 야콥 바서만, 헤르만 브로흐 같은 작가들에 의해 특히 20세기 초에 전성기를 맞이하였다. 또한 대중사회에서 인간의 소외문제가 대두되면서 시민적 지성의 위기의식을 반영하는 심리소설이 등장하는데 이 소설 유형은 점차 대두하는 심리학의 영향으로 인간의식의 흐름을 다룬다. 독일어권에서는 로베르트 무질의 『특징 없는 사람』, 토마스 만의 『마의 산』과 『파우스트 박사』 대표적인 예이다. 이해 불가능 하며 위협적인 세계에서 인간의 소외 문제를 다룬 프란츠 카프카의 장편소설도 이 유형에 속한다. 그런데 심리소설을 해석할 때는 사회적·정신적 발전양태, 독일의 문학적 전제조건 외에도 외국의 영향이 반드시 고려되어야 한다. 특히 제임스 조이스, 마르셀 프루스트의 영향이 중요한 역할을 하였다. 개성을 말살하는 기술문명 속에서 허덕이는 세계와 정치·사회적 알력이 더욱 심해지는 시대 속에서 인간이 겪는 위기의식을 현대소설이 다루고 있다는 사실에 주목해 보면 그 옛날 서사시를 산문으로 대치시켰던 급진적 변화가 오늘날에도 분명히 나타나고 있음을 짐작할 수 있다. 사회와 의식과 문학의 연관성이 그 역사적 변화과정에 있어 오늘날처럼 그렇게 극명하게 인식된 적은 없었다.

3.5. 극문학

(1) 극문학의 본질

서사문학에서 사건을 수용자에게 중개하는 '화자'의 존재가 장르 규정의 중요한 기준이 되는 데 비해 극문학, 즉 희곡문학에 있어서는 행동의 '직접적인' 제시가 장르의 본질적인 기준이 된다. 이 같은 '직접적인' 제시는 희곡작품이 무대미술·소도구·기술적 수단 등의 도움으로 일단의 배우들에 의해 음향적·시각적·언어적·행동적으로 중개되는 것과 상충되지 않는다. 이것들은 어디까지나 극의 부차적인 특징일 뿐이다. 서사문학에서도 악센트를 넣어 소리 내어 읽거나 제스처를 곁들여 낭독하면 이러한 부차적 특징을 지닐 수 있다. 극장에서 상연되느냐 집에서 읽히느냐 하는 문제를 고려하지 않고 드라마를 고찰하면 '직접성'은 희곡장르를 규정하는 일차적 요건이다. 희곡의 직접성이란 사건이 산문에서처럼 후면으로 물러나고 단지 화자를 통해서만 수용자에게 구현되는 것이 아니라 사건진행의 시간과 사건수용의 시간이 일치하는 것을 의미한다. 그런데 희곡에서도 극적 사건과 수용자의 직접적 관계가 지양되고 서사적 수단이 동원되는 경우가 있다. 이런 경우에는 후면으로 밀려난 것, 즉 무대 위에서 상연되지 않는 것을 보고하거나 무대 위에서 행해지는 것을 설명하는 화자가 등장한다. 글자가 새겨진 중간 장막이 관객에게 특정한 정보를 제공해주거나 영사기의 스크린이 역사적 사건을 재현시켜 주기도 한다. 특히 베르톨트 브레히트는 이러한 기법을 자주 사용하였는데, 이러한 중개적 성격과 간접성의 특징으로 인해 그의 연극은 '서사극'이라고 불린다.

이 같은 직접성은 드라마의 많은 요소들에서 찾아볼 수 있다. 등장인물의 외적 모습은 서술되는 것이 아니라 직접 감지되며 그의 말투는 어떤 매개체에 의해 특징이 설명되는 것이 아니라 직접적인 소리로 파악된다. 외적인 버릇, 제스처, 얼굴표정도 마찬가지다. 일상생활에서처럼 몸짓, 거동, 어투, 행동방식을 통해 내면적 모습이 드러나기도 하지만 인물의 내면성도 극문학에서는 일반적으로 직접적인 대화나 독백을 통해서만 표출된다. 이와 같은 장르 규정적 특징들을 고려하고 이에 상응하는 문제들을 제시할 수 있을 때 희곡작품은 올바르게 분석될 수 있다.

관객이 극장에서 경험하게 되는 이 같은 드라마의 직접성은 그러나 희곡 텍스트를 분석할 때 화자를 통한 정보 제공이 없는 까닭에 독자로 하여금 어려움과 당혹감을 느끼게 할 수가 있다. 하지만 사정은 전혀 그렇지 않다. 지시와 정보를 나타내는 지문이 각각의 막과 장에 배치되어 있어서 텍스트를 해석하는 사람에게 도움을 주기 때문이다. 괴테의 희곡 『괴츠』는 이렇게 시작한다. "프란텐의 슈바이쩬베르크에 있는 어느 주막집. 식탁에 메츨러와 지버스가 앉아 있으며 난롯가에 두 명의 기사 그리고 주인이 있다." 관객은 나중에야 알게 되거나 혹은 전혀 알지 못할 많은 정보들을 독자는 벌써 작품의 첫머리에서 얻게 된다. 예를 들어 사건이 진행되는 장소, 등장인물의 이름, 다른 손님의 신분 등은 연극으로 상연될 때 관객이 곧바로 인식할 수 없는 것들이다. 어떤 작가들은 지문을 보다 적극적으로 활용하여 배우나 연출자에게 보다 정확한 정보를 제공한다. 예를 들어 하우프트만의 희곡 『직조공』은 한 면을 다 채우는 많은 지문으로 시작하며, 인물들의 대화에서도 자주 지문이 첨가되고 있다. 이 작품에서 지문은 단순히 외적인 것에만 국한되지 않는다. 제1막 서두에 "현금출납대에서 약간 물러나 서서 간혹 도움을 구하듯 경직된 눈빛으로 사방을 둘러보던 첫 번째 여자 직조공은 용기를 내어 다시 출납원에게로 다가간다."라는 지문이 나오고 있는 것이다. 여기서 "용기를 내어"라는 말은 관객이 통찰할 수 없는 등장인물의 내적 상태를 표현하고 있는 것이다. 그러나 이러한 표현도 배우의 외양적 행동을 규정하는 하나의 지시로 간주된다. 내적 비참함을 나타내고 있는 이 지문은 배우가 연기를 할 때 이러한 내면적 상태가 드러나도록 행동하라는 작가의 요구이기도 하다. 작품을 통해 작가가 의도하고 있는 바가 무엇인지는 바로 지문을 통해 추론될 수 있는 것이다. 이런 이유에서 지문의 분석은 작품의 주제를 파악하는 데 중요한 수단이 된다.

다른 장르와 마찬가지로 희곡도 특정한 테마에 제한되지는 않지만 드라마의 직접성은 필연적으로 여러 가지 부차적인 특성들을 강요한다. 희곡 텍스트는 그 구체적인 실현에 있어 시간적으로나 공간적으로 제약을 받고 있는 것이다. 물론 드라마에도 공연을 전제로 하지 않는 '읽는 드라마'와 '책 드라마'가 있고, 특히 현대희곡에서 자유로운 실험성이 강조되기도 하지만, 희곡에서는 기본적으로 '광범위한 서사'가 불가능하다. 그러나 이러한 사실이 드라마가 단일 장소, 짧은 시간, 적은 수의 등장인물에 집중되는 사건만을 표현하고 시간적·공간적 다변성이나 인물의 다양성을 필요로 하는 사건은 제시할 수 없다는 것을 의미하는 것은 아니다. 아리스토텔레스의 『시학』 이후 그리스 비극이 엄격한 통일성을 요구하였고, 18세기 중엽에 이르기까지 프랑스나 독일에서도 장소의 통일·시간의 통일·사건의 통일이라는 소위 '3통일의 법칙'이 희곡 창작에서 반드시 지켜져야 할 일반적 규칙으로 간주되기는 했지만 레싱 이후 이러한 규칙은 점점 구속력을 잃게 되었다. 오늘날에는 드라마도 산문처럼 자유로운 활동 공간을 확보하고 있다.

(2) 극의 '완결된 형식'과 '개방 형식'

　미술사가 하인리히 뵐플린의 저서『미술사의 기본개념』으로부터 많은 영향을 받은 드라마 이론가 폴커 클로츠는『드라마의 완결된 형식과 개방적 형식』이라는 책에서 드라마를 서로 대립되는 두 가지 유형, 즉 '완결된 형식'과 '개방 형식'으로 구분하였다. '전체를 대변하는 부분'을 내용으로 갖는 '완결된 형식'의 드라마는 대립적 소수인물로의 집중, 시간과 공간의 적은 변화, 완벽한 결론, 일직선으로 나아가는 사건진행, 사회적 구조의 완결성 등을 특징으로 갖는다. 반면에 '여러 부분들 속에 나타나는 전체'를 내용으로 갖는 '개방적 형식'의 드라마는 통일성을 보여주고 있지는 못하지만 각각의 부분 속에 전체성을 포함하고 있기 때문에 여기에도 지속성의 경향이 나타나고 있다고 할 수 있다. 개방적 형식의 드라마까지 포함해 드라마는 무릇 주제와 갈등 혹은 그 해결의 과정을 아주 천천히 드러내는 소위 '문학적 우회로'를 택하지 않는다. 드라마에서는 제시의 직접성이 줄거리로부터 직접 긴장이 유발될 것을 요구하기 때문이다.

　지금까지 설명한 드라마의 형식을 염두에 두고『괴츠』를 분석해 보면 괴테의 청년기 희곡인 이 작품이 개방적 형식을 취하고 있음을 알 수 있다. 모든 요소들을 직접적으로 서로서로 밀접하게 결합시키는 구성력은 여기에서 찾아볼 수 없다. 사건이 진행되는 장소는 아주 다양하며 각양각색의 등장인물들은 부분적으로 서로 아무런 관계도 없다. 또한 줄거리도 다층적이며 갈등의 해결 과정도 직선적으로 진행되지 않고 있다. 오히려 다른 줄거리는 그대로 둔 채 괴츠의 죽음만으로 이 작품은 끝나 버린다. 이 작품에서는 결론은 있지만 진정한 결말은 없다.『괴츠』의 이 같은 구성 형식은 형식사적 · 정신사적인 관점에서 볼 때 슈투름 운트 드랑 시대의 작가들이 3통일의 법칙이나 운문의 사용 같은 기존의 모든 문학적 규범을 해체하거나 그것으로부터 거리를 취했다는 사실, 그리고 그들이 프랑스적 규범비극보다는 셰익스피어적 성격비극을 더욱 지향하였다는 사실과 관계가 있다. 그러나 『괴츠』를 개방적 형식의 비극으로 규정하는 것은 문학사적 관점에서보다는 작품분석의 관점에서 더 중요한 의미를 갖는다.

분석 결과 어떤 드라마의 개방적 혹은 폐쇄적 형식이 밝혀지고 그것을 뒷받침하는 개별적 특성들이 규명되면, 이제 문제가 되는 것은 이런 형식이 어떠한 기능을 하는지, 또 이러한 형식이 단순히 외적인 특성일 뿐인지 아니면 작품의 본질과 관계가 있는 것인지를 살피는 것이다. 『괴츠』의 경우 작품의 개방적 구조는 작품의 내적 주제와 밀접한 관계를 맺고 있다. 보다 구체적으로 말해 괴테의 이 청년기 희곡은 다양한 테마와 문제를 포함하고 있는 것이다. 이 희곡에는 마지막 자유기사의 종말과 더불어 비귀족적 주인공과 신분의식의 쇠퇴, 도덕성과 정치적 기회 간의 갈등, 권리와 권력 간의 알력, 그리고 그에 따른 감정적 혼란이 어우러져 묘사되어 있다. 이 같은 테마의 다양성은 이 드라마가 개방적 형식을 가지게 하는 다양한 표현 요소와 잘 부응하고 있다. 두 차원의 다양성은 대부분의 다른 작품에서처럼 이 희곡의 도입부분에서부터 벌써 관측된다.

도입부분에서 관객은 연극의 기본상황으로 안내된다. 전사가 확인된다. 괴츠는 밤베르크의 주교와 대립하고 있다. 괴츠와 바이슬링엔은 우의적인 신뢰관계로 표현되는데 이것은 강한 정치적 부담을 주었으며 지금도 그렇다. 괴츠의 여동생 마리아와 바이슬링엔의 약혼은 두 사람의 결속을 더욱 강화시켜 주지만 바이슬링엔이 아델하이트의 생활권에 들어옴으로써 제1막의 끝에는 벌써 그 결속이 위험스런 조짐을 보인다. 동시에 밤베르크의 주교는 새로운 계략을 꾸민다. 이러한 내용들이 전개될 때마다 무대 장면이 다양하게 변하기 때문에 관객에게는 이 작품의 '개방적 형식'이 분명히 의식된다.

극적 상황이 어떻게 도입되느냐 하는 발단의 문제에 이어 개별적 테마가 어떻게 진행되느냐 하는 전개의 문제가 제기된다. 이것은 드라마의 내·외적 구성형식에 대한 문제이다. 외적인 분류에서는 단막극, 3막극, 5막극이 가장 흔하다. 그러나 19세기 이후 엄격한 형식의 3막극과 5막극은 쇠퇴하였다. 3막극은 서양 드라마의 핵심적 형식으로 간주할 수 있다. 이 형식은 발단에 해당하는 도입부, 사건진행이 점점 고조되어 클라이맥스에까지 이르며 행복과 불행, 몰락과 구원이 극적으로 교차하는 전개부, 종말과 해결에 해당하는 결론부로 나누어진다. 르네상스 이후 3막극이 확대되면서 등장한 5막극은 극적 동기를 보다 세분화하여 제시한다. 발단으로서의 도입부, 사건진행의 상승, 클라이맥스, 급전과 사건진행의 하강 그리고 파국, 구원, 해결의 단계로 이루어지는 것이다. 이때 각 단계의 명칭은 각각의 막이 외적 형식임과 동시에 사건 진행의 내적 구조를 형성하고 있음을 말해준다.

이런 관점에서 『괴츠』를 분석해 보면 청년 괴테가 당시의 문학규범에 대한 정열적인 항거에도 불구하고 전통적 질서원칙을 어느 정도 따르고 있음이 쉽게 드러난다. 이 작품에서도 제1막은 발단에 해당하며, 제2막에서는 바이슬링엔이 모사꾼인 아델하이트의 영역에 들어감으로써 극적 갈등이 심화된다. 제3막에서는 최소한 두 개의 클라이맥스가 있다. 괴츠에 대한 계속적인 추격 후 마침내 제3막 끝에서 그가 체포되는 것이 첫 번째 클라이맥스이며, 마리아가 지킹엔과 약혼을 하여 바이슬링엔과의 관계가 결정적으로 파산되는 것이 두 번째 클라이맥스다. 괴츠와 바이슬링엔이 각각 대변하는 두 집단이 완전히 공감대를 상실하며 갈등은 제어할 수 없을 정도로 커진다. 제4막의 괴츠는 하일브론에서 어렵게 체포를 면하며, 밤베르크에서는 바이슬링엔에 대한 아델하이트의 호의가 거짓이었고 아델하이트가 속았음이 밝혀진다. 그러나 제4막의 끝 무렵에서 괴테는 레르제로 하여금 농민봉기에 관해 보고토록 함으로써 새로운 모티브를 도입한다. 5막극의 도식을 파괴한 이러한 창작기법은 슈투름 운트 드랑 시대 이후 드라마 문학이 전통적인 문학형식의 규범으로부터 어떻게 이탈하였는가를 보여준다. 괴츠가 하일브론 시민의 추격을 벗어난다는 점에서 보면 제4막에는 분명히 변전이 있다. 그러나 이런 변전은 이미 제3막에도 있었다. 여기에서 주인공이 다시 한 번 구출되고 있는 한 '줄거리의 하강'은 아직 말할 수가 없다. 제5막은 규정대로 파국이다. 바이슬링엔은 독살되고 아델하이트는 비밀법정에서 사형이 선고되며 괴츠는 감옥에서 죽는다. 그러나 파국이 진행되는 과정과 방식은 연속성을 띠지 못한다. 바이슬링엔에 대한 배반이 이미 오랫동안 예견되었음에도 불구하고 기사 괴츠의 죄책의 모티브는 제5막에서 비로소 나타난다. 괴츠의 죄책은 확실히 봉기자들이 가한 압력의 결과이다. 그러나 이 죄책은 그것을 통해 지양되지 않는다. 약속을 어기고 살인집단의 두목이 된 괴츠의 죄책과 또한 그럴 수밖에 없었다는 상황적 사실에 의한 상반된 두 동기는 죄 없이 죄인이 된 주인공으로부터 생겨나는 비극적 갈등을 보여준다. 이러한 갈등은 죽음을 통해서만 해소될 수 있다.

(3) 극문학의 하위 장르들

이러한 사실에 비추어 볼 때 드라마의 유형은 새로운 관점에서 고찰되어야 함을 알 수 있다. 어느 드라마 작품의 주제와 경향, 문제의식과 갈등을 연구할 때 사람들은 흔히 충분한 정의가 내려지지 않은 채 선입관에 의해 지배되는 하나의 범주에 따라 그 드라마를 분류하는 경향을 보인다. 즉 비극, 희극, 소극, 해학극 등으로 가볍게 분류를 해버리는 것이다. 괴테의 『괴츠』는 분명히 극적 갈등을 지니고 있고 본질적으로 비극적인 특성을 지니고 있다. 이 드라마의 본질적이고 기본적인 특성은 이러한 사실에서 비롯한다. 그러나 이 작품을 단순히 '비극'으로 단정해버릴 수는 없다. 괴테 자신은 이 작품을 단순히 '극'(Schauspiel)이라고만 불렀다.

'비극'과 '희극' 등의 명칭은 주로 드라마의 내용적 측면과 관계되는 것인 데 반해 클로츠는 드라마의 유형을 작품의 구조를 기준으로 분류하였다. 그의 분류는 기준의 면에서 볼 때 볼프강 카이저의 분류, 즉 인물극, 공간극 그리고 사건극의 분류와 맥을 같이 한다. 특히 공간 극에서는 주인공이 하나의 외적인 요소로 전락하며, 세력 간의 대립이 개인 차원에서가 아니라 집단 차원에서 나타난다. 이러한 유형학에서 보면 괴테의 『괴츠』는 인물극과 사건극의 혼합 형태로 간주될 수 있다. 왜냐하면 모든 극적 사건이 괴츠라는 개인과 연관된다는 점에 있어서는 인물극이며, 그러면서도 개인보다는 사건이 극의 중심에 있다는 점, 다시 말하면 사건이 괴츠 개인이 아니라 아델하이트, 밤베르크 주교 등의 주도하에 진행된다는 점에서 보면 이 작품은 사건극이기 때문이다.

이 외에도 극을 분류하는 방식이 여러 가지 있지만 여기서는 두 가지 유형만 더 언급하기로 한다. 목적극과 분석극이 바로 그것인데, 이들 형식들은 드라마의 내적 구조를 통해 서로 구분된다. 목적극이 결말을 지향하는 사건진행 구조를 갖는 반면, 분석극에서는 '과거사'가 분석적인 시각에서 해석되는 형태로 사건이 진행된다. 전자가 미래지향적이라면 후자는 과거 지향적이다. 후자의 경우 과거 사건만이 문제가 된다. 분석극의 대표적인 예로는 소포클레스의 『오이디푸스 왕』과 하인리히 폰 클라이스트의 단막 희극 『깨어진 항아리』 등을 들 수 있다. 이 같은 유형론의 관점에서 보면 괴테의 『괴츠』는 의심할 여지가 없이 목적극이다. 괴츠가 자신의 사고와 행동방식을 이해하지 못하는 시대에 반항하든, 그에게 적대적인 정치·사회적 환경에 반항하든 이 작품에서 주인공의 행동은 어떤 결말을 지향하고 있기 때문이다. 또한 극은 운명극, 성격극, 사회극, 역사극 등으로 나누어지기도 한다.

극에 어떤 인물이 등장하며, 또한 그들이 어떠한 환경의 출신이냐 하는 문제도 중요한 의미를 갖는다. 우스꽝스런 언행을 통해 작품 전체에 희극적 분위기를 조성하는 인물들이 있다. 어릿광대, 잔소리꾼 노파, 수전노 등이 이런 부류에 속한다. 계몽주의까지는 비극은 귀족의 환경에서, 희극은 낮은 신분의 환경에서 진행되는 것이 통례였다. 극적 갈등은 '집단적인 인물'에 의해 야기된다. 대립관계에 있는 괴츠와 밤베르크 주교는 각기 상이한 세계를 대표하는 인물들이다. 자기 자신에만 의존하는 의협가가 간교한 궁정 신하의 세계와 대립하고 전투적 영웅이 권모술수에 능한 사람과 마찰을 일으키며 순진한 처녀의 정조가 권력가의 계략과 대결한다. 게르하르트 하우프트만의 자연주의 희곡 『직조공』에서 등장인물이 공장주 드라이씨거 및 그의 가족집단과 직조공 집단으로 양분된다면 이러한 구분은 이미 그 자체가 부르조아적 특권층과 수많은 피 수탈자 내지 피압박자 사이의 사회적 갈등을 상징적으로 나타낸다.

극적 갈등은 인물의 말을 통해서 문학적으로 구체화된다. 아델하이트의 어투를 엘리자베트나 마리아의 어투와, 그리고 밤베르크 궁정 신하들의 어투를 괴츠 주변 기사들의 어투와 비교해 보면 인물의 언어에서 극적 갈등이 표현되는 방식을 이해할 수 있다. 이것은 드라마 장르의 본질에 해당하는 극적 직접성과 부합한다. 괴츠에게 무조건 항복을 요구하는 제3막 끝 무렵의 그 유명한 장면에서 황제에 무조건적 복종을 서약하면서도 자신 위의 다른 권력을 인정하려 들지 않는 기사 괴츠의 기본입장은 그가 구사하는 언어에서도 분명하게 나타나고 있다. "언제나 그랬듯이 저는 황제님께 무한한 존경을 드립니다." 자신의 항복을 받으러 온 사신에게 괴츠는 이렇게 외친다. 관공서 문서 같은 분위기를 풍기는 이 같은 괴츠의 말은 분명히 황제에 대한 존경의 뜻을 표현하고 있는 것 같으면서도 어딘가 그를 체포하려는 장교에 대한 경멸의 의도를 또한 숨기고 있는 것이다.

극적 갈등이 인물들의 대화 속에서 표출되는 것은 『직조공』에서도 찾아볼 수 있다. 이 작품에서는 인물들이 구사하는 언어의 차이가 대화 수행 과정에서 상호간의 갈등 관계를 나타내는 예를 많이 찾아볼 수 있다. 제1막의 한 장면을 예로 들어 보자. 드라이씨거가 등장할 때 한 어린 소년이 허기에 차 그 앞에 쓰러진다. 몇 푼 되지도 않는 직조물 대금을 수금하기 위해 먼 길을 다녀오는 참이었다. 드라이씨거가 처음에는 물을, 다음에는 코냑을 가져오라고 외치자 주위의 제빵업자가 "먹을 것을 주면 기력을 차리겠는데"(Gebt's ock was zu fressen, da wird a schonn zu sich kommen) 하고 말참견을 한다. 그의 이 같은 슐레지엔 방언은 그보다 신분이 높은 공장주의 표준 독일어와 대립된다. 드라이씨거가 나쁜 양심을 지니고 있음은 다음 대화에서도 분명하게 나타난다. "노이만: 드라이씨거 씨! 그가 뭐라고 말을 해요, 입술을 움직여요!/ 드리이씨거: 얘야, 무슨 말을 하고 싶니?/ 소년: (숨을 헐떡이며) 배가 고파요./ 드라이씨거: (창백해지며) 무슨 말인지 모르겠는데. /여직조공: 제 생각엔.....,/ 드라이씨거: 그래 알았어." 드라이씨거가 소년의 말을 알아듣지 못한 체하는 사실과 그가 소년

(Junge)을 'Jungl'로 표현하며 갑자기 부하의 방언을 사용하는 데에서 우리는 그의 죄의식을 느낄 수 있다. 이 작품에서 이 같은 언어 사용은 의미하는 바가 크다. 이 대화는 착취적인 공장주에 대해 직조공이 항거하는 것이 정당함을 암시한다. 여직조공의 말을 가로막고 문제의 핵심을 얼버무려 버리는 드라이씨거의 행동은 극적 주제와 구조를 구현하는 효과적인 기법으로서 다른 작품에서도 유사한 형태를 흔히 찾아볼 수 있다.

4

수사학과 문체론

4.1. 문체론과 시론의 중요 개념

독일문예학에서는 여러 종류의 장르개념, 문예사조 명칭 그리고 문학연구 방법론상의 여러 가지 개념과 함께 문체론 및 시론상의 다양한 전문개념들이 또한 매우 중요한 역할을 한다. 문체론 및 시론상의 이 같은 개념들은 대부분 고대 수사학의 전통에서 비롯한다. 한편으로 이것은 18세기 후반에 이르기까지 문학이 단순히 구술의 한 특별한 형태로 간주되었던 것과 깊은 관련이 있다. 시론은 언제나 수사학이기도 한 것이었다. 때문에 문학 텍스트의 문체론이나 그 작용 의도가 문제가 되는 한 문학 텍스트를 수사학적인 관점에서 설명하고 분석하는 것은 피할 수 없는 일이다.

다른 한편, 20세기 후반 문예학에서 이루어진 문학개념의 확대로 인해 그때까지 문학으로 여겨지지 않았던 여러 가지 다양한 텍스트들, 예컨대 정치 연설과 같은 구술 텍스트들이나 저널리즘 텍스트와 광고문 같은 문자 텍스트들이 문예학적 연구의 대상이 되었다. 이런 다양한 형태의 실용문학은 모두 상당한 정도로 독자에게 작용을 하거나 영향을 주는 것을 목적으로 하고 있으며, 그러한 목적을 달성하기 위해 여러 가지 수사학적인 수단들을 사용한다.

고대 수사학은 효과적인 연설을 할 수 있기 위한 정치한 체계를 개발했으며, 이를 위해 다양한 장르들과 내적구조 요소들 그리고 무엇보다도 다양한 기능을 갖는 언어적 비유법들을 마련했다. 현대 문체론은 한 문학 텍스트의 문체론상의 특징들, 예를 들어 문학 텍스트가 문장 구조의 면에서나 특히 문학적 비유의 면에서 보여주는 일상어와의 차이를 설명하기 위해 특히 고대 수사학이 제공하는 이 수사적 비유론을 사용한다. 문학 텍스트에서 매우 중요하게 사용되고 있는 은유, 환유, 알레고리 같은 비유법들은 원래 수사학에서 개발된 표현수단들이다.

문체론과 수사학에서 사용되는 중요 개념들은 실제로 거의 대부분이 라틴어와 그리스에서 비롯한다. 같은 의미를 갖는 독일어식 용어는 거의 없다. 문체론상의 여러 가지 수단들이나 문학적인 비유법들을 나타내는 라틴어식 내지 그리스어식 용어들은 문예학적 연구에 필수불가결한 것이기 때문에 잘 익혀 두지 않으면 안 된다. 나아가 이 전문 용어들은 정확하게 사용되어야 한다. 예를 들어 어떤 문학 작품에서 쓰이고 있는 비유가 은유일 때 우선은 그것이 은유가 되는 까닭을 밝힐 수 있어야 하며, 다음으로 언어 구사상의 변화를 위한 것이라는 구실하에 '은유'라는 용어 대신 부정확하고 그릇되게 '상징적인 언어사용'이라는 용어를 사용해서는 안 된다. 은유와 상징은 전혀 별개의 용어이다.

4.2. 수사학과 시론

　심오하고 신비스럽기 그지없는 시까지 포함해 문학 텍스트는 무릇 수용자를 전제로 하는 텍스트이다. 문학 텍스트는 언제나 그것이 공표된다는 것과, 누군가 그것을 읽을 수 있거나 읽을 것이라는 것을 함의하고 있다. 또한 문학 텍스트는 종종 특정 방식으로 이해되는 것을 목표로 한다. 문학은 정신 수양에 도움이 되거나 오락을 주거나 교훈을 주려고 한다. 따라서 문학은 언제나 작용과 영향을 전제하는 텍스트다. 뿐만 아니라 문학 텍스트가 그야말로 '문학' 텍스트가 되는 것은 그것이 무엇인가를 아주 특정한 방법으로, 다시 말해 일상적 언어 사용과는 다른 방법으로 말하기 때문이기도 한다. 이런 점에서 문학은 어디까지나 장식된 텍스트이다. 나아가 문학은, 적어도 18세기 중반까지의 문학은 형식이 매우 강조되는 텍스트이다. 드라마와 서사시, 서정시에 운문은 필수적이었으며 일상어에서는 산문이 사용되었다. 운문 문학으로서 문학은 구속성이 강한 텍스트였다.

　문학 텍스트는 바로 앞에서 언급한 그 작용 전제적 성격과 장식적 성격을 모든 형태의 일반적 텍스트들이나 공적 구두 표현들과 공유한다. 문학 텍스트를 이 일반적인 텍스트의 특별한 형식이 되도록 하는 것은 바로 그것이 운문을 사용한다는 점이다. 그때그때의 청중이나 독자에 대해서 뿐 아니라 다루는 내용에도 부합하는 정확하고 명백한 언어적 표현에 관한 이론이 바로 수사학이다. 고대에 만들어진 고전 수사학 체계는 텍스트의 다양한 작용과 성공적인 대중 연설을 위한 고도로 정치하게 다듬어진 수단들을 제공한다. 뿐만 아니라 이 수사학 체계는 텍스트 작성의 다양한 절차와 명확한 단계, 텍스트 구성의 다양한 방법 등을 제시해 준다.

운문 형식의 공개적 표현에 대한 이론으로서 시론은 따라서 수사학의 한 부분집합, 그것의 한 특수 분야에 지나지 않는다고 할 수 있다. 때문에 수사학과 시론 양자 사이의 친연성과 유사성은 적어도 18세기 초기에 이르기까지 거듭 강조되었다. 시인이 어떤 존재이고 문학 텍스트와 여타 텍스트들 사이의 차이가 무엇인가 하는 것에 대한 사람들의 생각은 18세기 후반에 이르기까지 그때그때 통용되던 수사학으로부터 많은 영향을 받았다. 이런 의미에서 수사학의 역사를 간략히 살피는 것은 한편으로 꼭 필요한 일이며, 다른 한편으로 그것은 늘 바로 그대로 시론의 역사를 간략히 살피는 일이기도 하다.

4.3. 수사학의 역사

수사학의 역사는 기원 전 5세기 고대 그리스의 서부, 즉 시실리 섬에서 시작한다. 시실리의 수사학자 고르기아스 폰 레온티니(485-380)에서 시작되는 수사학은 아테네로 건너오게 되는데, 여기서 수사학은 특히 법적 변론과 관련하여 중요한 의미를 가지게 되었다. 수사학을 처음으로 체계화시킨 사람은 아리스토텔레스(384-322)였다. 아리스토텔레스는 수사학을 일종의 도구적인 능력으로 이해하고 다양한 연설 형식들을 세 가지 계기(genera causarum) 혹은 사회적 장소와 결부시킨다. 그는 연설을 법정 연설(genus iudiciale), 정치적 토론연설(genus deliberativum) 그리고 축하연설 또는 미사여구 연설(genus demonstrativum)로 나눈다. 아리스토텔레스 수사학이 가장 중요하게 다루는 문제는 작용개념 내지 영향개념이다. 아리스토텔레스에 의하면 연설가는 청중에게 문제의 확실한 결론을 제공해야 할 뿐만 아니라, 자신의 고상한 인격(ethos)을 보여주고 청중의 열정(pathos)을 불러일으킴으로써 청중을 감동시켜야, 즉 정서적으로 자극시키기도 해야 하는 것이다. 이로써 그의 수사학에서는 시론의 카타르시스 개념과 유사한 영향미학이 중요한 역할을 한다.

로마 시대 수사학은 아리스토텔레스의 그것을 직접 계승한다. 익명의 학자가 남긴 아트 헤레니움 수사학(Rhetorik ad Herennium, 86-82)은 실용적이면서도 정치한 체계를 갖춘 웅변술을 제공한다. 고대 로마에서 체계적인 수사학의 정점은 키케로(106-43)의 『웅변론 De oratore』이다. 키케로에 의하면 유능한 연설가는 폭넓은 지식을 갖추고 있어야 한다. 법률과 정치, 도덕, 역사 그리고 지리에 관한 지식이 연설가의 숙련된 기술에 보태어져야 하는 것이다. 키케로는 연설이 다루는 대상과 내용의 품위에 따라 각각 다른 수준의 문체(gnera dicendi)를 배정한다. 고상한 내용은 고상한 문체로(stilus gravis), 평범한 것은 보통수준의 문체로(stilus mediocris), 그리고 비천한 것은 소박하고 단순한 문체로(stilus humilus) 말해야 하는 것이다. 나아가 키케로는 연설가가 언어를 장식적으로 사용하는 것을 허용한다. 그의 주장에 의하면 비유적인 의미로 사용된 말은 종종 연설가의 의도를 더 잘 나타낼 수 있으며, 따라서 무엇보다도 보다 큰 효과를 거둘 수 있다. 오늘날까지도 널리 통용되고 있는 다양한 형식의 체계화된 언어장식 기법들은 모두 키케로 수사학에서 비롯한다. 한편 퀸틸리아누스(Quintilianus, 35-100)는 12권으로 이루어진 그의 웅변술 교본 『웅변 Institutio oratoria』에서 고대 수사학을 총망라하고 있다.

고대에 이루어진 전체 지식 체계는 히에로니무스나 아우구스티누스 등과 같은 교부들을 통해 중세로 전승된다. 고대에 형성된 이 전체 지식은 중세 대학의 7개 분과 학문으로 분산되는데, '일곱 자유 학문'이라고도 불렸던 7개 학문은 문법·수사학·변증론(Trivium)과 기하학・수학・천문학・음악(Quadrivium으로 구성되어 있었다. 퀸틸리아누스의 전통을 이어받은 수사학은 설교론이나 서간대필론 분야에서뿐 아니라 중세 시론에서도 중요한 역할을 하였다.

르네상스 시대의 고대 학문과 문학, 철학의 부활은 고대의 수사학 관련 체계적인 저술들, 특히 키케로나 퀸틸리아누스의 저술들의 재발견과 밀접하게 연관되어 있었다. 인문주의자들은 키케로나 퀸틸리아누스가 이상적인 연설가에게 요구했던 여러 가지 조건들을 그대로 반복하면서 더욱 심화시켰다. 인문주의자들에게 있어서도 폭넓은 지식과 도덕성은 결정적으로 중요한 것이었다. 인문주의적 교육의 최고 목표는 유창한 언변이었으며, 나머지 모든 교육 내용은 이것에 종속되었다. 마르틴 루터도 개혁적인 설교를 위해서는 수사학적 지식이 꼭 필요하다는 것을 깊이 인식하고 있었다.

완전히 인문주의 운동의 전통 속에 서 있었던 바로크 시대의 대표적인 문학이론가 마르틴 오피츠는 1624년에 펴낸 그의 저서 『독일문학의 서』에서 문학 텍스트의 특별한 위상을 분명하게 강조했다. 이 책에서 오피츠는 시론을 실용적인 특수 수사학으로 이해하고 있다. 오피츠는 책에서 이렇게 말하고 있다. "그리고 우리가 꼭 알아야 할 것은 문학은 모두 자연의 모방이며, 문학은 사물을 있는 그대로가 아니라 무언가 될 수 있거나 되어야 할 모습으로 묘사한다는 사실이다. 다시 말해 이 모든 것은 설득과 교훈뿐만 아니라 사람들을 즐겁게 하는 일에도 기여하는데, 이것이 바로 문학의 최고로 숭고한 목적이다." 여기서도 알 수 있는 것처럼 시론은 수사학에서 예의 그 작용 측면을 차용한다. 문학 텍스트는 오피츠의 말대로 설득, 교훈, 오락의 작용을 목표로 하고 있는 것이다. 그러나 시론의 대상 영역은 특별하다. 다시 말해 오피츠의 문학이론에서 시론은 픽션의 수사학으로서 나타난다.

오피츠는 그러나 고대 수사학에 의지하는 점에 있어서나 그것을 특별하게 변형시키는 점에 있어서 한 걸음 더 나아간다. 『독일문학의 서』 제5장은 고대 수사학에서의 연설가의 첫 두 가지 임무(연설 내용의 발견과 배치, inventio와 dispositio)를 시인에게 적용하고 있는 반면에, 제6장 "어휘들의 준비와 장식에 대하여"는 연설가의 세 번째 임무, 즉 언어적 표현(elocutio)의 문제를 다루고 있는 것처럼 보인다. 그러나 여기서 오피츠는 수사학에서 널리 쓰이고 있는 언어장식 형식들을 운, 운율, 시행 형식, 장르 등과 같은 문학 고유의 언어적 표현 요소들로 보충하고 있다. 다소간 실적이고 공감할 수 있는 표현을 통해 상대를 확신시키거나 설득시키는 것을 주요 임무로 하고 있는 수사학에서와 는 달리 시론에서는 언어적 장식의 차원에서 무엇보다도 비사실적인 혹은 비유적인 표현이 매우 중요한 역할을 한다.

바로크 시대의 작용 중시 수사학은 라이프니츠와 토마지우스를 거쳐 계몽주의 시대 고트쉐트의 이성 강조 수사학으로 넘어간다. 계몽주의 시대에 수사학은 합리적 설득의 도구가 된다. 계몽주의 시대의 사람들은 합리적인 논증과 논거 제시를 통해, 또 무엇보다도 청중의 이성에 호소함으로써 청중을 확신시키고 설득을 시키려고 한다. 그러나 계몽주의 전성기까지만 해도 아직 배제되고 있었던 감정과 열정이 18세기 후반에 이르러 수사학상의 논의에서뿐 아니라 시론상의 논의에서도 중심적인 위치를 차지하게 된다. 특히 스위스 출신의 철학자들로서 고트쉐트의 이성 중시 문학론을 강하게 비판했던 보드머와 브라이팅어, 이들의 영향을 직접적으로 받았던 클롭슈토크, 그리고 간접적으로 영향을 받은 레싱 등은 문학이 경이로운 것이나 새로운 것을 다루는 것을 인정했을 뿐 아니라 문학 텍스트가 다루는 바로 그러한 내용들이 사람들의 마음을 크게 움직이는 작용을 할 수 있음을 강조했다.

문학 텍스트에서 다루어지는 내용에 대한 이 같은 새로운 가치 평가의 시론상의 한 결론은 레싱의 소위 공감미학이었다. 예술작품을 체험하고 감상하는 특별한 방법을 연구하는 학문으로서의 미학이 바움가르텐에 의해 생겨나게 된 것도 이 무렵의 일이었다.

17세기까지만 해도 아직 서로 조화를 이루고 있었던 수사학의 여러 요소들이 한편으로 계몽주의의 이성 중시적 수사학과 다른 한편으로 감상주의를 전제로 하는 감정 중시의 시론이나 미학으로 뚜렷하게 분열되는 현상은 결국 18세기가 채 끝나기도 전에 수사학의 해체를 가져오게 되었다. 19세기 초부터 성립하기 시작한 다양한 개별 학문들이 고대 수사학의 유산을 다소간 선택적으로 계승하려 하기도 했고, 또 초기 낭만주의 시대에 수사학을 새롭게 정의하거나 확립하려는 조심스런 시도가 있기도 했지만, 제 학문과 시론을 포괄하는 이론 내지 학문으로서의 수사학의 성격은 이제 역사적인 것이 되고 말았다. 그러나 실용적인 언변술로서의 수사학은 19세기 시민사회의 수많은 새로운 제도 속에서, 예컨대 의회 연설이나 대중 상대 연설에서, 법정 변론이나 설교론에서 그리고 김나지움의 수사학 수업에서 새로운 전성기를 맞이하기도 했다.

성공적인 인터뷰나 자기소개를 위한 현대의 수많은 안내 책자들이나 대학생들의 리포트나 논문 작성을 위한 여러 종류의 책자들은 일종의 실용 수사학으로서 고대 수사학의 전통을 이어받고 있다. 이들 책자들은 세부 사항에 이르기까지 고대 수사학의 체계와 방법론에서 많은 영향을 받고 있는 것이다.

4.4. 수사학의 체제

18세기 여러 가지 형태의 시론에 이르기까지의 전체 수사학 전통뿐
아니라 현대의 여러 가지 실용 수사학들은 다소간 공개적으로 또는
의식적으로, 또 경우에 따라서는 심한 역사적 변형을 보이는 가운데
고대 수사학의 기본적이고 체계적인 관점들을 그대로 유지하고 있었
으니 그 체계적인 관점들은 다음과 같다.

1. 연설의 다양한 종류 혹은 장르(genera orationis)

2. 다양한 작용의도(officia oratoris)

3. 연설문 작성의 5 단계(partes artis)

4. 특히 연설 소재의 발견 시에 사용되는 분류학적 체계들: 일반적
관점(topoi)과 인물 구체 표시법(loci a persona)

연설의 3가지 다양한 작용목표에는 3가지 서로 구분되는 문체수준
(genera elacutionis)이 밀접하게 결합된다. 이런 상이한 수준의 문체
들은 위 4가지 관점과 같은 연설의 상위구조적인 설명차원과 뒤에 가
서 보다 자세하게 살피게 될 하위구조적인 설명차원을 연결하는 역할
을 하는데, 하위구조적인 설명차원에서는 여러 가지 다양한 비유법들
과 언어장식 기법, 비유적인 표현의 여러 가지 요소 등이 설명될 것이
다. 이제 위에서 언급한 4가지 기본적인 관점들을 보다 자세히 살펴보
기로 한다.

1. 고전 수사학은 기본적으로 연설을 세 가지 장르(genera orationis)
로 구분하는데, 이러한 구분은 오늘날에도 타당한 것으로 받아들여질
수 있다.

□ 첫째 장르는 토론식 연설(genus deliberativum)인데, 이것이 사
용되는 장소는 국민회의 또는 의회이며 의회의 구성원들이 연설

의 청중이 된다. 여기서 연설의 역할은 토론의 맥락 속에서 특정 결정에 찬성 또는 반대를 유도하는 것이기 때문에 연설이 우선적으로 지향하는 시간은 미래이다.

☐ 두 번째 연설 장르는 법정연설(gednus iudiciale)이며, 그것이 사용되는 장소는 법정이고 재판관이나 배심원들이 청중 역할을 한다. 법정연설의 본질적인 기능은 고소이거나 변호이고, 그에 따라 그것은 언제나 여러 가지 사건과정의 증명 가능한 재구성에 바탕을 두고 있기 때문에 법정연설이 기본적으로 지향하는 시간은 과거이다.

☐ 세 번째 장르는 축하연설, 미사여구연설 또는 행사연설(genus demonstrativum)인데, 이것이 주로 사용되는 장소는 장엄한 분위기의 식장, 연회장 또는 장례식장이다. 여기에서는 축제에 참석한 사람들이나 조문객들이 청중이 된다. 이런 연설이 하는 역할은 기념일을 맞이한 사람이나 사망한 사람을 찬양하거나 비판하는 것이다. 이러한 연설의 내용은 현재의 슬프거나 기쁜 분위기이기 때문에 그것이 지향하는 시간은 현재다.

2. 고전 수사학은 연설가의 임무 영역(officia oratoris)을 세 가지로 구분한다.

☐ 첫째로 연설가는 지적 작용목표를 추구하여 청중의 오성이나 이성에 호소하려 할 수 있다. 그는 이성을 설득 수단으로 사용하여 (logos) 청중에게 교훈을 주거나(docere) 청중에게 무언가를 증명해 보인다(probare).

☐ 둘째로 연설가는 소위 '부드러운' 정서적 목표를 추구할 수 있다. 그는 청중을 즐겁게 해주려고 하거나(delectare) 자신에게 동조하도록 만들려고 한다(conciliare). 이런 목적을 달성하기 위해

그는 자기 자신만의 입장(ethos)이라는 설득수단을 사용한다. 이런 연설에서는 연설가가 취하는 도덕적인 관점과 그의 행동 방식이 분명하게 드러나서 청중을 설득시킬 수 있어야 한다.

□ 셋째로 연설가는 열정적인 정서적 목표를 추구할 수 있다. 그는 청중의 마음을 움직이고자 하거나(movere) 심지어 청중을 무슨 행위를 하도록 충동하고자 한다(concitare). 이러한 목적을 위해 그는 거칠고 격정적인 감정의 움직임으로서의 열정(pathos) 그 자체를 설득 수단으로 사용한다.

3. 연설가가 한편으로 연설 장르에 대해, 다른 한편으로 연설이 추구하는 작용목표에 대해 결정을 내리게 되면, 그의 연설가로서의 구체적인 작업은 다음과 같은 필수적인 다섯 단계(partes artis)에 걸쳐 진행된다.

□ 첫 단계는 연설의 주제와 내용을 선정하는 단계다(inventio). 그러나 이 단계에서 기본적으로 문제가 되는 것은 어떤 새로운 것의 창안이 아니다. 여기서 실제로 문제가 되는 것은 신화나 역사, 현재의 사회나 자연 속에서 연설의 소재와 주제를 찾아내는 것이다.

□ 주제가 확정되고 나면 연설가는 두 번째 단계로 연설의 대략적인 구도를 잡는다. 그가 말하고자 하는 내용의 순서를 정하고 구조화하는 것이다. 이를 배치(dispositio)라고 하는데, 이것은 논거 제시 과정의 구도를 의미한다.

□ 세 번째 단계에 비로소 연설가는 여러 가지 생각을 언어적으로 표현하는 일에 착수한다. 개개의 논거들을 언어로, 다시 말해 낱말이나 문장, 각종의 비유로 표현하는 일에 착수하는 것이다. 이 단계, 즉 언어적 표현(elocutio)의 단계에서 비로소 수많은 수사적 수단들, 즉 다양한 수사법과 비유법들이 사용된다.

□ 연설문 작성의 네 번째 단계는 암기 혹은 기억의 단계다(memoria). 문자를 기록할 수 있는 종이가 부족하기 때문에, 또 연설 그 자체의 효과를 크게 하기 위해서 연설가는 연설문을 암기하지 않으면 안 된다.

□ 다섯 번째 단계는 실제로 연설을 하는 단계로 여기서는 발성의 기교뿐 아니라 여러 가지 형태의 몸짓과 동작이 동반된다(pronuntiatio 또는 actio).

4. 위 3. 1)의 연설 내용 또는 소재 발견의 단계에서 고전 수사학은 일련의 설문 목록을 작성한다. 소위 topoi라고 불리는 이런 목록은 어떤 내용을 보다 자세하게 규정하는 데 기여한다.

□ 연설 내용과 관련하여 무슨 행위를 한 사람이 누구인가를 묻는다(quis).

□ 행위 그 자체에 대해서 묻는다(quid).

□ 행위의 장소를 묻는다(ubi).

□ 행위를 함께 한 사람들, 즉 행위에 도움을 준 사람들이 누구인지를 묻는다(quibus auxiliis).

□ 행위의 이유, 동기 또는 근거를 밝힌다(cur).

□ 연설 내용의 질적인 측면, 즉 사건이 전개되는 방식에 대해 묻는다(quomodo).

□ 연설 내용을 이루는 행위가 벌어진 시간을 묻는다(quando).

우리의 육하원칙과 비슷하다고 할 수 있는 것으로 고대 수사학의 토포스 체계를 이루는 이 일곱 가지 물음은 그러나 고대의 연설가에게만 적용되는 것이 아니다. 예를 들어 오늘날 신문사의 수습기자들도 최초의 보도기사나 연주회 비평 기사를 작성하기 전에 먼저 일곱 가지 W-의문사(wer, was, wo, mit wem, warum, wie, wann)로 구성된 토포스를 먼저 배우고 익히는데, 이 '7 의문사 토포스'는 고전 수사학 토포스의 일곱 가지 물음과 정확히 일치한다. 이런 점에서 볼 때 현대의 많은 실천적 전문 글쓰기 내지 전문 말하기 분야들은 일종의 응용 수사학 분야라고 할 수 있을 것이다.

그런데 주인공 또는 보조 인물들에 대한 물음(quis)은 수사학에서 다시 세분화된다. 특별히 마련된 상세한 질문 목록을 통해 인물에 대한 보다 자세한 사항(loci a persona)을 알아내려고 하는 것이다. 한 인물을 보다 자세하게 규정할 수 있기 이해서는 다음과 같은 것을 물을 수 있다.

☐ 인물의 출신. 조상이나 양친(genus).

☐ 이름(nomen).

☐ 성(sexus). 특정의 성에 따르는 여러 가지 성질.

☐ 나이(aetas). 연령에 따르는 특별한 행동방식.

☐ 민족(natio). 특정 종족이나 민족 또는 종교에의 소속.

☐ 고국(patria). 인물에 영향을 주고 있는 특정의 법률이나 풍습, 관습, 세계관 그리고 생활 방식 등.

☐ 인물의 특정 행동방식이나 인생관에 영향을 미치고 있는 교육과 훈련(educatio et disciplina), 직업(studia), 사회적 지위(conditio).

☐ 인물의 행동방식과 사고방식을 이해하는 데 도움이 되는 성향이나 취미(quid affectet quisque).

☐ 외모, 근력 또는 특별한 능력 등과 같은 육체적인 자질(habitus corporis)

☐ 특정 행동의 원인이나 동기를 밝히는 데 도움이 될 수 있는 인물의 전력(ante acta dicta).

☐ 타고난 운세(fortuna).

이런 물음들의 타당성 역시 고전 수사학에만 국한되지 않는다. 적어도 시론이 수사학의 한 부분이었던 한에 있어서 작가들은 자기 작품 주인공의 성격을 보다 자세히 규정하려고 할 때, 또는 드라마나 소설의 도입부를 구성할 때 고전 수사학의 다양한 인물 묘사 기법을 원용하였다. 예를 들어 괴테의 희곡 『에그몬트』의 제1막(이 막에서는 주인공 에그몬트가 전혀 등장하지 않는다)을 읽거나 보고 난 뒤 독자나 관객은 에그몬트가 누구인지, 그가 어떤 계급 출신인지, 그가 어떤 특별한 행동방식을 가지고 있는지, 그의 친구는 누구인지 그리고 그가 어떤 갈등 관계 속에 휘말려 들어 있는지 등등을 바로 알 수 있다. 인물의 자세한 상황을 묻는 이 같은 질문 목록은 작가가 작품을 쓸 때 많은 영향을 미치고 있을 뿐 아니라, 인물 제시 방법이나 인물의 성격 규정의 자세한 양상들에 관심을 집중시키게 함으로써 비평가가 소설이나 드라마를 분석할 때도 많은 도움을 준다.

고전 수사학의 기억술(memoria)도 토포스(topos)나 인물 상세 묘사 기법(loci a persona)과 마찬가지로 관심을 기울일 만하다. 기억술은 원칙적으로 두 가지 관점에서 중요한 의미를 갖는다. 첫째로 기억술은 소재 발견의 단계에서, 즉 연설의 내용을 이루는 역사적 소재들과 이 소재들을 형상화하는 데 사용되었던 각종의 비유들을 찾아내는 단계에서 매우 중요한 역할을 한다. 두 번째로 기억술은 연설가가 자신의 머릿속에 저장된 각종의 비유법들을 실제 연설에서 계획한 순서대로 이용하는 데 중요한 역할을 한다.

연설가가 자신의 이런저런 주장을 비유적으로 표현할 수 있는 능력, 즉 비유를 찾아낼 수 있는 능력을 라틴어 수사학자들은 이마기나치오(imaginatio)라고 부른다. 비유를 '찾아내는' 능력으로서 이마기나치오는 따라서 왕성한 상상력이라는 의미에서의 '새로운 것의 창조적 발명'이 아니라, 오히려 기억술과 연관되어 있는 기술적인 능력이다. 그러나 종이 값이 점점 싸지고 문맹률은 점차 낮아지고 인쇄술이 발달함으로써 많은 양의 텍스트를 기억할 필요성이 점차 줄어들게 된 시기에, 다시 말해 15세기와 18세기 사이의 근세 초기에 기억술은 점점 더 강하게 의미를 상실하게 되었다. 그러나 정신 능력으로서 비유 발견 능력(imaginatio)은 새롭게 평가되어서 수사학의 새로운 위치에 자리를 잡게 되었다. '상상력'의 개념으로 의미가 바뀌게 된 이마기나치오는 이제 '환상적인 능력의 작용', '창조적인 발명'의 의미를 가지게 되었고, 18세기 중엽 이후 시론에서는 발명(inventio)의 한 능력으로 간주되었다. 그리고 고전 수사학에서 오히려 '발견'의 의미를 더 강하게 가졌던 발명은 이제 많은 시론에서 실제로 '발명' 또는 '새로운 것의 창조'의 의미로 쓰이게 되었다. 이에 따라 발명의 능력을 가지고 있는 예술가는 이제 천재로 간주되었다.

4.5. 수사학과 문체론

(1) 삼 문체론

앞에서 언급한 연설가의 세 가지 서로 다른 작용목표 - 교훈, 오락, 감동 - 에는 언어적 표현(elocutio) 단계에서 각각 서로 다른 세 종류의 문체가 배정된다(genera elocutionis).

□ 교훈 목적의 연설에는 소박하고 '낮은' 문체가 적합하다(genus
  oder stilus humilis).

□ 연설가 혹은 작가가 오락을 주고자, 즉 부드러운 정서적 목표를
  추구하고자 할 경우, 그는 중간 수준의 문체를 사용한다(genus

medium, stilus mediocris).

  □ 열정적인 감정을 불러일으키기 위해서는 높은 혹은 고상한 문체
    가 필요하다(genus sublime, stilus garvis).

이 세 카테고리의 문체는 그러나 모두 기본적으로 동등한 가치를 갖는다. '낮은' 내지 '높은' 문체라고 할 때 이것은 결코 가치평가적인 개념이 아니다. 사용되고 있는 문체는 그것이 연설가가 의도하고 있는 작용목표를 달성하고 있느냐 아니냐의 문제와 관련하여서만 그 가치를 인정받을 뿐이다.

수사학에서의 이 삼 문체론은 문학 텍스트의 분야, 즉 시론에서도 영향을 미치고 있다. 이미 중세 시대 학자들이 고대 로마 작가 베르길의 전체 작품과 관련하여 확인한 바에 의하면 베르길의 작품을 구성하고 있는 세 가지 큰 장르들은 각각 서로 다른 문체를 사용하고 있다. 부콜리카(Bucolica)라고 불리는 베르길의 전원시 내지 목가 시는 정확히 소박하고 낮은 문체를, 게오르기카(Georgica)라고 불리는 평민 문학은 중간 수준 문체를, 그리고 그의 운문서사시 「에네이스」와 같은 영웅시는 고상한 문체를 사용하고 있는 것이다. 그리고 이들 텍스트 또는 텍스트 그룹 내에서 서사 세계를 구성하고 있는 다양한 요소들, 예컨대 서로 관련되어 있는 여러 갈래의 사건들, 주인공 인물들의 상호관계, 작품 속에 등장하는 동물이나 식물, 여러 가지 도구들, 사건이 펼쳐지는 장소 등도 서로 밀접하게 연관되어 있을 뿐 아니라 작품의 문체와 잘 조화를 이루고 있다. 예를 들어 목가시에서는 단지 소박한 갈등만이 다루어지고 주인공은 소박한 삶을 사는 목동들인데, 이들 목동들은 막대기를 들고 떡갈나무 아래 풀밭에서 양들을 지키고 있다. 텍스트의 모든 구성부분들이 이처럼 내적으로 조화를 이루고 있는 것과 문체의 수준이 작용목표와 외적으로 조화를 이루고 있는 것을 수

사학이나 시론에서는 '일치aptum'라고 부른다.

특히 시론에서 이 같은 일치의 법칙은 매우 중요한 의미를 갖는다. 예를 들어 18세기 중엽 레싱에 이르기까지 비극과 희극에서 널리 적용되었던 소위 '계층조건'(Ständeklausel) 이론은 일종의 '응용 일치 이론'이라 할 수 있다. 계층조건 이론에 따라 비극의 주인공들은 높은 신분 출신이라야 했으며, 그들에게는 고상한 수준의 갈등과 언어, 그리고 호감이 가는 인물들이 어울리는 것이었다. 레싱의 시민비극 이론은 벌써 이 규칙의 변형을 의미했다. 비극에 서민적인 것과 통속적인 요소를 과감히 끌어들이고 서민계급이나 하층계급 출신의 인물들까지 비극의 주인공으로 삼았던 슈투름 운트 드랑 문학은 일치 이론에 대한 반발로서 매우 도전적인 작용을 하였다.

(2) 문체수단

연설가가 계획하고 있는 연설에서 어떤 문체를 사용하든 그의 언어적 표현은 내적으로나 외적으로 조화를 이루는 수준을 넘어 정확하고 (puritas) 명백해야(perspicuitas) 한다. 그러나 연설가는 또한 자신의 생각과 감정을 언어적으로 표현함에 있어서 여러 가지 언어 장식 기법을 사용하지 않으면 안 된다. 이런 다양한 언어장식 기법들은 연설가의 설득의도를 뒷받침해주며 그의 논증을 명백하게 해주고 그가 그의 연설내용의 범위를 축소 또는 확대하거나 연설 내용의 수준을 높이거나 낮추는 것(amplificatio)을 도와줄 뿐 아니라 여러 가지 변화 있는 표현을 통해 청중을 즐겁게 해주는 것에도 기여한다. 그러나 이런 언어장식 기법들은 과장적인 형태도, 다시 말해 그 자체가 목적이 되는 형태로 사용돼서는 안 된다. 그것은 언제나 일치의 법칙을 따라야 하는 것이다.

　　고대 수사학은 여러 단어가 결합된 형태의 언어 장식 방법(ornatus in verbis coniunctis)과 개별 단어로 이루어지는 언어장식 방법(ornatus in verbis singulis)으로 크게 구분하며, 전자는 다시 두 그룹으로 나누어진다.

　　여러 단어로 이루어지는 언어장식 방법의 첫 번째 그룹은, 대부분 문장 차원에서 나타나는 다양한 형태의 단순 어법과 단순 어구를 포괄한다. 이 같은 단순 어법이나 단순 어구는 의미를 확대하거나 축소시키기 위해 하나의 단어를 특별히 강조한다. 이 그룹에는 다음과 같은 기법들이 포함된다.

　　□ Geminatio: 한 단어나 문장부분을 한 차례 또는 여러 번 반복하는 것(Mein Vater, mein Vater, jetzt faßt er mich an.).

　　□ Anadiplose: 한 단어나 문장부분을 반복 사용하면서 그것을 다음 문장의 시작으로 삼는 것(reden [...] einander ins Wort, ins Wort auch sich selber.).

　　Klimax 또는 gradatio: 한 번 혹은 여러 차례 반복하는 가운데 그 의미가 점점 강해지는 것.

　　□ Anapher: 여러 문장이나 시행의 첫머리에서 동일한 단어나 단어들이 반복되는 것(Dort meine Hütte, / Dort hin zu waten.).

　　Epipher: 여러 문장이나 시행의 끝에서 동일한 단어나 단어들이 반복되는 것.

　　Polypton: 반복되는 가운데 단어의 격이 바뀌는 것.

　　Synonymie: 단어의 반복을 피하기 위해 같은 의미의 다른 단어를 사용하는 것.

　　□ Asyndeton: 비슷하거나 같은 의미를 갖는 단어들, 서로 다른 의미를 갖는 단어들 또는 Klimax의 형식 속에 쓰이고 있는 단어들

이 접속사 없이 나열되는 것(Innere Wärme, / Seelenwärme, / Mittelpunkt).

Polysyndeton: 비슷하거나 같은 의미를 갖는 단어들, 서로 다른 의미를 갖는 단어들 또는 Klimax의 형식 속에 쓰이고 있는 단어들이 접속사로 결합되는 것(Die Welle sprüht und staunt zurück und weichet / Und schwillt bergan).

Zeugma: 같은 종류나 다른 종류의 여러 문장성분들을 아주 파격적으로, 경우에 따라서는 문법적으로 옳지 않게 하나의 동사와 결합시키는 것(Er saß ganze Nächte und Sessel durch).

☐ Ellipse: 문법적으로는 필요하지만 문장의 의미를 이해하는 데 있어서는 꼭 필요하지 않은 단어를 생략하는 것(Ich dich ehren? Wofür?). (단어의 반복 혹은 중복과 함께 생략법도 언어의 효과적인 사용 방법 가운데 하나다. 위에서 언급한 Asyndeton도 일종의 생략법이다.) Ellipse는 새로움이나 파격의 효과를 통해 청중에게 변화를 제공해주며, 감정을 실어 간략하게 표현하는 방법이다. 문학에서 Ellipse는 마음으로만 느낄 수 있을 뿐 언어로 표현할 수 없는 어떤 중요한 내용을 나타내는 하는 데 사용되기도 한다.

☐ inversio: 특히 문학 텍스트, 특히 시에서 다양한 형태의 도치법이 사용되고 있는데, inversio는 시행 내에서 중요한 의미를 갖는 낱말을 시행의 앞이나 뒤에 두기 위해서 또 시행의 운율을 맞추기 위해서 문법적인 어순을 바꾸는 것을 말한다(Wandeln wieder/ Wie mit Blumenfüßen / Über Deukalions Flutschlamm Python tötend, leicht, groß / Pythius Apollo).

hysteron proteron: 일련의 사태가 실제로 일어난 순서와는 다르게 표현되는 것(Ihr Mann ist tot und läßt Sie grüßen).

□ hyperbaton: 문장구조상 서로 밀접하게 결합되어야 할 단어들이 문장의 도치나 삽입구로 인해 서로 분리되는 것(Und übe, Knaben gleich, / Der Disteln köpft, / An Eichen dich und Bergeshöhn).

Parallelismus: 여러 가지 사태나 내용들이 병렬적 문장구조 속에 배열되는 것. 이것은 Klimax나 Anapher와 결합될 수 있다(Und meine Hütte, / Die du nicht gebaut, / Und meinen Herd, / Um desses Glut Du mich beneidest).

Antithese: 서로 상반되는 내용을 강하게 대비시켜 표현하는 것 (Das Leben ist kurz und die Kunst ist lang.).

Chiasmus: Antithese에서의 상반되는 내용이 대비되는 문장성분 들이 서로 교차하는 형식의 문장, 즉 주어와 술어의 위치가 바뀌 는 형태의 문장을 통해 표현되는 것(Eng ist die Welt und das Gehirn ist weit).

여러 단어로 이루어지는 언어장식 방법의 두 번째 그룹은 내용 혹은 의미 중심적 어법 이다.

□ interogatio: 연설가나 작가가 텍스트의 내용을 강조하기 위해서 또는 청중이나 독자의 관심을 고조시키기 위해서 질문의 형식을 취하는 것. 이때 연설가나 작가는 (일상에서의 소위 '수사의문'처럼) 실제로 그 대답이 전혀 기대되지 않거나 물음 그 자체가 이미 답을 암시하고 있는 형태의 질문을 할 수 있다.

subiectio: interogatio의 특별한 형식. 텍스트 자체 속에 답이 들어 있는, 다시 말해 텍스트상에서 연출되고 있는 '질문-대답-게임' 형 식의 수사의문(Wer half mir wider / Der Titanen Übermut? / Wer rettete vom Tode mich, / Von Sklaverei? / Hast du,s nicht alles selbst vollendet, / Heilig glühend Herz? / Und glühtest, jung und gut, / Betrogen, Rettungsdank / Dem Schlafenden dadroben?).

☐ dubitatio: 화자(연설가)가 자기 말의 신빙성에 대한 청중의 신뢰감을 더욱 고조시키기 위해 자신의 지식을 의심하고 있는 것처럼 표현하는 어법.

sustenatio: 연설가가 연설 중에 긴 예화나 역사적 일화를 삽입함으로써 청중의 관심을 오래 유지시키려고 하는 어법.

exclamatio: 중심 되는 논거와 사상을 강조하거나 열정적으로 뒷받침하기 위해 감탄의 형태로 표현하는 어법(Weh! Weh! Innre Wärme).

☐ Oxymoron: 앞에서 언급한 단순 어법 Antithese는 대부분 그 자체로 또 의미 중심 어법이기도 하다. Antithese의 대립적 구조가 서로 모순되는 두 개념이 하나로 결합 하는 형태로 극단적으로 압축되면 Oxymoron이 된다(Schwarze Milch der Frühe).

Paradoxon: 겉으로 보기에는 모순적인 것 같으나 심층적으로는 어떤 추상적인 진리나 심오한 의미를 지니고 있는 표현법(Ein Christenmensch ist ein freier Herr über alle Dinge und niemand untertan. Ein Christenmensch ist ein dienstbarer Knecht aller Dinge und jedermann untertan.).

☐ Ironie: 일단 진리를 숨기고 있기 때문에 Ironie는 다소 까다로운 어법이라 할 수 있다. 화자는 그가 청중에게 실제로 전달하는 것보다 더 많은 것을 알고 있다. 그는 자신의 논거와는 반대되는 논거를 의도적으로 과장함으로써 바로 그 반대논거의 가치를 떨어트리거나 그 신빙성을 흔들어놓는 것이다. 그러나 연설가가 Ironie를 사용할 때는 자신이 Ironie를 사용하고 있다는 신호를

반드시 연설 속에 포함시켜야 한다. 그래야 청중은 자신이 실제로 들은 내용과 연설가의 진정한 의도 사이의 긴장감을 제대로 느낄 수 있는 것이다.

언어적 표현의 단계, 즉 elocutio의 단계에서 고대 수사학은 지금까지 설명한 각종의 어법에 대해서뿐 아니라 단어의 자연스러운 연결, 다시 말해 언어의 리듬을 고려하는 표현법에도 큰 비중을 둔다. 퀸틸리아누스는 기본적으로 웅변가의 극히 자연스럽고 무구속적인 언어리듬과 시인의 구속적이고 운율적인 언어리듬을 구분하고 있으면서도 다른 한편으로 일련의 엄격한 규칙들을 세워놓고 있는데, 이 규칙들은 산문의 무구속적인 언어리듬에는 물론이고 시문학의 구속적인 언어리듬에 더욱 강하게 적용된다.

연설가는 문장이나 문단에서 단어들을 배열할 때, 또 단순히 여러 개의 단어들을 열거할 때 그 단어들의 내용적인 측면만이 아니라 단어들의 음향 내지 리듬의 측면도 충분히 고려해야 한다. 예를 들어 한 단어의 끝에 모음이 나타나고 바로 그 다음 단어의 처음에 또 모음이 나타남으로써 두 개의 모음이 서로 충돌하게 되는 것(hiatus)과 같은 경우는 일어나지 말아야 하는 것이다. 연달아 나타나는 두 모음이 장모음일 경우 hiatus는 더더욱 피해야 한다. 개별적인 경우 두 개의 모음을 하나로 합치는 방법을 강구해 볼 수 있다. hiatus를 피함으로써 연설의 흐름이 중단되는 것을 막을 수 있는 것인데, 이는 특정 자음의 충돌을 피함으로써 연설의 흐름이 끊기는 것을 막는 것과 같은 이치다.

라틴어에서 언어의 리듬은 음의 강약에서 리듬이 생겨나는 독일어에서와는 달리 모음의 장단에서 생겨난다. 퀸틸리아누스 수사학은 언어 리듬의 최소단위로서 다양한 종류의 운각에 대해 자세한 규칙을 세워놓고 있는데, 연설가는 원고를 작성할 때 이 같은 운각들을 충분히 고려할 수 있는 것이다. 그러나 언어의 리듬을 고려한 산문 텍스트에 대해서는 하나의 문장 속에 몇 개의 운각이 사용될 수 있는가 하는 문제와 관련하여 아무런 규정이 없다. 결국 퀸틸리아누스는 여기서 시론에 하나의 중요한 도구를 마련해주고 있는 셈인데, 시론은 그 도구를 단지 시행의 차원에서만 사용해야 하는 것이다. 이미 수사학 그 자체가 리듬이 있는 언어 사용을 목표로 하고 있는 것이며, 시론은 단지 시행에서의 언어 리듬 사용을 특히 강조하고 있는 것이다. 리듬은 그러나 시행의 차원을 넘어 산문에서도 대단히 중요한 작용을 한다. 예를 들어 괴테의 『젊은 베르테르의 슬픔』의 많은 구절들은 조화로운 언어 리듬을 이용하여 조화를 이루고 있는 자연의 모습을 생생하게 표현하고 있다.

지금까지 살펴본, 여러 단어가 결합된 형태의 언어 장식 방법 (ornatus in verbis coniunctis)들 외에 또 개별 단어로 이루어지는 언어장식 방법(ornatus in verbis singulis)들이 많이 있다. 고어법과 신조어법, 그리고 집합적으로 '트로푸스 Tropus'라 불리는 것으로서 특히 문학 텍스트에서 중요한 의미를 갖는 세 가지 비유법(은유, 환유, 알레고리)이 여기에 속한다.

□ 고어법(Archaismus)은 고풍스럽거나 고풍스럽게 보이는 표현법을 의미하는데, 이런 표현법은 다루어지는 내용에 보다 큰 위엄을 부여하는 데 도움을 주거나 옛날 문화의 양식이나 기질을 나타내는 데 도움을 준다. 예를 들어 괴테는 『Faust』 초고에서 이 작품의 배경이 되는 16세기의 고풍스런 용어들을 모방하여 사용하고 있다(Hab nun ach die Philosophey/ Medizin und Juristerey, / Und leider auch Theologie / Durchaus studirt mit heißer Müh).

□ 신조어법(Neologismus)은, 한편으로 자신이 말하고자 내용을 표

현할 적합한 용어가 없기 때문에, 다른 한편으로 청중이나 독자에게 신선한 자극과 변화를 주기 위해 연설가나 작가가 새로운 말을 만들어내어 사용하는 것을 말한다. 독일문학에서 가장 유명한 신조어들 가운데 하나는 괴테의 "Knabenmorgen- / Blütenträume"이다. 신조어 가운데 특히 흥미 있는 것은 여러 개의 단어를 결합하여 만든 신조어인데, 이런 신조어는 1800년을 전후한 시기 고전주의 언어의 예에서 보는 것처럼 대개 고어법적 성격을 동시에 갖는다. 괴테의 고전주의 희곡 『Iphigenie』에 나오는 "vielwillkommener", "fernabdonne"와 같은 단어들은 고대 그리스의 서사시인 호머의 조어법을 모방하고 있는 것으로 특히 바이마르 고전주의의 맥락에서 고풍스런 문체의 특징으로 여겨졌다.

개별 단어 차원 언어장식 방법의 가장 크고 중요한 그룹으로서 트로푸스(각종 비유법의 총칭)는 직접적이고 직설적인 표현법 대신 사용되는 모든 비유적인 표현법을 포괄한다. 직접적인 표현은 서로 관련되는 관념들을 이용하는 다양한 형식과 방법을 통해 간접적인 또는 비유적인 표현으로 대체될 수 있다. 바로 이 관념들을 이용하는 방식에 따라 개개의 비유법들은 서로 구분된다.

은유(Metapher)는 어떤 한 분야에서 사용되는 단어를 다른 분야로 옮겨 사용하는 것을 말하며, 두 분야 사이에는 의미론상의 공약수, 이른바 '비교의 제3자'(tertium comparationis)가 존재해야 한다. 은유는 비교하는 말이 없이 압축된 직유라고 할 수 있다. 예를 들어 "아킬레스는 사자처럼 싸웠다"라는 표현은 하나의 직유다. 이 직유법 문장을 비교하는 말('-처럼')을 생략하고 고쳐 써 보면 "아킬레스는 싸움에서 한 마리 사자였다"가 되는데, 이는 이제 은유법 문장이 된다. 여기서

사자는 이미지를 제공하고 아킬레스는 이미지를 받아들인다. 사자와 아킬레스 사이에는 '강함, 용기, 당당함'이라는 의미론상의 공약수가 존재한다. 다시 말해 사자와 아킬레스 사이에는 제 3자로서 이 공약수 영역이 존재하고 있는 것이다. 퀸틸리아누스에 의하면 은유는 생물을 다른 생물을 통해 나타내는 것("아킬레스는 싸움에서 한 마리 사자였다"), 무생물을 무생물로 나타내는 것("비행선 Luftschiff"), 무생물을 생물을 통해 나타내는 것("찬 기운이 물어뜯다 der Frost beißt"), 생물을 무생물을 통해 나타내는 것(낙타를 "사막의 배 Wüstenschiff"로 표현) 등으로 다시 나누어진다. 이 밖에 추상적인 것을 구체적인 것을 통해 비유적으로 표현하는 것도 일종의 은유라 할 수 있다('어떤 일의 근원 혹은 시작'을 "전원 Stromquelle"으로 표현).

은유의 명확한 의미를 이해하는 데 중요한 역할을 하는 예의 '의미론 상의 공약수'가 얼마나 큰 지, 또 그것이 얼마나 빨리 파악될 수 있는 지 하는 문제도 은유의 종류를 나누는 기준이 될 수 있다. 앞에서 예로 든 "아킬레스는 싸움에서 한 마리 사자였다"의 경우 의미론상의 공약 수가 너무나 명백해 은유의 의미가 바로 이해될 수 있지만, "달은 핏빛 어린 쇳덩이다 Der Mond ist ein blutiges Eisen"와 같은 은유는 의미 론상의 공약수를 찾기가 쉽지 않은 까닭에 그 의미를 이해하기가 더 어렵다. 물론 달이 때로 쇠로 만들어진 낫 모양이 될 수 있고 또 경우 에 따라 붉은 빛을 띨 수 있다는 사실을 고려하면 어떤 '비교의 제3자' 를 생각해볼 수 있을 것이다. 이처럼 의미 공약수를 파악하기가 어려운 은유를 '난해 은유'(kühne Metapher)라고 한다. 그리고 이미지를 제공 하는 분야가 절대적인 것으로 나타나는 반면 이미지를 제공 받는 분야 가 전혀 나타나지 않는 은유는 '절대 은유'(absolute Metapher)라고 부 른다. 이런 절대 은유는 상징시나 불가사의한 시에서 종종 사용된다(In

den Flüssen nördlich der Zukunft / Werf ich das Netz aus, das du /
zögernd beschwerst / Mit von Steinen geschriebenen Schatten).

환유(Metonymie)는 은유와는 달리 의미론상의 공약수를 전혀 갖지
않는다. 환유는 어떤 한 단어를 이것과 '실제적으로' 관계가 있는 다른
단어로 대체하는 것을 말한다. 이때 두 단어의 관계는 다음과 같이 다
양한 형식을 취할 수 있다.

□ 장소 - 사람: "동해안이 울부짖었다 die Ostkurve brüllte auf"

□ 장소 - 제도: "베를린이 공포하다 Berlin gibt bekannt"

□ 그릇 - 내용: "나와 한 잔 더 마실래 trinkst du noch ein Glas
mit mir"

□ 생산자 - 상품: "템포 한 개 더 갖고 있니 hast du noch ein Tempo"

□ 발명가 - 발명품: "나는 벤츠를 탄다 Ich fahre einen Benz"

□ 작가 - 작품: "바흐를 듣다 Bach hören"

□ 상징물 - 추상적인 개념: "그의 월계관은 시들었다 sein Lorbeer
verwelkte"

□ 결과 - 원인: "그는 나에게 고통을 안겨준다 er fügt mir Schmerzen zu"

제유(Synekdoche)는 환유와 매우 비슷한 것으로 보다 넓은 의미를
갖는 말을 보다 좁은 의미를 갖는 말로 대체하는 것이나 그 반대의
경우를 의미한다. 부분으로 전체를 나타내거나(parte pro toto) 전체로
써 부분을 나타내는 것(toto pro parte)을 의미한다. "그는 머리 위에
지붕을 갖고 있지 않다 Er hat kein Dach überm Kopf"는 전자의 예
이고, "숲이 죽고 있다 der Wald stirbt"는 후자의 예다. 유개념을 종
개념으로 대체하거나 그 반대의 경우도 제유에 해당하는데, "우리가
일용하는 빵 unser täglich Brot"에서 '빵'이 '음식'을 대신하는 것이나
"죽지 않는 자 der Unsterbliche"가 하나의 '신'을 의미하는 것이 이에

대한 예가 된다.

알레고리(Allegorie)는 퀸틸리아누스 이래 '확대된 은유'로 간주되고 있다. 알레고리는 하나의 개별적인 개념이나 행동하는 인물을 나타내는 것이 아니다. 알레고리에서는 일련의 사상이나 복잡한 관계가 표현된다. 그리피우스의 시 「세상에 부쳐 An die Welt」에서 '폭풍 속의 배'라는 알레고리는 '온갖 위험에 처한 인간 생활과 죽음'을 의미한다.

> Mein offt bestuembtes Schiff der grimmen Winde Soil
> Der frechen Wellen Baal das / schir die Flutt getrennet
> das ueber Klipp auff Klip, / und Schaum / und sandt gerennet.
> Komt vor der Zeit an Port / den meine Seele will.

이 시는 전적으로 비유의 차원에서 표현이 이루어지고 있고 또 이 비유가 의미하는 내용은 해석을 통해서 어느 정도 생각해 볼 수 있기 때문에 여기에는 '완전 알레고리' 또는 '완결 알레고리'가 쓰이고 있다고 할 수 있다. 물론 알레고리는 아주 까다롭고 신비스런 방식으로 쓰일 수 있기 때문에 경우에 따라 그것은 매우 다의적인 것이 되거나 더 이상 이해할 수 없는 것이 될 수 있다.

알레고리가 비유의 차원뿐 아니라 그것이 의미하는 내용의 일부까지 포함하고 있을 때 '굴절 알레고리' 또는 '혼성 알레고리'라고 한다. 요한 제반스타인 바흐의 「크로이츠슈타프」 칸타타에서는 그리피우스의 '배 - 알레고리'가 첫째 레치타보에서 다시 나타나고 있다.

> Mein Wamdel auf der Welt,
> Ist einer Schiffahrt gleich:
> Betrübnis, Kreuz und Not

sind Wellen, welche mich bedecken
Und auf den Tod mich täglich schrecken.

복합적이고 추상적인 개념을 하나의 비유적인 형상으로 표현한 것도 알레고리의 범주에 든다. 눈을 안대로 가리고 칼과 저울을 양손에 들고 있는 여인, 즉 유스티치아(정의의 여신)는 '정의'의 알레고리이다.

과장법(Hyperbel)은 말 그대로 의도적으로 과장하는 비유법이다. 과장법에서는 대부분의 경우 어떤 내용이나 인물의 성질, 모양, 크기, 속성 등이 비정상적으로 확대되거나 축소된다("die liebe Liane, der verschämte, erschrockne blaßrote Engel").

완곡어법(Litotes)은 어떤 내용을 표현할 때 표현하고자 하는 그 내용과 반대되는 내용을 부정하는 형태를 취함으로써 과장이나 적극적·긍정적 진술을 피하는 것을 말한다. '아주 좋다 sehr gut'를 '나쁘지 않다 nicht schlecht'라는 식으로 표현하는 것이 바로 완곡어법의 한 예라 할 수 있다.

끝으로 상징(Symbol)은 사실 고대의 수사학이 설명하고 있는 다양한 비유법들에 속하는 것은 아니다. 그러나 '상징'이라는 용어 역시 다른 비유법들과 마찬가지로 고대 그리스어에서 비롯한다. 오랜 기간 서로 헤어져 지내는 두 친구가 각각 몸에 지니고 있다가 다시 만나게 될 때 일종의 식별부호로서 서로 맞추어보는, 토기나 반지의 두 개의 반 조각을 고대 그리스인들은 'symbalon'이라 불렀는데, 서로 딱 맞는 이런 두 개의 조각은 그 두 친구 사이의 우정을 나타내는 증표로 기능한다. 이런 의미에서 상징은 추상적인 개념이나 이념을 대신 나타내는 비유적인 표현이라 할 수 있다.

이런 상징개념은 1800년 무렵의 독일문학, 특히 괴테의 문학(시)에서 중심적인 개념이 된다. 괴테는 상징을 "개별적인 것 속에서 일반적인 것을 보는 것"으로 이해한다. 괴테에 의하면 상징은 바로 "문학의 본질"이다. "문학은 일반적인 것을 생각하거나 지시하지 않는 가운데 개별적인 것을 표현한다." 상징은 "현상을 이념으로, 이념을 이미지로 바꾼다. 그리하여 이념은 이미지 속에서 영원히 신성하게 작용하는 것으로 남는다." 때문에 상징에서 출발점이 되는 것은 알레고리에서처럼 철학적이고 추상적인 개념이나 내용이 아니라, 예를 들어 자연물 같은 것을 구체적으로, 감각적으로 직관하는 것이다. 예술가에게 있어 개별적인 사물 속에서 보다 보편적인 진리를 인식하고 예감하는 일은 개별적인 현상과 보편적인 이념이 조화를 이루는 하나의 문학적인 비유를 창조할 수 있는 전제조건이 된다.

이상에서 살펴본 것처럼 특히 수사학의 문체론 부분에서 수사학(Rhetorik)과 시론(Poetik)은 밀접하게 연관된다. 고전 수사학에서의 삼 문체론은 계층조건 이론과 같은 문학이론에 직접적으로 영향을 미치고 있고, 여러 형태의 단순 어법과 의미 중심 어법 그리고 각종의 비유법들은 법정변론이나 대중연설에서뿐만 아니라 문학 텍스트에서도 다양한 언어 장식 요소로서 또 문체상의 형상화 도구로서 매우 중요한 역할을 하고 있는 것이다. 그러나 나아가서 고대 수사학의 기본적이고 체계적인 분류로부터는 또 문예학의 기본적인 범주들이 유도될 수 있다. 예를 들어 고전 수사학의 다양한 연설 장르들과 연설가의 여러 가지 작용 목표들로부터 여러 가지 문학 장르들이 유도될 수 있는 것이다. 이처럼 시론 내지 문체론의 다양한 기법들과 범주들이 수사학의 기법들이나 범주들과 많은 유사성을 보이고 있는 것은, 18세기 중엽에 이르기까지 시론이 수사학의 한 특수 응용분야에 지나지 않았던 것이기 때문이다. 사실 시론은 18세기 후반에 가서야 비로소 수사학으로부터 독립을 할 수 있었다. 그럼에도 불구하고 수사학에 대한 지식은 오늘날에 와서도 문학 텍스트를 설명하고 분석하고 해석하는 데 대단히 중요한 의미를 갖는다.

5

문학과 상호매체성

5.1. 방법론과 기본개념

시각기호와 언어기호: 지배적인 위치를 차지하기 위한 예술장르
들 상호간의 경쟁의 역사는 예술장르들 그 자체의 역사만큼이나 오
래되었을 뿐 아니라 하나의 독특한 예술장르를 만들어내기도 했는
데, 이 독특한 예술장르는 르네상스 시대 이후 '전형장르'(파라고네
paragone)라고 불리고 있다. 그러나 다른 한편에서는 예술장르들 상호
간의 지나친 경쟁에 대한 일종의 반작용으로 예술장르들을 서로 통합
하려는 노력이 일정한 간격으로 반복되기도 했다. 특히 예술장르들을
서로 엄격하게 구분하려는 움직임이 강했던 시기 다음에 예술장르들
을 통합하려는 경향이 더욱 두드러지게 나타났다. 예를 들어 고트홀트
에프라임 레싱은 그의 논문 「라오콘」(1766)에서 여러 형태의 조형예
술과 문자예술을 서로 구분하려고 했지만, 바로 얼마 뒤 낭만주의 작
가와 이론가들은 예술장르들 사이의 경계를 넘어 다양한 방식으로 종
합예술작품 창작을 구상하려 노력했으며 이러한 노력들은 이후 리하

르트 바그너에서 시작해 아방가르드 예술을 거쳐 현재에 이르기까지 다양한 형태로 구체화되었다.

18세기의 시작과 더불어, 특히 레싱과 더불어 예술장르들의 서로 다른 작업방식들과 묘사수단들의 문제가 활발하게 논의되었다. 회화와 조각, 건축 등 조형예술에서 중요한 도구가 되고 있는 시각 기호는 문학의 중요 수단인 문자 기호와 다른 방식으로 기능한다. 레싱이 지적한 바에 의하면 회화가 공간 속 사물들의 동시적 묘사 내지 물체들의 병렬적 배치에 적합한 반면, 문학은 사건의 진행을 시간 흐름에 따라 차례차례로 묘사한다. 예술장르들은 이처럼 묘사 대상과 방법의 면에서 서로 다른 능력과 장점을 가지고 있는 것이다.

조형예술과 문자예술의 서로 다른 작업방식에 대한 이 같은 성찰로 레싱은 오늘날에 이르기까지 예술장르들 상호간의 관계와 차이에 대한 논의에 많은 영향을 미쳤다. 다른 한편 기호학도 이 주제를 다룬 많은 중요한 논문들을 제공해 주었다. 이탈리아의 기호학자 움베르토 에코에 의하면 문자와 그림의 차이는 다음과 같이 설명될 수 있다. 언어는 서로 분리되고 표준화된 단위들에 바탕을 두고 있으며 음소들이나 어휘 단위들로 구성되어 있다. 언어의 단위들이 이처럼 강하고 확고하게 코드화되어 있는 것과는 달리 그림의 단위들은 약하게 코드화되어 있으며, 이 약한 코드들은 명확하게 정의가 되어 있지 않아 많은 변화에 노출되어 있다. 때문에 이 약한 코드들은 그림을 감상할 때마다 그때그때 힘들게 새로이 규정되어야 하고 또 수용자에 의해 해명되지 않으면 안 된다. 그러나 바로 이처럼 그림의 의미가 명확하지 못한 것이기 때문에 그림을 감상하는 사람은 설명적인 주석을 붙일 수 있는 가능성을 가지게 된다. 그림은 심지어 설명적 주석을 요구한다. 그림은 '이해되기' 위해서 관찰자를 자극하고 있는 것이다.

이 같은 사실은 다시 다음과 같은 결론을 가능하게 한다. 즉, 일관되는 줄거리나 완결된 구조를 목표로 하고 있었던 근대 이전의 그림을 감상하는 데 있어서도 그림 '읽기'는 그대로 적용될 수 있는 것이다. 왜냐하면 레싱의 주장과는 달리 그림을 감상하는 사람의 눈은 책을 읽을 때와 비슷한 일련의 연속적인 동작으로 대상을 샅샅이 살피고 전후, 좌우, 위아래로 움직이면서 아주 애매하게 규정되어 있는 그림 기호에 각각의 의미를 부여하려고 하기 때문이다. 한 걸음 더 나아가 주장할 수 있는 사실이지만 한 편의 그림이 도대체가 온전하게 이해될 수 있기 위해서는 그 그림의 이론적·철학적·문화적 배경도 아울러 파악되어야 하는 것인데, 이러한 배경 설명 역시 결국은 언어적 표현으로 이루어질 수밖에 없는 것이다. 결국 그림은 어떤 방식으로 암호화 되어 있든 무슨 의미를 나타내고 있는 것이고, 또 그런 한에 있어서 해명 가능한 기호체계이기 때문에 그 의미를 온전하게 파악하기 위해서는 다양한 시각이 필요해질 수 있는 것이다.

이런 점에 비추어 움베르토 에코가 주장하고 있는 바에 따르면 회화 내지 그림 기호는 문화적인 기본관념이나 내용을 동반하고, 다시 말해 그 의미가 관념적으로 이미 규정되어 있는 것이며, 그에 따라서 언어기호와 비슷하게 임의적인 성격을 갖는다. 예를 들어 사물을 모사하는 그림들은 일종의 문화적 약속을 따르고 있다고 할 수 있는 것이다. 다시 말해 회화에서 어떤 사물의 윤곽선은 실제 자연 속에 존재하는 것이 아니라 한 문화 내에서의 묘사 관습을 따르고 있는 것이다. 이 점에 있어서 그림들은 또한 단어의 경계를 넘어선다. 에코에 의하면 "기호로서 하나의 그림은 사실상 하나의 텍스트이다. 왜냐하면 그림의 언어적 등가물은 하나의 단어가 아니라 하나의 문장 혹은 하나의 완전한 이야기이기 때문이다." 따라서 복잡하게 구조화 되어 있는 진술로서의 그림을 완전하게 이해할 수 있기 위해서는 하나의 주석이나 설명이 필요하다. 그리고 이 같은 원리는 움직이는 영상으로서의 영화에도 그대로 적용될 수 있다. 영화에서는 나름의 시각적 법칙을 갖는 고도로 압축된 영상 정보들이 하나의 시간적 과정 속에 결합되어 있지만, 이 과정의 직선적인 성격은 서사장르와 관련이 있거나 아니면 여러 가지 서사과정에 바탕을 두고 있다. 바로 이런 이유에서 미술과 문학처럼 영화와 문학 역시 서로 유사한 서사형식으로서 분석되어질 수 있는 것이다.

언어예술과 시각예술 사이에는 말할 것도 없이 차이가 여전히 존재한다. 이런저런 색칠은 결코 단어와 비교될 수 없다. 순수하게 시각적인 것은 여러 곳에서 화가의 의도를 벗어난다. 어느 그림에서나 내용상 명확하지 못한 부분이 나타나고 있으며, 이런 부분들의 애매모호한 의미는 그림을 감상하는 사람에게 아주 매력적인 것일 수가 있다. 그러나 그림의 바탕에 깔려 있는 다양한 형태의 내용이나 형식은 여러 가지 문화 코드와 관련이 있는 것이기 때문에 해석자는 이 문화 코드들에 대해 설명을 하면서 그것들을 언어 텍스트와 결합시킬 수가 있다.

음악의 기호: 음악 기호 내지 청각 기호도 언어 기호와는 다른 이해 조건을 갖는다. 음악 역시 문학과 비슷하게 일차적으로는 선적인 원리를 따른다. 음악은 시간의 흐름 속에서 연주되기 때문에 통사적인 차원에서 인지될 수 있다. 물론 음악은 동시에 여러 가지 소리를 들려줄 수도 있는데, 이런 현상은 다다이스트들의 소위 '동시 시'를 제외하면 문학에서는 극히 찾아보기 힘들다. 하지만 청각은 시각적 인지와는 달리 어떠한 선택도 할 수가 없다.

언어와 마찬가지로 소리도 시각적으로 표시될 수 있다. 악보에 음표로 표시될 수 있는 것이다. 그러나 양자 사이에는 근본적인 차이가 있으니, 그것은 하나의 소리 혹은 하나의 화음은 개별 악기로 연주되든 오케스트라에 의해 연주되든 어디까지나 단순한 음향으로 남을 뿐 어떤 고정된 의미와도 결합될 수 없다는 점이다. 이 점은 조성이나 악상에도 그대로 적용된다. 단조는 흔히 슬프거나 우울한 분위기와 결합되지만 특정의 연관관계에서 그것은 밝고 명량한 성격을 가질 수 있다. 마찬가지로 장조 역시 대개는 밝은 정조를 나타내지만 경우에 따라서는 어둡고 우울한 분위기를 자아낼 수 있다. 이렇게 볼 때 음악 기호에서는 고정된 의미관계는 존재하지 않는다고 할 수 있다. 음악 기호의 의미와 정서적 가치는 주관적으로 다양하게 체험될 수 있으며 문화적으로도 상대적이다.

사실 언어에 있어서도 고정되지 않은 의미영역이 있기는 하지만 모든 단어에는 적어도 하나의 의미가 부여되고 있다. 바로 이 점에서 음악과 언어예술은 차이가 난다. 음악의 정신에 바탕을 두고서 드라마를 개혁하려고 했던 니체도 이 점을 시인하고 있다. 니체에 의하면 언어는 "언제 어느 곳에서도 음악의 심오한 내면을 밖으로 끌어낼 수 없으며, 음악을 모방하려 할 경우 언어는 언제나 음악의 표면을 건드리는 데 멈출 수밖에 없다."

종합예술작품, 영화와 라디오에서의 상호매체성: 소위 종합예술작품을 지향하는 작가들은 가능한 한 많은 분야에서 비롯하는 기호들을 사용함으로써 가능한 한 많은 감각에 호소하려고 한다. 정지된 영상이나 움직이는 영상, 연속적으로 펼쳐지는 언어 그리고 다양한 해석이 가능한 음악이 사용된다. 여기에 덧붙여 무용이나 팬터마임 같은 육체적인 표현 동작, 촉각, 후각, 미각 등이 또 활용될 수 있다. 여러 예술 장르들이 하나의 작품 속에서 이렇게 통합될 경우, 개개 장르들의 다른 모든 목적들로부터의 자율성이 전제된다. 자신의 정체성 및 다른 장르들과의 차별성을 유지하고자 하는 개별 장르의 노력이 나타날 수 있다. 서로 다른 기호들을 사용하는 다양한 장르들은 대조적인 효과를 만들어낼 수 있거나 각각의 힘을 합쳐 전체적인 의미 창출에 기여할 수 있다.

이 때 문예학자는 우선 좁은 의미에서 종합예술작품의 텍스트(예를 들어 바그너가 그의 종합예술작품 「니벨룽겐의 반지」를 위해 썼던 희곡 대본)에 관심을 기울일 수 있다. 나아가 그는 종합예술작품의 바탕에 깔려 있는 여러 가지 기본 개념들을 분석하고 그 개념들을 역사적인 관점에서 정리할 수 있는데, 이와 같은 작업을 함으로써 그는 한 사회가 자신에게 맞는 형식과 규칙을 만드는 데 기초로 삼고 있는 특정의 문화적인 관념들을 밝혀낼 수 있다. 다음으로 문예학 자에게 중요한 문제는 시각적, 청각적 성질의 것이든 아니면 언어적 성질의 것이든 메시지들이 어떻게 구성되는지, 또 그것들이 우리의 문화적 핵심개념들이나 가치관에 어떤 영향을 미치는지, 그 과정을 인식하는 것이다.

한편, 개별 예술장르들을 서로 엄격하게 구분하려는 온갖 노력들도 작가나 음악가, 화가들이 자신들이 행하고 있는 장르와는 다른 예술장르에서 무언가 도움을 구하고, 또 자기 자신의 예술에 대한 시각을 날카롭게 해 줄 수 있는 다른 예술장르를 찾으려는 것을 막을 수는 없었다. 바로 이처럼 자기 예술에 대한 시각을 더욱 날카롭게 할 목적으로 작가들은 음악과 미술에 많은 관심을 기울였으며, 거기서 발견한 보다 자유스러운 의미부여 방식과 이미지들을 자극으로 삼아 새로운 작품들을 썼다. 문예학자 오스카 발첼이 1917년에 만든 "예술장르들의 상호 해명 wechselseitige Erhellung der Künste"이라는 개념은 현대 비교예술학에서도 중요한 역할을 하게 되었다. 문학이 음악이나 미술에서 무엇을 어떻게 차용하고 있는지, 또 반대로 음악과 미술이 문학에서의 서사적 기법들을 어떻게 활용할 수 있는지 그리고 종합예술 작품의 여러 가지 구도가 어떻게 기능하는지 등의 문제를 보다 자세하게 분석할 수 있는 것과 관련해 오늘날에는 상호매체성이라는 개념이 보다 광범위하게 사용되고 있다. 이 같은 상호매체성의 문제는 움직이는 영상으로서의 영화에도 그대로 적용되는데, 영화는 서사예술 없이는 상상하기 어려우며 서사예술과 서로 영향을 주고받는 가운데 계속적인 발전을 하였다. 나아가 청각 중심 형태의 종합예술이 연구될 수 있는데, 라디오에서 문학은 낭독이나 방송극 형식으로 청각적 종합예술로 발전하였다.

5.2. 문학과 조형예술

아주 오래 전부터 작가들은 미술에 큰 관심을 기울여 왔으며 이 긴 관심의 역사는 대체로 희망찬 기대로 넘쳐 있었다. 작가들은 자신들의 서술방법과 관련해 미술로부터 무언가를 배우려고 했던 것이다. 일찍이 로마 시대의 문학이론가 호라티우스가 그의 『시학』에서 가볍게 한 마디 던져놓았던 말은 그림과 문학의 관계의 오래된 전통을 잘 보여준다. "문학은 그림과 같다 ut pictura poesis"는 호라티우스의 말은 오늘날까지도 그림과 텍스트의 관계를 논할 때 끊임없이 인용되고 있다. 그러나 사실 호라티우스는 명암과 원근을 고려하는 텍스트와 그림이 서로간의 장르상의 차이를 넘어 비슷한 작용을 한다는 의미에서 이 말을 했을 뿐이었다.

18세기 중엽 레싱은 호라티우스 이래 계속되어온, 문학과 미술을 비교하려는 아직은 소박한 여러 가지 시도들을 더욱 정치한 이론으로 발전시키면서 한편으로는 특히 두 예술장르 사이의 차이를 강조하고 다른 한편으로는 문학이 그 자체의 여러 가지 가능성과 능력에 충실할 것을 주문했다. 레싱의 이 같은 주장과 주문은 당시의 역사적·문화적 맥락에 비추어 볼 때 쉽게 이해할 수 있는 일이다. 18세기에 들어와, 특히 브라이팅거의 『비판적 문학예술』의 발표와 더불어 사람들은 예의 호라티우스의 말에 근거를 두고서 문학은 미술과 같은 방법으로 작업을 해야 한다고 주장하고 있었던 것인데, 이런 경향에 대항해서 또 바로크 시대 이후 유행하고 있던 엠블렘이나 알레고리가 점점 큰 역할을 하는 것에 대항에서 레싱은 문학을 고유의 예술장르로서 지키고자 한 것이었다. 미술사가 요한 요아힘 빙켈만이 그의 저술 『회화와 조각에 있어서 그리스 작품들을 모방하는 것에 대하여』(1755)를 통해 "라오콘 군상"에서 라오콘의 외침이 "고귀하면서도 단순하고 조용하면서도 위대하게" 표현되고 있는 것을 그리스 예술의 본질이자 고전적 미의 규범이라고 주장한 데 반해, 레싱은 문학과 미술 두 예술장르의 형식적인 조건이 서로 다르다는 것을 강조한다. 레싱에 의하면 예술장르들은 그 표현수단의 차이에 따라 각각 다른 주제를 취급한다. 따라서 움직이지 않는 물체들은 기본적으로 미술의 대상이 되며, 미술은 하나의 동작을 동시에 관찰할 수 있는 공간 속에서 표현해야 한다. 이에 반해 사건이나 사상, 인물의 성격변화 등은 문학의 관심사가 되는데, 문학은 기본적으로 시간의 흐름 속에서 대상을 파악하고 묘사한다.

레싱의 이런 주장에 대해 헤르더는 장르 상호간의 차이가 객관적으로 규정될 수 있는 것이 아니라, 에너지 내지 관찰자에게서 자유롭게 펼쳐지는 상상력이나 공감의 정도 그리고 관찰자의 미적 체험 방법이 장르에 따라 달라질 수 있는 것이라고 지적한다. 따라서 헤르더에게 있어 연속성이나 동시성 같은 형식적인 요소들은 예술 수용자들의 체험능력에 비하면 부차적인 문제가 된다. 헤르더는 낭만주의 작가들에게 많은 영향을 주었는데, 이들 낭만주의 작가들은 문학과 조형예술간의 상호보완 가능성을 다각도로 모색함으로써 레싱처럼 두 장르를 엄격하게 분리하려는 입장을 벗어나려고 했다.

낭만주의 작가들의 이 같은 노력에 힘입어 여러 가지 혼합장르가 생겨났다. 예를 들어 두 장르 간의 관계가 문학작품 속에서 어떤 미술작품이나 화가, 화풍이 간단히 언급되는 형태로 나타나면 그것을 '시각적 인용'이라고 하는데, 암시적 기능을 하는 이런 시각적 인용을 통해 작가는 특정 주제를 다룰 수 있는 분위기를 조성하는 한편 독자들의 호기심을 자극하고자 한다. 그러나 두 예술 장르간의 관계는 훨씬 더 긴밀한 성질의 것일 수 있다. 문학 텍스트 속에서 두 장르가 여러 면에서 서로 관련을 맺고 모티브 면에서 서로 밀접하게 연관되어 있을 때, 그런 텍스트는 '시각적 상호텍스트'라고 부른다.

(1) '그림설명'의 여러 가지 기법

문학이 조형예술과 관계를 맺음에 있어서 가장 흔하면서도 가장 광범위하게 사용되고 있는 방식은 오랜 전통을 가지고 있는 '그림설명'(Ekphrasis) 장르에서 찾아볼 수 있다. 오늘날까지 전해 내려오고 있는 최초의 그림설명은 아킬레스의 방패를 묘사하고 있는 호머의 『일리아스』인데 여기서 이미 그림설명의 기본적인 기능이 분명하게 나타나고 있다. 그림설명이 기본적으로 의도하는 것은 설명의 대상이 되고 있는 그림을 독자들의 눈앞에 선하게 그려 보이고 그것을 생생한 느낌이 들도록 표현하여 독자들이 이 대상에 대하여 신빙성 있는 인상을 가지도록 해주는 것이다. 그림설명의 이 같은 수사학이 추구하는 '에네르게이아' 프로그램, 다시 말해 청중의 상상력을 가능한 한 많이 자극하려는 의도와 밀접하게 연관되어 있다.

　18세기에 들어 그림설명은 점차 기술적으로 대량 복제가 불가능한 그림들을 설명하는 말을 통해 독자 대중들에게 널리 알림으로써 교육적 효과를 거두는 기능을 한다. 예를 들어 프랑스의 계몽사상가 드니 디드로가 발표한 그림설명집『살롱』은 계몽주의 사상가들이 언어에 대해서뿐 아니라 교훈적인 내용의 그림에도 많은 관심을 갖고 있었음을 보여준다. 독일의 경우 그림설명 장르에 결정적인 자극을 준 인물은 빙켈만이다. 그의『드레스덴 그림설명』이 출간된 후 독일의 그림설명 장르를 특징짓는 것은 심리적 설명, 구체적 설명 그리고 서사적-시적 묘사 등이다. 이것은 그림이나 조각 작품을 질적으로 높은 수준에서 언어로 체험하고자 한 것인데 그림설명 기법이 이 같은 변화하게 된 데는 1750년 이후 미술의 자율성을 획득하고자 하는 노력이 반영되고 있다. 이로 인해 1800년 무렵에는 이전에 그림설명의 주된 기능으로 간주되었던 철학적·종교적·도덕적 기능이 거의 무력해지게 된다.

　그 후,『뒤셀도르프 그림 서간』을 남긴 하인제나『미술을 사랑하는 어느 수도승의 심정토로』를 발표한 바켄로더 같은 그림설명 작가들은 '미술소설'을 하나의 독자적인 장르로 정립했다. 미술소설의 목표는 미술품을 구체적이고 생생하게 묘사함으로써 독자들에게 뚜렷한 인상을 심어주는 것이었다. 바켄로더가 1796년에 티크와 함께 발표한『미술에 대한 여러 가지 환상』에 게재되어 있는 바켄로더의 수편의 탐미적인 그림소설들과 그림시들 역시 그와 같은 목표를 지향하고 있으며, 이런 작품들에서 바켄로더는 언어와 미술을 하나로 통일시키고자 한다. 그림설명에서 사용된 이런 탐미적인 묘사기법은 그림과 글을 서로 밀접하게 결합시키는 데 기여할 뿐 아니라, 그 간명하고 핵심을 찌르는 서술방식을 통해 노벨레 장르의 발전에도 영향을 준다.

　일찍이 괴테는 그의 '라오콘 군상' 관련 논문에서, 미술작품은 시각에 작용을 하는 것이기는 하지만 그 진정한 의미는 파악될 수 없다고, 언어로는 그 의미를 파악하기가 더더욱 어렵다고 지적한 바 있는데, 미술과 언어 사이의 이 같은 차이는 그 후 20세기의 그림설명에 있어서도 중요한 역할을 한다. 특히 언어회의주의가 만연했던 시기에 20세기의 몇몇 작가들은 미술작품설명이라는 우회적인 방법을 통해 문학창작의 새로운 가능성들을 모색해 보려고 했다. 라이너 마리아 릴케가 오귀스트 로댕의 조각 작품들과 폴 세잔느의 그림에 대해 쓴 많은 글들이 이에 대한 좋은 예가 된다. 그런 글에서 릴케는 다 관점주의를 주장하고 불완전한 서사형식들을 시험해보며 서사장르에 새로운 시간 개념과 공간개념을 도입한다. 그 결과로 그의 시에서는 신조어와 은유, 의인법이 많이 나타나는데, 전체적으로 보아 릴케는 그림이나 조각의 서술수단에 대해서 뿐 아니라 언어 그 자체에도 많은 관심을 기울이고 있다. 릴케의 이 같은 성찰은 페터 한트케와 하이너 뮐러에 이르기까지 진지한 그림설명에 많은 영향을 미치고 있다. 특히 뮐러는 자신의 글 속에 다른 텍스트로부터의 다양한 인용과 그림이나 영화에서 따온 새로운 이미지들을 삽입함으로써 텍스트 개념의 확대를 기하고 있다.

(2) 그림 시

그림설명 장르의 한 하위 장르인 그림 시 역시 호머가 그 효시다. 그림 시는 하나의 그림에 맞추어 창작되었거나 그림의 내용을 설명하거나 그림에서 자극을 받아 창작되었거나 그림의 구조를 그대로 차용하고 있는 등 여러 가지 형식의 시를 포괄한다. 고대에서 현대까지 이르는 그림시의 긴 역사에서 텍스트의 주된 관심은 상상의 이미지들에서 구체적인 그림들로 더욱 옮겨졌다. 그림 시 장르는 낭만주의 시대에 바켄로더와 더불어 새롭게 활기를 띠는데, 그는 창의적인 은유와 풍부한 연상 능력 그리고 뛰어난 감수성을 마음껏 발휘하며 그림을 묘사하려고 하였다. 19세기에는 신화를 소재로 한 동시대의 그림들과 역사적 사건을 묘사한 그림들을 대상으로 대부분 찬양적인 어조로 시들이 씌어졌다. 20세기에는 폴 엘뤼아르나 루이 아라공 같은 초현실주의 시인들이 자유로운 상상력의 발휘를 위해 그림을 이용했다. 그러나 위르겐 베커, 츠비그니에브 헤르베르트 같은 시인들은 그들의 그림 시에서 그림의 형식적인 요소들에 보다 많은 비중을 두었다.

(3) 엠블렘

그림과 문학이 직접 연결되는 예는 그림설명 장르의 또 하나의 하위 장르라 할 수 있는 엠블렘에서 찾아볼 수 있다. 엠블렘은 세 부분으로 이루어진다. 첫째 부분은 제목 또는 표제(inscriptio)다. 둘째 부분은 표제 아래 있는 그림(pictura)이다. 이 그림은 그 아래에 간단한 문장 형식의 설명(subscriptio)을 갖거나 그림설명 형태의 주석을 가지는데 이 설명 혹은 주석이 엠블렘의 세 번째 구성부분이다. 이 세 번째 부분에서 설명은 그때그때의 필요에 따라 간략하게 또는 교훈적인 의도에서 상세하게 이루어질 수 있고, 또 간결한 이야기의 형식을 취할 수도 있으며 경우에 따라서는 각운 형식을 가질 수도 있다.

그림과 그 그림을 설명하는 글이 결합된 형식으로서의 엠블렘은 르네상스 시대 이후 주로 전단지들을 통해 널리 알려지곤 했는데 이러한 엠블렘들이 수집되어 한 권의 책으로 묶어지게 된 것은 이탈리아인 안드레아 알키아토의 『엠블레마툼 리베르』(1531)가 처음이었다. 이 책은 라틴어를 할 줄 하는 학자들 혹은 이 책에 수록돼 있는 엠블렘들을 이용해서 새로운 엠블렘을 만들려고 한 엠블렘 창작자들만 접근할 수 있었다. 그러나 얼마 뒤 개발된 동판화 기술로 엠블렘의 대량 제작과 보급이 가능해지게 됨으로써 엠블렘은 대중들에게 오락을 가져다주는 기능 외에 특히 도덕적인 교훈을 주는 역할을 떠맡게 되었다. 엠블렘 문학은 작가들이 알키아토의 책을 이용해서 기존의 엠블렘을 변형시키는 형태로 활기를 띠었으며, 이런 변형된 엠블렘들은 다시 케자레 리파스의 『이코놀로기아』(1593)를 통해 사전식으로 정리되었다. 사정이 이랬기 때문에 엠블렘에서 '단어-그림-의미'는 때로 약간의 변화를 보이거나 정반대의 상태로 바뀌기도 했지만 전체적으로는 비교적 안정된 연관관계를 이루고 있었다. 이런 점에서 엠블렘은 바로크 시대 비극에서 자주 사용되었던 알레고리와 차이가 있었는데, 알레고리는 그림 없이 언어로만 이루어졌던 까닭에 그 의미가 상황에 따라 빠르게 달라질 수 있었다.

엠블렘의 장르로서의 운명은 18세기에 끝이 난다. 그러나 우리가 여전히 주목해야 할 것은 르네상스와 바로크 시대 문학에서 비교적 고정적인 의미연관을 갖는 엠블렘의 기초가 마련되었고, 또 그것에 바탕을 두고 이후 개별 예술장르로서의 그림과 문학이 서로를 보완적으로 이용할 수 있었다는 사실인데 1967년 쇠네와 헹켈이 편찬한 방대한 엠블렘집은 이를 잘 증명해주고 있다. 또한 전체적으로 언급할 만한 가치가 있는 것은 엠블렘이 대중의 사고에서 중요한 역할을 하고 있는 집단상징의 형성에 영향을 미치고 있다는 사실이다. 다시 말해 널리 퍼져 있는 기독교적, 신화적, 문학적, 철학적 그리고 또한 대중예술적 이미지들을 취택해서 그것들을 언어와 결합시켰다는 점에서 엠블렘은 그 폭넓은 보급을 통해 우리의 문화지평과 영상창고 내지 기호창고 전반에 크게 영향을 끼쳤다고 할 수 있는 것이다.

(4) 그림이야기와 만화

그림이야기는 텍스트가 수반되는 형태로거나 수반되지 않는 형태로 일련의 그림을 통해 하나의 사건 혹은 줄거리를 표현하는 것이다. 즉 서사적 성격을 갖는 구조화된 그림들을 말하는데 그 형식은 아주 다양할 수 있다. 이런 그림이야기의 시초는 인류의 초기 문화, 예를 들어 고대 이집트에서 만들어진 '사자의 서'에까지 거슬러 올라갈 수 있다. 중세의 경우 그림이야기는 특히 조형예술로부터 많은 영향을 받았는데 세밀화, 특히 프랑스의 도시 바이외에서 만들어진 양탄자의 세밀화에서 그러했다. 이 양탄자는 20 미터가 넘는 길이에 실로 짜 넣은 라틴어 텍스트와 함께 1066년에 일어났던 하스팅스 전투나 노르만족의 왕이 영국을 정복하는 과정을 그리고 있다. 또한 고딕식 미술에서는 성자들의 텍스트들이 곁들여진 초상화가 다수 발견되고 있다.

그림이야기는 직관적으로 파악될 수 있는 시각적인 인상을 통해 철자나 단어 또는 문장의 의미도 쉽게 파악할 수 있도록 해주는 까닭에 교육적인 목적을 달성할 수 있었기 때문에 18세기 후반 계몽주의자들은 계몽 즉 교육 목적으로 그림이야기를 많이 이용하였다. 예를 들어 칼 필립 모리츠는 1790년에 그림이 곁들여진 초등학교 1학년용 읽기 교과서를 썼는데 이런 형태의 교과서는 오늘날까지 삽화가 든 교과서 개념의 기초가 되고 있다. 글과 그림이 섞인 혼합장르로서 그림이야기는 19세기에 들어 도덕 교육적인 성격을 갖는 아동문학의 방향으로 발전했다. 하인리히 호프만의 『머리 헝클어진 아이』(1845)와 프란츠 폰 포치의 『재미있는 그림책』(1852)과 같은 그림이야기는 오늘날에도 널리 읽히고 있다. 빌헬름 부쉬 역시 『막스와 모리츠』(1865) 같은 작품을 발표함으로써 앞의 두 작가와 같은 장르 전통 속에 서 있는데 그는 인상적이고 교훈적인 운문형식을 능숙하게 구사하는 가운데 작가로서의 재능뿐 아니라 삽화가 내지 화가로서의 능력도 유감없이 발휘하였다.

빌헬름 부쉬는 1900년경 미국에서 만화가 생겨나는 것에도 영향을 끼쳤다. 미국에서 초기의 만화는 일간신문의 일요일판 부록 형태로 발표되었다. 그러나 만화에서 글은 독자적으로는 거의 이해될 수가 없다. 만화에서는 간헐적으로 그림 하단에 나타나는 제목을 제외하면 풍선 모양의 칸 안에 쓰이는 텍스트가 주로 사용되며 이와 같은 텍스트는 대체로 구어와 감탄사로 이루어진다. 그림이야기의 또 하나의 변형된 형식으로는 벽화의 전통을 이어받은 '도자기 그림이야기'(Graffiti)가 있는데 여기에서는 텍스트와 그림이 매우 다양한 비율로 구성될 수 있다.

(5) 언어실험 및 그림실험

문학작품의 시각화는 시각적 시(optische Poesie)에서 볼 수 있는 것처럼 언어자료 그 자체와도 관련될 수 있다. 시각적 시 역시 고대 문화에서부터 연원하는 것으로 볼 수 있지만 이 장르는 바로크 시대 시에서 절정을 이루며 1900년을 전후한 시기에도 다시 유행한다. 19세기말, 20세기 초의 많은 시에서는 시어들이 시각적인 효과를 낼 수 있도록, 다시 말해 어떤 시각적인 형상이 만들어질 수 있도록 배열된다. 이를 통해 새로운 독서방향과 의미연관의 길이 열리게 되는데, 다다이즘의 장난기 어린 여러 가지 표현 형식들과 구체시(konkrete Poesie)가 이에 대한 좋은 예다. 1950년대 이후 막스 벤제와 오이겐 곰링어를 중심으로 하는 슈투트가르트파와 에른스트 얀들을 중심인물로 하는 빈의 실험주의파가 주도한 구체시 운동에서는 개별단어들이나 문장들이 하나의 형상을 이루며 이 같은 형상은 나름의 시각적인 효과를 빚어낸다. 이런 형상은 텍스트의 의미를 뒷받침해 줄 수 있으며, 따라서 텍스트와 상호보완적인 관계를 이룬다. 여러 개의 '사과'라는 단어가 실제 사과 모양으로 배열되고 이 단어들 한가운데 '벌레'라는 단어가 놓이게 되는 형태의 시에서처럼 언어기호와 시각기호가 하나로 결합되어 의미상승의 효과를 낼 수 있는 것이다. 또한 개개 단어들이 갖는 이 같은 시각적인 속성은 근본적으로 언어의 본질에 대한 새로운 관점을 열어줄 수도 있다.

언어가 시각적 요소를 이용하는 것과는 반대로 그림이 철자나 단어 또는 숫자를 시각적 단위 혹은 색의 형식으로 이용하기도 한다. 화가인 파울 클레는 그의 수채화와 삽화, 동판화에서 철자나 단어 또는 숫자를 그림의 소재로 사용하면서 그림에 대해 상상력이 넘치는 주석을 붙이기도 한다. 한편 쿠르트 슈비터 같은 다다이즘 미술가들은 그림과 단어를 결합시키는 기본적인 구성 원리로 컷과 몽타주 기법을 사용하고 있다. 다시 말해 그들은 미술과 문학이 결합되어 만들어내는 상승효과를 활용하고 있는 것인데, 이런 상승효과의 원리는 20세기의 여러 미학에서 자주 중요하게 다루어지고 있다. 몽타주 혹은 콜라주 기법은 현대의 광고에서 널리 쓰이고 있을 뿐 아니라 현대작가들에게 있어서도 작품 구성의 중요한 원리가 되고 있다.

5.3. 문학과 음악

언어와 문학은 그 발생에 있어서 음악과 밀접하게 연관되어 있다. 고대문화로부터 오늘날에 이르기까지 모든 종교의식이 이를 잘 보여주고 있다. 그러나 고대 그리스에서 드라마가 신을 찬양하는 노래로부터 생겨난 사실이나, 뒤에 장르 명칭으로 쓰이게 되는 서정시(Lyrik)

라는 말이 '리라 lyra'라고 하는 현악기 연주에 맞추어 불리어진 노래를 상기시키는 것도 문학과 음악의 연관관계를 말해 준다. 1872년 프리드리히 니체가 그의 저서 『비극의 탄생』에서 로고스, 즉 언어와 이성에 아직 구속되지 않았던 오이리피데스 이전의 극을 되살리려 한 것도 문학과 음악이 결합된 초기 그리스극을 암시하고 있는 것이다. 니체에 의하면 예술을 의미 과잉이나 이성 과잉 상태로부터 활기 넘치는 삶으로 다시 끌어낼 수 있는 것은 음악과 노래, 음향과 리듬이다. 한편 도취의 신디오니소스는 문학을 위한 모범적인 존재로 일컬어지는데, 이 때 문학은 음악과 무용을 수반하는 말에서 비롯한다. 이로써 결국 언어음악이라는 전통이 만들어진 것이며, 이 같은 전통은 20세기의 다다이즘 운동과 몇몇 실험적인 유파들을 통해 새롭게 되살아난다. 니체가 특히 음악과 문학을 결합시키려고 노력했던 음악가 라하르트 바그너에게 그의 저술 『비극의 탄생』을 바친 것은 결코 우연한 일이 아니다.

(1) 가극과 오페라

바그너의 가극 「니벨룽겐의 반지」에서 오페라와 텍스트는 서로 등가적으로 결합되고 있는데 바그너는 북유럽의 에다 노래와 「니벨룽겐의 노래」의 게르만 신화를 원용하면서 그 가극의 극본을 직접 쓰고 있다. 작품의 여러 갈래의 스토리, 원형적 상황들에 대한 작가의 관심, 사랑의 테마 등은 낭만주의의 관점에서, 그러나 또한 나치즘의 관점에서 다양하게 해석되었다. 그러나 바그너에게는 소재나 내용의 문제를 넘어 형상화의 문제도 중요했다. 그의 가극에서는 특정 인물이나 사물 또는 내용을 음악적 주도동기와 결부시키는, 다시 말해 인물이나 내용을 특징적인 선율로 알리거나 장식하는 독특한 기법이 사용되기 때문에 오케스트라는 단순히 반주적인 기능만을 갖는 것이 아니라 사건 서사의 성격까지 지닌다. 오케스트라는 주도동기로써 줄거리의 흐름을 이끌고, 인물이나 주제를 예고한다. 때문에 가극에서 음악은 무언가를 지칭하는 데 기여하며, 여러 가지 멜로디는 어떤 주제를 암시하고 한 주인공의 등장이나 그의 심리상태를 예고한다. 이를 통해 관객들은 인물들을 쉽게 알아볼 수 있으며 사물들을 서로 쉽게 연관지을 수가 있다. 그리고 이때 심한 유형화가 이루어짐으로써 인물들의 개성은 무의미해지게 된다.

이처럼 오케스트라를 극히 섬세하게 실험적으로 이용하는 것과 더불어 바그너는 언어도 아주 새로운 방법으로 사용함으로써 그런 언어를 하나의 독자적인 예술수단으로 정립하려고 한다. 예를 들어 바그너는 두음법을 일관되게 사용함으로써 텍스트 자체가 음악적인 표현 기능을 갖도록 하고 있는 것이다. "Garstig glatter glittschriger Gimmer!"와 같은 두음법 문장은 단순히 텍스트로서 읽을 경우 매우 과장적이라는 느낌을 줄 수 있지만 이런 표현법은 어디까지나 음악과 관련지어 이해해야 할 것이다. 목소리 역시 하나의 악기가 되어 오케스트라에 대항해 고유의 능력을 발휘해야 하는데, 이를 위해서는 명확한 발성이 요구된다. 음악의 정신에 바탕을 두고 있는 텍스트는 문장의 어순에도 영향을 미친다. 그런 텍스트에서 단어들은 언어의 리듬을 고려하지 않을 수 없으며, 그럼으로써 종종 문법에 맞지 않게 배열된다. 이미지 연결 분야에서는 종종 통합주의적인 과장적 문체가 나타나고 있는데 이런 문체는 주제를 강조하거나 과장한다. 전체적으로 보아 바그너의 가극에서는 풍부한 음향을 갖는 언어가, 모든 악기의 성격을 고려하고 그 특성을 충분히 살려내는 새로운 오케스트라 편성과 밀접하게 결합되어 사용되고 있다.

(2) 곡이 붙은 텍스트

　음악과 문학이 서로 결합되는 또 하나의 두드러지는 방식은 대본 작가에 의해 대본으로 각색된 문학테스트에 작곡가가 곡을 붙이는 것이다. 간단히 말해 문학텍스트에 곡이 붙게 되는 것인데 이 때 특정 작가와 작곡가가 밀접하게 결합하여 작업을 하는 경우들이 자주 있었다. 예를 들어 작곡가 모차르트는 에마누엘 쉬카네더나 로렌초 다 폰테의 작품에 자주 곡을 붙였으며, 작곡가 리하르트 슈트라우스는 문학에 불만을 느낀 나머지 가극 대본을 많이 썼던 후고 폰 호프만스탈의 작품에 곡을 붙이기를 좋아했다.

　음악적인 성격과 요소가 적어도 반은 차지하고 있다 하더라도 모든 오페라는 하나의 대본에 바탕을 두고 있는 한 일단은 특정 주제를 다루는 텍스트와 결부되는 작품이다. 이 같은 '텍스트에 입각한 오페라' 장르에 대해서는 유럽 각국의 문학에서 많은 예를 찾아볼 수 있는데, 프란츠 리스트의 파우스트 오페라와 단테 오페라, 쥐세페 베르디의 오페라 「루이사 밀러」가 널리 알려져 있다. 베르디의 이 오페라 제목은 실러의 『간계와 사랑』의 원래 제목 『루이제 밀레린』에서 비롯하며 오페라는 원래 희곡에서와는 달리 조화로운 결말을 보여주고 있다. 야콥 오펜바흐의 5막 오페라 「호프만의 이야기」도 같은 유형의 작품인데, 여기에서는 '예술가의 생활'을 주제로 하는 호프만의 소설들이 바탕을 이루고 있다. 로렌초 다 폰테의 대본에 곡을 붙인 모차르트의 오페라 「돈 죠반니」 역시 문학작품에 의거하고 있다. 또 '텍스트에 입각한 오페라'에 대한 20세기의 유명한 예라 할 알반 베르크의 표현주의 오페라 「보체크」는 게오르크 뷔히너의 희곡 『보이체크』에서 소재를 취하고 있다.

　　오페라뿐 아니라 낭만주의 시대에 유행한 예술가곡도 어떤 텍스트에 맞추어 하나의 독자적인 음악작품을 만들어내려는 작곡가의 의도에서 비롯한다. 특히 프란츠 슈베르트는 18세기 독일 민요의 연 형식을 원용하면서 다양한 종류의 문학테스트에 곡을 붙임으로써 독일 가곡 장르에 새바람을 불어넣었다. 슈베르트는 요한 볼프강 폰 괴테와 하인리히 하이네, 마티아스 클라디우스 그리고 빌헬름 뮐러 등의 시에 곡을 붙여 뛰어난 가곡을 만들었는데, 그의 가곡에서 피아노 반주는 단순히 분위기를 조성하거나 선율을 만들어내는 기능만을 하는 것이 아니라, 노래의 내용과 대비를 이루는 가운데 독자적인 음악적 능력을 펼쳐 보일 수도 있다. 작곡가 구스타프 말러 역시 낭만주의 작가 아힘 폰 아르님과 클레멘스 브렌타노가 공동 편찬한 『소년의 마술피리』에 실린 텍스트에 곡을 붙이는 형태로 피아노 협주곡과 관현악곡을 작곡하지만 이들 작품에서 말러는 텍스트 내용에 변화를 주려고 시도하며 거기에다 음악적인 차원에서 대조적인 분위기를 부여하려고 한다.

　　특정의 분위기나 주제 또는 대상의 표현을 목표로 하는 표제 음악 장르에서도 문학테스트에 바탕을 두는 하위 장르가 있다. 작곡가 리하르트 슈트라우스가 개발한 교향시 같은 것이 그 예라 할 수 있다. 「차라투스트라는 이렇게 말했다」, 「틸 오이겐슈피겔」, 「돈 쥬안」 같은 교향시는 텍스트를 가지지 않는다. 오케스트라 연주가 작품의 토대가 되고 있는 텍스트의 내용을 암시하면 되는 것이다. 그러나 여기에서 또한 명백하게 드러나는 문제는 음악은 결코 사건이나 의미를 담당하는 직접적인 주체가 될 수 없다는 것이다. 문화를 초월하여 정서나 주제를 나타낼 수 있는 보편적인 음악개념들은 존재하지 않는 것이다.

(3) 음악설명과 언어음악

그림을 설명하는 문학텍스트들이 있는 것과 마찬가지로 실제로 존재하는 그림이나 상상의 그림을 문제 삼거나 음악작품을 묘사하고 그것을 언어로 설명하거나 그 내용을 문학적으로 재현하는 방식으로 어떤 음악적인 체험을 소개하려고 하는 다양한 종류의 문학텍스트들이 있다. 음악작품을 언어로 설명하는 이 같은 텍스트들을 통틀어 '음악설명' 또는 '언어음악'이라 하는데, 특히 언어음악의 개념은 문학 장르들 속에서 음악을 언어로 설명하는 현상을 나타내기 위해 도입되었다. 특히 소설 작가들이 문학의 형식으로 어떤 악상이나 음악작품의 정조와 분위기, 주제를 설명하거나 그 모든 것을 미학적 논의의 출발점으로 삼으려 했다.

대부분의 경우 음악설명은 소설의 서사 과정 속에 단편적으로 또 간헐적으로 삽입되며 시나 드라마 장르에서 나타나는 경우는 드물다. 이런 음악설명은 결코 한 음악작품 전체를 설명할 수는 없다. 그것은 음악작품의 특정 주제나 인상을 선택해 결합하지 않을 수 없으며, 따라서 그 자체가 이미 작품 해석의 기능을 한다. 적어도 수준 높은 음악설명은 음악작품의 구조를 언어로 간략히 설명하는 것에 만족하지 않기 때문에, 음악설명은 종종 고유의 미적 능력을 펼쳐 보이거나 음악과 더불어 새로운 서술방법을 찾아내기도 한다. 문학의 음악에로의 이 같은 접근은 초기 낭만주의 시대에, 특히 프리드리히 폰 하르덴베르크(노발리스)와 프리드리히 슐레겔에 의해 활발하게 이루어졌다. 그들은 시민계급의 무미건조한 교양추구에 반대해, 새로운 문학적 비유나 자유롭고 유연한 서사형식을 고무시킬 수 있는 격정적이고 열광적인 예술을 보여주려 하였다.

  초기 낭만주의 문학에서 음악은 여러 형태의 공감각적 표현을 불러
내며, 이런 공감각적 표현들은 이후 서사형식이 우스꽝스러운 이야기
형식으로 와해되는 과장과 궤를 같이 한다. 다시 말해 그 유명한 낭만
주의적 자유분방한 묘사가 나타나게 되는 것인데, 이런 표현법은 장
파울의 작품에서도 중요한 역할을 하고 있다. 오페라의 도덕적 내지
내용적 문제들에 치중하거나 존재 문제에 몰두했던 이전의 모든 음악
설명들과는 달리 낭만주의 시대의 유명한 음악설명들은 형식적인 면
에서도 자료가 된 오페라로부터 많은 영향을 받고 있음을 보여준다.
스스로 오페라 작곡가로 활동하기도 한 호프만은 그가 존경한 모차르
트에게 한 편의 노벨레를 바쳤으니, 그의 노벨레『돈 주안』에서는 모
차르트의 오페라「돈 죠반니」의 줄거리를 이루는 몇몇 부분들이 범죄
이야기나 연애이야기와 결합되고 있다.

  문학과 음악이 이처럼 주제적인 것을 넘어 형식의 면에서 서로 관
계를 맺는 예는 낭만주의 문학에서부터 현대문학에 이르기까지 많이
발견된다. 20세기 문학에서 그 같은 관계의 좋은 보기는 토마스 만의
소설『파우스투스 박사』(1947)에서 찾아볼 수 있는데 이 소설에서 만
은 하나의 문학적 인물을 내세워 음악이론을 설명한다. 작곡가 아드리
안 레버퀸의 이야기는 한편으로 음악연구를 실존적 모험으로 여겼던
전설적인 파우스트 박사 이야기의 계속이고 변형이라고 할 수 있다.
그러나 다른 한편으로 이 소설은 무조 음악에 대한 에세이들로 이루
어져 있기도 하며, 독자는 소설을 읽는 중에 이 음악을 느낄 수 있는
것이 아니라 그것에 대해 성찰을 할 수 있을 뿐이다. 이런 이유에서
작가 토마스 만은 결국 이 소설에 대한 소설인『파우스트 박사의 성
립』(1949)을 또 발표하게 되었다. 한편 비교적 최근의 작품이라 할 수
있는 헬무트 크라우서의 소설『멜로디』(1994)는 니체의 음악개념이

문학에 어떻게 계속 영향을 미치고 있는지 잘 보여준다. 서사 언어는 이제 다시 음악같이 밀도 있는 체험을 통해 풍부해져야 하는 것이다. 그럴 때 듣기 체험은 소설의 주인공에게 도취적이고 디오니소스적인 인생체험의 길을 열어주고 이러한 인생체험은 또 르네상스 시대와 현대 사이의 시간적 간격도 뛰어넘을 수 있는 것이다.

음악인용은 간략한 형태의 음악설명이다. 음악인용은 음악가나 음악작품을 간단하게 언급함으로써 어떤 특정한 분위기를 만들어 내거나 무언가를 설명하려고 한다. 어떤 음악작품과의 비교를 통해서 또는 어떤 작곡가의 이름을 언급함으로써 문학작품의 주제가 더욱 뚜렷하게 부각될 수 있는 것이다. 토마스 만의 소설 『마의 산』의 「풍부한 화음」이란 장에서 베르디의 가극 「아이다」와 슈베르트의 가곡 「보리수」가 간단히 언급되고 있는 것이 음악인용에 대한 예라 할 수 있다.

(4) 음향의 영향을 받은 문학 장르들

문학 장르의 변화도 음악이 문학에 끼친 영향의 한 결과라고 할 수 있다. 그림시가 시각적 형상을 가지는 것과 마찬가지로 문학도 음악화 되어 언어음악이 될 수 있다. 언어 자체가 리듬의 효과를 낼 수 있는 것이다. 자음들이나 중복되는 모음들이 특히 음의 형체 내지 음색으로서 다루어지며 하나의 운각을 형성한다. 그리고 이렇게 되면 자음이나 모음은 이제 의미를 지니는 개념으로서 기능하지 않는데, 언어를 바라보는 이 같은 관점은 특히 서정시가 분위기나 연상을 불러내기 위해서 효과적으로 이용할 수 있다. 이 같은 작시 원리는 탈의미를 추구한 다다이즘의 소리 시에서 널리 유행하는데, 이런 소리 시는 부르거나 읊조리는 시로서 음악 악보처럼 표기된다. 에른스트 얀들의 소리 시들도 표면적으로는 이와 비슷한 원리를 따르고 있지만 그 이면에 정치적인 내용을 숨기고 있기도 한다. 예를 들어 그의 시 「schtzngrmm」 (1957)에서 잔인한 기분을 자아내는 소리들은 참호전 전투의 잔인한 분위기를 암시한다.

음악은 철자나 음절의 소리 차원을 넘어 문학텍스트의 전체구조에도 영향을 미칠 수 있다. 음악 장르 명칭들이 문학텍스트의 제목으로 쓰여 우회적이고 간접적인 암시의 기능을 할 수 있는 것이다. 특히 디베르티멘토, 실내악곡 또는 소나티네 같은 음악 장르 명칭들이 문학작품의 제목으로 자주 쓰이고 있다. 베토벤의 한 바이올린소나타와 관련이 있는 톨스토이의 단편소설 『크로이체르소나타』도 이에 대한 한 예라 할 수 있는데 사실 이 소설에서 소나타 형식을 밝히기란 그리 쉬운 일이 아니다. 보다 좁은 의미에서 문학이 음악의 구조를 모방하고 있는 예는 파울 첼란의 시 「죽음의 푸가」(1945)에서 찾아볼 수 있다. 이 시에서는 먼저 하나의 주제가 제시되고, 이어 주제를 이끄는 통주저음을 통해 반복과 다성의 변주들이 이루어지고 있으며 여러 주제들이 대위법적으로 결합되고 있다. 엄청난 파괴와 파멸를 나타내는 여러 가지 모티브들이 푸가 음악에서처럼 서로 밀접하게 결합되고 있는 것이다. 그러나 이 시에서 푸가의 원리가 완전하게 적용되고 있는 것은 아니다. 그렇게 되려면 여러 개의 소리가 동시에 사용되어야 하는데, 시간의 흐름을 따르는 언어적 묘사의 본질상 그것은 불가능한 일이기 때문이다.

대중음악도 새로운 형식의 문학이 생겨나는 데 영향을 주었다. 특히 'DJ 문화'로부터 많은 자극과 영향을 받은 젊은 작가들은 DJ들의 소위 '섞기', '자르기', '긁기' 등의 기법을 원용함으로써 음악의 정신에 바탕을 둔 문학에 새로운 활기를 불어넣으려고 한다. 라이날트 괴츠, 벤야민 폰 슈투크라트-바레 등과 같은 젊은 작가들의 글쓰기 방법은 파티 자리에서의 일상회화들과 많은 비슷한 점을 보여준다. 결국 음악과 문학이 결합되고 있는 것인데 이 같은 결합을 통해 젊은 작가들은 또한 하나의 새로운 생활방식을 개발하려고 한다. 그와 같은 글쓰기에서 형식적으로 중요한 문제는 비약적인 인상들과 파편화된 단상들, 뉴스나 일상에서 취재한 부분적인 내용들이며, 이러한 것들은 디지털 기법으로 음악의 주요 부분들이 발췌되는 것처럼 파편화 되고 또 다시 조립된다.

5.4. 종합예술작품

실제적인 예술 창작에 있어 종합예술작품은 오랜 전통을 가지고 있다. 고대 아티카 비극, 중세의 聖유물 기념 미사나 신비극, 바로크 시대의 호사스런 궁정 축제 등이 이에 속한다.

그러나 종합예술작품의 개념이나 구도에 대해 이론적으로 성찰을 하기 시작한 것은 낭만주의 예술관에 와서의 일이다. 낭만주의 예술관에서는 개별 예술의 종합을 넘어 예술과 학문·종교를 결합하려 했을 뿐 아니라, 나아가서 세계 전체를 보편적 언어를 통해 예술로 승화시키려 했다. 낭만주의 문학이론가 프리드리히 슐레겔에 의하면 이제 인생 자체가 예술이 되어야 하는 것이었다.

1800년을 전후한 시기에 이 같은 종합예술작품에 대한 관념이 유행하게 된 것은 예술가의 기능이 달라진 것과 관계가 있다. 이제 예술가는 '기술자적인 생활의 그늘과 궁정적·종교적·도덕적 의무에서 완전히 벗어나 자율적인 위상을 확보하게 되며 이에 따라서 자신의 능력을 전적으로 예술에 집중할 수 있게 된다. 뿐만 아니라 예술 장르들을 서로 결합시키거나 그것들을 가지고 실험을 하고 싶은 충동을 느끼게 된다. 예술이 여러 가지 목적으로부터 자유로워지게 됨에 따라 이제 예술은 스스로를 독자적인 미적 세계로 간주할 수 있게 된다.

세계나 인생 그 자체가 예술이 되었으면 하는 사람들의 희망은 후대에 큰 영향을 끼친 리하르트 바그너의 종합예술작품 구상에도 영향을 주었다. 정치적 혁명가로서 좌절을 맛본 바그너는 취리히 망명시절에, 사라져 버린 사회적 희망을 예술에서 되살리기 위한 도구로 종합예술작품을 구상하였다. 유명해진 그의 저서『미래의 예술작품』(1850)에서 바그너는 종합예술작품에 가능한 한 많은 예술 장르들을 참여시키고 그 예술 장르들의 고립적 상태를 극복하려는 의도를 자세히 설명하였다. 그는 문학과 음악, 무용을 "맨 먼저 태어난 세 자매"로 규정하며 이들 장르들이 공동으로 작용함을 지적했을 뿐 아니라, 이러한 공동 작용은 무대 미술의 도움을 받아 백성들이 이해하기 쉬운 종합예술작품을 실현시켜야 한다고 주장했다. 바그너의 이 같은 종합예술작품 이론에서는 생리학적인 인식들도 중요한 역할을 한다. 바그너는 이성적인 존재로서보다는 감정적 존재로서의 인간에 호소하며, 가능한 한 무대기술, 조명, 불 같은 발달한 기술적 효과들을 많이 사용하는 것이다. 그러나 그가 변함없이 추구하는 목표는, 종합예술작품을 당시의 유행적인 입장, 즉 감각을 경시하는 추상화의 경향과 심지어 국가의 법에 저항하는 수단으로서 활성화하는 것이다.

연주자들을 무대보다 낮은 오케스트라 자리에 배치시키는 데서도 나타나고 있는 모든 자연스러운 환상적 효과의 목표는 "이 예술작품을 인생 자체에게 그 미래의 예언적 거울로서 보여주는 것"이다. 바그너에 있어서도 음악적·문학적 자연이 도피처가 되고 있고, 또 바그너가 감정 숭배와 영웅주의를 표방하며 그러한 자연을 독일 신화와 결합시키고 있는 것은 문제로 지적될 수 있다. 바그너의 종합예술작품

구상과 관련하여 니체는 '비극의 탄생'(1871)이란 저서에서 "세계의 존재는 오직 미적 현상으로서만 정당화 된다"는 확신을 피력하고 있는데, 이로써 니체는 낭만주의 이래의 한 가지 사상을 요약하고 있을 뿐 아니라, 세계를 하나의 예술로 만들려는 수많은 예술가들에게 하나의 기본원칙을 제공해 주고 있다.

20세기의 종합예술작품 구상 이론으로서는 바실리 칸딘스키의 공감각적 예술 향수 이론, 미래파의 예술과 기술, 예술과 현실세계의 결합 이론, 실험적인 음악과 그림과 문학을 결합시켜 현실세계에 대응하는 이질적이고 명상적인 세계를 만들어 내려는 칼 하인츠 슈톡하우젠의 시도, 기술상의 실험적인 수단들과 예술적인 수단들을 결합시키는 포스트드라마 이론, 일상과 예술, 고급문화와 일상문화, 미학과 비 미학의 경계를 지양하려는 여러 가지 시도들을 들 수 있다. 그리고 디지털 매체의 발달로 가능해진 전자 예술, 디지털 하이퍼텍스트, 인터넷 문학 등도 넓은 의미의 종합예술작품에 포함될 수 있을 것이다.

5.5. 문학과 영화

1 초에 24 개의 정지된 화상들을 연속적으로 돌려 그것들이 마치 움직이는 것처럼 보이게 하는 영화가 발명되는 데 결정적인 영향을 끼친 것은 사진술의 발명이었다. 1823년 프랑스에서 루이 다게르 등에 의해 사진술이 발명되고 1878년 미국인 이드위드 머이브리지가 24장의 달리는 말의 모습을 촬영했으며 프랑스인 마레이가 사진 총을 고안해내었다. 이어 이스트먼이 셀룰로이드 재질의 롤필름을 제조한 데 힘입어 1879년 에디슨이 움직임을 볼 수 있는 키네토스코프를 발명했다. 이 같은 축적된 기술과 발명에 바탕 하여 프랑스의 뤼미에르 형제가 시네

마토그라프라는 촬영기와 영사기를 발명하여 1895년 여러 사람이 볼 수 있는 영화를 파리에서 최초로 공개하였다. 사진술이 발명된 지 실로 50년도 더 되는 시점이었다. 이 새로운 매체는 이후 빠른 속도로 확산되었으며, 특히 베를린에서 영화는 모든 사회계층을 넘어 보편적인 오락거리로 여겨졌다. 이처럼 움직이는 영상을 보는 예술로서의 영화가 발명되고 널리 사람들로부터 애호와 각광을 받게 된 데는 19세기에 이루어진 인간의 지각 방법의 변화와 발달이 중요한 역할을 하였다. 교통기술의 발달로 마차가 기차나 자동차로 바뀌게 되고 그에 따라 기차나 자동차를 타고 여행을 하는 사람들은 자신의 몸을 움직이는 일 없이 빠르게 변화하는 풍경들을 볼 수 있었으며, 대도시에서의 빨라진 삶의 속도와 주택과 거리의 인공조명도 사람들에게 많은 볼거리를 제공했다. 또한 미술사적인 면에서 전경화의 발달도 인간의 지각 방식에 큰 영향을 끼쳤다.

(1) 영화와 문학의 상호 영향

사진술이 처음 발명되었을 때와는 달리 1900년 이후 활동한 작가들은 진작부터 영화적 사건 진행, 움직이는 영상들로부터 많은 자극을 받았으니 엘제 라스커-실러, 고트프리트 벤, 알프레드 되블린, 프란츠 카프카 등이 그 대표적인 작가들이었다. 카프카는 영화가 인간 인지에 대해 가지는 중요성과 아울러 문학에 대해서도 갖는 함의를 이렇게 말하고 있다. "빠르게 움직이는 동작들과 빠르게 변화하는 영상들은 인간으로 하여금 끊임없이 전체를 조망하도록 강요한다. 사람의 시선이 사물을 지배하는 것이 아니라, 사물이 사람의 시선을 지배한다. 사물이 인간의 의식을 매몰시킨다. 영화는 지금까지 옷을 입고 있지 않았던 눈에 제복을 입히는 것을 의미한다."

영화에 앞서 발명된 망원경이나 현미경, 파노라마 사진기 등이 이미 눈의 기계화를 의미하는 것이었기 때문에 카프카의 이 같은 말은 논란의 여지가 있는 것이지만, 작가들은 그 자체 19세기 소설 속의 다양한 관점변화에서 긴 전사를 갖는 영화가 사람들의 습관화되어 있는 시각뿐 아니라 글쓰기 방법도 바꾸어 놓을 수 있다는 데 대해서는 대체로 생각을 같이 한다. 작가들은 영화에 대해 서로 상반되는 두 가지 입장을 취했는데, 이 두 가지 입장은 오늘날까지도 논란을 빚어내고 있다. 먼저 고트프리트 벤은 그의 노벨레 작품들에서 영화를 무의식 세계와 꿈의 세계에 가까운 도취적 체험으로 묘사했다. 영화 속의 미끄러지듯 이어지는 그림들은 작가들로 하여금 물 흐르듯 이어지는 서사적 영상에 관심을 기울이도록 하고, 이 같이 이어지는 영상은 이후 일종의 연상기법으로서 널리 사용되었을 뿐 아니라, 이미 1900년 이전부터 가끔씩 사용되어 오던 '의식의 흐름' 기법이 널리 쓰이는 보편적인 서술기법이 되도록 하였다.

알프레드 되블린은 그러나 영화를 기록수단으로 이용하였으며 영화로써 계몽주의적 내지 해방주의적 목적을 달성하려고 했다. 고트프리트 벤과는 달리 되블린은 영화에서 '사실성의 요구'을 읽어낸다. 그에 의하면 영화에서와 마찬가지로 바로 "돌덩이처럼 냉정한 문체"로 인해 글쓰기는 여러 목소리, 관점, 인상의 조립으로서 특징지어지는 것이고, 거기서는 느린 속도의 사건진행이나 인물들의 내면심리 묘사가 별로 중요하지 않다. 되블린의 작품은 영화적 기법을 매개로 현대인들의 삶의 속도를 모방하고 있으니, 『민들레꽃의 살인』이나 『베를린 알렉산더광장』같은 작품이 그에 대한 좋은 예다. 후자의 작품에서 서사는 주인공 프란츠 비버코프, 그의 주위의 여러 사람들, 그리고 그 밖의 익명의 다수들의 다양한 관점에서 분산적으로 이루어지고 있는데,

되블린에 의하면 인물들의 다양한 관점에서 전개되는 이 같은 중립적 서사는 현대세계 내에서의 개인의 몰락을 사회비판적으로 묘사하는 것을 가능하게 해준다.

되블린과 마찬가지로 발터 벤야민도 영화에서 예술의 속도를 삶의 속도에 맞출 수 있는 가능성을 발견했다. 그에 의하면 영화는 강요된 신경자극이라는 점에서 새로운 매체들이 사회 전반에 걸쳐 구성하고 있는 "시각적 무의식"의 일부다. 이런 새로운 형태의 지각을 사진, 특히 영화카메라는 "넘어뜨리거나 세우고, 중단시키거나 고립시키고, 과정을 늘이거나 줄이고, 확대하거나 축소함으로써" 나타낸다. 영화는 대도시의 자극들이 주는 충격을 방어할 뿐 아니라 예술적 차원에서 체험의 밀도를 더해 줄 수 있다. 영화는 새로운 시간 감각이 자유롭게 발휘될 수 있도록 하며 의식의 고양을 가능케 한다. 작가들에게 영화를 대체로 "활기를 보태주는 섬세한 변화"로서 권했던 벤야민은 눈을 불안하게 하는 데서 특히, 기술 혁신 일반에 대해 해방적인 태도로 행동하고 그러한 기술 혁신을 민주정치적인 삶 속에 편입시키기 위하여 감각을 단련할 수 있는 하나의 가능성을 보았다.

영화의 관심이 표현주의적이고 표현적인 것과 환상적이고 유토피아적인 것에서 대도시 사람들의 지각 구조에 대한 객관적이고 사실적인 성찰로 옮겨지게 되었을 때, 여러 가지 기법들이 더욱 중요한 의미를 가지게 되었다. 다양한 구성과정이 줄거리의 진행보다 더 중요해지게 된 것이다. 발터 루트만의 영화 「베를린 - 대도시의 교향악」에서 볼 수 있는 것처럼 이제 영화는 속도감 있는 컷 기법을 사용함으로써 문학에서의 관점 변화의 속도를 뛰어넘으려고 시도한다. 이 영화에서는 평균 3.7 그리고 최소 0.2초마다 장면이 바뀜으로써 눈은 생리적으로 굉장히 무리한 요구를 받게 된다. 또한 이 영화에서 분명히 나타나고 있는 사실이지만 영화는 현실을 지속적으로 표현하는 것이 아니라, 현실을 초당 16개 내지 24개의 영상으로 나누고 이 영상들을 새롭게 결합시킴으로써 허구적인 세계를 구성한다. 따라서 영화는 원래부터 지속적인 사건을 찍는 것이 아니라, 사진의 표본기법을 계속 사용하며 많은 개별 영상들을 조립하여 일련의 과정을 만들어내는 것이다. 이것이 바로 영화가 현실을 형상화하는 기본적인 방법인데, 형식적인 면에서 이런 방법은 단편적인 서사과정들의 조립으로 이루어지는 오늘날의 단편 비디오 영화에서도 사용되고 있다. 영화는 이런 구성기법을 의도적으로 사용함으로써 여러 개의 단면적인 영상들을 보여줄 수 있다. 다른 한편 영화는 '환상영화'를 지향할 수도 있는데, 이런 영화는 바로 그 구성의 흔적을 없애고 지속적인 이야기를 꾸며 보여준다.

(2) 문학의 영화화

영화 발달의 초창기에 영화 시나리오 작가들은 소규모 기록 영화에 치중하였으나 이내 허구적 내용의 영화 쪽에 더 많은 관심을 기울였다. 1896년에 이미 루이 뤼미에르는 괴테의 『파우스트』의 한 장면을 영화화했으며, 1907년에는 실러의 『군도』의 몇 장면이 영화로 만들어졌다. 조르쥬 멜리에는 실험적인 구조를 갖는 영화를 선보임으로써 새로운 아이디어를 제공하는 중요한 인물이 되었고, 그의 실험적 영화는 곧 멜로드라마의 틀을 갖는 짧은 소설이 되는 경향을 보였다. 멜리에 같은 감독은 영화를 위해 많은 독자적인 내용을 새로 개발하기도 했지만, 영화감독들은 기성 매체로서의 문학이 갖고 있는 내용과 형식을 자주 활용하였는데 그것은 영화의 제도적 지위를 얻기 위한 것이기도 하였다. 한편 작가들 쪽에서도 자기 작품을 영화에 제공하거나 영화와 같은 새로운 시각적 체험에 맞추어 작품을 쓰려고 노력하기도 하였다.

1913년 쿠르트 핀투스는 영화 제작에 실제로 이용되지는 않았지만 두 장르의 협동 작업을 위한 노력을 보여주는 문학작품들을 모아 『영화책』을 펴내었다. 로버트 뷔네 감독의 영화 「칼리가리 박사의 연구실」과 더불어 독일 표현주의 영화는 표현주의 문학에서보다 더 큰 성과를 거두었다. 그리고 전체적으로 바이마르 공화국 시대 영화의 많은 부분은 기성 문학작품들을 바탕으로 삼고 있었으니, 프리츠 랑 감독의 「니벨룽겐」과 프리드리히 무르나우 감독의 「파우스트」가 이에 대한 좋은 예라 할 수 있다. 토마스 만의 『부데브로크 가의 사람들』도 이 무렵 영화로 만들어졌다.

물론 1920년대 이래 문학작품의 영화화에 반대하는 입장에서 '순수 영화'라는 것이 있었고, 세르게이 에이젠슈타인과 그보다는 좀 더 뒤에 활동한 장-루이 고다르 같은 아방가르드 감독들이 영화 고유의 표현방식을 만들어내기 위하여 이런 순수 영화를 문학의 영향으로부터 지키려 하기는 했다. 하지만 보다 많은 관객들로부터 사랑을 받았던 것은 무엇보다도 '문학 영화' 내지 '영화화된 문학'이라는 장르였다. 한편 1920년대 말에 시각적 표현수단과 청각적 표현수단을 결합한 혼성 매체로서 유성 영화가 발명됨으로써 영화의 표현 능력은 더욱 커지게 되었다. 이제 문학적 언어는 더 이상 읽기 어려운 자막으로 표시될 필요가 없었으며 대화의 형태로나 화자의 목소리로 직접 들을 수 있게 되었다. 유성 영화는 글자들의 공간으로서의 텍스트가 현실감을 더욱 크게 자아낼 수 있도록 해 주었다.

오랜 전통의 문학 영화는 오늘날에 이르기까지 다양한 기능을 수행하며 이 점을 이용해 왔다. 대략 1945년부터 1965년까지의 기간에는 통속적인 연극작품이나 희극 또는 오락적인 성격이 강한 산문을 영화화한 오락영화가 주류를 이루었으며, 그 이후에는 보다 많은 고전 작품들이 영화로 만들어졌다. 그리고 오늘날에 와서 영화 시나리오 작가들은 대중매체인 텔레비전을 통해 고급 오락을 제공하고 교양을 전파하려고 하는데, 이때의 교양은 공개되어 있거나 비공개된 모범적인 작품을 전달하면서 하나의 사건이나 심리적인 과정을 시각화는 데 그 본질이 있다. 전체적으로 보아 문학적 소재의 영화화, 즉 어떤 문학 작품의 특징적인 줄거리나 인물, 주제를 영화로 재현하는 것은 여전히 인기 있는 장르가 되고 있으며, 영화 제작자와 영화감독 그리고 영화배우들의 명성과 같은 기업적인 이해도 이 장르와 밀접하게 관련되어 있다. 시장성이 있는 영화에 맞추어 책을 뒤에 공급하거나 먼저 나온 책을 영화로 만드는 등의 현재의 경향도 문학 영화의 맥락에서 설명될 수 있다.

영화 발달 초기에는 영화가 문학텍스트를 영화화할 때 원작에 충실할 것이 요구되었으나 늦어도 1960년대부터 그 같은 요구는 문학작품의 영화화는 그 자체의 고유한 미적 원리에 따라야 한다는 견해에 밀려나게 되었다. 문학의 영화화를 이런 의미로 이해할 때 영화는 원작을 그대로 답습하는 것이 아니라 고유의 미학적 원리에 따라 자유로운 형식으로 다룬다. 1962년에 있었던 오버하우젠 '새 영화' 선언은 바로 이 같은 영화의 자율성을 강조하면서 국제 수준에 도달할 수 있는 길을 모색하였으며 새로운 의미의 '원작자영화'를 가능하게 하였다. 영화는 문학텍스트에 바탕을 둔다 하더라도 그 자체의 규칙과 원리를 찾아내야 하는 것이다. 이렇게 되면 영화는 더 이상 원작을 뒷받침하는 역할을 할 필요가 없이 동등한 자격으로 원작과 협동하는 관계에 서게 되는 것이다. 작가 페터 한트케와 영화감독 빔 벤더스는 바로 이와 같은 입장에서 공동으로 「패널티킥을 맞이한 골키퍼의 불안」, 「베를린의 하늘」 같은 영화들을 제작했다. 작가 알렉산더 클루게도 비슷한 입장에서 개인들의 생활과 그들의 집단적인 생활계획을 몽타주 기법으로 다룬 자신의 산문을 기록영화로 만들기 위해 부분적으로 개작하였다.

「대서양 횡단 수영자」, 「아무도 살지 않는 나라」 등을 쓴 헤르베르트 아흐턴부쉬도 자신의 문학작품을 직접 영화화하여 두각을 나타낸 작가들 가운데 한 사람이다. 전체적으로 보아 원작자영화는 문학작품이 지니고 있는 비판적인 주제들을 다루는 데 많은 유리한 점을 가지고 있는데, 영화감독 라이너 W. 파스빈더가 TV 연속극과 영화로 만든 되블린의 『베를린 알렉산더 광장』, 슐뢴도르프가 영화화한 하인리히 뵐의 『카타리나 블룸의 잃어버린 명예』, 귄터 그라스의 『양철북』 그리고 막스 프리쉬의 『호모 파베르』 등이 이를 잘 보여준다. 그러나 문학작품을 형식 미학적으로 가장 독창성 있게 수용한 영화는 아마도 베르너 네케스의 실험영화 『율리시스』일 것이다. 제임스 조이스의 동명 소설을 원작으로 하는 이 영화에서 네케스는 물결처럼 흐르는 수많은 연상적 영상들과 해체된 일상적 행위들의 편린들을 재료로 삼아 다양한 관점에서 이루어지는 스크린 세계를 만들어내고 있다.

때로 영화학과의 협력이 필요하겠지만 이 같은 원작자영화나 영화화된 문학작품을 분석하는 일은 문예학의 한 중요한 과제가 될 수 있을 것이다. 그러나 영화적 서사와 문학적 서사 사이에서 찾아볼 수 있는 여러 가지 구성상의 공통점들, 예컨대 시간 처리 기법, 관점과 시점 및 서사태도, 연속과 단절 같은 스토리 구성 등에서 나타나는 비슷한 점들도 향후 문예학의 중요한 연구 주제가 될 수 있을 것이다.

5.6. 문학과 라디오

라디오의 발명은 원거리 의사소통 매체의 결정적인 발전을 의미한다. 이제 무선 전송을 통해 동일한 정보를 동시에 개인에게뿐 아니라 폭넓은 청취자에게 보내는 것이 가능해지게 된다. 매체학자 마셜 맥루언이 말한 것처럼, 라디오는 "세계를 마을 단위로 축소시키며 마을에서 떠도는 험담이나 소문, 개인적 악행 등에 대해 끊임없이 알고 싶은 욕구를 불러일으킨다." 라디오의 발명과 더불어 매체의 발전 방향도 점차 정보를 저장하는 단계에서 정보를 전달하는 단계로 옮겨진다.

1923년 독일 라디오 방송이 시작되었을 때, 방송 프로그램에는 오락적 성격의 음악뿐 아니라 텍스트 낭송도 포함되어 있었다. 방송 프로그램은 곧 시를 넘어 짤막한 희곡 장면이나 전통적인 드라마 작품의 각색, 또는 방송용으로 새로 만들어진 소위 '방송극'을 포함하고 있었다. 뿐만 아니라 얼마 가지 않아서는 새로운 매체로서의 라디오의 기능에 대하여 다양한 논쟁도 있었다. 오락이 정치에 이용되었다. 헤르만 퐁스 같은 보수적인 작가들은 라디오가 수동적인 대중 청취자들을 모으는 데서 단체의식을 고취시킬 수 있는 기회를 보았는데, 이는 맥루언이 뒷날 "라디오는 그 청취자들을 옛날 씨족사회의 씨족들처럼 끌어 모으기 때문에, 씨족사회의 동네북 같은 기능을 한다."고 주장한 것과 일맥상통한다. 나치주의자들은 이러한 욕구를 종족 문제에 대한 강연들을 통해 충족시켜 줄 수가 있었으며, 라디오를 권력 장악의 수단으로 그 기능변화를 시킬 수 있었다.

이와 반대되는 입장은 라디오를 사회의 해방과 정치적 계몽을 위해 이용하고자 하는 입장이었다. 소위 '노동자-라디오-운동'이 있었다. 단순한 뉴스전달자로서의 라디오를 쌍방향으로 작용하는, 다시 말해 청취자의 의견이나 목소리를 모으는 기초(토대)민주주의적 토론광장으로 만들고자 한 브레히트의 생각들은 오늘날까지도 유효한 것으로 받아들여지고 있다. 브레히트에 의하면 "라디오 방송은 정보 배급 장치에서 의사 소통장치로 바뀌어야 한다." 단순한 삶의 미화가 아니라 교훈에, 예술적인 수준을 갖춘 작품을 가지고서도 쌍방 간에 학습을 하는 것 속에 라디오의 다양한 가능성과 전망이 있다는 것이다.

뉴스의 전달이나 토론 기능 외에 라디오는 그러나 곧 그 자체의 자율적인 청각 미학의 가능성을 가지고 있음이 인식되었다. 이런 자율적 청각 미학은 청각의 개발을 목표로 하거나 청취자의 청각을 예민하게 만들어 주고자 한다. 정보나 사건, 분위기 조성의 단계를 넘어 중요한 문제로 대두된 것은 방송극 배우의 목소리나 각종 음향효과 또는 음악적 소도구를 이용해 라디오의 독자적인 법칙에 따라 "마이크로부터 작품을 구성하는" 것이었다. 이런 의미에서 사건들은 단순히 마이크 뒤에서 시각화되어서는 안 되는 것이었다. 사람들이 방송극을 "볼" 수 있어야 하는 것이 아니었다. 방송극은 어디까지나 청각적인 법칙을 따라야 하는 것이었다. 방송극은 청각을 겨냥해 힘들게 압축해 놓은 반쪽짜리 연극이 아닌 것이다. 그것은 방송 스튜디오에 맞게 만들어진 독자적인 예술 장르인 것이다. 그것은 각종의 음향효과나 그 밖의 라디오 고유의 효과들을 의식적으로 사용하는 것이다.

이미 1920년대의 방송극에서 편집과 몽타주 기법이 사용되는데, 이런 기법은 영화에서 차용한 것이었다. 초기 방송극에서의 음향효과는 아직 영화의 전통을 따르고 있는 것인데, 영화로부터 방송극은 장면 전환, 파노라마에서 세부 묘사로의 전환, 페이드인 또는 페이드아웃 등의 기법을 차용했다. 장소 변화와 장면 전환의 다양한 가능성에도 불구하고 방송극에서는 명확성을 기하기 위해 독자적인 표현 방식이 요구된다. 비현실적인 영역의 일련의 꿈, 환상적인 장면들은 언어적으로 서술될 수 있거나 여러 가지 음향효과를 통해 제시될 수 있다.

새로운 기술적 장치들을 이용해 배우들의 말은 기록되고 각색될 수 있으나, 실시간으로 재현될 수도 있다. 이 경우 방송극 작가는 진정성의 인상을 심어줄 수 있으나, 방송극 작가나 방송극 제작자는 이 새로운 매체의 여러 가지 조건에 스스로를 맞추어야 한다. 방송극 대본이 읽기용으로 남을 수 있고 또 그에 따라 출판이 되기도 하지만, 청각 기술적 요소를 고려한 대본이 읽기용 대본을 능가한다. 점차 청취자들의 기대지평에 더 많이 부응하고 있는 청각적 신호, 음악적 요소 또는 음향 효과들이 청각 기술적 대본에는 첨가되기 때문이다.

방송극의 역사를 살펴보면 작가들이 새로운 매체인 라디오를 단순히 장르를 초월해 여러 종류의 문학텍스트를 널리 알리는 공표도구로만 이용하지 않았다는 것을 알 수 있다. 이미 1923년부터 방송극은 라디오에 적합한 장르로서 생성되었다. 라디오 노벨레(대화부분들이 삽입되어 있는 서사텍스트), 르포 문학, 또는 언어의 음향적 연출 같은 혼합형식도 있다. 이 같은 몇몇 장르들은 형식적인 면과 주제적인 면에서 계속 발전하여 실험적 음향 극, 르포 드라마, 시대 방송극, 희곡화된 노벨레, 오라토리오 내지 담시 풍의 방송극, 내적 독백을 갖는 방송극 등의 새로운 장르들이 생겨나게 하였다.

브레히트, 브로넨스 또는 알프레드 되블린의 영향을 받아 방송극은 처음 사회비판적인 성격을 띠며 발전하였으나, 나치의 영향을 받으면서부터는 그것은 예를 들어 합창적인 엄숙 극으로 바뀌게 되었으며 선전극으로 기능이 바뀌게 되었다.

1945년 이후 구동독에서 방송극이 독자작인 길을 걸으며 사회주의적 일상의 문제들을 다루고, 사회분석을 행하거나 노동의 세계를 주제로 다룬 반편, 구서독에서는 처음 개인의 실존적 문제들이 자주 다루어졌다. 특히 문학적인 방송극이 유행했던 이 시기를 대표하는 작품은 역사 청산의 문제를 다루고 있는 볼프강 보르헤르트의 『문 밖에서』(1947)였다. 그러나 이 시기에는 꿈의 세계나 환상의 세계를 투시하는 방송극도 유행했는데, 귄터 아이히의 작품 『꿈』(1951)이 그 예이다. 아이히의 이 작품이 경제 기적 속에 위기에 처하게 된 개인을 환상적인 방법으로 보여주려 했던 것과 마찬가지로, 1950년에 방송극의 전성기에는 기본적으로 외적 변화에 대해서보다는 내적인 변화에 대한 호소가 주로 주제로 다루어졌다. 개인적 상상력의 발휘를 위해 꿈의 실험실이 설치된 것이었는데, 이에 대해서는 베노 마이어-벨라크의 『유혹』(1957)과 잉에보르크 바르만의 『맨하탄의 선한 신』(1958)을 예로 들 수 있다. 전쟁 극복의 문제와 함께 사회비판의 주제를 갖는 하인리히 뵐의 『청산』(1958), 법의 문제를 그로테스크하게 다루고 있는 프리드리히 뒤렌마트의 『고장』(1956), 또는 리하르트 하이의 『야간 프로그램』(1964)과 더불어 방송극에서 정치적인 색체가 드러나기도 했지만, 이러한 정치색은 1960년대로 접어들면서 전체적으로 많이 퇴색되었다. 뵐의 『무르케 박사의 철저한 침묵』(1958)도 자기반성적이면서 매체 비판적이고 이데올로기 비판적인 방송극의 예로서 주목할 만한 작품이다.

　1960년대 말 이후의 방송극에서는 주제와 형식 양면에서 다채로운 실험이 행해지고 있는데, 이러한 경향을 대표하는 작가들로는 에른스트 얀들, 프리데리케 마이리커, 페터 한트케, 페르디난트 크리베트, 위르겐 베커, 볼프 본드라체크, 귄터 발라프, 옌스 하겐 등이 있다. 오늘날 방송극은 여전히 나름의 영향을 미치고 있지만 전체적으로 볼 때 문학의 청각적 형식은 라디오를 떠나 다른 전달매체로 옮겨가고 있는 것처럼 보인다. 다양한 스펙트럼의 문학 장르들을 청각적인 목적을 위해 재생산하고 있는, CD로 만들어지는 청취용 책은 시장 점유율을 점점 높여가고 있다.

6

문학이론 및 연구방법론

6.1. 독일문예학사 개관

지난 3, 40년간 형성된 다양한 문예학적 문제제기, 부침을 거듭하고 있는 여러 가지 문예학 방법론들과 유행적인 경향들, 점점 더 좁은 간격으로 일어나고 있는 문학 연구 패러다임의 변화, 이 모든 것은 좁은 의미에서 볼 때 이제 겨우 200여 년의 역사와 전통을 기록하고 있는 독일 문예학의 최근 단계의 양상들이다. 독일어와 독일문학을 연구하는 학문으로서의 독어독문학(Germanistik) 또는 독일문예학(Deutsche Literaturwissenschaft)은 독일어 및 독일문학 관련 여러 분야에서 처음으로 연구 활동이 활발하게 일어나고 또 대학들에 처음으로 관련 학부 내지 학과들이 개설됨으로써 19세기의 첫 3분기에 성립되었다.

(1) 독일문예학의 前史

보다 넓은 의미에서 독어독문학은 그러나 좀 더 긴 전사를 가지고 있다. 16세기의 인문주의 학자들, 예를 들어 콘라트 켈티스나 제바스티안 프랑크 등은 애국주의적·국수주의적인 입장에서 독일 중세의 문헌이나 작품들에 큰 관심을 보였다. 바로크 시대와 계몽주의 시대의 시론은 다양한 방법으로 독일문학을 연구하고 있다. 바로크 시대 초기 마르틴 오피츠의 『독일문학의 서』(1624)는 독일문학 창작론 내지 이론의 서막이다. 안드레아스 췌르닝의 『독일문학 개요』(1658)는 독일 바로크 시대 문학작품들을 예로 삼아 문체론을 전개하고 있다. 그리고 계몽주의 시대 초기 고트쉐트의 『비판적 문학론 시도』(1730)는 문예 창작상의 여러 가지 지침이나 규칙을 설명하고 있을 뿐 아니라, 고대와 르네상스 시대의 유럽 각국 문학과 함께 독일문학을 역사적으로 고찰하고 있기도 하다.

18세기 후반 중세 문학에 대한 더욱 커진 관심이 중세의 중요한 문학텍스트들의 가치를 재발견하고 그 작품들을 새롭게 편찬해내는 결과를 가져오기는 했지만 그 문학에 대한 문학사적인 인식은 아직 단편적인 수준을 벗어나지 못하고 있었고 역사적인 질서 의식도 결여되어 있었다. 요한 고트프리트 헤르더의 역사철학으로부터 여러모로 자극을 받음으로써 비로소 사람들은 한 민족의 문학이 그 민족의 역사와 밀접하게 연관되어 있다는 의식을 강하게 가질 수 있었다. 한편 독일어사 부분에서는 우선 요한 크리스토프 아델룽이 1774년부터 1786년까지 『완전 문법 비판적 표준 독일어 방언사전 시도』를 편찬했는데 이 사전은 문법과 어원 연구에 있어 당시를 대표할 만한 업적이었다. 아델룽의 뒤를 이어 요아힘 하인리히 캄페스가 1807년부터 1812년까지 5권으로 된 『독일어 사전』을 편찬했다.

전체적으로 볼 때 16세기부터 18세기까지에는 독일어와 독일문학을 연구하는 학문으로서 독어독문학이 아직은 독일 대학들에 존재하지 않았다. 독어독문학 연구와는 다소 거리가 있는 학자나 수사학자, 역사가, 법학자 등이 가끔 독일문학에 관심을 보이는 형태로 독어독문학이 행해진 것이었다.

(2) 독일문예학의 시작

19세기 초기 20년간에 학문으로서 독어독문학이 창건되는 데에는 서로 다른 두 가지 방향으로부터의 자극과 영향이 촉매가 되었다. 19세기 초 독어독문학이 형성되는 데 한 쪽에서 자극과 영향을 준 것은 독일 낭만주의 문학 운동이었고 또 다른 방향에서 영향을 준 것은 1806년 이후 나폴레옹의 독일 점령에 반대하는 민족주의적·애국주의적 색채를 강하게 띤 정치적 저항 운동이었다. 빌헬름 그림과 야콥 그림 형제와 같은 낭만주의 학자들과 브렌타노, 아르님, 티크, 괴레스 같은 낭만주의 작가들은 계몽주의에 반대하는 입장에서 독일 역사의 초기, 즉 독일 중세의 문학에 관심을 기울였으며, 중세 서민 문화의 자료들, 예컨대 메르헨이나 민요 같은 것을 답사 및 수집하는 활동을 방대한 규모로 벌였다. 또한 낭만주의 초기의 대표적인 문학이론가인 아우구스트 빌헬름 슐레겔은 19세기 초에 중세의 대표적인 기사서사시 『파르치팔』과 영웅서사시 『니벨룽겐의 노래』를 북구적인 요소와 크리스트교적인 요소를 독일 고유의 방식으로 결합시키고 있는 작품들이라고 하면서 극찬했다.

특히 나폴레옹의 정복전쟁이 있은 후 독일에서는 애국주의 내지 민족주의 운동이 강하게 일어났으며, 그 결과로 독일 중세 문학과 관련한 대학 강의에 대한 수요가 더욱 많아지게 되었다. 이런 상황에서 1810년 베를린 대학이 설립되었을 때 독일에서는 처음으로 이 대학에 독어독문학과가 설치되었다. 이에 쾨니히스베르크, 그라이프스발트, 기센 그리고 하이델베르크 대학에서 독어독문학과의 창설이 줄줄이 이어졌으며, 다른 한편으로 「힐데브란트의 노래」나 「가련한 하인리히」 같은 중세 독일 문헌이나 작품들이 속속 간행되고 『아이들과 가정을 위한 민담』도 그림 형제에 의해 간행되었다.

이 같은 형성 과정에서 이미 충분히 짐작할 수 있는 일이지만 초창기 독어독문학의 지향은 매우 정치적이었다. 그것은 민족주의적이면서 동시에 공화주의적이었다. 그러나 이전 신성로마제국에 속했던 모든 독일 부분국가들을 하나로 통합해 현대적인 통일 국가를 만들고자 하는 희망은 1819년의 복고주의적이고 억압적인 '칼스바트 결의'로 인해 수포로 돌아가고 말았다. 이 같은 정세 변화는 독어독문학의 탈정치화를 가져왔으니, 칼 라흐만 같은 학자는 철저하게 사실과 자료에 바탕을 두고 독일문학작품을 연구하려고 노력함으로써 '객관적인' 학문 분야로서 간행문헌학의 기초를 마련하는 데 크게 기여했다. 야콥 그림의 독일어사 관련 연구나 그가 형 빌헬름 그림과 공동으로 시작한 『독일어 사전』 편찬 작업도 간행문헌학의 맥락에서 이해될 수 있다.

순수 간행문헌학이나 독일 정신을 지나치게 강조하는 민족주의 학문 그 어느 쪽에도 경도되지 않으려 한 자유주의 경향의 독어독문학자들, 예를 들어 저명한 문학사가 게오르크 고트프리트 게르비누스, 그림 형제, 하인리히 아우구스트 호프만 폰 팔러스레벤 등은 1830년대에 행정 당국에 의해 종종 활동 금지 조치를 당했다. 특히 이들 민족주의적·자유주의적 경향의 학자들이 중심이 되어 1846년 프랑크푸르트에서 최초의 독어독문학자 대회를 개최했는데, 그것은 학술 대회보다는 정치 행사의 성격이 더 강했다. 그들은 1848년 프랑크푸르트 바울 교회에서 개최된 국민회의에 지식인 대표로 참가하기도 했으며, 이 국민회의가 강제로 해산된 뒤에는 1818년과 비슷한 억압 조치들을 받았다.

게르비누스는 그의 『독일 시적 민족문학사』(1835-1842)에서 명백히 반봉건주의적인 입장을 취하며 민족문학을 강조하고, 1800년을 전후한 시기의 '독일 고전주의' 문학, 그 중에서도 특히 괴테와 실러의 문학을 독일 민족문화 발달의 절정기로 규정했다. 한편 프리드리히 크리스토프 빌마르는 1845년 게르비누스와는 달리 민족주의적·보수주의적 입장에서 『독일 민족문학사』를 발표했는데, 이 문학사는 1차 세계대전에 이르기까지 여러 판을 거듭하며 많은 부수로 발행되었다. 빌마르의 책에서 문학의 역사는 탈정치의 입장에서 기술되고 있으며, 바이마르 고전주의는 초시간적이고 보편적인 것으로 승화되고 있다.

(3) 실증주의

독어독문학은 1848년의 3월 혁명과 1871년의 독일 제국 창건 사이의 시기에 분과 학문으로서의 지위를 확고하게 다질 수 있었다. 그러나 그 과정에서 독어독문학은 정치적 목적이나 프로그램을 포기해야 했으며, 텍스트간행학적인 입장에서 고전적인 문학 작품들을 편찬하는 일에 집중하지 않으면 안 되었다. 이 시기에 간행문헌학으로서 독어독문학이 문헌 내지 문학작품들을 수집하고 정리하는 데서 보여준 정확성과 치밀성은 19세기 말 실증주의 문예학의 중요한 밑거름이 되어 주었다.

1871년 비스마르크가 독일 제국을 창건한 이후 실증주의는 문예학 방법론의 주류가 되었다. 자연과학의 '객관적인' 판단과 거의 같은 가치를 지니는 것으로 간주되는 치밀성과 정확성으로 독일문학 작품들이 발굴·수집되고, 분류·정리되고 편찬되었다. 괴테의 마지막 후손들이 사망하고 난 뒤 문을 연 '괴테 서고'는 실증주의 문학 연구가 이룩한 두드러지는 업적이라 할 수 있는데, 괴테의 모든 문학작품과 서간, 일기, 메모, 스케치와 초안, 쪽지 그리고 그가 남긴 모든 생애의 기록들이 1887년부터 1919년까지 143권으로 이루어진 '바이마르판 괴테 전집' 형태로 간행되었다. 각종 자료의 발굴과 수집·정리에서 보이는 이 같은 철저성은 오늘날에도 생산적인 것일 수 있고 또 평가할 만한 것이지만, 실증주의 문예학자들의 문학에 대한 관점은 어디까지나 한계가 있는 것이었다. 실증주의자들은 자료들을 기계적으로 수집하는 데 있어 시종 무비판적이었으며, 어떠한 해석이나 역사철학적 또는 정치적 설명도 시도하지 않았던 것이다.

이 시기의 문학사 기술도 실증주의의 영향을 많이 받고 있다. 1880년대와 90년대 독일의 가장 영향력 있는 독어독문학자들 가운데 한 사람인 빌헬름 쉐러에 있어 문학사는 치밀하게 수집·정리된 자료에 바탕을 두고 기록한 작가들의 전기나 작품들의 성립 사에 다름 아니다. 쉐러의 이 문학사 외에 당시 많이 편찬되었던 방대한 규모의 전집들, 방대한 분량의 작가 전기들 그리고 각종 참고 서적들도 실증주의 문학 연구의 중요한 결과물들이다.

(4) 反실증주의

20세기 초에 나타난 反실증주의 문학 연구 방법론은 세 부류로 나누어질 수 있다. 反실증주의 연구 방법론의 초기 단계라 할 수 있는 1900년을 전후한 시기에는 정신사적 연구방법론, 형태론적 연구방법론, 신 낭만주의적-민족주의적 연구방법론 같은 세 방법론이 서로 간에 비교적 개방적인 태도를 보이며 병존한다.

정신사적 연구방법론은 무엇보다도 실증주의 문예학이 자연과학적인 방법을 문학 연구에 적극 원용하려고 하는 것에 대해 반대의 입장을 취한다. 이 정신사적 방법론의 대표자라 할 수 있는 빌헬름 딜타이에 의하면 자연과학과 정신과학은 지향하는 바가 본질적으로 다르다. 그에 의하면 자연과학의 인식목표는 자연 현상을 '설명'하는 것이며, 문예학을 포함하는 정신과학의 인식목표는 정신적인 내용을 '이해'하는 것이다. 따라서 자연과학적인 설명의 방법론을 정신적 내용의 이해를 목표로 하는 정신과학, 즉 문예학에 그대로 적용하는 것은 문제가 많은 것이다. 20세기 초의 20여 년간에 루돌프 웅어, 프리드리히 군돌프 그리고 프리츠 슈트리히 등은 이 같은 정신사적인 방법으로 문학을 연구하거나 문학사를 기술했다.

형태론적 문학 연구는 실증주의의 방법에 따라 무차별적·무비판적으로 수집된 방대한 자료들을 여러 기준에 따라 엄격하게 분류를 함으로써 보다 자세한 장르개념과 시대개념을 획득하려고 한다. 예를 들어 하인리히 뵐플린 같은 미술 사가는 그의 저서『미술사의 기본개념들』(1913)에서 문체사 내지 예술사의 개념으로서 '바로크'를 설명하고 있는데, 이 바로크 개념을 문예학자 오스카 발첼과 문학사가 프리츠 슈트리히는 17세기의 문학에 옮겨 사용했다.

신낭만주의적-민족주의적 경향의 독어독문학자들은 실증주의로 인해 신생 독일 제국에 생겨나게 된 문화적 공백을 자신들이 메워야 한다는 소명의식을 가지고 있었다. 그러한 목표를 달성하기 위해 그들은 세 가지 전략을 구사한다. 첫째로 혼란스러운 낭만주의 개념에 경도되면서 때로 모든 현대적인 것과 기술-문명적인 것 그리고 대도시적인 것에 반대하는 민족주의적인 입장을 함께 보인다. 둘째로 향토를 강조하는 학문을 지향하면서 고대 게르만 종족들을 독일 문화 발달의 출발점으로 승화시킨다. 끝으로 노골적으로 종족을 차별하는 학문을 지향하여 아리아족의 문화와 게르만 종족을 우월한 문화의 증거로 해석한다.

1차 세계대전 직전 시기와 전쟁이 진행되는 시기에는 위에서 언급한 세 조류 모두에서 민족주의적인 경향이 더욱 뚜렷하게 나타났으며, 특히 전쟁이 한창 진행 중인 시기에 많은 독어독문학자들은 대학과 중·고등학교의 독어독문학을 '독일학'으로 전환할 것을 요구하면서 그것이 모든 서구적인 것과 외국적인 것, 지나치게 문명화된 것 그리고 사회민주주의적인 것에 대항하는 것이 되어야 한다고 주장하였다. 그리고 바이마르 공화국 시대의 독어독문학은 전쟁 전의 제 조류들을 계승했다.

나치 시대 독어독문학의 중요한 양상들은 '민족주의적 주도 학문', '민족학적 내지 종족학적 문학사' 같은 표제들로 잘 나타내질 수 있다. 나치 시대에 전통적인 문학작품들은 '불굴의 민족 영웅'이라는 이상적인 인물에 맞추어 연구되었으며, 그에 따라 전범적인 문학작품들도 이전과는 다르게 설정되었다. 결국 문예학은 자발적으로 민족 정체성 확립과 고양이라는 정치적 목적에 봉사했으며, 이어 2차 대전 기간에는 국민의 전투의지를 강화시키는 데 기여하였다. 물론 독어독문학 분야에서도 '내부 망명'이 있었다. 일군의 학자들은 현재로부터 비교적 먼 시대의 문학에 관심을 기울이거나 장르론 혹은 문체론상의 문제들을 집중적으로 연구함으로써 비정치적인 학문 활동을 계속할 수 있었던 것이다.

(5) 1945년 이후의 독일문예학

2차 대전 종전 후의 독어독문학은 나치 시대 독문학이 어용학문으로서 나치 당국에 완전히 헌신·봉사했던 것에 대해 극단적인 탈정치화의 경향을 보이며 반응했으나 인적인 면에서는 상당한 정도로 연속성이 유지되었다. 일시적이나마 활동을 정지당했던 교수들은 소수에 지나지 않았으며, 나머지 대부분의 학자들은 이전의 직책을 그대로 유지하였다. 전통적인 문학의 '위대한 작품들'에 대한 학자들의 학문적인 관심은 '삶에 도움이 되는 것'에 대한 추구와 '영원한 것'과 '모범적인 것'에 대한 지향을 증명해준다. 텍스트 연구에서 역사적, 사회적 그리고 심리학적 차원은 거의 전적으로 배제되었으며, 텍스트들은 철저하게 내재적으로 연구되었다. 다시 말해 작품 내재적 문학연구방법이 전후 시기 독일문예학의 주도적인 흐름이었던 것이다. 문학연구 방법론 역사에 있어 전후 가장 영향력 있었던 두 독일문예학자인 에밀 슈타이거와 볼프강 카이저는 20세기 전반에서 비롯하는 정신사적-형식 분석적 연구방법을 일관되게 계승하였으나 그 속에 포함되어 있던 민족주의 이데올로기의 요소들은 철저하게 배제하였다.

이 같은 작품 내재적 연구방법이 1950년대에 이르기까지 독일문예학의 주류적인 방법론이기는 했지만, 50년대의 독어독문학은 엄밀하게 고찰할 때 방법론상으로 더 이상 동질적이지 않았다. 정신사적 방법, 해석학적 연구 그리고 형식 분석적 연구가 1960년대에 이르기까지 가장 중요한 세 경향이었으며 결국 다양한 문예학 방법론들이 점점 더 짧아지는 시간 간격으로 이들 경향들의 뒤를 따랐는데, 이 다양한 연구방법론들은 오늘날의 독일문예학에 복잡한 방법론적 복수주의의 성격을 부여해주고 있다. 60년대 중반부터 쓰이기 시작한 이들 다양한 방법론들을 시기 순으로 우선 간략하게 정리해보면 다음과 같다.

□ 수용사와 수용미학(1965년경부터)

□ 사회사적 문학연구(1965년경부터)

□ 구조주의, 후기구조주의, 해체론(1965년경부터)

□ 정신분석학적 문예학(70년대 후반부터)

□ 담론분석(문학연구 패러다임의 본질적인 변화. 80년대 초부터)

□ 체계이론적 문학연구(니클라스 루만의 체계이론으로부터 영향.

90년대 초부터)

□ 최신의 문학연구 방법론들: 문화 연구 내지 문화학적 연구, 페미니즘 문학이론, 젠더연구 혹은 젠더 학 그리고 신역사주의(90년대 말부터)

다음 장들에서 위에서 언급한 방법론들을 개별적으로 보다 자세하게 설명하기 전에 여기서 방법론을 대하는 일반적인 태도와 관련해 몇 가지 언급해두고자 한다. 우선 방법론은 지나치게 크게 평가돼서는 안 된다. 방법은 그야말로 어떤 대상(문학작품, 문학사의 현상 또는 문예학상의 문제)에 대한 연구가 특정의 인식이나 이해 또는 설명을 위해 걷는 하나의 '길'일 뿐이다. 따라서 방법론은 결코 그 자체가 목적이 되어서는 안 된다. 방법론은 언제나 그것이 적용되는 대상과 그것이 추구하는 인식 내용에 대한 학문적인 성찰을 포함하고 있어야 한다.

그러나 방법론은 또한 과소평가 되어서도 안 된다. 연구가 지향하는 인식론상의 목표와, 텍스트를 설명하고 분석하는 데 사용되는 개념적인 도구들은 방법론에 따라 다르기 때문이다. 연구자가 텍스트에서 발견해내는 내용도 방법론에 따라 다르다. 모든 방법론은 특정 용어들과 전문적인 개념들을 가지고 있는데, 이들 용어와 개념은 종종 그 방법론에 영향을 준 인접 학문들로부터 차용된다. 하나의 방법론은 그 인식론상의 특별한 목표, 도구적인 성격의 전문용어들 그리고 또한 관련되는 중심적인 인물들을 통해 그 본질이 규정될 수 있고 다른 방법론들과 구분될 수 있다.

6.2. 독일문예학의 성립

문학에 관한 언급들은 그것이 강령적인 것이든 해석적인 것이든, 아니면 비판적인 것이든 이론적인 것이든 거의 모두가 문학 자체만큼이나 오래 된 것이 보통이다. 독일의 경우 그런 종류의 초기 기록들은 중세까지 소급되는데, 중세 서사시인 고트프리트 슈트라스부르크의 서사시 『트리스탄과 이졸데』에 나오는 문학 비평적 언급들이 그 예다. 15, 16세기에는 인문주의자들이 시학과 편찬의 측면에서 중요한 과제들을 다루었고, 17세기에는 특히 마르틴 오피츠가 대표적인 문학이론가로 활동했다. 그는 독일어가 지닌 문학적 가능성을 추구하면서 매우 영향력 있는 저서 『독일 시학의 서』를 1624년에 집필했다. 이는 독일어로 창작을 할 때 지켜야 할 지시사항, 규칙, 권고사항 등을 수록한 규범적 문학이론서로서 일종의 문학론이라고 볼 수 있다. 그가 제시한 것들은 독일에서 그 후 오랫동안 꼭 지켜야 할 규범으로 간주되었다. 18세기 전반에는 『독일인을 위한 비평문학 시론』(1730)을 쓴 라이프치히 출신 교수 고트쉐트와, 그의 논쟁 상대자들이었던 스위스 출신의 이론가들 보드머와 브라이팅거가 중요한 이론가들로 활동했다. 하지만 이들보다 더 중요한 문학이론가로서는 과학적인 방법으로 미학의 개념을 만들고 『최근 문학에 관한 편지들』(1761-1765)과 자신의 연극 비평적인 글을 모은 『함부르크 연극론』(1767-1769)을 통해 후세에 지속적인 영향을 미칠 표준들을 제시한 18세기 후반의 레싱을 들 수 있다. 그 밖에 셰익스피어 강독을 통해 역사적 사고력을 기른 요한 고트프리트 헤르더는 언어와 문학을 역사적 현상으로 서술했다. 그는 민중문학을 상세히 논함으로써 괴테에게 자극을 주었고, 나아가서는 하나의 적합한 이해의 이론을 개발하려고 시도했는데, 이것 역시 해석학의 역사에서 **빼놓을** 수 없는 큰 자극을 주었다.

그 후 고전주의 작가 괴테와 실러는 서신왕래와 수많은 이론적·비평적인 논문들을 통해 문학을 다루는 과학적인 관찰방식을 형성하기 위한 본질적인 시금석을 제공했다. 그런 유의 것으로서는 장 파울의 『미학 서설』(1804)과 헤겔의 『미학 강의』(1817년)를 언급할 수 있을 것이다. 낭만주의 작가 아우구스트 빌헬름 슐레겔과 프리드리히 슐레겔 형제는 『아테네움』지에 게재한 논문들과 베를린 및 빈에서 행한 강연들을 통해 문예학에 결정적인 기여를 했다. 마찬가지로 『낭만파』와 『독일의 철학과 종교의 역사에 관하여』에 실린 하인리히 하이네의 해석들도 신문의 문예오락란에 적합할 만큼 주관적이지만 충분히 언급할 만한 가치가 있다. 중세 문학텍스트 편집에 의거해서 레싱 간행본을 편집한 칼 라흐만의 텍스트 비평적 관점의 선구자적인 연구도 역시 지침이 될 만한 것이다. 특히 1838년에 야콥과 빌헬름 그림 형제가 집필하기 시작해서 100년이 훨씬 넘어 1960년대에 이르러서야 비로소 완간된 『독일어 사전』은 위대한 문헌학적 기획이었고 또한 독일학의 금자탑이라 할 수 있을 것이다.

최초의 단초들을 하나하나 열거하는 것만으로도 이미 독어독문학의 시작 시기를 정확히 언급하는 일이 상당히 어렵다는 사실을 어렴풋이나마 느낄 수 있을 것이다. 그러나 한스 마이어의 견해에 따르면 독일에서 문학사라는 학문은 게오르크 고트프리트 게르비누스로부터 시작한다. 1835년에서 1845년에 걸쳐 출판된, 5권으로 된 『독일의 시적 민족문학사』는 초기부터 고전주의와 낭만주의까지의 독일문학에 대해 전체적인 조망을 제시하려는 최초의 체계적 시도이다. 게르비누스는 고전주의와 낭만주의가 독일문학의 정점이라 생각했으며, 따라서 헤겔과 괴테의 죽음과 동시에 정신적 '문학적' 시대도 끝난 것으로 여겼다.

이제 필요한 새로운 시작은 학문에 의해 추진되어야 한다고 생각했다.

게르비누스는 무엇보다도 역사가였다. 그는 그림 형제와 마찬가지로 1837년에 공개적으로 하노버 왕의 헌법위반을 비난한 데 대한 처벌로 교수직을 박탈당한 대학교수 그룹인 '괴팅겐의 7인'에 속했다. 그는 정치적으로 시민적이고 자유주의적이어서 왕권에 비판적인 입장을 취했다. 실러가 예술을 통해 정치적 활동을 위한 준비를 했다면, 그는 학문을 통해 이를 계승하고자 했다. 그가 문학사를 집필한 이유는 독일 민족에게 자신의 현재적 가치를 일깨워 주고, 위축된 자신에 대한 믿음에 새로운 활력을 불어넣어 주며, 오래 전의 초창기에 대한 자부심과 함께 현재에 대한 기쁨과 미래에 대한 가장 확실한 용기를 북돋아 주려는 것이었다. 그는 이제는 정치적 발전이 '문학적' 황금기를 뒤따르기를 원했고 또 그래야만 된다고 주장했다. 구체적인 목표는 소위 시민적 자유, 즉 언론의 자유, 집회의 자유, 청원권, 정치적 사안에 대한 헌법에서 보장된 국민의 공동 결정권 등을 획득하고, 왕정복고기에도 통일되지 못하고 완전히 분할되어 버린 독일의 민족적 통일을 실현시키는 일이었다.

역사가 게르비누스는 문학의 형식적 특수성과 아름다움에 대한 해석에는 전혀 관심이 없었다. 이런 관점에서 그는 자신의 문학사 서문에서 "역사 외에는 아무것도 존재하지 않는다."라고 설명한다. 또 "사물에 대한 미적 판단과는 아무런 관련이 없다"는 그의 입장은 오늘날의 관점에서 보면 분명 문제기 있어 보인다. 그러나 다른 한편으로 그의 입장에는 또한 중요한 장점도 있는 것인데, 그것은 문학과 문학사 기술이 일반역사와 밀접한 관련을 맺고 있는 것으로 보려는 원칙에 대한 그의 투철한 신념이다. 이 원칙은 오늘날에도 이론의 여지가 없지만, 그 후의 독어독문학 발전사에서 언제나 효력을 발휘했던 것은 결코 아

니었다. 이런 사정은 독어독문학이 한 세기가 넘도록 정치·사회적 지
배세력에 대해 반대하는 입장에 서기보다는 오히려 순응적인 태도를
취한 것과 무관하지 않다. 두 번째로 간과할 수 없는 중요한 한 측면
은 게르비누스가 문학의 기능과 영향에 대해 묻고 있다는 점이다. 이
러한 관점 역시 그 이후에는 거의 주목받지 못했다. 그의 주장에 따르
면 문학에 대한 학문적 접근은 문학 자체와는 달리 상아탑 안에 머물
러서는 안 되고, 정치적 사회적 실천과 연결되어야 한다는 것이다. 청
년독일파에 속하는 동시대 작가들도 이와 유사한 입장을 밝혔지만 게
르비누스 자신은 그런 사실에 대해 별로 관심을 갖지 않았다.

　1848년 혁명 중에 게르비누스는 프랑크푸르트의 파울교회에서 개최
되었던 국민의회의 의원이었으며 민족적·자유주의적인 「독일신문」의
발행인이었는데, 48년 혁명으로 3월 혁명 이전시기의 자유주의적 희망
들이 좌절되자 그의 의도도 아무런 성공을 거두지 못했다. 3월 혁명
이후의 시기에는 자유주의적인 시민계급의 노력이 일방적으로 민족통
일의 관점으로 옮아갔으며, 이는 역시 독일문예학의 자기이해에도 크
게 영향을 주었다.

6.3. 실증주의적 문학이론

　1871년 독일 제국 수립 이래 30여 년간 하나의 특정한 문예학적 방
법론, 즉 실증주의적 문학이론 학계를 지배했던 것은 결코 우연이 아
니었다. 이 방법론의 중심적인 대변자는 민족적 윤리학의 체계를 세우
고자 시도한 빌헬름 쉐러였다. 오스트리아인으로서 스스로 프로이센
사람이 된 쉐러는 비스마르크 숭배자였고 베를린에서 얻은 교수직으
로 많은 추종자를 얻었다. 하지만 '실증주의'의 창시자는 감각적인 체

험을 통해 지각한 사실만을 중요하게 여긴 프랑스의 철학자 오귀스트 콩트였다. 그는 관찰 가능한 사실 외에 현실에 대한 어떤 설명도 믿을 수 없다고 여겼다. 콩트의 제자인 이폴리트 테느는 이런 원칙을 문예학에 적용했으며, 그 원칙과 관련하여 연구할 수 있는 대상으로서 '인종', '환경', '계기'를 강조했다. 이에 의거해 빌헬름 쉐러는 자신의 논문 「괴테 문헌학」에서 '물려받은 것', '학습한 것', '체험한 것'에 대해 설명하고 있다. 3월 혁명 이전 시대의 진보적인 정치적 관점은 완전히 뒤로 물러나고 사변적인 것들도 모두 거부되었다. 그 대신 발명과 발견의 형태로 도처에서 승리를 거두고 있던 자연과학의 처리방식이 방법론상 새로운 지향점이 되었다. 광범위하게 수집된 세부사항들은 인과성의 원리에 따라 정리되고 배열되었다. 이에 따라 쉐러는 "문헌학적 활동의 기초는 출판하는 일과 설명하는 일이다"라고 주장했다.

이런 방식으로 작가와 작품의 생애와 출전 및 생성의 역사를 알려주는 자료가 엄청나게 축척되어서 오늘날에도 이 자료들을 이용할 수 있게 된 것은 매우 긍정적으로 평가할 수 있다. 그러나 실증주의 방법은 특히 쉐러의 많은 제자들에 의해 변질되었으며, 사소한 구성요소들만을 열심히 수집하여 단순한 사실들의 거대한 탑을 구축하는 데만 한정되고 말았다. 기술적이고 백과사전적인 원칙이 우선적으로 지배하는 곳에서는 대부분의 경우 일반적인 주도사상으로서 보다 포괄적인 연결원칙이 결여되어 있었다. "지배하는 것은 무 전망성이고, 단지 인과적인 진행사슬에서만 설명될 수 있다면 모든 것은 똑같은 인식가치가 있는 것으로 여겨지며, 문헌학은 자신의 주위만 맴돌기 시작한다."고 콘라디는 비판하고 있다. 비록 전기, 서지학, 텍스트 비평 및 편집, 모티브 연구, 문학적 전범과 영향에 대한 탐구 등의 영역에서 실증주의자들이 이룩한 업적을 인정한다 하더라도 문학이 지닌 미적 측면의 경시는 실증주의적 방법론의 본질적인 결함으로 지적되지 않을 수 없다. 예술작품에 대한 관찰조차 때로 기계적으로 진행되었다. 찰스 다윈의 제자인 뵐쉐의 견해에 의하면 "시인은 화학자가 온갖 재료를 섞고 특정 온도로 맞춘 다음 결과를 관찰하듯이 자기 나름의 방식으로 실험하는 하나의 실험자"일 뿐이었다.

정치적·사회적 상황의 변화를 추적하는 게르비누스의 진보적인 역사관은 이제 기존의 것을 인정하면서 조화를 추구하는, 사실상 빌헬름 제국 이데올로기의 정당화를 의미하는 세계관으로 대체되었다. 국민윤리학의 체계에 대한 쉐러의 구상은 국수주의적인 선전과는 무관한 것이었지만, 그의 제자이자 베를린 대학의 교수직 후계자인 에리히 슈미트는 레싱 전기에서 일방적으로 민족주의적 색채를 강조함으로써 마르크스주의자인 프란츠 메링으로 하여금 「레싱 전설」(1893)이란 제목의 반박 논문을 쓰게 하기까지 했다. 이 논문에서 메링은 슈미트와 쉐러가 "이미 열 번이나 뒤집어진 티끌 같은 작업의 방향을 열한 번째로 능숙하게 뒤집고 있다"면서 그들의 문헌학적 방법을 신랄하게 비판하였다. 메링은 여기서 그치지 않고 "그들은 자신들이 설명하고자 하는 대상들을 자신들이 자주 이용하는 '높은 신분의 후견인'의 귀에 기분 좋게 들리는 정치적·사회적 선입견으로 치장하고 있다"고 하면서 그들에게 혹독한 비난을 퍼부었다.

6.4. 정신사적 연구 방법

20세기 초에 빌헬름 딜타이는 자연현상과 인간의 정신적 표현들 사이의 원칙적인 차이를 밝힘으로써 자연과학적인 방법론에 경도되어 있었던 실증주의 사상으로부터 근본적으로 방향을 돌렸다. 그는 인간의 정신이 만들어 낸 작품으로 접근하는 적절한 길은 '설명'이 아니라 '이해'라는 점을 강조했다. 이로써 그는 현대 정신과학의 창시자가 되었다. 딜타이의 사상에서는 해석학이 중심적인 역할을 한다. 저작물에 대한 분석과 이해의 기술로서 이미 고대부터 실천되어 왔던 해석학은 원래 고전 문헌학에서 쓰이던 개념이다. 이 개념은 신학에 의해 성서 주석에도 사용되었으며, 그 다음에는 텍스트 해석의 기술적인 가능성에 대한 이해와 성찰의 학설로 발전하였다. 이와 함께 법률 해석학도 형성되었다. 딜타이는 특히 낭만주의 종교철학자 슐라이어마허의 해석학으로부터 많은 영향을 받고 있었으며, 20세기에 들어와서는 실존철학자 하이데거와 가다머가 해석학을 더욱 특색 있게 발전시켰다.

이해의 기본모델이 되는 것은 소위 '해석학적 순환', 즉 이해의 순환 구조인데, 리클레프스는 이를 다음과 같이 정확하게 정의하고 있다. "자연과학과 정신과학은 그것들의 대상영역에서 영향을 미치는 연관의 종류를 통해 근본적으로 차이가 난다. 즉 그 연관은 한편으로 고립적인 실험의 처리방식에서 자신의 합법칙적 작용이 인식되는 다수의 결정인자들을 통해 개별 현상이 규정된다는 인과관계를 일컫는 것이고, 다른 한편으로는 자신의 특수성과 일회성의 형태로 파악되는 개별적인 의미형성체의 역사적 연관관계가 문제된다. 후자에서는 고립적 처리방식이 적용될 수 없다. 왜냐하면 개별적인 인관관계의 분석을 통한 설명이 아니라 복잡한 전체의 이해가 과제로서 설정되기 때문이다. 자연의 탐구자가 행하는 분석은 가장 작은 독립적인 단위로 소급할 수 있으나, 정신과학자가 의미의 연관관계를 해석할 때는 분석이 이미 종합적인 이해를 전제하고 있고 또 의미연관의 분화와 설명으로서 종합적 이해에 관계하고 있는 것이다. 이해는 논리적으로 허용되지는 않으나, 풀리지 않고 결실을 가져오는 해석학적 순환 속에서 움직인다는 사실은 그러한 실상에 상응하는 것이다. 그리고 그 순환은 정신과학적 인식작용의 기본법칙으로서 모든 해석학적 성찰을 인도해야만 한다. 본질적으로 하나의 순환은 이중적인 관점에서 고찰될 수 있다. 인식객체의 측면에 의하면 '문헌학적 순환'은 다음을 뜻한다. 즉 개체는 매번 오직 자신이 소속되는 전체로부터만 이해될 수 있지만, 전체도 자기 쪽에서는 역시 개체로부터 비로소 이해될 수 있다는 것이다. 인식주체의 측면에 의하면 '이해의 역사성이 지닌 순환'의 의미는 다음과 같다. 즉 이해는 이해하는 주체의 역사화해 버린 인식연관 속으로 들어서면서 이루어진다. 이때의 인식연관은 다시금 정신적 세계의 역사적 작용 연관과 연루되어 있는 것이다. 모든 의미경험은 이러한 이해의 지평을 통해서 주관적으로 결정되어 있다. 그래서 이해는 의미 전체를 주체적으로 선기획하고, 그리고 텍스트에 의해 상정된 전체를 관철시키는 순환운동 속에서 완성된다. 이 경우 이해의 순환은 자신의 두 관점에서 보면 풀리지 않은 채로 있게 된다. 슐라이어마허와 딜타이의 단초를 뛰어넘으면서 하이데거는 이해의 순환구조를 현존재의 한시 성 속에서 존재론적으로 논증했다. 그러니까 정신과학의 대상과 인식방식은 역사적인 성격을 지닌다. 왜냐하면 주관적인 이해의 연관만이 역사화하고 살아 있는 변형과정에 처해 버린 것이 아니라 한 텍스트나 역사적 사건들의 객관적인 의미연관도 하나의 고정되고 명백하게 결정된 즉자적인 것을 나타내지는 않기 때문이다. 그것은 오히려 동적인 작용과 의미의 전체 속에서 모습을 드러내는 것이다."

'정신사'라는 개념은 프리드리히 슐레겔이 1812년에 처음 사용한 말인데, 딜타이의 정신사적 문학 연구 방법은 오늘날까지도 크게 영향을 미치고 있다. 이 연구 방법은 보편적이며 시간을 초월하는 법칙을 지닌 인간정신의 자율적인 역사에서 출발하는데, 이 법칙은 문학작품과 그 창작자를 이해하는 데 본질적인 기준이 된다. 딜타이의 이론은 근대 자연과학적 기술문명에 대한 비판에 뿌리를 두고 있으며 '생철학'으로 체계화되었다. 『체험과 문학』(1906)이라는 책에서 그는 체험을 통해, 즉 감정이입과 직관적 이해를 통해 과거와 현재 간의 관계가 구축되어야 한다고 주장한다. 역사적 거리를 이런 식으로 극복하려는 노력이 위험성도 내포하고 있음을 정신사적 고찰방법은 이후의 발전과정에서 보여 주었다. 여기서 위험이란 작품이 구체적인 역사적 관계들, 즉 사회·경제적 조건들로부터 유리되는 것을 말한다. 이것은 이 방법론 이름의 두 번째 부분인 '역사'와 모순된다. 뿐만 아니라 시대정신의 재구성과 그 정신을 개별 작품 속에서 증명하는 일은 내용만을 우선적으로 고려할 뿐, 새로운 예술적인 형상을 등한시하는 결과를 낳는다. 직관적인 감정이입, 곧 문학작품에 대한 합당한 이해라는 것도 '천재적인 작품과 동등한 자격의' 해석자를 전제로 하고 있다. 이런 이유들 때문에 정신 사가들의 엘리트적 특권의식은 훗날 비판의 대상이 되었다. 나아가 일차적으로 소위 '고급'문학이 연구대상으로 선택되고, 그 결과 광범위한 스펙트럼의 텍스트들이 소홀히 취급된다는 것도 정신사적 연구 방법의 문제점으로 지적되었다. 다시 말해 작가와 문학은 신비화되고, 삶을 이해하는 기관으로서 고도로 양식화되고 마는 것이다. 독일에서 정신사적 문학 연구 방법을 대변하는 전문잡지는 『문예학과 정신사를 위한 독일 계간지』이며, 이 잡지는 에리히 로타커와 파울 클루크혼을 공동발행인으로 1923년에 창간되었다.

정신사적 문학 연구 방법은 본질적으로 3개의 주된 방향으로 나누어질 수 있다. 첫째는 문학 속에서 인간의 '영원한 현 존재의 물음'에 대한 답을 찾고자 시도한 이념사적 내지 문제사적 방향이다. 딜타이의 『체험과 문학』외에 헤르만 아우구스트 코르프의 『괴테시대의 정신』

(1923f.)과 루돌프 웅어의『하만과 계몽주의』(1911) 같은 유명한 저술들이 이 경향을 대표한다. 둘째는 문학텍스트들이 의도하고 있는 형식을 분석함에 있어서 미술사, 특히 하인리히 뵐플린의『미술사의 기본개념』(1915)에 나오는 개념들을 차용하는 양식사적 내지 양식유형학적 방향이다. 이 방향에서는 그러나 실제에 있어서는 작품의 내용이나 정신을 연구하는 일이 형식적 측면들에 대한 연구보다 우위를 차지하며, 오스카 발첼의『예술의 상호 해명』(1917)과 프리츠 슈트리히의『독일 고전주의와 낭만주의 혹은 완성과 무한성』(1922)이 대표적인 저술들이다. 끝으로 세 번째 방향은 시인 슈테판 게오르게를 중심으로 하는 일군의 문예학자들로 대변된다. 그들은 무엇보다도 역사의 원인과 영향, 소위 '힘의 역사'를 연구했다. 대표적인 저서들로는 에른스트 베르트람의『니체. 신화학 시론』(1918)과 프리드리히 군돌프의『셰익스피어와 독일정신』(1911)이 있다.

스위스 출신의 독어독문학자 베얼리는 정신 사가들의 결정적인 약점을 올바로 지적한 바 있는데, 그것은 바로 그들이 보여주는 '독일적 비정치성'이다. '주지주의적인 견해'에 대한 비판적인 입장과 계몽에 대한 유보적 자세로 인해 현실정치의 실상에 어두웠던 대부분의 문예학자들은 그 당시 부상하던 나치즘에 대해 초반에는 막연한 기대를 걸었다. 그래서 나치즘은 어렵지 않게 자신의 논증모델을 국수주의적인 것으로 전환하여 기능적으로 유효하게 작동하도록 만들 수가 있었다. 이런 배경과 이유 때문에 빌헬름 포스캄프는 문학사가 제3제국에 스스로 봉사를 한 것이라고 주장하기도 한다. 예를 들어 1933년에 코르프는 잡지「독일 학 잡지」에 기고한 글에서 "현재 우리를 마치 거대한 파도에 태워서 어디론가 실어가고 있는 엄청난 사건들을 사람들이 어떻게 느끼든 간에 - 그토록 고통스러웠던 절망의 시절이 지나자 그들은 진정으로 해방시켜 주는 작용에 사로잡힌 것이다. 결단은 내려졌다. 우리의 운명은 정체를 드러냈다. 밤은 우리에게서 물러갔다. 그래서 우리는 밝음 속에서 주위를 돌아보고 있음을 알고 있다. 독일 역사의 새로운 시대가 도래 한 것이다. 우리들에게는 거기에 동참할 수 있는 자비가 주어졌다."고 말했다.

6.5. 국수주의 · 민족주의 문학이론

독어독문학이 생겨나게 된 동기 중 하나는 왕정복고의 시기에 독일에는 민족국가가 존재하지 않았다는 사실이다. 이미 헤르더와 피히테는 독일인을 통일시키는 가장 중요한 연결 고리가 언어 속에 있음을 알았고, 따라서 '문학'이 독일 정신의 가장 순수한 표현이며 독일인들 최고의 선언이라고 생각했다. 1846년 프랑크푸르트에서 열린 최초의 독어독문학자 대회에서 의장으로 선출된 야콥 그림은 자기 자신에게 제기된 물음, 즉 민족이란 무엇인가에 대해 이렇게 답했다. "민족이란 동일한 언어로 말하는 인간들의 총체이다." 이 대회의 초대장은 독일의 법, 독일의 역사 및 독일의 언어보존에 헌신하는 사람들에게 발부되었다. 이런 뜻으로 이해된 독어독문학에서 중요한 것은 단순히 과거와 현재의 언어적 · 문학적 증거물들을 해석하는 것이 아니라, 그런 것을 초월하는 훨씬 더 많은 것이었다. 사람들은 종교사적 · 법률사적 · 윤리사적 영역을 끌어들임으로써 아득한 근원으로부터 시작해 변하지 않고 이어져 오고 있는 독일 민족정신의 본질을 규정하는 것을 목표로 정했다.

그 후 이런 성격을 지닌 포괄적인 '독일학'의 전통이 완전히 단절된 적은 결코 없었다. 이 학문은 20세기 초에 벌써 민족주의적인 과대포

장의 정점을 처음으로 경험하게 되는데, 여기서 무엇보다도 중요한 역할을 한 학자는 아돌프 바르텔스였다. 그의 저서 『독일문학사』 (1901-1902)는 핵심에 있어서 이미 나치즘의 '피와 땅'의 이데올로기가 전개하는 논거의 본보기적인 요소들을 내포함으로써 당시 가장 많이 읽힌 문학사들 중 하나가 되었다. 한편 우베 K. 케틸젠은 당시의 정권이 문학사를 어느 정도로까지 문화적 규범 형성의 도구로 이용했는지를 분명히 보여 주었다. 유태인으로서 일찍이 독일의 참상을 비판했던 하인리히 하이네는 당시 어느 누구보다도 국수적-민족적 사상과 학문의 적절한 공격목표가 되었다.

이와 마찬가지로 히틀러의 집권 오래 전에 요제프 나들러의 4권으로 구성된 『독일 종족과 지방의 문학사』(1912-1928)가 출판되었다. 이 문학사도 얼마 안 가서 판을 거듭하는 표준도서가 되었다. 창조적 에너지는 개인에게 있어서보다는 개인이 연결되어 있는 종족 속에 그 근원을 두고 있다는, 우선은 차라리 소박한 느낌마저 드는 나들러의 주장 역시 철저히 나치즘을 부추기는 역할을 수행할 수 있었다. 그의 저술은 또한 개인에게, 자신의 책임을 회피할 수 있도록 해주고 더 이상 그 배후를 물을 필요가 없는, 좀 더 고차원적인 집단적 민족정신을 대변하는 주체를 내세우는 일에 나쁜 방향에서 많이 이용을 당했다. 유명한 학술전문지 『오이포리온』은 이미 1934년에 인문주의적 전통으로부터 노골적으로 노선을 바꿔 『문학과 민족성』이란 특색 있는 제호까지 얻었고, 독어독문학자 헤르만 퐁스는 "자기 결단이 총체적 결단으로 급속히 방향 전환하는 것을 각별한 체험으로 느꼈다"고 말하기까지 했다.

나치시대의 독어독문학은 결국 지배적인 정치권력의 비호를 받음으로써 그 권력에 봉사하고 말았다. 인종에 기초를 둔 '독일학'으로서 독어독문학은 독일민족과 독일적 성향을 보편적 구속력을 갖는 가치체계의 최고범주로 격상시켰다. 이 학문의 도움으로 획일화와 아리아인화 과정이 순조롭게 추진될 수 있었다. 콘라디의 주장에 따르면 "파시즘적이고 나치즘적인 이데올로기의 집합체는 마음에 들지 않는 인간과 집단을 배제시키고 이들을 지배하고 종속시키고 강압하고 분리하는 것을 지향했기 때문에 반계몽적이었으며, 기본적으로 비인간적이었다." 나치의 권력쟁취 후 몇 달이 지나지 않아 벌써 "비독일적 정신에 반대하여"라는 슬로건을 내건 대대적인 운동, 즉 1933년 5월 10일의 '분서 사건'이 일어났는데, 이 사건의 발생 1주일 전에 이미 프로이센 문학예술원의 정화 조치 사건이 발생했다. 이 분서 사건을 조직한 자는 대학생들이었지만 대학교수들도 상당수 가담해서 연설을 했다. 비록 많은 학자들이 순전히 나치즘적인 신조에서라기보다는 다분히 민족적 신념에서 행동한 것임이 확실하다 하더라도, 결과적으로 볼 때 그것은 정치적 통찰력의 결여에서 야기된 한심스러운 행동이었다고 하는 사실은 부인하기 어려울 것이다. 아무튼 베를린에서는 제국의 선전부 장관이고 독어독문학 박사 학위 소지자였던 요제프 괴벨스도 이를 계기로 대학 근처에 있는 오페라 광장에서 연설할 준비가 되어 있다고 선언하기까지 했다.

하이네는 이미 1823년에 자신의 비극 『알만조어』에서 "그것은 단지 전주곡에 불과했다. 책을 불사르는 곳에서는 결국엔 인간도 불살라지게 된다."고 언급한 바 있는데, 이런 예언자적인 의미를 갖는 표현을 한 하이네의 작품도 이 당시 함께 치욕을 당했다.

6.6. 작품 내재적 해석 이론

나치즘이 패망한 1945년은 결코 완전히 새로운 전환점은 아니었다. 많은 대학의 독문학자들은 종전의 교수직을 다시 맡게 되었고, 자성하는 의미에서 자신의 직책을 그만둔 사람은 극히 소수에 불과했다. 그들 가운데 자신들이 이전에 연루되었던 일에 대해 공개적으로 자백할 수 있는 용기를 가진 사람은 몇 되지 않았다. 대부분의 사람들은 침묵하면서 자신의 죄과를 덮어두려고 했다. 그러다가 본격적인 과거청산 운동이 시작하게 된 것은 1966년 뮌헨에서 개최된 독어독문학자 대회에서였다. 문예학은 제3제국의 붕괴 후에 자신을 어떤 전통과 접맥시켜야 하는가라는 문제를 제기했다. 독일 이외의 독문학계와 단절되었던 관계도 서서히 회복되었고, 제3제국 시기에 망명지에서 생겨난 독일어로 된 문학작품도 비로소 연구되기 시작했다. 토마스 만, 베르톨트 브레히트, 로버트 무질과 알프레드 되블린 등의 작품이 새롭게 평가되었으며, 1827년 괴테가 처음 만들어 사용한 '세계문학'이라는 개념도 다시 새로운 의미를 얻게 되었다.

문학 연구 방법론 분야에서도 그 이후 부분적으로 새로운 시도들이 있었다. 한편으로는 정신사적 관찰방식의 사변적인 공허함을 피하고, 또 다른 한편으로는 국가사회주의 시대에 생겨난 이데올로기적인 실패를 반복하지 않기 위해서 사람들은 점차 연구의 무게 중심을 텍스트 자체에 두게 되었다. 문예학의 본질적인 활동영역으로의 이 같은 급속한 방향 전환은 그러나 일종의 도피적 성격도 지니고 있었다. 사람들의 입에 자주 오르내리던 "과거청산"의 문제가 지연되고 있었던 시기에는 겉으로 보기에 비정치적인 것이 도리어 아주 정치적인 성격을 지니게 되는 것이었다. 그리하여 독문학은 또다시 적극적인 사회비판적 역할의 수행을 포기했다. 문학예술작품 자체만을 지향하고 그 밖의 다른 것에 무관심한 태도는 아주 새로운 것도, 독일에만 국한된 현상도 아니었다. 이런 경향은 보리스 아이헨바움, 유리 티니야노프, 로만 야콥슨 등을 중심으로 하는 러시아 형식주의자들에게서 이미 나타나고 있었으며, 그 이후의 학파들, 특히 영국의 정밀조사학파와 엘리어트의 이론적 견해들, 그리고 프랑스의 '텍스트 해석' 및 미국의 '신비평'도 기본적으로 이런 경향을 가지고 있었다.

작품 내재적 해석의 독일어권 대표자 중 한 사람은 스위스 출신의 문예학자 에밀 슈타이거인데, 기본적으로 그는 여전히 정신사적 연구방법의 전통을 계승하고 있었다. 이미 1939년에 슈타이거는 『작가의 상상력으로서의 시간』이라는 자신의 책의 서문에서 "문예학의 과제와 대상"과 관련하여 다음과 같이 말하고 있다. "왜냐하면 문학사가가 관심을 두고 있는 것은 작가의 언어, 즉 언어 그 자체이지 언어를 벗어나 그 배후에 있는 것, 그 이상도 그 이하의 어떤 것도 아니기 때문이다." 계속해서 그는 이렇게 이야기하고 있다. "사회나 정치적 상황, 또는 자신이 살던 시대의 문화적 제 관계로부터 문학을 이해하려는 모든 시도는 단지 '문학적'인 것으로 들어가는 입구까지만 이끌고 갔을 뿐이다."

슈타이거와 함께 내재적 해석 이론의 가장 중요한 대변자 가운데 한 사람인 볼프강 카이저의 주장도 이와 유사하다. 1948년에 처음 출간된 카이저의 저서 『언어예술작품』은 독문학을 공부하는 전후의 많은 학생세대에게는 무조건 읽어야 할 필수서적에 속했다. 카이저도 문자 예술작품으로서의 문학이 문예학의 중심대상이라고 주장했다. 그렇기 때문에 그 밖의 모든 문제들은 단지 부차적인 중요성을 지닐 뿐이라는 것이었다. 10년 뒤에 출판된 한 논문에서 그는 다시 한 번 문예학의 과제를 분명하게 규정했다. "작품해석에 있어 중요한 문제는 통일적인 형태를 위한 형상화에 참여하는 모든 형식요소들을 그 효용성과 상호작용의 관점에서 파악하는 일이다. 이런 형식요소들에는 외적 형식, 음조, 리듬, 단어, 어휘, 언어적 비유, 통사, 사건, 모티브, 상징, 이념과 내용에 대한 형상, 구성, 관점, 서술방식, 분위기 그리고 그 밖의 형상화 수단들이 속한다."

철저하게 텍스트에 자체에 접근하는 것, 즉 모든 관심을 텍스트 자체에 집중시키는 독서법으로서 '꼼꼼히 읽기'는 분명히 작품 내재적 해석방식의 커다란 장점이다. 따라서 작품 해석은 그런 방식을 포기할 수는 없지만 그렇다고 해석이 그것에만 국한되어서는 안 될 것이다. 이렇게 텍스트를 다른 요소들과의 연관으로부터 고립시키는 것은 텍스트를 순전히 단어들의 집합체로 환원시켜 버리기 때문이다. 볼프강 카이저의 『언어예술작품』에서 문학작품의 '내용'과 관련되는 상세한 서술은 전체 서술의 20분의 1밖에 되지 않는다. 이런 점에서 볼 때 작품 내재적 연구 방법은 결국 '비역사적'인 방법이라 할 수 있다. 예술작품이 그 역사적 생성연관으로부터 따로 떨어져 나오게 되는 것이다. 뿐만 아니라 이런 연구 방법에서는 미적 형식 역시 사회적으로 매개된 것이라는 사실이 인식되지 못하게 된다. 대부분의 문학 외적인 콘텍스트가 간단히 배제되어 버리는 것, 예를 들어 작품 속에 포함되어 있는 사회적 문제들이 함께 논의되지 않고 환원되어 형식미학적 형태와 관련지어지는 것, 그래서 그것이 그 어떤 경우에도 시대를 초월하는 '영원한' 인간성의 영역으로 넘겨져 버리는 것 등은 문제로 지적되지 않을 수 없다. 또한 관찰할 텍스트를 선택하는 문제도 진지하게 고려되어야 할 중요한 측면임을 간과해서는 안 될 것이다.

그의 유명한 저서 『해석의 기술』에서 에밀 슈타이거는 자신에게 있어서는 주관적인 감정이 곧 학문적 작업의 기초라고 하면서 자신은 작품의 주제에 대해 애정과 존경심을 느낄 경우에만 작품을 해석할 수 있을 뿐이라고 주장한다. 그의 견해에 따르면 감동을 주지 못하는 작품은 연구의 대상이 될 수가 없는 것이다. 이런 이유에서 내재적 연구에서는 예를 들어 통속문학과 같은 넓은 스펙트럼의 중요한 작품들이 쉽게 연구 대상에서 제외되고, 우리의 마음을 사로잡는 작품들만이 관심의 대상이 된다. 내재적 해석에서는 또한 작품의 통일적인 문체라는 것이 최고의 질적 특징으로 간주된다. 작품의 형식이 내용적인 의도를 적절히 표현하기만 한다면 의도 그 자체의 이성적 타당성 여부는 더 이상 중요한 것이 못 되는 것이다.

이런 맥락에서 메클렌부르크는 인식이 가치인정과 동일한 의미를 가질 경우에 비판은 쉽게 포기되고 마는 것이라고 주장하면서 내재적 해석의 문제점을 올바로 지적하였다. 이런 문제에도 불구하고 작품 내재적 방법은 대략 1960년대 중반까지 독일에서 지배적인 문학 연구 방법론이었기 때문에, 60년대 말 독일의 문예학은 새로운 방향을 모색하지 않을 수 없었다. 철저한 자기반성의 길로 들어서게 된 것이었다. 그러나 작품 내재적 해석은 자기 고유의 이론적 전제들을 언제나 엄격하게 고수한 것은 아니었다. 그것은 자주 자신의 한계를 뛰어넘어 다른 해석방법도 효과적으로 활용했던 것이다.

6.7. 수용미학과 텍스트사회학

집중적이고 광범위하게 분화된 방법적 성찰과 관련해서 독일문예학이 자기이해의 방향을 새롭게 설정하려는 노력은, 1960년대 중반까지 독일에서 거의 독점적이었던 작품 내재적 방법에 종지부를 찍었다. 이런 맥락에서 문학의 영향과 작용에 대한 연구의 강화를 주장하는 것은 그 나름의 의미가 있는 것이었다. 하지만 그것이 고립적으로 수행되는 위험을 막기 위해서는 대처방안이 강구되지 않으면 안 되었다. 독자에 대한 문학의 영향을 독자를 통한 문학수용, 즉 능동적인 전유와 사용으로 이해함으로써 독자가 문학에 미치는 영향은 문학이 독자에 미치는 영향과 상호 관련을 맺을 수 있게 되었다. 이로써 영향사는 곧 수용사로 이해되었다. 생산과 수용 간에 존재하는 상관관계의 발견은 특정한 수용미학의 문제로 이어지게 되지만 일반적으로 '수용미학'의 대상은 수용을 통한 예술적인 것의 매개인 것으로 이해되었다.

로만 어 문예학자 한스 로베르트 야우스는 1970년 게르비누스 이래 오랫동안 등한시되어 왔던 독자층에 대한 문학의 영향 요소를 성찰의 중심으로 끌어들임으로써 문학사회학적 노력의 영향력 있는 결실과 확장을 이룩했다. 그러나 경험적으로 조사 가능하고 통계적으로 입증할 수 있는 문학적 상호작용의 사실보다는 지식수준과 예술적 표현수단 및 문제의 형상화에 대한 익숙함의 등급이 그의 수용미학에서는 결정적인 역할을 행사한다. 야우스는 모든 독자들이 자신들 각각의 시대에 존재하는 수용된 문학 생산물을 근거로 하여 특정한 '기대지평'을 지닌다는 데서 출발하는데, 독자는 그 기대지평의 관점에서 새로 시장에 나온 텍스트를 받아들이고 판단한다는 것이다. 독자는 이미 인정을 받은 미학적, 도덕적 규범을 척도로 하여 텍스트를 측정한다. 즉 독자는 텍스트가 현존하고 있는 기대지평에 못 미치는지, 그것에 상응하는지, 아니면 그것을 뛰어넘는지에 따라 텍스트를 평가한다는 것이다. 해석학의 의미에서 야우스는 다음과 같이 말한다. "문학작품의 역사적 생명은 수신자의 능동적인 참여 없이는 생각할 수 없다. 의사소통적인 성격이나 문학의 역사적 생명은 작품과 독자 및 새로운 작품에 대한 변증법적이고도 동시에 과장적인 관계를 전제로 한다. 그러 과정적인 경험에 새로운 작품이 부응하거나 혹은 지배적인 취미노선을 재생산하고 확인하는 데 경주하는 관심의 정도가 강하면 강할수록 점점 더 그것은 '미식가적'인 예술영역이나 오락문학과 비슷하게 된다." 반면에 작품이 기대지평을 넘어서 새로운 경험을 가능케 한다면, 지평의 변화가 발생한다. 결과적으로 모든 문학규범은 끊임없이 비판적인 수정을 받아야 하고, 문학사는 수용미학을 통해 항상 새롭게 쓰여야 한다는 것이다. 야우스는 독자와 관련해서는 다음과 같은 입장을 명문화한다. "사회적 실천의 의사소통과정에서 생겨나는 특정한 미적 경험 상태는 세 가지 성과의 측면에서 구분될 수 있다. 즉 미리 규정하거나 규범을 제공하는 기능, 동기를 부여하거나 규범을 형성하는 기능, 그리고 규범을 파괴하는 기능이 그것이다." 야우스가 택한 주시 방향은 분명 의미하는 바가 많을 수 있지만, 매번 필요한 기대지평의 재구성은 대부분의 경우 벌써 참조되어야 할 방대한 양의 자료에 직면해서 어려울 수밖에 없다. 또 다른 문제는, 이 방법을 사용하는 경우 문학 내적인 문제설정이 너무나 강한 주목을 받게 되고 사회 전체적 콘텍스트는 쉽게 간과된다는 점이다.

영어영문학자인 볼프강 이저도 독자 관련적인, 그러나 문학사회학적이지는 않은 이론을 발전시켰다. 그는 픽션을 현실이 없는 형식으로 규정한다. 문학텍스트는 존재하는 현실을 모사하는 것이 아니라, 현실에 대한 통찰을 제시함으로써 독자가 그 통찰을 자기 자신을 위해서 현실화하도록 제안한다는 것이다. 이저에 따르면 이 작업을 시작하기 위해서는 모든 텍스트가 텍스트와 독자 사이의 가장 중요한 전환요서를 나타내는 빈자리 내지 불확정성의 공간을 포함한다고 본다. 전환 장소로서의 불확정성은 텍스트 속에 담긴 의도를 함께 수행하도록 독자의 표상들을 활성화시키는 기능을 행사하고 있는 것이다. 텍스트의 의도는 독장의 상상력 안에 자리매김 된다. 텍스트의 빈자리는 독자로 하여금 독서할 때 겪는 독자의 낯선 경험을 자신의 개인적 경험으로 만들 수 있게 해준다. 비록 이저가 그의 이론모델 속으로 독자를 끌어 들이고는 있지만, 그의 방법은 문학사회학적이지는 않다. 왜냐하면 그 는 문예학을 텍스트학으로 파악하기 때문이다. 이런 식의 협소한 이해 는 처음부터 사회역사적 자리매김에 반대할 수밖에 없다.

아무튼 야우스가 제시한 풍요로운 시도들, 즉 수용자의 역사 형성적 역량을 통해 문학의 역사성을 추적하려는 그의 시도는 주목할 만한 것이었다. 수용자가 문학작품을 정태적으로 보지 않고 목하 '진행과정 에 있는 사건'으로 경험하는 일은 작품의 형식과 본질을 역사적으로 규정하는 일이기도 하다. 야우스는 모든 작품이 진입하게 되는 기대지 평(즉, 수용자가 지니고 있는 작품에 대한 이해의 범위나 차원)을 거 쳐서 수용자에게 접근하고자 한다. 왜냐하면 "한 텍스트를 해석하면서 수용하는 일은 이미 심미적 지각이라는 경험의 맥락을 항상 전제하기 때문이다. 상이한 독자나 독자층의 취미와 해석의 주관성을 묻는 물음 은, 텍스트의 작용을 조건 짓는 것이 어떤 '초주관적' 이해지평인지가 이미 그 전에 해명되어 있을 때 비로소 의미 있는 것이 될 수 있다." 끊임없이 변모하는 이해지평을 측정하고 사회적으로 이미 정해진 독 자층이 있다는 전제하에 이것을 객관화하는 일이 문학을 역사적으로, 즉 사회학적 방법으로 연구하는 문예학자의 과제가 되어야 한다는 것 이다. 바로 이 기대지평 속에 문학 작품을 통해 답변할 수 있는 질문 들이 등장하고 있기 때문이다.

반면에 야우스는 자신의 관심을 주로 문학 내적인 연구에 한정시킴 으로써 문학의 사회적 맥락을 경시하는 데 따른 비판을 받기도 했다.

문학관찰의 이러한 원칙적인 의문과 편향성을 차지한다 하더라도 그는 그 밖의 크고 작은 여러 문제들의 해결책 마련에 취약성을 보인 것도 사실이다. 예컨대, 동시대적 기대지평을 해명함으로써 어떤 특정한 작품에 대해 결정적으로 이루어지는 통찰이 어떤 것인가 하는 문제는 이 이론에 철저한 실천적 노력이 수반되지 않는 한 설명되지 않은 채로 남는다. 결국 동시대적 기대기평을 강조하게 되면, 매번 현존하는 모든 문학작품들의 변화작용이 지속적으로 이어지는 역사로서 문학적 진행 과정을 통찰하기가 어려워진다. 문학사는 예컨대 1800년경의 문학 독자층이 실러의 희곡『마리아 슈트아르트』에 어떤 영향을 주었으며, 그 작품은 1800년의 작품으로서 어떻게 이해될 수 있는가 하는 문제에 관심을 가짐으로써 일종의 역사적 사고에 빠져 버릴 수 있다. 즉, 이 사고는 문학 작품이 역사의 흐름 속에서 생성하여 계속 발전할 수 있는 양상에 대해서는 전혀 감수성을 보여 주지 못하는 것이다.

아무튼 수용미학이 불러일으킨 당시의 각별한 관심을 고려하건대, 문학 연구에서 일종의 새로운 '패러다임'으로 부상한 것이 주목할 만하지만, 야우스 자신은 전혀 그런 입장이 아닌 것 같다. 문학의 세부 묘사로 접근하는 문제를 비롯해서 그의 이데올로기적 입장, 즉 마르크스주의 문학이론가들이 판단하는 부르주아적 과격성 내지 전통성이 심심찮게 비판을 유발시킨 가운데, 그의 총체성을 필요로 하는 관념론이나 유물론과는 대조적인 수용미학의 '부분성'을 표방한 점을 유의할 필요가 있다. 야우스는 수용미학은 자율적이며, 타 요소의 첨가가 자유롭고, 타문학과의 협동을 마다하지 않는 방법론적 성찰의 소산이라고 주장하기도 했다.

문학사회학에서 중요시되어야 할 것은 '문학적인 것'의 사회학이며, 근본적으로는 미적인 것의 '사회학 화'가 문제 되어야 한다는 것은 의

심의 여지가 없다. 또 마찬가지로 분명한 것은 그렇게 함으로써 문학
사회학의 해석학의 영역에 발을 들여놓는다는 사실이다. 이 영역에서
는 인식주체가 스스로 완전히 객관화될 수 있는 능력이 없기 때문에
선입견으로부터 벗어나서 자유롭게 움직일 수 있기는 어렵다고 본다.
이런 맥락에서 최근 문학사회학 진영에서 독특한 이론으로 두각을 나
타낸 치마의 '텍스트사회학'이 수용미학의 '취약성'에 대해 매우 민감
한 반응을 보이고 있음에 주목할 필요가 있다.

언어의 사회적 속성을 집중적으로 조명하고 있는 '담론분석' 내지
'담론비판'은 수용미학이 본령으로 삼고 있지 않은 텍스트의 사회적
상관관계에 주목하면서 언어 자체를 일종의 '사회적 사실'로 간주한다.
그럼으로써 언어를 통해 산출된 텍스트의 본질적 속성규명에 주력하
고 있다. 언어는 대체로 다양한 '사회 어'의 양상으로 처음부터 사회적
집단의 이해관계가 뒤얽혀서 이데올로기적으로 침윤되어 있다고 본다.
이와 같은 사회언어학적 상황에서 생산되는 문학텍스트나 이론적 메
타텍스트의 본질을 규명하기 위해서는 수용미학적 차원의 성찰만으로
는 부족하고 생산적 매개과정도 함께 고려해야 한다고 텍스트 사회학
은 주장한다. 따라서 이러한 작업이 언어의 이데올로기 비판적 관점으
로 이어지는 담론분석은 어차피 담론비판이 되지 않을 수 없다는 논
리에 입각하고 있다.

특히 치마는 문학적 의사소통체계를 구성하는 요소들, 예를 들어 독
서대중, 출판업계, 도서시장 등보다는 오히려 텍스트의 구조가 문학사
회학의 본질적 대상이 되어야 한다고 여긴다. 이러한 대상 규정은 물
론 몰가치적일 수는 없다. 텍스트 생산을 사회적 연구에서 배제시키고
있는 전통적인 작품 내재적 문예학이나 최근의 새로운 시도인 '경험
적' 문학 사회학에 대해 치마는 반대하는 입장을 취한다. 물론 치마도

텍스트가 문학적 픽션으로서 지닌 특권을 인정하고는 있지만, 그는 문학텍스트를 오직 언어구조를 통해서만 사회적 콘텍스트와 연결시키고자 한다. 따라서 텍스트 사회학적 분석은 '반영'이나 '상동 성'과 같은 개념에서 출발하지 않는다. 텍스트 사회학이 던지는 최우선적인 물음은 희곡이나 소설이 구어나 문어로 된 논픽션적 텍스트들을 어떻게 가공 처리하고 있고, 어떤 반응을 보이는가를 알고자 한다. 바꾸어 말해 텍스트 사회학은 사회가 어떤 식으로 상호 '모순적인' 텍스트들의 '합주)'로 화하고 있는지의 양상을 관찰·주시하면서 특정한 문학생산을 바로 그 합주에서 생겨나는 것으로 간주한다. 한때는 코제뤼도 "문학텍스트는 제반 텍스트 중에서 기능상 가장 풍부한 가능성을 지닌 유형이기 때문에 바로 이 문학텍스트가 텍스트 언어학의 모델이 되어야 한다."고 주장한 바 있다.

결국 텍스트사회학에서는 문학텍스트의 '다성 성'과 '다의성'의 기능이 거론됨으로써 그러한 관찰은 문학의 이데올로기 비판적 관점으로 귀결될 뿐만 아니라 또한 이론적, 즉 문예학적, 사회학적 메타텍스트들의 이데올로기 비판적 분석으로도 이어지게 된다. 또 이러한 분석은 대상에 대한 한 가지만의 담화, 즉 한 가지 이론의 절대화를 예방해야 하기 때문에 오직 담론비판으로서만 수행될 수 있다.

따라서 이러한 비판적 텍스트이론을 결여하고 있는 변증법적 문학사회학과는 달리 텍스트 사회학은 허구적 문학텍스트뿐만 아니라 이론적 메타 텍스트도 사회역사적 사회언어학적 콘텍스트 안에서 기술하고 비판할 수 있게 된다. 막스 베버의 '몰가치성'이라는 기준에서 출발하여 미적 판단을 기피하면서 자신의 대상들을 가치중립적으로 취급하는 경험적 문학사회학과는 달리 텍스트 사회학은 하나의 특정한 문학적 실현, 즉 이데올로기 비판적 가치를 지닌 아도르노의 언어비판과 바흐친의 언어철학에 맞추어져 있다고 치마는 공언한다.

특히 수용미학과 관련해서 치마는 다음의 3가지 사항을 비판적으로 지적한다. 첫째는 허구적 텍스트의 객관적 묘사는 불가능하며, 의미부여 작업은 생산의 영역이 아니라 수용의 영역에서 추진되어야 한다는 야우스의 견해에 관련되는 사항이고, 둘째는 생산과 수용 간의 관계에 관한 것이며, 셋째는 문학텍스트의 수용에 대해서 '사회언어학적 상황'과 '사회 어'라는 개념의 갖는 의미에 관한 사항이다.

문학텍스트의 의미를 유일하게 올바로 해석할 수 있다는 전통적인 주장이 최근에 와서 근본적으로 파기될 수 있었던 이유는 역시 해석자의 수만큼이나 많은 다양한 다른 해석들이 존재할 수 있다는 인식 때문이었다. 특히 수용미학과 기호학이 텍스트의 바른 의미를 추적하거나 하나의 올바른 해석을 찾아 나서는 작업은 무의미하다는 점을 보여 준 셈이다. 야우스 역시 의미부여 작업을 텍스트의 모순되는 구체화를 상호 비교하면서 역사적 수용의 차원에서 상대화시켰다.

이런 맥락에서 텍스트의 심층구조나 언어학적인 기초의미 관에서 출발함으로써 야우스의 상대주의를 부인하는 그레마스 유의 기호학에 대대 야우스가 부정적인 태도를 취함은 당연한 일이다. 물론 야우스의 이러한 견해의 정당성은 의심할 바 없지만, 크리스테바 유의 기호학과 텍스트 사회학에겐 전혀 새로운 것이 못 된다. 이들에겐 우선적으로 약호의 분류 층이나 유관 성 요인들의 사회·역사적 생성이 문제가 되기 때문이다. 텍스트 사회학이 텍스트와 메타 텍스트의 상관관계를 역사적 연관관계에서 탐구한다고 해서 그것이원 텍스트의 의미론적 '상수'와 통사론적 '상수' 들을 도외시한다는 뜻은 아니다. 자의적 해석들을 비판적으로 평가하기 위해 야우스가 정위의 기준으로 삼고자 하는 상이한 수용자들 간의 역사적 합의는 '상수'들이 없으면 전혀 상정될 수 없을지도 모른다. 이 '상수'들은 특수한 집단관심을 나타내며 다양한 분류 층에서 출발하는 상이한 여러 담론들에 의해 텍스트 자체 속에서 결정될 수 있다. 물론 여기서 문제가 되는 것은 합리주의적이며 개인주의적인 의미에서의 간주관적 합의가 아니고, 오히려 집단 특유의 담론들과 사회 어들 간의 합의인 것이다. 이러한 사실은 어째서 텍스트의 서술적, 의미론적 '상수'들이 항시 다르게, 새롭게 해석되며, 또 텍스트의 의미론적 통사론적 요소들 전부는 왜 직접 '상수'로 간주될 수 없는가를 설명해 준다. 하나의 의미론적 이론이 불변적 또는 객관적이라고 선언한 것이라도 또 다른 의미론적 이론 안에서는 변수로 나타날 수 있는 것이다. 그렇기 때문에 텍스트사회학에서 문제가 되는 것은 헤겔 철학에서와 마찬가지로 절대적인 것을 상대적인 것과 변증법적으로 매개시키는 일, 그리고 이 두 개념 중 하나가 고립되는 것을 방지하는 일이다. 따라서 중요한 것은 텍스트를 하나의 의미구조에 고정시키는 루시앵 골드만식의 고정화를 롤랑 바르트 식의 언어적 다원주의와 연결시켜서 이 두 극단적 진영들이 하나의 동일한 양면적 진리, 즉 텍스트의 다른 두 측면임을 보여 주는 일이라고 치마는 지적하고 있다.

수용을 설명할 수 있기 위해서 그것을 생산과 연관시키는 일이 필요하다면 앞에서처럼 극단적인 것들을 매개하는 일이 중요할 것이다. 그러나 수용미학은 생산을 도외시함으로써 진짜 무엇이 수용되는지를 알지 못하기 때문에 수용을 진정한 의미에 설명할 수 없다고 치마는 생각한다. 물론 수용미학적 관심의 본령이 생산에 있지 않는 것만은 사실이다. 또 처음부터 이데올로기적으로 침윤되어 있는 인간의 언표들을 전제하지 않고 있는 수용미학은 치마의 시각에서 볼 때 당연히 그 취약성을 극복해야만 하기 때문에 외국 문학의 수용자세도 역시 이런 방향으로 조정되어야함은 두말할 필요도 없을 것이다. 따라서 문학텍스트의 수용은 텍스트 구조 외에도 문학텍스트를 산출시킨 역사적이며 사회언어학적인 조건들을 고려할 때만 구체적으로 설명될 수 있을 것이다.

마지막으로 치마가 회의적인 자세를 취하는 근거로서 문제시하고 있는 점은 독서대중의 세분화와 이데올로기적인 이질성에 관한 사항이다. 독서 대중을 하나의 동질적인 전체로 파악하는 경형이 있는 야우스와는 달리 치마는 사회의 이데올로기적 분산화에 대처하는 '수용사회학'을 옹호한다.

그 밖에 텍스트 사회학에서 문제가 되는 것은 문학 생산에서 작용한 사회 어들을 수용하는 데 사용되는 사회 어들과 서로 관련시키는 일이다. 언제나 동일하거나 비교 될 수 있는 사회 어들만이 꼭 문제가 되는 것은 아니기 때문에 의미론적·통사론적 구조들 간의 유추성과 유동성의 기술은 중요하다. 예컨대 휠덜린의 병렬적 서술방식을 아도르노의 담론이 비판적으로 소화해 낸 이유와 그 양상을 설명해야 할 경우엔 그와 같은 기술은 필요 불가결하다고 볼 수 있다.

결론적으로 말해 텍스트 사회학에서 거듭 문제가 되는 것은 문학텍스트와 이론텍스트를 사회·경제적으로 매개된 하나의 구조로 이해하는 일이다. 그렇기 때문에 이데올로기 비판에 대해 무감각해지도록 면역화를 강구하려는 여하한 기도에 대해서도 텍스트 사회학은 저항적이다. 그러한 기도는 문학텍스트와 그것을 수용하는 메타텍스트의 이데올로기적 생산조건들을 도외시하는 수용미학에 의해서뿐만 아니라, 또한 형식논리에 비판의 도구로 삼고자 하면서 동시에 어휘목록이나 유관 성, 분류 층이나 거시적 통사론의 사회·경제적 매개 등을 도외시하는 분석적 시도들에 의해서도 감행되고 있다고 치마는 간주한다.

그러나 야우스가 여러 차례 옹호하고 있다시피 수용미학은 그 동안 자기 변신을 꾸준히 추구하고 있고 본질상 개방성의 이론이기 때문에 외국 문학의 수용적 입장에서는 야우스와 치마 식의 이론적 서술들을 가능한 한 통합하는 자세의 확립이 바람직하다고 여겨지며 아울러 그러한 바탕 위에서 예를 들어 민족문학, 민중문학, 제3세계 문학 등으로 나누는 문학의 '유형론'이나 비교문예학도 전개될 필요가 있을 것 같다.

이론적 맥락의 기반이 없는 논의는 맹목적일 수 있고 또 상대방의 오해나 일시적 착각을 해소시켜 그것들을 건전한 이해와 타당성 있는 인식의 광장으로 수렴시키기는 어렵기 때문이다. 즉흥적이며 직관적인 비논리가 횡행하고 있는 사회라 하더라도 최소한 대학 강단에서만은 적어도 견실한 이론적 바탕이 구축되어야 한다. 그렇기 때문에 참된 대화의 이론을 전개시키려는 진리 합의론이나 이데올로기 비판적 인식론, 담론의 이론이나 담론분석, 담론 비판 등등의 이론적 모델들을 포괄적으로 수용하고 전유하여 우선 개방적인 대화의 광장으로 유도하는 일은 한국 문예학계의 시급한 과제에 속한다고 볼 수 있다. 치마가 강조하고 있듯이 이견과 이론은 그것 나름으로 의미가 있는 것이기 때문이다.

6.8. 정신분석학적 문예학

정신분석학적 문학관찰 역시 상이한 이론과 상이한 해석 방법이 나란히 병존했고 또 지금도 병존한다는 데 대한 한 예가 된다. 20세기의 벽두에 정신분석학을 기초한 프로이트는 이미 정신분석학이 문학에 대해 지니는 중요성을 인식했으며 여러 연구에서 이 점을 시험해 보았다. 그 이후로 문학의 해석에 정신분석학적 인식을 적용하려는 수많은 상이한 이론들이 나타났다.

프로이트는 의사이자 정신과 의사로서 인간의 정신적인 장애는 일반적으로 육체적인 것에 원인이 있는 것이 아니라 대체로 무의식적인 정신적 갈등에 있다는 점을 인식하기에 이르렀다. 그는 환자로 하여금 자발적으로 자신의 생각이나 기억을 자유롭게 말하도록 유도했다.(자유연상기법). 발화자가 자기검열을 적게 하면 할수록 그 사람의 무의식적 정신생활에 대해 그 만큼 더 많은 통찰과 설명이 가능하다는 것이었다. 이 자유연상기법은 무엇보다도 환자들이 꿈에 관한 이야기할 때 그 효과를 입증시켜 주었다.

프로이트는 자신의 저서 『꿈의 해석』 제6장에서 설명하고 있는 것처럼 꿈 작업의 특정한 메커니즘, 즉 압축, 추이, 중층결정, 상징화 및 2차가공의 과정을 관찰했다. 자유 연상을 통해서 생겨나는 잠정적인 꿈 사고는 발현 몽의 내용으로 화하게 되는데, 이는 그 다음날 아침 기억력으로 이야기하게 되는 꿈 이야기 바로 그것이다. 꿈은 무의식을 소급해서 추론할 수 있게 한다. 왜냐하면 꿈속에는 억압된 소망이 나타나기 때문인데, 그 소망이란 깨어 있는 의식 상태에서는 인식할 수 없는 것이다. 이와 병행에서 프로이트는 인간의 성생활과 인격형성에 관한 이론을 개발했다. 예를 들면 어린이는 지속적으로 어머니와 가까이 있음으로써 모든 욕구가 즉각적으로 충족되지만, 그렇지 못한 어린이의 충족될 수 없는 소망은 무의식 속으로 억압된다고 설명한다. 나아가서 소망의 승화는 사회에 의해 보다 높게 평가되는 목표를 지향하는 마음가짐과 관련이 있다. 이렇게 오래 지속되고 퇴행을 수반하는 과정을 프로이트는 쾌락원리로부터 현실원리로의 이행이라고 표현한다. 이 경우 3세에서 5세까지의 연령층에서 시작되는 오이디푸스 콤플렉스가 결정적인 역할을 한다. 아이에게 자신과 동일한 성의 부모는

적으로 느껴지는 반면에 이성의 부모는 사랑의 대상으로서 아이의 애
정이 향하는 목표가 되는 것이다.

오이디푸스 콤플렉스의 극복 이후에 비로소 인격성숙을 위한 전제
로서 아이에게는 자신과 같은 성의 부모의 역할과 동일시하는 일이
이루어진다. 나아가 프로이트는 성인의 심리적 기구를 이드와 자아 및
초자아로 분류한다. 이드는 출생 시에 수반되는 충동영역을 의미하고,
자아는 의식적이고 스스로 결정하는 인격의 부분을 나타내며, 초자아
는 외부에 의해서, 가령 교육과 사회적 규범을 통해서 자아에게 제기
되는 요구를 뜻한다. 말하자면 부모의 영향이 확대되어 계속되는 것이
다. 자아의 행동은 그것이 이드, 초자아 그리고 현실의 요구들을 동시
에 충족시킬 때, 즉 그것들의 요구를 서로 조화시킬 줄 알 때, 올바른
것이 된다.

프로이트는 스스로 문학을 위한 일련의 저작을 집필했고, 자주 다른
논문에서도 자신의 이론을 해설하기 위해 문학적 예들을 끌어들였다.
그래서 그는『꿈의 해석』에서 아버지의 살인자를 죽이는 일을 햄릿이
주저한 행동을 해석함에 있어서 어릴 적에 은근히 연적으로 느꼈던
아버지에 대하여 무의식적으로 죽음을 소망했다고 말한다. 햄릿은 모
든 것을 할 수 있으나 다만 자신의 아버지를 제거하고 어머니 곁에서
아버지의 자리를 차지한 그 남자, 즉 숙부에 대해서만은 복수를 할 수
없다. 문제의 그 남자는 자신의 억압된 어릴 적 소망의 실현을 자신에
게 보여 주기 때문이다. 그로 하여금 복수하도록 충동질해야 할 혐오
가 그에게는 자기비난, 곧 양심의 가책으로 대체된다. 그것은 곧 문자
그대로 이해해서 자신이 응징해야 할 범죄자보다 더 나을 것이 없다
는 사실에 대한 가책인 것이다. 자아는 주인공의 마음속에서 무의식상
태로 머물러 있어야 하는 것을 의식 속으로 옮겨 왔다는 것이다. 프로

이트의 햄릿해석과 그리고 예술과 문학에 대한 그의 다른 연구들을 기반으로 해서 넓은 분야로 분화된 정신분석학적 문예학이 구축되었는데, 이 정신분석학적 문예학은 그 사이 수많은 작가와 작품들을 연구하고 있다. 헬가 갈라스는 이를 간략하게 다음과 같이 개괄한다. "문학 텍스트는 퇴행적 소망이 언어화하는 장소로 간주된다. 그 소망의 발현은 쾌락원리에 봉사하거나 아니면 무의식적 소망의 방어에도 봉사한다. 작품은 (무의식적 소망의 상상된 만족으로서의) 방어 사이에 이루어진 타협의 산물이다. 꿈 해석은 문학 해석의 모델로서 유효하다. 꿈 해석의 목표는 잠재적 텍스트의 재구성이다. 꿈 작업은 문학적 상상력과 유사한 것으로 간주되고, 꿈 작업의 메커니즘은 역시 문학 텍스트 속에서도 재확인 된다"

특히 라킹은 1930년대 후반 이래 구조주의 언어학의 기초에 부합해서 정신분석학에서 언어의 의미를 강조함과 동시에 무의식은 언어처럼 구조화되어 있다고 설명한다. 그는 프로이트의 저작을 이를테면 기호학적 체계로서 읽어 낸다. 그는 프로이트의 소망이라는 개념의 자리에 욕망이라는 용어를 대체시킨다. 어린아이는 언어적 질서, 즉 사회 속으로 진입함으로써 비로소 동성의 부모에 대한 오이디푸스적 연적 관계의 공격성을 언어화할 수 있고, 그럼으로써 그것을 극복할 수도 있는 것이다. 아이는 어른으로 발전하는 과정에서 어머니 측에서 나오는 전폭적인 사랑의 욕망으로부터 스스로 벗어나 자기 고유한 욕망을 찾는 법을 배워야 한다. 자신의 욕망은 결국 다른 사람을 통해서 보편적으로 인정을 받고자 하는 지속적인 욕구로 변한다. 문학텍스트는 언표 된 욕망으로 이해될 수는 있지만, 그렇다고 퇴행의 의미로나 의식적인 진술의 의미로 이해될 수는 없으며 또한 글쓴이의 의도도 아니다. 글쓴이는 의미를 찾아 나선다. 그는 의미를 고착화시키지 않는다.

그는 꿈꾸는 사람이 그 자신이 꿈에 대해 낯선 것처럼 자신의 텍스트에 대해서도 그렇게 낯설게 마주하고 있을 수 있다. 텍스트 생성과정의 주체는 작가도 아니고 한 사람의 화자나 등장인물도 아니다. 그것은 바로 얽힘과 모순, 추이와 압축을 가진 텍스트 자체이다. 그 텍스트는 지워짐, 빼먹음, 환유와 은유를 가진 기호의 메시지로서 나타난다. 히벨은 라캉을 수용한 독일문예학의 주요한 세 방향을 다음과 같이 언급하고 있다. 첫째로 투르크와 키틀러는 라캉의 이론을 푸코의 담론이론과 연결시키려 시도한다. 특히 히벨은 호프만의『모래인간』에 관한 키틀러의 연구『우리 자아들의 환영』및 레싱, 괴테, 티크 및 노발리스에 관한 다른 연구들에 주목한다. 둘째로 히벨은 헬가 갈라스의 논문「클라이스트의『미하엘 콜하스』」를 라캉의 이론으로부터 철저하게 영향을 받고 있는 것으로 이해한다. 마지막으로 히벨은 자신의 카프카 연구를 정신분석학적 문학연구의 한 예로 들고 있는데, 그의 연구 역시 부분적으로 라캉의 영향을 받고 있다.

6.9. 구조주의 · 후기구조주의 · 해체주의

(1) 기호학

기호학의 대상은 일반적으로 언어적이거나 비언어적인 기호체계의 구조들이다. 문학기호학은 기호체계로서의 문학텍스트를 연구한다. 역시 문학기호학 안에도 다시금 상이한 방향들이 존재한다는 것을 여기서는 단지 언급만 해두기로 한다. 문학 기호학의 기초가 된 것은 언어학자 페르디낭 드 소쉬르의 이원적 기호모델이다. 소쉬르는 기호에 있어서 두 가지의 기초적 요소를 구분했다. 기호는 "한 편으로는 두드러지게 물질적이고, 외형적으로는 대상적인 측면을, 다른 한 편으로는 기호사용자의 표상 속에서 정신적으로 생각된 것, 즉 의미이다. 물질적인 기호전달 체를 그는 '기표'라 칭했고, 정신적인(관념적인) 의미를 '기의'라고 명명했다". 어떤 남자가 여자에게 한 송이 붉은 장미를 선물할 경우, 이 장미는 그가 그녀에 대해 소위 꽃(기표)을 통해 표현하고자 하는 사랑의 표시(기의)이다. 물론 붉은 장미를 건네주는 행위가 이런 의미를 지니지 않는 구도도 생각할 수 있다. 가령 정당의 후보가 이런 방식으로 선거전에서 보행자구역에서 지나가는 한 여인의 호의를 얻으려고 꽃을 나누어 줄 때가 그러할 것이다. 따라서 중요한 것은 역시 좁은 의미에서의 콘텍스트이다. 또한 붉은 장미가 전혀 사랑을 표시하는 의미를 가지지 않는 문화가 존재할 개연성도 있다. 이 예는 하나의 기표에 다수의 기의가 상응할 수 있다는 것을 보여 주고 있다. 이러한 다의성은 'Rede'(담화 내지 담론)라는 단어에서 관찰될 수 있다. 이 단어는 인사말을 뜻하는 의미가 될 수도 있고, 아니면 말하라는 명령이 될 수도 있다. 이런 경우에 사람들은 '동음이의어'라고 말한다. 반대로 동일한 기의를 나타내는 다수의 기표가 존재할 수 있다. 예를 들면 'Schuster'(신기료장수)와 'Schuhmacher'(제화공)가 그러하다. 이를 사람들은 동의어라 부른다. 나아가 기호학은 '명시적 의미'와 '내포적 의미', '직접 지시체'와 '간접 지시체'를 서로 구분한다. 이 같은 범주들은 특히 문학텍스트를 분석할 때 중요한 역할을 한다.

링크는 일반 텍스트와 구분되는 문학적 텍스트의 특징, 즉 '문학성'을 다음의 네 가지 요소로 요약하고 있다. 첫째로 문학적 기호복합체는 '자기지시 성'을 갖는다. 관심이 바깥의 사물 쪽으로 향하는 학술적이거나 기술적인 텍스트와는 달리 문학텍스트는 언어적으로 너무나 잘 구조화되어 있기 때문에 관심은 언어 자체의 형식으로, 즉 텍스트 자체를 위한 '정보' 쪽으로 유도된다. 둘째로 문학텍스트는 일상어와 차이를 보인다. 러시아 형식주의자들과 브레히트가 사용한 바 있는 '낯설게 하기'의 기법은 각운, 운율과 같은 문학 고유의 특별한 형식을 통해 일상어로부터의 일탈이라는 특징을 만들어낸다. 셋째로 문학텍스트에서는 기호의 내포적 의미가 지배적이다. 그것을 통해 복잡하게 연관되는 다수의 의미 층이 창출된다. 끝으로 문학텍스트의 본질적인 한 특징은 '상징성'이다. 이는 추상적인 것이나 보편적인 것을 표현하기 위해 어떤 구체적인 것을 '이미지'로 사용하는 것을 말한다. 클라이스트의 노벨레 『O. 후작 부인』에 나오는 백조는 여주인공의 순결성을 나타내는 상징이며 같은 작가의 『미하엘 콜하스』에 나오는 흑마는 말장수의 투쟁이 지향하는 정의에 대한 상징이다.

여기서 언급된 것은 기호학적 연구 방식이 철저히 해석학적 처리방식과 연결될 수 있다는 점을 분명히 해준다. 간단히 말하면 기호학적 연구는 문학텍스트의 이 네 가지 측면에 집중한다고 할 수 있다. 문학 기호학적 연구는 문학텍스트의 다성 성, 복수 동의체적 담론을 밝히는 것을 목표로 한다. 이 같은 방법론은 가장 작은 '문학적' 요소들뿐만 아니라 또한 문학 외적 상부구조에도 유효하다. 여기서 귀결되는 물음, 즉 그러한 '다성 성'이 문학의 내적 원천에서 나오는 것인지 아니면 도대체 어디서 연유하는 것인지를 링크는 '문학적' 담론을 다른 담론과 관련해 비교함으로써, 즉 담론이론을 확대함으로써 대답하려고 한다.

(2) 영·미 신비평

랜섬, 윔샛 그리고 브룩스 등으로 대표되는 영·미 신비평의 문학이론은 크로체와 칸트의 영향을 많이 받고 있다. 윔샛과 브룩스는 1957년에 공동으로 출간한 『문학비평』에서 문학작품의 침해할 수 없는 '개별성'을 강조하고 있는데 이런 입장은 크로체나 칸트의 미학적 견해와 일치한다. 윔샛과 브룩스에 의하면 "미학적 가치를 손상시키지 않은 채 문학작품의 개별성을 추상적으로 파악한다는 것은 불가능"하다. 크로체는 『미학』(1902)에서 표현의 자율성을 강조하면서 문학과 예술은 철학이나 사회학 또는 역사학 등의 개념에 환원될 수 없음을 역설하고 있는데, 이와 마찬가지로 신비평 이론가들에게도 문학적 표현은 그 자체로서 중요한 의미를 갖는다.

브룩스에 의하면 문학작품은 유일무이한 현상이다. 문학작품을 외적 요인으로 환원시키는 것은 작품의 고유한 특징과 개별성을 파괴하는 결과를 가져온다. 작품의 근원을 작가의 심리나 사회적 환경에서 찾으려 하는 것은 온당한 태도가 아니다. 이런 관점에서 신비평 이론가들은 작품해석에서 발생의 오류, 의도의 오류, 영향의 오류 등 세 가지 오류를 피해야 한다고 주장한다. 문학작품이 생성된 역사적·사회적 상황과 작품자체를 동일시해서도 안 되고, 작품의 원천이 되는 작가의 의도로 작품을 환원시켜서도 안 되며, 문학텍스트를 독자에게 주는 영향 또는 독자가 보이는 반응과 연관 지어 해석해서도 안 되는 것이다.

이 같은 오류에 맞서 신비평 이론가들이 제시하는 대안은 칸트와 크로체의 자율성 미학을 기반으로 하는 작품 내재적 연구다. 이를 위해 그들이 실제로 사용한 방법은 '자세히 읽기'인데, 이것은 독일 문예학자 볼프강 카이저가 그의 저서 『언어예술작품』에서 주장한 '내재적 방법'이나 프랑스 이론가들의 '텍스트 해석'과 맥을 같이 한다. 이들은 모두 텍스트 외부로 나가기를 거부한다는 점에서 작품 내재적이다. 예를 들어 브룩스는 '시 자체를 읽을 것'을 권한다. 이때 그가 강조하는 것은 시의 표현적 측면이다. 그에 의하면 시는 무엇보다도 소리로 이루어지는 구조물이고 듣기 좋은 소리이며 하나의 말하는 방식이다. 또한 칸트주의의 입장에서 비평 활동을 한 엠프슨의 주장에 의하면 문학은 하나의 의미로 고정될 수 없다. 문학은 개념으로 환원될 수 없는 것이며, 미는 개념 없이 마음에 와 닿는 것이다. 그리고 랜섬은 그의 주저 『신비평』에서 "시는 논리적 담론의 모든 관습과의 관계를 혁명적인 방식으로 단절한다."고 결론을 내린다. 시의 모든 차원은 개념적 분석의 대상이 될 수 없는 것이다.

신비평 이론가들이 그러나 문학 텍스트 속에 사회적·심리적·과학적 요소들이 포함되어 있음을 부정했다고 할 수는 없을 것이다. 그들은 단지 그 같은 요소들이 시의 본질에 비해 부차적인 성격을 가짐을 강조한 것일 뿐인 것이다. 그들이 실증주의나 헤겔주의, 마르크스주의 문학비평을 거부한 것도 같은 맥락에서 이해될 수 있는데, 이 점에서 신비평은 러시아 형식주의와 연결된다.

(3) 형식주의

1916년에 '시어연구협회'를 결성한 형식주의자들은 신비평 이론가들과 마찬가지로 텍스트의 내용이나 이데올로기보다는 텍스트가 구성 되어 있는 방식에 관심의 초점을 맞추었다. 주목했다. 신비평 이론가들과 마찬가지로 그들도 근대 문학의 언어실험에 매료되어 있었으며, 사회 경제적 환경에 의거해서 문학을 발생론적으로 설명하려는 실증주의적·마르크스주의적 방법론을 거부했다. 형식주의자들에게는 한 텍스트가 왜 특정 역사 시기에 생산되는가 하는 물음이 아니라 텍스트가 표현 및 구조의 차원에서 어떻게 짜여 있는가 하는 문제가 중요했다.

칸트주의의 경향이 특히 두드러지게 나타난 것은 초기 형식주의에서였다. 초기 형식주의는 예술과 문학이 개념과 거리가 먼 것임을 강조하였고 문학의 형식이 자율적이라는 기준을 확립했다. 슈클로프스키에 의하면 새로운 형식의 발생은 새로운 내용이나 관념을 표현하기 위한 것이라기보다는 예술적 형식으로서의 효과를 더 이상 발휘하지 못하는 낡은 형식을 대체하기 위한 것이다. 형식주의자들은 칸트와 마찬가지로 예술작품을 관찰자 내지 수용자의 입장에서 바라본다. 그들은 문학을 '이념의 감각적 현현'으로 보기보다는 형식의 변경 또는 지각의 탈자동화로 파악하는 것이다. '혁신'과 '낯설게 하기'라는 형식주의의 두 가지 핵심 개념도 같은 맥락에서 이해될 수 있다. 이 두 개념은 한편으로 텍스트와 독자의 관계를, 다른 한편으로 텍스트의 '방식'을 문제 삼는다. 예를 들어 어느 시나 노벨레가 전통적인 표현 형식을 어떻게 개조하고 있는가, 어느 소설이 어떤 방식으로 서술되고 있는가 하는 등의 물음이 중요한 것이다.

'혁신'과 '낯설게 하기'의 두 개념은 문학의 진화를 설명하는 도구가 되기도 하는데, 이 문제를 본격적으로 논의한 형식주의 이론가는 티니야노프이다. 그는 문학의 발전을 자동화와 탈자동화의 끊임없는 상호작용으로 이해한다. 일정한 문학형식이 시간의 흐름에 따라 독자에게 진부한 것으로 비치게 되면 이에 대한 반발로서 새로운 형식이 형성되는 것이다. 이 같은 과정은 문학사 속에서 반복된다. 새로운 형식이라 하더라도 그것이 일단 모든 장르에서 실현된 다음에는 더 이상 새롭다고 느껴지지 않기 때문이다.

티니야노프의 이 같은 형식주의적 문학 진화론은 그러나 루나차르스키나 콘라트 같은 마르크스주의 비평가들의 비판을 받는다. 이들 마르크스주의 비평가들은 티니야노프의 이론에서는 사회적 요인이 거의 무시되거나 '외적인 영향' 이상의 의미를 지니지 못하고 있음을 지적한다. 미하일 바흐친과 그의 제자인 메드베데프도 비슷한 이유에서 형식주의자들을 비판한다. 이들 형식주의 비판자들의 입장에서 보면 형식주의자들은 문학의 발전 과정을 지나치게 기계적으로 이해한다. 그들은 문학의 배경이 되는 사회적 조건들을 무시하고 있으며, 특정 사회에 다양한 장르와 양식이 공존하는 현상을 설명하지 못한다. 『문학과 혁명』(1924)을 쓴 트로츠키는 오직 마르크스주의만이 새로운 예술 형식의 발생을 설명할 수 있다고 주장하면서 형식주의를 비판하기도 한다.

(4) 체코 구조주의

로만 야콥슨은 1920년대에 체코로 이주하여 프라하 언어학회 회원들에게 러시아 형식주의 이론을 소개하면서 예술의 자율성을 골자로 하는 칸트주의 미학과 시학을 발전시킨다. 야콥슨에 의하면 문학텍스트는 자기지시적 구조를 갖는다는 점에서 자율적이다. 문학텍스트는 외부의 어떤 현실을 지시하기보다는 자기 자신을 가리키고 있으며, 바로 이런 자기지시적 성격으로 인해 독자는 텍스트 자체에 주목하게 된다는 것이다. 따라서 문학에 대한 유일하게 정당한 태도는 텍스트 자체를 존중하는 '이해와 무관한 쾌감'의 태도이다. 이때 무엇보다 중시되는 것은 텍스트의 표현 차원이며, 텍스트를 다른 외적 의미와 연관시키는 모든 종류의 해석은 배제된다.

야콥슨은 '시적 전언'이 '전언 자체에 주의를 집중시키는' 기능을 갖고 있음을 지적하면서 이 기능을 언어의 다른 기능들과 구분한다. 야콥슨은 언어의 기능을 6가지로 나눈다. 방금 언급한 '시적 기능', 발언자와 관련되는 감정표현 기능, 청자와 관련되는 호출 기능, 언어약호와 관련되는 메타언어로서의 기능, 소통매체와 관련되는 접속 내지 유지 기능, 관련 상황을 가리키는 지시적 기능이 그것이다. 이 가운데 시적 기능을 제외한 다섯 가지 기능은 언제나 무언가에 대한 내용을 전달하는 기능을 하기 때문에 의사소통적 기능으로 포괄될 수 있다. 이에 반해 시적 기능은 전언 자체가 목적이 된다는 점에서 의사소통 기능과 구분된다. 문학텍스트의 자율성은 텍스트 속에서 시적 기능이 지배적인 위치를 차지한다는 사실로 설명될 수 있다. 시적 언어의 자기지시성은 음운의 반복 같은 데서 잘 나타난다. 시에서 일정한 음이 반복되는 현상은 독자로 하여금 시적 전언에 담긴 내용보다 전언 그 자체, 즉 시의 소리에 더 많은 관심을 가지도록 한다. 표현의 차원이 내용으로부터 독립하여 그 자체로서 가치를 가지게 되는 것이다.

무카로프스키도 문학텍스트에서 의사소통 기능보다는 시적 기능 내지 미적 기능이 지배적인 역할을 한다는 전제에서 출발한다. 무카로프스키는 예술작품을 이데올로기나 세계관 같은 인식론적 체계로 환원시키려 하거나 그 의미를 작가의 심리나 전기로부터 도출하려는 모든 시도에 대해 회의적인 입장을 보인다. 그는 예술작품과 인식론적 체계 사이에 일정한 관련이 있음을 인정하면서도 예술작품이 이념이나 세계관을 직접 표현하는 것이 아님을 강조한다. 예술작품은 일정한 역사적·사회적 맥락 속에서 세계관적인 문제에 반응할 뿐이라는 것이다.

예술작품은 세계관에 대한 반응일 뿐만 아니라 미적 규범이나 그 밖의 규범들에 대한 반응이기도 하다. 때문에 예술작품은 사회규범의 변화에 중대한 영향을 미친다. 이때 규범이라는 개념은 기능 개념과 밀접하게 연관된다. 문학과 예술의 기능 변화를 이해하기 위해서는 변화하는 사회규범과 가치체계를 고려하지 않을 수 없는 것이다. 무카로프스키의 규범과 기능 개념은 아방가르드적 특징을 지니고 있는데, 이는 그가 혁신을 근대 예술의 중심 원리로 간주하고 있다는 사실에서 잘 나타난다. 그는 근대 예술에서 미적 규범이 다른 사회 규범과는 달리 지속적으로 위반되고 있고 또 위반되어야 한다는 견해를 설득력 있게 제시한다. 이런 점에서 무카로프스키의 규범 개념은 형식주의자들이 제시한 다른 많은 개념과 마찬가지로 아방가르드에서 유래한 것이라는 사실이 분명히 드러난다. 또한 이러한 아방가르드적 특징이 문학텍스트의 자율성을 옹호하는 칸트주의적 입장과 반드시 일치하는 것은 아니라는 점도 분명히 나타난다. 미적 규범의 침해는 그 밖의 사회규범 및 가치체계의 변동과 불가분의 관계에 있기 때문에 미적 규범을 침해하는 예술가는 수용자에게 아방가르드적 참여를 요구하게 마련인데, 이런 참여적 태도는 칸트가 말하는 '이해와 무관한 쾌감'과 양립할 수 없는 것이다. 주로 미학적 문제만을 집중 탐구했던 체코 구조주의자들은 결국 칸트주의와 아방가르드의 대립에서 야기될 수 있는 긴장과 모순을 파악하지 못하고 있었던 것인데, 이 같은 문제는 이미 러시아 형식주의자들의 논의에서도 나타나고 있었다.

무카로프스키가 제시한 개념 가운데 칸트주의적 자율성의 원리를 내포하고 있는 것은 '미적 가치'의 개념이다. 이 개념의 함의는 다음과 같다. 예술작품은 그것이 생성된 개념적 맥락으로 환원될 수 없는 것이다. 왜 그런 작품이 생겨났는지, 작가의 의도는 무엇이었는지 하는 물음에 대한 대답이 작품 자체를 대신할 수는 없는 것이다. 높은 가치를 지니는 예술작품은 새로운 맥락, 새로운 가치체계 속에서 새로운 기능을 할 수 있는 잠재력을 있는 것이다. 이로써 예술작품은 끊임없이 스스로를 갱신해 가는 것이다. 미적 가치로서의 예술작품에 대한 해석의 예는 하이데거가 그의 존재철학의 맥락에서 횔덜린의 시를 재해석한 데서 찾아볼 수 있는데, 하이데거의 이런 보수적 해석은 루카치가 횔덜린을 급진주의자로 해석한 것이나 아도르노가 횔덜린을 조직적인 개념체계에 대한 비판가로 해석한 것과 대조를 이룬다. 무카로프스키에 의하면 문학텍스트의 미적 가치는 이 같은 텍스트의 다면성과 다의성에 달려 있는 것이다. 근본적으로 상이한 시대적·공간적·이념적 상황 속에서 다양한 방식으로 실현될 수 있는 의미론적 잠재력이 바로 문학텍스트가 갖는 미적 가치의 원천이다.

그러나 프라하 구조주의자들이 예술의 개념적 측면을 전적으로 부정했던 것은 아니다. 그것을 그들은 예술작품 자체의 문제가 아니라 수용과정의 문제로 이해하려고 했던 것뿐인데, 그들의 이 같은 입장은 '미적 객체'의 개념에서 잘 나타난다. 무카로프스키에 의하면 예술작품은 세 가지 요소로 이루어진다. 첫째 요소는 '물질적 부호' 내지 '인공적 구조물'인데, 무카로프스키는 이것을 소쉬르의 기표 개념과 유사한 것으로 본다. 둘째 요소는 '미적 객체'이며, 이는 수용자들의 "집단의식 속에 잠재 되어 있는 '의미'"와 연관된다. 끝으로 셋째 요소는 사실(실재)에 대한 관계인데, 이것은 인공적 구조물로서의 예술품과 현실(실재) 사이에 어떤 구체적인 지시 관계가 있음을 의미하는 것은 아니다. 그것은 단지 작품과, 사회의 전반적인 콘텍스트 사이에 연관성이 있음을 나타내고 있을 뿐인 것이다.

미적 객체가 다양한 사회집단에 따라 다양하게 의미를 부여받는 가변적인 요소인데 반해, 인공적 구조물은 그 모든 의미 변화에도 불구하고 동일성을 유지하는 다의적인 상수다. 따라서 특정 집단에 의해 구성되는 미적 객체를 인공적 구조물 자체와 동일시해서는 안 된다. 그렇다고 연구의 대상이 고정적인 요소로서의 인공적 구조물이나 미적 객체에 한정되어서도 안 된다. 인공적 구조물과 미적 객체 사이의 긴장관계와 함께 텍스트의 기능 및 가치변동 과정 전체가 연구의 대상이 되어야 하는 것이다. 미적 객체의 개념은 펠릭스 보디치카를 통해 문학 진화의 개념과 연결된다. 이로써 원래 형식주의에서 유래하는 문학 진화의 개념은 역사적이고 구체적인 의미를 가지게 된다. 이것이 바로 보디치카의 업적인 것인데, 그는 문학작품에 대한 비평가들의 해석과 재평가가 작품을 새로이 조명하고, 그를 통해 작품 수용의 방식과 기능의 변화를 촉진시킨다는 점을 밝혀주고 있다.

프라하 구조주의자들은 다의적인 인공적 구조물과 표현 면을 중시하면서도 텍스트 속에 의미 잠재력이 내재하고 있다는 점을 분명히 인식하고 있었다. 작품의 잠재적 의미가 구체적으로 실현되는 것은 독자의 수용을 통해서이지만 그런 잠재력 자체가 작품 속에 이미 내재하고 있는 것이다. 이 같은 사정을 표현하기 위해 무카로프스키는 '의미론적 몸짓'이라는 개념을 도입하지만, 그에 대한 명확한 정의를 내리지는 못하고 있다. 이 개념은 체르벤카나 얀코비치 같은 이론가들에 의해 수용되면서 그 의미가 다소 구체화되기도 하지만, 전체적으로 체코 구조주의자들이 문학텍스트의 의미론적 구조에 대해 어떤 생각을 가지고 있었는지는 분명하지 않다.

무카로프스키는 의미론적 몸짓의 개념을 제시했을 뿐 아니라 '구조'의 개념에 대해서도 나름대로의 생각을 피력하였다. 그에 의하면 구조는 요소들 사이에 성립하는 기능적 연관이며, 이런 기능적 연관은 개방적 성격을 가질 수 있다. 이런 점에서 그는 구조의 개념을 완결성을 전제로 하는 '구성' 내지 '콘텍스트' 개념과 구분한다. 구성은 형식적 차원의 완결성을 의미하는데, 예를 들어 소네트의 경우 반드시 두 개의 4행연과 두 개의 3행연이 갖추어져 있어야 하는 것이다. 한편 콘텍스트는 내용적 완결성을 의미한다. 예를 들어 완결된 문장만이 문장으로 인식될 수 있는 것이다. 그러나 구성이나 콘텍스트의 완결성이 구조가 성립하기 위한 필수적인 조건인 것은 아니다. 다시 말해 시나 소설의 한 부분에서 의미나 통사, 서술 단위들 간에 어떤 기능적 연관이 확인되는 경우에도 그것을 구조라고 부를 수 있는 것이다. 이처럼 무카로프스키의 구조 개념은 헤겔주의나 마르크스주의 그것과는 달리 단편적·모순적·개방적 성격을 띤다. 무카로프스키로 대변되는 프라하 구조주의자들이 이처럼 구조를 개방적인 것으로 보는 것은 그들이 칸트주의에서 출발하는 아방가르드 미학을 계승하고 있음을 단적으로 보여준다. 미적 객체와 집단의식을 결부시키고 예술의 역사적 차원에 주목함으로써 체코 구조주의자들은 칸트주의와 아방가르드 미학 속에 사회학과 헤겔주의 철학의 원리들을 수용하고 있다. 구조주의자들은 개방적 구조라는 개념을 예술 속에 사회적·역사적 요인이 작용할 수 있는 가능성의 공간으로 해석하고 있는 것이다.

(5) 후기구조주의

이탈리아의 기호학자 움베르토 에코의 기호학적 미학은 예술작품이 다의적이고 개방적이라는 것을 인정하면서도 예술의 개념적 의미를 완전히 부정하지는 않는다. 에코의 미학은 칸트적 불가지론과 헤겔적 논리중심주의 사이에 위치한다. 그러나 후기의 에코는 예술과 문학의 사회비판적 차원에 크게 관심을 보이지는 않는다. 『열린 예술작품』(1962) 이래 그의 지속적인 관심사는 의미와 이 의미의 부정 사이의 상관관계다. 에코는 오랫동안 문학텍스트가 '혁신'과 '낯설게 하기'를 원칙으로 하는 개방적이고 자기성찰적인 언술이라는 형식주의적 사상을 계승하고 있었다. 여기서의 '개방성'과 '자기성찰 성' 같은 용어들은 에코의 미학적 입장이 칸트의 그것과 매우 유사한 것임을 말해준다. 이들 용어 속에는 칸트의 '무 개념 성'이나 '이해와 무관한 쾌감'의 개념이 내포되어 있는 것이다. '혁신'과 '낯설게 하기' 같은 용어들은 다른 한편으로 에코의 초기 저작이 아방가르드와 밀접하게 관련되어 있음을 말해주기도 한다. 에코에 의하면 문학과 예술에 특징적인 것은 "기대되는 것에 대한 예상"이 아니라 "예상할 수 없는 것에 대한 기대"이다. 한편 에코는 마르크스주의나 비판이론의 추종자였던 적이 한 번도 없지만 그의 초기저작들에서 볼 수 있는 소외 현상에 대한 서술은 일부 마르크스주의자 또는 비판이론가들의 논의를 연상시키기도 한다. 그는 예술의 개방성과 다의성이 독자를 비판적 성찰로 인도함으로써 일상의 소외현상을 극복하는 데 기여할 수 있을 것이라고 주장한다.

에코는 『부재하는 구조』(1968)에서 직접적인 의미를 갖는 일상어가 문학텍스트 속에서 간접적이고 비유적인 의미의 언어로 전환되는 것을 지적한다. 일상적 의사소통에서 기의에 해당하는 것이 문학텍스트 속에서는 다른 새로운 기의를 나타내는 기표로서 기능한다는 것이다. 문학의 언어가 이처럼 직접적 의미의 기호를 함축적 의미의 기호로 변화시킨다는 생각으로부터 다음과 같은 명제가 도출된다. 즉, 한 작가에게 고유한 '개인어'를 구성하는 것은 그의 작품들 속에서 발견되는 함축적 의미들의 관계망인 것이다. 한 작가에게 고유한 이런 관계망을 에코는 "개인약호"라고 부른다. 이 같은 작가들의 개인약호는 일상적 언어가 갖는 일반적 약호와 큰 차이를 보일 수 있으며, 개인약호를 일반 약호로 환원시키는 일은 거의 불가능하다. 개인약호는 작가 특유의 방식으로 사용됨으로써 다양한 함축적 의미를 갖게 되기 때문에 그것이 과연 무엇을 의미하는가 하는 물음에 대한 명백한 답은 존재할 수가 없는 것이다. 에코에 의하면 의미 있는 작품일수록 더 다의적이고, 따라서 더 다양한 해석의 가능성을 갖는다. 의미 있는 작품은 그것의 특정한 의미를 결정하려는 모든 해석보다 더 오래 살아남는 것이다.

다른 한편으로, 특히 후기 저작에서 에코는 그러나 문학텍스트가 일정한 구조를 가질 수밖에 없음을 강조한다. 문학텍스트는 누구나 제멋대로 해석할 수 있는 다의적 기호들의 무리가 아닌 것이다. 따라서 에코에게는 자유로운 독서의 가능성과 텍스트 구조 사이의 상호관계를 규명하는 것이 중요한 문제가 되는데, 이런 점에서 에코는 텍스트 해석의 한계를 규정하려고 노력했던 로만 잉가르덴이나 볼프강 이저와 연결된다. 에코는 특히 텍스트의 불변구조 즉 심층구조가 독자의 독서과정을 어떻게 조종하는가 하는 문제를 중요하게 다룬다. 텍스트의 불변구조는 어떤 해석이 의심스럽고 잘못된 것인지를 판단하는 기준이 된다. 이때 특히 중요한 것은 에코가 제안한, '사용'과 '해석'의 구분이다. '사용'은 무비판적인 독자의 독서를, '해석'은 비판적인 독자의 독서를 나타낸다. 무비판적 독자는 텍스트의 요소들을 따로따로 받아들여서 이를 자신의 현실과 직접적으로 연결시킨다. 텍스트의 요소들을 단순히 '원료'로 취급하고 소비해 버리는 것이다. 이와는 달리 비판적 독자는 텍스트의 요소들을 텍스트 구조의 관점에서 해석한다. 물론 텍스트의 구조가 해석의 방향을 전적으로 결정하는 것은 아니다. 작품의 구조는 독자에게 다양한 의미부여 또는 주제 선정의 가능성을 열어주는 것이다. 선정되는 주제의 종류에 따라 텍스트 속의 어휘들이 가지는 특정한 의미론적 자질이 강조될 수도 있고 무시될 수도 있다. 독자는 자신이 이미 갖추고 있는 지식에 따라 특정 방향에서 텍스트를 해석하는데, 독자가 해석을 위해 동원하는 이 같은 예비지식을 에코는 백과사전적 능력이라고 부른다. 이러한 능력에는 역사적·정치적 사건에 대한 지식뿐 아니라 문학과 같은 허구적 세계에 대한 지식도 포함된다.

프랑스의 기호 학자이자 에세이스트인 롤랑 바르트(1915-1980)의 지적 발전 과정은 여러 가지 면에서 에코의 그것과 대비된다. 『글쓰기의 영도』(1953)나 『신화학』(1957) 같은 초기 저서에서 이데올로기 비판가 또는 신화학자로서의 면모를 보여주던 바르트는 『유행의 체계』

(1967)에서 확신에 찬 구조주의자를 자처하다가 말기에 이르러서는 완결되지 않은 '열린 텍스트', 어떤 기의나 로고스에도 고정시킬 수 없는 다의적 기표들로 이루어진 텍스트를 적극 옹호한다. 바르트에 대한 논의에서 특히 중요한 의미를 가지는 것은 바로 이 세 번째 단계인데, 이 단계에 이르러 바르트는 한편으로 헤겔의 논리중심주의를 비판하면서 다른 한편으로는 칸트가 주장한 예술의 '무 개념 성'을 극단화시킨다. 바로 여기서 바르트의 탈구조주의적 내지 후기구조주의적인 기표의 '놀이'가 시작되는 것이다. 바르트가 자주 사용하는 '놀이'의 은유는 "이해와 무관한 쾌감"이라는 칸트의 말 속에 내포되어 있는 금욕주의적 측면까지도 그에게는 극복의 대상임을 암시한다. 바르트에 있어 글 읽기의 본질은 아름다움 앞에 선 자의 금욕적 찬탄이 아니라 텍스트에 대한 욕망과 쾌락이다.

텍스트에 대한 욕망과 쾌락이란 특수한 것, 정의내릴 수 없는 것, 개념에 의해 포착되지 않는 것, 그 의미가 개념적 구조 너머에 존재하는 모든 것에서 느껴지는 즐거움을 말한다. 바르트에 의하면 문학텍스트는 "기표의 은하수"로서 어떤 종류의 "기의 구조"로도 환원될 수 없다. 이런 점에서 문학은 음악에 가깝다. 음악도 개념적인 언어로 번역되지 않는 순수한 소리로 이루어지기 때문이다. 바르트는 문학텍스트의 표현 측면을 누구보다도 더 강조한다. 바르트가, 19세기 후반에 헤겔 철학과 예술의 학문화 경향에 정면으로 반발하고 나섰던 니체를 자주 언급하는 것은 결코 우연한 일이 아니다. 니체와 마찬가지로 바르트는 텍스트의 다의성을 유지하기 위해 아무런 개념 없이 텍스트에 접근하는 방법을 모색한다. 그에 의하면 텍스트의 다의성이야말로 끊임없이 샘솟는 욕망과 쾌락의 원천인 것이다. 바르트가 말하는 "소리로 된 기표가 주는 쾌감"은 비합리적이고 디오니소스적인 것에서 예술의 근원을 찾는 니체를 연상시킨다.

그러나 바르트에 있어서 '기표'는 소쉬르의 기표 개념보다 더욱 폭넓은 의미를 갖는다. 그에게 있어 기표는 단어기호가 갖는 표현적 측면일 뿐만 아니라 음악적인 의미에서 음일수도 있으며, 심지어 "이미지"라는 말이 의미하는 모든 것이 기표로 간주될 수도 있다. 간단히 말해 바르트의 '기표'는 개념 속에 흡수되지 않는 모든 것, 데리다가 말하는 "텍스트로서 남아 있는 것" 모두를 의미한다. 이런 관점에서 볼 때 바르트가 음악뿐 아니라 일본어에 대해서도 매력을 느꼈던 것은 놀라운 일이 아니다. 일본 방문을 계기로 쓰인 그의 책 『기호의 제국』(1970)은 일본에 대한 책이라기보다는 외국인인 그에게 개념으로부터 해방된 것처럼 들린 일본어의 소리에 대한 책, 즉 "순수한 소리의 제국"에 대한 책이다.

바르트는 발자크의 노벨레 『사라진』을 상세하게 분석한 그의 연구서인 『S/Z』에서 기표들의 다의성과 발자크 텍스트의 개방성을 보여준다. 그러면서 그는 텍스트를 '읽을 수 있는 텍스트'와 '쓸 수 있는 텍스트'의 두 가지 유형으로 구분한다. '읽을 수 있는 텍스트'는 수용되고 해석될 수는 있지만 더 이상 쓰일 수 없는 텍스트를 가리키며, '쓸 수 있는 텍스트'는 고쳐 쓰거나 이어 쓰는 것이 가능한 텍스트를 말한다. 그러나 텍스트를 고쳐 쓰거나 이어 쓰는 것이 불가능하다고 해서 그 텍스트를 고정된 의미를 가진 것으로 생각하는 것은 잘못이다. 다의적이고 개방적인 텍스트로서 다양한 수용과 해석이 가능하기 때문이다. 이때 다양한 해석의 가능성은 함축적 의미의 차원과 개인 약호의 차원 모두에서 주어진다. 바르트에 따르면 이상적인 독자는 함축적인 다양한 기의들을 다섯 가지 개인 약호에 의거해서 해석하는데, 다섯 가지 약호란 줄거리의 인과적 진행과 관련되는 줄거리의 약호, 텍

스트에 대한 물음의 기초가 되는 해석학적 약호, 주요 인물들의 의미
론적 자질과 관련되는 의미소적 약호, 텍스트의 다의성 및 무의식의
문제와 관련되는 상징적 약호 그리고 "전래된 지식과 지혜의 보고에
서 유래하는 인용들"로 구성되는 문화적 약호를 말한다.

(6) 해체주의

구조주의의 계승이자 발전적 파괴라 할 수 있는 해체주의는 그 대
표적인 이론가인 자크 데리다에 의하면 "철학적 해체의 일반적이고
이론적이고 체계적인 전략"이다. 그것은 언어혼란의 틈바구니에서 형
성된 새로운 형태의 비합리주의가 아니다. 데리다는 복잡하게 얽히고
설킨 언어의 미로를 이용해 독자를 현혹시키는 애매모호한 철학자가
결코 아니다. 오히려 그는 영·미 분석학자들처럼 사고체계의 엄밀성
을 추구함으로써 기존의 고정된 의미기반을 파괴하는 전략을 쓴다. 하
지만 분석철학자들과 데리다의 목표는 서로 다르다. 분석철학자들이
명료한 분석의 과정을 통해 명백히 정의되는 전문용어들을 확립하려
고 하는 데 반해, 데리다는 지금까지의 형이상학이 명백한 개념체계를
구축하기 위해 노력해 왔음을 지적하면서 그러한 개념체계에 대한 요
구는 바로 지배하고자 하는 욕망에서 비롯하는 것이라고 비판한다.

데리다에 의하면 플라톤과 아리스토텔레스 이후 '글'은 '파롤' 즉 발
설된 '말'에 늘 종속적이었으며, 그것은 서양 형이상학의 전통에서 '직
접적으로 현존하는 의미'라는 관념이 무엇보다 중시된 때문이었다. 의
미의 직접적인 현존을 보장해주는 것은 특정 상황에서 이루어지는 명
백한 '말'뿐이다. 이 같은 말에 비해 글은 다의성을 통제할 장치가 없
을 뿐 아니라 그러한 다의성은 끝없는 주석과 해석을 통해 오히려 증
폭된다. 따라서 고대부터 근대에 이르기까지 많은 철학자들이 글보다

말을 은연중에 중시했던 것은 그리 놀라운 일이 아니다. 그들은 모두 '말'이 기표와 기의의 동일성을 보장해준다고 믿었으며 '말'의 권위로 '글'을 재단하려고 하였다.

그러나 데리다는 바르트와 마찬가지로 기호의 표현 측면 또는 기표의 차원을 더 중시한다. 데리다에 의하면 소쉬르가 말하는 '개념' 또는 기의는 "하나의 기표를 또다른 기표로 대체하는" 과정에 다름 아니다. 직접적으로 주어지는 의미라는 것이 있을 수 없고 존재하는 것은 오로지 기표들 사이에서 일어나는 의미의 추이뿐이라면, 소쉬르 유의 기표와 기의의 구별은 무의미한 것이 되고 마는 것이다. 데리다는 기표들 사이에서 일어나는 끝없는 의미추이의 과정을 나타내기 위해 '차연differance'이라는 새로운 용어를 사용한다. '다르다' 또는 '연기하다'의 의미를 갖는 프랑스어 동사 'differer'를 바탕으로 데리다가 새로 만든 말인 이 용어는, 의미는 계속 뒤로 연기(보류)되기만 할 뿐 지금 여기에 직접적으로 존재하지 않는다는 것을 나타낸다. 어떤 단어가 하나의 텍스트에서 여러 차례 사용되거나 이질적인 소통상황에서 반복적으로 사용될 때, 이 단어는 텍스트의 의미론적 문맥이나 소통상황의 변화에 따라 매번 다른 의미를 가지게 된다. 이것은 단어의 기표가 앞뒤 다른 기표의 영향을 민감하게 받기 때문이다. 한 기표는 다른 기표의 "흔적"을 간직하게 되는 것이다. 따라서 반복과 의미의 동일성은 양립할 수 없다. 반복은 결국 단어의 동일성을 파괴하는 무한한 의미연기의 과정이며, 기표와 기표의 끝없는 결합과정이 되는 것이다. 데리다는 동일한 것의 계속적인 변화를 나타내기 위해 '반복가능성'이라는 개념을 사용한다. 어떤 기호가 다양한 문맥과 의사소통상황 속에서 사용되면 반복가능성의 작용에 의해 의미의 추이가 일어나고, 따라서 직접적으로 존재하는 의미를 포착하는 것은 불가능해지는 것이다.

데리다는 결국 기호의 표현 측면에 큰 비중을 둠으로써 후기의 바르트처럼 다의적인 기표들의 상호작용을 강조하고 있는 것인데, 이런 점에서 데리다의 해체주의 철학은 반 헤겔적이고 니체주의적이라 할 수 있다. 데리다 철학의 니체주의적 경향은 수사학에 대한 그의 태도에서도 잘 나타나고 있다. 니체와 마찬가지로 데리다도 수사학의 가치를 높게 평가하면서, 진리를 수사학으로부터 분리시켜 온 서양 형이상학의 전통에 의문을 제기한다. 그는, 진리란 "이리저리 몰려다니는 은유, 환유, 의인법들의 무리"라는 니체의 사상을 계승한다. 데리다의 해체주의는 그러나 다른 한편으로 낭만주의적이기도 하다. 반 이성주의적 충동, 언어의 다의성, 혼돈과 애매함에 대한 찬양 그리고 언어의 합리적 측면에 대한 무시 등을 통해 해체주의는 낭만주의의 전통을 잇고 있기도 한 것이다. 해체주의는 반지성주의의 체계적 실천이 아님에도 불구하고 그 대변자들은 언어의 완전한 투명성을 강조하는 합리주의자들의 선입견을 타파하기 위해 언어의 애매성과 불분명한 측면을 드러내기 위해 끈질기게 노력한다.

한편 폴 드 만, 힐리스 밀러 그리고 제프리 하트만 등이 예일 대학을 중심으로 전개한 미국 해체주의도 데리다의 그것과 마찬가지로 니체의 사상을 계승하며, 내용 측면보다는 표현 측면에 더 많은 관심을 기울인다. 니체처럼 "말이 비유에 종속되어 있음"을 강조한 폴 드 만은 니체의 형이상학 비판이 수사학을 중시하는 입장에서 연유하는 것임을 지적한다. 드 만의 견해에 의하면 니체의 형이상학 비판의 바탕에는 진리 개념이란 결국 다의적인 은유·환유·제유 같은 수사학적 비유로 환원된다고 하는 니체의 사상이 깔려 있는 것이다. 한다는 점을 지적한다. 『맹목과 통찰』(1971)에서 드 만은 현재 미국의 학문이 텍스트 속에서 어떤 고정된 개념이나 구조보다는 "서로 극단적으로 모순될 수도 있는 다수의 의미들"을 발견하기 시작했다고 주장한다.

데리다가 문학텍스트에서 모순된 의미들을 읽어내듯이 폴 드 만도 문학텍스트가 상반된 해석을 동시에 허용한다는 점을 거듭 강조한다. 그의 주된 관심사는 텍스트를 해결할 길 없는 아포리아로 구성하는 것이다. 드 만은 '구성'의 개념을, 텍스트로부터 아포리아와 모순을 읽어내는 방식이 대개의 경우 용인되기 어려운 자의적 독법에 기초하고 있음을 강조하기 위해서 사용한다. 마르셀 프루스트 소설의 아포리아가 이에 대한 좋은 예인데, 드 만에 의하면 프루스트는 『잃어버린 시간을 찾아서』에서 "은유의 미학적 우월성"을 주장하고 있지만 정작 그가 이 주장을 뒷받침하기 위해 사용하는 것은 환유다. 비유에 관한 이론과 비유의 실천 사이에는 이처럼 모순이 존재한다는 것이다. 그러나 여기서 드 만이 말하는 모순은 프루스트의 작품에서 환유와 은유가 서로 경계를 넘나들며 서로를 보완하는 관계에 있다는 사실을 무시한 데서 얻어진 가짜 모순에 지나지 않는다. 폴 드 만의 프루스트 해석에서 찾아볼 수 있는 이 같은 수상한 논증방식은 조지 엘리어트의 소설 『애덤 비드』에 대한 힐리스 밀러의 논의에서도 발견된다. 밀러는 엘리어트가 소설 제17장에서 현실의 사실주의적 재현을 위해 노력한다고 명시적으로 주장하면서도 실제 사실주의적 서술에서 수사적 비유의 중요성을 은연중에 강조하고 있다고 지적하면서, 이로 인해 사실주의 개념은 자가당착에 빠지게 된다고 결론을 내린다.

예일 대학의 또 다른 해체주의자 제프리 하트만의 주된 관심사는 텍스트에서 아포리아를 찾아내려는 것이 아니다. 그는 작가와 비평가, 문예와 문예학의 대립을 해체하려는 낭만주의적·니체주의적 전통을 계승한다. 하르트만에게 해체의 모델을 제공한 것은 문학, 철학, 에세이가 서로의 경계를 넘나드는 데리다의 텍스트 『조종』(1974)이다. 하트만은 경계를 뛰어넘는 이 같은 텍스트가 분화된 특수한 사유체계들 사이의 벽을 허물어 줄 것이라고 기대한다. 하트만에 의하면 그것은 낭만주의자들이 생각한 예술과 비슷하게 노동 분업의 경향에 맞서 인간을 서로 이어주는 텍스트이다. 발터 벤야민이 그의 학위논문에서 낭만주의 예술개념에 대해 논하며 이미 주장했듯이, 하트만은 비평가 역시 "확장된 작가"가 되어야 한다고 말한다. 비평가의 성찰 역시 예술작품 속의 일부가 되어야 한다는 것이다.

결론적으로 말해 해체주의는 사람들이 흔히 생각하는 것처럼 기존의 모든 전통에 도전하는 근본적으로 새로운 조류가 아니라 낭만주의와 니체주의의 중심적인 전제들을 계승하고 있는 예술 및 언어이론이다. 해체주의의 새로운 점은 낭만주의와, 특히 니체주의의 몇몇 핵심적인 전제들이 지닌 의미를 극단화한 데서 찾아볼 수 있다.

6.10. 문학의 사회사 또는 문학사회학

(1) 마르크스주의 문학이론

2차 대전이 끝난 후 독일이 정치적으로 동서로 분할됨으로써 독일의 문예학도 덩달아 방법의 분열을 초래하게 된 것은 이해할 만하다. 마르크스주의의 도그마는 반공을 표방한 서독에서 엄격히 거부되거나 묵살된 반면에 동독에서는 동구의 여타 국가에서처럼 유일하게 타당한 것으로서의 지위를 획득했다. 실로 마르크스주의적 도그마의 이론적 기초는 19세기로 소급된다. 물론 칼 마르크스와 프리드리히 엥겔스가 그들 스스로 정연하게 완결된 문학이론을 제시한 것은 아니다. 하지만 여기저기 산재한 수많은 그들의 발언을 통해 사적 유물론을 기

반으로 하는 마르크시즘적 문학이론에 결정적인 기초가 마련된 것만
은 분명하다. 1880년대 이래 독일에서 활동한 중요한 마르크스주의의
문학 사가는 바로 프란츠 메링이었다.

마르크스주의의 입장에서는 인간의 본질이 자신의 노동을 통해 규
정된다고 본다. 이때 예술은 생산의 특수 형식으로 간주되고, 또 육체
노농과 함께 생산의 필수적인 보완 물로서 이해할 수 있다. 육체노농
과 예술 양자는 '토대'와 '상부구조'라는 인식론적 모델에 구속되어 있
다. "토대는 물질적 생산력의 특정한 발전단계에 상응하는, 그때그때
의 생산관계와 계급관계의 체계로서 물질적 경제적 제 관계의 총제인
동시에 사회의 경제적 구조이기도 하다. 반면에 상부구조는 이러한 토
대에 상응하는 정치적·법률적·법률적·도덕적·세계관적인 관념 및
그 밖의 기구들, 즉 국가·정당·사회적 결사·문학적 조직·교육제도
등의 체계이다. 모든 사회의 구성체 속에서 주어진 토대는 그에 상응
하는 상부구조를 산출하지만, 상부구조는 또 자기편에서 다시금 이 토
대에 영향력을 행사한다." 토대와 상부구조 사이에는 상호작용이 있기
마련인데, 이때 토대는 유물론적 단초에 맞게 결정적인 우위를 점하게
된다. "인간의 존재를 결정하는 것은 인간의 의식이 아니고, 역으로
사회적 존재가 인간의 의식을 결정하는 것이다"라고 마르크스는 자신
의 『정치경제학 비판』(1859) 서문에서 명문화하고 있다. 토대의 제 관
계가 상부구조에 속하는 예술에 직접 반영되는 경우는 물론 드물고,
대개는 매개되어서 시간차를 두고 반영한다.

예술과 사회적 현실의 관계에 대해서는 다음과 같은 일반원칙이 적
용된다. 즉 이론이 현실로부터 지나치게 괴리될 경우 이 이론은 자신
의 방향을 재차 현실에 맞추어 정향해야 하고 또 스스로 교정해야만
한다. 이러한 전제에서 출발하면서 예술이 소위 반영이론에서 선취라

는 중요한 기능을 부여받게 되는 것은 당연하다. 말하자면 예술은 사회적 현실 속에 구체적으로 설정된 가능성과의 밀접한 관련하에 추구된 발전단계를 미리 예측하여 탄력적·감각적인 직관성의 형태로 표현할 수 있고 또 그렇게 표현해야만 한다. 이 경우 예술에는 동시에 철저히 규범적인 의미에서 사회주의라는 목적을 실현한다는 관점에서 결연한 당파성이 요구된다. 따라서 예술 내지 문학이라는 것은 마르크스주의적 역사구상으로서의 계급투쟁을 관철시키는 데 봉사하는 하나의 도구로서의 효력을 갖는다. 마르크스에 의하면 역사는 변증법적인 과정으로서 실현되는 계급투쟁의 역사이다. 이러한 역사관은 목적론적 성격을 지니는 데, 말하자면 최종의 목적은 목적지향적인 것으로서 무계급사회이다.

아무튼 여기서는 이러한 이론과 개념성이 마르크스주의의 진영 안에서도 항시 되풀이해서 격렬한 논쟁을 불러일으켰다는 점만 언급할 수 있을 뿐인데, 이에 대한 한 가지 예로서 소위 표현주의 논쟁에 대대 간략히 스케치해 보고자 한다. 이 논쟁은 대부분 1937년부터 1938년까지 망명지 모스크바에서 발간된 독일어 잡지 『말』에서 전개되었다. 헝가리인 철학자 게오르크 루카치는 표현주의자들이 문화적 유산을 더럽혔다는 비난을 했고, 이 비난에 대해 에른스트 블로흐는 루카치가 히틀러도 전유하고 있는 고전주의적 입장을 대변한다고 그를 비판하였다. 이런 일이 있은 후 논쟁은 곧 '리얼리즘'의 문제에 집중되었다. 양 진영은 상호 반대하는 입장에 서서 서로 화해할 수 없을 정도로 대립하였다.

루카치와 더불어 한쪽 진영에서는 베혀, 쿠렐라, 비트포겔 같은 프롤레타리아 혁명작가동맹 소속 작가들이 포진했고, 블로흐 쪽의 다른 진영에서는 누구보다도 브레히트, 제거스, 아이슬러 같은 작가들이 있었다. 루카치는 19세기의 프랑스 부르주아 혁명에 방향을 정하고 있는 양식이상, 즉 발자크에서 연원하긴 하지만 역시 사회주의적인 전조를 띠고 있는 양식을 표방했다. 독서물은 광범위한 대중에게 쉽게 이해될 수 있어야 하고, 주인공은 사회주의적 전망을 지닌 전형을 체화해야 한다고 했다. 그는 '내적 독백', '몽타주', '르포' 또는 '낯설기 하기'와 같은 근대적 소설 기법을 단호히 거부했을 뿐만 아니라 조이스, 도스 파소스, 프루스트, 되블린, 또는 카프카 같은 소설가들에게 퇴폐주의라 는 판결을 내렸다.

그에 반해서 브레히트는 루카치가 형식문제를 너무나 형식주의적으로 취급하고 있다고 비판하였다. 브레히트는 초역사적으로 고정된 철저한 양식이상의 타당성에 맞서 이의를 제기하였고, 또 기술방식의 결정은 필히 현실이지 미학이 아니라는 견해를 제시했다. 그리고 새로운 소재와 내용은 역시 새로운 형식을 요구한다고 했다. 브레히트는 이를 예컨대 낯설게 하기 효과를 지닌 자신의 서사극에서 스스로 실천하였다. 그러나 루카치는 이 점에 대해 단호히 거부적인 태도로 반발했다. 이 논쟁은 너무도 격렬하게 전개된 나머지 토마스 만과 같은 부르주아 문필가의 위치가 그 기법에 근거해서 마르크스주의자인 브레히트보다 역시 루카치에게 더 근접하는 결과도 생겨났다. 문화 정책적·교조주의적 지침을 기반으로 하여 루카치의 구상은 공식적으로 수십 년 동안 사회주의 리얼리즘의 기초로서 관철되었다. 루카치 자신은 1956년 헝가리 항쟁에 참여한 후로는 확실히 논쟁의 뒤편으로 물러났다. 루카치와 그의 추종자들이 남긴 주목할 만한 해석의 업적에도 불구하고 결국에는 브레히트의 견해가 좀 더 현대적인 것으로 밝혀졌다.

종합적으로 볼 때 역시 가장 중요한 마르크스주의적 사상가로는 발터 벤야민을 꼽을 수 있는데, 그는 루카치처럼 점진적으로 사상적 발전과정을 거치면서 비로소 마르크스주의로 전향하였다. 그가 남긴 엄청나게 많은 분량의 저술들 중에서 두 가지 저작을 특히 여기서 강조하고자 한다. 「기술복제 시대의 예술작품」이라는 논문에서 그는 사진과 영화를 예로 들면서 근대적 기술에 의해 사용할 수 있게 된 대량복제의 가능성으로부터 발생한 여러 가지 결과들을 연구하였다. 기술을 통해 예술작품은 자신의 특별한 '아우라 Aura'를 상실하게 되고, 그럼으로써 전통적인 가치의 일부를 잃어버렸다는 것이 그 핵심적 내용이다. 진품성의 척도는 예술생산에서 기능을 발휘하지 못하게 됨으로써 자신의 기초를 필수적으로 정치에 두는 결과를 나타내게 된다는 것이다. 이런 사정은 다시금 예술이 자신의 자율성의 가상도 잃어버리는 결과를 낳으며, 마찬가지로 예술에 대한 대중의 관계도 이로써 변하게 된다고 한다. 벤야민은 여기에서 파시즘이 정치의 미학 화라는 형태로 도출한 대중조작을 날카롭게 비판하는데, 정치의 미학 화라는 것은 전쟁의 미학에서 극치에 달한다고 했다. 전쟁의 미학에 대해 공산주의 예술의 정치화로써 답한다는 것이다.

이에 상응하여 벤야민은 「생산자로서의 작가」라는 논문에서 작가들은 프롤레타리아와 연대하고 정신적 생산수단을 사회화해야 한다고 주장했다. 작가는 생산 장비를 단순히 제공하는 데 만족해서는 안 되고, 그 생산 장비의 변혁을 주장함으로써 그것을 프롤레타리아 혁명의 목적에 적합하도록 만들어야 한다는 것이다. 벤야민의 이러한 낙관론은 급기야 아도르노의 비판을 촉발시켰고, 결국 그의 주장은 한동안 뒷전으로 밀리는 운명에 처하기도 했다.

(2) 문학사회학

집중적이고 광범위하게 분화된 방법적 성찰과 관련해서 독일문예학이 자기 이해의 방향을 비판적으로 새롭게 설정하려는 노력은, 1960년대 중반까지 독일에서 거의 유일하게 타당한 문학 연구 방법론으로 인식되어 오던 작품 내재적 해석 방법의 지배적인 위상에 종지부를 찍었다. 이로써 텍스트를 텍스트 외적 요소들로부터 고립시키는 연구 방식이 극복되는 한편, 사회에 대해 문학이 갖는 관련성이 다시금 연구자들의 관심을 끌게 되었다. 이에 따라 부분적으로는 서로 격렬하게 논쟁을 벌였던 여러 사회학적 노선들이 '문학'이라는 현상을 각기 특수한 방식으로 연구하게 되었다. 이 같은 배경에서 새로운 방법론으로 대두하게 된 문학사회학은 지금까지 문예학적 방법론에서 유형화된 제반 연구방법들이 집요하게 추구해 온 문학 내적 '자명성'과 문학 외적 '구속성'을 어떻게 통합적인 관점에서 서로 결합시킬 수 있는 것인지 하는 문제를 중점적으로 다루었다.

경험적·실증주의적 문학사회학

소위 '경험적·실증주의적 문학사회학'은 문예학과 직접적인 관련은 없지만 사회학의 한 분야로서 문학에 관한 제반 인식, 달리 말해 문학에 종사하는 사람들에 관한 인식들을 수집하는 과제를 수행한다. 이 인식들은 그들이 사회 전체와 맺고 있는 관계를 밝혀 주지만, 그렇다고 사회적 사실들의 수집이 직접적으로 문학의 이해에 기여하는 것은 아니다. '쾰른 학파'라고도 불리는 이 경험적·실증주의적 문학사회학은 텍스트보다는 오히려 문학의 주변영역에 더 많은 관심을 기울인다. 이 경우 주변영역이란 경험적으로 조사해 낼 수 있는 사실들과 그 사실들의 이론적 해명작업을 말하는데, 이 작업의 목표는 특정한 사회집단이나 사회적 의미를 지니는 개별 인물들에 관한 인식을 획득하고 일반화할 수 있는 추론에 도달함으로써 '만약 A가 발생한다면 B가 뒤따를 가능성이 있다'는 예측의 법칙을 발전시키는 데 있다. 이런 문학사회학은 자신을 사회학의 한 분과로 이해했으며, 문학의 내용적·형식미학적 측면은 자신의 연구 주제가 아리라 좁은 의미에서의 문예학의 주제라고 주장했다. 따라서 문학사회학은 예술작품 자체와 그 구조에 관한 진술은 예술사회학적인 관찰 영역 밖에 있다고 주장하는데, 이런 주장을 한 대표적인 인물은 쾰른의 사회학자 알폰스 질버만이다. 그는 한편으로 사회적 행동의 특별한 형식으로서의 예술작품의 체험을 중요시하였고, 다른 한편으로는 사회적 상호작용에 많은 관심을 기울였다.

질버만의 제자인 한스 노르베르트 퓌겐은 두 번째 요소인 사회적 상호작용을 보다 상세히 연구하였다. 경험적·실증주의적 문학사회학에 있어서 문학은 "인간 상호간의 특수한 행위가 문학과 더불어, 문학과 접해서, 문학을 위해 수행될 경우에 한해서만 중요성을 지닌다. 문학사회학의 대상은 문학에 참여한 사람들의 상호작용이다." 퓌겐은 그후 작품에 대한 사회집단의 영향이 항시 경험적으로 증명될 수 있는 경우에만 작품의 내용을 관련성이 있는 것으로 간주했다. 이때 '문학적' 상호작용은 작가의 사회적 역할, 원고 작성 시의 조건들, 예술의 후원 등등과 같은 창작 내지 생산, 출판사, 도서 사업, 광고, 중·고등학교, 대학교, 도서관, 베스트셀러 목록, 문학상, 영화화 등과 같은 분배 내지 문학의 매개와 보급, 그리고 독자층에서의 수용, 계층 특유의 독자태도, 대출도서관 등과 같은 문학의 수용 내지 소비와 관련된다. 이 세 영역 사이의 밀접한 연관관계가 바로 경험적·실증주의적 문학사회학의 중요한 연구대상이다.

하지만 퓌겐은 문예학과 문학사회학을 결합시키는 것에 대해서는 단호하게 반대한다. 그가 사회적 사실들이 문학의 이해와 설명을 위해 중요할 수 있음을 부인하는 것은 아니다. 그런 사실들을 이용하는 문예학자들의 작업 성격은 '문학사회학적'이라고 하기보다는 오히려 '사회문학적'이라고 말하는 것이 옳을 것이다. 그래서 그는 문학을 두 영역으로 분리하는데, 경험적으로 입증될 수 있는 생산·분배·소비의 상호 관련성 영역과, 사변적으로만, 즉 정신사적으로나 작품 내재적 내지 이와 유사한 방법으로만 파악될 수 있는 미적 영역이 바로 그두 영역이다. 퓌겐의 견해는 특정한 문학관에서라기보다는 특정의 학문관에 입각해서 설명될 수 있을 것이다. 즉 문예학의 작업으로서 중요시되는 것은 역사적으로 중요한 것, 일회적인 것, 개체적인 것인 반면에 퓌겐의 사회학적 작업은 일반화의 작업으로서 인간의 제반 관계나 태도들의 기본형식들, 즉 전형적인 것을 중요시한다. 전형적인 것에 이르는 길은 정신사적 문학관이나 마르크스주의적 문학관에서처럼 어떤 세계관을 거쳐서가 아니라, 객관적인 과학적 처리방법, 무엇보다도 귀납적 방법에 따라야 하는 것이다.

이처럼 문학사회학을 문예학영역에서 분리 독립시키려는 퓌겐의 노력에도 불구하고 문학사회학적 연구에서만 다루어지는 그런 주제들은 역시 문예학, 즉 문학사나 문학이론을 위해서도 흥미가 있고 또 충분히 고려할 만한 가치를 지닌다. 퓌겐의 관점에 따르면 문학사회학은 문학을 사회현상으로 보고 그때그때마다 문학생산과 문학수용 간의 상호 의존성을 규정하는 사회적 기본관계에서 출발하며, 이 관계의 전형적인 형식들에 대한 해명, 즉 문학에 참여한 자들(생산자, 매개자, 소비자)의 행동적 역할의 규명을 목표로 한다. 이를테면 퓌겐이 보는 가장 중요한 과제는 한 작가가 자신의 사회적 환경에 대해 어떤 태도를 취하고 있는가 하는 물음에 대한 답변을 추구하는 일이다. 문학사를 일별해 보면, 여기에는 세 가지 전형적인 자세가 있다. 즉 작가의 '사회순응적' 자세, '사회대항적' 자세, 그리고 마지막으로는 '사회외면적' 자세가 바로 그것이다. 퓌겐은 각 시대마다 어떤 전형이 지배적인가 하는 우세의 양상에서 어떤 법칙성을 도출해 낼 수 있으리라고 믿는다. 하지만 이러한 가정은 매우 문제시되고 있고, 개개의 경우 거의 실효성이 없는 실정이다.

작가의 사회적 자세에 대한 지식이 그 작가의 작품을 이해하는 데 중요하는 사실을 부정할 문예학자는 아무도 없을 것이다. 그렇지만 퓌겐의 관심은 작품에 있는 것이 아니다. 그는 연구결과들을 결국 자신의 사회학적 탐구에 자유롭게 사용하도록 너무 많은 재량권을 제공하고 있는 셈이다. 토마스 만은 어떤 문학적 유형을 대변하고 있고, 브레히트나 하이네, 그리피우스는 또 어떤 유형의 대변자인가 하는 물음에 대한 대답은 그렇게 간단하지가 않다. 그렇다면 그 대답은 혹시 작가의 작품들에서 나올 수 있는 것일까? 이에 대한 대답도 역시 거의 부정적일 것이다. 따라서 작가들의 개별 작품들이 문학사회학적 노력에 대해 모종의 의미를 지닐 수 있지 않을까 하는 문제는 오히려 회의적이다. 차라리 확실한 것은 문학의 독자층이 취하는 자세, 즉 누가 무엇을 왜 읽는가에 관한 경험적 연구가 비교적 효과적이라는 사실이다. 도서시장에 관한 연구는 그 동안 폭넓은 문제 권에 착실히 접근하여 수많은 자료들을 제시한 바 있다. 이 자료들은 대부분 당면한 실질적 설문조사의 결과에 의거하고 있고 잠정적으로는 문예학보다 문학생산과 분배에 더 많은 영향을 미칠 것이다. 경험할 수 있는 독자층의 태도에서 작품 속에 침전되는, 작가의 독자에 대한 자세가 설명될 수 있다는 사실은 물론 문예학을 위해서도, 또한 독서물의 전파나 독서문화, 독자의 사회사 개요나 오늘날의 독자사회학의 기본성격 등과 같은 테마를 연구하는 데에는 충분한 근거를 제공해 주고 있다. 또 문학의 매개자들(비평가, 도서 상, 출판인, 도서관의 사서들)에 관한 연구를 하는 사회학적 조사 역시 이와 유사한 성격을 갖는다. 이들의 활동은 문학시장에서 결정적인 영향력을 행사한다. 작품들의 존립뿐만 아니라 그것들의 성질도 매개자들의 통해 결정될 수 있다. 그런 점에 대해선 검열이 가장 두드러지는 실례가 된다.

이런 맥락에서 현존하는 오늘날의 문학은 실로 경험적·실증주의적 사회학과 동반자적 관계에 있다. 그렇지만 가령 문학작품이 역사적인 것이 되어 버렸을 때에도 문예학이 사회학의 성과를 이용할 수 없는 것은 아니다. 하지만 그럴 경우 최소한 지나간 시기의 문학 활동에 관한 자료가 충분해야 할 것이다. 때문에 경험적·실증주의적 자세로 문학사회학적 작업에 임하고자 하는 문예학은 얼마 안 되는 연구결과에서 하나의 법칙을 형성하는 일, 즉 특별한 것으로부터 섣불리 보편적인 것을 얻어내려는 일, 빨리 연역할 수 있기 위해서 귀납과정을 단축시키는 일 등은 삼가야만 한다. '시인'이 세계를 변화시킬 수 있느냐 하는 물음은 클롭슈토크와 헵벨이 세상을 변화시키는 못했다는 사실의 확인만으로는 긍정적으로나 부정적으로 답변하기는 어렵기 때문이다.

결국 문학사회학은 사회적인 것뿐만 아니라, 어쩌면 더 우선적일 수도 있는 문학적인 것도 중요시해야 한다는 점을 퓌겐은 후기의 저작에서 매우 선명하게 발언한 바 있다. 즉 탐구되어야 할 것은 "한 편으로 문학현상과 그 체계 사이의 상호작용이고, 다른 한 편으로는 전체 사회현상과 문학현상과의 상호작용이다." 이렇게 방향전환을 함으로써 퓌겐은 그 동안 경험적·실증주의적 문학사회학이 봉착했던 비판의 대부분을 방어할 수 있을 정도로 폭넓은 활동공간을 확보하게 되었던 것이다.

경험적·실증주의적 문학사회학은 문학이라는 대상의 한 특정한 단면에 집중하기 때문에 미시이론이다. 그 연구결과들은 문예학에 상세한 텍스트 분석의 기초로서 중요한 재료를 제공하는 일 외엔 별다른 기여를 할 수 없다. 이에 반해 '비판적·변증법적 문학사회학'은 한 편으로 통합적인 사회이론의 구성요소인 동시에, 다른 한편으로는 내용적·형식 미학적 구성요소들을 함께 자신의 연구에 포함시키기 때문에 스스로를 거시이론으로 이해한다. 무엇보다도 프랑크푸르트학파의 대표자인 테오도어 W. 아도르노에 의해 개발된 이 방법은 질버만과 퓌겐의 방법이 지닌 객관적인 학문적 타당성의 요구를 비역사적이며 정당화될 수 없는 것이라고 비판한다. 그러나 이 학파의 방법 역시 철학적이고 사변적인 연구방법이라는 비난을 면할 수가 없었으며, 따라서 반대편의 논리와 치열하게 싸우지 않을 수 없었다.

프랑크푸르트학파의 '비판이론'은 마르크스의 초기 저작들을 비판적으로 수용했으니, 그것에 기반 한 철학적 입장은 공산주의 국가에서 본 바 있는 독단적인 강제 없이도 계속 발전을 한 셈이다. 비판이론도 인간을 마르크스처럼 노동의 관점에서 규정한다. 산업화의 진행과 더불어 증가하는 노동 분업을 통해 개별 인간은 점점 더 심각하게 자신이 수행한 노동의 성과와는 무관하게 된다. 그 성과물에는 물질적인 재화뿐 아니라 사회적 제도도 속한다. 그 결과들 중 하나가 바로 인간의 자기 자신으로부터 소외이다. 또 지배관계와 착취관계 역시 인간이 만들어 낸 산물일 따름이고, 따라서 변화 가능한 것으로 인식될 수 있다는 의미에서 그런 결과는 잘못된 사회적 의식에서 기인하는 것이다. 이런 잘못된 사회적 의식을 이데올로기라 부르는데, 이 이데올로기는 투시되어야 하고 또 의식화될 필요가 있다. 따라서 '이데올로기 비판'

은 프랑크푸르트학파의 주요 과제에 속하며, 이에 따라서 비판적·변증법적 문학사회학의 가장 중요한 관심사이기도 하다.

문학텍스트의 내용과 미학적 형식은 전체 사회의 콘텍스트 속에서 그것이 이데올로기로부터 영향을 받고 있는 것인지, 아니면 이데올로기로부터 자유로운지, 또는 그 자체가 이데올로기 비판적으로 작용하는지에 초점을 맞추어 연구되어야 하는데, 마르크스주의적인 관점과는 반대로 비판적·변증법적 문학사회학은 예술작품은 결코 이데올로기에 종속되어서는 안 된다고 주장한다. 오히려 예술작품은 자율성을 유지해야 하고, 인간적인 공동생활이 모범적으로 형상화될 수 있는 장소로 간주되어야 한다는 것이다. 아도르노에 의하면 이런 관점은 특히 서정시에 유효하게 적용된다. "서정시가 단순한 현존재로부터 취하는 거리는 현존재의 그릇됨과 잘못됨의 척도가 된다. 이러한 그릇됨과 잘못됨에 대해 항의하면서 시는 세계가 다르게 될 수 있으리라는 꿈을 형상화한다. 사물이 가지는 과도한 권력에 대해 서정적 정신이 혐오스러울 정도로 민감하게 반응하는 것은 근대가 시작되면서 생겨나서 산업혁명 이후 생활을 지배하는 힘으로 전개되어 온 세계의 물화와 상품의 인간 지배에 대한 하나의 반항형식이다."라고 아도르노는 말하고 있다.

모든 것을 포괄하는 이러한 보편적 요구는 확실히 일련의 중요한 해석학적인 성과를 이끌어 냈다. 그러나 전체적으로 이 주장은 실제에 있어서 그렇게 쉽게 실천될 수 있는 것으로 나타나지는 않았다. 뿐만 아니라 수많은 아도르노 추종자들이 너무나 엘리트적이고 이해하기 힘든 기술방식으로 문학사회학적 연구에 몰두했다는 점도 비판받아야 할 점이다. 하지만 아도르노가 질버만 식의 문학사회학을 신랄하게 비판하면서 비판적·변증법적 사회이론에 입각해서 문학사회학의 실천에 큰 역할을 한 것도 사실이다. 그의 이론이 '비판'이론으로 불리는

것은 비판이 곧 그의 이론의 본질이기 때문이다. 여기서 비판은 사회
조직의 분석을 의미하며, 사회적 억압에 대한 설명은 비판으로서의 분
석에 많이 의존한다. 그리고 사회 전체의 조직이 인식될 때 비로소 사
회적 개별 사실의 인식도 가능하다는 것이다. 따라서 그 조직은 생산
력의 발전 및 그것과의 연관관계에 있는 제반 사회관계를 통해 결정
된다. 역사적 현상으로서 사회는 끊임없이 비판을 필요로 한다. 하지
만 여기서 중요한 것은 문학이다. 문학은 다른 예술과 마찬가지로 그
효능이 사회 안에서 측정될 수 있든 없든 간에 하나의 사회적 현상임
에는 분명하다. 아도르노는 "예술작품의 사회적 의미는 바로 사회적
수용에 대한 저항 속에 놓여 있는 경우가 자주 있다"고 이해한다.

　이런 관점에서 문학사회학 자가 해야 할 임무는 문학의 사회성, 즉
문학이 사회에 의해 규정되는 일, 그리고 의도된 것이든 그렇지 않든
간에 문학이 사회에 끼치는 영향, 최종적으로는 '자율적'이라는 명예를
부여해 주는 독자성의 정도 등등을 탐구함으로써 문학이 가진 특수성,
즉 '문학성'을 증진시키는 데 있다. 따라서 문학사회학은 사회과학의
한 특수형태이며, 그것의 목표와 방법은 사회학자의 사회관에 의존한
다. 비판 이론가들은 종으로서의 인간이 노동을 통해 자연에 개입하여
자신의 실존적 근거를 변화시킴으로써 운명이 결정된다고 본 청년기
의 마르크스에서 출발한다. 인간은 자신이 의존하고 있는 자연을 스스
로 창조한다는 것이다. 자연을 변화시킬 수 있는 능력을 가진 자는 그
렇게 할 수 없는 자에 비해 우월함을 입증하게 되고 그럼으로써 지배
관계가 형성되는 것이다. 한 인간이 기존적인 관계에 의존하는 정도에
따라 그 의존성에 대한 통찰능력도 결정된다고 본다. 그래서 인간은
이데올로기에 함몰될 수 있다. 결국 인간은 노동을 통해 자연뿐만 아
니라 타인들, 즉 사회와도 특정 관계를 형성하게 된다. 노동이 의식을

결정하고 물질적인 것이 의식을 형성해 내었다는 주장이 비록 공공연하게 표명되지는 않았다 하더라도, 의식의 생성은 노동과정을 통해 매개된 것처럼 여겨지고 있다.

아도르노가 보는 바로는 역사 전개과정의 특징은 인간의 자기소외이며, 이 소외는 인간으로 하여금 자기 자신의 활동이 만들어 낸 결과에 대한 위화감 또는 무 관련성을 확산시키는 분업화 때문에 계속적으로 심화되고 있다. 그는 이 과정을 전도시킬 수 있는 역사의 발전은 도저히 생각할 수 없는 것으로 간주한다. 즉, 자기소외는 인간의 자기 자신에 대한 인식에 장애가 되기 때문에 이데올로기의 힘은 계속 존속하게 되거나 아니면 확대·성장한다는 뜻이다. 따라서 사회의 조직을 꿰뚫어 본다는 것은 이데올로기의 정체를 밝히는 일이 되고, 사회를 분석한다는 일은 본질적으로 이데올로기 비판에 다름 아니다. 사회적 현상으로서 문학에 대한 분석 작업은 문학작품이 어느 정도로 이데올로기에 얽혀 있고, 또 어느 정도로 이데올로기의 속박에서 벗어날 수 있는지, 아니면 스스로 이데올로기 비판적으로 작용할 수 있는지 등을 보여 주는 일이 된다. 모든 다른 예술과 마찬가지로 문학도 인간 노동의 한 특수한 산물이기 때문이다.

반면에 예술작품은 다른 생산물보다는 강하게 생산자의 정신적 고유성을 나타내는 징표를 보여 주고 있는 것도 사실이다. 그것이 세계나 사회 그리고 자기 자신과 맺고 있는 독특한 관계를 지시해 주고 있음을 부인할 수는 없지만, 그렇다고 그것이 다음 사실을 말해주고 있는 것은 아니다. 즉 문학이 사회적 관계에 의존하고 있는 정도는, 예를 들어 의자와 비교해 볼 때 극히 미미하다는 뜻은 아니다. 또 예술가의 고유성도 어쩌면 사회적으로 매개된 것으로서 인식될 수 있다. 그러나 자신의 특수성을 통해 예술이 이데올로기 비판을 수행하도록 미리 예정되어 있다고 보는 아도르노의 생각은 확실히 예술의 어떤 다른 차원에 바탕을 두고 있는 것이다. 즉 예술 속에는 부인하기 어려운 어떤 '잉여성'이 존재한다. 예술은 물질적 생산과정에서는 산정될 수 없는 현상으로서의 모습을 나타낸다. 예술은 결코 물질적 욕구를 충족시켜 주는 것이 아니다. 그것은 대체로 대중을 겨냥하고 있지 않다. 예술은 물질적 조건들의 속박에서 스스로를 해방시키거나, 이 속박들을 투시하여 지양할 수 있다고 확신함으로써 매우 까다로운 영향 조건들을 제기하고 있다.

허버트 마르쿠제의 경우엔 예술이 "소외된 실존의 의식적인 초월을 성취시키는, 보다 고차원적인 수준의 어떤 것 내지는 매개된 소외"가 된다. 이로써 예술가는 보다 차원 높은 존재가 되며, 자신들의 작품으로 하여금 "이데올로기가 숨기고 있는 것이 무엇인지를 말하도록 하는 것이다." 예술작품 속에서는 이 세상의 진실한 모습이 목격되고 그 의미가 풀이되는 것이다. 예술작품은 현실에 반기를 들며, 그것의 가치는 그것의 효용에 좌우되어서는 안 된다. 중요한 것은 예술작품이 인식의 가능성과 함께 변화의 가능성도 제공하는 일이다. 예술이 진실을 토로하는 한, 그것이 바로 현존하는 것에 대한 항의로 밖에 달리 생각될 수는 없다. 이는 곧 "위대한 거부"인 것이다. 선민적이고 엘리트적인 성격은 예술의 본질에 속한다.

따라서 비판이론의 기본지침에 따라 과제를 수행하고자 하는 문학사회학은 엘리트적이기 마련이다. 이 문학사회학은 박식한 자의 조망을 요구하며, 그의 다양한 지식은 사회과학적 분과영역들의 광범위한 조직으로 정리되어 상호 연관성으로 관련되어 있다. 본격적인 문학의 분석 작업을 시작할 수 있기 전에 벌써 이룩되어 있어야 하는 것은 사회분석이다. 그 이유는 사회분석 작업 없이는 문학 속에 사회가 어떻게 반영되어 있으며, 또 사회가 문학을 통해 어떻게 초월되는가 하는 점이 인식될 수 없기 때문이다. 이 밖에도 분명히 밝혀져야 할 것은 특별히 문학적인 것, 이른바 '만들어 낸' 이차적 사회현실을 통해 매개의 과정이 어떤 모습으로 진행되는가 하는 점이다. 결국 문학사회학은 문학을 연구함에 있어서 작가의 전기에서 비롯하여 이를테면 시행에 관한 지식에 이르기까지 포괄적인 문예학적 지식과 능력을 포기할 수 없다. 문학작품을 분석할 때 얻어지는 요소들을 그것들 상호간의 변증법적 의존관계로 규정하는 일은 일종의 당위로서 결코 간과되어서는 안될 사항이다. 이때 반드시 유의해야 할 점은 미적 계기들이 자신의 사회적 구속성으로부터 분리되지 않는다는 사실이다. 모든 숱한 노력에도 불구하고 문학을 사회학적으로 확정하는 일은 역시 해결되지 않고 있는 문제인데, 이 문제는 어쩌면 종국에 가서 다음과 같이 소급되지 않을 수 없는 일일지도 모른다. 즉, 정신적인 현상은 객관적인 인식을 거부하는 상대적 자율성을 고수하기 때문에 그것이 안고 있는 사회적 함의들 전부가 다 인식될 수는 없다는 사실이다. 아도르노 역시 그렇게 보고 있다. "예술작품들은 개념·판단 및 추론의 논리와는 다른 논리를 따르고 있기 때문에 예술적 의미내용을 객관적으로 인식하는 것은 필연적으로 상대적일 수밖에 없다. 그러나 극도의 상대성에서 시작하여 객관적 내용의 원칙적인 부정에까지 이르는 길은 너무나 먼 거리이므로 그 격차를 전체에 해당하는 것으로 볼 수도 있을 것이다."

  아무튼 질버만 식의 경험적·실증주의적 문학사회학은 문학 그 자체를 충분히 고려하고 있지 않다는 점에서 문예학자들에게는 별로 매력적일 수가 없다. 반면에 아도르노식의 문학사회학은 너무 포괄적이다. 거기에다 요구조건이 너무 까다로운 것으로 보이기 때문에, 문예학적 방법론으로서 문학사회학은 포기해 버릴 정도까지는 아니라 하더라도 그 적용 범위가 어느 정도 제한될 필요가 있다. 이 말은 우선 다음과 같은 의미로 이해될 수 있다. 즉, 경험적·실증주의적 문학사회학을 문예학으로서 수행함에 있어서 그 목표는 문학 활동에 참여한 집단과 개인들 간의 관계에서 문학작품의 발생과 편찬 및 그 영향에 관한 해명적 추론에 도달하는 일, 다시 말해 작품의 이해에 보다 더 가까이 접근하는 데 둘 수 있는 것이다. 따라서 1800년경 독자층의 독서능력이 매우 제한적이었다든가, 혹은 게르하르트 하우프트만의 『해뜨기 전』의 초연 시에 소요사건이 발생했다든가 하는 사실을 확인하는 것으로 충분한 것이 아니라, 이런 사실들을 통해 의해 충격을 받게 되는 문학에 대해 그러한 사회적 사실들이 갖는 관계가 밝혀져야만 한다는 것이다. 누가, 무엇 때문에 괴테를 읽었고, 그들은 어떤 지식을 소유하고 있었고 어떤 관심을 지녔던가 하는 문제, 괴테는 자신의 독자들, 즉 그가 알고 있었던 실재적인 독자층과 그가 구상해 낸 가상적인 독자층에 대해 어떤 태도를 취하고 있었으며, 왜 하우프트만의 극작품이 소요를 불러일으켰는지 등의 문제들이 중요시되는 것이다. 이러한 물음들은 피상적인 사항에 머물러 있어서는 안 되고, 한 작품의 문학적 핵심에 접근할 수 있을 정도로까지 규명되어야 한다. 이를테면 미적 현상들이 사회적 전제조건들과 갖는 관계는 어떠한가 하고 물을 수도 있는 것이다. 독일 고전주의 양식이 실로 100여년 후에도 재생되거나 모사될 수 있었던 점은 명백하지만, 그런 재생이나 모사를 통해 예술이 생산된 것은 아니라는 사실은 역시 문제시되지 않고 있는 것이다. 이 점은 '시인'의 독창성 같은 것과는 거의 관계가 없고, 오히려 역사, 즉 사회적 제 관계의 비 반복성과 관련이 있다. 괴테의 양식은 오직 특정한 사회적 관계에서만 예술양식으로 가능했던 것이다. 하우프트만의 양식도 역시 그러했다. 따라서 예술과 사회 간의 상호 의존성을 발견하는 일이 문학사회학의 과제가 된다.

오늘날의 문학사회학이 중점적으로 연구하는 분야들 가운데 하나는 폭넓은 독자층에 대한 연구이다. 지금까지의 문예학은 100년이 넘도록 거의 작가와 개별 작품만을 연구해 왔기 때문에 두 파트너 사이의 의사소통을 위한 수단으로서의 문학의 중요한 기능이 무시되었다는 주장은 전적으로 수긍이 되는 일이었고 현재에도 수긍이 되고 있다. 왜냐하면 작가는 대체로 그가 말을 붙이는 상대자가 자신을 이해할 수 있도록 의사표시를 하는 습성을 지니고 있기 때문이다. 그렇기 때문에 작가가 메시지를 작성할 때 이미 수용자의 이해능력이 충분히 고려되어야만 하는 것이다. 작가는 아름다운 것으로 여겨지고 있는 것이 무엇이며 취미에 맞는 것으로는 무엇이 있는지, 미적 감식력이 풍부한 것으로 취급되는 것이 무엇인지를 묻지 않을 수 없는 것이다. 물론 오늘날의 것은 어제의 것과는 약간씩 다르기 마련이다. 그렇다면 취미가 달라지기 때문에 예술수단도 달라지는 것인가 하는 물음이 생긴다. 명백한 인과 관계를 설정하는 일은 결국 예술 및 현실에 암묵 중에 폭력을 가하는 일이 되기 쉽기 때문에 상호 관련성에 특히 유의해야만 한다. 이러한 통찰에 이를 수 있기 전에 반드시 제기해야 할 것은 예술가를 통해 취미가 형성된다는 명제의 반론으로서 독자층을 통해서도 취미가 형성된다는 명제이다.

이런 맥락에서 영어영문학자 쉬킹이 7, 80여 년 전에 이미 문학적 '취향'에 대한 연구를 통해 개발한 방법론은 그 사이 새로운 주목을 받기도 했다. 그의 저서 『문학적 취미 형성의 사회학』(1923)은 1961년에 제3판을 내었다. 쉬킹은 우선 시대정신은 하나이고 민족도 하나라는 가정을 비판했다. 이 둘은 각기 사회학적으로 세분화되어야 한다는 것이다. 왜냐하면 민족 전체를 주목하는 사람은 역시 세계상, 세계가치 및 삶을 영위하는 원칙의 관점에서 민족 전체가 철두철미 분화된다는 사실을 알게 되기 때문이다. 쉬킹은 여기서 이른바 하나가 아닌, 여러 시대정신들이 존재한다는 사실을 추론한다. 항상 다르게 설정된 삶의 이상들과 사회이상들을 지닌 전적으로 상이한 집단들이 분화되어 나타날 수 있다는 것이다. 그러나 매번 주도적인 예술이 이들 중 어느 이상과 가장 밀접한 관계를 갖는가는 수많은 종류의 상황에 달려 있고, 단지 이상향 속에 사는 사람만이 순전히 관념적인 인자들이 이러한 관련에 책임이 있다고 본다는 것이다. 쉬킹은 문학적·미학적 취미가 본질적으로 문화적이고 사회적인 조건들을 통해 형성된다는 인식에서 출발한다. 그리고 문학의 사회학적 모체는 또한 전적으로 물질적인 시대상황에 달려 있다고 간주한다. 쉬킹은 특정한 취미 소유자 유형의 기능을 철저하게 연구하였는데, 이를 그는 문학 밖의 예를 통해 설명하고 있다. 그는 "최근의 건축양식에서 드러나는 합목적성 속에서 가장 숭고한 미를 발견하는 무장식성의 숭배가 곧 기술시대에는 놀랄 것이 못 되는 광범위한 기술자적 기질에 의해 조건 지어진 것이 아닌지" 스스로 물음을 던지면서 문제에 접근하고 있다. 쉬킹은 정신사적 문예비평가 군돌프의 아네테 폰 드로스테-휠스호프에 대한 연구를 예로 들면서 자신의 견해를 분명히 밝히고 있는데, 그에 따르면 군돌프는 그녀의 모든 천재적 작품들 중에서 단지 『유태인의 너도밤나무』만 가치 있는 것으로 간주하고 있다는 것이다. 미학 운동과 슈테판 게오르게 그룹에 접근해 있는 이 비평가는 드로스테 예찬자와는 다른 취미를 가진 사람들의 유형에 속할 뿐이며, 사물들을 자신의 척도로써 측정한다는 것이다. 군돌프에겐 베스트팔렌의 여류작가가 그린 저지대 독일의 풍경에 대한 유연한 해석의 능력, 끔찍스러움을 묘사하는 능수능란한 솜씨, 그러나 무엇보다도 인간적인 일상의 여유와 가장 자연스러운 감정관계를 공감하고 파악할 수 있는 능력이 없었다는 것이다.

취미 변화를 통해 예술적 추이과정을 설명하고, 이 변화를 다양한 양태의 사회적 발전에 소급시키려는 쉬킹의 시도는 여러 관점에서 주목을 끄는 연구임에 틀림없다. 이 시도에 따르면 작가는 독자층의 취미에 의존하며, 이 취미는 사회적 사실로서 그 원인들은 구체적으로 탐구될 수 있다는 것이다. 쉬킹은 문학적 취미 형성의 원인들을 추적하는 일을 자신의 과제로 삼았고, 또 그렇게 함으로써 문학의 본질에 관한 중요한 인식들을 얻을 수 있으리라고 기대했다. 그에게 핵심적으로 중요했던 것은, 과거로부터 잘 알려진 지배적인 '시대적 취향'을 촉발시키기 위해서는 어떤 조건들이 충족되어야만 하는가라는 물음에 대한 해답이었다. 그는 한 시대의 전형적인 취미에 대한 책임을 누가 지고 있는가라고 묻는다. 개인이나 집단에 의해 결정되는, 그리고 그것의 전형적인 특징이 기술될 수 있는 지배적인 취미에 대한 물음은 결과적으로 '취미 담당자 유형'이라는 효율적인 개념에 수렴되는데, 이 개념의 정의는 문학적 변화상에 대한 설명을 암시하고 있다. 또한 문학적 형식과 내용의 고유성과 관련해 쉬킹은 자신의 전제들도 단순 인과율적 설명에 흔히 수반되는 취약성을 어쩔 수 없이 갖고 있음을 시인한다. 이 같은 문제점이 있음에도 불구하고 그러나 쉬킹의 방법론은 개척자적인 수준의 지위를 요구할 수는 있을 것이다.

그 후 수십 년이 지나서 쉬킹이 남겨 놓은 문제점들을 보다 세분화시켜 해결하려는 노력이 있었으니, 로베르 에스카르피의 저서 『문학의 사회학』(1961)이 바로 그 경우이다. 에스카르피는 이 책의 첫 단락에서 벌써 발전적 양상을 암시적으로 보여주고 있다. 그는 작가와 작품과 독자를 "극히 복잡한 매개 장치를 지닌 상호 연관성의 총체"라고 부르고 있으며, '상호작용적 순환운동'의 교차점마다 문학적 현상에 대한 무수한 탐구의 가능성들을 인식한다. 그는 문학사회학의 과제가 광의의 문학 활동을 규정하고 있는 모든 인자들을 찾아내는 데 있다고 보면서 텍스트의 구조나 양식의 차원과 같은 문학 내적 특수성은 별로 중요하게 고려하지 않는다. 독자층의 태도가 작가의 의도에 따라 어떻게 그들이 수용하는 문학적 '메시지'들을 좌우하게 되는지를 밝히기 위해서는 문학사회학적 연구의 주된 비중이 독자층, 즉 그들의 사회적 구조와 독서습관, 그리고 그들이 가지고 있는 기대수준을 파악하는 데 놓여야만 한다는 것이다. 여기서 주로 문제가 되는 것은 오래 전부터 문학적 담화에서 언제나 입증될 수 있었던 교양독자층의 역할이다. 이 독자층은 작가에게 영향을 주는 일종의 환경을 구성하며, 이 환경은 어떠한 방식으로든 작가의 작업에 크게 영향을 준다. 독자에 의한 문학의 해석은 물론 작가의 의도와 현격하게 차이가 날 수 있다. 그러나 그렇다고 해서 그러한 해석이 '잘못된' 것이라고 할 수는 없다. 에스카르피는 이런 사실을 그의 책에서 다음과 같이 간명하게 요약하고 있다. "책이 무엇인지를 안다는 것은 우선 그 책이 어떻게 읽혀졌는지를 안다는 것을 의미한다." 괴테도 이런 사실에 관한 지식을 매우 중요하게 생각했는데, 그는 1822년 6월 11일 뮐러 재상과의 대담에서 이렇게 언급했다. "커다란 영향력을 행사하고 있는 책은 아무리 높이 평가해도 지나칠 수가 없는 것입니다." 괴테의 「색채론」의 서문에 나오는 다음과 같은 표현도 이 같은 견해를 뒷받침해 준다. "근본적인 면에서 우리는 어떤 사물의 본질을 나타내기 위해서 아무 소용도 없는 시도를 하고 있는 셈이다. 우리가 제반 영향들을 인식하고, 그 결과 이 영향들의 빈틈없는 역사가 이루어지면, 그것은 결국 그 사물들의 본질을 포용하고 있는 것인지도 모르기 때문이다."

문학이란 그것이 작용하고 있는 모습과 같다고 하는 가정은 바로

'문학사는 곧 영향사이고, 영향은 곧 독자에 의한 작품의 수용이다'라
는 유혹적이면서도 위험한 단순화의 오류를 피하기 어려울 것이다. 이
것은 다음과 같은 의미가 될 수 있다. 즉, 하인리히 폰 클라이스트의
『깨어진 항아리』를 해석하는 데 있어 독서를 통해 얻은 이 극작품에
관한 지식이 반드시 필요한 것은 아니지만, 거의 170년에 달하는 이
작품의 영향사, 즉 작품의 발행부수나 판매결과 등의 관점에서 공적인
비평과 학문영역 안에서 연극에 미친 영향사에 관한 지식은 절대적으
로 필요하다는 식이 되는 것이다. 작가는 자기 작품을 전유해 버린 사
람들의 범위 안에서는 더 이상 인식될 수 없다. 문학텍스트를 화자 즉
작가의 관점에서가 아니라 독자의 관점에서 관찰하고, 동시에 한 독서
집단이나 그 집단을 대변할 수 있는 독자의 전형적인 독서경험들을
기술할 것을 권하고 있는 하랄트 바인리히는 『독자의 문학사를 위하
여』(1967)라는 책에서 독자의 문학사를 옹호한다. 이는 극단적이라고
특징지어진 하나의 폐단, 즉 '문학사 = 작품사 = 작가들의 역사'에
대해 또 다른 한 극단론, 즉 '문학사 = 영향사 = 독자들의 역사'를
대치시킬 경우 거의 필연적으로 생겨나는 단순화의 대표적 사례라 할
수 있다. "문학사는 바로 대화의 역사이다"라는 바인리히의 주장이 보
편적인 명제가 되려면 객관적 검증과정을 더 거쳐야 할 것이다.

6.11. 담론분석 이론

(1) 담론의 개념

'담론'(Diskurs)이라는 말은 본래 논증적 언어, 즉 우리가 사용하는
말들 중에서 학적인 체계를 갖춘 언어들을 말한다. 푸코가 『말과 사물』

제2장에서 문학을 일종의 '反담론'으로 정의했을 때, 그는 이 말을 전통적인 의미에서 사용한 것이었다. 그러나 현대로 올수록 이 말의 범위는 확장되어 현재는 인간이 사용하는 거의 모든 종류의 언어들을 포괄하기에 이르렀다. 즉 일상적인 담화, 문학적·종교적·정치적 담론들, 지식으로서의 체계를 갖춘 언설들, 나아가 때때로 과학적 명제들까지도 포괄하는 말이 된 것이다.

우리는 이런 의미 변천을 거치지 않은 상태에서 이 말을 사용해야 한다. 그래서 이 말의 번역은 세 가지로 생각할 수 있다. 그 하나는 이 말의 범위를 포괄할 수 있는 새로운 용어를 만들어내는 경우이고, 다른 하나는 이 말을 그대로 음역하여 '디스쿠어스'라고 쓰는 경우이고, 마지막으로 우리가 독일어 'Realität'라는 말을 그때그때 맥락에 따라 '실재'로 번역하기도 하고 '현실'로 번역하기도 하는 것처럼 그때그때 상황에 담화, 담론, 언설 등으로 번역하는 방법이다. 이 책에서는 세 번째 경우를 택해 이 말을 '담론'으로 번역하기로 한다.

푸코에 있어 '담론'이라는 말은 넓은 의미로 사용되기도 하고 좁은 의미로 사용되기도 한다. 푸코는 한편으로는 이 말을 '언표들의 집합'이라는 뜻으로 사용한다. 그리고 언표란 언어에 대한 매우 포괄적인 규정이므로, 이러한 맥락에서는 이 말을 담화, 담론, 언설, 과학적 언설 등을 모두 포괄하는 것으로 이해할 수 있다. 그러나 푸코 철학의 대부분의 맥락에서 이 말은 푸코 특유의 철학적 구도를 함축하는 의미로 사용된다. 즉 이 말은 우리의 일상적인 담화나 문학적·종교적·정치적 언어들, 즉 담론들이 아닌, 그렇다고 수학이나 물리학 등의 엄밀 과학에서 사용되는 언어도 아닌 그 중간에 위치하고 있는 언어들, 즉 정신 병리학, 임상의학, 자연사, 부의 분석, 일반 문법, 법의학, 형법학, 정신분석학 등 푸코가 '지식들'이라고 부르는 언어 구성체들을 가리킬 때 사용되는 것이다. 그래서 푸코에게는 대부분의 맥락에서 이 '담론'은 언설, 즉 무엇인가를 주장하는 기호들의 집합으로 번역하는 것이 좋다. 그러나 여기에서는 보다 넓은 의미로 이해해 '담론'이라고 번역한다.

푸코는 결코 자기완성적인 이론 구조를 구축한다는 계획을 세운 적은 없다. 그의 초기 저작인 1960년대의 연구에서 문학은 단지 주변적인 역할밖에 하지 못하고 있다. 그 후 1970년대에 와서야 비로소 문학이 그의 이론에서 좀 더 큰 비중을 차지하게 된다. 푸코는 문예학을 상당한 정도로 매료시켰을 뿐 아니라 또한 고심케 만들었는데, 이런 실정은 오늘날까지도 마찬가지다. 그가 지닌 사고의 다면성은 또한 그것의 다양한 해석 가능성을 촉발한다. 때문에 문예학이 선택적·절충주의적으로 푸코를 수용하는 것은 자연스러운 일이다.

푸코는 담론을 "하나의 동일한 형성 질서 체계에 속하는 진술들의 집합적 체계"라고 정의한다. 이때 문제가 되는 것은 엄격히 말해서 담론의 실천이다. 즉 담론은 역사적으로 유효한 진술체계인데, 이 진술체계는 일정한 규칙에 따라 기능하고 그럼으로써 다른 담론들과 구분된다. 그것은 포괄적인 담론 질서의 부분들이다. 이러한 실천은 한 사람의 주체가 행하는 활동도 아니고 임의적으로 많은 구체적 진술들이 생산될 수 있도록 도와주는 언어학적 코드도 아니다. 그것은 실제로 명문화된 유한한 양의 언어적 연쇄로서 하나의 담론을 가능케 하는 규칙의 앙상블이다. 담론분석의 과제는 바로 이러한 규칙들을 추적하는 일이다. 이 규칙들은 담론이 관계할 수 있는 대상들의 구도, 그 담론 속에서 취해질 수 있는 주체적 입장들의 구도, 그 담론에 적용되는 개념들의 구도, 나아가서는 그 담론을 결정하는 이론 내지 전략의 구도를 규정한다. 따라서 매우 다른 다수의 담론들이 존재하는 것인데,

철학 담론·정치 담론·경제 담론·임상 담론·과학 담론 그리고 문학 담론이 그것들이다. 푸코는 특히 자신의 초기 논문들에서 문학, 특히 근대의 문학을 근대의 지배적인 '反담론'으로서 기술했다. 나중에 가서 문학은 푸코에게 단지 상이한 담론들 가운데서 대상 형성에 귀속될 수 있는 하나의 이름에 불과할 뿐이다.

(2) 문예학에서의 담론분석

일반적인 사회 통념과 기존 제도의 권력적 구조의 비판을 골자로 하는 푸코의 담론분석 이론은 문예학에도 많은 영향을 주었다. 그의 담론분석 이론은 간접적인 방식으로만 문학 텍스트에 적용될 수 있지만, 그럼에도 불구하고 문예학의 몇몇 중요한 개념들을 새롭게 검토할 수 있게 하는 효과적인 단서들을 제공해 준다. 이는 우선 '작가'의 주체에 적용된다. 작가는 창작을 할 때 어떤 독창적인 영감을 따르는 것일 뿐 아니라, 그보다는 오히려 그를 둘러싸고 있는 각양각색의 담론들로부터 더 많은 영향을 받고 있는 것이다. 작가의 지위가 이렇게 흔들린다고 해서 그러나 '독자'의 지위가 더 강해지는 것은 아니다. 롤랑 바르트는 의미 부여를 하는 작가의 힘을 약화시키고 독자에게 생산적인 역할을 부여하는 것을 민주적인 행위라고 이해하지만, 푸코의 주체 비판에 따르면 독자 역시 더 이상 텍스트에 대한 자율적인 지배자가 아니며, 작가와 마찬가지로 수많은 담론들로부터 구속을 받고 있다.

푸코에 의하면 '(문학)텍스트'는 완결된 통일체가 아니라 개방적 과정의 구조화이며, 여기에는 각종의 사회적 담론들이 참여한다. 하나의 '작품'과 그것의 완결된 의미를 어떤 형태이든 하나의 작가 의도와 결부시키는 것은 낡은 이해 방식이다. 역사를 "진화론적이고 직선적인 의식의 역사"의 지속적인 과정으로 이해하는 전통적인 방식에 대해서도 푸코는 비판적인 입장을 취한다. 역사에 대한 이 같은 비판적인 입장과 함께 푸코는 역사 기술에 대해서도 문제를 제기하는데, 그에 의하면 역사 기술은 사건이나 자료의 단순한 나열이 아니라 그것의 이면에 숨겨져 있는 담론들을 충분히 고려해야 한다는 것이다.

푸코의 제도 비판은 각 급 학교와 같은 교육기관 자체에 적용될 수 있다. 이는 학문분야로서 문학사에도 해당되는데, 그것은 문학사가 교육정책적인 필요에서 생겨난 것이기 때문이다. 초기 낭만주의자들은 넘쳐나는 책의 홍수 속에서 독서의 방향을 제대로 정하기 위해 일정한 수의 책을 선별하는 전략을 구사했다. 효과적인 소통과 교육의 목적으로 중요한 책과 그렇지 않은 책을 구별하기 위해 필독서(카논) 선정 작업에 착수한 것이었다. 바로 이런 선별 작업에서 문학사가 생겨난 것이었으며, 문학사는 대표적인 작품들을 선택해서 내용과 이념에 따라 정리한 것이었다. 결국 이 같은 작업에서 독어독문학이 생겨난 것이었다.

푸코는 문예학의 핵심 문제인 '해석'에 대해서도 비판적인 입장을 취한다. "근원적인 의미를 서서히 밝히는 것을 해석이라고 한다면, 오직 형이상학만이 인류의 형성 과정을 해석할 수 있을 것이다. 그러나 그 자체 아무런 본질적인 의미도 갖지 않는 어떤 규칙 체계를 강제적·계략적으로 취하고, 그것에 어떤 일정한 방향을 강제적으로 부여하고, 그것으로 하여금 어떤 새로운 의지에 봉사하게 만들고, 다른 작용을 하도록 하고, 다른 규칙들에 종속시키는 것을 해석이라고 한다면, 인류의 형성 과정은 일련의 해석이다."

푸코의 저술로부터 영향을 받은 것으로 오늘날 독일에서 통용되고 있는 문예학 연구 방법론은 우선 '상호담론 분석' 이론이다. 이것은 사람들의 정치적인 입장이나 행동방식을 조종하는 사회적 이미지들과 의미 내지 관념 복합체들을 중점 연구한다. 여러 가지 관념들을 기억하기 좋은 구조 속에 압축하고 있는 이 같은 언어적 이미지 또는 의미론적 이미지를 링크 같은 학자는 '집단 상징'이라고 부르는데, 이러한 이미지들은 사회적 의미 형성 과정에서 중요한 역할을 한다. 이때 상호담론으로서 문학의 특징은, 문학이 자체의 언어적 규칙을 따르면서도 동시에 다양한 사회적 주제나 문제 제기 내지 지식들, 즉 주변의 여러 가지 특수한 담론들을 통합하기에 적합한 수단이 된다는 데 있다. 다시 말해 상호담론으로서 문학은 그 모든 주제와 담론들을 구체적인 상징으로 바꾸어 표현함으로써 보다 많은 사람들이 그러한 문제들에 접근하고 이해할 수 있도록 해 주는 것이다.

담론분석 이론으로부터 영향 받은 것으로 최근 보다 넓게 사용되고 있는 문예학 방법론은 '자료 사Materialgeschichte' 이론이다. 여기서 '자료'의 개념은 기술 매체들뿐 아니라 그런 매체들 사용의 바탕에 깔려 있는 관념들이나 구상들도 포함한다. 나아가 이 개념은 아주 넓은 의미에서의 기록들이나 증빙자료들, 또는 개인적 자료들을 소장하고 있는 각종의 서고들에도 적용된다. 실제 담론들의 기술적·매체적 전제조건들을 조사하는 것은 프리드리히 키틀러 같은 학자의 주요 연구과제가 되고 있다. 푸코는 매체 그 자체를 실제의 담론에 포함시키지 않았지만 키틀러는 매체 자체를 중요한 연구대상으로 삼는다. 키틀러에 따르면 매체는 메시지의 내용을 규정할 뿐 아니라 그것을 사용하는 사람의 사고방식과 문학 창작의 방법에도 영향을 주기 때문이다. 한편 슈테판 리거 같은 학자는 매체 기술을 분석하는 이 같은 방법론을 매체 사용의 바탕에 깔려 있는 담론들을 분석하는 데 더 많이 적용한다.

6.12. 체계이론

　문학의 사회사는 대개의 문학사 책에서처럼 맨 먼저 한 시대 혹은
처음부터 현재까지 이르는 모든 시대의 사회사가 서술되고 나서 그
다음에 그 책의 제2부에서 그 시대에 해당하는 시기의 문학사가 연결
되는 식으로 존재한다고 말할 수 는 없다. 그런 식의 서술은 단지 책
편집상의 편의를 위한 것에 불과할 뿐이다. 오히려 중요한 것은 사회
사적 콘텍스트, 콘텍스트의 미학적 형상화로서의 텍스트, 독자를 통한
기능부여적 수용사이의 연관관계와 매개 과정을 파악하는 일일 것이
다. 이 세 가지 측면들 가운데 어느 하나가 아니라 상호작용관계에 처
한 그들 셋 모두가 관심의 중심에 놓이는 것이다. 그렇기 때문에 현대
문예학은 해석학적인 목표설정의 형태로 오로지 텍스트의 '의미'에만
집중하지 않는다. '문학의 실재' 인간과 문학의 교제, 그리고 문학이
인간을 위해 행하는 역할 등을 기술하는 일은 따라서 인식의 층위에
만 한정될 수 없다. 수용을 주지주의적으로 옳거나 그른 '의미이해' 정
도로 한정해 버리는 사람은 문학텍스트의 독서를 '글로 쓰인 것'으로
부터 하나의 '의미구성'을 결과물로 얻는 것으로 간주할 뿐, 독서가 하
나의 고유한 체험이라는 점을 망각하고 있다. "문학은 곧 미적으로 경
험됨으로써 비로소 현실, 바꾸어 말해 사회적 사실이 되는 것이다. 그
리고 이 미적 경험의 개념은 의미이해와 문학적 체험의 통일을 강조
한다. 이 체험에는 흥미, 감성, 만족, 당혹감 혹은 텍스트에고의 몰입
과 같은 계기들이 개입하는 것이다."

　사회사적으로 정향된 문예학 안에는 상이한 사회학적 노선들의 이
론적 지침에 의해 뒷받침되는 다양한 단초들이 있다. 특히 빌레펠트의
사회학자 니클라스 루만의 '체계이론'은 그 중에서도 각별한 의미를

점점 더해 가고 있다. 하로 뮐러가 1990년에도 문예학에 있어서 루만의 체계 이론 수용은 아직도 여전히 걸음마 단계에 있다고 확인했지만 그 후 3년이 지나자 벌써 슈타니체크는 그 사이에 문예학계에서는 모든 종류의 이론에 대해서 호기심에 찬 수용의 자세가 신속히 형성돼 가고 있고 또 체계이론의 경우에도 역시 그러하다고 언급하게 된다. 슈타니체크는 자신의 논문 제목 「체계이론? 적용의 문제?」의 두 의문부호에 대해 리히텐베르크의 저작 『낙서 집』의 한 예에서 따 온 처리 방식을 설명함으로써 답변하고 있다. 또 이론과 적용을 둘러싼 토론의 전개를 1993년에 지크프리트 슈미트가 편찬한 논문집 『문예학과 체계이론』도 마찬가지로 기록하고 있다. 언급된 논문들과 거기에 명시된 참고문헌은 이 분야에 대한 계속적인 연구를 가능케 한다. 여기에서는 단지 두 가지 방법론에 대해서만 간략히 언급하고자 한다.

빌레펠트 출신의 사회학자 니클라스 루만의 영향을 많이 받고 있는 빌헬름 포스캄프의 사회사적이고 기능사적인 구상에 관해서는 이미 장르에 관한 장에서 간단히 언급하였다. 포스캄프의 주요 관심사는 1970년대 이래로 무엇보다 장편소설의 사회학이다. 포스캄프는 계몽주의 시대 문학이론가 프리드리히 폰 블랑켄부르크의 『장편소설 시론』(1774)과 아우구스트 빌헬름 슐레겔의 『신 문학비평을 위한 기고문』(1798)에 근거하여 장편소설 속에는 문학과 사회의 가장 직접적인 접촉 모습이 제시되어 있다고 본다. "이로부터 이미 소설이론은 항시 소설과 소통하는 사회적 현실과의 연관관계에서 소설의 미학적 구조를 규정하는 것을 함의하고 있다"는 그의 결론이 나온다.

포스캄프는 야우스의 수용미학적 단초를 계속 전개시키면서 이렇게 명문화한다. "문학적 의사소통은 역사적이고 구체적인 수용의 계기를 통해 구성적으로 결정되어 있다. 역사적 독자나 동시대적 독자는 소설

텍스트를 독서 시에 구현되는 소설의 현재화를 통해서 비로소 의사소
통상황의 대상으로 만든다. 게다가 소설작가는 언제나 이미 자신의 대
화상대로서의 잠정적인 독자와 대화중에 있는 것이다. 대중의 반응은
다시금 문학적 생산과정에 영향을 끼칠 수 있다.” 포스캄프는 소설을
문학적·사회적 제도로서 파악한다. 그 제도는 역사적으로 자리매김
되어 있고, 또 모든 다른 제도들처럼 정태적인 것이 아니라 제도화와
탈 제도화의 끊임없이 계속되는 과정에 종속된다. 종종 한 측면은 다
른 측면과 연결되어 있다. 18세기에 서사시의 우세가 장편소설의 우세
를 통해 대체되는 것은 그에 대한 중요한 예가 된다. 역사학에서뿐 아
니라 사회과학에서도 역사적이며 사회학적인 방법들이 두드러지게 서
로 접근하고 있는 일에 주목하여 그는 소설 사회학을 계속 발전시키
기 위해 부분 이론들을 하나의 포괄적인 체계로 결합시킴으로써 가능
한 한 상이한 단초들을 조합하고 비교하는 토론의 자세를 추천하고
있다.

　“1770년에서 1900년까지의 독일문학의 사회사”라는 이름의 뮌헨에
있는 한 연구단체는 미시 사회학적 행위이론과 거시사회학적 체계이
론을 서로 연결하는 사회학자 탈코트 파슨스의 후기 연구에 의존하고
있다. 문학이라는 사회적 체계는 사회라는 체계 속에 존재하는 여러
하위 체계들, 즉 법, 경제, 학문 등과 마찬가지로 하나의 하위 사회체
계로서 이해된다. 문학은 사회적 행위체계로서 자기편에서는 내부적으
로 또 다른 하위체계들로 분화될 수 있다. 이때 ‘문학적’ 행위는 포괄
적인 사회적 구도와 과정들의 한 기능으로서 파악된다. 그리고 그것은
사회적 과정들의 자리매김과 변경을 위한 하나의 기능을 갖는다. 그것
은 사회적으로 영향을 받았고 또 동시에 사회적으로 영향을 끼치는
행위로서 이해될 수 있다.

뮌헨 학자들의 이론구상은 문예학적 개념들과 사회과학적 범주들 사이에 하나의 통제되고 성찰된 연결고리를 창출해 내는 것을 목표로 삼는다. 파슨스의 체계이론이 행위연관들의 기술을 위해 준비해 놓은 범주들은 문학사 편찬의 재구성을 위해 하나의 세련되고 명시적인 이론들을 제공한다. 이 이론들의 기초 위에서 의미 있는 가설들이 공식화될 수 있을 것이다. 또 이 가설들의 구조화 지침에 맞게 경험적 자료들이 선택되고 조직될 것이다. 그렇게 얻은 결과물은 역사적·분석적 가설들의 타당성을 경험적으로 통제하는 것을 허용한다. 그 동안에 이 모델을 토대로 하여 이미 강령에서 언급된 1770-1900년의 시기에 관한 일련의 개별 연구서들이 주로 출판되었다.

특히 문학을 하나의 사회적 체계로 보는 니클라스 루만의 체계이론은 문학적 의사소통을 이해하는 데 중요한 의미를 갖는다. 체계이론의 대상은 사회적 의사소통이다. 우선 거시적 성격의 사회이론을 구체적인 문학텍스트의 의미를 탐색하는 데 적용하는 것은 간단한 일이 아니다. 특히 커뮤니케이션의 본질이 '사건 성'에 있다고 보는 루만이 문학의 표현수단인 문자가 커뮤니케이션을 '탈사건화'한다고 주장하는 데서 문제가 생긴다. 문자로 된 텍스트도 의미 있는 일회적 사건으로 구상될 수 있고 의미 있는 선택으로 간주될 수 있기 때문이다. 이러한 선택의 의미론적 정체성은 다른 것과의 일회적인 역사적 차이를 통해서 비로소 구성되기 때문에 텍스트가 커뮤니케이션을 탈 사건화한다고 할 수는 없는 것이다.

체계이론은 커뮤니케이션을 전달행위로 보지 않는다. 그것은 객관적으로 주어진 정보들의 교환이 아니다. 화자가 매개할 수 있는 일정 양의 확정된 의미가 먼저 존재하는 것이 아니라 의미는 커뮤니케이션을 통해서 비로소 구성되는 것이다. 이는 커뮤니케이션이 '의미 창출적 성격'을 가짐을 말하는데, 이러한 성격은 커뮤니케이션이 의미 있는 선택들의 과정이라는 사실에서 비롯한다. 선택들은 자체 속에 의미를 간직하고 있는 것이 아니라 선택되지 않은 것들과의 차이를 통해 비로소 의미를 가지게 되는 것이다. 차이란 먼저 주어지는 것도 아니고 커뮤니케이션 이전에 존재하는 것도 아니다. 차이란 커뮤니케이션 과정에서 우연히 생겨나는 결과이다. 루만에 의하면 커뮤니케이션은 "세계를 전달하는 것이 아니라 세계를 자신이 전달하는 것과 전달하지 않는 것으로 나누는 것"이다.

체계이론은 의미를 전적으로 수용자의 구성적 행위에 귀속시키는 극단적 구성주의처럼 커뮤니케이션이 본래 의미를 지니지 않는다고 주장하거나 해체주의처럼 커뮤니케이션이 모든 것을 다 의미할 수 있다고 주장하지 않는다. 체계이론은 의사소통에서 언표의 의미는 전적으로 언표 속에서 그리고 언표를 통해서 순간적으로 만들어지는 다른 가능성들과의 상관적 차이를 통해 비로소 형성되는 것이라는 점을 강조하고 있을 뿐이다. 루만은 언어기호가 통시적으로는 변할 수 있으나 공시적으로는 고정적인 의미를 지닌다는 구조주의적 견해를 받아들이지 않는다. 이로써 그의 의미 개념과 커뮤니케이션 개념은 역동성을 얻게 되는 것이지만, 이런 역동성은 그러나 해체주의가 말하는 "'차연'의 유희"와는 성격이 다르다. 체계이론은 스스로 균형을 유지하는 소쉬르식의 차이의 그물망을 전제하지 않기 때문에, 그런 차이의 그물망은 언제나 의미의 '차연'을 내포하고 있다는 비판을 피할 수 있다. 루만에게는 역사적으로 일회적인 차이만 존재할 수 있을 뿐이다. 이 차이가 의사소통에 등장하여 한 시점에서 하나의 의미를 결정하지만 바로 같은 순간에 그 의미가 사라지고 만다고 가정하면 의미의 '차연'이란 논의될 수 없는 것이다.

체계이론은 언어기호의 의미를 우연적이면서 동시에 고정적인 것으로 간주한다. 언어기호가 모든 새로운 상황에서 하나의 새로운 상대를 구할 수 있고, 거기 따라서 하나의 새로운 의미를 가질 수 있다는 점에서 기호의 의미는 우연적이다. 그러나 기호는 언제나 하나의 구체적인 상황에서 사용되고 하나의 특별한 상대를 선택하게 되고, 따라서 하나의 특별한 의미를 얻게 되기 때문에 기호의 의미는 또한 고정적인 것이기도 하다.

루만에 의하면 커뮤니케이션은 시점이 분명한 선택 행위의 결과이며, 이 선택 행위의 의미는 선택을 통해 순간적으로 부정된 다른 가능성들과의 차이를 기초로 한다. 따라서 커뮤니케이션 과정을 해석하는 모든 행위의 중심에는 언제나 특수한 부정의 차원을 재구성하는 작업이 있어야 한다. 이런 부정의 차원과 대비됨으로써 커뮤니케이션은 자신의 의미를 획득하게 되는 것이다. 하지만 루만은 자신의 이런 주장이 어떤 결과를 초래할지 모르고 있다. 예를 들어 모든 개별적 커뮤니케이션이 자기 고유의 차이 치를 가지고 있다는 사실을 그는 간과하고 있는 것이다. 또한 그는 커뮤니케이션의 사건성은 강조하면서도 의미의 사건성은 소홀히 다루고 있다.

이런 문제들에 대한 이해는 전통적으로 문예학에서 이용된 역사적 맥락에 주의를 기울일 때 보다 쉬워질 수 있다. 문예학은 대체로 통시적 차이들만을 텍스트 이해의 어려움을 설명하는 근거로 삼음으로써 공시적 차이들을 소홀히 다루었다. 텍스트가 성립 당시에도 자기 스스로 말한 것이 아니라 어떤 다른 선택에 대비됨으로써 자신의 의미를 부각시킨 것이라는 사실이 간과되고 있는 것이다. 공시적이고 콘텍스트 차별적인 관계들에 대한 경시는 기본적으로 언어가 사물과 확고한 관계를 맺고 있다는 언어관에서 비롯한다. 그것은 언어와 세계 사이에 일치 관계가 존재한다는 대변주의 사상에서 비롯하는 것으로 과거의 텍스트들이 지니고 있는 지시 관계를 이해하려면 당시의 세계만 알면 된다는 입장에 다름 아니다. 체계이론의 관점에서 볼 때 이런 언어관에 대항할 수 있는 것은 언어란 언제나 일과성의 현실을 다룬다고 하는 언어관이다. 텍스트는 한 콘텍스트로부터의 역사적·구체적 선택이며, 콘텍스트 자체는 그때그때의 선택을 통해 비로소 구성되는 것이다. 시점이 분명한 이런 부정의 과정을 거쳐서 비로소 텍스트는 자신의 지시연관을 구성하고 의미론적 윤곽을 얻게 되는 것이다. 중요한 것은 의미구성을 묻는 물음이다. 의미는 실용적·구체적 상황 속에서 선택된 대립적 입장을 거쳐 비로소 구성되는 것이다. 따라서 동일한 단어와 언표들은 자신들에 대한 상이한 대립적 입장들을 통해 의미를 획득하게 된다. 동일한 역사적 콘텍스트 안에서도 동일하거나 비슷한 언표들이 반대의 것을 의미할 수 있는 것이다.

모든 텍스트는 자신의 의미를 다른 가능성들의 역사적·구체적 부정을 통해서 비로소 구성한다. 여기서 바로 의미론의 극단적 시간화가 발생한다. 텍스트는 의미론적 관점에서 시간적으로 무상한 것으로 간주된다. 그것의 의미는 특정 시점에서의 텍스트와 콘텍스트의 차이에서 드러나는 것이다. 이는 문학텍스트에도 적용된다. 텍스트의 해석을 위해 문예학자가 해야 할 일은 텍스트와 그것의 콘텍스트 간의 일회적인 긴장관계를 밝히는 것이다. 문예학자는 텍스트의 원천적인 커뮤니케이션 관계를 드러내기 위해 텍스트의 선택결과를 재구성해야 한다. 또한 해석은 무엇보다도 그때그때의 부정성의 배경을 재구성하는 것으로 이해될 수도 있다. 텍스트는 그 부정성을 배경으로 비로소 의미를 획득하는 것이다. 이러한 해석은 이용 가능한 모든 문건들, 즉 텍스트 자체와 작가의 발언, 텍스트의 수용에 관한 것들을 분석함으로써 가능해진다. 이때 작가의 발언 및 수용과 관련되는 글들은 텍스트 의미의 탐색을 위한 자료로서만 사용되어야지 그 의미를 결정하는 요소가 되어서는 안 된다. 이러한 체계이론적 해석론은 그러나 논란의 여지가 있다. 특정 시점에서의 원래적 의미만을 고집할 경우 현재적 상황에서의 적극적·창조적 글 읽기가 어려워질 수 있는 것이다.

6.13. 매체학적 문학이론

일반 매체학이 문제 삼는 것은 기술 매체들이 인간의 의사소통 과정을 어떻게 변경시키고 사회적·문화적으로 어떤 파급효과를 낳는가 하는 것이다. 독어독문학자들은 이와 같은 관점에서 더욱 전문적으로 기술 매체들의 발달이 문학의 발전에 어떤 영향을 끼쳤는지를 살핀다. 최초의 문자기호에서부터 시작해 시각적·청각적 매체를 거쳐 최근의 디지털 매체에 이르기까지 매체들은 문학 속에서 주제로 다루어지고 있을 뿐 아니라, 특히 텍스트의 구조에 그 흔적을 남기거나 새로운 장르를 탄생시키기도 한다. 반대로 문학이 그때그때 새롭게 생겨나는 매체에 언어적 형식을 부여해주기도 했다. 이와 같은 매체미학에 일찍이 중요한 단서를 제공해준 것은 1920년대 이후 이루어진 발터 벤야민의 일련의 연구였다. 이 연구들에서 벤야민은 각종의 매체들이 인간의 인지 형식을 바꿀 수 있다는 관점에서 사회의 제반구조와, 사진이나 영화 그리고 여러 형태의 예술과 같은 매체들 사이의 상관관계를 분석했다.

문예학에서의 매체사적인 논의에 특히 크게 영향을 준 사람은 캐나다 출신의 커뮤니케이션 이론가 마셜 맥루언이다. 그에 의하면 "매체가 인간의 공동체 생활의 범위와 형식을 결정하고 조종할" 뿐만 아니라 매체는 그때그때 그것이 목표로 하는 감각에 특별하게 작용할 수 있는 방식으로 내용을 전달한다. 이런 의미에서 맥루언은 "매체가 곧 메시지다"라고 주장한다. 그에 따르면 인간이 각종의 매체를 통해서 추구하는 것은 감각의 확대이다. 맥루언은 "우리는 도구를 만들고, 그 다음에는 우리가 만든 도구가 우리를 만든다."는 전제하에, 서구 문명의 정치적·미적 질서를 전복시킨 두 개의 기술 혁명, 즉 인쇄술과 전자 기술의 의미와 역할을 검토한다. 그는 『구텐베르크의 은하수』(1962)라는 책에서 인쇄 기술이 서구 문명을 어떻게 변화시켰는지를 밝히고 있다. 그의 주장에 따르면 활자의 발명은 구어적 담론의 쇠퇴와 인쇄 매체의 지배를 가져왔고, 이로부터 인류의 집단의식이 제고되었다. 15세기 중엽에 있었던 활자의 발명은 시각을 다른 감각과 분리시키고 시각이 인간의 지배적인 감각이 되도록 했다는 것이다. 활자는 귀 대신 눈을 중요한 인식 수단으로 만들고 인간을 전문화되고 분절된 의식의 공개적인 시각 세계로 들어가게 한다는 것이다. 이 같은 시각의 확장과 패권 화는 인간의 선형적 사고를 심화시키고, 세계에 대한 인간의 지각을 인쇄된 종이 위의 시각적 질서에 맞추도록 부추겼다고 맥루언은 주장한다. 그러나 19세기말 전기의 발명은 세계에 대한 인간의 지각 내용을 가상공간의 의식에 적합하도록 재구성하게 만든다고 맥루언은 말한다. 전자 기술이 인간의 감정과 사고의 새로운 유형을 만들어내고 있다는 것이다. 전자 기술은 인간의 시각만이 아니라 인간의 모든 감각과 움직임을 동시에 그리고 통합적으로 작용하게 만들고 있는 것이다. 이러한 형태의 커뮤니케이션은 과거 부족 시대에나 있었던 일이다. 그의 표현대로 "감각의 야만 화"가 이루어지고 있는 현재의 인류 사회는 전 지구가 하나의 부족사회가 되고 있는 것이다. 이런 관점에서 맥루언은 인류 역사가 부족사회에서 인쇄 매체를 통해 근대 국가 사회로 전환되고, 전자 매체를 통해 다시 부족사회로 돌아가고 있다고 주장한다. 이러한 사정과 관련되어 있는 바로 맥루언이 말하는 '지구촌' 개념이다.

지구촌에서의 이 같은 소통과정의 최적화는 그 자체 유희적이고 자기목적적인 것이기도 하지만, 삶의 속도의 제고를 통해 잠재력을 키우려는 중추 신경계의 여러 가지 전략으로서의 성격이 무엇보다도 강하다. 그러나 맥루언은 오로지 매체들이 인간의 세계 지각을 결정한다는 유물론적인 시각만을 따르지는 않는다. 여러 유형의 예술이나 문학도 매체 상황의 단순한 반영이 아니다. 맥루언에 의하면 예술이나 문학은 심지어 매개적 기능을 하기도 한다. "예술가는 어떤 새로운 기술이 의식적인 과정들을 마비시키기 한참 전에 감각들 상호간의 관계를 수정할 수 있다. 그런 마비나 물밑 모색 그리고 반응이 시작하기에 앞서서 예술가는 그 상호관계를 수정할 수 있는 것이다." 이런 '미디어인간학'을 독일문학과 연관 지어 구체적으로 실천하고 있는 학자는 알브레히트 코쇼르케인데, 그의 『매체론』(2002)은 그러나 극히 넓은 의미에서의 기술적 매체들을 다루고 있다. 그는 특히, 자연과학과 기술 발달의 영향을 받아 의사소통의 제반 상황과 문학에서의 기억문화가 어떻게 변화해왔는가를 분석하고 있다.

매체와 감각적 인식과 예술장르들 사이의 상호관계에 대한 이 같은 물음은 60년대 이후 의 사회사적 문예학에 의해 이미 간헐적으로 제기되기도 했으니, 사회사적 문예학은 문화산업으로서의 기술의 세계를 연구 대상에서 배제하지 않았다. 그러나 독일문예학에서 매체학적 관점의 연구가 그 독자적인 위상을 확립하게 된 것은 1980년대 중반 이후에 와서의 일이다. 특히 매체심리학적인 관점에서 각종 매체가 문학에 미치는 영향을 체계적으로 연구하고 있는 프리드리히 키틀러는 매체에 명백한 우월적 지위를 부여하면서 문학에 대해 어떤 고유한 법칙성도 인정하지 않는다. 정신과학적인 방법론에 대해 이처럼 반대하는 입장을 취함으로써 키틀러는 문예학을 일종의 '매체기술론'으로 변경시켜서 매체학에 통합시키려고 하였다. 키틀러의 이론에 비해 보다 균형 잡힌 시각을 보여주고 있는 것은 만프레드 슈나이더의 '매체담론사'인데, 슈나이더는 문학의 미학적 내지 형식적 전통이 인쇄기술이나 다른 매체적인 조건 및 경쟁과의 관계 속에서 어떻게 생겨나게 되었던 것인지를 보여주었다.

(1) 문학과 인쇄매체

매체학적인 관점을 문예학에서 실천적으로 적용하는 것 가운데서 지금까지 가장 중요한 것은 문학을 인쇄매체와 관련지어 분석하는 것이다. 문학의 언어와 글쓰기가 매체의 영향을 받을 수 있다는 생각을 누구보다도 먼저 개진한 사상가는 프리드리히 니체였다. 1865년에 특히 맹인들을 위해 발명된 타자기는 시력이 몹시 나빠 고통을 겪고 있는 작가들이 자판을 두드려 개별 철자들을 선택하고, 동시에 문장들이 타자기에 끼워진 종이 위에 적히는 것을 볼 수 있게 해 주었다. 이러한 사정은 니체의 글쓰기에 영향을 주었다. 그는 철자나 단어, 문장들을 가지고 재미있는 실험을 했으며, 이제 그는 부피가 큰 문학형식보다는 짧은 텍스트나 경구를 선호했다. 글을 쓰는 사람이 타자기에서 자기 글을 직접 눈앞에 보게 됨으로써 글의 내용도 달라지는데, 이 같은 사정에서 니체는 "글을 쓰는 데 사용되는 기구가 우리의 사상에 함께 작용한다."는 의미 있는 결론을 끌어내었다. 따라서 이런 관점에서 볼 때 한 텍스트가 어떤 생산조건을 갖는가 하는 것은 결코 무의미한 일이 아니다. 구전에서 시작해 필사와 서적인쇄를 거쳐 컴퓨터 글에 이르기까지 다양한 매체적 조건들이 문학과 밀접하게 연관되어 있는 것이다. 몇몇 문학 장르들은 매체적 조건들이 갖추어지고 나서야 비로소 생겨날 수 있었다.

그것이 의사소통을 하는 두 당사자 사이에서 매개자 역할을 하는 한 철자들을 이미 매체라고 부를 수 있기 때문에, 일반적으로 문자문화의 발전과정이 수많은 연구의 대상이 되었다. 그 많은 연구들은 이 문화 기술의 다양한 영향을 지적하고 있다. 상거래 편지나 간단한 소식 같은 순전히 실제적인 목적을 위해 생겨난 글은 지배나 정복의 목적을 위해서도 사용될 수 있다. 글의 또 하나의 기능은 문화의 전달을 확실하게 해 주는 것이다. 나아가 플루서 같은 학자는 인구에 회자되는 명제를 내세우면서 글과 더불어 사고의 방향도 결정된다는 사실을 증명해보였다. 문화사적으로 볼 때 철자들의 시각적 동형성과 지속성은, 역사의 제반 과정은 미래의 한 시점을 향해 진행되고 있고, 인간의 사고는 특정 목적을 향한 바로 그와 같은 정치적 지향성을 띠고 있어야 한다는 사상과 맥을 같이 하고 있는 것처럼 보인다는 것이다.

문자문화의 발전과정과 관련하여 수많은 연구의 테마가 되고 있는 것은 근세 초에 이루어진 매체 변화이다. 개인적 차원에서 구두로 직접 전달되는 소수의 텍스트 내지 구전성과 시각 성으로 특징지어지는 중세의 필사본 문화가 요하네스 구텐베르크의 금속활자를 이용하는 서적인쇄 문화로 대체된다. 1454년에 만들어진 최초의 인쇄본 성경은 매체 혁명의 시발점이 되었으며, 이 혁명으로 인해 대중매체로서 책은 공적·정치적·문화적 삶에서 그것이 하는 중요한 역할과 함께 확고한 지위를 가지게 되었다. 이러한 맥락에서 지속적이고 선적인 성격의 글 내지 규격화된 정보처리를 위한 통일적인 인쇄유형이 초래하게 된 문학사적으로 중요한 여러 가지 결과들이 연구되었다. 서적인쇄술이 가져온 문학사적으로 중요한 결과들에는 통일적인 표준 독일어의 발달과, 그것과 더불어 나타나게 된 민족의식, 대중매체로서의 문학의 시작, 장편소설의 발생 등이 속한다. 마르틴 루터의 성서 번역이 사회·문화적으로 중요한 역할을 하며 영향력을 행사하고 종교개혁 운동이 활기를 띨 수 있었던 것도 인쇄술의 발명 덕분이었다.

15세기말 이후 글이 널리 사용되는 데 영향을 준 또 하나의 중요한 요소는 우편제도의 발달이다. 우편업무의 원활한 수행을 위한 숙박시설은 18세기에 몇몇 문학 장르들이 발생하게 된 것과 밀접한 관계가 있다. 신문제도는 우편 역에서 출발하여 그 틀을 갖추게 되었다. 우편 역은 교통로들이 집결하는 지점에 위치하고 있었기 때문에 그곳으로 모여드는 이런저런 소식들은 쉽게 한자리에 모아질 수가 있었다. 물론 이때의 소식들은 정치적이기보다는 오락적인 성격을 더 강하게 띠었다.

오락적인 성격의 출판물로서 비교적 많은 독자를 확보하고 있었던 것은 '주간 도덕잡지'였는데, 그것은 18세기 계몽주의 시대에 의사소통 매체로서 중요한 기능을 하였다. 신문의 문예오락난도 비슷한 역할을 하였는데, 거기 실린 글들은 미학적·정치적 성격을 다소 강하게 띠고 있었다. 보다 좁은 의미의 문학과 관련해서는 신문제도와 노벨레문학 간의 관계가 중점 논의되었다. 서간체 장편소설과 관련되는 여러 가지 요소들도 많이 논의되었는데, 장편소설의 하위 장르인 이 서간체 소설은 18세기에 우편제도의 발달로부터 많은 영향을 받았으며 사적인 언어문화가 활기를 띠도록 하였다.

현재 가능성이 가장 많고 전망이 밝은 대중매체인 컴퓨터 안에서의 텍스트 창작도 최근 문예학의 연구대상이 되고 있다. 문예학은 이 새로운 매체가 독서 과정과 글쓰기 과정에 어떠한 영향을 미치고 있는지를 분석한다. 컴퓨터를 유리한 보급수단으로 이용하면서도 그 형식에 있어서는 전통을 유지하고 있는, 더 이상 조감이 거의 불가능할 정도로 많은 개인 텍스트와 문학프로젝트는 제외하고, 문예학이 관심을 갖는 것은 문학형식뿐 아니라 문학의 기본적인 개념들도 달라지고 있는 그런 텍스트들이다. 때문에 혼란스러울 정도로 넓은 개념인 '네트워크 문학'은 '디지털 문학'으로 보다 자세하게 규정되어야 할 것이다. 그래야 글쓰기나 읽기에 있어 가상공간에서의 운동성과 하이퍼텍스트 속에서의 자유로운 조종의 가능성도 포함될 수 있을 것이기 때문이다. 이때 새로운 장르로서 또한 연구되고 있는 것은 소위 '랜덤 텍스트'이다. 이런 텍스트에서는 마우스로 단어나 그림을 클릭하면 합성된 그림이나 음악이 움직이기 시작하거나 새로운 단어의 결합들이 나타난다.

(2) 청각 매체와 시각 매체

문학이 매체 내지 물질적 전달 수단의 면에서 어떤 상태에 있는지를 물음으로써 문예학은 새로운 테마나 형식뿐 아니라 새로운 역사적 연관관계도 밝혀낼 수 있었다. 이는 18세기 이후의 문학과 시각 매체들에 대한 다양한 문예학적 연구들이 잘 보여주고 있는데, 그 연구들은 예를 들어 시각과 관련되는 기구들이 문학에 어떤 영향을 끼쳤는지 분석하고 있다. 예를 들어 현미경의 발명은 18세기의 문학에서 주위 상황에 대한 세부묘사나 짧은 형식의 문학 발달에 영향을 주고 있는 것인데, 비교적 규모가 큰 장편소설 속에서 격언 시나 우화 같은 짧은 글이 소개되거나 일련의 작은 사건들에 대한 상세한 묘사가 이루어지고 있는 것이 그런 경우라 할 수 있다. 전경화와 19세기 소설 서사기법 간의 연관관계, 사진 기술의 발명이 문학에 끼친 영향, 시리즈 사진이 1900년경의 다관점주의의 형성에 끼친 영향, 그리고 특히 1895년 이후 영화기법과 문학의 서사기법 간의 상호영향 관계 등의 문제들도 문예학에서 많이 다루어지고 있는 주제들이다. 특히 영화와 문학의 상호관계에 대한 연구에서는 두 장르의 공통적인 구성 기법들, 예컨대 시점과 관점의 선택, 편집과 몽타주 기법, 다양한 방식의 시간 구성법 등이 다양하게 밝혀졌다.

청각 매체가 문학에 끼친 영향은 예를 들어 '의식의 흐름' 기법에서 잘 나타나고 있다. '의식의 흐름' 기법은 더 이상 순수하게 문학적인 문제가 아니다. 그것은 1877년에 발명된 축음기가 음을 즉각적으로 기록하는 데서 비롯하는 하나의 매체적 효과이다. 음향 매체에 소리를 왜곡됨이 없이 저장할 수 있는 가능성은 내면의 목소리를 기록할 수 있음을 암시한다. 내면의 목소리를 기록하는 일은 예를 들어 아르투어 슈니츨러의 소설들에서는 내적 독백의 형태로 나타난다. 언어가 메시지를 전달하는 데 기술적으로 문제가 많다고 하는 사실은 1900년경의 문학에서 언어회의주의의 형태로 표현되고 있지만, 그것은 또한 사람들이 소리나 음절에 주의를 기울이고, 시에서 음절들이나 단어들을 시각적으로 배열하든 아니면 음향 중시의 문학에서 언어의 의미적 차원을 포기하는 경우든 음절들을 그 의미와 고립시켜 다루는 데서도 나타나고 있다.

뮝커와 뢰슬러 같은 학자들은, 익명화된 의사소통매체로서든 아니면 카프카의 『성』에서처럼 권력수단으로서든 또는 일반적으로 문학적 의사소통을 변형시키는 것으로서든 전화가 철학이나 문학에 어떠한 영향을 끼쳤는지를 연구하고 있다. 그러나 문학과 청각 매체가 아주 밀접하게 결합되는 경우는 1923년 이래의 라디오 방송에서 찾아볼 수 있다. 두 매체 간의 결합에 힘입어 오늘날 라디오 방송국들과 '듣는 책 CD' 시장은 수많은 방송극들을 제공하고 있다.

매체들의 위상과 비중을 명쾌하게 설명하는 것은 특히 교육문제 토론에서 아주 뚜렷하게 드러나는 교육적이고 교수법적인 관심사가 되었다. 여기에는 또한 매체이론과 문예학 사이의 대결도 반영되고 있다. 그러나 이러한 대결과 관계없이 여전히 유효하고 타당한 것은, 인식이나 지식의 습득은 결코 순수하게 정신적인 활동이거나 정신적인 산물이 아니라 언제나 매체 안에서 이루어지는 것이라는 견해이다. 니클라스 루만의 말대로 "우리가 우리 사회에 대해, 아니 우리가 살고 있는 세계에 대해 아는 것은 바로 우리가 대중매체들을 통해서 아는 것이다." 인식과 인지 그리고 다양한 종류의 예술은 늦어도 1800년 이후 산업화과정으로부터 많은 영향을 받고 있으며, 이런 산업화 과정은 여러 가지 문학 형식을 통해 표현되었다. 따라서 이웃하는 매체들과의 연관하에서 텍스트를 분석하는 것은 매체적 조건에 따라 변화를 경험했던 작가와 독자의 역할에 관심을 기울이는 것과 마찬가지로 향후 문예학의 중요한 연구대상으로 남게 될 것이다.

6.14. 문화학적 문예학

지금까지 설명한 다양한 문예학 방법론들은 1990년대에 이르기까지 마치 '유행'처럼 서로를 대체하며 경쟁적으로 사용되었다. 이 다양한 방법론들은 그러나 1990년경부터 점차 동시에 사용될 수 있는, 문예학적 논증과 분석의 전체적인 도구들로 간주되고 있으며, 개개 연구자들은 자신이 연구하는 대상의 그때그때 요구에 따라 이 방법적 도구들 가운데서 적절한 것을 선택해 절충적으로 사용할 수 있다. 이와 동시에 현대 문예학은 근래 들어 더욱 강한 정도로 문화학의 일부로서 논의가 되고 있다. 대부분의 이전 방법론들과 문제제기를 포괄하는 큰 틀로서의 문화학적 방법론이 문예학 연구 방법론의 새로운 주류를 형성하고 있는 것이다. 독일 문예학의 이 같은 새로운 방향설정은 진작부터 학제적 성격을 띠고 있었던 이전의 방법론들을 계승하고 있는 것인데, 이들 이전의 방법론들은 문화학적 문학 연구 방법론의 출발점으로 이해될 수 있다. 문예학이 문화학적인 성격과 경향을 띤다고 하는 것은 문예학 의 연구 대상이 확대되고 문예학이 학제적 연구의 경향을 강하게 갖게 되는 것을 의미한다.

그러나 그렇다고 해서 문예학이 단순히 하나의 문화학으로 대체될 수 있는 것은 아니다. 오히려 문예학은 그 대상이 되는 문학텍스트의 복합적인 성격과 그 연구에 필요한 여러 가지 조건들 그리고 다른 예술적 내지 문화적 생산물과 조화를 이루는 가운데 문학 자체가 가지는 고유한 가치 등으로 인해 고유한 학문적 위상과 정당성을 갖는다. 문예학은 자신에게 방법론이나 미학을 제공하는 다른 문화적 담론들을 함께 고려하기는 하지만 어디까지나 문학텍스트 연구에 몰두하는 것이다.

(1) 문화 연구

'문화학'은 일단 문화적 구조와 현상의 설명과 분석에 몰두했던 모든 학문들을 총칭하는 집합적인 개념이다. 엥겔만에 의하면 "민족학자든, 문헌학자든, 매체학자든, 사회학자든, 문화평론가든, 자칭 자유연구가든 사회의 권력구조와 연관하여 문화적 관행들을 연구하는 사람이라면 사실 오늘날 누구라도 '문화 연구'라는 상표를 사용할 수 있다." 학문사적인 관점에서 볼 때, 오늘날 '문화학' 개념의 유행은 일찍이 '정신과학'(이는 독일어에만 있는 개념이다)이라 불렸던 것에 방법론적으로 확고한 정당성을 부여하려는 시도로 이해될 수도 있다. 영어권과 프랑스어권에서 사용되고 있는 '인문학' 또는 '인문과학' 등의 개념

대신에 보다 자세한 의미를 갖는 '문화'의 개념을 사용하려고 하고 있
는 것인데, 이때 '문화'는 인간 사회의 물질적인 생산품뿐만 아니라 사
회 제도, 공동체적 관행, 의식 등을 포괄적으로 가리킨다.

　다소 포괄적인 것으로 들리는 상위개념인 '문화학'과는 달리 '문화
연구'는 그 시초에 매우 자세하고 정치적인 경향을 띠는 방법론이었
다. 대중 문학과 영화, 광고와 언론에 대한 1950년대 초의 선구적인
문예학적 연구들로부터 영향을 받아 1950년대 후반 영국에서는 2차
세계대전 후의 격변하는 사회에 직면해서 정치적이고 교육적인 프로
젝트가 개발되었다. 리챠드 호가츠는 『문학성의 효용』(1957) 이라는
책을 냄으로써 복잡한 문화적 현상들에 대한 시야를 열어주고 버밍햄
에 "현대문화 연구센터"라는 연구소를 설립하였다. 이 연구소가 연구
의 대상으로 삼았던 것은 오늘날의 '문화 연구'가 대상으로 하는 것과
대체로 일치하는데, 그것은 민요와 대중음악, 일상 속의 예술, 주거문
화, 청소년문화 그리고 스포츠 등이었다. '문화 연구'의 주도적인 학자
들로는 호가츠 외에 『문화와 사회』(1958)의 저자 레이먼드 윌리엄즈,
『영국 노동자 계급의 형성』(1963)을 발표한 E. P. 톰슨 등이 있다.

　방법론사적으로 볼 때 '문화 연구'는 한편으로 알튀세르나 프랑크푸
르트학파로 대표되는 20세기 마르크스주의의 전통 속에서, 다른 한편
으로는 구조주의나 담론분석의 맥락 속에서 이해될 수 있다. '문화 연
구'에서는 모든 사회적 실재와 현상들이 구조주의에서의 언어기호와
마찬가지로 '본질적으로' 주어진 것으로 해석되지 않는다. 오히려 그것
들은 복잡한 지시체계를 갖는 차이들을 통해 구성되는 것으로 이해된
다. 엥겔만에 따르면 "여러 가지 요소나 담론, 관행으로 이루어지는
하나의 그물망이 생겨나는 것인데, 이 요소와 담론, 관행의 상호관계
의 구조를 분석하는 것"이 중요하다. 따라서 문화는 이제 더 이상 정

통 마르크스주의가 엄격하게 구분하는 것처럼 생산관계의 하부구조 위에 존재하는 상부구조 현상으로 이해되지 않는다. 문화는 사회의 체험을 전달하는 모든 담론과 사회적 행동규범의 총화로서 파악된다.

이와 더불어 문화 개념 이해의 급진적인 민주화가 일어난다. 문화는 이제 더 이상 최상위문화나 엘리트문화를 가리키지 않으며, 다양한 하위문화와 청소년문화, 노동자문화와 대중문화, 소수민족문화 그리고 여러 가지 형태로 나타나는 간문화적 현상들을 포괄한다. 특히 1980년대부터 문화 연구의 국제화 현상이 두드러지게 나타난 이후에는 연구의 대상이 매우 다양해지고 있다. 이런 새롭고 다양한 연구 대상들은 한편으로 문화 연구의 학제적 성격을 강조하지만, 다른 한편으로는 전통적인 문예학에서 별로 다루어지지 않았던 문제들이다. 문화 연구의 주요 대상은 대중문화의 작용 방식, 각종 매체의 역할과 기능, 대중적인 것의 분석, 종족주의와 다문화성, 사이버문화, 문화정책, 식민주의 그리고 세계화 등의 문제이다.

'문화 연구'가 이룩한 성과는 무엇보다도 방법적 성찰을 거친 현대 사회학 또는 문화의 담론분석을 확립한 것이다. 스스로를 문화학으로 이해하기도 하는 문예학은 특별히 '문학적인' 문화의 제반 현상을 전체 문화와의 연관 속에서 더 잘 분석하고 설명할 수 있다. 예를 들어 통속문학이나 오락문학의 문화적 위상을 결정하는 것, 경쟁하는 매체들과 이벤트문화와 사이버 공간의 맥락 속에서 전개되는 문학 문화를 이해하는 것 등은 문예학이 문화학적인 방법론을 사용할 때만 가능한 것이다. 그러나 그렇다고 해서 개별적인 텍스트의 이해를 위한 문헌학적·분석적·해석학적 노력이 쓸데없이 돼버린 것은 아니다.

노르베르트 엘리아스의 문명사 연구도 문화학적 문예학의 범주에 속한다. 이미 1939년 영국 망명 시절에 발표된 그의 저서 『문명화 과정에 대하여』는 1970년대에 와서 비로소, 그러니까 문화 연구나 사회사적 문예학이 크게 영향을 끼쳤던 것과 관련해서 폭넓게 받아들여졌다. 이 책에서 엘리아스는 중세 이후 서구 현대 사회의 발전과정을 복잡한 형성절차와 분화절차를 거쳐 진행되는 문명화 과정으로 이해하고 있다. 학제적인 입장에서 이루어진 그의 연구들이 이룩한 결과들은 현대 문예학에 다양한 시사점들을 제공해주고 있다.

프랑스 철학자 피에르 부르디외도 문화사회학적인 입장에서 논리를 전개한다. 1979년에 발표된 저서『섬세한 차이들』에서 부르디외는 개인이나 계급적 주체의 특별한 형태의 문화 소비를 사회적 식별기준으로 파악한다. 부르디외에 의하면 특정 문학의 수용은 한 개인을 다른 사람들과 구분하는 기준들 가운데 하나가 되며, 정체성을 형성하는 사회적 행동규범 내지 자기형성규범 가운데 하나가 된다. 부르디외는 또 후기의 저술『예술의 규칙』(1992)에서 플로베르를 예로 들어 19세기에 와서 자율적인 공간으로 분화되는 '문학의 장'을 주장하는데, 이로써 그는 니클라스 루만의 '체계' 개념에 대해 하나의 문화사적 대안을 제공한다.

(2) 페미니즘 문학이론과 젠더 연구

페미니즘 문학이론은 "문학텍스트에서의 여성에 대한 묘사와, 여성에 의한 문학창작 및 문학수용을 여성의 관점에서 탐구하는" 문예학적 연구나 프로젝트를 포괄적으로 지칭한다. 그것은 방법론상 일관성을 가지고 있는 문학이론의 그룹이 아니며, 역사적인 면에서나 개별 방법에 있어서 편차를 보이는 다양한 형태의 방법론이다. 특히 1970년대에 북아메리카에서 출발한 학문적인 운동은 우선 남성들이 창작한 문학텍스트 속에 그려지고 있는 여성상에 관심을 기울였으며, 인물들과 여성적인 것에 대한 가부장적인 형상화를 분석적으로 연구하였다. 미국 출신의 여류 학자 케이트 밀레트는 특히 19세기와 20세기의 문학을 수미일관 '일반적인 독법과 반대되는' 입장에서 읽었다. 그녀는 남성 작가들의 남성적 관점을 분석했으며, 작품 속에 그려지고 있는 여성상을 여성주의적 관점에서 그것이 얼마나 강하게 남성우월적인 관점에서 그려지고 있는가 하는 점에 비추어 해석했다.

지배적인 전통적 문학 전범에 대항해 여성 작가 문학의 전통을 수립하려고 시도함으로써 페미니즘 문학이론은 제2단계에 도달했다. 그것은 한편으로 잊히고 있는 여성 작가들을 다시 발굴하고 그들의 작품들을 해석·편찬하는 것을 의미했으며, 다른 한편으로는 널리 알려져 있는 여성 작가들을 새로운 관점에서 재해석하는 것을 의미했다. 문예학적 여성연구의 중요한 대상은 여성들의 작가로서의 자기이해와, 여성들의 문학 활동을 역사적으로 용이하게 해주었거나 가능하게 했던 장소나 사회적인 안전지대, 예를 들어 중세의 수도원이나 1800년 전후의 문학 살롱이었다. 특히 사적 의사소통의 성격이 강한 텍스트들과 같은 여성적 글쓰기의 '전형적인' 장르들도 중요한 연구대상이었다. 그러나 규모가 큰 전통적인 문학 장르들도 연구대상에서 배제되지 않았다. 전체적으로 보아 이런 유의 페미니즘 문학이론은, 남성 중심적 문학 전범과 나란히 또는 그것에 반대하는 형태로 자신의 고유한 문학 전통을 만들고 있는 특별히 여성적인 글쓰기와 남성 작가들과는 다른 종류의 여성적 미학을 탐구하는 것을 목표로 하고 있었다.

그러나 이런 '反전범화의 원리'는 그 자체가 다시 문제가 되었다. 한편으로 반전범화의 원리는 너무나도 명백하게 이성애를 지향하는 백인 중간계층 여성의 시각에서 그 새로운 전범을 만들어내었다. '인종', '종족', '성적 지향' 등과 같은 범주들은 배제되어 있었다. 다른 한편으로 분류와 배제, 등급화 그리고 전범 화는 남성들이 만들어 구조화 해 놓은 학문 관행과 문학 관행의 강력한 실천으로서 나타났다. 초기 몇 년간에 걸쳐 페미니즘 문예학을 이끈 동력은 명백하게 드러난 해방열 정이었다. 남성 이데올로기에 부합하는 여성상으로부터의 해방과 긍정적이고 모범적인 여성상의 제시가 그 목표였다. 이런 초기의 단계가 지나가고 난 뒤 페미니즘 문학이론은 1970년대 말에 이르러 새로운 단계에 도달했다. 여성에 대한 남성의 가부장적인 억압이 언어에까지, 학문적인 논의나 절차에서 사용되는 개념이나 방법에까지 깊숙이 침투해 있다는 인식을 하는 단계에 이르게 된 것이었다.

정신분석학의 인식과 후기구조주의 내지 담론분석의 인식의 도움을 받는 가운데 전통적인 지식 생산의 전체 과정이 남성 중심으로 이루어지고 있음이 폭로되었으며, 그에 따라 완전히 새로운 학문적 담론이 요구되었다. 린트호프에 의하면 "지금까지의 페미니즘 문학비평의 주된 관심사였던, 여성적 주체성과 정체성의 확립은 뒤로 밀려나게 되었다. 오히려 여성들은 이제 서구적인 주체성 및 정체성 개념을 극복하는 데 기여해야 하는 것이었다." 여성 주체든 남성 주체든, 주체는 이제 언어 구조와 집단 담론의 산물로 파악된다. 페미니즘 문학이론이 일관되게 추구하는 목표는 이제 더 이상 여성적 주체성이나 정체성을 확립하는 것이 아니라, 전통적인 주체 개념 형성에 봉사하고 있는 기초적 담론 질서로서의 성적 차별을 해체하는 것이다.

이런 페미니즘적 해체주의의 기치하에서 문예학의 범주들과 대상들을 비판하고 검토하는 작업의 손길은 '작품'이나 '작가'와 같은 문예학의 중심적인 범주들에까지 이르게 된다. 예를 들어 질비아 보벤쉔은 전통적으로 '천재'나 '창조적인 행동' 같은 개념이 우선은 남성적인 함의를 가지고 있음을 지적한다. 창조성을 상징하는 인물들인 뮤즈나 알레고리가 물론 여성적인 육체를 가지고 있지만, 이 여성적인 육체라는 것도 그러나 남성의 상상에서 비롯한다는 것이다. 전통적으로 문학 속에서 그려지고 있는 수많은 여성적인 것 내지 여성 이미지들은, 그것들이 설사 여성 작가들의 작품 속에서도 발견된다 하더라도, 언제나 남성이 지배하는 담론 질서와 연관 지어 이해되어야 한다는 것이다. 담론적 자질로서의 성적 차별이 텍스트 속에서의 성적 차별을 낳고 있다는 것이다.

페미니즘 문예학은 언제나 연구 대상으로서의 문학을 이미 넘어서고 있었다. 그런 점에서 그것은 매체적·사회적 구성 과정 전체를 그 고유한 연구의 대상 영역 안으로 끌어들였으며, 그럼으로써 이미 문화학적인 성격을 분명하게 보여주었다. 이런 점에서 볼 때 페미니즘 이론의 연장선상에 있는 '젠더 연구'는 어느 면에서 '문화 연구'의 한 특수한 형태로, 그리고 페미니즘 문예학의 일반화로 이해될 수 있다. 젠더 연구가 문제로 삼는 것은 여러 가지 문화 형식이나 담론 등에서 구성되고 있는 성의 역할이다. 브라운과 슈테판의 견해에 의하면 "젠더 연구는 성이 문화와 사회와 학문에 대해 갖는 의미를 묻는다. 젠더 연구는 성에 대해 어떤 확정된 개념도 전제하지 않으며, 오히려 그것은 그러한 개념이 다양한 연관관계 속에서 그때그때 어떻게 형성되고 만들어지는지 연구한다."

'낳다', '생산하다' 등의 의미를 갖는 라틴어 'generare'에서 유래하는 개념인 '젠더 gender'는 담론분석적인 사고모델에서, '사실들'이 단순히 소박하게 '존재하고 있는' 것이 아니라 기본적으로 통용되는 담론들을 통해 생산된다는 것을 나타낸다. 여러 가지 의미들, 육체나 성에 대한 다양한 관념들, 심지어 공간이나 시간에 대한 관념들도 담론을 통해 만들어지고 있는 것이다. '섹스 sex'가 생물학적인 성을 가리키는 말이라면, '젠더'는 남녀 성의 사회적 역할에 대한 문화적 · 담론적 견해나 관념을 나타내는 말이다. 젠더 연구가 기본적으로 가정하는 것은 "문화적 의미형성이 원칙적으로 성적 차이를 통해 조직화 된다"는 것이다. 젠더 연구는 남성상과 남성적 상상, 남성적 관념도 연구 대상에 포함시킨다는 점에서 페미니즘 문학이론의 범위를 넘어선다.

젠더 연구는, 한편으로 남녀 성의 역할이 사회적으로 구성되는 것임을 적절하게 설명할 수 있기 위해서, 그리고 다른 한편으로 가능한 여성적 문학 창작의 역사적 · 현재적 분야들도 물론 고려할 수 있기 위해서 필연적으로 일상문화 내지 대중문화의 연구를 포함한다. 젠더 연구와 밀접하게 연관되어 있는 이론으로 '탈식민주의 관점'의 문학이론과 '동성애자 연구' 이론이 있는데, 전자는 젠더 연구의 한 특별한 형태로서 종족 간의 차이 또는 문화적 잡종주의를 함께 연구 대상으로 삼으며, 후자는 바로 거기에서 규범들의 담론적 형성이 극명하게 나타나기 때문에 '보통의 규범을 벗어나는 성'을 연구 대상으로 삼는다. 나아가 젠더 연구는 자연적 · 본질적으로 규정되는 성 정체성을 비판함으로써 그러한 정체성을 드러내는 문화적 관행과 무대에 대해 물음을 제기하기도 하였다.

문예학적 이론으로서 젠더 연구는 여성성과 남성성에 대한 문화적 관념이 문학 창작과 독서 과정 속에서 어떻게 구성되고 고착화되고 수정되는지를 탐구한다. 이때 텍스트의 분석은 폭넓은 학제적 · 문화학적 방법론에 따라 이루어진다. 종교와 법, 정치, 의학, 교육, 철학 등의 분야에서 행해지고 있는 각종의 담론들이 문학텍스트를 분석할 때 함께 고려되는 것이다. 젠더 학은 텍스트에서 그려지고 있는 남녀 성에 대한 관념뿐만 아니라 성과 문학 장르 간의 관계, 성 역할에 따라 다르게 나타나는 문학 창작과 수용의 방식 등의 문제도 탐구한다.

(3) 新역사주의

신 역사주의는 미국으로부터, 그리고 문예학의 한 인접학문이라 할 역사학으로부터 차용된 최근의 중요한 이론들 가운데 하나이다. 1980년대에 이 방법론을 이론적으로 개발하고 정립한 사람은 미국의 문예학 자이자 르네상스 전문 역사가인 슈테펜 그린블래트이다. 그는 특히 셰익스피어에 대한 일련의 연구 논문을 발표함으로써 '신역사주의적' 연구의 이상적인 모델을 제시한다. 이론적인 근본 가설에 있어서 그린블래트는 마르크스주의 계열의 목적론적인 역사철학에 대해 명백한 반대 입장을 보인다. 인류의 역사를 가능한 한 하나의 관점에서 목적론적으로 설명하려고 하는 역사관, 즉 메타 역사기술에 대한 그린블래트의 이 같은 비판적인 태도는 무엇보다도 그가 프랑스의 포스트모던 이론들로부터 많은 영향을 받은 데서 비롯한다.

미셸 푸코의 담론분석적인 저술의 관점에서 보면 역사 기술은 더 이상 역사적 사실의 객관적 표현으로 이해될 수 없다. 그렇기보다는 오히려 역사 기술은 상당한 정도로 서사적·문학적 도구나 모델을 사용하고 있다. 이 같은 서사모델들, 즉 '중요한' 자료와 '중요하지 않은' 자료를 구분하는 데 적용될 뿐 아니라 도대체가 다양한 역사적 자료들에 질서를 부여하는 것을 가능하게 해주는 전통적인 정리원칙들과 범주들은 그러나 이제 시대에 뒤떨어진 것이 되어 버렸으며, 그 자체가 시험대에 오르게 되거나 해체되고 있다. 역사적 진실은 그 자체로 존재하는 것이 아니라 만들어지는 것이다. 한편으로 모든 역사 서술에는 특정 사회계급이나 사회세력의 특별한 이해관계가 반영되고 있는 것이며, 다른 한편으로 역사 서술에는 화자가 의식하지 못하는 가운데 수많은 담론들이 영향을 미치고 있는 것이다.

이 같은 담론분석적 성찰이 초래하는 최초의 효과는 역사 기술의 자기반성과 자기비판, 자기상대화이다. 신역사주의 역사가는, 소박하게 보면 자신이 그저 역사를 설명하고 있는 것이지만 실은 자기 자신이 역사를 기술함으로써 비로소 역사를 만들고 있는 것이라는 사실을 알고 있다. 그 자신이 비로소 역사의 의미를 만들어내는 것이다. 이와 꼭 마찬가지로 사실 개인의 정체성이나 성 정체성이라고 하는 것도 언제나 문화적·담론적 상황으로부터 영향을 받고 있다. 개인의 정체성이든 문학텍스트의 정체성이든, 이러한 정체성은 그것을 만들어내는 담론적 또는 상호텍스트적 맥락이 먼저 파악될 때 비로소 온전하게 이해될 수 있다.

그러나 신 역사주의는 그 이름이 암시하는 대로 '역사주의'의 경향을 지니고 있다. 슈테펜 그린블래트의 영향을 받은 일군의 역사가들은 푸코 유의 근본적인 이의제기에도 불구하고 역사적인 대상에 대한 정확하고 객관적인 인식을 포기하려 하지 않는다. 그린블래트는, 담론분석적인 자기상대화에도 불구하고 개별 대상, 예를 들어 영국의 르네상스와 그 문학에 대한 역사적 연구가 어떻게 가능할 수 있는지에 대해 물음을 제기한다. 이 물음에 대해 그가 내리는 답은 '역사의 담론분석'이다. 바슬러의 비유적인 표현에 의하면 "신 역사주의는 담론이라고 하는 수많은 가닥의 실로 촘촘하게 짜여 있는 문화 내지 역사의 천에 소위 현미경을 갖다 대어 그 천으로부터 하나하나의 실을 찾아내려고 시도함으로써 그때그때 역사의 복잡성과 무질서, 다성 성, 무 논리 그리고 활기를 재구성하려고 한다."

이와 같은 신역사주의적 입장을 문학텍스트 해석에 실제적으로 적용할 때 생겨나는 것이 바로 '꼼꼼히 읽기'의 개념이다. 텍스트 중심적인 독서를 의미하는 정밀 독서는 영미 문학의 전통에서 원래 작품 내재적 독서를 의미하는 것이었으나, 이제 그것의 정확성과 텍스트 밀착성은 텍스트 자체뿐만 아니라 텍스트에 영향을 주고 있는 다양한 담론들을 겨냥한다. 다시 말해 신역사주의 입장에서 행해지는 정밀 독서는 이전의 소박한 작품 내재적 해석 방법을 포기하는 것이다. 신역사주의 문예학자들은 프로이트나 라캉의 정신분석학적 해석 모델에 따라, 마치 사회적 무의식처럼 수면하에서 텍스트에 영향을 미치고 있는 각종의 담론들, 다시 말해 텍스트의 표면에서는 억압되거나 배제되어 있는 어떤 것들을 집중적으로 분석하려고 한다. 이를 위해 그린블래트는 "텍스트에서 벗어나 다른 문화 영역, 다른 매체들에 이르기까지 개개의 담론 가닥들을 추적한다." 그린블래트의 이 같은 분석에 의하면 셰익스피어의 텍스트들은 다른 담론들이 거의 무제한적으로 개입한 결과로서, 복잡한 교류과정의 집결지로서 읽혀질 수 있다. 이런 개별 연구의 단계를 넘어 그린블래트는 신역사주의 문학 연구에 방법론상의 가치를 부여한다. 미시적으로 연구된 내용이 다른 역사적·문화적 현상들도 대변할 수 있다는 것이다. 신역사주의 연구들은 부분으로 전체를 대신하는 방식으로 전체 문화와 역사를 제공해줄 뿐 아니라 그 고유한 방법론을 보여준다.

이 역사주의적인 연구의 관점에서 보면 문학은 전체 문화에 참여하는 다양한 담론들 가운데 한 담론의 역할을 할 뿐이다. 경제학, 법학사, 경제사, 인간학, 역사학, 종교 그리고 문학사 등이 원초적으로 학제적인 이 연구방법론이 분석 대상으로 하는 중요한 담론 분야들이며, 이 방법론은 전체 문화학적 연구 분야들 내에서 문학이 차지하는 위상을 규명하려고 한다.

(4) 인류학적 방법론

  사회학, 민족학, 철학, 예술학 그리고 문예학 등 다양한 분과학문들의 연구 성과를 이용하는 포괄적인 문화학으로서 인류학이 중점적으로 규명하고자 하는 것은 인간이 역사의 인행 과정 속에서 어떤 사유 형식과 인지 형식을 만들어내었는가 하는 문제이다. 바로 이런 의미에서 인류학은 '인간학'이 되며, 이 인간학은 그 포괄적인 관점들을 다양하고 특수한 개별담론들로부터 받아들인다.

  독일에서 인류학은 처음 사회학적인 특징을 강하게 가지고 있었으며, 이런 경향을 대표하는 학자는 특히 게오르크 짐멜과 막스 베버였다. 이들 두 학자는 인간의 사유 방식과 기질이 특정 사회구조와 어떤 연관관계에 있는지 연구했다. 짐멜의 견해에 의하면 인간은 문화적 존재로서 문화의 창조자인 동시에 문화에 의해 만들어지는 존재다. 인간은 한편으로는 물질적·비물질적 객관적 문화를 만들어내지만 다른 한편으로는 이러한 객관적 '형식'으로서의 문화를 매개로 해서만 비로소 주관적 '삶'의 문화를 가꿀 수 있다. 구체적 인간만이 잡다한 객관적 문화를 통합해 보다 높은 통일적인 수준으로 지양할 수 있는 것이다. 짐멜의 문화 이론에서 중심적인 요소는 인간이 객관적인 문화와의 대결 속에서 개성적인 본성을 보존한다고 하는 사실이다. 인간 자신에 의해 창조된 객관적인 문화와 인간 존재 사이의 이러한 근본적인 이원론은 그의 철학과 사회학의 바탕을 이루고 있다.

  주관적 문화와 객관적 문화 사이의 관계는 '문화의 비극'과 '화해 없는 변증법'이라는 두 가지 원리에 의해 규정된다. 인간은 본질적으로 자신의 삶을 언제나 객관적 문화의 '형식' 속에서 표현하지만 이 객관적 문화는 구체적 삶에 의해 일단 생산된 다음에는 그 자체의 생소하고 독립적인 힘과 논리로 역동적인 삶과 대결한다. 이런 의미에서 소외는 인간과 사회의 본질적인 구성 요소이다. 삶 자체에 의해 삶에 대립적인 형식이 만들어진다는 사실에 모든 문화의 비극이 기인하는 것이다. 더욱이 객관적인 문화의 형식이 삶으로부터 창조되어 분리된 이후에도 삶은 발전을 끊임없이 계속하기 때문에 스스로 만들어놓은 기존 형식과 갈등을 일으킬 수밖에 없다. 인간과 사회의 역사는 삶과 삶 자체에 의해 창조된 형식 사이의 영원한 투쟁으로 이해된다. 경제 발전에 대한 마르크스의 견해에 의하면 경제적 역량은 모든 역사 시대에 그에 적합한 생산 양식을 만들어내지만 이 생산 양식 내부에서 이것으로는 더 이상 감당할 수 없을 정도로 증대해 기존의 양식을 깨뜨리고 새로운 양식을 만들어내는 것인데, 짐멜은 이 같은 변증법이 경제생활의 영역에서뿐 아니라 모든 삶의 영역에서 적용되는 것이라고 주장한다. 그의 저서 『화폐의 철학』은 바로 이러한 경제적 형식 자체가 더 깊은 차원의 가치 평가와 삶의 흐름의 결과로 인식되어야 함을 보여준다.

한편 막스 베버는 서양 문화에 고유한 합리주의의 특수성, 이러한 합리주의를 가능하게 했던 역사적 과정 그리고 이 합리주의로 인해 근대 세계의 인간에게 초래된 문제점을 규명하고자 했다. 그는 경제사회학·법사회학·지배 사회학·종교사회학적 연구를 통해 이 같은 물음에 답하고자 했는데, 그 연구 결과는 나중에 『경제와 사회』, 『종교사회학 논문집』 등의 저서를 통해 발표되었다. 베버의 이런 포괄적인 연구 작업의 단초가 되었던 저서인 『프로테스탄티즘의 윤리와 자본주의 정신』(1905)은 오늘날까지도 활발한 논쟁을 불러일으키고 있다. 이 책에서 베버는 근대 자본주의의 노동, 영리, 직업 생활에서만 볼 수 있는 방법적으로 규율화 되어 있는 합리적인 정신과, 프로테스탄티즘의 독특한 업적 지향적인 윤리 사이의 연관관계를 규명한다. 베버에 따르면 근대 자본주의 정신과 프로테스탄티즘 윤리의 공통점은 '상부 구조'로서 양자가 모두 사람들로 하여금 일상과 노동, 직업에서 방법 적으로 통제된 생활을 하게 하는 원동력을 제공하는 데 있다. 중세 수 도원의 세계 외적인 금욕에 뿌리를 두고 있는 프로테스탄티즘의 '세계 내적' 금욕은 주관적으로는 내세적인 구원의 목표를 지향했지만 객관 적으로는 주목할 만한 현세적 결과를 초래했다는 것이다. 왜냐하면 프 로테스탄티즘에서 구원은 일상의 직업과 노동이라는 극단적으로 '탈 주술화 된' 수단에 의해서만 달성될 수 있기 때문이다.

에른스트 카시러의 저서 『상징 형식의 철학』(1923-29)과 더불어 인 류학의 관심은 사회에서 인식하는 개인 주체로 옮겨지게 되며, 인류학 적 물음은 이제 더 이상 사회학적인 차원에서가 아니라 사유 형식의 차원에서, 다시 말해 정신사적인 차원에서 분석된다. 카시러에 의하면 '상징' 개념은 이념, 비유, 신화, 종교, 철학, 언어 그리고 일반적으로 기호로 전달되는 인식내용들을 포괄하는데, 이것들은 개인의 인지 지 평을 형성할 뿐 아니라 동시에 개인의 세계 인지를 규정하는 관점을 결정한다. 세계는 단순히 경험적으로 주어져 있는 것이 아니라 인식하 는 주체에 의해 구성되는 것이기 때문이다. 카시러는 마르부르크 대학 의 신칸트학파에서 출발한다. 칸트에 의하면 인식이란 단순히 외부 경 험의 집합 물도 아니고, 그렇다고 인간 이성이 경험과 아무런 연관 없 이 제멋대로 만들어낸 산물도 아니다. 인간의 과학적 인식은 이성의 선천적인 형식 원리인 순수 개념이 경험의 다양한 재료적 대상들에 적용되어 이들을 체계적으로 구성하는 데서 성립한다는 것이다. 카시 러는 이 같은 칸트의 기본입장을 따르지만 이를 발전적으로 확대시킨 다. 칸트 시절에는 없었던 비유클리드 기하학, 연역적 공리 체계의 방법, 상대성 이론, 양자 역학 등 새로운 학문적 업적이 나오고, 언어·종교·신화 등 인간 문화의 여러 양상들이 과학적으로 탐구되고 있는 상황에서 칸트 유의 고정된 개념 형식은 그 같은 새로운 과학적 사실들을 해석하기에 폭이 너무 좁은 것이기 때문이었다.

카시러는 인간 의식의 가장 기본적인 기능을 상징 작용으로 보고, 칸트의 개념 형식을 상징 형식의 한 특수한 형태로 이해한다. 카시러에 의하면 인간은 상징을 이용할 줄 아는 동물이다. 인간의 의식은 상징화를 통해서 지각될 수 있는 기호와 그것의 의미를 연관시킨다. 상징에 있어서 기호와 그 의미의 통일성은 우리가 마음속에서만 분리시켜 볼 수 있을 뿐이지 사실에 있어서는 결코 분리될 수 없는 통일체이다. 우리는 인위적인 상징 기호를 사용함으로써 의식의 끊임없는 흐름 속에서 일정한 의식 내용을 분절해 내어 간직할 수 있다. 그리고 중요한 것은 상징 기호가 칸트의 개념이나 범주가 그러하듯이 객관 세계를 단순히 반영하는 것이 아니라 이를 구성한다는 것이다. 과학적 상징 기호는 객관적인 과학의 세계를 구성하고, 신화적 상징은 신화와 종교의 실재를 구성하며, 상징으로서 우리의 일상 언어는 인간의 상식 세계를 구성한다. 달리 말해 상징 형식을 통해 과학의 구조뿐만 아니라 신화와 종교, 언어와 예술 그리고 역사의 의미까지도 온전하게 이해할 수 있다는 것이 카시러의 주장이다. "상징세계는 체험내용과 관념적 내용을 분류하고 표현하고 조직화하는 계기가 된다." 이에 따라서 카시러는 현전하는 최초의 사유의 산물에서부터 현대철학에 이르기까지 세계관과 세계에 대한 인식이 어떻게 변하여 왔는지 보여준다.

이러한 사유지평은 인간과, 자신의 인지를 통해 또한 세계를 구성하는 인간의 방식에 대해 진술하는 것을 가능하게 해준다. 이 같은 사유지평은 그러나 문화적 연관관계에 대해 진술하는 것도 가능하게 해주는데, 이는 그의 저서 『문화학의 논리에 대하여』(1942)가 잘 보여주고 있다. 언어와 예술, 음악 그리고 철학이 의미세계이자 표현형식인 한, 이것들은 문화적 삶을 형성할 수도 있는 것이다.

사회학적인 방향과 정신사적인 방향은 인류학이 지향할 수 있는 두 가지 방향이다. 둘 중 사회학적 전통이 지배적인데, 이는 '기질' 개념이 프랑스에서 이해되고 있는 방식에서 잘 나타난다. 프랑스에서 '기질' 개념은 프로테스탄티즘 같은 거창한 정신사적 조류와 연관되는 것이 아니라 사적인 기록물들 속에서 표현되는 일상의 역사와 연관되며, 이런 사적인 기록물들은 사유 방식이나 일상적인 생활양식뿐만 아니라, 사회적 문제들에 대한 일반의 정서 또는 입장에 대해서도 단서를 제공해줄 수 있다.

일반적인 의미에서 인류학적인 사유방식을 문학에 적용한 학자는 볼프강 이저이다. 단순히 현실 관련적이거나 실용적인 사고를 넘어서는 것을 목표로 하는 사유모델을 준비하거나 기획한다는 점에서 문학은 '허구적인 것'과 '상상적인 것'을 결합한다. 원칙적인 면에서 볼 때 일상적인 이야기나 꿈에도 허구적인 것이 포함되어 있다. 그러나 문학은 스스로 허구적인 것을 분명히 의식하고 있다는 점에서 일상적인 이야기나 꿈과 구분된다. 문학은 자신에게 고유한 허구성을 스스로 지적하고 있는 것이다. 문학적 허구형식들은 역사적으로 변화를 겪어왔지만 원칙적인 면에서 문학은, 인간이 어떤 관점에서 가능성 차원의 사고를 계속해왔는지, 다시 말해 문학텍스트에 인간의 어떤 소망과 동경, 불안이 스며들게 되었던 것인지 공감해보는 것을 가능하게 해준다. 머릿속에서 그려볼 수 있는 것들의 세계가 바로 문학의 '상상적인 것'이며, 생각해볼 수 있는 것들의 미완의 영역이다.

인류학이 문예학적인 문제제기에 대해 특히 중요한 의미를 가질 수 있는 것은, 인간에 대한 어떤 지식이 작가가 작품을 쓸 때 그 작가의 지평을 결정했는가를 물을 때이다. 다시 말해 작가가 어떤 관점에서 작품을 썼는가가 중요한 것이다. 예를 들어 볼프강 리델이 그의 실러 연구에서 보여주고 있는 것처럼, 문학은 한편으로 의학이나 자연과학 같은 다른 학문들에 대해 정보를 제공해주지만 다른 한편으로는 스스로가 그 형식이나 내용에 있어 다른 학문들의 영향을 받고 규정된다. 내용상으로 영향을 받는 것은 인간에 대한 당대의 지식을 줄거리나 사건의 과정 속에서 실천해보이기 때문이며, 형식적인 면에서 영향을 받는 것은 그러한 지식을 독자적인 규칙에 따라 서술하면서도 경우에 따라 이 규칙들을 변형시키기도 하기 때문이다. 한 작가나 작품에 영향을 준 여러 가지 지식 분야들을 이처럼 재구성하는 작업은 전체적으로 이념사 연구의 경향을 갖지만, 예를 들어 의학적인 담론 같은 것을 포함시키는 일은 그런 차원을 넘어서는 것이다.

전체적으로 볼 때 문학적 인류학의 한 가지 중요한 연구 분야는 독자적 학문 분과로서의 인류학의 생성 문제이다. 인류학의 생성에는 18세기 문학도 많은 영향을 주었으니, 그것은 육체와 영혼 사이에서뿐 아니라 다양한 사회적 기능 속에서 분절되어 있는 인간을 "완전한 인간'으로 통일시키려는 경향을 가지고 있었던 것이다.

몇몇 가지 인류학적 인식을 집단적이고 일반적인 원리로 확대하는 것은, 인간에 대한 인류학의 기초적인 진술들이 더 이상 역사적으로 증명되지 못한 채 구성될 때 비판을 받을 수 있다. 문화적 사고방식과 사회구조 간의 관계를 어떻게 다룰 것인가 하는 문제는 여전히 미해결 상태로 남아 있다. 카시러를 아주 높게 평가한 푸코는 이 문제를 다음과 같이 요약적으로 표현했다. "주체는 단순히 상징들의 작용 속에서 형성되는 것이 아니다. 그것은 역사적으로 분석될 수 있는 현실

적 관행들 속에서 형성된다." 바로 담론분석적인 연구를 폭넓게 포함
시킴으로써 문학적 인류학은 하나의 새롭고도 중요한 연구 전망을 가
질 수 있을 것이다. 이 같은 점은 매체들의 역할을 연구하는 데도 적
용될 수 있을 터인데, 매체들 역시 나름대로 인간의 인지형식과 사고
방식에 영향을 줄 수 있기 때문이다. 이와 관련해 칼-루드비히 파이퍼
는 볼프강 이저의 영향을 받고 있는 그의 저서『매체적인 것과 상상
적인 것』(1999)에서 특정 매체적 상황이 인간의 사고와 문학에 어떤
영향을 끼쳤는지 보여주었다. 나아가 고쇼르케도 매체학적인 입장에서
문자매체와 사고의 관계를 규명하였다.

7

문예학 논문 작성법

7.1. 논문의 성격과 종류

논문(論文, 영어로는 *report, treatise, thesis, dissertation, (research) paper, monograph, article*, 독일어로는 *Referat, Aufsatz, Arbeit, Dissertationsarbeit, Abhandlung, Monographie, Artikel, Seminararbeit, Hausarbeit, Doktorarbeit, Habilitationsarbeit* 등 그 크기·형식·학문적 수준에 따라 다양한 이름으로 불린다)은 사전적으로 "어떤 사물에 관하여 체계적으로 자기 의견을 적은 글 또는 학술적인 연구 결과를 적은 글"을 의미하며, 어떤 문제나 대상·개념 등에 대해 논리적으로 소개하거나 보고하거나 설명하는 형식을 빌려 주장을 펼치는 글을 가리킨다. 이처럼 논문은 '연구'와 밀접한 관련이 있기 때문에 흔히 "연구 논문"이라 불린다.

연구는 어떤 현상이나 대상·인물·개념 등에 대한 관찰·설명·해설 등을 바탕으로 어떤 가설을 세우거나 주장을 하고 동시에 그런 가설이나 주장을 논리적이고 타당한 방법으로 증명하는 과정을 말하며,

이런 연구의 결과를 일정한 구성과 체제를 갖춘 문서의 형식을 통해 다른 사람에게 전달하는 도구가 곧 논문이다. 연구 결과는 질적 수준, 창의성, 타 연구에의 기여 또는 활용 면에서 '가치' 있어야 하고, 객관적이고 논리적인 방법으로 표현되어야 한다. 일반적으로 논문은 다음과 같은 조건들을 충족시켜야 한다. 첫째로 논문은 주제나 연구 방법, 결론 도출에 있어 새로운 점이 있어야 한다. 즉 독창적이라야 한다. 연구 결과가 참신하거나 창의적이지 못하면 논문으로서의 가치는 반감된다. 둘째로 논문은 객관성을 갖추어야 한다. 아무리 독창적인 연구라 하더라도 그것이 객관적이지 못하거나 일반적인 연구 상황에 실제적인 기여를 하지 못한다면 논문으로서의 가치는 떨어지고 만다. 마지막으로 논문은 체계적이라야 한다. 연구 주제와 방법, 요약과 결론 등 논문의 내용이 논리적으로 구조화 되어 있어야 하고 인용과 각주, 참고문헌 등 형식적인 요소들도 올바른 방법으로 정리되어 있어야 한다.

한편 논문의 문체는 우선적으로 논리적이고 간결해야 한다. 지나치게 비유적이거나 묘사적이고 수식적인 표현은 피하는 것이 좋다. 논문에서는 현학적이거나 난삽한 표현은 가능한 한 쓰지 않는 것이 좋으며, 객관적이고 과학적이고 합리적인 서술이 요구된다. 논문에서 서술과 표현은 정확하고 적절하고 적당한 강조가 수반돼야 하지만, 그러면서도 적절한 표현의 기교를 통해 읽는 사람의 흥미와 계속적인 사고를 자극할 수 있어야 한다. 전체적으로 논문에서는 구어체보다 문어체가 좋으며, 장·절·문단·문장 등 크고 작은 단계에서 내용은 자연스럽게 이어지고 있어야 하고 문장의 앞뒤는 서로 잘 호응하고 있어야 한다. 우리말로 씌어지는 논문의 경우 띄어쓰기나 맞춤법의 문제도 중요하다.

논문의 수준은 학부논문·석사논문·박사논문에 따라 달라진다. 학부논문에서 박사학위 논문의 수준을 요구하지는 않는 것이다. 일반적으로 학부 과정에서의 논문은 연구의 절차나 과정과 학술적인 글의 작성 연습으로서의 성격이 강하다. 주제를 선정하고, 그 주제에 따라 연구방법을 정하고, 연구를 수행하여 나온 결과를 논리적으로 정리하는 등의 절차와 방법을 실천적으로 익히는 것이다. 따라서 창의성이나 객관성의 구현보다는 논문의 형식적·체제적 구성 연습에 더 많은 비중이 주어진다. 4년 동안 전공 분야에서 익힌 지식과 기술을 일전 주제를 통해 나름대로 총정리 혹은 적용을 해보는 것과 연구 논문을 한 번 써 보는 경험을 갖는 것이 중요한 것이다. 학부 논문의 주제는 4년 동안 배웠던 내용과 관련이 있는 것이라야 하며, 주제 그 자체로서는 적당하다 하더라도 필자의 지식과 실력으로 감당할 수 없는 것이어서는 안 된다.

석사 논문의 경우 논문의 형식적·체제적 구성 능력은 기본이고 창의성과 객관성도 어느 정도 갖추어야 한다. 대학원 논문은 새로운 아이디어와 이론을 제시하고 그것의 정당성을 증명하여야 한다. 그 연구 결과는 관련 분야 연구에 기여를 할 수 있는 것이어야 한다.

박사 논문은 논문의 형식적·체제적 구성이 완벽해야 하고, 창의성과 객관성이 높은 수준에서 실현되어야 한다. 해당 연구 분야에서 오랫동안 이슈가 되어 왔던 문제에 대한 해결책을 제시하는 수준이거나 새로운 이론의 정립과 그 활용 방안을 제시하는 정도까지 도달해야 한다.

7.2. 주제 선정과 자료 수집

논문의 주제는 우선 연구자의 관심 분야와 능력에 맞는 것이어야 하며, 지도교수와의 상담 등을 통해 그것이 충분한 창의성과 객관적 타당성을 가질 수 있는 것인지 사전에 면밀히 검토해야 한다. 이를 위해서는 선행 연구들에 대한 조사와 분석이 병행되어야 한다. 그리고 주제의 범위가 너무 방대해서는 안 되며, 매우 구체적으로 설정되어야 한다.

논문 작성을 위해서는 우선 연구의 대상·내용 또는 주제를 정해야 하며, 거기에 맞추어 자료를 수집해야 한다. 자료 수집은 일정한 방향과 의도에 따라 이루어져야 하는 것이다. 예를 들어 논문의 주제가 특정 작가의 특정 작품이라 할 때, 해당 작가나 작품 또는 선택한 주제와 관련해 쓰인 논문과 책들을 각종의 참고문헌 목록들에서 조사하고 수집해야 한다.

자료의 수집은 자세하고 방대하면 할수록 좋으며, 특별히 중요한 논문이나 책들은 따로 정리해 두는 것이 좋다. 실제 논문 작성 단계에서 인용할 단어나 구절, 문장 또는 단락을 미리 표시해 두거나 따로 정리해 두는 것도 자료 분석 단계에서 할 일이다.

7.3. 논문의 형식적·체제적 구성 요소

(1) 논문의 구성

논문은 크게 '본문'과 '참고문헌'의 두 부분으로 이루어지는데, 본문 부분에서는 정확한 체제와 형식의 '인용'과 '각주'가 또한 중요한 역할을 하며, 참고문헌 부분은 다양한 형식을 가질 수 있다. 우리나라에서 발표되는 독어독문학 관련 논문의 경우 본문에서 사용된 언어가 한국어이냐 아니면 독일어이냐에 따라 '독문요약'이나 '국문요약'이 제3의 부분으로 첨가될 수 있다.

논문이 논문으로서 가치를 인정받으려면 대체로 다음과 같은 조건들을 갖추어야 한다. 첫째로 논문은 숫자나 고유명사·인용 등이 정확해야 하며, 각종 개념의 사용이나 논리 전개가 분명해야 한다. 둘째로 논문은 주관성이 강한 글이면서도 객관성을 확보할 수 있어야 한다. 논문 작성자는 객관적 자료들을 제시하는 가운데 자신의 주장을 설득력 있게 논리적으로 펼쳐야 하는 것이다. 셋째로 논문은 중립성 또는 불편부당성을 갖추고 있어야 한다. 논문을 쓰는 사람은 자신의 감정을 지나치게 표출하거나 선입견에 얽매여서는 안 되는 것이다. 마지막으로 논문은 평이해야 한다. 논리 전개나 서술이 지나치게 어려워 잘 읽히지 않으면 그 내용이 아무리 훌륭한 논문이라 하더라도 결코 성공한 논문이라 할 수 없다. 논문은 어법과 서술·논리 전개가 간단명료하여 이해하기 쉬워야 한다.

(2) 논문의 본문

논문은 전통적으로, 또 기본적으로 '서론 - 본론 - 결론'의 3 단 구조의 형식에 따라 작성되지만 학문 분야, 작성자의 기질이나 취향, 연구 대상, 주제, 내용 등에 따라 3 단 구조의 형식은 다양한 형태로 변형될 수 있다. 서론 부분에서는 주제의 범위와 한계·주제와 관련한 선행 연구들에 대한 조사와 분석·연구 방법 등이 언급되어야 하며, 본론 부분에서는 논지가 논리적으로 전개되어야 하고 장과 절이나 문단은 일관하는 흐름 속에 체계를 이루고 있어야 하며 인용과 각주는 정확한 형식을 갖추고 있어야 하고 논문의 핵심적인 내용들이 분석적·체계적·논리적으로 자세하게 서술되어야 한다. 마지막으로 결론 부분에서는 본론의 내용들이 요약·정리되는 가운데 강조가 이루어지고 최종 결론이 도출되며 주제의 적용 범위 및 한계가 언급되고 남은 과제나 문제들이 제시된다.

(3) 인 용

인용이란 기본적으로 주관적인 성격이 강한 글인 논문에 객관성을 부여하고 논리 전개가 구체성과 명료성을 가지도록 하기 위해 다른 사람이 써 놓은 논문이나 책에서 필요한 단어나 구절, 단락을 끌어다 쓰는 것을 말한다. 인용은 적절하게 사용되면 논문의 설득력을 높여줄 수 있지만 지나치게 많을 경우 오히려 논문의 독창성을 떨어뜨릴 수 있다.

인용은 원전의 표현을 있는 그대로 가져다 쓰는 '원전 인용'과 그 내용만을 간추려 가져다 쓰는 '내용 인용'으로 나누어질 수 있으며, 논문 작성자가 원전에서 바로 인용하는 '직접 인용'과 다른 사람이 인용한 것을 다시 인용하는 '간접 인용' 또는 '재인용'으로 나누어지기도 한다. 직접 인용은 '일차 인용'으로, 간접 인용 또는 재인용은 '이차 인용'으로 불리기도 한다. 그리고 특히 원전 인용과 직접 인용의 경우 원전의 표현에 충실해야 한다.

논문 작성자가 다른 사람의 논문이나 책에서 단어나 구 또는 짧은 문장을 원전 표현 그대로 인용할 때는 대개 인용 부호 속에 넣어서, 그리고 내용만을 간추려서 인용할 경우에는 인용 부호 없이 논문의 본문 속에 포함시키며, 여러 개의 문장이나 단락을 인용할 경우에는 대개 별도 문단 형식으로 처리한다. 후자의 경우 인용 부분은 빈 줄 삽입을 통해 앞뒤의 본문으로부터 분리되고, 인용 부호 속에 들어가기도 하고 안 들어가기도 하며, 대체로 들여쓰기를 하고 줄 간격과 자간도 축소된다.

(4) 각 주

　각주는 본문에 인용된 부분의 원전을 표시하거나 본문의 어느 부분을 보다 자세하게 설명하는 데 사용된다. 각주는 그 이름대로 본문 각 쪽의 하단에 배치된다.

　각주에서의 문헌 표기는 나라마다, 학자마다 다소 차이가 있으나 독일 문예학 논문의 경우 대체로 다음과 같은 형식을 따른다. 책을 쓴 사람의 이름과 성을 쓰고 콤마를 찍고 책의 제목을 쓴다. 책의 제목은 아래에 밑줄을 치거나 이탤릭체로 표기한다. 책 제목 뒤에 책의 출판 장소를 적고 콜론을 쓴 다음 출판사를 적고 콤마를 찍은 뒤 출판 연도를 표시한다. 이 때 출판 장소부터 출판 연도까지는 괄호로 묶는다. 이 괄호 다음에 인용문이 나오는 해당 쪽을 적는다. 이를 독일어 식으로 표시해보면 'Vorname Nachname, Titel des Werkes (= *Titel des Werkes*) (Erscheinungsort: Verlag, Erscheinungsjahr) Seitenangabe.'가 되며, 구체적인 예를 몇 개 들어보면 다음과 같다. 단독 저자의 단행본의 경우: 'Ernst Robert Curtius, Europäische Literatur und lateinische Mittelalter (Bern: Francke, 1948) 52.'. 단독 저자의 부제가 있는 단행본의 경우: 'Erich Auerbach, Mimesis: Dargestellte Wirklichkeit in der Abendländischen Literatur (Bern: Francke, 1946) 32.'. 다수의 저자가 공동으로 발행한 논문집의 경우: 'Le Roi Jones and Larry Neal, eds., Black Fire: An Anthology of Afro-American Writing (New York: Morrow, 1968) 85.' (여기서 'eds.'는 'editors'의 약자이며 독일어로는 'Hrsg.'가 된다). 잡지에 실린 논문의 경우: 'Helmut Brackert, "Helmbrechts Haube". Zeitschrift für deutsches Altertum und deutsche Literatur 103 (1974): 176.'(책이 아니라 논문임을 분명히 나

타내기 위해 논문 제목은 큰따옴표 안에 넣는다. '103'은 잡지의 호수를, '1974'는 잡지의 발행 연도를 그리고 '176'은 인용문이 나오는 쪽을 가리킨다).

각주의 문헌 표기에서는 동일한 내용과 표기의 반복을 피하기 위해 여러 가지 기호들이 사용되는데 그 가운데 중요한 것, 즉 가장 많이 사용되는 것을 정리해보면 대략 다음과 같다. 먼저 'ibid.'(라틴어 'ibidem'의 약자)는 바로 위에서 인용한 책을 나타내며, 이 기호를 사용할 때는 그 뒤에 페이지 표시가 필요하다. 다시 말해 둘 이상의 인용이 연속적으로 같은 책으로부터 이루어지고 있으나 각각의 인용이 실려 있는 원전의 쪽이 서로 다를 경우 두 번째 인용부터 이 기호를 사용하는 것이다. 이 기호는 독일어로는 'Ebenda(=Ebda.)'로 표시되며, 우리말로는 '위(의) 책' 또는 '상게서' 정도로 옮길 수 있을 것이다. 다음으로 'op. cit.'(라틴어 'opus citato'의 약자)는 어떤 책이 이미 앞에서 언급되었으나 그 사이에 다른 책이나 책들이 언급되고 난 뒤 다시 언급될 때 사용된다. 따라서 이 기호를 사용할 때는 당연히 쪽 표시가 부가된다. 이 라틴어 기호는 독일어로는 'a. a. O.'(am angegebenen (angeführten) Ort)로 표시되며, 우리말로는 '앞(의) 책' 또는 '전게서'로 옮길 수 있을 것이다. 그리고 'loc..cit.'(라틴어 'loco citato'의 약자)는 어떤 인용이 바로 위에서 언급한 책의 같은 쪽에서 비롯할 경우의 문헌 표기에서 사용한다. 따라서 이 기호를 사용할 때는 쪽 표시를 따로 부가할 필요가 없다. 독일어로는 쪽 표시 없이 간단히 'Ebenda(=Ebda.)'로 되며, 우리말로는 '위의 책, 같은 쪽' 정도로 표시할 수 있을 것이다.

(5) '참고문헌'

논문 작성에 직접 이용되었거나 논문의 주제에 직·간접적으로 관계가 있는 문헌들을 일정한 형식에 따라 정리한 것으로서 '참고문헌'은 논문의 주제와 관련 되는 참고 자료들을 일목요연하게 제시하는 기능을 할 뿐 아니라 논문의 객관성을 실증적으로 뒷받침하고 후속 연구에 자극과 자료를 제공해 주는 작용도 한다.

넓은 의미에서 참고문헌(이 경우 독일어로는 대개 'Bibliographie'나 'Literaturverzeichnis'로 표기한다)은 논문 작성에 직접 이용된 논문이나 서적뿐 아니라 논문의 주제와 직·간접적으로 관계가 있는 모든 문헌들을 포괄한다. 좁은 의미에서 참고문헌은 논문 작성에 직접 사용되었거나 인용된 책들만을 나타내며, 이 경우에는 'Benutzte Bücher'나 'Zitierte Werke' 같은 독일어 용어들이 사용된다. 그리고 참고문헌은 내부적으로 다시 일차 문헌과 이차 문헌으로 나누어지는데, 일차 문헌은 연구의 직접적인 대상이 되는 작가의 문학텍스트들을 위시하여 일기나 서간 등을 가리키고, 이차 문헌은 이 일차 문헌에 대한 기존의 각종 논문이나 서적들을 포괄적으로 지칭한다.

'참고문헌'에서 문헌들은 각주에서와는 다른 형태로 표기된다. 책을 쓴 사람의 성명은 성을 먼저 쓰고 콤마를 찍은 다음 이름을 적고 그 뒤에 마침표를 찍는다. 그 다음에 책의 제목을 쓰고 밑줄을 치거나 아니면 책의 제목을 이탤릭체로 적은 다음 마침표를 찍는다. 책 제목 뒤에 책의 출판 장소를 적고 콜론을 쓴 다음 출판사를 적고 콤마를 찍은 뒤 출판 연도를 표시한다. '참고문헌'상의 문헌표시에서는 출판 장소부터 출판 연도까지의 부분을 괄호로 묶지 않는다. 이를 독일어식으로는 "Nachname, Vorname. <u>Titel des Werkes</u> (= *Titel des Werkes*).

Erscheinungsort: Verlag, Erscheinungsjahr."로 나타낼 수 있으며, 실제 예를 몇 개 들어보면 다음과 같다. ‘Curtius, Ernst Robert. Europäische Literatur und lateinische Mittelalter. Bern: Francke, 1948.’, ‘Gilbert, Sandra M. and Susan Gubar. The Madwoman in the Attic: The Woman Writer and the Nineteenth-Century Innovation. New Haven: Yale University Press, 1979.’, ‘Benjamin, Walter. “Das Kunstwerk im Zeitalter seiner technischen Reproduzierbarkeit”. Zeitschrift für Sozialforschung 5 (1936): 41-68.’, ‘Greenblatt, Stephen, ed. New World Encounters. Berkeley: University of Califonia Press, 1993.’. 이런 형태로 표기되는 개개 문헌들은 참고문헌에서 저자 이름의 알파벳 순서로 정리된다.

(6) 요 약

논문이 국문으로 쓰일 경우 독문이나 영문 요약이, 그리고 논문이 독문이나 영문으로 쓰일 경우 국문 요약이 논문의 맨 앞 또는 맨 뒤에 붙는다. 요약은 대체로 ‘논문 제목 - 필자 명 - 요약문 - 핵심어’의 체제로 구성되며, 편집·인쇄된 상태에서 한 쪽 내외의 분량이 적당하다.

Andreotti, Mario: *Die Struktur der modernen Literatur. Neue Wege in derTextanalyse.* 3., vollst. überarb. u. erw. Aufl. Bern 2000.

Arnold, Heinz Ludwig (Hg): *Kritisches Lexikon zur deutschsprachigen Gegenwartsliteratur(LKG).* München 1978 ff. (Loseblattausgabe).

Arnold, Heinz Ludwig/Detering,Heinrich (Hg.): *Grundzüge der Literaturwissenschaft.* München 1999.

Baasner, Rainer/Reichard, Georg: *Epochen der deutschen Literatur. Ein Hypertext-Informationssystem.* Stuttgart 1988 ff. Bisher: *Aufklärung und Empfindsamkeit* (1998); *Sturm und Drang/Klassik* (1999); *Romantik* (2000). Als Datenbank vieler Universitätsbibliotheken zugänglich

Bahr, Ehrhard (Hg.): *Geschichte der deutschen Literatur. Kontinuität und Veränderung. Vom Mittelalter bis zur Gegenwart.* 3 Bände. Tübingen 1987-88.

Barck, Karlheinz u.a. (Hg.): *Ästhetische Grundbefriffe. Historisches Wörterbuch in sieben Bänden.* Stuttgart/Weimar 2000 ff.

Best, Otto F.: *Handbuch literarischer Fachbegriffe. Definitionen und Beispiele.* Überarb u. erw. Ausg. Frankfurt a.M. 1995.

Beutin, Wolfgang u.a.: *Deutsche Literaturgeschichte. Von den Anfängen bis zur Gegenwart.* 6., verb. u. erw. Aufl. Stuttgart 2001.

Blinn, Hansjürgen: *Informationshandbuch deutsche Literaturwissenschaft.* 4., überarb. und erg. Aufl. Frankfurt a.M. 2001.

Borchmeyer, Dieter/Žmegač, Viktor (Hg.): *Moderne Literatur in Grundbegriffen.* 2., neu bearb. Aufl. Tübingen 1994.

Böttcher, Kurt (Hg.): *Lexikon deutschsprachiger Schriftsteller.* Von den Anfängen bis zur Gegenwart. 2 Bände. Bd. 1 Leipzig 1987; Bd. 2 Hildesheim/Zürich/New York 1993.

Brackert, Helmut/Stückrath, Jörn (Hg.): *Literaturwissenschaft. Ein Grundkurs.* Reinbek bei Hamburg 2001.

Brauneck, Manfred (Hg.): *Autorenlexikon deutschsprachiger Literatur des 20. Jahrhunderts.* Überarb. u. erw. Neuausg. Reinbek bei Hamburg 1995.

Brenner, Peter J.: *Neue deutsche Literaturgeschichte. Vom 'Ackermann' zu Günner Grass.* Tübingen 1996.

Brinker-Gabler, Giesela/Ludwig, Karola/Wöffen, Angela: *Lexikon deutschsprachiger Schriftstellerinnen von 1800 bis 1945.* München 1986.

Corbineau-Hoffmann, Angelika: *Die Analyse literarische Texte. Einführung und Anleitung.* Tübingen/Basel 2002.

de Boor, Helmut/Newald, Richard (Hg.): *Geschichte der deutschen Literatur von den Anfängen bis zur Gegenwart.* 7 Bände in 11 Teilbänden. München 1949 ff.

Eicher, Thomas/Wiemann, Volker: *Arbeitsbuch: Literaturwissenschaft.* 3., vollst. bearb. Aufl. Paderborn 2001.

Fauser, Markus: *Einführung in die Kulturwissenschaft.* Darmstadt: Wissenschaftliche Buchgesellschaft, 2003.

Geisenhanslücke, Achim: *Einführung in die Literaturtheorie.* Darmstadt: Wissenschaftliche Buchgesellschaft, 2003.

Glaser, Horst Albert (Hg.): *Deutsche Literatur. Eine Sozialgeschichte.*

10 Bände. Reinbek bei Hamburg 1980 ff.

Gnüg, Hiltrud/Möhrmann, Renate(Hg.): *Frauen Literatur Geschichte. Schreibende Frauen vom Mittelalter bis zur Gegenwart.* 2., vollst. neu bearb. u. erw. Aufl. Stuttgart/Weimar 1999.

Grimminger, Rolf (Hg.): *Hansers Sozialgeschichte der deutschen Literatur vom 16. Jahrhundert bis zur Gegenwart.* 12 Bände. München 1980 ff.

Hansel, Johannes: *Bücherkunde für Germanisten.* Berlin 1991.

Harth, Dietrich u. Peter Gebhardt(Hrsg.): *Erkenntnis der Literatur. Theorien, Konzepte, Methoden. Stuttgart:* Metzler, 1982.

Hauser, Arnold: *Sozialgeschichte der Kunst und Literatur* [1953]. München 1983.

Jansen, Josef: *Einführung in die deutsche Literatur des 19. Jahrhunderts.* Bd. 1: *Restaurationszeit (1815-1848):* Bd. 2: *März-Revolution, Reichsgründung und die Anfänge des Imperialismus.* Opladen 1982/1984.

Jeßling, Benedikt und Ralph Köhnen(Hrsg.): Einführung in die neuere deutsche Literaturwissenschaft. Stuttgart: Metzler, 2003.

Klarer, Mario: Einführung in die neuere Literaturwissenschaft. Darmstadt: Wissenschaftliche Buchgesellschaft, 1999.

Koch, Hans-Albrecht: *Neuere Deutsche Literaturwissenschaft. Eine Praxisorientierte Einführung für Anfänger.* Darmstadt: Wissenschaftliche Buchgesellschaft, 1997.

Liewerscheidt: *Schlüssel zur Literatur.* Düsseldorf · Wien · New York: Econ, 1987.

Meid, Volker: *Metzler Literatur-Chronik. Werke deutschsprachiger Autoren.* 2., erw. Aufl. Stuttgart/Weimar 1998.

Paschek, Carl: *Praxis der Literaturinformation Germanistik.* 2., völlig neu bearb. Aufl. Berlin 1999.

Pechlivanos, Miltos/Rieger, Stefan/Struck, Wolfgang/Weitz, Michael (Hg.):
Einführung in die Literaturwissenschaft. Stuttgart/Weimar 1995.

*Propyläen Geschichte der Literatur. Literatur und Gesellschaft der
westlichen Welt.* 6 Bände. Hg. von Erika Wischer. Berlin 1981 ff.

Raabe, Paul: *Einführung in die Bücherkunde zur deutschen Literatur-
wissenschaft.* 11., völlig neu bearb. Aufl. Stuttgart/Weimar 1994.

Renner, Ursula/Bosse, Heinrich (Hg.): *Literaturwissenschaft – Einführung
in ein Sprachspiel.* Freiburg i .Br. 1999.

Schlaffer, Heinz: *Die kurze Geschichte der deutschen Literatur.* München
2002.

Schneider, Jost: *Einführung in die moderne Literaturwissenschaft.* 3.,
aktual. Aufl. Bielefeld 2001.

Schnell, Ralf: *Orientierung Germanistik. Was sie kann, was sie will.*
Reinbek bei Hamburg 2000.

Schutte, Jürgen: *Einführung in die Literaturinterpretation.* 4., aktual.
Aufl. Stuttgart/Weimar 1997.

Schütz, Erhard/Vogt. Jochen u.a.: *Einführung in die deutsche Literatur
des 20. Jahrhunderts. Bd. 1: Kaiserreich.* Opladen 1977; Bd. 2:
Weimarer Republik, Faschismus und Exil. Opladen 1978; Bd. 3:
Bundesrepublik und DDR. Opladen 1980.

See, Klaus von (Hg.): *Neues Handbuch der Literaturwissenschaft.* 25
Bände. Wiesbaden 1972 ff. (Bde. 9-10: *Renaissance und Barock
I - II* (1972); Bde. 11-13: *Europäische Aufklärung I - III* (1974-
1985); Bde. 14-16: *Europäische Romantik I - III* (1982-1985); Bd.
17: *Europäischer Realismus* (1980); Bde. 18-19: *Jahrhundertende -
Jahrhundertwende* (1976); Bd. 20: *Zwischen den Weltkriegen*(1983);
Bde. 21-22: *Literatur nach 1945 I - II* (1979)).

Sørensen, Bengt Algot; *Geschichte der deutscgeb Literatur.* 2 Bände.

Bd. I: *Vom Mittelalter bis zur Romantik.* München 1997; Bd.
II: *Vom 19. Jahrhundert bis zur Gegenwart.* 2., aktual. Aufl.
München 2002.

Strelka, Joseph P.: *Einführung in die literaische Textanalyse.* 2., durchges.
Aufl. Tübingen 1998.

Vogt, JochenL: *Einladung zur Literaturwissenschaft.* 2., durchges. und
aktual. Aufl. München 2001.

Zelle, Carsten: *Kurze Bücherkunde für Literaturwissenschaftler.* Tübingen
1998.

Žmegač, Viktor (Hg.): *Geschichte der deutschen Literatur vom 18. Jahr-
hundert bis zur Gegenwart.* 3 Bände in 4 Teilbänden. Königstein
1979-1985. Als Tb. in 6 Bänden. Königstein 1984/85; als CD-Rom
1999.

Žmegač, Viktor (Hg.): *Kleine Geschichte der deutschen Literatur.*
Weinheim 1993.

Zymner, Rüdiger (Hg.): *Alltemeine Literaturwissenschaft. Grundfragen
einer besonderen Disziplin.* 2., durchges. Aufl. Berlin 2001.

Brunner, Horst/Moritz, Rainer (Hg.): *Literaturwissenschaftliches Lexikon.
Grundbegriffe der Germanistik.* Berlin 1997.

Deutsches Literatur-Lexikon. Biofraphisch-bibliographisches Handbuch. 3.,
völlig neu bearb. Aufl. Hg. von Bruno Berger und Heinz Rupp; ab
Bd. 6hg. von Heinz Rupp und Carl Ludwig Lang. Bern/München/
Stuttgart 1968 ff. (zuletzt Bd. 21: Streit - Techim, 2002).

Füssel, Stephan (Hg.): *Deutsche Dichter der frühen Neuzeit(1450- 1600).
Ihr Leben und Werk.* Berlin 1993.

Gfrereis, Heike (Hg.): *Grundbegriffe der Literaturwissenschaft.* Stuttgart/
Weimar 1999.

Hechtfischer, Ute u.a. (Hg.): *Metzler Autorinnen Lexikon.* 1998.

Jens, Walter (Hg.)ː *Kindlers neues Literaturlexikon.* München 1988-
1992. 20 Bände, 2 Supplementbände 1998.

Killy, Walter (Hg.)ː *Literaturlexikon. Autoren und Werke deutscher
Sprache.* Gütersloh 1988-1993.

Lang, Carl Ludwig/ Feilchenfeldt,Konrad (ab Bd. 2) (Hg.)ː *Deutsches
Literatur-Lexikon. Das 20. Jahrhundert. Biographisch-bibliographisches
Handbuch.* Geplant auf 16 Bände. Bern/München 2000 ff.

Lutz, Bernd (Hg.)ː *Metzler Autoren Lexikon. Deutschsprachige
Schriftsteller vom Miteelalter bis zur Gegenwart. 2., überarb. u.*
erw. Aufl. Stuttgart/Weimar 1994.

Meid, Volker (Hg.)ː *Reclams Lexikon der deutschsprachigen Autoren.*
Stuttgart 2001.

Meid, Volker (Hg.)ː *Sachlexikon der Literatur.* München 2000.

Meid, Volker (Hg.)ː *Sachwörterbuch zur deutschen Literatur.* Stuttgart
1999.

Nünning, Ansgar (Hg.)ː *Metzler Lexikon Literatur- und Kulturtheorie.
Ansätze - Personen - Grundbegriffe. 2., überarb. u. erw. Aufl.*
Stuttgart/Weimar 2001.

Reallexikon der deutschen Literaturwissenschaft (RLW). Hg. von Klaus
Weimar. Bisher erschienenː Bd. 1-2 (A-O). Berlin u.a. 1997, 2000.

Ricklefs, Ulfert (Hg.)ː Das Fischer Lexikon Literatur. 3 Bände. Frankfurt
a.M. 1996.

Schweikle, Günther/Schweikle, Irmgard (Hg.)ː Metzler Literatur Lexikon.
Begriffe und Definitionen. 2., überarb. Aufl. Stuttgart 1990.

Steinecke, Hartmut (Hg.)ː *Deutsche Dichter des 20. Jahrhunderts.* Berlin
1994.

Steinhagen, Harald/Wiese, Benno von (Hg.)ː *Deutsche Dichter des 17.
Jahrhunderts. Ihr Leben und Werk.* Berlin 1984.

Wetzel, Christoph: *Lexikon der deutschen Literatur. Autoren u. Werke.* Stuttgart 1987.

Wiese, Benno von (Hg.): *Deutsche Dichter des 19. Jahrhunderts. Ihr Leben und Werk.* 2., überarb. u. vermehrte Aufl. Berlin 1979.

Wiese, Benno von (Hg.): *Deutsche Dichter der Gegenwart. Ihr Leben und Werk.* Berlin 1973.

Wiese, Benno von (Hg.): *Deutsche Dichter der Moderne. Ihr Leben und Werk.* 3., überarb. u. vermehrte Aufl. Berlin 1975.

Wiese, Benno von (Hg.): *Deutsche Dichter der Romantik. Ihr Leben und Werk.* 2., überarb u. vermehrte Aufl. Berlin 1983.

Wiese, Benno von (Hg.): *Deutsche Dichter des 18. Jahrhunderts. Ihr Leben und Werk.* Berlin 1977.

Wilpert, Gero von: *Deutsches Dichterlexikon. Biographisch-bibliographisches Hand- wörterbuch zur deutschen Literaturgeschichte.* 3., erw. Aufl. Stuttgart 1988.

Wilpert, Gero von: *Lexikon der Weltliteratur. Bd. 1: Biographisch-biblographisches Handwörterbuch nach Autoren und anonymen Werken; Bd. 2: Hauptwerke der Weltliteratur in Charakteristiken und Kurzinterpretationen.* 3., vollst. überarb. Aufl. Stuttgart 1988/1999.

Wilpert, Gero von: Sachwörterbuch der Literatur. 8., verb. u. erw. Aufl. Stuttgart 2001.

김종대: <u>독일문학사 - 문학이론과 문학사조</u>. 법문사, 서울 1978.

노태한: <u>독일문학사</u>. 한국문화사, 서울 2003.

노태한: <u>독일시 - 운율론과 시사</u>. 한국문화사, 서울 2004.

이유영: <u>독일문예학개론</u>. 삼영사, 서울 1978.

한기상: <u>독일문학개론</u>. 학연사, 서울 1986.

허창운: <u>독일문예학</u>. 서울대학교 출판부, 서울 2000.

· 저자 ·

노태한   · 약 력 ·
1955년 생
서울대학교 사범대학 독어과
서울대학교 대학원 독어독문학과(문학박사)
독일 마인츠 대학 교환교수
독일 레겐스부르크 대학 파견교수
현재 단국대학교 인문과학대학 독일어전공 교수

· 주요논저 ·
『헤르만 헤세 - 그의 생애와 사상과 작품』
『독일문학사』
『독일시 - 운율론과 시사』
『유리알유희』(역서)
헤르만 헤세와 하인리히 폰 클라이스트 등에 관한 논문 다수

＊ 이 연구는 2004학년도 단국대학교 대학연구비의 지원으로 이루어졌음. ＊

독일문예학개론

· 초판 인쇄 | 2007년 9월 30일
· 초판 발행 | 2007년 9월 30일

· 지 은 이 | 노태한
· 펴 낸 이 | 채종준
· 펴 낸 곳 | 한국학술정보㈜
경기도 파주시 교하읍 문발리 526-2
파주출판문화정보산업단지
전화 031) 908-3181(대표) · 팩스 031) 908-3189
홈페이지 http://www.kstudy.com
e-mail(출판사업부) publish@kstudy.com
· 등   록 | 제일산-115호(2000. 6. 19)
· 가   격 | 39,000원

ISBN   978-89-534-7427-7 93850 (Paper Book)
        978-89-534-7428-4 98850 (e-Book)